Alle Rechte, einschließlich das des vollständigen oder
auszugsweisen Nachdrucks in jeglicher Form, sind vorbehalten.

Der Preis dieses Bandes versteht sich einschließlich
der gesetzlichen Mehrwertsteuer.

Umwelthinweis:
Dieses Buch wurde auf chlor- und säurefreiem Papier gedruckt.

Miranda Lee wurde im australischen Outback geboren und zog später nach Sydney, wo sie nach ihrer Heirat ihr Talent zum Schreiben entdeckte. Mirandas Grundsatz lautet: Langweile niemals deine Leserinnen! Millionen Fans in aller Welt sind sich einig: Diesem Grundsatz bleibt Miranda Lee in allen ihren Romanen treu.

Liebesreise nach Australien

MIRA® TASCHENBUCH
Band 15009
1. Auflage: November 2006

MIRA® TASCHENBÜCHER
erscheinen in der Cora Verlag GmbH & Co. KG,
Axel-Springer-Platz 1, 20350 Hamburg
Deutsche Taschenbucherstausgabe

Titel der nordamerikanischen Originalausgaben:
A Secret Vengeance; The Secret Love-Child; At Her Boss's Bidding
Copyright 2001/2002 © by Miranda Lee

Konzeption/Reihengestaltung: fredeboldpartner.network, Köln
Umschlaggestaltung: pecher und soiron, Köln
Redaktion: Ivonne Senn
Titelabbildung: Mauritius GmbH, Mittenwald
Satz: Buch-Werkstatt GmbH, Bad Aibling
Druck und Bindearbeiten: Ebner & Spiegel, Ulm
Printed in Germany
ISBN 3-89941-371-7

www.mira-taschenbuch.de

Miranda Lee

Das Haus am Lake Macquarie
Roman

Aus dem Amerikanischen von
Bettina Röhricht

PROLOG

Celia schlief noch halb, als das Telefon klingelte. Sie öffnete die Augen und blickte den Radiowecker auf dem Nachttisch an. Es war erst zehn nach acht, nicht besonders früh. Aber es war Sonntag. Und jeder, der Celia kannte, wusste, dass sie sonntags gern ausschlief. Es musste also einen guten Grund für diesen Anruf geben.

„Bestimmt ist es Mum." Celia schlug die Decke zurück und nahm den Hörer ab.

„Hallo?"

„Er ist tot." Die Frau am anderen Ende der Leitung klang wie benommen.

Die Anruferin war tatsächlich ihre Mutter. Ruckartig setzte Celia sich auf. Ohne zu fragen, wusste sie genau, wer „er" war. In Jessica Gilberts Leben gab es nur *einen* Mann: Lionel Freeman, den berühmtesten Architekten Sydneys. Er war vierundfünfzig Jahre alt, verheiratet und hatte einen erwachsenen Sohn, Luke. Celias Mutter war seit vielen Jahren Lionel Freemans Geliebte.

„Was ... was ist denn passiert?", fragte Celia wie benommen und räkelte sich ausgiebig.

„Er ist tot", wiederholte ihre Mutter nur.

„Ist er ... ist er bei dir? Ich meine, hat Lionel dich dieses Wochenende in Pretty Point besucht?" Celia versuchte, ruhig zu bleiben. Sie hoffte inständig, dass Lionel nicht gestorben war, während er und ihre Mutter sich geliebt hatten. Schließlich besuchte er seine Geliebte, um Sex zu haben – und sicher nicht zu selten.

„Nein. Er wollte herkommen, aber dann kam ihm etwas dazwischen."

Celia war zwischen Wut und Erleichterung hin- und hergerissen. Ihre Mutter hatte praktisch das ganze Leben damit verbracht, auf ihren verheirateten Geliebten zu warten. Damit hatte es jetzt endgültig ein Ende – aber zu welchem Preis?

„Sie haben es in den Radionachrichten gesagt", sagte Jessica mit ausdrucksloser Stimme.

„Was wurde im Radio gesagt, Mum?", fragte Celia geduldig.

„Dass Lionel den Unfall nicht verursacht hat. Der Fahrer des anderen Wagens war schuld. Er war betrunken."

Also ein Autounfall, dachte Celia. Sie verspürte kein Mitleid mit Lionel Freeman, sondern nur mit ihrer Mutter. Jessica Gilbert hatte alles für die kurzen, glücklichen Momente mit ihm geopfert. Sie hatte Lionel mehr geliebt als ihr Leben, mehr als alles andere auf der Welt. Doch jetzt war er tot. Und seine verzweifelte Geliebte war ganz allein in dem geheimen Liebesnest, wo sie auf Wunsch des egoistischen Lionel seit einigen Jahren lebte.

Celia hatte Angst, dass ihre Mutter eine Dummheit begehen könnte, sobald sie wirklich begreifen würde, was geschehen war. Jessica hatte Lionel Freeman bereits zwanzig Jahre ihres Lebens geopfert. Aber sie, Celia, würde nicht zulassen, dass er ihre Mutter mit in den Tod nahm.

„Mum, du machst dir jetzt erst mal eine Tasse Tee", sagte sie energisch. „Und rühr ganz viel Zucker hinein. Ich bin sofort bei dir."

Zum Glück wohnte sie in Swansea, nicht weit entfernt von Pretty Point. Mit ihrem sportlichen kleinen Wagen war sie normalerweise in etwas mehr als einer halben Stunde dort. Doch diesmal brauchte sie nur dreiundzwanzig Minuten. Zum Glück waren die Sonntagsausflügler aus Sydney noch nicht unterwegs. Sie würden die Straßen erst wieder bevölkern, wenn es in einigen Monaten richtig warm wurde.

Celia klopfte, doch es kam keine Antwort. Voller Angst trommelte sie gegen die verschlossene Hintertür. „Mum!", rief sie. „Mum, lass mich rein!"

Niemand öffnete. Der Magen zog sich ihr zusammen, als sie zur Vorderseite des Hauses ging. Celia rechnete bereits mit dem Schlimmsten, als sie ihre Mutter an einem Tisch auf der Terrasse sitzen sah, von der aus man einen wunderschönen Blick auf den See hatte. Im Gegenlicht der untergehenden Sonne sah Celia das feine Profil und die rötlich-goldenen Locken ihrer Mutter. Jessica trug ein zartgelbes Seidenkleid, das ihre schmale Taille betonte. Sie sah wunderschön aus und wirkte aus dieser Entfernung sehr jung.

Und sehr lebendig, dachte Celia erleichtert. Sie rannte die hölzernen Stufen hinauf zur Terrasse. Jessica blickte auf. Ihre sonst so ausdrucksvollen Augen wirkten merkwürdig leer. Der Tee stand unberührt vor ihr. Sie steht unter Schock, stellte Celia fest, ließ sich aber nichts anmerken.

„Mum", sagte sie sanft und setzte sich neben sie. „Du hast deinen Tee ja gar nicht getrunken."

„Was? Ach so ... das habe ich ganz vergessen."

Celia beschloss, ihre Mutter so schnell wie möglich von Pretty Point weg und an einen Ort zu bringen, wo sie ständig unter Aufsicht wäre. Am liebsten hätte sie es selbst übernommen. Doch Celia leitete eine Klinik und hatte in den kommenden Wochen wichtige Termine, die sie nicht verschieben konnte. Erst danach würde sie wieder etwas mehr Zeit haben. Bis dahin muss Tante Helen einspringen, beschloss sie.

„Mum", sagte sie energisch, „du weißt ja, dass du nicht hierbleiben kannst. Das Haus gehört Lionel. Sicher hat er es vor seiner Familie geheim gehalten, aber früher oder später werden seine Verwandten hier auftauchen. Und du wolltest doch auf gar keinen Fall, dass Lionels Frau oder sein Sohn von dir erfahren ..."

„Seine Frau ist auch tot", unterbrach Jessica sie. „Sie kam ebenfalls bei dem Unfall ums Leben."

„Das ist ja furchtbar." Celia ließ sich gegen die Stuhllehne sinken. Insgeheim hatte sie sich oft vorgestellt, wie Lionel Freeman sich vom höchsten seiner Häuser stürzte. Doch seiner Frau hatte sie nie etwas Böses gewünscht.

„Der arme Luke." Jessica schluchzte unterdrückt. „Das wird ihn umbringen. Er ist bestimmt am Boden zerstört."

Celia runzelte die Stirn. An Lionels Sohn hatte sie noch nie viele

Gedanken verschwendet. Doch jetzt tat er ihr leid. Wie furchtbar musste es sein, beide Eltern zu verlieren! Doch sie konnte nichts für ihn tun. Und außerdem musste sie sich um ihre Mutter kümmern.

Plötzlich blickte Jessica ihre Tochter an. „Du hast Recht", sagte sie, von Panik erfüllt. „Ich kann nicht hierbleiben. Womöglich kommt Luke her. Er darf auf keinen Fall von mir erfahren."

„Ich glaube nicht, dass er persönlich herkommen wird", versuchte Celia sie zu beruhigen. „Aber es ist trotzdem besser, wenn du das Haus verlässt. Ich werde dich zu Tante Helen bringen. Dort kannst du bleiben, bis ich eine Wohnung für dich gefunden habe."

Jessica traten Tränen in die Augen. Sie schüttelte heftig den Kopf. „Nein, das geht nicht. Helen hat Lionel gehasst."

Haben wir das nicht alle? dachte Celia. „Nein, Mum", sagte sie sanft. „Sie hat nur die Art gehasst, wie er dich behandelt hat. Das ist etwas ganz anderes. Und außerdem hat sich die Situation jetzt grundlegend geändert."

Ihre Mutter brach in Tränen aus. „Sie hat mich nie verstanden", schluchzte sie. „Und du auch nicht, Celia. Ich weiß, du hast mich wegen meiner Beziehung zu Lionel immer für dumm und leichtgläubig gehalten. Und vielleicht war ich es auch. Aber das ist etwas, was uns allen widerfährt, wenn wir jemanden lieben."

Mir nicht, dachte Celia, niemals! Sie würde sich nie in einen Mann wie Lionel Freeman verlieben.

„Ich weiß, du glaubst, dass Lionel mich nicht geliebt hat", sagte ihre Mutter traurig. „Aber das hat er."

„Wie du meinst, Mum", sagte Celia.

„Du glaubst mir nicht, stimmt's?"

Celia antwortete nicht.

„Es gibt Dinge, von denen du nichts weißt – die ich dir nie erzählt habe ..."

„Dann möchte ich auch jetzt nicht davon erfahren, Mum." Das Letzte, was sie in diesem Moment hören wollte, waren die ganzen Lügen, die Lionel Jessica in den vergangenen zwanzig Jahren erzählt hatte. Celia hatte sich in den letzten Jahren geweigert, mit ihrer Mutter über deren Geliebten zu sprechen.

Jessica seufzte schwer und ließ die Schultern sinken. Ihr ganzer Lebensmut schien sie verlassen zu haben, sogar die Augen wirkten leer und glanzlos. Mit einem Mal sah die sonst so sinnlich und jugendlich wirkende Frau, die man bis vor kurzem für dreißig hätte halten können, genau so alt aus, wie sie war: zweiundvierzig Jahre – und sogar ein wenig älter.

„Du hast Recht", sagte Jessica. Ihre Hoffnungslosigkeit erschreckte Celia viel mehr als der Schockzustand, in dem sie ihre Mutter angetroffen hatte. „Was ändert das? Lionel ist tot. Alles ist aus."

Genau das hatte Celia befürchtet: dass ihre Mutter ohne Lionel keinen Sinn im Leben mehr sehen würde. Sie warf Jessica einen besorgten Blick zu. Schon oft war ihr gesagt worden, dass sie ihrer Mutter sehr ähnlich sah. Doch abgesehen von ihrem Äußeren waren die beiden Frauen grundverschieden. Jessica war sehr romantisch veranlagt, Celia dagegen äußerst realistisch. Schließlich hatte sie zwanzig Jahre mit angesehen, wie Lionel Freeman ihre Mutter skrupellos ausgenutzt hatte.

Doch vor langer Zeit hatte auch sie, Celia, sehr an ihm gehangen. Sie war sechs gewesen und ohne Vater aufgewachsen, als sie ihn kennen gelernt hatte. Welches kleine Mädchen hätte einen Mann nicht angebetet, der so schöne Spielsachen mitbrachte und seine Mummy mit seinen Besuchen so glücklich machte?

Erst als Jugendliche begann Celia, Lionel mit anderen Augen zu sehen. Als ihr klar wurde, aus welchem Grund er ihre Mutter besuchte und wie oft Jessica seinetwegen weinte, verwandelte sich ihre Zuneigung über Nacht in Hass. Empört und verletzt stellte sie Lionel zur Rede – und dann Jessica. Von da an trafen die beiden sich an einem anderen Ort. Und Celia schwor sich, dass sie sich nur in einen Traummann verlieben würde, der keine Angst davor hätte, eine feste Bindung einzugehen und Vater zu werden – und der nicht mit einer anderen Frau verheiratet wäre. Es müsste ein zuverlässiger, treuer, ehrlicher und charakterstarker Mann sein – und natürlich sollte er blendend aussehen und sehr gut küssen können.

Celia war dreizehn Jahre alt gewesen, als sie sich ihren Traummann vorgestellt hatte. Und jetzt, viele Jahre später, hatte sie ihn noch immer nicht gefunden und war überzeugt, dass er gar nicht existierte. Seit ihrer Schulzeit hatte sie mehrere Freunde gehabt, doch alle hatten sie irgendwann enttäuscht – ob im Bett oder auf andere Art. Vielleicht stellte Celia auch einfach viel zu hohe Ansprüche. Jedenfalls waren ihre Beziehungen nie glücklich oder von langer Dauer.

Die letzte war vor einigen Monaten in die Brüche gegangen. Ein Football-Spieler, der wegen einer Knieverletzung bei Celia in Behandlung gewesen war, hatte ihr gesagt, er sei verrückt nach ihr. Er versprach, alles für sie zu tun, wenn sie nur mit ihm ausgehen würde. Und schließlich stimmte Celia zu, denn sie fand ihn ebenfalls attraktiv: Er war groß, muskulös, erstaunlich intelligent und schien es ernst zu meinen. Natürlich ging sie nicht gleich bei der ersten Verabredung mit ihm ins Bett. Und als sie es schließlich tat, bereute sie es – es war eine herbe Enttäuschung.

Ihrem Freund dagegen schien es gefallen zu haben, ebenso wie den anderen Männern, mit denen Celia geschlafen hatte. Es schien sie nicht sonderlich zu interessieren, ob ihre Freundinnen zum Höhepunkt kamen. Wenn nicht, gaben sie grundsätzlich den Frauen die alleinige Schuld daran. Und jeder von ihnen versprach, dass alles mit der Zeit besser werden würde.

Wenn es sich um einen netten Mann handelte, blieb Celia mit ihm zusammen und hoffte, dass sich tatsächlich alles bessern würde. Als sie das zweite Mal mit dem Football-Spieler schlief, teilte dieser ihr mit, seine vorherige Freundin habe zu diesem Zeitpunkt bereits den dritten Orgasmus gehabt. Celia hatte daraufhin beschlossen, dass er auf keinen Fall ihr Traummann war – und ihn am nächsten Morgen vor die Tür gesetzt.

Leider hatte Jessica Gilbert Lionel Freeman nicht vor die Tür gesetzt, als sie erfahren hatte, dass er verheiratet war. Eine Zeit lang weigerte sie sich zwar, ihn zu sehen – obwohl er, zumindest im Bett, ihr Traummann war. Doch dann hatte sich Lionel wieder den Weg in Jessicas Bett zurückerobert. Und seitdem hatte er seinen Platz in ihrem Leben nicht mehr geräumt.

Celia bezweifelte nicht, dass ihre Mutter Lionel tatsächlich von ganzem Herzen geliebt hatte. Doch sie war ganz sicher, dass er diese Gefühle nicht erwidert hatte.

„Wie wäre es, wenn du duschst und dich umziehst, während ich Tante Helen anrufe?", fragte sie ihre Mutter sanft.

Zum Glück lebte Celias Tante im nur zehn Meilen entfernten Dora Creek. John, ihr Mann, arbeitete im Elektrizitätswerk des Ortes. Die beiden Söhne des Paares waren erwachsen und schon vor längerer Zeit ausgezogen, so dass jetzt mehrere Zimmer für Besucher frei waren.

Jessica zuckte teilnahmslos die Schultern. „Wie du meinst."

„Wir packen dir eine Tasche mit den wichtigsten Sachen. Ich werde dann später noch einmal wiederkommen und die restlichen Dinge holen." Celia rechnete nicht damit, dass in nächster Zeit jemand nach Pretty Point kommen würde – am wenigsten Lionels Sohn. Reiche Leute erledigten so etwas nicht selbst. Und nach dem Tod seiner Eltern war Luke Freeman sogar ein schwerreicher Mann.

Während ihre Mutter duschte, rief Celia ihre Tante an und erklärte, was passiert war. Als Jessica wieder nach unten ins Wohnzimmer kam, nahm Celia die Autoschlüssel aus der Tasche und stand auf. Traurig ließ Jessica den Blick umherschweifen. „Lionel hat dieses Haus so geliebt", sagte sie wehmütig. „Er hat es selbst entworfen und gebaut – extra für uns."

Das bezweifelte Celia nicht. Das Haus hatte einen dreieckigen Grundriss und eine breite Fensterfront mit einer Holzterrasse zum See hin. Mit seiner abgelegenen, romantischen Lage war es ein perfektes Liebesnest. Ein großer Kamin aus Sandstein, komfortable Sofas und ein cremefarbener, flauschiger Läufer unterstrichen die romantische Atmosphäre. Im Schlafzimmer, das im Obergeschoss lag, gab es ein riesiges Bett und im direkt anschließenden Badezimmer einen Whirlpool, in dem zwei Personen gleichzeitig baden konnten. Ein Gästezimmer gab es nicht. Lionel hatte nicht gewollt, dass seine Geliebte Gäste empfing.

Celia hatte nie in dem Haus in Pretty Point übernachtet. Sie hatte ihre Mutter mindestens einmal pro Woche hier besucht – allerdings nur dann, wenn Lionel nicht dort war. Sie wollte ihm möglichst aus dem Weg gehen, denn sie wusste, dass sie sich ihm gegenüber unfreundlich verhalten würde. Celia wusste jedoch immer, ob Lionel kurz zuvor da gewesen war. Er benutzte ein ganz bestimmtes Rasierwasser, das auch noch lange nach seiner Abreise zu riechen war. Als Kind hatte Celia es immer gerochen, wenn sie morgens zu ihrer Mutter ins Bett gekrochen war. Nur ungern dachte sie heute daran, wie sehr ihr der Duft – und auch Lionel selbst – damals gefallen hatte.

„Mum, lass uns gehen." Energisch nahm Celia Jessica beim Arm.

Ihre Mutter ließ sich widerstandslos wegführen. Im Haus gab es zu viel, was sie an Lionel erinnerte. Sie würde hier ständig vom Gedanken an ihren Geliebten gequält werden und nachts keinen Schlaf finden. Jessica hatte immer daran geglaubt, dass Lionel sie wirklich liebte und ihre Beziehung über das Sexuelle hinausging. Doch jetzt war sie sich nicht mehr sicher. Schon früher hatten sie oft furchtbare Zweifel befallen. Aber wenn Lionel gekommen war und sie in die Arme geschlossen hatte, waren alle Bedenken vergessen gewesen.

Doch nun würde er sie nie wieder an sich ziehen, sie lieben und ihr sagen, wie viel sie ihm bedeutete. Jessicas Zweifel würden also nie zur Ruhe kommen. Sie würden stärker werden und wie eine Krankheit an ihr zehren. Wenn sie nicht mehr daran glauben konnte, dass Lionel sie so geliebt hatte wie sie ihn, dann waren all ihre Opfer umsonst gewesen. Jessica hatte auf so vieles verzichtet: Sie hatte ihm nie Briefe oder eine Karte schreiben, nie Weihnachten oder seinen

Geburtstag mit ihm feiern können. Sie waren nie gemeinsam in der Öffentlichkeit aufgetreten. Und Jessica hatte kein Kind von ihrem Geliebten bekommen.

War diese wundervolle Liebe denn lediglich eine Illusion gewesen? War Lionel kein einfühlsamer Mann, sondern ein egoistischer, heimtückischer Lügner gewesen? Der Gedanke war Jessica unerträglich. Sie brach in Tränen aus. Ihr zarter Körper wurde von Schluchzern geschüttelt.

„Oh, Mum!" Zärtlich umarmte Celia ihre Mutter. „Alles wird wieder gut. Das verspreche ich dir. Du musst nur jetzt so schnell wie möglich von hier weg."

1. KAPITEL

„War das alles, Harvey?", fragte Luke, schraubte den Federhalter zu und steckte ihn sich in die Jackentasche.

„Vorerst ja." Der Anwalt ordnete die Dokumente und heftete sie ab. „Über eine Kleinigkeit muss ich allerdings noch mit Ihnen sprechen."

Luke blickte auf die Uhr. In einer Viertelstunde wollten er und Isabel losfahren, um gemeinsam die Eheringe auszusuchen. „Worum geht es?"

„Am Freitag vor dem Unfall hat Ihr Vater mit mir über eine Immobilie am Lake Macquarie gesprochen, die ihm gehört."

„Meinen Sie die Hütte in Pretty Point?"

„Genau. Ein Haus mit einem etwa vier Hektar großen Grundstück."

Luke runzelte die Stirn. „Ich dachte, Dad hätte es schon vor Jahren verkauft. Er sagte, er würde es nicht mehr benutzen, weil man am See nicht mehr so gut angeln konnte wie früher."

Sein Vater war ein begeisterter Angler gewesen. Sobald er, Luke, alt genug gewesen war, hatte er ihn mitgenommen. Im Alter von sechs oder sieben Jahren hatte er fast jedes Wochenende mit seinem Vater in der kleinen Hütte in Pretty Point verbracht. Seine Mutter kam nie mit, denn sie hasste Fisch. Nicht einmal den Geruch konnte sie ertragen. Luke liebte die Angel-Wochenenden vor allem, weil sein Vater dann so viel Zeit für ihn hatte. Das Angeln selbst interessierte ihn nicht sonderlich. Als Luke mit zwölf seine Begeisterung für Basketball entdeckte, wollte er die Wochenenden lieber im Jugendklub verbringen, trainieren und an Wettkämpfen teilnehmen. Dafür hatte Lionel Freeman volles Verständnis. Er war überhaupt ein großartiger Vater.

Und Lukes Mutter war eine ebenso großartige Ehefrau. Katherine Freeman gehörte zu den Frauen, die keinem Beruf nachgehen, sondern sich ganz ihrem Partner und der Familie widmen wollten.

Sie war sehr stolz darauf, wie sauber und ordentlich ihr Zuhause stets war. Katherine legte größten Wert darauf, alle Arbeiten selbst zu erledigen – vom Kochen bis zum Putzen, obwohl die Familie natürlich wohlhabend genug war, um dafür eine Haushaltshilfe einzustellen.

Leider war sie nicht bei bester Gesundheit und litt unter heftigen Migräneanfällen. Luke dachte daran, wie er sich als Kind häufig sehr leise hatte verhalten müssen. Sein Vater war oft gleich nach der Arbeit ins verdunkelte Schlafzimmer gegangen und hatte am Bett seiner Frau gesessen. Sie waren ein so glückliches Paar gewesen. Und jetzt waren sie tot, gestorben bei einem Autounfall. Ein betrunkener Fahrer, der ihnen auf der falschen Straßenseite entgegengekommen war, hatte sie mit seinem Wagen gerammt.

Der Unfall war vor fast zwei Wochen passiert. Lionel Freeman und seine Frau waren nach einer Dinnerparty auf dem Heimweg gewesen. Sie waren doch erst Mitte fünfzig, dachte Luke. Das Leben konnte wirklich ungerecht sein. Er räusperte sich und versuchte, sich wieder auf das Gespräch mit dem Anwalt zu konzentrieren. Worüber hatte Harvey gesprochen? Ach ja – über das Wochenendhäuschen in Pretty Point.

„Dann hat Dad das Haus also doch nicht verkauft", sagte er. „Manchmal war er sehr sentimental."

„Er wollte es einer Freundin schenken."

Einen Moment lang verschlug es Luke die Sprache. „Wem?", fragte er dann.

„Einer Dame namens Jessica Gilbert."

Luke runzelte die Stirn. Wer konnte das nur sein? „Der Name sagt mir gar nichts", erwiderte er. Es war doch nicht möglich, dass sein Vater …

Harvey schien seine Gedanken zu lesen. „Bitte ziehen Sie daraus keine voreiligen Schlüsse", beruhigte er Luke. „Wir beide wissen doch, dass Ihr Vater so etwas niemals getan hätte."

Das war allerdings der Fall. Luke hatte seinen Vater vergöttert und sich immer gewünscht, genau so zu sein wie er. „Hat er Ihnen etwas über diese Miss Gilbert erzählt?", fragte er angespannt.

„Nur sehr wenig. Er sagte lediglich, sie sei eine ganz bezaubernde Frau, die im Leben nicht viel Glück gehabt habe und der er helfen wolle. Offenbar hat Ihr Vater sie seit einigen Jahren kostenlos in dem kleinen Haus wohnen lassen, da sie kein eigenes besitzt. Er wollte es ihr überlassen, damit sie für immer ein Zuhause hat."

Lukes Anspannung ließ nach. Sein Vater war für seine Großzügigkeit bekannt gewesen und hatte oft für wohltätige Zwecke gespendet. Doch einen Moment lang hatte er wirklich den Verdacht gehabt ...

„Ihr Vater befürchtete, dass Ihre Mutter genau denselben voreiligen Schluss ziehen würde wie Sie, sollte sie bei seinem Tod von diesem großzügigen Mietverhältnis erfahren."

„Ich schäme mich, so etwas auch nur gedacht zu haben", sagte Luke.

„Gehen Sie nicht so hart mit sich ins Gericht. Auch ich war zuerst ein wenig misstrauisch, als Lionel mir davon erzählte – besonders da er in dieser Angelegenheit sehr viel Wert auf Diskretion legte. Aber als ich daran dachte, was für ein liebevoller Ehemann er war, wurde mir klar, dass derartige Vermutungen völlig lächerlich waren." Er lächelte und fragte: „Soll ich also die Schenkung der Immobilie an Miss Gilbert in die Wege leiten?"

„Ja, bereiten Sie die Papiere vor. Ich werde sie dann später unterschreiben."

„Ich hatte schon vermutet, dass Sie einverstanden sein würden. Ihr Vater wäre sehr stolz auf Sie, Luke. Schließlich ist ein Haus am Lake Macquarie ein kleines Vermögen wert – wie abgelegen es auch sein mag."

„Es ist doch selbstverständlich, dass ich den Wunsch meines Vaters erfülle. Außerdem habe ich wirklich genug Immobilien geerbt." Außer dem Familienanwesen in St. Ives besaß Luke verschiedene Häuserblöcke in Sydney, einige davon mitten im Stadtzentrum.

„Ich muss jetzt los, Harvey." Luke stand auf. „Isabel wartet bestimmt schon auf mich."

„Sie wird sicher eine besonders reizende Braut sein. Es tut mir wirklich leid, dass Sie kurz vor Ihrer Hochzeit so etwas Schreckliches erleben müssen."

„Zuerst wollte ich alles verschieben, aber dafür ist es schon zu spät. Isabels Eltern sind nicht gerade reich, und sie haben bereits ein kleines Vermögen für die Vorbereitungen ausgegeben."

„Ihre Eltern würden nicht wollen, dass Sie die Hochzeit verschieben", pflichtete der Anwalt ihm energisch bei. „Gerade Ihr Vater hat sich sehr über Ihre Entscheidung gefreut, sich hier in Australien niederzulassen und eine Familie zu gründen. Sie haben ihm sehr gefehlt, als Sie im Ausland gearbeitet haben. Er hatte damals Angst, Sie würden sich dort in eine Frau verlieben und gar nicht mehr zurückkommen."

„Das hätte ich niemals getan." Luke stand auf. „Ich freue mich darauf, Sie und Ihre Frau bei der Hochzeit zu sehen."

Auch Harvey erhob sich. „Ich freue mich ebenfalls."

Sie gaben einander die Hand, und Luke ging hinaus. Er war erleichtert, die nach dem Tod seiner Eltern notwendigen rechtlichen Formalitäten zumindest vorerst erledigt zu haben. Er hatte so viele Entscheidungen treffen müssen. Doch wer sollte es sonst tun? Schließlich war er ein Einzelkind. Luke hoffte, alles so erledigt zu haben, wie sein Vater es gewünscht hätte. Als er mit dem Fahrstuhl nach unten fuhr, musste er plötzlich wieder an Miss Jessica Gilbert denken. Er fragte sich, wer diese Frau war und wo sein Vater sie kennen gelernt hatte. War sie vielleicht eine ehemalige Angestellte? Die Haushälterin, die damals im Wochenendhaus in Pretty Point für Ordnung gesorgt und nach dem Rechten gesehen hatte? Vielleicht handelte es sich auch einfach um eine vom Schicksal schwer gezeichnete Frau, die sein Vater bei einer der zahlreichen Wohltätigkeitsveranstaltungen kennen gelernt hatte – eine ältere Dame, die in einfachen Verhältnissen lebte.

Luke wünschte, Harvey hätte ihm mehr über die geheimnisvolle Miss Gilbert erzählen können. Vielleicht werde ich ihr die Schenkungsurkunde persönlich überbringen, dachte er. So könnte er seine Neugier befriedigen und den leisen Zweifel besänftigen, dass sein Vater doch nicht so perfekt gewesen war, wie er, Luke, immer geglaubt hatte.

Die Fahrstuhltüren gingen auf. Er ging hinaus und sah Isabel, die auf ihn wartete. In dem schlichten schwarzen Kleid sah sie genauso hübsch aus wie immer. Isabel war eine klassische, elegante Schönheit. Das lange blonde Haar hatte sie hochgesteckt, so dass ihr schlanker Hals zu sehen war. Isabel trug die Diamantohrringe, die er ihr vor kurzem zum Geburtstag geschenkt hatte.

Sie lächelte ihn an. Und wie immer fühlte Luke sich von ihrer heiteren Gelassenheit getröstet. Er erwiderte das Lächeln und ging auf sie zu. Ihm wurde bewusst, wie viel Glück er hatte, eine Frau wie Isabel gefunden zu haben: schön, klug, äußerst vernünftig und praktisch veranlagt. Im Gegensatz zu seinen früheren Freundinnen war sie nicht besitzergreifend und machte ihm nie Eifersuchtsszenen. Sie konnte ausgezeichnet kochen und hatte bereits ihre Arbeitsstelle aufgegeben, um Ehefrau und Mutter zu sein – genau wie seine Mutter.

Isabel war als Empfangssekretärin bei dem Architekturunternehmen angestellt gewesen, für das auch Luke arbeitete. Dort hatten sie sich bei der Weihnachtsfeier im vergangenen Jahr kennen gelernt. Nach der Hochzeit wollten Isabel und Luke so bald wie möglich ein Baby bekommen.

Isabel war dreißig Jahre alt und hatte genug Lebenserfahrung, um eine Familie zu gründen. Luke war zweiunddreißig. Sie waren beide viel gereist und hatten verschiedene Beziehungen gehabt.

Es gefiel Luke, dass Isabel als erfahrene Liebhaberin im Bett unbefangen und selbstsicher war. Außerdem wünschten sie und er sich dieselben Dinge: eine harmonische, dauerhafte Ehe und eine Familie mit mindestens zwei Kindern.

Sie waren zwar nicht ineinander verliebt, aber was machte das schon? Luke war einige Mal verliebt gewesen. Diese Beziehungen waren nie von langer Dauer gewesen. Als er sich entschieden hatte, eine Familie zu gründen, wurde ihm klar, dass Leidenschaft und romantische Gefühle keine Basis für eine Ehe waren. Isabel teilte diese Meinung.

Sie stimmten also in allen wichtigen Dingen überein, deshalb stritten sie sich auch nie. Das war Luke sehr wichtig. Er wünschte sich eine so harmonische Beziehung, wie die seiner Eltern es gewesen war.

„Hast du alles erledigt?" Isabel gab ihm einen Kuss auf die Wange.

„Vorerst ja." Wieder musste er an die geheimnisvolle Miss Gilbert denken. Er überlegte, ob er Isabel davon erzählen sollte, entschied sich aber dagegen. Sicher ist Miss Gilbert nur eine bedürftige ältere Dame, versuchte er sich einzureden. Doch er glaubte es selbst nicht. Denn warum hätte sein Vater die Angelegenheit dann vor seiner Frau geheim halten sollen? Sie wäre doch nur dann eifersüchtig geworden, wenn es sich um eine junge, attraktive Frau gehandelt hätte.

Luke merkte, dass die Ungewissheit ihm keine Ruhe ließ. Er fasste einen spontanen Entschluss. „Würde es dir etwas ausmachen, wenn wir das gemeinsame Mittagessen und den Ringkauf verschieben würden?", fragte er Isabel. „Ich muss etwas Dringendes erledigen."

„Was denn?" Isabel schien nicht verärgert zu sein, nur erstaunt.

„Ich muss zum Lake Macquarie fahren."

Überrascht sah sie ihn an. „Warum, um alles in der Welt?"

Ja, warum eigentlich?

„Es gibt dort ein kleines Wochenendhaus, in dem mein Vater und ich immer gewohnt haben, wenn wir zum Angeln fuhren. Ich bin seit Jahren nicht mehr dort gewesen. Es klingt zwar verrückt, aber irgendwie verspüre ich den Drang, dorthin zu fahren. Ich dachte, Dad hätte es schon vor Jahren verkauft. Aber der Anwalt hat mir gerade erzählt, das sei nicht der Fall."

„Und du musst unbedingt jetzt dorthin?"
„Ja."
„Luke Freeman, du bist wesentlich sentimentaler, als du denkst. Warum fährst du nicht einfach zum Lake Macquarie und verbringst dort das Wochenende? Die letzten beiden Wochen müssen furchtbar für dich gewesen sein."

Ich könnte wirklich dort übernachten, dachte Luke. Er erinnerte sich noch, wo sein Vater immer den Schlüssel versteckt hatte.

„Würde es dir denn nichts ausmachen?"

Isabel zuckte die Schultern. „In etwa zwei Wochen werde ich dich für den Rest meines Lebens haben, da kann ich dich doch für zwei Tage entbehren. Allerdings möchte ich die Ringe heute noch kaufen, denn vielleicht müssen sie in der Weite verändert werden. Meinst du, ich kann sie auch allein aussuchen?"

„Du bist wirklich unvergleichlich, Isabel", sagte Luke lächelnd. „Hier hast du meine Kreditkarte. Damit kannst du die Ringe bezahlen – und auch das Mittagessen."

Isabel lächelte schalkhaft. „Wenn du darauf bestehst."

„Das tue ich." Er erwiderte das Lächeln.

Das war eine weitere Eigenschaft, die Luke an Isabel schätzte: Sie tat nicht so, als würde Geld ihr nichts bedeuten. Auch bevor er durch das Erbe zum Millionär geworden war, hatte er ein sechsstelliges Jahresgehalt bekommen. Und ihr hatte es sehr gefallen, dass er ein schönes Haus in Turramurra, einem Vorort von Sydney, besaß, einen BMW fuhr und mit ihr nach *Dream Island* in die Flitterwochen fahren würde. Jetzt konnte er sich natürlich noch wesentlich mehr leisten.

„Ich rufe dich nachher an", versprach er. „Und vielleicht bleibe ich wirklich einen oder zwei Tage in Pretty Point." Es hing davon ab, was er dort vorfinden würde. Er küsste Isabel auf die Wange. „Du wirst mir fehlen."

„Soll das etwa ein Kuss sein?"

Luke lachte und küsste sie auf den Mund. Ihre Zungen berührten sich. Sofort bereute er, dass er in der vergangenen Nacht nicht mit ihr geschlafen hatte. Da hatte er keine Lust verspürt. So war es seit der Beerdigung seiner Eltern ständig gewesen.

„Hm ..." Er löste die Lippen von ihren und lächelte. „Vielleicht komme ich doch heute noch zurück."

„Reine Zeitverschwendung. Ich gehe heute Abend mit Rachel essen und dann ins Theater. Ich kann es unmöglich absagen."

„Das möchte ich auch nicht." Rachel war eine alte Freundin aus Schulzeiten. Früher hatte sie als Chefsekretärin beim australischen Fernsehen gearbeitet. Doch seit einigen Jahren kümmerte sie sich Tag und Nacht um ihre Pflegemutter, die an Alzheimer litt.

Luke konnte sich gut vorstellen, wie sehr sich Rachel auf das monatliche Treffen mit Isabel freute. Er hatte sie erst einmal gesehen, und ihm war aufgefallen, wie erschöpft sie wirkte – und wie alt. Dabei war Rachel nur ein Jahr älter als Isabel.

„Dann hast du also Verständnis dafür, dass ich die Verabredung mit ihr nicht absagen kann?"

„Natürlich." Sein Verlangen war schon wieder abgeklungen. Er und Isabel waren nie wie diese Paare gewesen, die geradezu verrückt nacheinander waren und die Hände nicht voneinander lassen konnten. Sie waren zuerst gute Freunde gewesen, bevor sie ein Paar geworden waren.

Vielleicht hatte ihn sein Vater deshalb bei der Verlobungsfeier beiseite genommen und besorgt gefragt, ob zwischen ihm, Luke, und Isabel im Bett alles stimme. Er war damals etwas überrascht gewesen und hatte seinem Vater versichert, es sei wirklich alles in bester Ordnung.

Plötzlich kam Luke der Gedanke, ob vielleicht mit dem Liebesleben seines Vaters etwas nicht gestimmt haben könnte. Seine Eltern hatten zwar immer wie ein glückliches Paar gewirkt, aber wer wusste schon, was in ihrem Schlafzimmer passiert war? Ein Mann, der mit seinem Liebesleben nicht zufrieden war, konnte vielleicht der Versuchung nicht leicht widerstehen.

„Du solltest lieber losfahren", sagte Isabel trocken. „In Gedanken scheinst du schon auf dem Weg zu sein."

„Entschuldige bitte."

„Du denkst an deinen Vater, stimmt's?"

Überrascht blickte Luke sie an.

„Sieh mich nicht so an. Ich weiß doch, wie viel er dir bedeutet hat und wie sehr du ihn vermisst – noch mehr als deine Mutter. Natürlich hast du sie auch geliebt – sie war ja auch eine zauberhafte Frau. Aber dein Vater war dein bester Freund – und dein Held. Also fahr jetzt endlich in das alte Wochenendhaus und sprich mit ihm. Ich bin sicher, er wartet auf dich und wird dir zuhören, was immer du zu sagen hast."

Luke wünschte plötzlich, er hätte Isabel die ganze Wahrheit über das Haus in Pretty Point erzählt. Er musste sich eingestehen, ihre Sensibilität unterschätzt zu haben – vielleicht, weil sie so vernünftig und praktisch veranlagt war. Aber jetzt war es dafür zu spät. Sie würde ihn fragen, warum er nicht von Anfang an die Wahrheit gesagt habe, und möglicherweise würde ihre Beziehung Schaden nehmen. Luke schwor sich, aus diesem Erlebnis etwas zu lernen. Von nun an wollte er seiner Verlobten gegenüber ehrlich sein, was immer auch passieren würde.

2. KAPITEL

Als Celia der Gedanke gekommen war, das Wochenende in Pretty Point zu verbringen, hatte sie ihn sofort verdrängt. Aber je länger sie darüber nachdachte, desto mehr war sie überzeugt, dass Lionels Liebesnest ein perfekter Zufluchtsort war.

Celia wünschte sich nichts so sehr, wie etwas Abstand von allem zu bekommen. Die vergangenen zwei Wochen waren sehr anstrengend gewesen. Sie war jeden Abend zu Tante Helen gefahren und hatte bei ihrer fast apathischen Mutter gesessen oder sich mit Helen darüber gestritten, was zu tun sei.

Celia war der Meinung gewesen, ihre Mutter sollte einen Psychologen aufsuchen und Medikamente gegen ihre Depressionen einnehmen. Doch Tante Helen hatte eine andere Meinung vertreten. „Jessica ist nicht verrückt", hatte sie energisch entgegnet und Celia sehr bestimmt angesehen. „Man hat ihr das Herz gebrochen. Sie braucht nur Zeit, um darüber hinwegzukommen – und viel Liebe und Fürsorge von ihrer Familie. *Du* bist diejenige, die bald Medikamente brauchen wird, wenn du dir weiterhin solche schrecklichen Sorgen um deine Mutter machst, Celia. Deshalb möchte ich dich dieses Wochenende nicht hier sehen. Geh mit deinen Freundinnen aus, oder fahr irgendwohin."

Tante Helen hatte Recht, dachte Celia. Sie lehnte sich im Liegestuhl zurück und seufzte zufrieden. Der Blick, den sie von der Terrasse aus über den See hatte, war beeindruckend. Das musste sie Lionel zugestehen – er hatte wirklich einen wunderschönen Ort für sein Liebesnest ausgewählt.

Und er hatte auch einen ausgezeichneten Geschmack, was Wein anging. Celia trank einen Schluck von dem köstlichen Chablis. Was für ein Glück, dass der letzte Behandlungstermin heute abgesagt worden war. So hatte sie schon mittags Feierabend gehabt, ihre Sachen gepackt und war nach Pretty Point gefahren. Und jetzt saß sie hier am frühen Nachmittag auf der Terrasse, mit einem Glas Wein in der Hand und zwei ruhigen, friedlichen Tagen vor sich.

Celia spürte, wie die Anspannung langsam aus ihrem Körper wich. Alkohol ist viel effektiver als jede Gymnastikübung, dachte sie. Und auch wirkungsvoller als das, was ihre Arbeitskollegin Joanne vorgeschlagen hatte: „Du solltest einfach mal wieder mit einem Mann ins Bett gehen."

Von wegen, dachte Celia. Sie fühlte sich immer enttäuscht und verzweifelt, wenn sie Sex gehabt hatte. Aber vermutlich lag das an ihr. Denn die meisten Menschen schienen Sex als etwas Angenehmes zu empfinden. Ihre Mutter zum Beispiel war davon sehr angetan – zumindest mit Lionel. Man konnte es fast schon Besessenheit nennen.

Celia fragte sich, wie es wohl sein mochte, ungezügelte Leidenschaft zu verspüren, die eine Frau so um den Verstand brachte, dass sie sich fast zu einer Sexsklavin degradieren ließ. Hatten die Stunden mit Lionel Jessica für all die Schmerzen und Entbehrungen entschädigt, die sie während seiner Abwesenheit gequält hatten? Offenbar war es so gewesen. Warum sonst hätte Jessica die Beziehung mit Lionel so lange weiterführen sollen?

Vielleicht hätte Celia Verständnis für ihre Mutter gehabt, wenn sie selbst auch einmal eine solche Leidenschaft erlebt hätte. Doch so war ihr Jessicas Verhalten masochistisch und selbstzerstörerisch erschienen. Jahrelanges Leid und Enttäuschung hatten Celias Mutter ausgehöhlt. Vielleicht hatte Lionels Tod also verhindert, dass nur noch eine leblose Hülle von ihr zurückgeblieben war. Und wenn Tante Helen und sie, Celia, sich liebevoll um Jessica kümmerten, würde diese keinen Nervenzusammenbruch erleiden oder vor Schmerz den Verstand verlieren.

Es gelang Celia nicht, den Gedanken an die unglückselige Beziehung zwischen ihrer Mutter und Lionel zu verdrängen, denn das Liebespaar hatte in dem kleinen Haus allzu deutliche Spuren hinterlassen. Jessicas Kleider und ihre sonstigen Besitztümer waren zwar entfernt worden, doch sah man deutlich, dass sie das Haus eingerichtet hatte. Und außerdem fanden sich zahlreiche CDs und Bücher von Lionel – und ein ganzer Vorrat an erstklassigem Wein.

Celia seufzte. Vielleicht war es doch ein Fehler gewesen, nach Pretty Point zu kommen. Aber vorerst musste sie hierbleiben, denn sie hatte zu viel Wein getrunken, um noch Auto zu fahren. Vielleicht heute Abend, dachte sie. Doch ganz egal, wo sie sich aufhielt: Sie würde sich immer Sorgen um ihre Mutter machen. Sie konnte also ebenso gut bleiben – und noch ein Glas Wein trinken.

Luke hatte sich hoffnungslos verfahren. Er hatte geglaubt, den Weg zu kennen. Aber immerhin war es schon zwanzig Jahre her, dass er das letzte Mal in Pretty Point gewesen war. Als er an der Abzweigung nach Morisset und Cooranboong vorbeigefahren war, wurde ihm klar, dass er bereits zu weit im Norden war. Er wendete, fuhr in die nächste Kleinstadt und kaufte sich eine Straßenkarte der näheren Umgebung. Dann fuhr er wieder los. Diesmal nahm er die richtige Abfahrt, und nach kurzer Zeit erreichte er eine Gegend, die ihm bekannt vorkam.

Doch es hatte sich auch vieles verändert. In der früher einsamen Gegend waren zahlreiche Häuser gebaut worden. Luke ließ den Blick über den See gleiten. Ihm wurde klar, was für einen Wert das Grundstück besaß, das sein Vater hatte verschenken wollen. Wer immer diese Miss Gilbert ist, sie muss sich verdient gemacht haben, dachte er.

Je näher er kam, desto mehr nahm seine Anspannung zu. Durch Baumreihen erblickte er ein Haus mit dreieckiger Grundfläche und einem geschwungenen grünen Dach. Luke hielt an und sah sich verwirrt um. Er war sicher, dass dies das richtige Grundstück war – doch das Gebäude ähnelte nicht im Entferntesten dem Wochenendhäuschen, an das er sich noch so gut erinnerte.

Er fuhr ein Stück weiter und entdeckte ein untrügliches Zeichen, dass er sich tatsächlich am richtigen Ort befand: Eingeritzt in die Rinde eines knorrigen alten Gummibaums waren deutlich die Buchstaben LF zu lesen, die er in seiner Kindheit dort hinterlassen hatte. Der Magen zog sich ihm zusammen. Ungläubig blickte Luke das Haus an – es stand genau da, wo früher die alte Hütte gewesen war. Warum hatte sein Vater nie erzählt, dass er hier ein neues Haus errichtet hatte?

Keine voreiligen Schlüsse ziehen, ermahnte er sich. Alles würde sich aufklären, wenn er die Bewohnerin kennen lernte. Vielleicht hatte sein Vater das Haus bauen lassen, um es zu verkaufen – und es dann doch der armen Miss Gilbert geschenkt.

Luke fuhr die von Bäumen gesäumte Auffahrt entlang und parkte bei der Terrasse hinter dem Haus. Dort stand ein sportliches weißes Auto mit Schrägheck – nicht gerade das typische Auto einer alten Jungfer! Er stieg aus, stieg die hölzernen Stufen hinauf und betrachtete die Rückwand des Hauses, die aus Pinienstämmen bestand. Pinie war Lionel Freemans Lieblingsholz gewesen. Ihm wurde klar, dass sein Vater dieses Haus nicht nur gebaut, sondern auch selbst entworfen hatte – ohne seiner Frau oder ihm, Luke, davon zu erzählen.

Es gab keine Klingel. Lionel Freeman hatte Klingeln gehasst – ebenso wie Telefone. Luke klopfte. Als keine Antwort kam, klopfte er erneut, diesmal lauter. Nichts geschah.

Warum macht die Frau nicht auf? fragte er sich. War sie vielleicht alt und taub? Er wünschte, es wäre so.

Plötzlich wurde die Tür geöffnet, und die Frau stand vor ihm. Sie war weder alt noch taub, sondern jung und atemberaubend schön. Sie hatte volle, sinnliche Lippen, tiefgrüne Augen und glänzendes rotblondes Haar. Wie Isabel trug sie es hochgesteckt, doch auf ganz andere Art und Weise. Nicht streng und glatt, sondern in widerspenstigen Löckchen, die ihr zartes Gesicht umrahmten und den schlanken Hals umschmeichelten.

„Miss Gilbert?", fragte Luke. Vielleicht ist sie es nicht, dachte er. Womöglich war die junge Frau nur mit der Bewohnerin befreundet, eine Gemeindeschwester oder die Pflegekraft der alten Dame ... Genau, und ich bekomme morgen den Nobelpreis für Architektur, dachte er ironisch.

„Ja", sagte die junge Frau – und gab Luke die Antwort auf die Frage, die ihn quälte, seit er ihren Namen zum ersten Mal gehört hatte.

3. KAPITEL

Erstaunt blickte Celia zu dem dunkelhaarigen und äußerst attraktiven Mann hoch, der im Türrahmen stand. Sie überlegte fieberhaft, warum er ihr so bekannt vorkam: die markanten Gesichtszüge, die tief liegenden, fast schwarzen Augen mit den dichten Wimpern. Plötzlich fiel es ihr ein.

„Du meine Güte", sagte sie und umklammerte den Türknauf. „Sie müssen Luke sein, Lionels Sohn." Erschrocken blickte sie ihn an. Es war, als würde sie gerade Lionel gegenüberstehen – vor zwanzig Jahren.

„Genau richtig, Miss Gilbert."

Die Tatsache, dass er *ihren* Namen kannte, registrierte Celia erst nach einer Weile. Dann spürte sie auch seine unterdrückte Wut. Ganz eindeutig wollte Luke Freeman das geerbte Haus einfordern oder in Augenschein nehmen. Er musste von der außerehelichen Affäre seines Vaters mit ihrer Mutter erfahren haben und war hergekommen, um sich dieser Sache anzunehmen.

Doch was genau wollte er? Aus erster Hand alle intimen Einzelheiten erfahren? Der Geliebten seines Vaters persönlich gegenübertreten? Oder ihr Vorwürfe machen, weil sie seine Eltern auseinandergebracht hatte?

Nur über meine Leiche, schwor sie sich. Ihre Mutter hatte wegen Lionel Freeman schon genug gelitten. Sie, Celia, würde um keinen Preis zulassen, dass der Sohn das zu Ende brachte, was sein Vater begonnen hatte. Sie verschränkte die Arme vor der Brust und bereitete sich darauf vor, sich der Herausforderung zu stellen. „Ich weiß nicht, wie Sie es herausbekommen haben", sagte sie, um Fassung ringend. „Doch ich nehme an, Sie wissen bereits alles." Sie schluckte und strich sich nervös durchs Haar.

„Sie meinen Ihre Affäre mit meinem Vater?", fragte er kühl. „Oh ja. Davon weiß ich. Die Wahrheit wurde mir klar, als Sie mir die Tür öffneten. Aber ich muss meinem Vater ein Lob aussprechen.

Er hatte Geschmack. Sie sind eine wunderschöne Frau, Miss Jessica Gilbert."

Celia war viel zu erstaunt, um von diesem Kompliment geschmeichelt zu sein. Du meine Güte! Er dachte, *sie* wäre die Geliebte seines Vaters gewesen!

Fieberhaft überlegte sie, wie sie vorgehen sollte. Wenn Luke glaubte, sie wäre die Geliebte seines Vaters gewesen, dann wusste er tatsächlich nur sehr wenig. Weder kannte er Jessica, noch wusste er sonst irgendetwas über sie. Er hatte mit Sicherheit keine Ahnung, dass sie eine zweiundvierzigjährige allein stehende Frau mit einer sechsundzwanzigjährigen Tochter war. Und er hatte eindeutig keine Vorstellung davon, wie lange die Affäre angedauert hatte. Celia wurde klar, dass Lionels Sohn ihr höchstwahrscheinlich alles glauben würde, was sie ihm erzählte. Sie dachte an ihre Mutter und wusste, was sie zu tun hatte.

Celia atmete tief durch, ließ die Arme sinken und trat einen Schritt zur Seite. „Ich schlage vor, Sie kommen besser herein", sagte sie mit einer einladenden Bewegung, während sie insgeheim weiter nachdachte.

Lionels Sohn war kein Dummkopf. Sie würde also am besten so nah wie möglich an der Wahrheit bleiben, um keinen Fehler zu riskieren. Celia beschloss, die Affäre einfach zwanzig Jahre nach vorne zu verlegen und sich selbst die Rolle ihrer Mutter zuzuschreiben. Es würde nicht einfach sein, vorzugeben, dass sie den rücksichtslosen Lionel geliebt hatte, ganz zu schweigen davon, mit ihm im Bett gewesen zu sein. Doch sie würde es schaffen – irgendwie.

Luke versuchte, seine Wut zu unterdrücken, als er die widerstrebende Einladung annahm und das geheime Liebesnest seines Vaters betrat. Aber auf wen genau war er eigentlich wütend? Auf seinen Vater, weil er nicht der Held war, für den er, Luke, ihn immer gehalten hatte? Oder auf diese unglaublich sinnliche junge Frau mit den faszinierenden grünen Augen?

Luke durchschritt das großzügig geschnittene Wohnzimmer und nahm mit flüchtigem Blick die schlichte Eleganz des Raumes wahr. Der ausgiebige Gebrauch von Holz bei der Gestaltung trug die Handschrift seines Vaters. Küche und Wände waren aus Pinienholz, der polierte Holzfußboden aus Buchsbaum und die hohe vertäfelte Decke aus verschiedenen Zedernhölzern. Der Esszimmertisch bestand aus edlem Walnussholz, ebenso die fein gearbeiteten Stühle mit den Sitzpolstern aus dunkelgrünem Samt. Das große Sofa vor dem Sandsteinkamin war mit demselben Stoff bezogen.

Unwillkürlich überlegte Luke, was sich wohl auf diesem Sofa zwischen seinem Vater und seiner Geliebten alles abgespielt haben mochte – und auf dem cremefarbenen, flauschigen Läufer vor dem Kamin. Er stellte sich vor, wie Miss Gilberts rotgoldenes Haar im Feuerschein glänzte, die Flammen ihr die samtige Haut wärmten und sie sich die Zunge über die sinnlichen Lippen gleiten ließ, während sie ihren verheirateten Liebhaber mit sich zog – in das Feuer der Lust und der Leidenschaft, das ihn Ehefrau und Familie vergessen ließ.

Mit aller Macht verdrängte Luke diese Gedanken. Er zog sich einen Stuhl am Esstisch hervor, ließ sich seitwärts darauf nieder und stützte einen Ellbogen auf den Tisch, den anderen auf die Rückenlehne des Stuhls. Um nichts in der Welt wollte er sich auf das Sofa setzen oder es sich zu bequem machen. Es würde ein sehr kurzer Besuch werden.

„Darf ich Ihnen etwas zu trinken anbieten?", fragte Miss Gilbert höflich, nachdem sie die Tür geschlossen hatte. „Tee? Kaffee? Oder vielleicht ein Glas Wein?"

„Nein, danke", lehnte er etwas schroff ab.

„Ich könnte noch ein Glas vertragen", sagte sie mit ihrer verführerischen Stimme.

Während sie zur kleinen Küchenzeile ging, ließ er den Blick über ihren Körper gleiten. Die junge Frau war schlank, aber perfekt gerundet. Und sie war genau so gekleidet, wie man es von einer Geliebten erwartete. Zu einem langen Wickelrock aus weich fließendem Stoff in tiefem Weinrot trug sie eine tief ausgeschnittene schwarze Strickjacke, deren Knöpfe leicht zu öffnen waren. Sie hatte keinen BH an und war barfuß.

Luke schätzte, dass ein Mann sie in weniger als zwanzig Sekunden ausziehen könnte – vorausgesetzt, sie leistete keinen Widerstand. Unwillkürlich stellte er sich vor, wie sein Vater zur Tür hereinkam und genau das tat. Der Gedanke erfüllte Luke erneut mit Wut. Doch zu seiner Verwirrung verspürte er vor allem Eifersucht.

Miss Gilbert goss sich ein Glas Weißwein ein und setzte sich auf einen der Hocker an der Küchentheke. Nachdenklich blickte sie Luke mit ihren grünen Augen an.

„*Was* möchten Sie dann?" Sie trank einen Schluck Wein und schlug die Beine übereinander. Der Rock rutschte ein wenig hoch und gab den Blick auf ihre wohlgeformten Beine frei. Luke zwang sich, den Blick abzuwenden.

„Ich möchte nur mit Ihnen sprechen." Erleichtert stellte er fest, dass seine Stimme wieder gelassener und neutral klang.

Sie zog ironisch die Augenbrauen hoch. Luke fragte sich, ob sein Vater ihr beim ersten Treffen vielleicht ebenfalls gesagt hatte, er wolle sich nur mit ihr unterhalten. Die Vorstellung von seinem Vater als rücksichtslosem Verführer gefiel Luke genauso wenig wie das Bild eines bis über beide Ohren verliebten älteren Mannes, der nicht merkte, dass man ihn zum Narren hielt.

„Haben Sie ihn geliebt?", fragte er unvermittelt und beobachtete ihre Reaktion.

Die schönen Augen wirkten plötzlich noch größer. Sie atmete tief ein. „Ich finde nicht, dass Sie das etwas angeht", erwiderte sie kühl.

„Ich denke doch, Miss Gilbert. Mein Vater war kurz vor seinem Tod bei seinem Rechtsanwalt", fuhr er fort. „Er hatte vor, Ihnen dieses Haus zu schenken. Doch er starb, bevor die Schenkungsurkunde ausgestellt werden konnte. Der Anwalt sagte mir, mein Vater habe

Sie die letzten Jahre hier mietfrei wohnen lassen. Offenbar hat er beschlossen, dass Sie diese Sicherheit für immer haben sollten."

„Ich verstehe ..."

Ihre grünen Augen funkelten verächtlich. Luke zerbrach sich den Kopf, wem ihre Verachtung wohl galt.

„Sie glauben, ich hätte nur mit Ihrem Vater geschlafen, um so viel Geld wie möglich aus ihm rauszuholen", mutmaßte sie.

„Ja, der Gedanke ist mir gekommen."

„Ich nehme an, *Sie* werden mir diese Wohnung in diesem Fall nicht überschreiben", sagte sie ironisch.

„Das kommt darauf an", sagte er.

„Worauf?", fragte sie vorsichtig.

Jetzt kannte er zumindest die Antwort auf eine seiner Fragen. Miss Gilbert hatte seinen Vater *nicht* geliebt. Sie war ausschließlich auf das Geld ihres Liebhabers aus gewesen. Warum auch sollte eine junge, begehrenswerte Frau wie sie ein Verhältnis mit einem Mann haben, der so alt war wie ihr Vater?

Luke überlegte, um wie viel Geld sie ihn wohl bereits erleichtert hatte, ganz zu schweigen von den Geschenken, die reiche ältere Männer ihren wunderschönen jungen Gespielinnen gern machten: Kleider, Schmuck, Parfüm, Unterwäsche. In schwarzer Spitze würde sie unglaublich sexy aussehen, dachte er unwillkürlich.

„Worauf würde es ankommen?", wiederholte sie.

Luke blickte Miss Gilbert an. Er fragte sich, was sie wohl sagen würde, wenn er ihr das Haus anböte im Austausch dafür, dass sie ab jetzt an den Wochenenden *seine* Geliebte wäre und ihm all das geben würde, was sie seinem Vater gegeben hatte – und mehr als das. Oh ja, er, Luke, würde mehr wollen. Er war erst zweiunddreißig Jahre alt, ein Mann in der Blüte seiner Jahre und auf dem Höhepunkt seiner sexuellen Aktivität, der seit mehreren Wochen nicht mehr mit seiner Verlobten geschlafen hatte.

Schuldgefühle überkamen ihn, als er an Isabel dachte – die Frau, der er ewige Treue gelobt hatte. Was geschah nur mit ihm? Natürlich würde er so etwas niemals tun. Und aus in Gedanken begangener Untreue konnte man niemandem einen Vorwurf machen. Schon gar nicht in Gegenwart einer derart verführerischen jungen Frau. Ob Miss Gilbert wusste, wie sexy sie aussah mit den lackierten Zehennägeln und dem immer weiter hochrutschenden Rock, der den Blick auf die ganze Innenseite ihres linken Beines freigab? Sie nippte am Wein und sah ihn, Luke, über den Rand des Glases aufmerksam an – wie eine Raubkatze, die ihre Beute betrachtete.

Luke begann zu verstehen, warum sein Vater ihren Verlockungen zum Opfer gefallen war. Er wusste, dass er sich so schnell wie möglich aus dem Staub machen sollte. Doch das Verlangen war stärker als seine Vernunft.

„Es hängt davon ab, ob Sie mir alles über Ihre Beziehung zu meinem Vater erzählen", sagte er schroff.

Sie nahm das linke Bein herunter, so dass der Rock wieder zurückrutschte und alles verdeckte. Als sie das Glas absetzte, konnte Luke erkennen, dass ihre Hand etwas zitterte. „Alles? Was meinen Sie damit?"

Es gefiel Luke, dass sie so nervös war. Vielleicht weil er sie nicht wirklich als skrupellos und geldgierig sehen wollte. Denn sollte sie tatsächlich nur aus Berechnung und Geldgier mit seinem Vater geschlafen haben, zu was wäre sie dann bei *ihm*, Luke, in der Lage?

Noch nie zuvor war Luke so stark in Versuchung geführt worden. Während seines Studiums hatte er manches Mal im Liebesleben leichtsinnig und unüberlegt gehandelt. Und als er in London gewesen war, das erste Mal weit weg von zu Hause, war er ein richtiger Draufgänger gewesen. Doch seit er vor zwei Jahren nach Australien zurückgekommen war, hatte er keine Lust mehr auf sexuelle Abenteuer verspürt. Luke wünschte sich ein ruhiges, sicheres und harmonisches Leben – wie das seines Vaters.

Luke betrachtete Miss Gilbert und musste sich hilflos eingestehen, dass er noch immer wollte, was sein Vater gehabt hatte: eine liebevolle Ehefrau zu Hause – und eine sinnliche, verführerische Geliebte wie sie am Wochenende. Ihm wurde schwindelig, und sein Herz raste.

Das sind nur verrückte Gedanken, versuchte er sich zu beruhigen. Er würde sie um keinen Preis in die Tat umsetzen, egal, wie stark die Verlockung war. Sonst würde er sich bis an sein Lebensende dafür hassen. Doch Luke wollte alles über die Affäre seines Vaters wissen. Er musste zumindest *versuchen,* ihn zu verstehen.

„Wenn ich ‚alles' sage, dann meine ich ‚alles'", sagte er brüsk. „Ich will wissen, wie und wann Sie meinen Vater kennen gelernt haben. Wer machte den ersten Schritt und warum? Wie häufig haben Sie sich getroffen und wo? Ich will wissen, ob er Sie aufrichtig geliebt hat oder nur Sex mit Ihnen haben wollte. Erzählen Sie mir einfach die ganze verdammte Wahrheit, Miss Gilbert, und dieses Haus gehört dann Ihnen."

4. KAPITEL

Celia verspürte den Wunsch, ihn zu schlagen. Doch dann merkte sie, wie verletzt Luke war. Mitgefühl erfüllte sie. Es musste schmerzhaft sein, festzustellen, dass der eigene Vater kein so großartiger Mensch gewesen war, wie man gedacht hatte.

„Sie sind wütend auf Ihren Vater, stimmt's?", fragte sie leise.

Um Lukes Mund zuckte es leicht. Er war nicht nur wütend, sondern auch verzweifelt. Celia merkte es Luke deutlich an – daran, wie angespannt er sich bewegte und sie anblickte.

Sie nahm ihr Glas und trank den Rest Wein. Luke schwieg noch immer. Mit seinen glänzenden dunklen Augen sah er Celia so eindringlich an, dass sie sich unsicher fühlte. Eigentlich war sie schon nervös gewesen, seit er das Haus betreten hatte.

„Mein Vater war verheiratet", sagte Luke plötzlich heftig. „Und Sie haben ihn ja nicht einmal geliebt."

Celia wünschte, sie hätte ihm die Wahrheit gesagt. Doch nun war es zu spät. Es ging nicht mehr nur darum, ihre Mutter zu beschützen. Es ging auch um das Haus. Jessica verdiente es. Sie musste ja nicht selbst hier wohnen, aber es wäre eine ausgezeichnete Altersvorsorge. Celia musste sich eingestehen, dass sie sich auch an Lionel rächen wollte. Doch sie wollte weder sich noch ihre Mutter als berechnende Opportunistin bezeichnen lassen, der es nur um Lionels Geld gegangen war.

Sie versuchte, sich in ihre Mutter hineinzuversetzen. „Da irren Sie sich. Ich habe Lionel sogar sehr geliebt." Überrascht stellte sie fest, wie überzeugend es klang. Aber schließlich hatte sie Jessica diese Worte oft genug sagen hören. Celia bemühte sich, so träumerisch zu blicken wie ihre Mutter, wenn diese von ihrem Geliebten gesprochen hatte.

Auch Luke war überrascht. Spielte sie ihm nur etwas vor, oder hatte sie die Wahrheit gesagt?

„Sie erwarten doch nicht, dass ich Ihnen glaube?", fragte er kühl.

„Nein", erwiderte sie. „Aber Sie wollten die Wahrheit wissen – und die habe ich Ihnen gesagt."

„Wie Sie meinen. Wann und wie haben Sie meinen Vater kennen gelernt?"

Sie überlegte. „Als ich zweiundzwanzig Jahre alt war."

„Und wie alt sind Sie jetzt?"

„Sechsundzwanzig."

„Also vor vier Jahren." Damals war sein Vater fünfzig gewesen – du meine Güte!

„Ich sehe schon, dass Sie ausgezeichnet rechnen können. Aber Sie sind ja auch Architekt, wie Lionel es war, stimmt's?"

„Ja, ich habe viel mit meinem Vater gemeinsam", erwiderte Luke ironisch.

„Das ist wahr."

„Was wollen Sie damit sagen?", fragte er scharf.

„Ich ... ich meinte nur, dass Sie ihm sehr ähnlich sehen."

Unwillkürlich fragte Luke sich, ob die junge Frau ihn wohl auch attraktiv fand, da sie sich ja zu seinem Vater hingezogen gefühlt hatte. Wenn ihr das Geld ihres Geliebten gefallen hat, wird ihr meins auch gefallen, dachte er ironisch. Nach dem Tod seines Vaters war er noch um einiges reicher geworden. Er verdrängte den Gedanken und fragte: „Wo haben Sie meinen Vater das erste Mal getroffen?"

„Wir lernten uns in einem Hotel kennen, das im Weinanbaugebiet Hunter Valley lag. Lionel besuchte dort ein zweitägiges Architektur-Symposium, und ich habe damals als Physiotherapeutin und Masseurin in einem der Hotels gearbeitet. Lionel hatte nach dem Abendessen einen Massagetermin in seinem Zimmer gebucht. Und dann ..."

Luke kämpfte mit den Bildern, die diese kurze Schilderung in ihm heraufbeschwor. Plötzlich wollte er seinen Vater nicht mehr verstehen – und ihm auch nicht verzeihen. Doch welchen leidenschaftlichen Mann hätte es nicht in Versuchung geführt, die Hände dieser jungen Frau auf seiner bloßen Haut zu spüren?

„Hatte er etwas getrunken?", fragte er unumwunden.

„Wahrscheinlich etwas Wein zum Abendessen. Lionel liebte Wein."

„Wann haben Sie erfahren, dass er verheiratet war?"

„Er hat es mir am nächsten Morgen erzählt."

„Und wie haben Sie darauf reagiert?"

„Ich war natürlich sehr verletzt und gekränkt, aber ..." Sie unterbrach sich, als müsste sie nach den richtigen Worten suchen.

„Aber was?", fragte Luke unbarmherzig.

„Aber ich hatte mich in ihn verliebt." Sie seufzte wehmütig.

Er lachte verächtlich. „So schnell verliebt man sich nicht."

„*Sie* vielleicht nicht." Sie wich seinem Blick aus.

„Was ist dann passiert?"

Sie blickte auf und sah ihm in die Augen. „Ich habe ihm gesagt, dass ich ihn nie wiedersehen wolle. Aber er war nicht bereit, es zu akzeptieren."

„Was meinen Sie damit?"

„Er ist mir überallhin gefolgt – und dann hat er mich noch einmal verführt."

„Ich glaube nicht, dass mein Vater Sie auch nur ein einziges Mal verführt hat. Ich vermute, es war genau umgekehrt."

Verwirrt blickte sie ihn an. „Warum hätte ich denn so etwas tun sollen?"

„Zum einen waren Sie erst zweiundzwanzig Jahre alt. Ich bin oft mit jungen Frauen dieses Alters ausgegangen. Normalerweise fühlen sie sich nicht zu fünfzigjährigen Männern hingezogen, selbst wenn diese attraktiv und wohlhabend sind – es sei denn, die Frauen sind auf Geld aus."

Sie sprang auf. Ihre grünen Augen funkelten. „Das reicht", sagte sie. „Ich muss mich nicht von Ihnen beleidigen oder verhören lassen. Das ist dieses Haus nicht wert. Behalten Sie es, und denken Sie von mir, was Sie wollen. Es ist mir völlig gleichgültig!" Sie stürmte zur Tür.

Auch Lukes Blut war in Wallung geraten. Aber er musste sich

aus anderen Gründen bemühen, nicht die Kontrolle zu verlieren.

„Sie können jetzt nicht Auto fahren. Dafür haben Sie zu viel Wein getrunken", sagte er.

Sie blieb stehen und wandte sich um. Ihr Gesicht war gerötet. „Dann werden *Sie* eben verschwinden", rief sie aufgebracht. „Einer von uns muss dieses Haus verlassen, sonst werde ich noch etwas tun, was ich später bereue."

„Was meinen Sie damit?"

Sie versuchte, sich zu beruhigen. „Sie sind wegen dieser Sache schon genug verletzt worden. Ich will Ihnen nicht noch mehr wehtun. Ob Sie es glauben oder nicht – ich weiß, wie Sie sich fühlen."

Er lachte ironisch. „Sie haben keine Ahnung, was in mir vorgeht. Ich habe meinen Vater verehrt. Für mich war er ein Held – und jetzt erzählen Sie mir, dass er meiner Mutter untreu war, skrupellos junge Frauen verführt und sie ausgenutzt hat."

„Ja, das stimmt", erwiderte sie heftig. „Wollen Sie wirklich die Wahrheit wissen? Also gut: Ihr Vater war ein Dreckskerl – selbstsüchtig, egoistisch und ... Und Sie haben Recht, ich habe ihn nicht geliebt. Ich habe ihn gehasst. Als er starb, hat es mir kein bisschen leid getan. Denn nicht ich war es, sondern ... oh nein!" Als ihr bewusst wurde, was sie gesagt hatte, brach sie in Tränen aus.

„Ich ... es tut mir leid ..." Heftig schluchzend lief sie nach oben ins Badezimmer und schlug die Tür hinter sich zu.

Verwirrt strich Luke sich durchs Haar. Seine Hände zitterten. Es hat keinen Sinn, ihr nachzugehen, dachte er. Aber sobald sie zurückkäme, würde er sie dazu bringen, ihm die ganze Wahrzeit zu sagen.

Plötzlich klingelte ein Telefon. Er fuhr erschrocken zusammen und sah sich um. Auf dem Küchentresen lag ein Handy. Luke wartete darauf, dass die Besitzerin zurückkommen würde, um den Anruf entgegenzunehmen. Als sie das nicht tat, nahm er widerstrebend das Telefon und drückte auf den blauen Knopf. „Hallo?"

„Oh! Ich ... könnte ich bitte mit Celia sprechen?", fragte eine Frauenstimme verwirrt.

„Tut mir leid", erwiderte er kurz angebunden. „Hier gibt es keine Celia. Dieses Handy gehört Miss Jessica Gilbert. Sie müssen sich verwählt haben."

„Nein, das habe ich nicht", entgegnete die Frau kühl. „Ich habe die Nummer eingespeichert. Außerdem sitzt Jessica Gilbert neben mir. Ihretwegen will ich ja mit Celia sprechen – um ihr zu sagen, dass sie ihre Mutter bitte doch noch dieses Wochenende besuchen soll."

„Ihre *Mutter?*" Nun war Luke verwirrt.

„Ja. Ich bin Helen, Jessicas ältere Schwester. Und wer sind Sie, wenn ich fragen darf? Vielleicht ein Vertreter? Haben Sie deshalb Celia für Jessica gehalten, weil sie das Wochenende im Haus ihrer Mutter verbringt?"

Plötzlich wurde Luke im Zusammenhang mit der Affäre seines Vaters einiges klar. Die junge Frau oben im Badezimmer war gar nicht Jessica Gilbert, sondern ihre Tochter. Lionel Freemans Geliebte war also kein verführerisches junges Mädchen, sondern eine reife Frau gewesen. Obwohl Luke diese Vorstellung schon etwas besser gefiel, konnte er nach wie vor nicht begreifen, warum sein Vater überhaupt eine Affäre gehabt hatte.

„Nein", sagte er, „ich bin kein Vertreter. Mein Name ist Luke Freeman." Er hörte, wie die Frau erschrocken einatmete. Offenbar konnte sie also mit diesem Namen etwas anfangen.

„Der Grund für die Verwechslung ist die Tatsache, dass Celia sich als Jessica Gilbert ausgegeben hat, seit ich hier ankam."

Ein Seufzer war zu hören. „Dann wissen Sie also schon, dass Ihr Vater und meine Schwester eine Affäre hatten."

„Zumindest hatte ich einen Verdacht", erwiderte er kühl. „Und als Celia klar wurde, wer ich bin, hat sie es mehr oder weniger direkt bestätigt. Können Sie mir vielleicht sagen, warum sie mir dieses Lügenmärchen erzählt hat? Haben Sie eine Ahnung, was für ein Gefühl es war, sich vorzustellen, mein Vater hätte eine Geliebte gehabt, die seine Tochter hätte sein können?"

„Seien Sie ihr nicht böse", bat Helen. „Celia wollte wahrscheinlich nur ihre Mutter schützen. Die arme Jessica hatte einen Nervenzusammenbruch, als Ihr Vater starb. Ich nehme an, Celia wollte verhindern, dass Sie ihre Mutter aufsuchen und ihr unangenehme Fragen stellen."

Das konnte Luke nachvollziehen. Ein Nervenzusammenbruch? dachte er erschüttert. Was für ein Mensch war sein Vater wirklich gewesen? Und hatte er, Luke, ihn je richtig gekannt? Es gab nur eine Möglichkeit, das herauszufinden: Er musste die richtige Jessica Gilbert kennen lernen. „Sie sagten, Celias Mutter sei bei Ihnen?"

„Ja. Sie wohnt im Moment hier. Jemand muss sich um sie kümmern, denn sie redet nicht und isst kaum. Meistens sitzt sie nur da und blickt ins Leere. Oder sie weint."

„Wo wohnen Sie, Helen? Ist es weit von Pretty Point entfernt?"

„Das möchte ich Ihnen lieber nicht verraten. Sonst platzen Sie am Ende noch hier herein und verstören meine Schwester."

„Das würde ich niemals tun."

„Wirklich nicht? Sicher sind Sie doch bei Celia auch unangekündigt aufgetaucht – sonst hätte sie Ihnen die Wahrheit gesagt. Sie hat Ihren Vater nicht gerade geliebt."

„Das habe ich auch schon festgestellt."

„Erlauben Sie mir bitte eine Frage: Wie sind Sie eigentlich darauf gekommen, dass Ihr Vater eine Geliebte hatte? Soweit ich weiß, hat er sich die größte Mühe gegeben, die Affäre vor seiner Familie geheim zu halten."

Luke berichtete von dem Gespräch mit seinem Anwalt.

„Ach so", sagte Helen zögernd. „Dann glauben Sie also, dass meine Schwester erst seit wenigen Jahren die Geliebte Ihres Vaters war?"

„Ja, natürlich. Was … was meinen Sie damit?" Lukes Herz begann heftig zu schlagen.

„Ich möchte Ihre Illusionen nicht zerstören, aber die Affäre mit meiner Schwester begann schon vor zwanzig Jahren."

5. KAPITEL

Celia hatte aufgehört zu weinen. Sie sah in den Spiegel. Ihre Augen waren gerötet, das Haar war zerzaust, die Gesichtshaut ein wenig fleckig. Aber das war nichts im Vergleich zu der Katastrophe, die sie angerichtet hatte. Wie, um alles in der Welt, sollte sie Luke ihr Verhalten erklären – diesen Ausbruch von Hass auf seinen Vater, den sie doch angeblich liebte?

Vielleicht könnte ich ihm sagen, dass meine Liebe schließlich in Hass umgeschlagen sei, weil er seine Frau nicht habe verlassen wollen, um mich zu heiraten, dachte sie. Dass er sie, Celia, nur ausgenutzt habe. Ja, das wäre vielleicht eine Lösung.

Am liebsten hätte sie Luke die Wahrheit gesagt. Es widerstrebte ihr, sich als Lionels Geliebte auszugeben. Celia konnte gut verstehen, warum Luke ihr so merkwürdige Blicke zugeworfen hatte. Aber sie hatte keine Wahl, denn schließlich wollte sie ihre Mutter schützen – und dafür sorgen, dass diese das Haus behalten konnte.

Celia spritzte sich ein wenig kaltes Wasser ins Gesicht. Sie gab sich keine große Mühe, ihr Aussehen zu verbessern. Schließlich ist mein Geliebter vor zwei Wochen ums Leben gekommen, dachte sie ironisch. Dann atmete sie tief ein, hob das Kinn und ging wieder nach unten.

Luke war nicht mehr im Wohnzimmer. Er stand auf der Terrasse und blickte zum See hinüber. Die Hände hatte er in die Hosentaschen geschoben, die Schultern leicht nach vorn gezogen. Seine Körpersprache drückte nicht Verärgerung aus, sondern Enttäuschung und Traurigkeit.

Celia wurde von Mitgefühl ergriffen. Ich kann ihn nicht mehr anlügen, dachte sie plötzlich. Er verdiente es, die Wahrheit zu erfahren. Vor Nervosität zog sich ihr der Magen zusammen, als sie die Glastür der Terrasse weiter aufschob.

Luke wandte sich um. Wieder sah er sie eindringlich an. Celia erwiderte seinen Blick. Zum ersten Mal sah sie in dem jungen Mann

Luke Freeman und nicht Lionels Sohn. Er war attraktiver als sein Vater: Die Gesichtszüge waren feiner, der Mund war sinnlicher, die dunklen Wimpern waren dichter. Doch wie sein Vater hatte er dichtes dunkles Haar – und ein Kinn, das Durchsetzungsvermögen vermuten ließ. Auch was die Figur anging, ähnelte Luke seinem Vater. Er war groß und muskulös, hatte breite Schultern und sehr schmale Hüften. Er trug einen eleganten grauen Anzug, ein weißes Hemd und eine dunkelrote Krawatte. Doch Celia war sicher, ein Mann wie er würde immer großartig aussehen – ganz egal, was er trug.

Ein Schauer lief ihr über den Rücken. Sie verschränkte die Arme vor der Brust und sagte: „Es wird langsam kühl. Würde es Ihnen etwas ausmachen, wieder hereinzukommen? Ich möchte Ihnen etwas sagen."

„Wenn Sie darauf bestehen." Er ging auf sie zu. Celia trat beiseite, doch sein rechter Arm berührte leicht ihren. Sie spürte es im ganzen Körper. Wieder erschauerte sie. Erschrocken hielt sie den Atem an, während Luke sich aufs Sofa vor dem Kamin setzte.

Sie hatte nicht wegen der Kälte gezittert, sondern wegen der erotischen Spannung, die von Luke ausging. *Warum überrascht mich das eigentlich so?* fragte Celia sich. Luke Freeman war schließlich ein äußerst attraktiver Mann, dem sicher unzählige Frauen zu Füßen lagen. Aber das Letzte, was sie wollte, war, sich ausgerechnet zu Lionel Freemans Sohn hingezogen zu fühlen. Celia schloss die Terrassentür. Sie stellte sich mit dem Rücken zum Kamin und sah Luke an. Sei ganz sachlich, ermahnte sie sich insgeheim. *Und keine Ausflüchte. Sag ihm einfach die Wahrheit.*

Luke blickte sie an und fragte sich, was für Lügenmärchen sie ihm jetzt wohl wieder auftischen würde. Doch da er nun Celias Motive kannte, war er ihr nicht mehr böse. Wie weit würde sie wohl gehen, um ihre Mutter zu beschützen?

„Ich muss mich bei Ihnen entschuldigen", sagte sie zu seiner Überraschung. „Ich habe Sie angelogen."

„Inwiefern?"

„Ich bin niemals die Geliebte Ihres Vaters gewesen", erwiderte sie mutig. „Und ich heiße nicht Jessica, sondern Celia. Als Sie hier ankamen, haben Sie mich gefragt, ob ich Miss Gilbert sei. Und das bin ich ja auch. Aber eben nicht Jessica Gilbert, sondern Celia. Jessica ist meine Mutter."

„Ich weiß", erwiderte Luke.

Sie blinzelte überrascht. „Wie bitte?"

Jetzt war es an der Zeit, *ihr* die Wahrheit zu sagen. „Als Sie im Badezimmer waren, hat Ihre Tante Helen angerufen und nach Celia gefragt. Ich habe ihr gesagt, dass hier nur eine Jessica sei. Den Rest können Sie sich ja selbst zusammenreimen."

„Oh …" Sie war einen Moment sprachlos und ließ sich auf das andere Ende des Sofas sinken. „Wie viel wissen Sie?"

„Einiges", erwiderte Luke, „aber noch nicht genug."

Sie kaute nervös auf ihrer Lippe, und ihm fiel auf, wie voll und sinnlich ihr Mund war. Obwohl er jetzt wusste, dass sie nicht die Geliebte seines Vaters gewesen war, waren seine Gedanken in eine gefährliche Richtung abgedriftet. Er hatte gehofft …

„Was hat Tante Helen Ihnen erzählt?" Celias wunderschöne Augen blickten besorgt.

Luke rief sich das Telefongespräch in Erinnerung.

„Jessica war zweiundzwanzig Jahre alt, als sie Ihrem Vater begegnete. Sie war allein erziehende Mutter eines sechsjährigen Mädchens und verdiente sich mühsam ihren Lebensunterhalt, indem sie in Ferienhotels im Hunter Valley Massagen für wohlhabende Touristen und Geschäftsreisende anbot. Damals lebte sie in einer schäbigen Zweizimmerwohnung in Maitland und fuhr ein uraltes Auto. Und sie war die schönste junge Frau, die ich kannte – sowohl äußerlich als auch, was ihren Charakter anging", hatte Helen gesagt. „Doch das entschuldigt nicht, was Ihr Vater getan hat. Als er sie kennen lernte, war er schon verheiratet und hatte einen Sohn. Aber das hat er Jessica erst erzählt, nachdem sie eine Nacht mit ihm verbracht und sich bis über beide Ohren in ihn verliebt hatte. Sie sagte Lionel, sie wolle ihn nicht wiedersehen, doch er ließ sie nicht in Ruhe. Immer wieder kam er zurück, brachte Geschenke für Celia mit und sagte Jessica, wie sehr er sie liebte. Er wollte, dass sie ihm jederzeit zur Verfügung stand – aber niemand sollte etwas davon erfahren. Sie trafen sich bei Jessica zu Hause, bis Celia größer wurde und zu verstehen begann, was vorging. Vermutlich hat das arme Kind eines Tages eine furchtbare Szene gemacht. Aber die beiden besaßen nicht den Anstand, ihre Affäre zu beenden. Von da an fuhr Jessica ständig etliche Kilometer hin und her, um sich mit Ihrem Vater für einige Stunden in abgelegenen Hotels zu treffen – und auch in dieser schäbigen kleinen Anglerhütte in Pretty Point. Schließlich baute Lionel dort das Haus, in dem Sie sich gerade aufhalten. Jessica nannte es immer ein ‚Liebesnest', aber ich halte ‚Lustnest' für angebrachter."

Sie hatte noch einiges mehr gesagt. Ganz offensichtlich war Helen nicht gut auf Lionel zu sprechen. Auch das Verhalten ihrer Schwester schien ihr Missfallen erregt zu haben. Luke hatte jedoch nicht vor, Helens Bericht in dieser drastischen Form an Celia weiterzugeben.

„Helen erzählte mir, wie lang die Affäre dauerte", sagte er. „Und wie Ihre Mutter gelebt hat, als sie meinen Vater kennen lernte. Ich weiß auch, dass sie meinen Vater sehr geliebt haben muss."

Überrascht sah Celia ihn an. „Hat Helen *das* auch gesagt?"

„Nein", gab er zu. „Als ich sie darauf ansprach, sprach sie von ‚sexuell abhängig' und Ähnlichem. Aber ich glaube nicht, dass Ihre Mutter einen Nervenzusammenbruch erlitten hätte, wenn ihre Gefühle für meinen Vater nicht echt und sehr stark gewesen wären."

„Das waren sie wirklich." Celia seufzte wehmütig.

„Haben Sie mir deshalb dieses Lügenmärchen erzählt – um Ihre Mutter zu schützen?"

„Ja." Sie nickte.

„Sie wollten also nicht, dass ich mit ihr spreche – aber Sie möchten, dass sie dieses Haus behält?"

„Ja." Bittend sah Celia ihn an. „Sie hat es wirklich verdient. Als Ihr Vater noch lebte, hat meine Mutter nie etwas Wertvolles von ihm angenommen. Sie hat ihren Lebensunterhalt immer allein bestritten. Dann und wann hat Lionel ihr ein kleines Geschenk gemacht, und seit einigen Jahren durfte sie hier mietfrei wohnen. Und vielleicht hat er ihr ab und zu etwas Geld gegeben, aber nur, damit sie Wein und Essen davon kaufte. Das ist nicht viel, wenn man bedenkt, dass sie ihm fast das ganze Leben lang ihre Liebe geschenkt und zahlreiche Opfer gebracht hat. Mum hat Lionel nie um etwas gebeten", fügte sie hinzu. „Sie wollte nur seine Liebe."

„Und sowohl Sie als auch Ihre Tante denken nicht, dass sie genau das bekommen hat."

Celia setzte sich auf. „Ja, das stimmt", erwiderte sie kühl. „Wir bezweifeln es."

„Und was glaubt Ihre Mutter?"

„Sie war der Meinung, Lionel würde sie lieben. Offenbar hat er es oft gesagt – aber das tun Männer ja für gewöhnlich, wenn sie Sex wollen", stellte Celia ein wenig bitter fest.

„Tatsächlich?" Luke sah ihr in die Augen und fragte sich, ob sie wohl etwas Ähnliches auch schon erlebt hatte.

Celia wich seinem Blick aus und stand auf. „Ein Kaffee würde mir jetzt gut tun. Möchten Sie auch welchen? Oder vielleicht Tee? Es ist auch noch etwas Weißwein in der Flasche, ein Chablis."

Auf keinen Fall würde er Alkohol trinken – wer wusste, was dann passieren könnte?

„Ich hätte auch gern einen Kaffee, vielen Dank. Bitte mit Milch und ohne Zucker."

Celia ging in die Küche. Sie schien erleichtert zu sein, sich aus seiner unmittelbaren Nähe zu entfernen. Vielleicht spürte sie das heftige Begehren, das ihn erfüllte, wann immer er sie ansah. Sicher erschreckte es Celia ebenso, wie es ihn selbst erschreckte. Noch nie hatte er etwas Ähnliches empfunden.

Sie kochte den Kaffee, ohne ihn, Luke, eines einzigen Blickes zu würdigen. Er rutschte zur anderen Seite des Sofas, um all ihre Bewegungen beobachten zu können.

„Sind Sie Tänzerin?", fragte er plötzlich.

Sie hielt inne und sah ihn erstaunt an. „Nein. Wie kommen Sie darauf?"

„Wegen der Art, wie Sie sich bewegen – und wegen Ihres Aussehens."

Celia lachte – sie wirkte ein wenig verlegen, aber auch geschmeichelt. „Ich bin keine Tänzerin, obwohl ich sehr gern tanze. Ich bin Physiotherapeutin. Das wollte meine Mutter immer werden. Doch sie hatte früher nicht genug Geld, um sich die Ausbildung leisten zu können. Aber sie ist eine fantastische Masseurin."

„Sind *Sie* auch eine fantastische Masseurin?"

Sie zuckte die Schultern. „Ich bin geschickt und erfahren."

Unwillkürlich stellte Luke sich vor, sie würde mit den Händen seine bloße Haut berühren. Das war ein Fehler, denn sofort wurde er wieder von einem heftigen Verlangen erfasst. Nervös bewegte er sich auf dem Sofa. „Und ... und wo arbeiten Sie?"

„Ich vertrete die Leiterin einer Fachklinik für Sportverletzungen. Die Frau ist gerade im Mutterschaftsurlaub."

„Macht Ihnen die Arbeit Spaß?"

„Meistens ja. Allerdings ist sie bei weitem nicht so lohnend wie die meiner vorigen Stelle. Ich habe Unfallopfer in verschiedenen Krankenhäusern an der Central Coast behandelt. Aber schließlich hat es mich zu stark belastet – besonders wenn die Patienten noch Kinder waren und die Behandlung nicht zum gewünschten Erfolg führte. Allerdings kann ich mir gut vorstellen, später wieder in diesem Bereich zu arbeiten, wenn ich älter bin – und etwas abgehärteter. Aber ich bin schon jetzt wesentlich härter im Nehmen, als ich wirke", fügte sie hinzu. „Möchten Sie etwas zum Kaffee?"

Ja, dich, dachte Luke. Hör auf, ermahnte er sich sofort insgeheim. Doch es gelang ihm nicht, sein Verlangen zu unterdrücken.

„Nein, vielen Dank", erwiderte er betont gelassen.

Celia beugte sich vor und stellte seinen Becher auf einen kleinen Tisch links von ihm. Unwillkürlich blickte Luke ihr in den Ausschnitt. Wie er bereits festgestellt hatte, trug sie keinen BH, und beim Anblick ihrer vollen Brüste erfasste ihn wieder ein heftiges Begehren. Schnell nahm er den Becher in beide Hände und hielt ihn oberhalb seines Schoßes, damit Celia nicht merkte, wie erregt er war.

Doch zum Glück sah sie ihn nicht an, sondern blickte traurig und gedankenverloren in den kalten Kamin.

„Ihre Tante Helen lässt übrigens ausrichten, dass Ihre Mutter darum bittet, sie bald zu besuchen."

Celia nickte langsam.

Zu seiner Erleichterung verspürte Luke diesmal kein Verlangen, sondern Mitgefühl. „Geht es ihr sehr schlecht?"

„Ja. Sie sagt kaum ein Wort und hat jede Nacht Albträume. Manchmal ruft sie im Schlaf nach Lionel."

Luke konnte sich noch immer nicht vorstellen, dass sein Vater eine Frau skrupellos ausgenutzt und selbstsüchtig ihr Leben zerstört hatte. Doch offensichtlich hatte er genau das getan – ob mit Absicht oder unbewusst. Dass sein Vater sich von seiner Leidenschaft hatte überwältigen lassen, konnte Luke verstehen – besonders dann, wenn Jessica auch nur halb so schön war wie ihre Tochter. Doch er hätte sie nach jener ersten Nacht nicht mehr wiedersehen dürfen. Was er der armen Frau und ihrer Tochter im Laufe der Jahre angetan hatte, war unverzeihlich.

Laut Helen war Lionel Freeman immer wieder aufgetaucht, hatte Celia mit Geschenken überhäuft und ihren Vater gespielt, nur um dann wieder für Wochen zu verschwinden. Kein Wunder, dass Celia ihn hasst, dachte Luke. Zuerst hatte sie seinen Vater geliebt, doch als sie älter wurde, war ihr bewusst geworden, was für ein falsches Spiel er trieb.

„Das alles tut mir wirklich leid, Celia", sagte Luke sanft. „Was mein Vater getan hat, war falsch. Ich kann sein Verhalten weder erklären noch entschuldigen. Aber Ihre Mutter ist nicht der einzige Mensch, dem er wehgetan hat, nicht wahr?"

„Was ... was meinen Sie damit? Sie glauben doch nicht etwa, dass Ihre Mutter davon wusste?"

Bisher hatte er das nicht für möglich gehalten. Es hätte seiner Mutter das Herz gebrochen, wenn sie von der Affäre ihres geliebten Mannes gewusst hätte. Doch plötzlich kamen Luke Zweifel. War sie vielleicht deshalb manchmal ohne erkennbaren Grund so traurig gewesen, hatte sie deshalb so unter starker Migräne gelitten?

Nein, das kann nicht sein, dachte er. Sein Vater hatte Jessica Gilbert erst kennen gelernt, als er, Luke, zwölf Jahre alt gewesen war. Doch er erinnerte sich, dass seine Mutter schon Migräne gehabt hatte, als er noch ein ganz kleiner Junge gewesen war. Und was ihre unerklärliche Traurigkeit anging – erlebte das nicht jeder Mensch dann und wann? Man kann ja nicht ständig glücklich und zufrieden sein, dachte Luke.

Celia schien zu bemerken, wie beunruhigt er war. „Mum war immer sehr sicher, dass Ihre Mutter nichts davon wusste. Und ich habe keinen Grund, es nicht zu glauben. Aber Sie sagten, Mum sei nicht der einzige Mensch, dem Lionel wehgetan habe, und da dachte ich ..." Sie unterbrach sich und sah ihn verwirrt an.

„Nein, ich glaube auch nicht, dass meine Mutter von der Affäre wusste", stimmte Luke ihr zu. „Ich meinte eigentlich Sie, Celia. Mein Vater hat *Sie* verletzt."

Überrascht sah sie ihn mit ihren großen grünen Augen an.

„Dad kann sich nicht mehr für sein Verhalten entschuldigen", fuhr Luke fort. „Deshalb möchte ich es an seiner Stelle tun. Ich bin sicher, dass er Sie nicht absichtlich verletzt hat. Aber dennoch hat er es getan, und es tut mir unsagbar leid."

„Oh ..." Sprachlos sah Celia ihn an. Sein Mitgefühl überwältigte sie. Ihre Hände begannen sofort zu zittern, so dass sie ein paar Tropfen Kaffee auf ihren Schoß verschüttete. Sie schrie leise auf und brach dann in Tränen aus.

Luke handelte, ohne nachzudenken. Er setzte sich zu Celia, um ihr den Becher abzunehmen und ihn wegzustellen. Dabei hatte er keinerlei Absichten verfolgt, sondern sich lediglich hilfsbereit verhalten wollen. Er war nun einmal ein Gentleman. Doch bevor er sich wieder von Celia entfernen konnte, wandte sie sich zu ihm um und barg schluchzend den Kopf an seiner Brust.

Lukes Herz begann heftig zu schlagen. Was sollte er nur tun? Mach, dass du wegkommst, befahl ihm eine innere vernünftige Stimme. Aber das brachte er nicht fertig. Celia brauchte Trost, und wer sonst sollte ihn ihr geben, wenn nicht er?

Luke schloss die Augen und schickte ein Stoßgebet zum Himmel. Dann legte er die Arme um sie.

6. KAPITEL

Celia ließ sich von Lukes Wärme und seinem maskulinen Duft einhüllen. Sie barg den Kopf an seiner muskulösen Brust und schob die Arme unter sein Jackett, während sie sich an ihn schmiegte, als wollte sie ihn nie wieder loslassen.

Wie gut es sich anfühlte, so festgehalten zu werden! Endlich wurde ihr klar, wie wütend und enttäuscht sie in den letzten Jahren gewesen war, als sie hatte mit ansehen müssen, wie ihre Mutter ihr Leben für einen verheirateten Mann geopfert hatte. Celias Schluchzen verebbte langsam.

Ihre Mutter hatte sie nie wirklich verstanden, besonders seit Celia erwachsen war. Jessica Gilbert hatte ihr immer gesagt, sie solle sich auf ihr eigenes Leben konzentrieren und aufhören, sich um ihre Mutter Sorgen zu machen. Umso mehr überwältigte es Celia, dass ausgerechnet Lionel Freemans Sohn Verständnis für ihre Gefühle hatte. Wie freundlich und mitfühlend er war! Und wie …*stark*, stellte sie fest, als er sie plötzlich fester an sich zog.

Bestimmt treibt er viel Sport und macht Krafttraining, dachte Celia, als sie ihm die Hände über den Rücken gleiten ließ und die kräftigen, wohlgeformten Muskeln spürte. Luke stöhnte leise auf. Überrascht hob sie den Kopf und sah ihn an. Seine Augen spiegelten Verwirrung und Begehren wider.

„Du hättest mich so nicht berühren dürfen", sagte er rau und hob ihr Kinn an. „Ich bin auch nur ein Mensch, Celia. Nur ein Mensch …" Er umfasste ihr Gesicht und presste die Lippen auf ihre.

Zuerst wollte Celia sich dagegen wehren. Schließlich war es Lionels Sohn, der sie küsste. *Lionels Sohn!* Doch dann berührte seine Zunge ihre, und Celia hatte das Gefühl, ihr Herz würde aufhören zu schlagen. Du meine Güte, dachte sie atemlos.

Eine Woge des Begehrens durchflutete Celia. Sie gab sich ganz ihren Gefühlen hin. Als Luke seinen Mund einen Moment von ihrem löste, protestierte sie leise. Er flüsterte etwas Unverständliches, dann bog er sanft ihren Kopf zurück und ließ die Lippen über ihren Hals gleiten.

Celia verstand plötzlich, warum so viele Frauen Vampirfilme erotisch fanden. Unwillkürlich stöhnte sie leise auf – nicht vor Schmerz, sondern aus purer, ungezügelter Lust. Luke ließ die Hand unter ihr Oberteil gleiten und umfasste ihre Brust. Celia hielt den Atem an, als er mit dem Daumen über ihre aufgerichtete Brustspitze strich.

Dann zog Luke die Hand zurück, und erneut wollte sie protestieren. Doch er ließ die Finger unter ihren Rock und an der Innenseite ihrer Schenkel entlanggleiten. Wieder stöhnte Celia vor Lust auf und öffnete die Beine. Zuerst streichelte er sie durch den dünnen Stoff ihres schwarzen Slips, dann schob er die Hand darunter. Noch nie zuvor hatte Celia etwas Derartiges empfunden. Sie stieß einen leisen Schrei aus und bog sich Luke verlangend entgegen. Dabei hatte sie das Gefühl, jeden Moment zum Höhepunkt zu kommen. Noch nie war es einem Mann gelungen, sie so schnell so nah zum Gipfel der Lust zu bringen.

Plötzlich hielt Luke inne. Er löste die Lippen von ihrem Hals und hob den Kopf. Ihre Blicke trafen sich. Gequält und verwirrt sah er sie an, während Celias Augen nur ungezügelte Leidenschaft ausdrückten.

„Hör nicht auf. Mach weiter!", flehte sie ihn atemlos an.

Er lächelte und hob sie scheinbar mühelos hoch, als er aufstand. „Dein Wunsch ist mir Befehl, meine Schöne. Aber nicht hier. Wenn ich mit dir schlafen werde, und es sieht ganz danach aus, dann sollten wir auch den geeigneten Ort dafür wählen", fügte er hinzu, während er sie zur Treppe trug. Er stieg mit ihr die Holztreppe hinauf, wobei er immer zwei Stufen auf einmal nahm.

Das geräumige Schlafzimmer im ersten Stock, in dem ihre Mutter und sein Vater sich Hunderte von Malen geliebt hatten, war wohnlich und luxuriös eingerichtet. In der Mitte des Raumes stand ein großes Bett auf dem geschliffenen Holzfußboden. An drei Wänden hingen farbenprächtige gewebte Teppiche. Die vierte Wand bestand ganz aus

Glastüren, die auf eine Terrasse mit einem herrlichen Blick über den See führten. Es gab eine begehbare Garderobe auf der einen Seite des Zimmers und ein kleines Badezimmer auf der anderen.

Celia hatte das Bett frisch mit ihrer eigenen Bettwäsche bezogen, als sie am Nachmittag angekommen war. Sie hatte sich nicht wohl gefühlt, solange der schwache, aber deutlich wahrnehmbare Duft von Lionels Rasierwasser noch an der Bettwäsche gehaftet hatte.

Wenn irgendjemand ihr erzählt hätte, dass sie einige Stunden später mit Lionel Freemans Sohn in dasselbe Bett gehen würde, hätte sie den Betreffenden für verrückt erklärt. Doch jetzt hielt er sie in den Armen, und sie konnte es kaum erwarten, endlich mit ihm im Bett zu liegen und seinen nackten Körper an ihrem zu spüren. Welch Ironie des Schicksals!

Zumindest konnte Celia nun etwas besser nachvollziehen, warum ihre Mutter sich so verhalten hatte, wie sie es getan hatte. Falls Lionel bei ihr ähnliche Gefühle geweckt hatte, war es sicher sehr schwierig gewesen, ihn wegzuschicken, ob er nun verheiratet war oder nicht. Dieser Gedanke erfüllte sie plötzlich mit Panik.

„Du bist nicht verheiratet, oder?", fragte sie Luke angstvoll, als er sie zum Bett trug.

Er blieb stehen und betrachtete sie eindringlich einen Augenblick lang, der ihr wie eine Ewigkeit erschien.

„Nein", sagte er schließlich. „Und du?"

„Natürlich nicht!"

Luke lächelte, ein äußerst geheimnisvolles Lächeln. „Natürlich nicht", wiederholte er und ließ sie aufs Bett gleiten.

Er richtete sich auf, um sie einige Sekunden lang eingehend zu betrachten. Dann beugte er sich über sie und schob die Hände unter ihren Rock. Er zog ihr das schwarze Höschen aus und ließ es auf den Boden fallen.

Dann begann er, sich selbst auszuziehen. Zuerst legte er Jackett und Krawatte ab. Celia lag nur da und betrachtete ihn mit klopfendem Herzen. Luke ging zum einzigen Stuhl im Zimmer, hängte Jackett und Krawatte über die Lehne und setzte sich, um sich Schuhe und Strümpfe auszuziehen. Schließlich stand er auf, kam hinüber zum Bett und blickte auf sie hinunter.

„Mach dein Oberteil auf!", sagte er und begann sich das Hemd aufzuknöpfen.

Nicht einen Moment lang dachte Celia daran, sich seiner Aufforderung zu widersetzen. Mit zittrigen Händen öffnete sie von oben nach unten die sechs schwarzen Knöpfe. Dann zögerte sie. Auch Luke hatte alle Knöpfe geöffnet, sein Hemd jedoch noch nicht ausgezogen. Er stützte die Arme in die Hüften und betrachtete sie, Celia, eindringlich.

„Öffne es", befahl er.

Sie atmete tief ein, zog die Strickjacke auf und gab den Blick auf ihre üppigen runden Brüste frei. Luke ließ den Blick über sie gleiten. Celia spürte, wie ihre festen Brustspitzen noch härter wurden.

„Und jetzt den Rock", befahl er. „Zieh ihn nicht aus. Öffne ihn. Weit."

Celia hielt den Atem an. Noch nie hatte ein Mann sie dazu gebracht, derartige Dinge zu tun. Sie schlug die Stoffbahnen ihres Wickelrocks auseinander, so dass Luke ihre Beine sehen konnte – und das Dreieck dunkler Locken dazwischen.

„Und jetzt ... die Beine", sagte er rau.

Celia spürte, wie ihr leicht schwindelig wurde. Ihre Beine ... Luke wollte, dass sie die Beine öffnete ... Er wollte mit eigenen Augen sehen, wie empfänglich sie war, wie übermächtig das Verlangen nach ihm.

Das kann ich nicht, dachte sie atemlos. Ich werde vor Scham sterben. Doch Celia wusste, sie würde alles tun, was Luke von ihr verlangte. Nie zuvor hatte sie sich so lebendig gefühlt.

Lukes Augen funkelten. Ihr wurde heiß, und das Verlangen steigerte sich ins Unerträgliche. Celia wollte nicht nur seinen Blick auf ihrem Körper spüren, sondern seine Hände, seine Lippen, seine Zunge. Ihr Herz schlug zum Zerspringen.

„Luke, bitte", flüsterte sie.

„Es wird nicht lange dauern", versprach er, öffnete sein Hemd ganz und ließ es auf den Boden fallen.

Celia blickte seine muskulöse männliche Brust an. Ihr Verlangen wurde noch stärker. Sie sehnte sich nicht nur danach, von Luke berührt zu werden, sondern wollte auch ihn liebkosen, die Hände über seine Brust und seine Schultern gleiten lassen, mit den Fingern durch sein dunkles Brusthaar streichen – bis dorthin, wo es unter seinem Hosenbund verschwand.

Mit wild klopfendem Herzen beobachtete sie, wie Luke den Reißverschluss öffnete und sich die Hose auszog. Er trug einen knapp sitzenden schwarzen Slip, unter dem sich deutlich abzeichnete, wie erregt er war. Celia versuchte sich vorzustellen, wie es sich anfühlen würde, wenn er in sie eindrang. Der Gedanke ließ sie erschauern. Er war groß, das konnte sie erkennen. Größer als die der anderen Männer, mit denen sie bisher zusammen gewesen war. Sie konnte kaum glauben, dass die Größe wirklich keine Rolle spielte.

Luke bückte sich, um aus seiner Hose die Brieftasche herauszuholen, aus der er ein Kondom zog.

„Ich habe nur dieses eine dabei", sagte er und ließ seine Brieftasche wieder auf den Boden fallen. „Das muss ausreichen."

Celia fragte sich, wie es sein konnte, dass sie selbst keinen Gedanken an die Verhütung verschwendet hatte. Normalerweise war Safer Sex ihr äußerst wichtig. Wenn sie mit einem ihrer früheren Freunde ins Bett gegangen war, hatte sie immer von Anfang an darauf bestanden, dass ein Kondom benutzt wurde. Celia wusste, dass sie sich von Luke auch ohne Verhütung hätte verführen lassen. Außerdem war ihr natürlich bewusst, dass die Wahrscheinlichkeit einer Schwangerschaft momentan gegen null tendierte. Ihre Periode würde frühestens in der kommenden Woche beginnen.

Zum Glück war Luke nicht genauso kopflos wie sie. Oder vielleicht doch? Zumindest zitterten seine Hände, als er sich den Slip auszog. Celia blinzelte, dann musste sie schlucken. Er *war* groß.

Hoffentlich würde das Kondom passen! Zum ersten Mal sah sie einem Mann dabei zu, wie er sich ein Kondom überstreifte, und sie genoss den erregenden Anblick. Sie konnte es kaum erwarten, von ihm erobert zu werden. Wenn dieser Mann sie nicht befriedigen konnte, dann würde es keinem je gelingen!

Bisher hatte es niemand geschafft. Und was ist, wenn es an mir liegt, dass ich beim Sex noch nie zum Höhepunkt gekommen bin? dachte Celia plötzlich erschrocken. Vielleicht war sie dazu ganz einfach nicht in der Lage?

Sie vergaß den Gedanken sofort, als Luke zu ihr ins Bett kam, und gab sich ihren Empfindungen hin. Er schob die Hände unter ihren nackten Po, zog sie abrupt zu sich und drang ohne weiteres Vorspiel in sie ein. Sie spürte seine kraftvollen Stöße tief in ihr. Das ist es, dachte sie verzückt. Doch als sie nach einigen Minuten noch immer nicht zum Orgasmus gekommen war, verwandelte sich ihre Ekstase in Verzweiflung. Als Luke sich aus ihr zurückzog, stieß sie vor Enttäuschung einen leisen Schrei aus.

„Vertrau mir", flüsterte er, umfasste ihre Hüften und drehte sie mit einer Handbewegung um. Dann schob er ihren Rock zur Seite und zog sie auf die Knie. Celia errötete heftig vor Scham. Was für einen Anblick musste sie bieten? Doch sofort war er wieder in ihr, und die lustvolle Verzückung ließ sie alle Bedenken vergessen.

Der Sex mit Luke war überwältigend. Celia stöhnte immer lauter. Sie presste das Gesicht in die Matratze, um ihre Lustschreie zu dämpfen. Sie krallte die Finger in das Laken, während sie vor Erregung fast die Besinnung verlor. Alles, was sie empfand, war Lust – pure, triebhafte Lust.

Sie fanden gemeinsam zum Höhepunkt. Lukes Stöße wurden langsamer, während Celia sich rückwärts weiter gegen ihn presste.

„Mehr", stöhnte sie, als sie langsam vom Gipfel der Lust herabglitt. „Mehr ..."

Aber sie hörte nur noch Lukes erschöpften Atem, und plötzlich zog er sich aus ihr zurück.

„Nein", rief er gequält. „Ganz sicher nicht. Das alles war ein Fehler. Ein schwerer Fehler."

Celia war wie benommen.

„Verdammt", murmelte er und zog ihr den Rock über den nackten Po. „Es ... es tut mir leid, Celia ..."

Wie betäubt drehte sie sich auf die Seite. Luke war bereits im Badezimmer verschwunden und schlug die Tür krachend hinter sich zu. Eine Weile lag sie nur da, blickte starr auf die Badezimmertür und konnte keinen klaren Gedanken fassen. Ihr Körper brannte noch von dem leidenschaftlichen Liebesspiel und dem atemberaubenden Höhepunkt, der sie fast um den Verstand gebracht hatte. Doch langsam wurde ihr bewusst, was sie und Luke gerade getan hatten.

Celia drehte sich wieder auf den Bauch und barg das Gesicht in den Kissen. Was muss Luke nur von mir denken?, dachte sie entsetzt. Und was sollte sie selbst jetzt von sich denken, nachdem sie gleich beim ersten Treffen mit Luke ins Bett gegangen war?

So ein Verhalten kannte sie gar nicht von sich – ebenso wenig wie die atemberaubenden, intensiven Lustgefühle, die Luke in ihr geweckt hatte. Celia musste sich eingestehen, dass es fantastisch gewesen war. Einerseits war sie erschrocken über ihr Verhalten, andererseits machte die Erkenntnis sie unendlich glücklich, dass es nicht an ihr gelegen hatte, wenn sie vorher nie einen Höhepunkt gehabt hatte. Offenbar war ihr einfach noch nie der richtige Mann begegnet – der genau wusste, wie er sich bewegen und sie berühren musste. Doch die Tatsache, dass ausgerechnet Lionel Freemans Sohn dieser Mann war, erschreckte sie.

Als sie die Toilettenspülung hörte, zuckte Celia zusammen. Sie drehte sich wieder um und richtete den Blick auf die Badezimmertür. Ihr Herz klopfte heftig, denn sicher würde Luke jetzt gleich herauskommen. Aber er kam nicht. Stattdessen hörte sie, wie die Dusche aufgedreht wurde.

Celia war erleichtert, noch einige Minuten zum Nachdenken zu haben, bevor sie Luke wieder gegenübertrat. Vor allem musste sie sich Gedanken darüber machen, warum er es als einen schweren Fehler betrachtete, mit ihr Sex gehabt zu haben.

Lag es daran, wie überstürzt und leidenschaftlich sie sich geliebt hatten? Oder an der Tatsache, wer sie war – die Tochter der Geliebten seines Vaters? Das konnte natürlich sein. Aus demselben Grund kam für ihn womöglich auch eine weitere Beziehung mit ihr nicht infrage. Aber würde er sich wirklich nach diesem unglaublichen Sex von ihr abwenden? Celia wusste, dass sie selbst es nicht fertigbringen würde. Sie wollte, dass er so schnell wie möglich zu ihr ins Bett zurückkehrte und sie noch einmal liebte. Doch offenbar wollte er das nicht tun. Seltsam, denn die meisten Männer hätten sich diese Gelegenheit nicht nehmen lassen. Celia zerbrach sich den Kopf darüber, was der Grund für sein Verhalten sein könnte.

„Oh nein!", rief sie plötzlich und schlug sich vor Schreck die Hand vor den Mund. Wie dumm von ihr! Im Leben eines attraktiven, wohlhabenden und intelligenten Mannes wie Luke musste es einfach eine Frau geben. Sicher hatte er ihr, Celia, in dieser Hinsicht nicht die ganze Wahrheit gesagt. Vielleicht war er nicht verheiratet, aber mit Sicherheit hatte er eine Freundin. Das musste der Grund sein, warum er von einem schweren Fehler gesprochen hatte – weil er bereits mit jemandem zusammen war!

Wieder blickte sie auf die Badezimmertür und versuchte, wütend auf Luke zu sein. Doch es gelang ihr nicht. Wie seltsam, dabei hätte sie doch außer sich vor Wut sein müssen! Aber das Einzige, was sie empfand, war unendliche Verzweiflung.

Das nicht enden wollende Rauschen der Dusche machte sie allmählich nervös. Es schien, als wollte Luke jede Spur von ihr von seinem Körper abwaschen, bevor er nach Sydney zurückfuhr. Die Vorstellung, dass er heute Abend in das Bett einer anderen Frau zurückkehren würde, erfüllte sie schließlich mit Wut – und mit glühender Eifersucht. Ich werde ihn nicht so einfach gehen lassen, dachte Celia entschlossen, nicht bevor er mir die ganze Wahrheit gesagt hat!

Sie stand auf, zog sich rasch die Sachen über und stürmte ins Bad.

7. KAPITEL

*L*uke stöhnte verzweifelt und lehnte den Kopf gegen die Innenwand der Dusche. Ich bin keinen Deut besser als mein Vater, dachte er. *Sonst hätte ich wohl kaum mit einer Frau geschlafen, ohne ihr die Wahrheit über mich zu erzählen.*

Als Celia ihn gefragt hatte, ob er verheiratet sei, hätte er nicht einfach verneinen sollen. Er hätte ihr sagen müssen: „Noch nicht." Doch damit hätte er sich alle Möglichkeiten verbaut. Sein Begehren war viel zu stark gewesen. Und wie er mit einem kurzen Blick nach unten feststellte, begehrte er sie noch immer. Einmal war bei weitem nicht genug gewesen.

Energisch drehte er das heiße Wasser aus und das kalte an. Doch auch die eisige Dusche konnte das Verlangen und den Gedanken an Celia nicht verdrängen. Immer wieder musste Luke an ihre Bereitschaft denken, alles zu tun, was er verlangt hatte – an ihr Vertrauen, als er sie umgedreht hatte und von hinten in sie eingedrungen war. Ich habe ihr Vertrauen nicht verdient, dachte er.

Luke erschrak, als plötzlich die Tür der Duschkabine aufgeschoben wurde. Er wandte sich um. Celia stand vor ihm. Sie hatte die Arme vor der Brust verschränkt. Die Locken umrahmten ihr Gesicht, und ihre grünen Augen funkelten wütend.

Er bemerkte, dass sie ihr Oberteil wieder geschlossen und sich dabei verknöpft hatte. Der Rock saß noch immer ein wenig schief. Am Hals waren deutlich die Spuren eines Liebesmals zu sehen.

„Du hast eine Freundin in Sydney, stimmt's?", rief sie aufgebracht. „Deshalb betrachtest du es als schweren Fehler, mit mir geschlafen zu haben."

Luke drehte das Wasser ab. „Würdest du mir bitte ein Handtuch reichen?", fragte er betont gelassen. Ihm fiel auf, dass sie beide die persönliche Anredeform verwendet hatten. Doch nach allem, was passiert war, konnte er sie unmöglich wieder siezen.

Celia warf ihm einen wütenden Blick zu. Dann nahm sie ein weißes Badetuch und schleuderte es ihm entgegen.

Er wickelte sich das Tuch sorgfältig um die Hüften. Auf keinen Fall wollte er riskieren, dass es plötzlich zu rutschen begann. Celia folgte ihm ins Schlafzimmer. Sofort wünschte Luke, er wäre im Badezimmer geblieben. Der Anblick des Bettes rief ihm in Erinnerung, wie Celia dort mit weit gespreizten Beinen gelegen hatte – so erregt, dass sie es niemals fertiggebracht hätte, Nein zu sagen. Energisch verdrängte er den Gedanken. Er musste ihr die Wahrheit sagen, ihretwegen, aber auch seinetwegen – denn sonst wäre er nicht besser als sein Vater.

Luke atmete tief ein. „Ja, es stimmt. Ich habe eine Freundin."

Sie gab einen leisen Klagelaut von sich.

„Es tut mir wirklich leid, Celia", sagte er aufrichtig. „Ich kann zu meiner Verteidigung nur sagen, dass ich nichts Derartiges vorhatte, als ich dich in die Arme genommen habe. Ich wollte dich lediglich trösten. Und wie ich bereits sagte, bist du eine wunderschöne junge Frau – und ich bin nur ein Mensch."

Celia ließ sich aufs Bett sinken. Sie wirkte wie vor den Kopf geschlagen. „Wie heißt sie?"

Er räusperte sich. „Isabel."

„Isabel", wiederholte sie ausdruckslos. „Lebst du ... lebst du mit ihr zusammen?"

„Nein." Luke bemerkte, wie erleichtert sie über diese Antwort war. Offenbar hatte sie befürchtet, er würde direkt von ihrem Bett in Isabels Arme zurückkehren. Nach allem, was sein Vater ihrer Mutter angetan hatte, schien Celia nichts anderes von Männern zu erwarten. Luke fühlte sich schuldig. Ihm fiel wieder ein, wie sie gesagt hatte, Männer würden oft lügen, wenn sie Sex wollten. Auch er, Luke, hatte gelogen, indem er ihr die Wahrheit verschwiegen hatte.

„Meint ihr es ernst miteinander?"

Da er Celia nicht noch mehr verletzen wollte, beschloss er, nichts von der Verlobung und der anstehenden Hochzeit zu erzählen.

„Ja, wir sind schon eine ganze Weile zusammen", erwiderte er. „Wir haben uns letztes Jahr bei der Arbeit kennen gelernt."

Celia ließ den Kopf hängen. Sie wirkte todunglücklich. Luke hatte sich noch nie zuvor so schlecht gefühlt. Er traute sich nicht, sie zu berühren. Doch sie sollte wissen, dass er sie für etwas ganz Besonderes hielt.

„Celia", begann er sanft. „Diese Stunden mit dir waren wunderschön. Ich werde dich nie vergessen."

Sie hob den Kopf und lächelte traurig. „Ich dich auch nicht, Luke Freeman", sagte sie. „Weißt du eigentlich, dass ich vorher noch nie beim Sex zum Höhepunkt gekommen bin?"

Sprachlos blickte er sie an und konnte es fast nicht glauben. Konnte das wahr sein?

„Glaubst du mir etwa nicht?", fragte sie.

„Ich ... doch, natürlich glaube ich dir. Ich bin nur überrascht, das ist alles."

Unvermittelt stand sie auf. „Du willst dich sicher anziehen. Ich werde unten auf dich warten."

Sobald sie auf der Terrasse war, brach Celia wieder in Tränen aus. Doch sie schaffte es, die lauten Schluchzer zu unterdrücken, die ihr in der Kehle aufstiegen. Um keinen Preis sollte Luke hören, dass sie weinte.

Er hatte also eine Freundin, die Isabel hieß. Bestimmt war sie auch Architektin – eine attraktive, intelligente und weltgewandte Frau, die ihm niemals sagen würde, sie sei noch nie zuvor zum Höhepunkt gelangt. Instinktiv wusste Celia, dass sie sich nicht mit Isabel messen konnte. Schon der Name klang nach Eleganz und Bildung, während ihr eigener furchtbar altmodisch war.

Celia betrachtete ihr Spiegelbild in den großen Terrassentüren und seufzte. Wie hatte Luke sie nur als schön bezeichnen können? Sie sah doch furchtbar aus: ihr Haar, ihre Kleidung – alles war in Unordnung. Sicher wollte er mir nur schmeicheln, dachte sie und trocknete sich die Tränen. Dann löste sie die Haarnadeln, knöpfte sich das

Oberteil richtig zu und zog den Rock zurecht. Dabei stellte sie fest, dass sie darunter noch immer nackt war.

Unwillkürlich musste Celia daran denken, wie bereitwillig sie Luke gehorcht hatte. Ihr wurde heiß.

„Und jetzt der Rock", hatte er befohlen. „Zieh ihn nicht aus. Öffne ihn. Weit."

Celia wurde schwindelig. Sie umfasste das Geländer und stellte sich vor, Luke würde erneut in sie eindringen.

„Celia?"

Erschrocken wandte sie sich um.

Luke stand im Türrahmen. Er versuchte, sie nicht allzu verlangend anzusehen. Doch mit dem wunderschönen Haar, das ihr in weichen Locken auf die Schulter fiel, sah sie einfach verführerisch aus. Er sehnte sich danach, sich die rotblonden Strähnen um die Finger zu wickeln, ihren Kopf nach hinten zu ziehen, damit er den schlanken, zarten Hals und das Liebesmal sehen konnte, das er dort hinterlassen hatte.

Mein Brandzeichen, dachte Luke unwillkürlich. *Meine Frau.* Es erschreckte ihn, wie besitzergreifend er war, wenn auch nur in Gedanken. Hätte Celia ihm nur nicht verraten, dass er der erste Mann gewesen war, der sie wirklich befriedigt hatte! Das zu wissen würde dem Ego eines jeden Mannes schmeicheln. Er wusste, es wäre ein Leichtes für ihn, sie noch einmal zu verführen. Er brauchte sie nur in die Arme zu schließen und ihr zu versichern, er würde sich von Isabel trennen, und dann ...

Du solltest jetzt schleunigst verschwinden, ermahnte Luke sich im Stillen. „Ich werde veranlassen, dass mein Anwalt deiner Mutter so bald wie möglich die Schenkungsurkunde zukommen lässt. Würdest du mir bitte ihre derzeitige Adresse geben?"

„Ja, ich schreibe sie dir auf." Celia nickte. Sie ging auf ihn zu und schien zu erwarten, dass er sich umwandte und vor ihr ins Haus ging. Doch Luke blieb im Türrahmen stehen. Obwohl er sich nicht von der Stelle bewegte, befürchtete sie einen kurzen Moment, er würde die Arme nach ihr ausstrecken und sie noch einmal an sich ziehen. Seine Augen funkelten wie die einer Raubkatze, die zum Sprung ansetzt.

Celia blieb stehen. „Wag es ja nicht, mich anzufassen", sagte sie scharf.

„Das hatte ich auch nicht vor", beteuerte er.

„Dann lass mich vorbei."

Luke tat es. Celia rannte fast an ihm vorbei, und er folgte ihr in die Küche. Dort holte sie Stift und Schreibblock aus einer Schublade, lehnte sich auf den Küchentresen und begann die Adresse aufzuschreiben. Plötzlich klingelte das Handy, das direkt neben ihr lag. Doch Celia kümmerte sich nicht darum.

„Willst du nicht rangehen?", fragte Luke kühl. „Vielleicht ist es dein Freund."

Als sie ihn überrascht ansah, fuhr er fort: „Ich kann mir wirklich kaum vorstellen, dass es einer Frau wie dir an Verabredungen und Verehrern mangelt."

„Ich habe keinen Freund", erwiderte sie kurz angebunden. „Ich habe schon vor einiger Zeit mit Männern abgeschlossen und bereue es, heute mit dir eine Ausnahme gemacht zu haben. Leider hatte ich angenommen, dass du anders seist. Aber offensichtlich habe ich mich getäuscht. Du warst nur geschickter als die meisten anderen." Sie knallte den Stift auf den Tresen und griff nach dem Handy.

„Ja?"

„Hallo, Celia, hier ist Helen."

„Oh, Tante Helen. Ich habe deine Nachricht bekommen und wollte heute nach dem Abendessen bei euch vorbeikommen."

„Ist Lionels Sohn noch da?"

„Was? Ja, er ... er wollte gerade gehen." Sie warf Luke einen finsteren Blick zu.

„Könnte ich dann bitte mit ihm sprechen?"

„Warum?", fragte Celia vorsichtig.

„Mir ist da eine Idee gekommen. Ich möchte dich nicht unnötig beunruhigen, aber deiner Mutter geht es immer schlechter. Inzwischen ist sie fest davon überzeugt, dass Lionel sie nie geliebt hat. Ich persönlich bedaure, dass sie das nicht zwanzig Jahre früher festgestellt hat."

Ich auch, dachte Celia bitter.

„Vielleicht würde es ihr gut tun, mit Lionels Sohn zu sprechen. Ich weiß, dass er selbst es auch möchte. Und ich glaube nicht, dass er etwas Gemeines oder Taktloses zu ihr sagen würde. Zumindest könnte er ihr erzählen, dass sein Vater ihr das ‚Liebesnest' vermachen wollte. Das würde sie in dem Glauben bestärken, dass Lionel nicht nur sexuell an ihr interessiert war."

Celia wusste, dass ihre Tante Recht hatte. Doch allein der Gedanke, noch mehr Zeit in Lukes Gesellschaft zu verbringen, machte sie nervös und angespannt.

„Luke hat die Absicht, Mum das Haus zu überlassen, weil sein Vater es so gewollt hätte", sagte sie.

„Das ist ja großartig! Jessica liebt das Häuschen über alles. Warum kommt ihr beide nicht einfach zum Abendessen vorbei? John hat heute die frühe Nachtschicht und wird nicht zu Hause sein. Also wären wir vier unter uns. Ich bin allerdings nicht sicher, ob deine Mutter überhaupt zum Essen herunterkommen wird. In letzter Zeit hat sie immer allein in ihrem Zimmer gegessen." Sie überlegte kurz. „Jetzt ist es ungefähr sechs Uhr. Ich werde das Abendessen für halb acht vorbereiten. Kommt also einfach irgendwann nach sieben Uhr vorbei."

„Ich muss erst noch Luke fragen, Tante Helen." Celia wandte sich zu ihm um.

„Was sollst du mich fragen?", fragte er stirnrunzelnd.

Sie berichtete vom Vorschlag ihrer Tante. „Was hältst du davon?"

„Ich komme gern mit – allerdings unter einer Bedingung: Jeder von uns nimmt sein eigenes Auto, damit ich nachher direkt nach Sydney zurückfahren kann."

Überrascht stellte Celia fest, dass Luke Angst hatte, mit ihr allein zu sein. Das war ein erregender Gedanke. Und sie wusste auch, dass er sie sehr schön fand ... Einer plötzlichen Eingebung folgend, erwiderte sie: „Das geht leider nicht. Während du dich angezogen hast, habe ich noch ein Glas Wein getrunken. Ich kann jetzt unmöglich selbst fahren." Das war eine Lüge. Und sicher nicht die letzte, die ich ihm erzählen werde, dachte Celia.

Plötzlich bekam sie Angst vor ihrer eigenen Courage. Sie fragte sich, wie weit sie gehen würde, um diesen Mann zu verführen. Eine gute Freundin hatte einmal gesagt, dass in der Liebe und im Krieg jedes Mittel erlaubt sei. Celia erschrak, als ihr bewusst wurde, was sie sich gerade eingestanden hatte. Sie versuchte, sich nicht anmerken zu lassen, wie erschrocken sie war. Es konnte doch wohl nicht *Liebe* sein, was sie für Luke empfand? So schnell verliebte sich niemand – nur hoffnungslos romantische Frauen wie ihre Mutter.

Aber warum tat ihr, Celia, dann der Gedanke so weh, dass Luke sie verlassen und zu Isabel zurückgehen würde? Es schmerzte sie nicht nur, es brach ihr fast das Herz. War es also doch Liebe?

Ich bin genau wie Mum, stellte Celia verstört fest. Kaum tauchte der richtige Mann auf, verliebte sie sich Hals über Kopf in ihn und war bereit, alles zu tun, um ihn zu halten.

Der Schock angesichts dieser Erkenntnis wich bald einer energischen Entschlossenheit. Ich bin vielleicht in mancher Hinsicht wie meine Mutter, dachte Celia, aber ich werde mich auf gar keinen Fall so ausnutzen lassen wie sie. Ihr war jedoch bewusst, dass sie eine ganze Menge Mut aufbringen musste, um das zu bekommen, was sie wollte. Doch noch war Luke nicht verheiratet, noch nicht einmal verlobt. Und er liebte Isabel nicht. Wie hätte er sonst so schnell mit ihr, Celia, im Bett landen können?

So nüchtern und resigniert Celia auch Männern und Sex gegenüberstand – sie spürte doch, dass Luke in dieser Hinsicht eine Ausnahme war. Sein Entsetzen über das Verhalten seines Vaters war echt gewesen. Luke war grundsätzlich ein offener und ehrlicher Mensch.

Und wenn er sie schon in alten Klamotten und ohne Make-up so attraktiv gefunden hatte – was würde dann erst geschehen, wenn sie sich heute Abend besonders hübsch machte? Celia hatte immer etwas Schickes zum Ausgehen dabei, wenn sie übers Wochenende wegfuhr. Zusätzlich konnte sie ihr Haar schön frisieren. Dann noch ein bisschen Parfüm und ein schönes Schmuckstück, und schon würde Luke hin und weg sein.

„Also, bist du einverstanden?", fragte Celia betont gelassen. Sie war fest entschlossen, diesen Mann zu erobern, der so anders war als alle Männer, die sie bisher kennen gelernt hatte.

„Na gut", willigte er widerstrebend ein. „Es ist doch nicht weit von hier, oder?"

„Nein, nur zehn Minuten", erwiderte sie und sagte dann zu Helen: „Wir werden zwischen sieben und halb acht bei euch sein."

„Soll ich Jessica erzählen, dass ihr kommt?", fragte ihre Tante.

„Nein, lieber nicht. Sie gerät sonst nur in Panik. Am besten sagst du ihr gar nichts. Und ich möchte auch nicht, dass sie Luke sieht, bevor ich mit ihr gesprochen habe. Deswegen ist es auch wichtig, dass nicht sie uns die Tür öffnet."

„Wie du meinst", erwiderte Helen zögernd. „Aber ist diese Geheimniskrämerei wirklich nötig?"

„Ja, als Vorsichtsmaßnahme", versicherte Celia. „Es könnte sein, dass Mum sonst einen Schock bekommt, wenn sie Luke trifft. Er sieht genau aus wie Lionel vor zwanzig Jahren."

8. KAPITEL

„In welche Richtung jetzt?", fragte Luke ein wenig schroff, als sie kurze Zeit später im Auto saßen und sich einem Verkehrskreisel näherten. „Nach rechts", erwiderte Celia. „Danach weiter die Straße entlang durch Morisset und über den Bahnübergang. Dann sind wir schon in Dora Creek. Es sind nur wenige Kilometer."

Ohne ein Wort zu sagen, folgte Luke ihren Anweisungen. Ihm gefiel die Situation ganz und gar nicht. Er war sehr daran interessiert, die Frau kennen zu lernen, die seinen Vater zwanzig Jahre lang verzaubert hatte. Doch gleichzeitig wuchs sein Drang, aus der Gegenwart ihrer verführerischen Tochter zu fliehen.

Nach dem Telefongespräch mit Tante Helen war Celia ins Badezimmer gegangen, „um sich ein wenig frisch zu machen". Erst nach einer Stunde war sie wieder aufgetaucht – und hatte unbeschreiblich verführerisch ausgesehen und geduftet.

Sie trug ein Oberteil in einem sanften rauchig-grünen Ton, der ihr ausgezeichnet stand und ihre wunderschönen Augen betonte. Dazu hatte sie einen dunklen Rock aus weich fließendem Stoff an. Er reichte ihr bis fast auf die Füße und raschelte leise beim Gehen. Das Oberteil hatte enge, dreiviertellange Ärmel und einen raffinierten tiefen Ausschnitt, der ohne einen BH fast schon kriminell gewesen wäre – und mit BH noch immer äußerst gewagt aussah. Das rotgoldene Haar war hochgesteckt. Glänzende Locken umrahmten ihr Gesicht und fielen ihr bis auf den Nacken. Das Liebesmal war nicht mehr zu sehen. Vermutlich hatte sie es überschminkt.

Auch das Make-up war perfekt. Es betonte die zarte Haut, Augen und Mund. Vervollständigt wurde Celias Outfit durch verführerische hochhackige Sandaletten. Doch das i-Tüpfelchen waren ihre Ohrringe. Sie bestanden aus zwei großen Herzen, welche die Ohrläppchen bedeckten und von denen schmale Goldketten mit winzigen Anhängern in Herz- oder Sternform herabhingen. Bei jedem Schritt bewegten sie sich und machten ein leise klingelndes Geräusch. Wie konnten Schmuckstücke nur eine derart erotische Wirkung haben?

Wie gebannt hatte Luke zugesehen, als Celia langsam die Treppe heruntergestiegen war. Ein übermächtiges Verlangen hatte von ihm Besitz ergriffen.

Jetzt, als sie nebeneinander im Auto saßen, fragte er sich, ob sie sich wohl mit Absicht so verführerisch zurechtgemacht hatte. Aber warum? Wollte sie sich an ihm rächen, oder versuchte sie, ihn zu verführen? Hatte sie wirklich noch ein Glas Wein getrunken, oder war das nur ein Vorwand gewesen, um später allein mit ihm sein zu können?

Allerdings musste er Celia zugestehen, dass sie nicht versuchte, mit ihm zu flirten. Doch das war sicher nicht ihre Art. Und nötig hat sie es auch nicht, dachte Luke. Der süße Duft ihres Parfüms umgab ihn. Es hatte eine Vanillenote – ein Duft, den er schon immer geliebt hatte.

Luke hatte schon seit Jahren nicht mehr ein so starkes Verlangen empfunden. Es fiel ihm schwer, an etwas anderes als an Sex zu denken. War es so auch seinem Vater mit Celias Mutter ergangen? Vielleicht hatte Lionel Freeman Jessica so sehr begehrt, dass er darüber alles andere vergessen hatte – seine Ehefrau, seinen Treueschwur, seine Aufrichtigkeit. Mit Schrecken erkannte Luke, dass er im Begriff war, die Vergangenheit zu wiederholen.

„Siehst du deiner Mutter ähnlich?", fragte er unvermittelt.

„Ja, sehr sogar. Das sagen zumindest die Leute, die uns beide kennen", erwiderte Celia. „Sie ist etwas kleiner als ich – und viel hübscher, finde ich. Außerdem habe ich eine größere Kleidergröße als sie und bin viel härter im Nehmen."

Soll das vielleicht ein diskreter Hinweis sein?, grübelte Luke. Aber worauf? Wollte sie ihm damit sagen, dass er mit ihrer Mutter vorsichtig umgehen musste? Er beschloss, sich nicht auch noch den Kopf darüber zu zerbrechen.

„Müssten wir nicht bald da sein?", fragte er.

„Ja. Gleich nach der Brücke musst du links abbiegen und dann gleich noch einmal. Danach fährst du einfach weiter die Straße entlang. Sie folgt dem Lauf des Baches. Tante Helens Haus steht in ein paar hundert Metern auf der linken Seite. Es ist ein zweistöckiges Gebäude mit zwei Garagen und einer großen Terrasse. Ich sage dir genau Bescheid, wo du anhalten musst."

„Tu das."

Wenige Minuten später erreichten sie Helens Haus. Es war genau so, wie Celia es beschrieben hatte. Das Gebäude gehörte zu einer Siedlung fast identisch aussehender Fertigbauhäuser. Mit seiner cremefarbenen Ziegelfassade und dem Giebeldach war es jedoch recht hübsch.

Luke war Architekt, aber kein Snob. Seit der Zeit der engen, einfallslosen Dreizimmerwohnungen der Sechzigerjahre hatte es in diesem Bereich der Baubranche große Fortschritte gegeben. Außerdem wusste er, dass es sich nicht jeder leisten konnte, einen Architekten mit der Planung des persönlichen Traumhauses zu beauftragen.

„Helens Mann arbeitet im Elektrizitätswerk des Ortes", erzählte Celia, während sie ausstiegen und auf die Eingangstür zugingen. „Heute hat er die Schicht von vier Uhr bis Mitternacht übernommen und ist deshalb nicht zu Hause. Er und Tante Helen haben drei Söhne. Aber sie sind alle schon erwachsen und ausgezogen."

„Warum erzählst du mir das alles?", fragte Luke misstrauisch.

„Ich dachte nur, du wüsstest gern ein wenig mehr über die Menschen, mit denen wir gleich zu Abend essen werden", antwortete sie lächelnd.

Die einzige Person, über die ich gern mehr wissen würde, bist du, dachte er. Was führte Celia nur im Schilde? Er spürte deutlich, dass sie irgendetwas vorhatte, und das gefiel ihm ganz und gar nicht. Wieder stieg Luke der Duft ihres Parfüms in die Nase. Er konnte es fast schmecken. Unwillkürlich stellte er sich vor, Celias Duft und ihren Geschmack am ganzen Körper zu erkunden …

Er seufzte und verdrängte den Gedanken, als sie die Eingangstür erreichten. Vergiss die Tochter und konzentrier dich auf die Mutter, ermahnte er sich insgeheim.

„Warum seufzt du so schwer?", fragte Celia. „Ich dachte, du wolltest meine Mutter kennen lernen."

„Das will ich ja auch. Zumindest *wollte* ich es. Aber jetzt hat die Situation sich etwas geändert – mir ist nicht ganz wohl bei der Sache."

„Aber warum denn? Meine Mutter weiß doch nichts von unserer Beziehung."

„Wir haben keine Beziehung, Celia", sagte er mit Nachdruck. „Wir beide hatten lediglich Sex miteinander. Und ich versichere dir, dass es sich nicht wiederholen wird."

Als sie errötete, wusste Luke Bescheid. Sie hatte also tatsächlich vorgehabt, ihn zu verführen. Er wusste nicht, ob er wütend sein oder sich geschmeichelt fühlen sollte. Wenn Celia mit ihm ins Bett ging, obwohl sie von seiner Freundin wusste, dann tat sie es nur wegen des Sex. Und das hätte er nicht von ihr gedacht.

Bis zu einem gewissen Grad konnte Luke es verstehen. Schließlich war er der erste Mann gewesen, mit dem sie einen Orgasmus gehabt hatte. Sie waren sogar gleichzeitig zum Höhepunkt gelangt. Das hatte er mit Isabel noch nie erlebt. Und wenn man davon ausging, dass viele Frauen ihren Orgasmus nur vortäuschten, war es ihm wahrscheinlich überhaupt noch nie passiert.

Luke musste sich eingestehen, dass der Sex mit Celia einfach überwältigend gewesen war – unglaublich erregend und intensiv. Doch das war keine Entschuldigung. Wenn er, Luke, der Versuchung widerstand, konnte er von ihr dasselbe erwarten.

„Ich hätte nicht gedacht, dass ausgerechnet du dich mit einem untreuen Mann abgeben würdest, der seine Freundin betrügt", sagte er kühl.

„Ich weiß nicht, wovon du sprichst." Celia drückte auf den Klingelknopf.

„Doch, das weißt du ganz genau", entgegnete Luke scharf. „Versuch nicht, mich für dumm zu verkaufen. Schon als du in diesem sexy Outfit die Treppe heruntergesegelt bist, wusste ich, dass du etwas planst. Und dann diese lächerliche Ausrede mit dem Wein, den du angeblich getrunken hast. Du wolltest doch nur, dass ich dich später nach Hause fahre – und noch einmal mit dir ins Bett gehe. Warum gibst du es nicht einfach zu?"

Celia errötete erneut.

„Und schließlich hast du mich auch noch davor gewarnt, dich anzufassen!", brauste Luke auf. „Dabei wolltest du doch in Wirklichkeit genau das. Du sehnst dich danach, dass ich dich überall berühre."

Celia hatte sich noch nie so geschämt. Aber gleichzeitig war sie wütend und gekränkt. Luke hatte Recht, und doch täuschte er sich auch. Sie wollte nicht nur mit ihm ins Bett gehen. Sie wünschte sich viel mehr als das: eine Beziehung mit ihm.

Während Celia noch nach den richtigen Worten suchte, um Luke ihre Gefühle zu erklären, wurde die Tür geöffnet, und Helen stand vor ihnen. Sie trug eine schwarze Hose und ein Oberteil mit Stickereien. Früher hatte sie langes kastanienbraunes Haar gehabt. Jetzt trug sie es blond gefärbt und kurz geschnitten. An der perfekten Frisur konnte man deutlich erkennen, dass Helen jede Woche zum Friseur ging. Sie war dreiundfünfzig Jahre alt und nicht so hübsch wie ihre wesentlich jüngere Schwester, aber durchaus attraktiv.

„Hallo, Tante Helen!" Celia rang sich ein Lächeln ab und stellte ihr Luke vor.

Er lächelte, begrüßte sie freundlich und gab ihr einen leichten Kuss auf die Wange. Sie gingen ins Haus. Im Erdgeschoss gab es keinen Flur, sondern nur einen großzügig geschnittenen Raum, von dem aus man über eine Treppe in den ersten Stock gelangte. Vom Wohnzimmer ging auch die Küche ab.

„Du meine Güte." Helen wirkte leicht geschockt. „Celia hatte Recht. Sie sehen Ihrem Vater unglaublich ähnlich. Ich bin ihm zwar nie begegnet, habe aber einige Fotos gesehen. Setzen wir uns doch noch kurz, bevor Celia nach oben geht und ihre Mutter holt. Der Auflauf ist so gut wie fertig, wir können also jederzeit essen. Allerdings weiß ich nicht, ob Jessica etwas essen wird. In letzter Zeit nimmt sie nur sehr wenig zu sich. Ich hoffe sehr, dass Ihr Besuch sie ein wenig aufmuntern wird", sagte sie, an Luke gewandt. „Ich habe eine Flasche Hunter Valley aufgemacht. Sie mögen doch sicher Rotwein, Luke?"

„Ausgesprochen gern", erwiderte er und ließ sich auf dem mit geblümtem Stoff bezogenen Sofa nieder. „Aber ich kann nur ein oder zwei Gläser trinken, weil ich fahren muss."

„Sehr vernünftig", lobte Tante Helen und setzte sich in einen der Sessel. „Ich finde es schlimm, wie viele Menschen heute in angetrunkenem Zustand Auto fahren – dadurch passieren so viele Unfälle!"

Celia zuckte zusammen. „Tante Helen", sagte sie warnend.

Helen blickte sie verständnislos an.

„Lukes Eltern sind bei einem Autounfall ums Leben gekommen", erklärte Celia leise.

Ihre Tante wirkte erschüttert. „Du meine Güte! Wie konnte ich nur so taktlos sein? Bitte entschuldigen Sie, Luke! Ich habe einfach nicht nachgedacht."

„Schon gut, Helen", sagte Luke verständnisvoll. „Ich weiß doch, dass Sie es nicht böse gemeint haben." Er wechselte das Thema. „Ich würde heute gern einige Antworten auf die Fragen erhalten, die ich mir seit einiger Zeit gestellt habe – über die Beziehung zwischen meinem Vater und Ihrer Schwester."

„Was für Fragen? Die Wahrheit ist doch ganz einfach: Ihr Vater hatte zwanzig Jahre lang eine Affäre mit meiner Schwester."

„Das glaube ich Ihnen gern, Helen. Aber ich habe meinen Vater immer als perfektes Familienoberhaupt gesehen. Natürlich ist niemand vollkommen, doch es fällt mir sehr schwer, mir meinen Vater als gewissenlosen Verführer vorzustellen. Ich hatte gehofft, von Ihrer Schwester einige Antworten zu bekommen, damit ich mit meinem Vater innerlich Frieden schließen kann. Ich …" Luke unterbrach sich und blickte sprachlos zur Treppe.

Celia folgte seinem Blick. Oh nein, dachte sie.

Ihre Mutter kam die Treppe herunter. Mit einer Hand hielt sie das Geländer umklammert. Sie war ungeschminkt und trug einen zartrosa Morgenmantel aus Seide. Das rotgoldene Haar fiel ihr auf die schmalen Schultern. Während der letzten Tage hatte Celias Mutter stark abgenommen. Unter den Augen hatte sie dunkle Ringe. Und doch sah sie im sanften Licht der Lampe sehr jung aus – und unglaublich schön.

„Mum, das ist Luke, Lionels Sohn", sagte Celia schnell, bevor ihre Mutter einem Irrtum aufsitzen konnte. „Er hat gute Neuigkeiten für dich."

Jessica wirkte, als würde sie träumen. Sie sah Celia nur kurz an und wandte ihren sehnsüchtigen Blick dann wieder Luke zu.

„Ich ... ich habe Lionels Stimme gehört", sagte sie leise. „Ich dachte schon, ich würde den Verstand verlieren." Tränen traten ihr in die Augen. Vorsichtig, als würde sie schlafwandeln, stieg sie die letzten Stufen herab. Keine Sekunde wandte sie den Blick von Luke. „Sie sehen genauso aus wie er", flüsterte sie. „Und Sie haben seine Stimme."

Luke stand auf und nahm ihre Hände in seine. „Das hat man mir schon oft gesagt", erwiderte er sanft, während sie auf dem Sofa Platz nahmen. „Und ich finde, Ihre Tochter sieht *Ihnen* wie aus dem Gesicht geschnitten ähnlich."

„Ja, das sagen viele Menschen. Aber engen Verwandten fällt diese Ähnlichkeit oft nicht auf."

„Das ist wahr."

Celia sah ihre Tante an. Diese gab ihr wortlos zu verstehen, dass sie beide das Zimmer verlassen sollten. Doch Celia zögerte. Was würde passieren, wenn Luke etwas Falsches sagte? Sie schüttelte den Kopf. Auch Helen blieb sitzen.

Als Jessica die Hand nach Lukes Arm ausstreckte, zuckte Celia insgeheim zusammen. Ihre Mutter hatte die Angewohnheit, andere Menschen häufig zu berühren, und nicht jedem gefiel das. Dankbar stellte sie fest, dass Luke es sich gefallen ließ.

„Wie ... wie haben Sie von mir erfahren?", fragte Jessica.

Wieder zuckte Celia zusammen. Hoffentlich würde Luke ihr nicht die ganze Wahrheit erzählen. Sie sah ihn an, doch er schien ihrem Blick absichtlich auszuweichen.

„Dad war einen Tag vor seinem Tod beim Anwalt", erwiderte er. „Er wollte Ihnen das Haus in Pretty Point vermachen. Leider starb er, bevor er diesen Plan in die Tat umsetzen konnte. Als der Anwalt mir davon berichtete, war mir klar, dass Sie nicht nur eine gute Freundin sein konnten. Ich bin heute nach Pretty Point gefahren und habe dort zufällig Celia getroffen." Er räusperte sich und fuhr fort: „Zuerst dachte ich, *sie* wäre die Miss Gilbert, die der Anwalt erwähnt hatte."

Celia schloss einen Moment lang die Augen. Bitte erzähl ihr nicht, was ich getan habe, bat sie im Stillen. Es würde alles noch schlimmer machen.

Zu ihrer Erleichterung sagte Luke: „Celia hat mir erklärt, dass nicht sie, sondern ihre Mutter die ... Freundin meines Vaters war. Als ich mir das Haus ansah, wurde mir klar, dass Sie seine Geliebte gewesen sein mussten", fügte er sanft hinzu und lächelte. „Ich kenne die persönlichen architektonischen Vorlieben meines Vaters sehr genau. Er hat das Haus extra für sich und für Sie gebaut, nicht wahr?"

Unter Tränen nickte Jessica. „Sie müssen mich hassen", sagte sie leise.

Wieder nahm Luke ihre Hände. Es war eine sehr liebevolle Geste. Celia war erstaunt, wie einfühlsam er war.

Luke schüttelte den Kopf. „Warum sollte ich? Ganz offensichtlich waren Sie nicht auf das Geld meines Vaters aus, sondern haben ihn wirklich geliebt. Und ich bin sicher, auch er hat sehr an Ihnen gehangen."

Jessica blickte ihn so hoffnungsvoll an, dass es Celia einen Stich ins Herz gab. Sie konnte jetzt die Verzweiflung ihrer Mutter gut nachempfinden.

„Glauben Sie ... glauben Sie das wirklich?", fragte Jessica leise.

Celia hielt den Atem an. Was würde Luke wohl antworten?

„Natürlich", sagte er zu ihrer unendlichen Erleichterung. „Mein Vater war ein anständiger Mensch. Es kann nur einen Grund geben, warum er meiner Mutter zwanzig Jahre lang untreu war: weil er sehr an Ihnen gehangen und viel für Sie empfunden hat. Ich würde nur gern erfahren, warum er sich nicht von seiner Frau getrennt hat, obwohl er doch offenbar nicht glücklich mit ihr war."

Jessica sah Celia und Helen beunruhigt an. Dann wandte sie sich wieder an Luke. „Ihr Vater hat … er hat mir einige Dinge über Katherine, Ihre Mutter, im Vertrauen erzählt – Dinge, die andere Menschen nicht erfahren sollten."

„Ich verstehe. Aber meine Eltern leben jetzt beide nicht mehr, und ich hätte wirklich gern Antworten auf einige meiner Fragen." Luke zögerte. „War meine Mutter … frigide?", fragte er dann.

Jessica seufzte. „Also gut, ich werde es Ihnen sagen. Schließlich wird niemand der Anwesenden es weitererzählen. Ihre Mutter ist als junges Mädchen überfallen worden."

Luke sah sie entsetzt an. „Sie meinen, sie wurde vergewaltigt?"

„Ja. Sie war damals erst dreizehn Jahre alt."

Celia war erschüttert. Das arme Mädchen! Und der arme Luke – er wirkte wie vor den Kopf geschlagen.

„Ihre Mutter hat nie jemandem davon erzählt", fuhr Jessica fort. „Aber natürlich kann man ein solches furchtbares Erlebnis kaum unbeschadet überstehen – besonders wenn man nicht darüber spricht."

Luke nickte schweigend.

„Sie ließ es nicht zu, dass Lionel sie vor der Hochzeit berührte. Deshalb dachte er, sie wäre noch Jungfrau. Wie Sie sich vorstellen können, war die Hochzeitsnacht kein schönes Erlebnis – ebenso wenig wie die Flitterwochen. Lionel sagte, seine Frau habe sehr versucht, ihm zu gefallen, doch offenbar war ihr alles zuwider, was mit Sex zu tun hatte. Obwohl er sie liebte, dachte er darüber nach, sich scheiden zu lassen. Doch als sie dann schwanger wurde, konnte er sie natürlich nicht verlassen."

Jessica lächelte wehmütig. „Nachdem Sie zur Welt gekommen waren, litt sie mehr als ein Jahr lang unter einer postnatalen Depression. In dieser Zeit traute Lionel sich kaum, sie zu berühren. Als er eines Tages nach Hause kam, schrie seine Frau ihren kleinen Sohn an, der in der Wiege lag. Sie warf Ihnen vor, dass Sie ein Junge waren – denn alle Jungen würden später einmal bösartig werden, meinte sie. Lionel ging sofort mit ihr zum Psychiater. Mit Hilfe von Hypnose kam dann endlich die Wahrheit ans Licht. Danach machte sie eine Therapie und konnte Lionel schließlich eine perfekte Ehefrau und Ihnen eine perfekte Mutter sein. Allerdings fand sie nie Gefallen an Sex. Aber wenn Lionel nicht regelmäßig mit ihr schlief, wurde sie misstrauisch und weinte. Wenn er auf Geschäftsreise musste und sie deshalb eine Weile lang keinen Sex haben konnten, war sie unendlich erleichtert. Es tat Lionel furchtbar weh, das zu sehen."

Auf Lukes Gesicht spiegelten sich Ungläubigkeit und Verzweiflung wider. Sicher war es nicht leicht für ihn, all diese verstörenden Neuigkeiten zu verarbeiten. Auch Celia wusste nicht, inwieweit sie glauben konnte, was ihre Mutter erzählt hatte. Aber Lionel konnte sich diese Geschichte doch nicht ausgedacht haben?

„Ich weiß noch immer nicht, warum er sich nicht von Mum hat scheiden lassen, als er Ihnen begegnet ist." Luke runzelte die Stirn. „Nach allem, was ich jetzt weiß, wäre meine Mutter doch sicher erleichtert gewesen."

Jessica sah ihn überrascht an. „Dann haben Sie es also noch nicht verstanden", sagte sie verwundert. „Der Grund, warum Lionel seine Frau nicht verlassen hat, waren Sie, Luke."

„*Ich?*"

„Ja, natürlich. Ihr Vater hat Sie weit mehr geliebt als mich oder Ihre Mutter. Das Allerwichtigste für ihn war, dass Sie glücklich waren. Dafür war er bereit, alles zu opfern. Und so ist es auch geschehen."

9. KAPITEL

Luke war sprachlos. Jessica strich ihm sanft über den Arm. „Hat Lionel Ihnen denn niemals erzählt, dass sein Vater seine Frau wegen einer anderen Frau verlassen hat, als er noch ein Kind war?"

„Nein. Er … er sagte immer, sein Vater sei an einem Herzanfall gestorben, als er selbst zehn Jahre alt gewesen sei. Seine Mutter starb an Leberversagen, als er zwanzig war. Dad sagte, sie sei schon mehrere Jahre krank gewesen."

„Ja, sein Vater starb an einem Herzanfall, aber erst vor kurzem. Als er krank wurde, hat er sich bei Ihrem Vater gemeldet. Aber Lionel wollte nichts mit ihm zu tun haben. Für ihn war sein Vater schon seit vierzig Jahren tot. Ihre Großmutter ist wirklich an Leberversagen gestorben, als er zwanzig Jahre alt war. Sie war Alkoholikerin. Sie hatte vor Verzweiflung zu trinken begonnen, nachdem ihr Mann sie verlassen hatte."

Luke war erschüttert – nicht nur auf Grund dieser Neuigkeiten, sondern auch, weil Jessica so viel wusste. „Warum hat Dad *mir* das alles nicht erzählt?", fragte er, enttäuscht und verärgert, weil man ihm diese Familiengeheimnisse nicht anvertraut hatte. Dass sein Vater ihm nichts über die Vergangenheit seiner, Lukes, Mutter gesagt hatte, konnte er nachvollziehen. Doch warum hatte man ihn belogen, was seine Großeltern betraf? Luke fragte sich, wie viele Lügen ihm sein Vater im Laufe der Zeit wohl noch erzählt haben mochte.

„Lionel wollte nicht, dass Sie davon erfuhren, weil er sich für seine Eltern geschämt hat", sagte Jessica sanft. „Dass sein Vater die Familie verließ, hat ihm sehr wehgetan. Deshalb konnte Lionel sich nicht von seiner Frau scheiden lassen, als sie schwanger war. Er brachte es nicht fertig, seiner Familie dasselbe anzutun. Das hat er mir gleich zu Anfang erklärt, und ich habe verstanden, warum er so handeln musste."

Luke dagegen hatte weniger Verständnis. Er sah ein, dass sein Vater ein solches Opfer machte, als er, Luke, noch ein kleiner Junge gewesen war. Doch als er später von zu Hause ausgezogen und für einige Jahre ins Ausland gegangen war, hätte sein Vater die Wahrheit ans Licht bringen müssen. Nein, dafür gab es keine Entschuldigung.

Arme Jessica, dachte Luke. Sie war ganz offensichtlich dem typisch männlichen Egoismus seines Vaters zum Opfer gefallen: eine wunderschöne, verführerische und mitfühlende Frau, die für ihren Vater das getan hatte, wozu seine Ehefrau nicht in der Lage gewesen war. Mit anderen Worten: Sein Vater hatte Jessica nach Strich und Faden ausgenutzt.

Luke schämte sich zutiefst für das Verhalten seines Vaters. Angesichts der Umstände seiner Ehe war es ihm vielleicht nachzusehen, dass er seine Ehefrau betrogen hatte und seinen Sohn hatte schützen wollen. Doch diese bezaubernde, selbstlose Frau zwanzig Jahre lang auszunutzen, war ganz und gar unverzeihlich.

Offenbar waren Luke diese Gedanken vom Gesicht abzulesen, denn plötzlich blickte Jessica ihn traurig an.

„Ich weiß, was Sie sich jetzt fragen", sagte sie. „Warum hat Lionel Ihre Mutter nicht verlassen, als Sie nach dem Studium ins Ausland gegangen sind? Zu diesem Zeitpunkt hätten Sie es sicher verkraften können."

„Das frage ich mich allerdings", gab Luke zu.

Sie zuckte die schmalen Schultern. „So ist es mir auch oft gegangen. Ich habe Lionel nie gefragt, aber vielleicht war er der Meinung, es wäre bereits zu spät für eine so tief greifende Veränderung gewesen. Möglicherweise war ich einfach nicht so wichtig wie die Tatsache, dass Sie eine gute Meinung von ihm hatten. Aber eigentlich glaube ich, dass er einfach seiner armen Frau nicht das Herz brechen wollte. Natürlich ist er Kompromisse eingegangen und hat auch einiges für mich getan, indem er zum Beispiel das Haus in Pretty Point gebaut hat und dort viel Zeit mit mir verbrachte. Ihrer Mutter sagte er dann immer, er würde zum Angeln fahren. Sie schien allerdings nie an seiner Ehrlichkeit zu zweifeln."

„Kein Wunder." Luke nickte. „Er hat sein ganzes Leben lang geangelt."

„Das stimmt nicht ganz", widersprach sie ihm. „Meistens hat er es nur als Vorwand benutzt, um zu mir zu kommen. Erst haben wir uns immer in der alten Hütte in Pretty Point getroffen. Doch irgendwann wurde dort randaliert, und die Hütte ist teilweise abgebrannt."

Jetzt weiß ich auch, warum Dad so viel Verständnis dafür hatte, dass ich nicht mehr mit ihm zum Angeln fahren wollte, dachte Luke verletzt. Er überlegte kurz. Es musste genau in dem Jahr gewesen sein, als sein Vater Jessica Gilbert kennen gelernt hatte.

„Ich möchte mich für meinen Vater entschuldigen", sagte er aufrichtig. „Er hat sich Ihnen gegenüber egoistisch und unfair verhalten. Und offenbar war ihm dies auch bewusst. Denn ich glaube, er wollte sich bei Ihnen entschuldigen, indem er Ihnen das Haus in Pretty Point vermachte. Ich werde also dafür sorgen, dass Sie die Schenkungsurkunde so schnell wie möglich erhalten."

Jessica traten erneut Tränen in die Augen. „Das würden Sie tun?", flüsterte sie.

„Selbstverständlich. Schließlich hat mein Vater es so gewollt."

„Du meine Güte ... ich ..." Sie begann zu weinen. Luke nahm sie in die Arme und strich ihr sanft übers Haar.

„Lionel hasste es, wenn ich geweint habe", schluchzte sie.

Das kann ich mir vorstellen, dachte Luke. *Und bestimmt hatte sie oft Grund zum Weinen. Dad hätte sie einfach in Ruhe lassen sollen, dann wäre sie jetzt vielleicht glücklicher. Was war damals nur in ihn gefahren?*

Über Jessicas Schulter sah er ihre wunderschöne Tochter an – und wusste plötzlich genau, warum sein Vater so gehandelt hatte. Er hatte für Jessica dasselbe empfunden, was er, Luke, für ihre Tochter empfand. Ich werde nicht zulassen, dass meine Leidenschaft für Celia zu etwas Ähnlichem führt, schwor er sich insgeheim. Am Ende dieses Abends würde er für immer aus ihrem Leben verschwinden.

Doch vorher musste er noch dafür sorgen, dass die arme Jessica ein wenig glücklicher in die Zukunft blicken konnte.

„Warum gehen Sie nicht mit Celia nach oben, um sich fürs Essen umzuziehen?", schlug Luke ihr vor. „Es ist wichtig, dass Sie regelmäßig essen." Er sah sie eindringlich an. Dann sagte er lächelnd: „Danach können wir gemeinsam über Dad herziehen, so viel wir wollen. Und dazu trinken wir ein paar Gläser von Helens hervorragendem Wein."

Celia nickte. Luke hatte Recht. Es war genau das, was ihre Mutter tun musste: sich zusammenreißen und über ihre Gefühle für Lionel sprechen. Ihr musste klar werden, was er wirklich für ein Mensch gewesen war. Vielleicht würde dann ihr gebrochenes Herz langsam zu heilen beginnen.

Energisch nahm sie ihre Mutter beim Arm und führte sie die Treppe hinauf in ihr Zimmer. Celia durchsuchte Jessicas Koffer und förderte Stretchjeans und einen weißen Kaschmirpullover zu Tage.

„Zieh am besten das hier an, Mum. Es braucht nicht gebügelt zu werden."

„Er ist ein großartiger Mensch, nicht wahr?", fragte Jessica träumerisch, während sie den Anweisungen ihrer Tochter folgte. „Genau wie Lionel."

Celia verdrehte die Augen. Ihre Mutter war wirklich hoffnungslos romantisch. Und ich bin ihr ähnlicher, als ich wahrhaben möchte, dachte sie verzweifelt.

„Und er sieht ihm auch so ähnlich!" Jessica bürstete sich das Haar. „Er strahlt so viel Männlichkeit und Kraft aus. So einem Mann kann man nur schwer widerstehen, stimmt's?"

Unwillkürlich musste Celia daran denken, wie Luke ihr am Nachmittag befohlen hatte, sich vor ihm auszuziehen. Sofort wünschte sie, das alles würde noch einmal passieren. Doch sie wusste, dass es nicht so kommen würde. Das hatte Luke nur allzu deutlich gemacht.

Schnell steckte Jessica sich das Haar hoch und trug etwas Parfüm und Lippenstift auf.

„Komm", sagte sie dann atemlos und ein wenig ungeduldig, „lass uns wieder nach unten gehen. Ich möchte mit Luke sprechen – und ihn auch eine Weile ansehen", fügte sie hinzu und lächelte dabei schalkhaft.

Nicht nur du, dachte Celia wehmütig und folgte ihrer Mutter ins Wohnzimmer.

Das Abendessen wurde ein großer Erfolg. Jessica war so fröhlich wie lange nicht mehr, Luke dagegen die Geduld in Person. Auch Tante Helen wirkte sehr zufrieden. Nur Celia konnte sich nicht entspannen. Immer wenn sie Luke ansah, gab es ihr einen Stich ins Herz. Außerdem erwähnte Jessica viele Einzelheiten aus seinem Leben, von denen Lionel ihr im Laufe der Jahre berichtet hatte. So erfuhr Celia, dass Luke Kapitän der Basketballmannschaft, Leiter des Debattierteams und Schulsprecher gewesen war. Offenbar war er schon als Schüler äußerst erfolgreich und beliebt gewesen. Auch während des Studiums hatte er viele Auszeichnungen bekommen, unter anderem ein Stipendium für ein Semester an einer renommierten Universität in London. Dort war er bis nach Beendigung seines Studiums geblieben und hatte für ein angesehenes internationales Architekturbüro mit Zweigstellen in Paris, Rom und New York gearbeitet. Insgesamt war er fast acht Jahre im Ausland gewesen. Als er zwei Jahre zuvor nach Australien zurückgekehrt war, hatte er an einem Architekturwettbewerb teilgenommen – und gewonnen. Er hatte einen ansehnlichen Geldpreis sowie einen befristeten Arbeitsvertrag mit dem Architekturbüro erhalten, das den Wettbewerb ausgeschrieben hatte.

Als Helen etwa um halb zehn Kaffee servierte, stellte Celia fest, dass die Gespräche keinesfalls dazu beigetragen hatten, Jessicas Idealbild von Lionels Charakter richtigzustellen. Ganz im Gegenteil: Es war der Eindruck entstanden, dass Lionel Freeman ein liebevoller Vater und äußerst stolz auf seinen einzigen Sohn gewesen war. Und auch Jessica schien so stolz auf Luke zu sein, als wäre er ihr eigener Sohn, wie Celia leicht eifersüchtig feststellte.

„Wissen Sie, Luke", sagte Jessica, als alle ihren Kaffee tranken, „Ihr Vater war sehr erleichtert, als Sie schließlich aus dem Ausland zurückkamen. Er hatte Angst, Sie würden vielleicht im Ausland jemanden kennen lernen und für immer dort bleiben. Ihre Verlobung mit dieser jungen Frau aus Sydney hat ihn sehr glücklich gemacht."

Verlobung? Fassungslos sah Celia Luke an, doch er wich ihrem Blick aus.

„Wenn ich mich recht erinnere", fuhr Jessica fort, „ist Ihre Hochzeit schon sehr bald – es sei denn, Sie wollen die Trauung wegen des Unfalls absagen", fügte sie schnell hinzu, als sie Lukes Gesichtsausdruck bemerkte.

„Nein", entgegnete er. „Die Hochzeit wird wie geplant in zwei Wochen stattfinden. Ich dachte eine Weile darüber nach, sie zu verschieben. Aber Isabels Eltern haben schon so viel Zeit und Geld in die Vorbereitungen investiert. Es wäre nicht fair – ihnen und Isabel gegenüber."

„Luke hätte sicher nicht gewollt, dass Sie alles verschieben", pflichtete Jessica ihm bei, während Celia wie erstarrt war. „Er mochte Isabel sehr. Wie ich höre, ist sie eine besonders hübsche junge Frau."

„Das stimmt", bestätigte Luke. „Und sie ist auch ein wundervoller Mensch."

Er blickte Celia an. Sein Blick drückte Reue aus, jedoch keine Schuldgefühle. Sie konnte es nicht fassen. Luke war verlobt und würde in zwei Wochen heiraten! Und trotzdem hatte er am Nachmittag mit ihr, Celia, geschlafen. Plötzlich war sie erfüllt von einer kalten Wut.

„Beim Thema Hochzeit fällt mir ein, dass ich dieses Wochenende noch sehr viel zu erledigen habe", sagte Luke und stellte die Kaffeetasse ab. „Ich muss mich also verabschieden. Celia, können wir jetzt los?"

„Natürlich", erwiderte sie kühl.

„Sie kommen doch sicher bald wieder, Luke, nicht wahr?", fragte ihre Mutter hoffnungsvoll.

„Nein, Jessica. Ich freue mich wirklich, Sie kennen gelernt zu haben, und ich wünsche Ihnen alles Gute für die Zukunft. Trotzdem glaube ich, es ist besser, wenn wir uns nicht wiedersehen. Aber natürlich wird sich mein Anwalt bald wegen des Hauses mit Ihnen in Verbindung setzen."

Jessica wirkte enttäuscht und niedergeschlagen. Doch dann nickte sie. „Ich verstehe Ihre Entscheidung. Sicher war es ein Schock für Sie, von mir zu erfahren. Vielen Dank, dass Sie so freundlich und verständnisvoll reagiert haben. Es tut mir sehr leid, wenn wir Sie verletzt haben. Aber ich bin sicher, dass Ihre Mutter nie davon erfahren hat. Und glauben Sie mir, ich habe Ihren Vater wirklich sehr geliebt."

Luke stand auf und küsste sie leicht auf die Wange. Celia musste sich sehr zusammennehmen, um ihn nicht lautstark zu beschimpfen. Nur der Gedanke an das Wohlergehen ihrer Mutter hielt sie davon ab. Auf keinen Fall durfte Jessica erfahren, was am Nachmittag vorgefallen war. Das würde vielleicht alles zunichte machen, was das Gespräch mit Luke bewirkt hatte.

Wie sein Vater hatte Luke die Frau betrogen, mit der er eine feste Beziehung führte. Celia wusste, es würde lange dauern, bis sie ihn vergessen könnte. Denn im Gegensatz zu Lionel lebte Luke. Und sie würde jeden Tag daran denken müssen, wie Luke irgendwo in Sydney mit der hübschen Isabel zusammenlebte, mit ihr schlief, vielleicht Kinder mit ihr bekam. Aber sie, Celia, wäre allein mit ihrem Schmerz und ihrem gebrochenen Herzen.

10. KAPITEL

„Verdammt noch mal, sag endlich etwas", sagte Luke. Celia warf ihm nur einen kurzen Blick zu, bevor sie die Beifahrertür öffnete und ausstieg. Während der fünfzehnminütigen Fahrt nach Pretty Point hatte sie kein Wort gesagt. Doch ihre Wut war langsam abgeklungen. Was für einen Sinn hatte es schon, Luke zur Rede zu stellen?

„Ich habe dir meine Verlobung mit Isabel nur verschwiegen, um dich nicht noch mehr zu verletzen", sagte Luke. Seine Stimme drückte Schmerz und Verzweiflung aus. Er stieg ebenfalls aus dem Wagen. „Das musst du mir glauben."

Celia wandte sich um und blickte ihn an. „Warum sollte ich?", rief sie aufgebracht. „Damit du dich besser fühlst? Nein, du bist einfach nur ein Feigling – genau wie dein Vater."

„Das bin ich nicht", entgegnete er. „Und mein Vater war auch kein Feigling. Ich habe darüber nachgedacht, was deine Mutter mir erzählt hat, und meine Meinung wieder geändert. Es war voreilig von mir, ihn zu verurteilen." Bevor sie etwas erwidern konnte, fuhr er schnell fort: „Wie hättest du denn an Stelle meines Vaters gehandelt? Er hat eben mehr an meine Mutter und mich gedacht als an sein eigenes Glück. Sie hätte es niemals ertragen, nach all den Jahren verlassen zu werden."

„Und was ist mit *meiner* Mutter?", rief Celia. „Du hast doch selbst gesehen, was dein Vater ihr angetan hat."

„Es stimmt, er hätte gleich einen Schlussstrich ziehen und sie nicht wiedersehen sollen, nachdem er ihr begegnet war", gab Luke zu. „Aber unter den gegebenen Umständen war das sehr schwierig. Außerdem wusste deine Mutter doch, worauf sie sich einließ. Mein Vater hatte ihr erzählt, dass er verheiratet war. Ich bin sicher, sie wird mit der Zeit über alles hinwegkommen."

„Und ich?", fragte Celia ihn traurig. „Meinst du, ich werde auch über alles hinwegkommen?"

„Du hast doch selbst gesagt, dass du härter im Nehmen bist als deine Mutter."

„Ich weiß, aber das stimmt nicht. Ich … ach, fahr doch zu deiner Isabel und heirate sie. Hoffentlich weiß sie, worauf sie sich einlässt – auf die Ehe mit einem Mann, der sie nicht liebt." Mit Tränen in den Augen sah sie ihn an. „Hast du mit Isabel jemals so etwas empfunden wie mit mir heute Nachmittag, Luke?"

Er antwortete nicht, doch die Antwort war ihm vom Gesicht abzulesen.

„Nein, das hast du nicht", sagte Celia. „Und ich wette, du wirst bald wieder zurückkommen, genau wie dein Vater. Allerdings kannst du dein Verhalten nicht so leicht entschuldigen wie er seins. Schließlich bist du noch nicht einmal verheiratet. Es wäre ehrlicher, wenn du die Hochzeit absagen würdest."

Erschrocken sah er sie an. „Das kannst du nicht von mir erwarten. Schließlich kenne ich dich erst seit ein paar Stunden. Das mit uns … es würde nicht von Dauer sein."

„Bei unseren Eltern hat es zwanzig Jahre gedauert."

„Weil sie eine Affäre hatten – Erotik und Spannung. Mit dem Alltagsleben mussten sie sich nicht auseinandersetzen. Wer weiß, ob sie so glücklich gewesen wären, wenn sie geheiratet hätten." Er blickte sie an. „Du wirst über mich hinwegkommen, Celia."

„Das glaube ich nicht", widersprach sie.

Wieder sah Luke sie erschrocken an.

„Ich habe mich in dich verliebt, Luke Freeman", erklärte Celia. „Ich weiß, du glaubst, so schnell könne man sich nicht verlieben. Aber es ist die Wahrheit. Ich liebe dich!"

„Sag das nicht", bat er.

„Und warum nicht? Du bist wirklich ein Feigling. Du verdienst meine Liebe gar nicht. Isabel tut mir leid. Sie ahnt wahrscheinlich gar nicht, dass du sie betrügst. Wie oft wirst du wohl neben ihr im Bett liegen und dabei an mich denken, bevor du hier doch wieder angekrochen kommst?"

„Ich werde dich nach der Hochzeit nicht wiedersehen", entgegnete Luke kühl.

„Ich kann dir nur raten, dich daran zu halten!", rief Celia heftig. „Denn solltest du noch einmal bei mir aufkreuzen, werde ich dich zur Strecke bringen, Luke. Ich bin nämlich bei weitem nicht so großherzig wie meine Mutter. Das nächste Mal, wenn du dich in mein Leben einmischst, werde ich mich nicht mit deinem Körper zufriedengeben. Ich werde deine Seele erobern und sie gefangen halten. Und wenn sie mir gehört, werde ich dich zerstören, das schwöre ich dir!"

Wütend blickte Luke sie an. „Das ist genau der Grund, warum ich auf keinen Fall wiederkommen werde. Ich möchte ein friedliches, harmonisches Leben – keine durchgedrehte Frau, die mir zuerst erzählt, sie würde mich lieben, um mir eine Sekunde später zu drohen. Du glaubst also, du liebst mich?", fuhr er fort. Seine Augen funkelten. „Das bezweifle ich. Wenn du mich wirklich lieben würdest, wie du behauptest, würdest du mir keine wilden Drohungen an den Kopf werfen, sondern zumindest versuchen, etwas Mitgefühl für mich aufzubringen. Die letzten zwei Wochen waren die Hölle für mich. Meine Eltern sind gestorben. Ich musste sie begraben lassen und all diese furchtbaren Entscheidungen treffen: Welche Särge sollte ich kaufen? Was sollte ich meinen Eltern zum Begräbnis anziehen? Während der Beerdigung habe ich die ganze Zeit nur versucht, nicht zusammenzubrechen. Denn Männer dürfen ja nicht weinen."

Erschrocken bemerkte Celia, dass ihm dabei Tränen in den Augen standen.

„Ich habe mir so oft gewünscht, weinen zu dürfen. Und ich wünsche es mir noch immer – jedes Mal, wenn ich an all das denke. Vom einen Moment zum nächsten habe ich meine Eltern verloren. Und dann finde ich heraus, dass mein geliebter Vater nicht der Held war, für den ich ihn immer gehalten habe. Kannst du dir vorstellen, wie es war, von seiner Affäre zu erfahren? Wie ich mich gefühlt habe, als du die Tür geöffnet hast? Ich dachte, du wärst seine Geliebte gewesen: eine junge Frau, die seine Tochter hätte sein können. Du hast dich bereits an mir gerächt, Celia, indem du mir nicht die Wahrheit gesagt hast. So musste ich natürlich glauben, dass mein Vater ein lüsterner, skrupelloser Verführer gewesen sei. Meine Gefühle waren dir völlig egal."

Celia wurde von Schuldgefühlen übermannt. „Luke, ich ... es tut mir leid. Ich wollte doch nur ..."

„Deine Mutter schützen", vollendete er ihren Satz bitter. „Schade, dass du dir keine Gedanken über die Folgen gemacht hast. Denn sobald ich dachte, du wärst die Geliebte meines Vaters, habe ich dich ebenfalls begehrt. Und ich will dich noch immer. Aber was ich empfinde, ist nicht Liebe, sondern Lust. Was soll ich jetzt tun, Celia? Wegfahren und versuchen, dich zu vergessen? Oder mit dir in das Liebesnest meines Vaters zurückgehen und dich mit mir in die Hölle nehmen?"

Celias Herz klopfte heftig. „Was ... was meinst du damit – mich mit in die Hölle nehmen?"

„Genau das, was ich gesagt habe. Ich begehre dich und will mit dir schlafen – auf all die Arten, die ich mir ausgemalt habe. Ich liebe dich nicht, aber ich biete dir meinen Körper an. Nimm ihn, wenn du willst. Ich selbst weiß nicht mehr, was richtig und was falsch ist."

Celia merkte ihm an, wie sehr ihn das alles quälte. Sie wünschte sich, sie könnte ihn in die Arme schließen, trösten und ihm zeigen, dass er nicht nur reine Lust für sie empfand. Luke könnte sie lieben, wenn er es nur zuließe. Celia war sicher, dass er Isabel nicht liebte. Denn Luke würde niemals die Frau betrügen, die er liebte. Irgendwann würde das auch ihm klar werden. Doch hatte sie, Celia, genug Zeit, um darauf zu warten?

„Wann musst du wieder in Sydney sein?", fragte sie unvermittelt.

„Isabel erwartet mich erst Ende der Woche zurück. Sie glaubt, ich würde hier in Erinnerungen an meine Kindheit und meinen Vater schwelgen – du meine Güte!" Er lachte ironisch. „Sicher wäre Dad sehr stolz auf mich, wenn er wüsste, wie genau ich seinem Vorbild nacheifere. Komm", sagte er, „lass uns hineingehen und ins Bett. Das willst du doch, stimmt's?"

Nein, dachte sie verzweifelt, nicht auf diese Art. Doch dieses Wochenende war ihre einzige Chance. Sie hatte nur zwei Tage Zeit, um ihm zu zeigen, dass sie füreinander bestimmt waren.

„Ja", erwiderte sie mit zittriger Stimme.

„Und du möchtest, dass ich nicht morgen früh abreise, sondern das ganze Wochenende bei dir bleibe?"

„Ja", wiederholte sie, diesmal schon ruhiger.

„Also gut. Aber erzähl mir bitte nicht die ganze Zeit, dass du mich liebst. Von romantischem Blödsinn und Schuldgefühlen habe ich wirklich genug. Ich möchte nur, dass du dich mir nackt und willig hingibst." Luke bemerkte Celias verletzten Gesichtsausdruck. Er wandte den Blick ab und schlug die Autotür zu. Sein grausames Verhalten war ihm selbst zuwider, doch er konnte nicht anders. Innerhalb eines einzigen Tages hatte Celia sein ganzes Leben durcheinandergebracht. Und er hatte Dinge getan, die er nie für möglich gehalten hatte.

Celia stand hinter dem Auto und wartete auf ihn. Im hellen Mondlicht sah sie unglaublich schön aus. Luke wurde von einem heftigen Begehren erfasst. Er wusste, dass er der Versuchung nicht widerstehen konnte.

„Warum musste ich dir nur begegnen?", flüsterte er und zog sie an sich. „Und warum musst du so wunderschön sein?"

Bevor Celia etwas erwidern konnte, presste er die Lippen auf ihre und küsste sie leidenschaftlich. Beide stöhnten leise auf, als ihre Zungen miteinander zu spielen begannen.

Plötzlich hob Luke den Kopf. „Verdammt! Ich habe keine Kondome mehr!"

„Ich auch nicht. Aber …" Celia schwieg einen Moment. Dann sagte sie: „Aber eigentlich brauchen wir keine Kondome. Ich spende regelmäßig Blut, und meine letzte Beziehung ist schon einige Monate her."

„Ich kann dir garantieren, dass du mit mir auch kein gesundheitliches Risiko eingehst. Aber könntest du nicht schwanger werden?"

„Nicht dieses Wochenende. Das ist völlig ausgeschlossen."

Luke wusste, dass es verrückt war, ihr zu glauben. Doch merkwürdigerweise tat er es. *Vielleicht will ich ja auch nur glauben, dass sie die Wahrheit sagt,* dachte er. Normalerweise war er sehr vorsichtig und ging keine unnötigen Risiken ein. Doch sein Verlangen war übermächtig. Unwillkürlich stellte Luke sich vor, wie er Celia das ganze Wochenende lieben würde. Wenn sie nicht verhüten mussten, würde er nach dem Sex in ihr bleiben können, bis er bereit wäre für das zweite Mal und das dritte und …

„Gut", sagte er und zog sie ungeduldig mit sich zum Haus. „Dann komm. Es sei denn, du hast es dir anders überlegt."

„Nein", erwiderte Celia sofort. Ihre Augen glänzten im Mondlicht. Sie schien ebenso erregt und ungeduldig zu sein wie er. Sicher war sie ebenso wenig wie er in der Lage, klar zu denken.

Hatten auch Jessica Gilbert und sein Vater eine solche Leidenschaft füreinander empfunden? Es würde erklären, warum Dad seine Frau jahrelang betrogen hat und warum Celias Mutter sich von ihm ausnutzen ließ, dachte Luke.

„Du solltest einem Fremden nicht so leichtfertig dein Vertrauen schenken", sagte er rau. „Schließlich hast du selbst gesagt, Männer würden oft lügen, wenn sie Sex wollten."

„Das würdest du nicht tun", erwiderte Celia überzeugt.

Luke nahm ihr den Schlüssel aus der Hand, schloss auf und zog sie mit hinein. Dann stieß er die Tür zu und presste Celia von innen dagegen. Sein Verlangen raubte ihm fast den Verstand. „Ich verstehe dich nicht, Celia Gilbert. Aber das will ich auch gar nicht. Ich will …"

„… mich mit dir in die Hölle nehmen?", vervollständigte sie den Satz, bevor er das hässliche Wort aussprechen konnte, das ihm auf den Lippen lag.

„Ja, das wollte ich sagen."

„Das ist unmöglich. Denn zuerst werde ich dich mit mir in den Himmel nehmen." Celia legte ihm die Arme um den Nacken und stellte sich auf die Zehenspitzen. „Und dort werden wir das ganze Wochenende bleiben", flüsterte sie ihm atemlos ins Ohr.

11. KAPITEL

Celia wurde vom strahlend hellen Sonnenlicht geweckt, das durch die Glastüren ins Zimmer flutete. Luke lag neben ihr im Bett und schlief noch fest. Sie stützte sich auf die Ellenbogen und betrachtete ihn. Ihr Herz zog sich zusammen, als die Erinnerungen sie überkamen, nicht nur diejenigen der letzten Nacht, sondern des ganzen vorangegangenen Tages.

Auf irgendeine Weise erschien ihr die Situation unwirklich, fühlte sie sich wie in einem Traum. Luke, der nackt ausgestreckt neben ihr lag, war allerdings sehr wirklich – ebenso wie die Gefühle, die er in ihr weckte. Celia sehnte sich danach, ihn zu berühren, zu streicheln und zu erregen, so dass er noch einmal hart und groß wurde. Dann würde sie sich wieder rittlings auf ihn setzen und sie beide zum Gipfel der Lust treiben.

Ist das Liebe? fragte sie sich. Oder ist es einfach nur sexuelle Lust, wie Luke behauptet? Celia musste sich eingestehen, dass die meisten Frauen auf Liebe ausgerichtet waren und Beziehungen oft durch eine rosarote Brille betrachteten.

Allerdings war das erste Liebesspiel am Vorabend alles andere als romantisch gewesen, ebenso wenig wie das auf dem Teppich vor dem Kamin. Leidenschaft und Ekstase waren die Worte, die ihr in den Sinn kamen. Aber danach war Luke sehr zärtlich. Er trug sie die Treppe hinauf und entschuldigte sich für seine Heftigkeit. Doch eigentlich hatte Celia es sehr genossen. Sie war genauso erregt gewesen wie er.

Trotzdem zog sie den einfühlsamen, zärtlichen Liebhaber vor, in den Luke sich verwandelte, nachdem das erste brennende Verlangen gestillt war. Sie genoss es, wie er sie unter der Dusche wusch und sie die ganze Zeit über zärtlich küsste und liebkoste. Danach trocknete er sie vorsichtig mit einem riesigen flauschigen Badetuch ab.

Doch nichts war so überwältigend wie das, was er mit ihr gemacht hatte, als sie wieder zusammen im Bett lagen. Sie, Celia, hatte ihm ja versprochen, ihn mit sich in den Himmel zu nehmen. Doch dann war er es, der sie dorthin brachte, als er sie mit dem Mund überall liebkoste. Sie kam unzählige Male, bis sie ihn schließlich atemlos bat aufzuhören.

Luke lachte, legte sich auf sie und drang in sie ein, während er sich ihre Füße über die Schultern legte. Wie benommen sah Celia ihn an, während seine langsamen, lustvollen Stöße sie erschauern ließen. Unwillkürlich hob und senkte sie die Hüften und bewegte sich gemeinsam mit ihm. Celia spannte die Muskeln tief in ihrem Innern an. Als Luke stöhnte, wusste sie, dass er fast gekommen wäre.

Celia hatte es noch nie zuvor so intensiv miterlebt, wenn ein Mann zum Höhepunkt kam. Es war unglaublich erregend, so dass es ihr nichts ausmachte, dass sie selbst dieses Mal keinen Orgasmus gehabt hatte.

„Du kleine Hexe", sagte er danach lächelnd zu ihr. „Ist im Kühlschrank eigentlich noch Wein?"

Luke holte eine Flasche trockenen Weißwein aus der Küche, die sie zusammen im Bett leer tranken. Dabei unterhielten sie sich und lachten, während Celia ihn überall am Körper streichelte und küsste. Es schien ihn ganz und gar nicht zu stören, im Gegenteil. Und plötzlich saß sie wieder rittlings auf ihm. Es gefiel Celia, Lukes Blick auf ihren Brüsten und dem ganzen nackten Körper zu spüren. Ihre Ohrringe schwangen vor und zurück. Plötzlich sprengte Luke Wein auf ihre Brüste, zog sie, Celia, zu sich herunter und sog die Flüssigkeit mit den Lippen von ihrer Haut. Als sie ausgetrunken hatten, rieb er die Flaschenspitze an ihr, bis sie beinahe den Verstand verlor.

Alles, was sie getan hatten, war ihr wundervoll und aufregend erschienen. Doch jetzt wollte sie am liebsten gar nicht mehr daran denken. Aber es blieb ihr nichts anderes übrig, als genau das zu tun. Celia musste sich Gedanken darüber machen, in was für eine Frau sie sich verwandelte, wenn sie mit Luke im Bett war: eine Frau, die ihre Leidenschaft ungezügelt auslebte, die ihren Geliebten alles mit sich anstellen ließ – und die plötzlich einen Höhepunkt nach dem anderen hatte. Ihr wurde bewusst, dass die Gefahr bestand, süchtig nach Lukes Liebesspiel zu werden, ganz unabhängig davon, ob sie ihn liebte oder nicht.

Bestimmt war ihre Mutter ebenfalls auf eine Art von Lukes Vater abhängig gewesen. Das musste auch der Grund sein, warum sie nie die Kraft aufgebracht hatte, ihn zu verlassen. Lionel war für sie wie eine Droge gewesen. Celia konnte den Gedanken nicht ertragen, so zu enden wie ihre Mutter. Doch die Gefahr bestand eindeutig, falls Luke tatsächlich Isabel heiraten sollte. Und er hatte keine Andeutung gemacht, dass er dies nicht tun würde. Könnte sie, Celia, die Willensstärke aufbringen, Nein zu sagen, wenn er sie bat, seine Geliebte zu werden? Würde sie ihn wegschicken oder sich darauf einlassen wider alle Vernunft und weiterhin hoffen, dass er Isabel doch noch verließe?

Nein, dachte Celia entschlossen, das darf ich mir nicht antun. Sie musste sofort einen Schlussstrich ziehen! Sie zwang sich, den Blick von Lukes schlankem, muskulösem Körper abzuwenden, und schwang die Beine über die Bettkante. Ihre Ohrringe schlugen leise klingelnd aneinander. Celia nahm sie ab und legte sie in die oberste Schublade des Nachttisches. Die sollte ich heute besser nicht tragen, dachte sie. Luke hatte ihr in der vergangenen Nacht gesagt, wie erotisch er den Schmuck fand. Und das Letzte, was sie jetzt wollte, war, ihn zu erregen. Sie musste unbedingt in Ruhe mit ihm sprechen. Celia atmete tief ein. Dann blickte sie auf den Radiowecker. Es war kurz nach zehn Uhr. Steh jetzt auf, ermahnte sie sich insgeheim. *Zieh dich an und geh nach unten.*

„Wohin willst du?", fragte Luke rau, legte ihr den Arm um die Hüfte und zog sie zurück ins Bett. Mit den Lippen liebkoste er ihr den Nacken, während er mit der Hand ihre Brust umfasste.

Unwillkürlich stöhnte sie auf. Luke wusste ganz genau, was ihr gefiel. Und er hatte ihr während der vergangenen Nacht einiges beigebracht. „Ich ... ich muss jetzt aufstehen", sagte sie und versuchte die Woge des Begehrens zu ignorieren, die sie durchflutete, als er ihr mit den Fingern über die Brustspitze strich.

„Noch nicht", widersprach er rau, drehte sich zu ihr um und zog sie noch enger an sich.

Als Celia ihn groß und fest zwischen ihren Beinen spürte, erschauerte sie. Auf keinen Fall durfte sie jetzt daran denken, wie wundervoll es sich anfühlte, wenn er in ihr war. Sie versuchte, sich aus der Umarmung zu befreien.

„Sei doch nicht so ungeduldig", flüsterte Luke ihr ins Ohr und drang in sie ein.

Celia stöhnte leise auf. Luke glaubte, sie hätte sich vor Ungeduld gewunden! Seine Stöße waren schnell und kraftvoll. Es fühlte sich unglaublich gut an.

„Gefällt dir das?", fragte er.

Celia brachte kein Wort heraus. Sie nickte nur und seufzte lustvoll.

„Und das?" Er nahm die Hand von ihrer Brust und begann sie zwischen den Beinen zu streicheln.

„Ja", seufzte sie. „Nein, bitte nicht, sonst komme ich noch!"

„Aber ich liebe es, wenn du kommst. Tu es für mich, Celia. Versuch nicht, es zu verhindern." Luke stöhnte laut auf, als sie gemeinsam zum Höhepunkt kamen. Es war überwältigend. Doch viel zu schnell holte die Wirklichkeit Celia wieder ein.

Siehst du, dachte sie erschrocken, du bist bereits abhängig von ihm. Luke braucht dich nur zu berühren, dann kannst du ihm nicht mehr widerstehen. Celia nahm all ihre Kraft zusammen und machte sich los. Luke protestierte. Doch sie stieg aus dem Bett, ohne ihn zu beachten. Schnell lief sie ins Badezimmer und schloss die Tür hinter sich.

Luke stieß einen tiefen Seufzer aus, drehte sich auf den Rücken und blickte nachdenklich an die Decke. Er wusste genau, was Celia empfand – dasselbe, was auch ihn gleich nach dem Aufwachen gequält hatte: Schuldgefühle.

Er hatte versucht, sein schlechtes Gewissen zu ignorieren und zu vergessen, dass er immer noch mit Isabel verlobt war. Und es war ihm gelungen – zumindest für die Zeit, als er mit Celia geschlafen hatte. Es fiel ihm ohnehin schwer, an etwas anderes als an Sex zu denken, wenn er ihren verführerischen Körper auch nur ansah. Doch jetzt konnte Luke die Wirklichkeit nicht mehr verdrängen. Er musste sich mit diesem Problem auseinandersetzen.

Isabel hatte etwas Besseres verdient. Dasselbe galt für Celia. Er hatte sich beiden gegenüber nicht anständig verhalten. Doch was sollte er tun?

Er war nicht in Isabel verliebt. Aber er glaubte auch nicht, dass er in Celia verliebt war. So schnell konnten derartige Gefühle sich nicht entwickeln. Was ihn gestern dazu gebracht hatte, mit ihr zu schlafen, war nicht Liebe gewesen, sondern die gefährliche Kombination verschiedener Dinge: Celias Schönheit und Sinnlichkeit, ihre Tränen und natürlich seine eigene Trauer über den Tod seiner Eltern. Auch die sexuelle Enthaltsamkeit in der letzten Zeit hatte sicher dazu beigetragen.

Doch das Entscheidende war das anfängliche Missverständnis gewesen, was die Rolle Celias im Leben seines Vaters anbetraf. Die Vorstellung, sie wäre Lionels Geliebte gewesen, hatte seine Fantasie angeregt und gefährliche, verlockende Gedanken in ihm geweckt. Und Celia hatte seine Erwartungen noch übertroffen. Anfangs war sie noch sehr zurückhaltend gewesen. Doch dann hatte sie ihre Scheu abgelegt und sich in eine leidenschaftliche Liebhaberin verwandelt.

Luke hörte, wie im Badezimmer das Wasser aufgedreht wurde. Er musste daran denken, wie er und Celia am vergangenen Abend zusammen geduscht hatten. Beim ersten Mal war sie überrascht und ein wenig unsicher gewesen, als er sie am ganzen Körper mit Duschgel eingeseift hatte. Ihre Augen waren immer größer geworden. Ganz offensichtlich hatte sie in ihrem Liebesleben noch nicht viele Erfahrungen gesammelt. Doch beim zweiten Mal ergriff Celia die Initiative. Sie nahm das nach Vanille duftende Duschgel und rieb ihn von Kopf bis Fuß damit ein, besonders intensiv an einer bestimmten Stelle. Allein bei der Erinnerung daran wurde ihm heiß.

Celias neu entdeckte Leidenschaftlichkeit hatte ihn unglaublich erregt. Ganz besonders hatte Luke es genossen, als sie ihn später mit dem Mund befriedigt hatte. Er wusste, dass es für sie das erste Mal gewesen war. Wieder war ihm bewusst geworden, wie unerfahren sie war.

Ganz anders als Isabel. Luke verzog das Gesicht. Warum musste er nur schon wieder an sie denken? Er war immer überzeugt gewesen, dass der Sex mit Isabel ihn vollkommen befriedigt hatte. Und so war es auch gewesen – bis vor einem Tag.

Doch jetzt würde nichts mehr so sein wie früher. Er könnte nie wieder mit Isabel schlafen, ohne dabei an Celia zu denken und sich nach ihr zu sehnen. Unabhängig davon, was genau er für Celia empfand – durch sie war es ihm unmöglich geworden, Isabel zu heiraten. Luke wusste genau, dass er es nicht schaffen würde, sich von Celia fernzuhalten. Nicht für längere Zeit. Also blieb ihm nichts anderes übrig, als die Hochzeit abzusagen. Und je früher, desto besser, dachte er. *Am besten heute noch.*

Luke schlug die Decke zurück und setzte sich auf. Stirnrunzelnd blickte er sich im Zimmer um. Wo waren nur seine Sachen? Plötzlich fiel es ihm wieder ein: Sie lagen im Wohnzimmer über den Boden verstreut.

Seufzend stand er auf und ging die Treppe hinunter. Dort hob er seine Kleidung auf und zog sich an, bis auf die Krawatte, die er sich in die Jackentasche steckte. Danach sammelte er Celias Sachen auf. Luke schüttelte den Kopf, als er das zerrissene Höschen betrachtete. Er war wirklich sehr wild gewesen. Doch Celia schien es gefallen zu haben – wie alles, was er mit ihr gemacht hatte. Sicher würde sie überglücklich sein, wenn er ihr erzählte, dass er vorhatte, die Hochzeit abzusagen.

Isabel wird sich natürlich nicht freuen, dachte Luke gequält. Sie würde fassungslos sein, ebenso wie ihre Eltern. Die beiden waren ausgesprochen nette Menschen und noch dazu nicht besonders wohlhabend. Der Gedanke, ihnen wehzutun, gefiel Luke ganz und gar nicht. Doch es würde sich nicht vermeiden lassen.

Zumindest war er jetzt reich genug, um ihnen die Ausgaben, die sie bereits für die Hochzeitsvorbereitung gehabt hatten, zu ersetzen. Luke beschloss, Isabel eine stattliche Summe Geld zu überlassen. Sie hatte es verdient. Doch er wusste auch, dass sich der seelische Schmerz, den er verursachen würde, mit Geld nicht wiedergutmachen ließ.

Celia kam gerade aus dem Bad, als er mit ihrer Kleidung auf dem Arm das Schlafzimmer betrat. Sie hatte sich ein Handtuch um den Kopf geschlungen und trug einen cremefarbenen Satinbademantel. Der glänzende Stoff umschmeichelte eng ihre Figur. Darunter war sie offenbar nackt. Luke schluckte. Es würde nicht einfach werden, das Richtige zu tun: an der Entscheidung festzuhalten, so bald wie möglich zu gehen. Doch er würde ja bald wiederkommen.

Celia blickte ihn erschrocken an, als sie bemerkte, dass er bereits fertig angezogen war. Dann veränderte sich ihr Gesichtsausdruck. „Wie ich sehe, willst du gehen", stellte sie äußerst kühl fest.

„Ja, das stimmt", bestätigte er. „Aber ich ..."

„Bitte sag jetzt nichts", unterbrach sie ihn. „Das ist nicht notwendig. Es ist mir sehr recht, wenn du gehst. Dann brauche ich dich nicht mehr selbst darum zu bitten."

Stirnrunzelnd blickte Luke sie an. Er fragte sich, was wohl der Grund für ihren plötzlichen Sinneswandel sein mochte. Immerhin war Celia noch am Vortag verzweifelt über seine Verlobung mit Isabel gewesen und hatte ihm gesagt, sie würde ihn lieben.

„Bist du noch immer wegen der Verlobung wütend auf mich? Ist es das?", fragte er und legte ihre Sachen aufs Fußende des Bettes.

„Nein." Celia nahm das Handtuch vom Kopf. Die dichten, glänzenden Locken fielen ihr auf die Schultern. Sie begann, sich das Haar trockenzureiben, ohne ihn dabei anzusehen.

„Mir ist heute Morgen nur klar geworden, dass du Recht hattest.

Ich liebe dich nicht. Was zwischen uns passiert ist, hat mit Liebe nichts zu tun, sondern nur mit Sex."

Sprachlos blickte Luke sie an. Und mit einem Mal wurde ihm bewusst, dass es genau andersherum war: *Er* war es, der sich getäuscht hatte. Ihn und Celia verband viel mehr als nur Sex. Es waren intensive, einzigartige Gefühle.

„Ich müsste lügen, wenn ich behaupten würde, dass mir die letzte Nacht mit dir nicht gefallen hat", sagte Celia gespielt gelassen und fuhr fort: „Es hat mir sogar sehr gefallen – und die Augen geöffnet. Ich habe viel von dir gelernt. Du hast mir gezeigt, wie ich zum Orgasmus kommen und einen Mann befriedigen kann. Dafür bin ich dir sehr dankbar. Aber angesichts der Tatsache, dass du verlobt bist und bald heiraten wirst, sollten wir es lieber dabei belassen. Also vielen Dank für alles und – auf Wiedersehen!"

Luke traute seinen Ohren nicht. Er war überzeugt, dass Celia nicht die Wahrheit gesagt hatte. „Du lügst", sagte er unumwunden.

Sie hob den Kopf und sah ihn an. Ihre Blicke trafen sich. Wieder fiel Luke auf, was für wunderschöne, ausdrucksstarke Augen Celia hatte. An ihnen konnte er ablesen, wie verletzt und ängstlich sie in Wirklichkeit war.

„Warum, um alles in der Welt, sollte ich dich anlügen?", rief sie aufgebracht.

Doch Luke ließ sich nicht von ihrer gespielten Hochmütigkeit täuschen.

„Aus Stolz?", fragte er sanft. „Oder aber, weil du Angst hast?"

„*Angst?*"

„Allerdings. Du machst dir Sorgen, dass mit uns dasselbe passiert wie mit deiner Mutter und meinem Vater."

„Und wenn es so ist?", fragte sie verzweifelt. „Warum sollte ich dir glauben, dass du die Hochzeit mit Isabel wirklich absagen willst?"

„Weil ich genau das tun werde", antwortete er ruhig.

Eine Weile sah Celia ihn nur an. Dann lachte sie, aber es klang nicht fröhlich. „Für wie leichtgläubig hältst du mich? Du hast mir bereits gesagt, dass du mich nicht liebst und dass du die Beziehung zu Isabel niemals für ein flüchtiges Abenteuer aufs Spiel setzen würdest. Du lügst, und wir beide wissen, warum. Du willst auf den großartigen Sex, den wir gestern Nacht hatten, nicht verzichten."

„Nein. Ich will nicht auf *dich* verzichten, Celia. Das ist ein großer Unterschied", widersprach er und sah sie eindringlich an. „Du musst es mir glauben!"

„Nein." Heftig schüttelte sie den Kopf. „Nein. Ich würde es nicht ertragen, wenn du mich dann doch enttäuschst."

„Dann muss ich dir wohl beweisen, dass ich es ernst meine. Ich werde wiederkommen, Celia. Und zwar heute noch. Das verspreche ich dir."

„Wie du meinst. Ich werde aber nicht mehr hier sein." Sie warf ihm einen herausfordernden Blick zu. Er musste beinahe lächeln. Jemand, der sie nicht so gut kannte wie er, hätte sich vielleicht davon täuschen lassen. Doch Luke kannte Celia zu gut – viel besser, als er Isabel kannte.

„Oh doch", widersprach er ruhig. „Du wirst auf mich warten."

„Und warum bist du dir da so sicher?"

„Weil du es musst. Genau wie ich zurückkehren muss. Wir sind füreinander bestimmt. Es ist unser Schicksal."

„Unser Schicksal?"

„Genau. Du hattest Recht, und ich habe mich getäuscht. Wir haben uns wirklich ineinander verliebt. Ich habe versucht, mich dagegen zu wehren, aber das war idiotisch von mir. Gegen unsere Gefühle sind wir nun einmal machtlos. Ich habe mich in dich verliebt, Celia. Und du hast dich in mich verliebt. Ende der Geschichte. Oder besser gesagt, der Anfang unserer Geschichte. Vorausgesetzt, du willst es. Es liegt an dir."

Überwältigt blickte Celia ihn an. Sie hätte ihm so gern geglaubt. Doch nach all den Enttäuschungen, die sie bereits erlebt hatte, fiel es ihr unsagbar schwer. Aber sie musste sich eingestehen, dass Luke kein gewöhnlicher Mann war. Er war etwas ganz Besonderes: einfühlsam und zärtlich. Wenn es ihr nicht gelang, Luke ihr Vertrauen zu schenken, würde sie nie wieder einem Mann vertrauen können. Und sie würde niemals all das haben, wonach ihre Mutter sich immer gesehnt hatte: einen liebevollen Ehemann, mit dem sie Kinder haben und ihr ganzes Leben verbringen würde.

Celia sah Luke an. Sie wünschte sich nichts sehnlicher, als mit ihm eine Familie zu gründen. Sie war sicher, er würde ein wunderbarer Vater sein. *Ich muss es versuchen*, dachte sie. Ihr Herz schlug zum Zerspringen. *Ich muss ihm glauben.* Sie atmete tief ein und nahm all ihren Mut zusammen.

„Also gut. Ich ... ich werde hier sein."

Ihr war bewusst, wenn Luke ihr Vertrauen missbrauchen und nicht wiederkommen sollte, würde sie nie über den Schmerz und die Enttäuschung hinwegkommen.

„Ich werde zurückkommen", erwiderte Luke eindringlich. „Schließlich habe ich es dir versprochen." Er lächelte und beugte sich zu ihr, um ihr einen Kuss auf die Wange zu geben. Als er den Kopf hob, sah Celia ihm lange in die Augen.

„Küss mich richtig", bat sie leise.

„Ich befürchte, dann könnte ich mich nicht mehr von dir losreißen, meine Geliebte."

„Ist das wahr, Luke?", flüsterte sie überwältigt. „Liebst du mich wirklich?"

Anstatt zu antworten, zog Luke sie an sich und presste den Mund auf ihren. Als er die Lippen schließlich wieder von ihren löste, schmiegte sie sich an ihn. Tränen glitzerten in ihren Augen.

„Bitte geh nicht", bat sie leise schluchzend.

„Ich würde doch auch lieber bei dir bleiben", tröstete er sie. „Aber ich möchte nicht, dass unsere Beziehung von Unehrlichkeit überschattet wird. Deshalb muss ich Isabel von uns erzählen und ihr sagen, dass ich sie nicht heiraten werde. Ich verspreche dir, bei Anbruch der Dunkelheit wieder zurück zu sein. Sollte ich mich verspäten, werde ich dich anrufen. Bitte komm mit runter und schreib mir deine Handynummer auf."

Celia wusste, es war richtig, dass er ging. Trotzdem wünschte sie verzweifelt, er würde bei ihr bleiben.

„Bitte komm so schnell wie möglich wieder", rief sie ihm hinterher, als er davonfuhr.

Er lächelte und winkte zurück. Dann war er verschwunden.

12. KAPITEL

*I*sabels Eltern wohnten in Burwood, einem Vorort von Sydney, in einem hübschen, im Stil des frühen zwanzigsten Jahrhunderts gebauten Haus. Sie waren schon etwas älter und schienen sehr erleichtert zu sein, dass ihre jüngste Tochter nun endlich heiraten würde.

Isabel wirkte nicht sonderlich rebellisch, doch Luke vermutete, dass sie es ihren Eltern nicht immer einfach gemacht hatte. Sie hatte viele verschiedene Jobs gehabt – und zahlreiche Liebhaber, doch davon ahnten ihre Eltern sicher nichts. Und auch Luke wusste nur, dass Isabel ihre sämtlichen Exfreunde als Versager bezeichnete und nicht viel von ihrem Charakter hielt. Sie war überzeugt, sich niemals in einen Mann verlieben zu können, der sich als Vater und Ehemann eignete. Deshalb hatte sie sich ihren zukünftigen Mann nach Vernunftgründen ausgesucht.

Luke fragte sich, wie Isabel wohl reagieren mochte, wenn er die Hochzeit absagte. Sicher wäre sie enttäuscht und gekränkt, aber es würde ihr wohl nicht das Herz brechen. Wahrscheinlich wird es ihre Eltern schwerer treffen, dachte er. Um kurz vor eins erreichte er das Haus der Hunts und stellte erleichtert fest, dass die beiden wohl schon auf dem Weg zu ihrem Bowlingclub waren, wie jeden Samstag. Er würde also unter vier Augen mit Isabel sprechen können.

Luke hatte von unterwegs bei den Hunts angerufen, wo Isabel vor kurzem eingezogen war, um dort bis zur Hochzeit zu wohnen. Doch sie war nicht zu Hause gewesen. Offenbar hatte der Hochzeitsfotograf angerufen, der sich beim Wasserski das Bein gebrochen hatte und in nächster Zeit nicht würde arbeiten können.

Gut, dachte Luke zuerst erleichtert, *das* brauchen wir zumindest nicht abzusagen. Doch leider hatte der verhinderte Fotograf einen Kollegen als Ersatz vorgeschlagen. Isabel war bereits in sein Atelier gefahren.

„Sie hat eben angerufen und gesagt, dass sie spätestens um ein

Uhr wieder zu Hause sein wird", hatte Isabels Mutter fröhlich erklärt.

Luke hatte überlegt, ob er Isabel auf dem Handy anrufen sollte, sich aber dagegen entschieden. Er wollte nicht, dass sie ihm an der Stimme etwas anmerkte. Doch als er jetzt vor ihrem Haus stand, bereute er diesen Entschluss, denn ihr schicker dunkelblauer Kleinwagen war nirgends zu sehen. Es sah Isabel nicht ähnlich, sich zu verspäten. Luke wählte die Nummer ihres Handys, doch sie ging nicht ans Telefon. Auch das war sehr ungewöhnlich. Also blieb ihm nichts anderes übrig, als abzuwarten.

Erst nach zwanzig Minuten sah Luke im Rückspiegel, wie sich ihr Auto näherte. Vor Nervosität zog sich ihm der Magen zusammen. Das Gespräch würde sicher nicht einfach werden.

Sie stiegen gleichzeitig aus den Autos. „Ich hatte nicht damit gerechnet, dass du jetzt schon kommst", sagte Isabel verwundert. „Warum hast du mich nicht angerufen und mir Bescheid gesagt?"

Wie immer sah sie sehr hübsch aus. Doch ihre Frisur war ein wenig durcheinandergeraten, und die Wangen waren leicht gerötet. Offenbar hatte die Angelegenheit mit dem Fotografen sie aufgeregt. Der Zeitpunkt für eine Aussprache war also denkbar schlecht.

„Ich habe versucht, dich zu erreichen", sagte Luke. „Aber du bist nicht ans Telefon gegangen."

„Was? Oh nein, ich muss das verdammte Handy bei diesem albernen Fotografen liegen gelassen haben." Sie schlug energisch die Wagentür zu. „Egal, dann muss es eben bis morgen dort bleiben. Ich fahre jetzt nicht noch einmal zurück." Sie schüttelte den Kopf und warf Luke einen verzweifelten Blick zu. „Du weißt ja gar nicht, was für einen furchtbaren Tag ich hinter mir habe. Der Fotograf, der bei unserer Hochzeit fotografieren sollte, hatte einen Unfall. Also habe ich mich heute mit dem Kollegen getroffen, den er empfohlen hatte. Leider ist er völlig ungeeignet. Äußerst begabt, aber einer dieser Avantgardisten, die nur Schwarz-Weiß-Bilder machen. Ich habe ihm gesagt, dass ich für Schwarz-Weiß-Bilder kein weinrotes Kleid für meine Brautjungfer ausgesucht hätte. Doch er hat mir gar nicht zugehört. Und dann wollte er mir auch noch vorschreiben, wie ich mein Haar tragen sollte – als ob ich das nicht selbst am besten wüsste! Ich bin noch nie einem Menschen begegnet, der dermaßen von sich überzeugt ist."

Luke war verblüfft. Er hatte noch nie erlebt, dass Isabel so energisch ihrem Unmut Luft machte. Und offenbar war sie noch lange nicht fertig.

„Was soll man auch von einem Fotografen erwarten, der sich als Künstler betrachtet. Er glaubt, er sei Gottes Geschenk an die Frauen. Und er trägt einen Ohrring in Form eines Gespensterkopfes. Ich weiß wirklich nicht, was wir machen sollen. Wahrscheinlich ist es zu spät, um einen geeigneten Fotografen zu finden", sagte sie und seufzte tief. „Der Kerl heißt übrigens Rafe Saint Vincent. Bestimmt ist es ein Künstlername. Du meine Güte, ist das nicht lächerlich?"

Luke wünschte, Isabel würde endlich aufhören. Es sah ihr gar nicht ähnlich, sich so aufzuregen. Und jetzt würde er noch weitere schlechte Neuigkeiten überbringen. Offenbar spürte Isabel, dass etwas nicht stimmte. Sie schwieg und sah ihn an. „Du siehst aus, als hättest du in deiner Kleidung geschlafen, Luke. Rasiert hast du dich auch nicht. Und warum bist du überhaupt schon hier? Ich dachte, du wolltest das ganze Wochenende in der Hütte am Lake Macquarie verbringen."

„Die Hütte war nicht mehr da. Sie ist schon vor einigen Jahren abgerissen worden. Mein Vater hat dort ein kleines Wochenendhaus gebaut. Dort habe ich übernachtet."

„Aber ..." Isabel runzelte verwundert die Stirn. „Wie bist du denn hineingekommen? Du hast doch wohl nicht das Türschloss aufgebrochen?"

„Nein. Eine junge Frau war dort, die in dem Haus das Wochenende verbrachte. Sie hat mich hineingelassen."

„Und sie hat dich da *übernachten* lassen, ohne dich zu kennen?"

Luke seufzte. „Das ist eine lange Geschichte, Isabel. Lass uns hineingehen und in Ruhe darüber sprechen."

Erschrocken sah sie ihn an. „Du machst mir Angst, Luke!"

Als er sie beim Arm nehmen und zum Haus führen wollte, machte Isabel sich los und blickte ihn voller Panik an. „Du ... du willst die Hochzeit absagen, stimmt's?"

Luke schluckte. Doch es hatte keinen Sinn, sie anzulügen. „Ja, das stimmt."

Isabel barg das Gesicht in den Händen und schluchzte. „Oh nein, Luke, bitte tu mir das nicht an!"

Und zum dritten Mal innerhalb von vierundzwanzig Stunden schloss Luke eine weinende Frau in die Arme, um sie zu trösten.

„Es tut mir so leid, Isabel", sagte er.

„Aber *warum?*", rief sie verzweifelt und wütend. „*Warum?*"

„Ich habe mich verliebt."

Ungläubig sah Isabel ihn an. „Verliebt? Innerhalb eines Tages?"

„Ich kann es selbst kaum glauben. Aber es ist wahr. Ich bin hergekommen, um es dir zu erzählen und die Hochzeit abzusagen."

„Aber du weißt doch, dass Liebe keine Garantie für eine glückliche Beziehung ist. Woher willst du wissen, dass diese junge Frau, in die du dich angeblich verliebt hast, dich nicht unglücklich machen wird?", fragte sie ein wenig verächtlich. „Du kannst doch in so kurzer Zeit gar nicht ihren Charakter kennen gelernt haben. Vielleicht spielt sie dir etwas vor und hat es in Wirklichkeit nur auf dein Geld abgesehen. Oder sie ist eine Kriminelle."

Luke war erschüttert über Isabels drastische Äußerungen. Offenbar war irgendjemand in der Vergangenheit ihr gegenüber unaufrichtig gewesen und hatte ihr sehr wehgetan.

Ja, früher hatte er geglaubt, ohne Liebe und Leidenschaft besser dran zu sein. Doch seit er die ganze Wahrheit über seine Eltern wusste, war ihm einiges klar geworden. Er hatte vor starken Gefühlen Angst gehabt, da sie unangenehme Erinnerungen aus seiner Kindheit in ihm wachriefen – daran, wie labil seine Mutter eine Zeit lang gewesen war. Doch dem Gefühl echter, tiefer Liebe konnte und wollte er sich nicht mehr verschließen. Und Luke war überzeugt, dass er ein glückliches, erfülltes Leben mit Celia führen würde. Sie würde ihm auch dabei helfen, die Erlebnisse seiner Kindheit zu verarbeiten.

„Ich kann dich beruhigen", sagte er. „Celia ist ein wundervoller Mensch."

Isabel schüttelte den Kopf. „Ich hätte nie gedacht, dass du so naiv bist."

„Das bin ich nicht. Deswegen will ich auch nichts überstürzen. Aber sicher siehst du ein, dass ich dich nicht mehr heiraten kann – so, wie ich für Celia empfinde."

„Ja und nein. Ich würde dich noch immer heiraten." Sie seufzte. „Ich halte nun einmal nicht viel von diesem romantischen Blödsinn. Meiner Meinung nach wird die Bedeutung von Liebe völlig überbewertet."

„Vielleicht glaubst du das nur, weil du noch nie richtig verliebt warst."

Isabel lachte ironisch. „Im Gegenteil, ich bin geradezu eine Expertin auf diesem Gebiet. Aber du wirst es sicher auch noch begreifen, Luke Freeman. Und wenn es so weit ist, sag mir Bescheid. Lass uns ins Haus gehen. Ich brauche etwas zu trinken. Aber keinen Tee oder Kaffee, sondern etwas Kräftiges – am besten einen Whiskey."

Luke runzelte die Stirn. „Ich dachte, so etwas trinkst du gar nicht."

Isabel ging ihm voran ins Haus. Sie nahm den Whiskey aus dem Schrank und goss sich etwas ein. „Oh doch, wenn der Anlass es erfordert." Sie leerte das Glas in einem Zug und fuhr sich mit der Zunge über die Lippen. „Das habe ich gebraucht", sagte sie zufrieden. „Möchtest du auch einen?"

Wie vom Donner gerührt schüttelte Luke den Kopf. So kannte er Isabel gar nicht. Sie sprach und verhielt sich völlig anders als sonst.

Isabel goss sich ein zweites Mal Whiskey ein. Dann nahm sie auf einem Sessel Platz und zog die Füße unter sich. Als sie sich das lange blonde Haar aus dem Gesicht strich und das Glas erneut an die Lippen führte, sah sie aus wie eine *Femme fatale* aus einem *Film noir*. Wäre Luke sich seiner Gefühle für Celia nicht so sicher gewesen, hätte er es vielleicht bedauert, die Hochzeit mit Isabel abgesagt zu haben. Das Leben mit ihr hätte sicher einige Überraschungen bereitgehalten.

„Ist sie schön, diese Celia?"

„Ja." Luke nahm ihr gegenüber Platz.

„Was ist sie von Beruf?"

„Sie arbeitet als Physiotherapeutin."

„Und warum war sie im Wochenendhaus deines Vaters? Hatte sie es gemietet?"

„Nein. Sie ... sie ist die Tochter seiner Geliebten." Luke war entschlossen, Isabel die ganze Wahrzeit zu sagen. Sie hatte es verdient.

„*Was?*" Ungläubig sah sie ihn an. „Das ist unmöglich! *Dein* Vater hatte eine Geliebte? Ich kann es nicht glauben. Er war einer der Gründe, warum ich dich heiraten wollte. Ich war sicher, dass du ein ebenso guter Ehemann und Vater sein würdest wie er."

„Wie gesagt", erwiderte Luke ironisch, „es ist eine lange Geschichte."

„Und offenbar eine sehr interessante." Isabel trank noch einen Schluck Whiskey. „Erzähl sie mir – in allen Einzelheiten."

„Hoffentlich wirst du nicht zu geschockt sein."

„Ich?" Isabel lachte. „Du meine Güte! Ich glaube nicht, dass irgendeine Geschichte über Sex *mich* noch schocken kann."

Nachdenklich sah Luke sie an. „Anscheinend habe ich dich nie wirklich gekannt."

„Ich dich auch nicht."

Sie blickten einander in die Augen und lächelten.

„Du wirst sicher jemand anders kennen lernen, Isabel", sagte Luke überzeugt.

„Wahrscheinlich schon. Aber ich glaube nicht, dass ich noch einmal jemanden wie dich treffen werde. Du bist einzigartig. Celia ist wirklich zu beneiden. Ich wünsche euch beiden alles Gute."

„Danke, Isabel. Das ist sehr großzügig von dir. Aber Celia und ich haben nicht vor, überstürzt zu heiraten. Da fällt mir etwas ein: Natürlich werde ich deinen Eltern alle Ausgaben erstatten, die sie für die Vorbereitung unserer Hochzeit hatten. Ich lasse ihnen so bald wie möglich einen Scheck zukommen. Und auch für dich werde ich sorgen."

Isabel schüttelte den Kopf und zog sich den Verlobungsring mit dem Diamanten vom Finger. „Das ist nicht nötig, Luke. Ich wollte dich nicht heiraten, weil du reich bist. Nur dass du zuverlässig bist und ein gesichertes Einkommen hast, war wichtig für mich – und für unsere Kinder." Sie wollte ihm den Ring reichen.

„Der Ring war ein Geschenk, Isabel. Du kannst ihn behalten oder verkaufen, ganz wie du möchtest."

Sie zuckte die Schultern und setzte sich das Schmuckstück auf den Ringfinger der rechten Hand. „Wenn du darauf bestehst … aber ich werde ihn nicht verkaufen, sondern tragen. Er ist wirklich wunderschön. Zum Glück habe ich gestern keine Eheringe gefunden, die mir gefielen. Am besten gebe ich dir gleich deine Kreditkarte wieder, bevor ich es vergesse."

Isabel wollte aufstehen, doch Luke hielt sie zurück.

„Das kann warten. Zuerst sollten wir meine finanziellen Verpflichtungen dir gegenüber besprechen."

„Du schuldest mir gar nichts, Luke."

„Das sehe ich anders. Immerhin hast du deine Arbeit aufgegeben, um meine Frau zu werden. Außerdem hättest du nach der Hochzeit finanziell für immer ausgesorgt gehabt. Und diese Sicherheit möchte ich dir gern für dein ganzes Leben ermöglichen." Als er sah, dass sie widersprechen wollte, fuhr er fort: „Du bekommst das Haus in Turramurra mit sämtlichen Möbeln. Einen Schlüssel hast du ja schon, stimmt's?"

„Ja, aber …"

„Kein Aber, Isabel. Das Haus gehört dir. Außerdem wird mein Anwalt dir ein Portfolio mit erstklassigen Aktien und anderen Wertpapieren zusammenstellen, so dass du ein gesichertes Einkommen hast." Nach dem Tod seines Vaters war Luke nicht nur wohlhabend, sondern reich.

„Na gut, ich bin einverstanden." Isabel lächelte wehmütig. „Allerdings hätte ich dich lieber als Ehemann gehabt und nicht als großzügigen Gönner."

Luke seufzte. „Ich weiß. Du kannst dir gar nicht vorstellen, wie leid mir alles tut. Um nichts in der Welt wollte ich dich verletzen. Du bist eine großartige Frau, Isabel. Aber in dem Moment, als ich Celia sah, war es um mich geschehen."

„Sie muss wirklich etwas Besonderes sein."

„Oh ja, das ist sie."

„Und jetzt erzähl mir endlich alles. Und mach dir keine Gedanken: Ich werde weder schockiert noch brennend eifersüchtig sein."

Doch Isabel täuschte sich. Sie war tatsächlich schockiert, als sie erfuhr, wie lang Lionels Affäre gedauert hatte.

„Das hätte ich nie von ihm gedacht. Meinst du, er hat Celias Mutter wirklich geliebt? Oder wollte er nur Sex mit ihr haben, wegen der … Probleme deiner Mutter?"

„Ich weiß es nicht. Aber ich hoffe, er hat sie geliebt."

„Aber du wirst es nie genau wissen, und diese arme Frau ebenso wenig. Sie tut mir furchtbar leid."

Luke nickte. „Ich bin auch sehr enttäuscht darüber, wie Dad sich ihr gegenüber verhalten hat. Aber ich kann mir nicht anmaßen, ihn zu verurteilen. Wenn ich in den vergangenen vierundzwanzig Stunden eins gelernt habe, dann das: Wir alle sind nur Menschen mit reichlich Fehlern und Schwächen."

„Ja, da hast du Recht. Wir glauben immer, wir würden alles richtig machen, wenn wir unser Leben noch einmal leben könnten. Viel wahrscheinlicher ist aber leider, dass wir dieselben Fehler immer wieder begehen würden."

„Was für Fehler meinst du – dass du dich immer wieder in den Falschen verliebt hast?"

Isabel lachte. „Das erzähle ich dir lieber nicht. Ich möchte, dass du mich als die pragmatische, vernünftige Frau in Erinnerung behältst, die du heiraten wolltest."

„Dann warst du also gegenüber anderen Männern nicht so vernünftig wie mit mir?"

„Nicht mit allen, nein. Und jetzt hole ich deine Kreditkarte."

Isabel stand auf und ging nach nebenan. Noch bevor Luke über die Art ihrer Beziehungen mit anderen Männern nachgrübeln konnte, war sie wieder da.

„Fährst du jetzt zu Celia zurück?", fragte sie, während sie ihn zum Auto brachte.

„Ja. Aber zuerst muss ich nach Hause, um schnell ein paar Sachen zu holen."

„Fahr bitte vorsichtig." Sie lächelte. „Und vielen Dank für das Haus und die Aktien."

„Es ist mir ein Vergnügen. Zu Hause werde ich gleich einen Scheck für deine Eltern ausstellen und ihn heute Nachmittag mit der Post abschicken. Wirst du es allein schaffen, die Termine und Bestellungen für die Hochzeit abzusagen?", fragte er. „Oder soll ich dir dabei helfen?"

„Nein, vielen Dank, das schaffe ich schon. Außerdem weiß ich als Einzige genau, was getan werden muss. Mum hat die Vorbereitung und Planung größtenteils mir überlassen. Sie weiß, wie eigensinnig ich sein kann, wenn ich genaue Vorstellungen von etwas habe." Isabel lächelte schalkhaft.

Überrascht sah Luke sie an. Er hatte seine Exverlobte immer als ausgesprochen entgegenkommend und kompromissbereit empfunden. Doch offenbar hatte er sie nie wirklich gekannt.

Plötzlich fiel ihm noch etwas ein. „Es wird sicher kein Problem für dich sein, die Termine und Bestellungen für die Hochzeitsfeier abzusagen. Aber was ist mit der Reise, die wir in den Flitterwochen machen wollten? Ich glaube nicht, dass wir die Reservierung noch rückgängig machen können. Wie wäre es, wenn deine Eltern nach *Dream Island* fahren?"

Isabel lächelte erneut. „Hoffst du, dass sie dich dann etwas weniger hassen, wenn sie von der geplatzten Hochzeit hören?"

Luke erwiderte das Lächeln. „Genau."

„Eigentlich ist es keine schlechte Idee. Mum war ganz neidisch, als sie hörte, dass wir auf eine der Inseln am Barrier-Riff fahren würden. Sie wollte schon immer einmal dorthin."

„Gut. Dann schicke ich ihnen die Flugtickets zusammen mit dem Scheck."

„Vielen Dank, Luke."

„Nichts zu danken. Wenigstens musst du jetzt nicht mehr diesen furchtbaren Fotografen engagieren."

Isabel zog ironisch die Augenbrauen hoch. „Das ist in der Tat ein Vorteil", stimmte sie ihm zu.

„Vergiss aber nicht, dass du noch dein Telefon abholen musst", erinnerte er sie. „Jetzt muss ich aber los. Ich habe Celia versprochen, so schnell wie möglich wiederzukommen."

„Pass auf dich auf." Isabel winkte ihm nach.

Luke war jetzt wesentlich leichter ums Herz als bei seiner Ankunft. Es hatte ihn zutiefst erschreckt, als sie in Tränen ausgebrochen war. Doch schließlich war ja alles zu einem guten Ende gekommen. Hoffentlich würde Isabel eines Tages den richtigen Mann kennen lernen und sich in ihn verlieben. Er, Luke, würde dafür sorgen, dass sie zumindest in finanzieller Hinsicht ein sorgenfreies Leben führen konnte. Jetzt aber wollte er so schnell wie möglich zurück zu Celia.

Beim Haus seiner Eltern angekommen, ging Luke nach oben ins Badezimmer. Er duschte, rasierte sich und zog sich etwas Legeres an. Dann packte er eine kleine Tasche für den Rest des Wochenendes, suchte die Flugtickets und ging ins Arbeitszimmer seines Vaters.

Es war ein großer Raum mit vielen Bücherregalen und Möbeln aus dunklem Holz, in dem eine sehr elegante, maskuline Atmosphäre herrschte. Luke setzte sich an den Schreibtisch und strich mit den Fingern über die lederne Unterlage. Früher war der Schreibtisch nie so aufgeräumt gewesen. Dort hatten immer Fachzeitschriften über Computer, Angeln und Wein gelegen – Lionels größte Interessen. Abgesehen von seiner Geliebten, dachte Luke unwillkürlich.

Er öffnete die oberste Schublade, die Papier, Briefmarken und Schecks enthielt. Nach dem Tod seiner Eltern war er den Inhalt des Schreibtisches genau durchgegangen. Keine schöne Aufgabe – noch unangenehmer als das Sortieren der Kleidung seiner Eltern. Die hatte er alle einem Wohltätigkeitsverein gespendet. Doch bei den persönlichen Unterlagen und Papieren seines Vaters hatte er sorgfältiger vorgehen müssen.

Zehn Minuten später war der Scheck für Isabels Eltern ausgefüllt. Luke steckte ihn zusammen mit den Flugtickets in einen Briefumschlag, den er adressierte und frankierte. Jetzt musste er ihn nur noch einwerfen. Er schob den Stuhl zurück und wollte gerade aufstehen, als eine Erinnerung aus seiner Kindheit in ihm wach wurde. Mit acht Jahren hatte er einmal unerlaubt im Arbeitszimmer gespielt. Als jemand hereinkam, versteckte er sich unter dem Schreibtisch. Zum Glück war es nur seine Mutter, die kurz darauf wieder hinausging. Luke entdeckte einen Knopf an der Unterseite der Schreibtischplatte. Er drückte darauf, und eine geheime Schublade ging auf. Zu seiner Enttäuschung war sie leer gewesen. Kurz darauf hatte er diese Entdeckung schon wieder vergessen.

Doch als er jetzt auf den Knopf drückte und die Schublade lautlos aufging, lagen einige Bögen Briefpapier darin. Luke nahm sie heraus. Sein Herz klopfte heftig. An der Handschrift war eindeutig zu erkennen, dass sein Vater den Brief verfasst hatte. Luke begann zu lesen. „Meine geliebte Jess …"

Er zögerte. Es war nicht seine Art, die private Post anderer Leute zu lesen. Doch dieser Brief konnte womöglich Aufschluss darüber geben, was für ein Mensch sein Vater wirklich gewesen war. Luke atmete tief ein und las weiter. Als er fertig war, las er die beiden Seiten noch einmal. Danach standen ihm Tränen in den Augen. Eine ganze Weile saß er einfach da und dachte nach.

„Ja", sagte er schließlich. „Genau das hättest du tun müssen, Dad. Und genau das muss auch ich tun."

Er steckte sich den Brief in die Tasche, nahm den anderen Umschlag und sein Gepäck und ging hinaus. Im Auto legte Luke den Brief an Isabels Eltern auf den Beifahrersitz, damit er ihn in den ersten Postkasten werfen konnte, an dem er vorbeikam.

Doch als er losfuhr, hatte er sein Vorhaben schon wieder vergessen, da ihn ganz andere Dinge beschäftigten. Erst auf der Autobahn dachte er wieder daran. Plötzlich sah er die Ausfahrt nach Gosford näher kommen. Dort gab es sicher einen Briefkasten. Luke verringerte die Geschwindigkeit. Dann fiel ihm ein, dass die Post sicher erst am Montag abgeholt wurde. Wozu sollte er also einen Umweg machen?

Er beschleunigte wieder. Im selben Moment tat das auch der Fahrer auf der Spur neben ihm, der nach Gosford abbiegen und ihn überholen wollte.

Luke riss das Lenkrad nach links und trat auf die Bremse. Zu spät. Mit Wucht kollidierten die zwei Wagen. Bremsen quietschten, Reifen qualmten, bevor beide Autos gegen die Felsen neben der Straße rasten und es vor Lukes Augen schwarz wurde.

13. KAPITEL

Unruhig ging Celia auf der Terrasse hin und her. Immer wieder lief sie die wenigen Stufen der kleinen Treppe hinunter, die am Haus entlangführte. Durch die Bäume hielt sie eifrig nach Lukes blauem Wagen Ausschau. Doch sie sah ihn nie.

Langsam begann es, dunkel zu werden, und noch immer war Luke nicht aufgetaucht. Er rief auch nicht an, um zu erklären, was ihn aufgehalten hatte. Celia wünschte, sie hätte ihn nach seiner Handynummer gefragt. Die Festnetznummer fand sie im Telefonbuch. Doch niemand nahm ab, wenn sie anrief.

Es wurde acht, dann neun, dann zehn Uhr. Celia war zu nervös und besorgt, um zu essen oder fernzusehen. Sie ging nur unruhig im Wohnzimmer umher. Dann und wann öffnete sie die Haustür und blickte starr in die Dunkelheit. Um Mitternacht musste sie sich damit abfinden, dass Luke nicht mehr kommen würde – weder an diesem Abend noch sonst irgendwann.

Plötzlich wurde ihr klar, wie sehr sie diesen Mann bereits liebte. Die Vorstellung, ihn nie wiederzusehen, erschien ihr unerträglich. Das Leben war nicht mehr lebenswert. Celia konnte keinen klaren Gedanken fassen. Er muss einfach wiederkommen, dachte sie verzweifelt.

„Dann heirate doch deine Isabel, wenn du willst", rief sie in die Stille des leeren Hauses hinein. „Aber lass mich dich wenigstens dann und wann sehen und ..."

Sie schwieg, erschrocken über ihre eigenen Worte. Ich bin auch nicht besser als meine Mutter, dachte sie. Und ihr hatte sie insgeheim immer Willensschwäche vorgeworfen. Warum konnte sie nicht aus den Fehlern ihrer Mutter lernen?

Weil sie Luke über alles liebte. Sie begann zu weinen, bis keine Tränen mehr kamen. Verzweifelt klammerte Celia sich an die Hoffnung, irgendein unglücklicher Umstand hätte Luke aufgehalten, und er würde doch noch kommen. Schließlich schlief sie, erschöpft vom vielen Weinen, auf dem Sofa ein.

Helles Tageslicht durchflutete bereits das Haus, als Celia davon aufwachte, dass jemand sie sanft schüttelte. Sie schreckte hoch.

„Luke?"

Doch es war ihre Mutter. „Luke?", wiederholte Jessica verwundert. „Warum hast du denn mit *ihm* gerechnet?"

„W... was?" Celia tat so, als wäre sie schlaftrunken. „Entschuldige bitte, ich war noch im Tiefschlaf."

Misstrauisch ließ Jessica den Blick über sie gleiten. Sie bemerkte, dass ihre Tochter lange geweint und in ihrer Kleidung geschlafen hatte, ließ sich jedoch nichts anmerken.

„Und warum bist *du* hier, Mum?", versuchte Celia sie schnell abzulenken.

Es schien zu funktionieren. Jessica blickte sich glücklich um. „Ich wollte unbedingt gleich wieder herkommen – jetzt, wo das Haus mir gehört. Hoffentlich macht es dir nichts aus? Ich bin extra gestern noch bei Helen geblieben, weil du ja gern etwas Zeit für dich haben wolltest. Aber ich dachte, es wäre dir sicher recht, wenn ich heute für einige Stunden herkommen würde."

„Bist du selbst hergefahren?", fragte Celia und nahm die Beine vom Sofa.

„Nein. Helen hat mich nicht fahren lassen. Sie ist der Meinung, ich wäre noch nicht in der Verfassung, um selbst Auto zu fahren. Das ist wirklich albern, mir geht es viel besser seit dem Gespräch mit Luke. Ich fühle mich ausgezeichnet." Sie lächelte nachsichtig. „Aber du kennst ja deine Tante – sie macht sich immer übertrieben viele Sorgen."

Das war wirklich ein wenig undankbar. Tante Helen hatte sich in den vergangenen Wochen geradezu rührend um sie gekümmert.

„Dann hat sie dich also hergefahren?", erkundigte sich Celia.

„Ja, aber sie musste gleich wieder los. Sie ist mit John zum Mittagessen im Club verabredet. Als Helen deinen Wagen vor der Tür stehen sah, hatte sie die Idee, dass du mich am späten Nachmittag wieder zurückbringen könntest. Würdest du das tun?"

„Oh ... ja, natürlich." Die Vorstellung, den ganzen Tag ihre Mutter um sich zu haben, behagte Celia gar nicht. Sie würde so tun müssen, als ginge es ihr gut. Dabei fühlte sie sich noch immer so unglücklich, dass sie stundenlang hätte weinen können.

Jessica schien zu spüren, dass ihre Tochter nur widerstrebend zustimmte. „Es tut mir leid, wenn ich dir Umstände bereite."

Celia rang sich ein Lächeln ab. „Es macht mir wirklich nichts aus, Mum. Ich freue mich, dass du hier bist", versicherte sie.

Jessica seufzte. „Ich weiß, seit Lionels Tod bin ich euch allen immer nur zur Last gefallen. Ich habe schon ein ganz schlechtes Gewissen. Aber ab morgen wird das anders. Dann bekomme ich endlich mein Auto zurück und ziehe wieder hier ein. Das Haus gehört zwar noch nicht offiziell mir, aber sicher hat Luke nichts dagegen."

Vielleicht wird es dir jetzt nie gehören, dachte Celia erschrocken. Was, wenn Luke seine Meinung geändert hatte – und nichts mehr mit ihr und ihrer Mutter zu tun haben wollte? Verzweifelt hoffte sie, er wäre nicht zu Isabel zurückgekehrt, um sie doch zu heiraten.

„Was ist los, Celia?", fragte ihre Mutter besorgt.

„Nichts, ich ..."

„Versuch nicht, mir etwas vorzumachen. Glaubst du, ich hätte nicht bemerkt, dass du geweint und auf dem Sofa übernachtet hast?" Jessica setzte sich zu ihr und legte zärtlich den Arm um sie. Doch Celia schwieg.

„Es hat mit Luke Freeman zu tun, stimmt's?", fragte ihre Mutter sanft. „Du hast sicher nicht ohne Grund seinen Namen gerufen. Und als ich ihn vorhin erwähnt habe, hast du furchtbar unglücklich ausgesehen. Du magst ihn sehr und bist traurig, weil er jemand anders heiratet. Das ist es doch, nicht wahr?"

„Oh Mum!" Celia brach in Tränen aus.

Jessica strich ihr das Haar aus dem Gesicht, als wäre sie wieder ein Kind. „Mein armer Darling." Plötzlich entdeckte sie das Liebesmal an Celias Hals. „Was ist das? Stammt es etwa von Luke?"

Celia errötete.

„So ein Schuft!", rief Jessica empört. „Wann ist das passiert? Als er am Freitagabend zu seiner Verlobten zurückfahren wollte?"

„Nein, davor."

„Aber du hast ihn doch erst am Nachmittag kennen gelernt! Celia, wie konntest du nur?"

„Ach Mum, gerade du solltest mir daraus keinen Vorwurf machen. Es war wie bei dir und Lionel. Luke wollte mich trösten, weil ich geweint habe. Und sobald er den Arm um mich legte, konnte ich nicht mehr klar denken."

„Und warum warst du so traurig?" Jessica versuchte, ihren Ärger zu unterdrücken.

„Wegen dir und Lionel. Ich habe mir Sorgen um dich gemacht. Und Luke war verletzt und aufgebracht, als er von deiner Affäre mit seinem Vater erfuhr. Wir haben uns gegenseitig getröstet. Dann sind wir zusammen ins Bett gegangen und ... es war einfach fantastisch. Du wirst doch wohl kaum vergessen haben, wie schön und aufregend es sein kann, oder?", rief sie aufgebracht. „Deshalb hast du doch Lionel immer wieder in dein Bett gelassen – weil du nicht mehr ohne ihn leben konntest. Und genauso geht es mir mit Luke. Nur leider war ich so dumm, zu glauben, dass er auch so empfand", schluchzte sie verzweifelt. „Er hat gesagt, er würde die Verlobung mit Isabel lösen und dann zu mir zurückkommen. Aber offenbar hat er seine Meinung geändert. Und ich ... ich will nicht ohne ihn leben. Kannst du das nicht verstehen?"

Jessica schwieg einen Moment. „Doch", erwiderte sie dann. „Ich weiß genau, was in dir vorgeht. Und ich hatte tatsächlich geglaubt, Luke sei ein anständiger Mann, ein richtiger Gentleman. Die Männer sind alle gleich!", rief sie empört. „Sie glauben, sie könnten mit uns umspringen, wie sie wollen." Resigniert fügte sie hinzu: „Leider können sie das meistens auch."

„Ich dachte, er würde mich lieben", sagte Celia leise und schmiegte sich an ihre Mutter.

„Ich weiß, Darling. Das habe ich von Lionel auch geglaubt. Aber er hat mich nicht geliebt – nicht so, wie ich ihn geliebt habe. Sonst hätte er seine Frau verlassen – genauso wie Luke Isabel verlassen wollte."

Die beiden Frauen schreckten hoch, als es plötzlich laut klopfte. Celia sprang auf und rannte zur Haustür. Jessica folgte ihr sofort. Sie öffneten.

Vor ihnen stand ein Polizist. Plötzlich schlug Celias Herz zum Zerspringen. Luke, dachte sie sofort. *Luke ist etwas zugestoßen.*

„Sind Sie Miss Jessica Gilbert?", fragte der Mann.

„Das bin ich", sagte ihre Mutter. „Und das hier ist meine Tochter. Was ist passiert, Officer?"

„Das Krankenhaus in Gosford hat versucht, Sie zu erreichen, aber leider hatten sie weder Ihre Telefonnummer noch Ihre Adresse. Das haben wir dann über Ihre Fahrzeugregistrierung und das Nummernschild herausgefunden." Er blickte kurz in sein Notizbuch. „Ein Freund Ihrer Tochter, Mr. Luke Freeman, hatte gestern Nachmittag einen Autounfall."

Celia stieß einen leisen Schrei aus. Der Polizist sah sie freundlich an.

„Keine Angst, Miss, er ist am Leben", sagte er beruhigend. „Aber er liegt auf der Intensivstation und ist noch nicht bei Bewusstsein."

Celia war unendlich erleichtert. Wie hatte sie nur daran zweifeln können, dass Luke zu ihr zurückkommen würde?

„Mum, ich muss sofort ins Krankenhaus."

„Natürlich", erwiderte Jessica. „Ich bringe dich hin. Du solltest jetzt lieber nicht selbst fahren."

„Aber ich bin …"

„Ihre Mutter hat Recht, Miss", sagte der Polizist ernst.

Celia dachte daran, dass bis vor kurzem ihre Mutter nicht in der Verfassung gewesen war, Auto zu fahren. Deshalb hatte Helen ihren

Wagen konfisziert. Doch inzwischen war Jessica ganz offensichtlich auf dem Weg der Besserung – und jetzt übernahm sie es, für ihre Tochter da zu sein.

„Danke, Mum", sagte Celia mit Tränen in den Augen. „Ich hole nur schnell meine Handtasche, dann können wir los."

„Viel Glück, Miss."

Sie bedankten sich beim Polizisten, der sich dann verabschiedete. Wenige Minuten später waren Celia und Jessica schon auf dem Weg nach Gosford. Zum Glück kannte Celia sich im Krankenhaus gut aus, da sie dort eine Zeit lang gearbeitet hatte. So fanden sie schnell zur Intensivstation. Als sie bei der Stationsschwester ankamen, waren Celias Nerven zum Zerreißen gespannt. Die Schwester war eine unsympathische, taktlose Frau mit einem Gesicht wie ein Pudding, die noch dazu kein Feingefühl zu haben schien.

„Nein, Mr. Freeman liegt nicht im Sterben", sagte sie kühl. Vor Erleichterung wäre Celia fast wieder in Tränen ausgebrochen. „Aber er hat eine schwere Gehirnerschütterung, mehrere gebrochene Rippen und zahlreiche Blutergüsse an der rechten Seite."

„Ist er schon wieder bei Bewusstsein?", fragte Celia ängstlich.

„Er ist vor kurzem zu sich gekommen. Aber nachdem ihm ein starkes Schmerzmittel verabreicht wurde, ist er gleich wieder eingeschlafen."

„Können wir zu ihm?"

„Sind Sie denn mit Mr. Freeman verwandt?"

„Meine Tochter ist die Freundin von Mr. Freeman", erklärte Jessica.

„Tatsächlich?", fragte die Schwester kühl. „Noch eine Freundin?"

„Was meinen Sie damit?"

„Wahrscheinlich spricht sie von Isabel, Mum", sagte Celia betont gelassen.

„Ja, so heißt sie", bestätigte die Schwester.

Celia gab es einen Stich ins Herz. War Luke vielleicht etwa nicht auf dem Weg zurück zu ihr gewesen? Hatte er ihr vielleicht nur mitteilen wollen, dass er die Hochzeit mit Isabel nicht absagen wollte?

„Sind Sie Celia?", fragte plötzlich eine sanfte Stimme hinter ihr.

Celia erschrak. Langsam wandte sie sich um. Sie hatte Angst vor dem, was sie sehen würde. Und zu Recht: Isabel war eine klassisch schöne Frau mit strahlend blauen Augen, dichten Wimpern, rosigem Teint und seidigem Haar, das sie hochgesteckt hatte. In dem cremefarbenen Leinenanzug mit blauem Body wirkte sie einfach perfekt.

Neben ihr kam sich Celia in ihren verwaschenen Jeans und dem grauen Sweatshirt, das sie sich vor der Abfahrt schnell übergezogen hatte, sehr unscheinbar vor. Außerdem war sie ungeschminkt und hatte keine Zeit gehabt, sich zu frisieren.

„Ich bin froh, dass die Polizei Sie gefunden hat", sagte Isabel freundlich.

„Ich war bei meiner Mutter", erklärte Celia betont gelassen. Sie wollte sich nicht anmerken lassen, wie sehr die Gegenwart dieser wunderschönen jungen Frau sie durcheinanderbrachte. „Sie hat mich hierhergebracht." Dann nahm sie all ihren Mut zusammen und fragte: „Da Sie meinen Namen kennen, vermute ich, dass Luke Ihnen erzählt hat, was ... was dieses Wochenende passiert ist?"

„Ja. Luke war mir gegenüber ganz offen. Er hat mir erzählt, dass er sich in Sie verliebt hat und mich unter diesen Umständen nicht heiraten kann. Ich fand das ziemlich verrückt und sagte es ihm auch. Aber inzwischen habe ich über alles nachgedacht und glaube, dass er die richtige Entscheidung getroffen hat."

Einen Moment lang war Celia so überwältigt, dass sie kein Wort herausbrachte. „Dann ... dann macht es Ihnen also nichts aus?"

„Das wäre vielleicht etwas übertrieben." Isabel lächelte wehmütig. „Aber ich sehe das alles sehr realistisch, Celia. Luke liebt Sie und nicht mich. Wäre er bei Bewusstsein gewesen, hätte er sicher Sie zu sich kommen lassen. Ich wurde nur angerufen, weil auf dem Beifahrersitz seines Wagens ein Brief lag, der an meine Eltern adressiert war. Sobald ich hier war, habe ich die Leitung des Krankenhauses angewiesen, nach Ihnen zu suchen. Es war äußerst schwierig, da ich nur Ihren Vornamen kannte. Ich habe dann Lukes Anwalt angerufen, der mir Ihren vollständigen Namen und den Ihrer Mutter nennen konnte." Sie wandte sich an Jessica. „Ich nehme an, das sind Sie?"

Celias Mutter nickte.

„Das habe ich mir gedacht. Sie sehen einander sehr ähnlich. Übrigens hat Luke mir alles über Sie und seinen Vater erzählt."

„Wirklich alles?", fragte Jessica ungläubig.

„So gut wie", bestätigte Isabel trocken. „Ehrlich gesagt, hätte ich so etwas nie von Lionel erwartet, und von Luke auch nicht. Aber dass die beiden zwei so wunderschönen Frauen mit faszinierenden grünen Augen nicht widerstehen konnten, ist nicht weiter verwunderlich."

Isabels großzügiges Kompliment überwältigte Celia. Denn Lukes Exverlobte war eine der schönsten Frauen, die sie je gesehen hatte.

„Isabel, ich möchte Ihnen etwas sagen. Ich hatte nie die Absicht, Ihnen Luke wegzunehmen. Es ... es ist einfach passiert", sagte sie stockend.

Isabel legte ihr beruhigend die Hand auf den Arm. „Das weiß ich", erwiderte sie lächelnd. „Jetzt muss ich aber los. Lukes Bett ist das in der rechten Ecke des Zimmers. Lassen Sie sich nicht von den vielen Blutergüssen erschrecken. Der Arzt sagte, sie seien viel harmloser, als sie aussehen."

„Ich bin solche Anblicke gewöhnt", erwiderte Celia.

Isabel nickte. „Ich hatte ganz vergessen, dass Sie Physiotherapeutin sind."

Du meine Güte, dachte Celia, Luke hat ihr wirklich *alles* über mich erzählt.

„Wie praktisch. Dann können Sie ihn während der Genesungszeit ja immer massieren. Das wird ihm sicher gefallen." Isabel zwinkerte ihr zu und lächelte schalkhaft.

Überrascht stellte Celia fest, dass Lukes Exverlobte offenbar nicht so kühl und damenhaft war, wie sie auf den ersten Blick wirkte. Sicher hatte Luke mit ihr im Bett viel Spaß gehabt. Einen Moment lang war Celia eifersüchtig. Doch dann verdrängte sie den Gedanken. Luke gehört jetzt zu mir, dachte sie überglücklich.

„Werden Sie hierbleiben und sich um Luke kümmern?"

„Natürlich", erwiderte Celia. Sie lächelte die andere Frau an und sagte: „Vielen Dank, dass Sie so viel Verständnis haben, Isabel. Ich kann mir gut vorstellen, wie traurig Sie sein müssen."

„Ich habe mich inzwischen schon damit abgefunden. Luke und ich waren ja nicht verliebt, wie Sie wissen. Wir haben nur gut zueinander gepasst. Aber das allein war anscheinend nicht genug."

„Das Wichtigste ist, dass man sich liebt", sagte Jessica.

Isabel lächelte. „Dem kann ich nicht zustimmen. Aber jeder sollte seine eigene Meinung haben." Sie wandte sich an Celia. „Bitte sagen Sie Luke, er soll mich anrufen, wenn es ihm wieder besser geht. Er weiß ja, wo ich wohne: in dem Haus in Turramurra, das er mir als Abschiedsgeschenk überlassen hat. Außerdem wird er veranlassen, dass ich finanziell abgesichert bin. Sie brauchen sich also wirklich keine Sorgen um mein Wohlergehen zu machen." Sie verabschiedete sich und ging.

„Die hat es faustdick hinter den Ohren, wenn du mich fragst", sagte Jessica. „Obwohl sie so damenhaft aussieht."

„Ich glaube eher, dass irgendein Mann ihr einmal sehr wehgetan hat", erwiderte Celia gedankenverloren.

Sie gingen zu Luke. Trotz der Vorwarnung war Celia erschrocken über den Anblick seiner Verletzungen. Sie schlossen die Vorhänge rund um sein Bett und setzten sich zu ihm.

„Er sieht furchtbar aus", flüsterte Jessica.

„So fühle ich mich auch." Schlaftrunken öffnete Luke die Augen. Er blickte Celia an und lächelte. „Du hast mich also gefunden."

Sie nahm seine Hand und legte sie sich an die Wange. „Du dummer Kerl", sagte sie liebevoll, den Tränen nahe. „Bist du etwa zu schnell gefahren?"

Er schüttelte vorsichtig den Kopf.

„Gut." Ihre Gefühle überwältigten sie. Sie küsste seine Finger.

„Du hast dir sicher Sorgen gemacht, als ich nicht wiedergekommen bin."

„Das ist zu harmlos ausgedrückt", mischte Jessica sich ein. „Als der Polizist heute bei uns vor der Tür stand, ist sie fast zusammengebrochen."

„Mum, jetzt übertreibst du aber!", protestierte Celia.

Luke nahm ihre Hand und führte sie an seine Lippen.

„Willst du mich heiraten?", fragte er leise.

Überwältigt sah Celia ihn an. Ihr Herz schlug heftig, und sie brachte kein Wort heraus.

„Einen Moment", sagte Jessica. „Ihr beide kennt euch doch erst seit etwas mehr als einem Tag. Das ist eine viel zu kurze Zeit für eine so wichtige Entscheidung!"

Luke lächelte. „Diesen Rat hätte ich von *Ihnen* wirklich nicht erwartet, Jessica." Er versuchte sich aufzurichten. Doch die Schmerzen waren noch zu stark, so dass er sich wieder in die Kissen sinken ließ.

„Siehst du irgendwo meine schwarze Sporttasche, Celia? Mach sie auf. Ganz oben liegen ein paar zusammengefaltete Briefbögen."

Nachdem sie alles gefunden hatte, wandte er sich an Jessica. „Bitte lesen Sie den Brief. Ich hoffe, er wird Sie trösten und Ihnen ein wenig Seelenfrieden verschaffen."

14. KAPITEL

*M*eine geliebte Jess, las Jessica. Ihr Herz begann heftig zu klopfen. „Wo... woher haben Sie den Brief?", fragte sie mit zittriger Stimme. „Ich habe ihn in einer geheimen Schublade im Schreibtisch meines Vaters gefunden. Bitte lesen Sie ihn ganz bis zum Ende."

Jessica blickte wieder auf die Seiten, voller Angst vor dem, was sie erfahren würde. Doch nichts konnte sie davon abhalten, einen Brief von ihrem geliebten Lionel zu lesen.

Wie merkwürdig, dass ich Dir in all den Jahren nie geschrieben habe. Nein, eigentlich ist es nicht merkwürdig, sondern traurig und unverzeihlich. Vieles von dem, was ich getan habe, ist unverzeihlich. Und ich bereue es sehr, Darling. Ich hätte Kath verlassen sollen, sobald ich Dich kennen lernte. Denn gleich nach unserer ersten Nacht wusste ich, dass Du die Richtige für mich bist. Aber ich war feige. Ich wollte nicht, dass mein Sohn mich hasst – so, wie ich meinen Vater gehasst habe. Aber das ist keine Entschuldigung. Und nun ist es zu spät. Es würde Kath umbringen, wenn ich sie jetzt verlassen würde.

Vor einigen Nächten habe ich geträumt, ich würde plötzlich sterben. Und seitdem mache ich mir die ganze Zeit Gedanken. Deshalb habe ich gestern meinen Anwalt beauftragt, eine Schenkungsurkunde für das Haus in Pretty Point aufzusetzen. Das hätte ich schon viel eher tun sollen, aber Du wolltest ja nie Geschenke von mir annehmen.

Wenn ich die Zeit doch nur zurückdrehen könnte! Dann wäre ich genauso mutig und tapfer wie Du und würde nichts von dieser wunderbaren Liebe vergeuden, die Gott uns geschenkt hat. Nur wenige Menschen dürfen eine solche Liebe erleben. Unsere Seelen und Herzen waren eins, auch wenn wir getrennt waren. Mein erster Gedanke, wenn ich morgens aufgewacht bin, und mein letzter Gedanke vor dem Einschlafen galten immer Dir.

Ich drücke mich aus, als würde all das schon in der Vergangenheit liegen, vielleicht wegen dieses albernen Traums. Er hat schlimme Vorahnungen in mir geweckt. Deswegen muss ich meine Gefühle für Dich in Worte fassen und sie auf Papier festhalten – für den Fall, dass ich Dich nie wieder in die Arme schließen und Dir sagen kann, wie sehr ich Dich liebe. Habe ich es Dir denn oft genug gesagt, Darling? Habe ich Dich auch ein wenig glücklich gemacht und Dir nicht nur Kummer bereitet?

Ich muss aufhören, da ich gleich zu einem langweiligen Abendessen eingeladen bin. Viel lieber würde ich bei Dir auf der Terrasse sitzen, ein Glas Wein trinken und mit Dir reden.

Aus irgendeinem Grund fühle ich mich sehr traurig. Du weißt ja, dass Luke bald heiraten wird. Ich habe immer noch Zweifel daran, dass er mit seiner Verlobten glücklich werden wird. Sie streiten sich nie, küssen und umarmen sich auch nicht. Weißt Du noch, wie temperamentvoll wir uns anfangs immer gestritten haben – nur um uns dann im Bett wieder zu versöhnen? Wir haben uns so leidenschaftlich geliebt. So etwas passiert nur ein einziges Mal im Leben eines Menschen. Wenn mir das doch schon früher klar geworden wäre!

Ich möchte, dass Du weißt, wie viel mir jede Stunde bedeutet hat, die ich mit Dir verbracht habe. Vergiss mich nicht, Jess! Auch ich werde Dich niemals vergessen – und nie aufhören, Dich zu lieben. Und bitte verzeih mir. Sicher werden wir uns bald wiedersehen. Aber ich werde diesen Brief trotzdem gleich morgen früh abschicken.

Darling, Dir gehört all meine Liebe.
Lionel

Jessica strich mit den Fingerspitzen über seine Unterschrift, während ihr Tränen über die Wangen liefen und auf das Papier tropften.

Luke konnte sich gut vorstellen, was in ihr vorging. Auch er war tief bewegt gewesen, als er den Brief gelesen hatte – und unendlich erleichtert. Sein Vater hatte Jessica also wirklich geliebt. Doch er hatte auch das Leben seiner Frau nicht zerstören wollen.

Der Brief hatte Luke überzeugt, dass er nicht zögern durfte. Auf keinen Fall sollte es mit Celia und ihm so enden wie mit Jessica und seinem Vater!

Jessica blickte ihn an. „Sie haben Recht", sagte sie und lächelte unter Tränen. „Heiraten Sie so schnell wie möglich!"

„Das werden wir tun", versicherte Luke. „Wenn Celia mich haben will." Er blickte sie an. „Also, Darling? Willst du mich heiraten?"

„Ja", flüsterte Celia überglücklich, ohne darüber nachdenken zu müssen.

„Bist du dir ganz sicher? So etwas muss gut überlegt sein", neckte Luke sie.

„Ich bin mir ganz sicher." Celia hatte nicht den leisesten Zweifel an ihrer Entscheidung.

„Ich werde in die Cafeteria gehen, um Lionels Brief noch einmal in Ruhe zu lesen, wenn es euch nichts ausmacht." Jessica trocknete sich die Tränen.

„Natürlich nicht", erwiderte Luke verständnisvoll.

Jessica stand auf und ging hinaus.

„Du musst mir unbedingt erzählen, was in dem Brief stand", sagte Celia. „Ich sterbe sonst vor Neugier!"

Luke verriet ihr, was sein Vater geschrieben hatte. Sie war überglücklich.

„Wie gut, dass du ihn gefunden hast! Die arme Mum glaubte schon, dein Dad hätte sie gar nicht geliebt."

„Ich hatte dieselbe Befürchtung und bin sehr froh, dass ich mich getäuscht habe."

„Wie traurig, dass sie nie heiraten und richtig zusammenleben konnten. Mum hat sich immer so sehr gewünscht, Kinder mit Lionel zu haben."

„Den Fehler werden wir nicht begehen", sagte Luke energisch. „Wir werden so schnell wie möglich heiraten."

„Aber ich möchte eine romantische Hochzeit in Weiß mit allem, was dazugehört", widersprach Celia. „Mum will das sicher auch – wo sie doch selbst nicht heiraten konnte ...", fügte sie hinzu und sah ihn bittend an.

Luke stöhnte. „Warum legen Frauen nur immer so viel Wert auf diese Dinge? Die Vorbereitungen werden Wochen dauern!"

„Wir können doch trotzdem schon zusammenleben, sobald du aus dem Krankenhaus entlassen wirst."

Er lächelte. „Und wo werden wir wohnen?"

„Bei mir? Ich habe eine nette kleine Wohnung neben der Klinik, die ich leite. Die wichtigsten Dinge sind alle vorhanden: Kühlschrank, Fernseher, Bett ..."

„Das klingt perfekt."

„Und was ist mit deiner Stelle in Sydney?"

„Mein Vertrag läuft bald aus. Ich werde ihn einfach nicht verlängern."

„Wirklich?"

Luke nickte.

„Großartig!" Celia lächelte schalkhaft. „Ich mag entscheidungsfreudige Männer."

„Und was ist mit Babys? Ich möchte nämlich mehr als eins."

„Mr. Freeman, Sie sollten lernen, um etwas zu bitten, statt immer nur Forderungen zu stellen", ermahnte sie ihn.

„Du hast Recht. Wie viele Babys hättest *du* gern?"

„Ich finde, vier wären genau richtig."

„Du meine Güte! Das sind ja sogar mehr, als ich mir vorgestellt hatte!", rief Luke.

„Sollen wir uns dann auf drei einigen?"

„Nein, lass uns ruhig mutig sein und vier Kinder bekommen."

„Aber erst in einem Jahr", sagte Celia bestimmt. „Zuerst möchte ich dich ganz für mich haben."

„Miss Gilbert, Sie sollten lernen, um etwas zu bitten, statt immer nur Forderungen zu stellen."

„Also gut. Darling, darf ich dich zuerst ganz für mich haben?", fragte Celia gespielt demütig.

„Nur unter einer Bedingung – du nimmst von jetzt an die Pille. Ich möchte keine Kondome mehr benutzen."

„Einverstanden."

Er lächelte zärtlich. „Wie wäre es mit einem kleinen Kuss?"

„Luke Freeman, du hast gerade einen schweren Unfall hinter dir und musst dich erholen. Für solche Dinge bist du noch viel zu geschwächt", schalt Celia ihn liebevoll, bevor sie sich zu ihm beugte und ihn küsste. Sanft berührten sich ihre Lippen.

„Ich liebe dich", flüsterte Luke.

„Und ich liebe dich."

„Leg deinen Kopf neben meinen", bat er.

Als sie mit der Nase seine Wange berührte, schloss sie die Augen. So würde es jeden Morgen sein, wenn sie neben ihm aufwachte.

„Viele Leute werden denken, dass wir sehr überstürzt handeln", flüsterte Luke. „Ich selbst hätte das auch geglaubt, wenn ich nicht den Brief meines Vaters an deine Mutter gelesen hätte. Mir wurde klar, wie wichtig es ist, die richtigen Dinge im richtigen Moment zu tun. Denn wer weiß, was die Zukunft bringen wird? Deshalb beschloss ich, sofort zu dir zu fahren und dir zu sagen, dass ich dich heiraten werde."

„Du meinst sicher, du wolltest mich *bitten*, deine Frau zu werden", sagte Celia. „Ich muss allerdings zugeben, dass mir deine herrische Art gar nicht schlecht gefällt … besonders im Bett." Sie lächelte schalkhaft.

„Tatsächlich?" Luke lächelte ebenfalls.

„Oh ja."

„Das werde ich mir merken."

„Luke?"

„Ja, Darling?"

„Ich finde Isabel ausgesprochen nett."

„Ja, ich auch."

„Sie bittet darum, dass du sie anrufst, wenn es dir wieder besser geht."

„Das werde ich tun. Ich habe ihr übrigens das Haus in Turramurra geschenkt und werde dafür sorgen, dass sie finanziell abgesichert ist. Ich hoffe, es macht dir nichts aus?"

„Natürlich nicht. Aber Geld ist nicht alles. Ich hoffe, sie ist nicht allzu unglücklich wegen der Trennung."

„Isabel war ja nicht in mich verliebt. Sie wird darüber hinwegkommen. Und auch deiner Mutter wird es sicher bald wieder besser gehen."

„Die arme Mum ..."

„Sag das nicht. Ich finde, sie hat sehr viel Glück gehabt. Nicht viele Menschen erleben eine solch intensive, leidenschaftliche Liebe wie sie und mein Dad."

„Und wir beide haben noch mehr Glück." Celia seufzte zufrieden. „Du wirst sicher ein guter Vater sein, Luke."

„Das hoffe ich sehr. Ich hatte ja auch ein ausgezeichnetes Vorbild."

Celia nickte. „Ja, das muss sogar ich zugeben. Lionel war ein guter Vater. Als ich klein war, habe ich mir immer gewünscht, seine Tochter zu sein."

„Wirklich? Das erinnert mich an etwas, was ich dich schon lange fragen wollte. Wer war eigentlich dein richtiger Vater? Oder weißt du das gar nicht?"

„Doch, ich weiß es." Celia seufzte. „Es war ein Klassenkamerad von Mum, ein ganz junger Kerl. Die beiden waren bei einer Klassenfeier ein wenig angetrunken und sich etwas zu nahe gekommen ... und das Ergebnis bin ich. Mum war damals erst sechzehn, der Junge siebzehn. Als sie ihm sagte, sie sei schwanger, wollte er unbedingt, dass sie eine Abtreibung vornehmen ließ. Auch seine Eltern verlangten das – und ihre eigenen ebenfalls."

Noch immer tat Celia der Gedanke daran weh, wie ihre Mutter damals gekämpft und was sie alles durchgemacht hatte. „Doch Mum hatte ihren eigenen Kopf und entschied sich für das Baby. Da ihre Eltern diese Entscheidung nicht gutheißen konnten, zog sie von zu Hause aus und stand von da an auf eigenen Füßen", erzählte sie voller Stolz. „Später, nach meiner Geburt, haben meine Großeltern sich dann wieder mit ihr versöhnt. Aber ich habe die beiden nie wirklich gut gekannt. Sie starben, als ich ein Teenager war. Meinem leiblichen Vater bin ich nie begegnet. Offenbar wollte er es so. Vielleicht war das der Grund, warum ich so begeistert davon war, als dein Vater sich ein wenig um mich kümmerte. Als Kind fand ich ihn natürlich wundervoll."

„Er *war* ja auch ein wundervoller Mensch."

„Wie du meinst, Darling." Celia war weniger überzeugt davon als Luke, aber was machte das schon aus? Sie war so glücklich, dass sie nicht über eine solche Kleinigkeit mit ihm streiten wollte.

„Wenn wir ein Baby haben, wird Lionel sein Großvater und meine Mutter seine Großmutter sein. Ist das nicht fast so, als wären sie doch verheiratet gewesen?", fragte sie.

„Ja. Ein wunderschöner Gedanke", fand Luke.

„Uns beide hat das Schicksal zusammengeführt, stimmt's?" Celia schmiegte sich vorsichtig an ihn.

„Ganz bestimmt. Wie wäre es, wenn du mir noch einen Kuss gibst und dann nach deiner Mutter siehst? Vielleicht lässt sie dich den Brief meines Vaters lesen. Es könnte sein, dass ich einige Einzelheiten vergessen habe, als ich dir davon erzählte."

Celia ging in die Cafeteria. Jessica saß an einem Tisch in der Ecke und wirkte so gelassen und glücklich wie schon seit Jahren nicht mehr. Lächelnd reichte sie ihrer Tochter den Brief, ohne dass diese darum bitten musste. „Hier. Ich möchte, dass du ihn liest."

Als Celia fertig war, standen ihr Tränen in den Augen. „Oh Mum", sagte sie leise und gab den Brief zurück, „dann hatte Luke also doch Recht."

„Womit, Darling?"

„Er sagte, Lionel sei wirklich ein wundervoller Mensch gewesen."

„Ja, das war er." Jessicas Augen glänzten verdächtig.

Aber nicht so wundervoll wie sein Sohn, dachte Celia insgeheim und lächelte.

EPILOG

Luke stieß einen Schmerzensschrei aus und wäre fast vom Behandlungstisch gesprungen. „Du meine Güte!", keuchte er. „Unter ‚heilenden Händen' hatte ich mir etwas Sanfteres vorgestellt! Wenn Jessica meinen Vater derartig energisch gewalkt hätte, wäre er sicher geflüchtet! Dessen bin ich mir absolut sicher!"

„Ich mache ja auch keine Entspannungsmassage wie meine Mutter", erwiderte Celia gelassen. „Ich sorge dafür, dass du dich bald wieder bewegen kannst."

„Letzte Nacht war ich doch ziemlich beweglich, oder fandest du etwa nicht?"

„Von wegen. Du hast doch nur auf dem Rücken gelegen und hast mich die ganze Arbeit machen lassen!"

„Das ist wahr." Luke seufzte wohlig, als er daran dachte. „Könnten wir das nicht wiederholen? Außer uns ist doch niemand mehr in der Klinik."

„Noch nicht. Und jetzt sei ruhig und entspann dich."

Luke war erst vor einer Woche aus dem Krankenhaus gekommen. Er wusste, dass Celias Massage ihm guttun würde. Aber als ihre erstaunlich kräftigen Finger seinen Oberschenkel massiert hatten, wäre er am liebsten aufgesprungen und geflüchtet. Doch er riss sich zusammen.

„Übrigens wird Carol in ein paar Wochen aus dem Mutterschutz zurückkommen und wieder die Leitung der Klinik übernehmen. Ich würde mir dann lieber irgendwo eine Stelle suchen, wo es mir besser gefällt. Aber das bedeutet auch, dass ich aus der Wohnung ausziehen muss, weil sie nur für Angestellte der Klinik reserviert ist. Wir werden uns also nach einer anderen Bleibe umsehen müssen."

„Möchtest du mit mir nach Sydney kommen? Wir könnten im Haus meiner Eltern wohnen, bis ich es verkaufe."

„Willst du das denn wirklich tun? Es ist doch so ein wunderschönes altes Gebäude!"

„Das stimmt. Aber ich möchte am liebsten mit dir zusammen ein Haus für uns beide entwerfen."

„Oh Luke, was für eine schöne Idee!" Celia strahlte.

„Es muss auch nicht in Sydney sein. Was hältst du davon, wenn wir uns während der Monate bis zur Hochzeit ein schönes Grundstück am Lake Macquarie aussuchen? Dann entwerfen wir gemeinsam das Haus, wie es uns gefällt, ich zeichne die Pläne und reiche sie zur Genehmigung beim Bauamt ein. Und während wir in den Flitterwochen sind, wird unser Traumhaus gebaut. Du hast doch gesagt, dass du mich erst ein Jahr lang ganz für dich haben willst, stimmt's?"

Celia nickte.

„Dann können wir nämlich gleich zwei Fliegen mit einer Klappe schlagen. Ich weiß, dass du noch nie im Ausland warst, ich liebe das Reisen auch, und deshalb möchte ich dir einiges zeigen – so viel, dass es sicher ein Jahr dauern wird. Wir werden nach London, Paris, Rom und New York fahren – und nach Tahiti. Das ist wirklich der ideale Ort, um Flitterwochen zu machen. Dort können wir den ganzen Tag nur im Meer schwimmen, in Hängematten schlafen und uns lieben."

„Das klingt wundervoll", sagte Celia verträumt. „Fast zu gut, um wahr zu sein."

Luke blickte ihr in die Augen. „Für dich ist nichts zu gut."

Sie lächelte ihn an. „Mit deinem Süßholzraspeln kannst du bei mir fast alles erreichen."

„Wie wäre es dann mit einer anderen Massagetechnik?" Er nahm ihre Hände und legte sie an eine bestimmte Stelle, um ihr zu zeigen, was er meinte. „Schön sanft", ermahnte er sie.

Celia begann die Hände auf und ab zu bewegen. Als Luke leise aufstöhnte, nahm sie eine Flasche mit duftendem Massageöl. „Hiermit geht es sicher noch besser", flüsterte sie.

Er fühlte sich wie im siebten Himmel. „Du kannst mit mir machen, was du willst", sagte er rau.

„Das werde ich auch."

Luke schloss die Augen und gab sich ganz der Frau hin, die er liebte.

– ENDE –

Miranda Lee

Flitterwochen auf Dream Island
Roman

Aus dem Amerikanischen von
Bettina Röhricht

1. KAPITEL

"Bitte, Rafe, tu es für mich. Ich gelte als äußerst zuverlässig und möchte mir nicht meinen guten Ruf verderben." Rafe seufzte. Wenn Les ihn um einen solchen Gefallen bat, musste er wirklich verzweifelt sein. Da sie lange Zeit als Fotografen zusammengearbeitet hatten, wusste Les ganz genau, dass er nichts mehr hasste als Hochzeiten. Les gefiel die gefühlvolle, romantische Atmosphäre, in der Braut, Bräutigam und Gäste diesen bedeutsamen Tag erlebten. Doch ihm ging das alles auf die Nerven: die Vorbereitungen und auch die vielen Küsse, Tränen und Umarmungen nach der Trauung. Für weinende Frauen hatte er noch nie viel übrig gehabt.

Außerdem blieb ihm bei einem solchen Auftrag nur sehr wenig Spielraum, kreativ zu sein. Schließlich ging es nur darum, jeden Moment dieses denkwürdigen Tages festzuhalten. Als Perfektionist hatte er es gehasst, von so unsicheren Faktoren wie dem Wetter, ungünstigen Lichtverhältnissen oder einer unfotogenen Braut abhängig zu sein. Deshalb liebte er seine Arbeit als Modefotograf für exklusive Zeitschriften. Dort hatte er alles unter Kontrolle: den Ort, das Licht und auch die Models.

„Ich vermute, es gibt niemand anders, den du fragen könntest", sagte er resigniert.

„Die Hochzeit findet am Samstag in genau zwei Wochen statt", erwiderte Les. „Und du weißt, dass alle Leute samstags heiraten wollen. Mit Sicherheit sind sämtliche guten Fotografen in Sydney schon ausgebucht."

Rafe seufzte erneut. „Natürlich. Also, was genau soll ich tun?"

„Die Braut wird heute Mittag um zwölf Uhr in dein Atelier kommen."

Rafe blickte auf die Uhr. Es war sieben Minuten vor zwölf. „Und wenn ich ablehnen würde?"

„Ich weiß, dass ich mich auf dich verlassen kann", sagte Les überzeugt. „Du bist zwar ein ziemlicher Draufgänger, was Frauen angeht, aber auch ein guter Freund."

Rafe schüttelte den Kopf über das zweifelhafte Kompliment. Natürlich hatte er im Laufe der Zeit einige Freundinnen gehabt. Schließlich war er ein dreiunddreißigjähriger, attraktiver und unverheirateter Mann, der den ganzen Tag schöne Frauen fotografierte. Viele seiner Models waren ebenfalls alleinstehend. Und da er sehr leidenschaftlich war und sich viele der Frauen nicht abgeneigt zeigten, hatte er fast immer irgendeine Beziehung.

Doch Rafe war kein Draufgänger. Wenn er eine Freundin hatte, war er ihr treu und log sie nicht an. Er wollte nur nicht heiraten oder eine Familie gründen. Rafe konnte nichts Schlimmes daran finden, doch in den Augen vieler Menschen schien das geradezu ein Verbrechen zu sein. Er wünschte, seine verheirateten Freunde, wie zum Beispiel Les, würden mehr Verständnis dafür aufbringen, dass nicht jeder im Leben dieselben Wünsche und Ziele hatte.

„Also gut, ich tue dir den Gefallen. Aber bitte gib mir noch die wichtigsten Informationen durch, bevor die Braut kommt. Ich möchte nicht als völliger Idiot dastehen", sagte er ein wenig ungeduldig.

„Sie heißt Isabel Hunt, ist etwa dreißig Jahre alt, blond und wunderschön."

„Deiner Meinung nach sind *alle* Bräute schön, Les", erwiderte Rafe trocken.

„Das sind sie ja auch – zumindest am Tag ihrer Hochzeit. Aber diese Frau ist immer schön. Ich garantiere dir, es wird dir Spaß machen, Miss Hunt zu fotografieren. Übrigens wird die Glückliche Luke Freeman heiraten, den Sohn und Erben von Lionel Freeman."

„Der Name sagt mir gar nichts. Wer, um alles in der Welt, ist Lionel Freeman?", fragte Rafe.

„Rafe, du bist wirklich ein Ignorant! Offenbar interessierst du dich nur für gutes Essen und Fotografie. Lionel Freeman war der berühmteste Architekt Sydneys. Er und seine Frau sind vor einigen Wochen bei einem Autounfall ums Leben gekommen. Also vergiss das nicht, wenn du mit dem Bräutigam sprichst, und sei ein bisschen einfühlsam."

„Das tut mir leid. Der arme Kerl." Sein Vater war ebenfalls durch einen Autounfall gestorben. Damals war er, Rafe, erst acht Jahre alt gewesen. Es war eine schwere Zeit gewesen, über die er nicht gern nachdachte.

„Ich höre gerade, dass draußen ein Auto vorfährt, wahrscheinlich ist es die Braut. Hoffentlich ist sie am Tag der Hochzeit genauso pünktlich. Wie sieht es mit der Bezahlung aus, Les? Was für ein Honorar bekommt man dafür, wenn man auf einer Hochzeit fotografiert?"

„Ein wesentlich geringeres, als du normalerweise verlangst, fürchte ich. Du wirst dich leider mit dem zufriedengeben müssen, was ich mit der Braut vereinbart habe. Gib mir einfach deine Bankverbindung, dann werde ich …"

„Nein, das ist nicht nötig", wehrte Rafe ab. In diesem Fall war ihm das Honorar nicht besonders wichtig. Les brauchte es sicher dringender. Schließlich würde er wegen seines gebrochenen Beines in nächster Zeit nicht in der Lage sein, Aufträge anzunehmen. „Belassen wir es dabei, dass du mir einen Gefallen schuldest. Aber erwarte bitte nicht, dass ich noch mal einen Hochzeitsauftrag für dich übernehme. Jetzt muss ich aufhören, es hat geklingelt. Ich rufe dich dann später an und sage dir, was ich von der Braut halte."

Rafe legte auf und lief die Treppe hinunter zur Haustür. Neugierig fragte er sich, ob Les wohl übertrieben hatte oder ob die Braut wirklich so hübsch war. Sie musste schon etwas ganz Besonderes sein, um ihn, Rafe, mit ihrer Schönheit zu beeindrucken. Schließlich hatte er schon Hunderte schöner blonder Frauen fotografiert. Und einmal hatte er sich unsterblich in eine verliebt.

Damals war er fünfundzwanzig Jahre alt gewesen und hatte gerade seine Karriere als Modefotograf begonnen. Liz war ein Model, das eine vielversprechende Laufbahn vor sich hatte. Sie war neunzehn Jahre alt, süß und sexy. All das war zu schön, um wahr zu sein. Aber das merkte Rafe anfangs nicht. Er war so verrückt nach ihr, dass er sie schließlich praktisch anflehte, mit ihm zusammenzuziehen. Das tat sie auch. Doch Liz nutzte ihn nach Strich und Faden aus – auf privater wie auf beruflicher Ebene. Schon nach weniger als einem Jahr hatte sie ihn wegen eines älteren und einflussreicheren Fotografen verlassen. Rafe war tief verletzt und desillusioniert gewesen.

Inzwischen waren seine Wunden verheilt. Das alles lag schon so lange zurück. Doch seitdem hatte Rafe nie wieder mit einer Frau zusammengelebt, auch wenn er sich manchmal danach gesehnt hatte. Und er ging nicht mehr mit blonden Frauen aus. Aus Erfahrung wusste er, dass Blondinen oft so taten, als wären sie sanft und verletzlich, während sie in Wahrheit ehrgeizig und skrupellos ihre Ziele verfolgten. Trotzdem fotografierte er nach wie vor am liebsten blonde Models.

Er öffnete die Haustür und hätte beinahe anerkennend gepfiffen. Les hatte wirklich nicht übertrieben. Wie schade, dass sie heiraten wird, dachte Rafe bedauernd. Wenn es eine Frau gab, die ihn von seiner Entscheidung abbringen konnte, sich nie wieder mit einer Blondine zu verabreden, dann war es Miss Isabel Hunt. Sie sah aus wie die Hauptdarstellerin eines Alfred-Hitchcock-Films: ein sehr ebenmäßiges Gesicht, hohe Wangenknochen, tiefblaue Augen mit dichten Wimpern und eine perfekte Figur. Miss Hunt trug eine rehbraune Leinenjacke und eine perfekt sitzende schwarze Hose.

„Miss Hunt?" Er lächelte sie freundlich an. Was ihm eben wie eine lästige Aufgabe vorgekommen war, die er einem Freund zuliebe übernahm, schien jetzt geradezu ein Vergnügen zu werden. Es gab kaum etwas Spannenderes für Rafe, als schöne Frauen zu fotografieren. Allerdings wusste er natürlich noch nicht, ob Miss Hunt auf den Bildern genauso hübsch sein würde wie in Wirklichkeit. Merkwürdigerweise waren einige besonders schöne Frauen leider ganz und gar nicht fotogen.

„Mr. Saint Vincent?", erwiderte Isabel Hunt und ließ den Blick über ihn gleiten – etwas missbilligend, wie er bemerkte. Vielleicht hatte sie nichts für Männer übrig, die mittags noch unrasiert waren. Sie selbst dagegen wirkte schlichtweg makellos. Make-up und Kleidung waren perfekt. Die Bluse, die sie unter der Jacke trug, war von einem so strahlenden Weiß, wie Rafe es bisher nur aus der Waschmittelwerbung kannte.

„Ja, das bin ich", bestätigte er und lächelte erneut. Die meisten Frauen reagierten auf seinen Charme. Rafe legte großen Wert darauf, dass seine Modelle beim Fotografieren entspannt waren, denn sonst kamen einfach keine guten Bilder zustande. „Bitte nennen Sie mich doch Rafe."

„Also gut, Rafe", sagte sie kühl.

Miss Hunt gehört offenbar nicht zu den Frauen, die sich leicht um den Finger wickeln lassen, stellte er bedauernd fest. Vielleicht war das aber auch besser so. Sie war eine hinreißende Frau. Ihre Augen waren faszinierend und ihre Lippen verführerisch: sinnlich und voll. Lächeln Sie mich auf keinen Fall an, Lady, dachte er. *Sonst könnten Sie mir gefährlich werden!*

„Darf ich Sie Isabel nennen?", fragte er kühn.

„Wenn Sie darauf bestehen."

Täuschte er sich, oder hatte sie ihm einen kurzen, verächtlichen Blick zugeworfen? Rafe beschloss, seinen Charme nicht weiter spielen zu lassen, sondern sich nur noch auf das Geschäftliche zu konzentrieren.

„Les hat mich vor wenigen Minuten angerufen und mir nur die allerwichtigsten Dinge mitgeteilt", sagte er betont sachlich. „Wie wäre es also, wenn Sie kurz hereinkommen und wir das Ganze besprechen?"

Er führte seine Besucherin in das Zimmer, in dem er oft geschäftliche Dinge erledigte. Es war kein Büro im engeren Sinne, sondern eher ein schlicht eingerichtetes Wohnzimmer. An den Wänden hingen seine Lieblingsfotos: Schwarz-Weiß-Bilder von Frauen, die alle nur sehr leicht bekleidet waren. Keine von ihnen war jedoch ganz nackt.

„Ich sehe gar keine Hochzeitsbilder", stellte die zukünftige Braut fest, als sie auf dem Sofa Platz nahm.

„Eigentlich fotografiere ich auch keine Hochzeiten mehr", erklärte Rafe. „Aber ich habe früher eine ganze Zeit mit Les zusammengearbeitet und kenne mich in dem Metier gut aus."

Prüfend sah sie ihn an. „Ich vermute, Sie verlangen ein höheres Honorar als Les, stimmt's?"

Rafe setzte sich ihr gegenüber auf das dunkelblaue Sofa und legte die Arme auf die Rückenlehne. „Normalerweise schon", bestätigte er. „Aber in diesem Fall tue ich Les einen Gefallen. Sie werden also nicht mehr bezahlen müssen."

„Wie sieht es mit den Abzügen aus? Werden Sie die extra berechnen?"

„Nein."

Wieder betrachtete Isabel Hunt die Fotos an der Wand. „Farbbilder machen Sie wohl gar nicht?"

Normalerweise war Rafe sehr gelassen und ließ sich nicht leicht aus der Ruhe bringen. Doch langsam ging ihm Miss Hunt auf die Nerven. Schließlich war er kein Hobbyfotograf, sondern Profi! Doch er zwang sich, ruhig zu bleiben.

„Selbstverständlich mache ich auch Farbbilder", erwiderte er. „Ich bin immerhin Modefotograf. Und was wäre Mode ohne Farbe? Aber Hochzeitsfotos sehen in Schwarz-Weiß einfach großartig aus. Ich versichere Ihnen, Sie werden begeistert sein."

„Mr. Saint Vincent ..." begann sie kühl.

„Bitte nennen Sie mich doch Rafe", unterbrach er sie. Er war fest entschlossen, sich nicht von dieser arroganten Frau aus der Ruhe bringen zu lassen. Hoffentlich wusste der arme Bräutigam, worauf er sich einließ!

„Es ist so, *Rafe*", sagte Miss Hunt kühl, „ich hätte wohl kaum ein weinrotes Kleid für meine Brautjungfer ausgesucht, wenn ich mir Schwarz-Weiß-Bilder wünschen würde. Das können Sie doch sicher nachvollziehen."

Rafe ignorierte ihren ironischen Tonfall. „Welche Farbe wird der Bräutigam tragen?"

„Schwarz."

„Und Sie?"

„Natürlich Weiß."

„Natürlich", erwiderte er trocken und blickte ihr deutlich länger in die Augen, als man es höflicherweise tat. Als Isabel Hunt errötete, wollte er seinen Augen nicht trauen. Sie konnte doch wohl kaum noch Jungfrau sein? Schließlich war sie dreißig Jahre alt und wunderschön. Ausgeschlossen ist es natürlich nicht, dachte Rafe. Vielleicht machte sie sich auch einfach nichts aus Sex. Jetzt tat ihm der Bräutigam noch mehr leid. Die Hochzeitsnacht würde sicher kein großer Erfolg werden, wenn die Braut kein besonderes Interesse an körperlicher Liebe hatte.

„Es tut mir leid, aber ich möchte wirklich keine Hochzeitsbilder in Schwarz-Weiß", sagte Miss Hunt mit Nachdruck. „Wenn Sie mir in dieser Sache nicht entgegenkommen können, werde ich mich nach einem anderen Fotografen umsehen."

„Ich glaube kaum, dass Sie so kurzfristig noch jemanden finden werden", erwiderte Rafe unumwunden.

Sie wirkte fast ein wenig verzweifelt, und er bekam Mitleid. Auch wenn er sich im Recht fühlte, so war ihm doch seine Sturheit bewusst.

„Isabel, Sie würden einem Maler doch auch nicht vorschreiben, wie er zu malen hat – oder einem Chirurgen, wie er operieren soll", sagte er sanft. „Ich bin kein Hobbyfotograf, sondern Profi. Ich weiß, wie etwas auf einem Foto gut herauskommt und wie nicht. Sie werden auf einem Schwarz-Weiß-Bild nicht nur gut aussehen, sondern atemberaubend."

Sein unerwartetes Kompliment schien ihr die Sprache zu verschlagen. Doch Rafe hatte wirklich noch nie die Gelegenheit gehabt, eine so schöne Braut wie sie zu fotografieren. Auf keinen Fall sollte sie seine Pläne durchkreuzen. Mit den neuen automatischen Kameras konnte heutzutage jeder Farbbilder machen. Doch keinem gelangen so großartige schwarz-weiße Kunstwerke wie ihm, Rafe Saint Vincent!

„Sicher kommen zu Ihrer Hochzeit jede Menge Gäste, die Farbfotos machen werden", fuhr er fort. „Aber meine Aufgabe ist es, für Sie Erinnerungsbilder zu machen, die nicht nur wunderschön, sondern auch zeitlos sind. Ich verspreche Ihnen, selbst wenn Sie Ihren Enkelkindern irgendwann diese Fotos zeigen, werden diese sie nicht als altmodisch oder komisch empfinden."

„Sie sind sich Ihrer selbst sehr sicher, nicht wahr?", fragte Isabel Hunt ein wenig verächtlich.

„Zumindest weiß ich, was ich kann. Also, wie entscheiden Sie sich?"

„Offenbar bleibt mir ja keine Wahl."

„Sie werden nicht enttäuscht sein, Isabel. Vertrauen Sie mir."

An ihrem Gesichtsausdruck merkte er, dass Isabel Hunt offensichtlich kein Mensch war, der anderen schnell ihr Vertrauen schenkte.

„Sehen Sie sich doch einige meiner etwas konventionelleren Schwarz-Weiß-Porträts an", schlug Rafe vor und reichte ihr ein Album. „Vielleicht kann ich dann Ihre Zweifel ein wenig ausräumen. Die Fotos, die hier an der Wand hängen, sind natürlich sehr modern, fast schon ein wenig experimentell", räumte er ein. „Ich bin noch nicht sehr lange wach und könnte jetzt einen Kaffee vertragen. Gestern Abend wurde es ziemlich spät. Möchten Sie auch einen? Oder kann ich Ihnen etwas anderes anbieten?"

„Nein, danke. Ich habe erst vor kurzem gefrühstückt."

„Hatten Sie auch eine lange Nacht?" Er konnte sich die Frage nicht verkneifen.

Statt zu antworten, warf Miss Hunt ihm nur einen kühlen Blick zu, bevor sie sich die Fotos ansah. Sie blätterte das Album so schnell durch, dass es schon fast beleidigend war.

Rafe sah ihr finster dabei zu. Am liebsten hätte er Miss Hunt die Klammern aus dem festen Haarknoten gelöst, sie auf die Füße gezogen und geschüttelt, bis ihr das Haar auf die schlanken Schultern gefallen wäre. Er sehnte sich danach, sie an sich zu ziehen und zu küssen, bis ihre Augen nicht mehr kühl wirkten, sondern feurige Leidenschaft widerspiegelten. Und er wollte sehen, wie ihre Wangen sich noch einmal röteten – aber nicht aus Verlegenheit, sondern vor Erregung.

Ich begehre sie, stellte Rafe erschüttert fest. Doch diese Frau zu begehren war Wahnsinn – und es war dumm. Denn erstens würde sie in zwei Wochen heiraten. Zweitens war sie blond. Und drittens mochte sie ihn nicht einmal.

Jetzt geh, und hol dir deinen Kaffee, du Idiot, schimpfte Rafe insgeheim mit sich. *Und wenn du wiederkommst, wirst du sie als fantastisches Fotoobjekt betrachten – nicht als die faszinierendste, begehrenswerteste Frau, der du je begegnet bist.*

2. KAPITEL

Isabel wartete, bis Rafe das Zimmer verlassen hatte. Dann klappte sie energisch das Fotoalbum zu. Ausgeschlossen, dachte sie verzweifelt. Sie konnte Rafe Saint Vincent unmöglich als Hochzeitsfotografen engagieren. Er mochte zwar brillant sein, war jedoch offenbar nicht bereit oder in der Lage, sich nach ihren Wünschen zu richten. Er gehörte zu den Männern, die ihr furchtbar auf die Nerven gingen – und zu denen sie sich unwiderstehlich hingezogen fühlte.

Isabel musste sich eingestehen: Das eigentliche Problem war, dass sie Rafe unglaublich sexy fand. Sie schloss die Augen, seufzte und ließ sich gegen die Rückenlehne des Sofas sinken. Ich dachte, ich hätte endlich gelernt, Männer wie ihn nicht mehr attraktiv zu finden, dachte sie. Seit Isabel Luke getroffen hatte und mit ihm verlobt war, glaubte sie, sich nicht mehr nach solchen Männern wie Rafe zu sehnen.

Luke war genauso, wie Isabel sich immer den idealen Ehemann vorgestellt hatte: attraktiv, erfolgreich, intelligent – und er hatte einen guten Charakter. Ebenso wie sie war er zu der Schlussfolgerung gekommen, dass romantische Verliebtheit keine ausreichende Basis für eine Ehe war. Viel wichtiger war, dass man zusammenpasste und gemeinsame Ziele hatte. Verliebte handelten oft leichtsinnig und unklug. Leidenschaft war etwas, worüber Dichter schrieben, doch langfristig machte sie sicher niemanden glücklich. Und atemberaubender Sex, dachte Isabel, ist auch nicht das Entscheidende an einer Beziehung.

Was nicht heißen sollte, dass Luke nicht gut im Bett war. Im Gegenteil. Und wenn Isabel beim Sex manchmal ihren eigenen geheimen Gedanken und Fantasien nachhing, hatte sie das nicht weiter beunruhigt – bis jetzt. Denn in der Hochzeitsnacht mit Luke im Bett zu liegen und dabei an Rafe Saint Vincent zu denken war etwas ganz anderes. Und Isabel war überzeugt, dass es genauso sein würde, wenn er den ganzen Tag in ihrer Nähe wäre und sie mit seinen faszinierenden Augen ansehen würde.

Verzweifelt schüttelte Isabel den Kopf. Sie hatte sich immer wieder in die falschen Männer verliebt, in Draufgänger und charmante Verführer, die jenes unerschütterliche Selbstbewusstsein ausstrahlten, das sie, Isabel, so unwiderstehlich anzog. Natürlich wusste sie anfangs nicht, dass es die Falschen waren. Isabel fand die Männer interessant und aufregend. Erst nachdem sie einige Male schwer enttäuscht worden war – besonders nach der katastrophalen Erfahrung mit Hal –, wurde ihr klar, dass sie kein gutes Urteilsvermögen besaß, was das andere Geschlecht anging. Sie verlor ihr Herz immer an die falschen Männer: an Versager und Lügner. Mit Ende zwanzig hatte Isabel eine Art Warnsystem entwickelt: Immer wenn sie sich unwiderstehlich zu einem Mann hingezogen fühlte, wusste sie, dass es garantiert der Falsche für sie war.

Deshalb musste sie auch Rafe Saint Vincents Charakter nicht genau kennen. Es genügte, ihn anzusehen. Les hatte ihr zwar einiges über ihn erzählt: dass er Junggeselle war und ein erstklassiger Fotograf. Doch in Isabels Kopf hatten die Alarmglocken geschrillt, als sie Rafe das erste Mal gesehen hatte. Der Dreitagebart, das schwarze Outfit und der Ohrring sprachen Bände, ebenso die Tatsache, dass er in einem zweigeschossigen Haus im zentrumsnahen Stadtviertel Paddington lebte. Ganz offensichtlich war Rafe ein moderner Junggeselle, in dessen Leben beruflicher Erfolg und Vergnügungen an erster Stelle standen. Ein Mann wie er würde niemals eine Kuh kaufen, solange er die Milch umsonst bekommen konnte, dachte Isabel ironisch. Rafe war zwar kein Betrüger oder Krimineller, wie Hal es gewesen war. Doch für eine Frau, die heiraten wollte und sich sehnlichst Kinder wünschte, war es die reine Zeitverschwendung, sich mit ihm abzugeben.

Eigentlich waren bisher alle Männer in Isabels Leben in dieser Hinsicht Zeitverschwendung gewesen. Aus diesem Grund hatte sie mit dreißig Jahren – noch immer unverheiratet und ohne Kinder –

beschlossen, bei der Suche nach ihrem zukünftigen Ehemann nicht auf ihr Herz zu hören, sondern auf ihren Verstand. Und das hatte sie auch getan.

Isabel wusste, dass sie mit Luke sehr glücklich werden könnte. Aber der letzte Mann, den sie bei der Hochzeit in ihrer Nähe haben wollte, war Rafe Saint Vincent. Doch sie brauchte unbedingt einen Fotografen. Und wie sollte sie ihrer Mutter erklären, dass sie ihn nicht engagiert hatte? Das Argument mit den Schwarz-Weiß-Bildern würde nicht ausreichen. Isabels Mutter liebte Schwarz-Weiß-Fotos – vermutlich aus nostalgischen Gründen. Sie war schon siebzig Jahre alt. Isabel war sozusagen das Ergebnis der zweiten Flitterwochen, die Doris Hunt im Alter von vierzig Jahren mit ihrem Ehemann gemacht hatte.

Nein, ihr blieb wohl nichts anderes übrig, als den unwiderstehlichen Rafe Saint Vincent zu engagieren. Und was war schon so schlimm daran, in der Hochzeitsnacht von einem anderen Mann zu träumen? Isabel hatte nicht vor, Luke davon zu erzählen. Er würde es also nie erfahren – wie so viele andere Dinge, die sie vor ihm geheim hielt.

Wieder betrachtete sie die Fotografien an der Wand. Diesmal ließ sie sich mehr Zeit. Die Bilder waren sehr erotisch. Viele der Models waren fast nackt, doch durch die dezente Beleuchtung und ein raffiniertes Spiel mit Licht und Schatten konnte der Betrachter nur dann und wann einen Blick auf die Brust oder eine andere Rundung erhaschen.

Isabel war fasziniert und hätte die Fotos stundenlang ansehen können. Doch als sie Schritte sich nähern hörte, wandte sie den Blick ab. Schnell nahm sie ihr Handy aus der Tasche, wählte die Nummer ihrer Eltern und wartete ungeduldig, dass sich jemand meldete. Rafe kam mit einem Becher dampfendem Kaffee herein.

Isabel versuchte, ihn nicht allzu auffällig anzusehen. Doch sie konnte sich nicht davon abhalten, ihm einige kurze Blicke zuzuwerfen, während er sich wieder auf das dunkelblaue Sofa setzte. Er sah einfach fantastisch aus: groß und muskulös, aber schlank. Er war nicht im klassischen Sinne schön, aber äußerst attraktiv – und sehr sexy.

„Ja?" Endlich meldete sich ihre Mutter. Sie klang etwas außer Atem.

„Ich bin es, Mum." Isabel war selbst erstaunt, wie gelassen sie klang, obwohl ihr Herz zum Zerspringen schlug.

„Schön, dass du noch anrufst, bevor wir in den Club fahren, Isabel. Wie lief die Besprechung mit Mr. Saint Vincent?"

„Gut. Ich bin zufrieden." Isabel sah, dass Rafe sie erstaunt anblickte. Offenbar hatte er nicht damit gerechnet, dass sie sich für ihn entscheiden würde.

„Ist er so gut wie Les?", fragte ihre Mutter. Les hatte bereits mehrmals für Isabels Eltern gearbeitet, unter anderem anlässlich ihrer goldenen Hochzeit.

„Ich würde sagen, er ist sogar noch besser."

„Da bin ich aber erleichtert. Ich habe so lange darauf gewartet, dass du heiratest, Darling. Und ich möchte unbedingt ein paar schöne Erinnerungsfotos."

Isabels Blick glitt zu dem provokantesten Foto an der Wand. Wie wäre es wohl, *so* von Rafe fotografiert zu werden? dachte sie unwillkürlich. Sie stellte sich vor, wie sie in einer verführerischen Pose nackt vor ihm liegen würde, während Rafe Satinstoff um ihren Körper drapierte und dann immer wieder den Blick auf ihr ruhen ließe, während er unzählige Bilder machte.

Der Gedanke ließ ihr Herz noch heftiger schlagen. Zum Glück gehörte Isabel nicht zu den Frauen, denen man ihre Gefühle deutlich ansah. Auch wenn sie sich sehr von einem Mann angezogen fühlte, konnte sie in seiner Gegenwart gelassen, kühl oder sogar gänzlich uninteressiert wirken. Vielleicht sollte ich froh darüber sein, dachte sie, denn sonst würde ich womöglich mein halbes Leben im Bett verbringen.

Isabel fiel Flirten nicht leicht. Und auch das neckische Kokettieren mancher Frauen, auf das so viele Männer ansprangen, lag ihr nicht. Auf Männer wirkte sie häufig sehr distanziert und sogar ein bisschen versnobt. Einige deuteten ihre zurückhaltende Art und die kühle Ausstrahlung falsch und dachten sogar, sie wäre nicht an Sex interessiert. Das war vielleicht der Grund, warum die meisten von Isabels Geliebten Männer gewesen waren, die sich über ihr scheinbares Desinteresse hinweggesetzt und sich einfach das genommen hatten, was sie wollten. Isabel betrachtete Rafe und überlegte, was für ein Liebhaber er wohl sein mochte. Sofort bekam sie ein schlechtes Gewissen. Hör auf damit, ermahnte sie sich. *Du wirst es sowieso nie herausfinden.*

„Ich muss jetzt aufhören", sagte ihre Mutter. „Dein Vater und ich wollen noch etwas essen, bevor wir losfahren. Wann kommst du denn nach Hause? Isst du heute Abend mit uns?"

Isabel hatte vor einigen Wochen ihre Wohnung aufgegeben und war bis zur Hochzeit bei ihren Eltern eingezogen. Auch ihre Stelle als Empfangssekretärin in dem Architekturbüro, in dem Luke arbeitete, hatte sie gekündigt. Sie freute sich darauf, nach der Hochzeit zu Hause zu bleiben und mit Luke eine Familie zu gründen.

„Das hatte ich eigentlich vor", erwiderte Isabel, während sie Rafe weiter unauffällig ansah. „Es sei denn, Luke kommt doch heute schon zurück und möchte mit mir essen gehen. Frag ihn einfach, falls er anruft. Ich bin spätestens um ein Uhr zu Hause."

„Das werde ich tun. Bis später, Darling."

„Bis später, Mum."

Isabel drückte auf den Aus-Knopf und wies dann auf das Fotoalbum, das auf dem Couchtisch lag. „Die Bilder sind wirklich sehr beeindruckend", sagte sie und blickte Rafe betont gelassen an – so wie sie es immer tat, wenn sie sehr durcheinander war und keinen klaren Gedanken fassen konnte. Zum Glück war sie jetzt äußerlich ruhiger als vorhin. Auf keinen Fall wollte sie noch einmal erröten.

Isabel legte das Handy weg und öffnete das Album auf einer Seite, die ein traditionelles Porträt einer Frau im Abendkleid zeigte.

„Dieses Bild gefällt mir wirklich gut. Wenn Sie so etwas auf meiner Hochzeit machen können, sind Sie engagiert."

„Die Frage ist, ob *Sie* mich wollen oder nicht", entgegnete Rafe und blickte ihr in die Augen.

Isabel bemühte sich, die Beherrschung nicht zu verlieren. Wenn er wüsste ...

„Ich habe wohl keine andere Wahl", sagte sie schließlich.

„Das klingt ja geradezu begeistert", stellte Rafe ironisch fest. „Wann und wo?"

Wie wäre es mit hier und jetzt? dachte sie. „Die Trauung findet in zwei Wochen um vier Uhr nachmittags in der St. Christopher's Church in Burwood statt. Und der Hochzeitsempfang wird im ‚Babylon' in Strathfield gegeben."

„Klingt exotisch."

Das war es auch. Isabel hatte eine Vorliebe für Exotisches. Man sah es ihr nicht an, denn sie kleidete sich meist sehr konservativ. Doch als Kind war das Märchen von Aladins Wunderlampe ihre Lieblingsgeschichte gewesen. Oft hatte sie sich ausgemalt, sie wäre eine verführerische, verschleierte Haremsdame.

„Soll ich vorher zu Ihnen nach Hause kommen?", erkundigte sich Rafe. „Die meisten Bräute möchten das. Allerdings sind viele vor der Hochzeit zu nervös, um für Fotos zu posieren. Als ich noch regelmäßig solche Aufträge hatte, habe ich eine sehr effektive Methode gefunden, damit sie sich entspannten."

„Tatsächlich?" Unwillkürlich stellte Isabel sich vor, was das gewesen sein konnte. Es gelang ihr nur mit Mühe, die gefährlichen Gedanken zu verdrängen.

„Ich habe ihnen einfach einen starken Drink gegeben", erklärte Rafe.

Isabel bemühte sich, gelassen zu bleiben. „Ich trinke keinen Alkohol", log sie.

„Das habe ich mir gedacht."

Fast hätte sie laut gelacht. Offenbar hielt Rafe sie für verklemmt.

„Keine Sorge", sagte sie kühl. „Ich werde sicher nicht nervös sein. Und bestimmt möchte meine Mutter, dass Sie vorher zu uns nach Hause kommen. Ich werde Ihnen die Adresse aufschreiben." Sie zog einen Stift und die Visitenkarte ihres Friseurs aus der Tasche.

„Wie wäre es, wenn Sie am Tag der Hochzeit um zwei Uhr kommen?" Sie reichte ihm die Karte, auf deren Rückseite sie die Adresse geschrieben hatte, und stand auf.

Rafe stellte seinen Becher ab und stand ebenfalls auf. Er betrachtete die Karte. „Ist das der Friseur, zu dem Sie normalerweise gehen?"

Überrascht sah sie ihn an. „Ja. Warum fragen Sie?"

„Haben Sie sich heute dort frisieren lassen?"

„Nein, das mache ich immer selbst. Ich gehe nur zum Friseur, um mir die Haare schneiden zu lassen." Abgesehen von den Kosten gefiel es Isabel nicht, dass manche Friseure sich einfach über ihre Anweisungen hinwegsetzten.

„Dann werden Sie sich wohl auch für die Hochzeit selbst frisieren, oder?"

„Ja."

Rafe steckte sich die Karte in die Hosentasche. „Ich hoffe, dass Sie sich dann anders zurechtmachen."

„Warum?", fragte Isabel irritiert. „Was stört Sie daran?"

„Es sieht viel zu streng aus. Wenn Sie sich das Haar hochstecken wollen, dann sollten Sie es weniger straff machen und ein paar Strähnen heraushängen lassen."

Bevor sie reagieren konnte, stand er neben ihr, zupfte an ihrem Haar und berührte dabei ihre Wangen, Ohren und ihren Hals. Isabel hatte das Gefühl, ihre Haut würde brennen. Schauer lief ihr über den Rücken.

„Sie haben sehr glattes Haar", stellte Rafe fest. „Besitzen Sie einen Lockenstab?"

„Nein" war alles, was Isabel sagen konnte. Sie wusste, eigentlich sollte sie einen Schritt zurückweichen, brachte es jedoch nicht fertig. Stattdessen blickte sie wie gebannt auf den Ausschnitt seines Hemds, wo Rafes glatte, sonnengebräunte Haut zu sehen war. Wie er wohl nackt aussah?

„Dann sollten Sie sich einen anschaffen. Diese Geräte sind ja nicht teuer."

Isabel blickte ihm ins Gesicht und bemerkte, dass Rafe nicht ihr Haar, sondern ihren Mund betrachtete. Einen Moment lang befürchtete sie, er würde sie küssen. Ihr stockte der Atem. Doch Rafe tat es nicht. Isabel musste sich eingestehen, dass sie enttäuscht darüber war. Was wäre passiert, wenn er es tatsächlich getan hätte? fragte sie sich erschrocken. Bei dem Gedanken, sie könnte ihre Beziehung mit Luke aufs Spiel setzen, wurde ihr schwindelig.

„Ich muss jetzt los", sagte sie und bückte sich nach ihrer Tasche. Rafe wich einen Schritt zurück. Nichts wie weg hier, dachte Isabel.

„Wenn ich nichts Gegenteiliges von Ihnen höre, erwarte ich Sie am Tag der Hochzeit um zwei Uhr bei meinen Eltern. Bitte seien Sie pünktlich."

„Ich halte meine Termine immer ein", erwiderte er.

„Umso besser. Dann also bis in zwei Wochen."

Rafe nickte. Isabel eilte an ihm vorbei und streifte ihn dabei mit ihrer Tasche. Sie ging weiter, ohne sich umzusehen oder zu entschuldigen. Erst als sie im Auto saß und auf dem Weg zu ihren Eltern war, konnte sie wieder durchatmen. Zuerst fühlte sie sich nur unendlich erleichtert, dann wurde sie wütend – auf sich selbst, auf Männer wie Rafe Saint Vincent und auf das Schicksal. Warum hatte Les ihr nicht einen Fotografen empfehlen können, der wie er selbst war: ein glücklich verheirateter, konservativer Mann mit drei Kindern und einem kleinen Bierbauch?

Isabel warf einen Blick in den Rückspiegel und stellte fest, dass ihr einige blonde Strähnen ins Gesicht hingen. Sie fuhr an den Seitenrand, löste die Haarklemmen und schüttelte den Kopf, bis ihr das Haar wie ein weicher Umhang auf die Schultern fiel.

„So würde ich dir bestimmt besser gefallen, Rafe Saint Vincent", sagte sie aufgebracht, als sie weiterfuhr. „Zum Glück ist mein Haar nicht noch länger, sonst würde er wahrscheinlich vorschlagen, dass ich bei meiner Hochzeit als Lady Godiva auftrete. Dann wäre ich die erste Braut, die er nackt fotografiert."

Isabel fluchte noch eine Weile unterdrückt, zuerst wegen Rafe, dann wegen des hohen Verkehrsaufkommens. Es waren so viele Autos auf den Straßen, dass sie fast zweimal so lange für die Fahrt brauchte wie sonst. Als sie schließlich das Haus ihrer Eltern erreichte, war Isabel am Rande eines Nervenzusammenbruchs. Überrascht stellte sie fest, dass Lukes Wagen in der Auffahrt stand. Er selbst saß noch am Steuer und stieg gleichzeitig mit ihr aus.

Isabel bekam ein schlechtes Gewissen, als sie ihn sah. „Ich hatte nicht damit gerechnet, dass du jetzt schon kommst", sagte sie verwundert, um ihre Nervosität zu verbergen. „Warum hast du mich nicht angerufen und mir Bescheid gesagt?"

„Ich habe versucht, dich zu erreichen", sagte Luke. „Aber du bist nicht ans Telefon gegangen."

„Was? Oh nein, ich muss das verdammte Handy bei diesem albernen Fotografen liegen gelassen haben." Isabel hätte am liebsten geschrien. Wie hatte sie nur so dumm sein können? Jetzt musste sie noch einmal zurückfahren – und war gezwungen, Rafe Saint Vincent noch vor der Hochzeit wiederzusehen. Energisch schlug sie die Wagentür zu. „Egal, dann muss es eben bis morgen dort bleiben. Ich fahre jetzt nicht noch einmal zurück."

Isabel spürte, wie verwundert Luke über ihr ungewöhnliches Verhalten war. Sie schüttelte den Kopf und warf ihm einen verzweifelten Blick zu. „Du weißt ja gar nicht, was für einen furchtbaren Tag ich hinter mir habe. Der Fotograf, der bei unserer Hochzeit fotografieren sollte, hatte einen Unfall. Also habe ich mich heute mit dem Kollegen getroffen, den er empfohlen hatte. Leider ist er völlig ungeeignet. Äußerst begabt, aber einer dieser Avantgardisten, die nur Schwarz-Weiß-Bilder machen. Ich habe ihm gesagt, dass ich kein weinrotes Kleid für meine Brautjungfer ausgesucht hätte, wenn ich Schwarz-Weiß-Bilder haben wollte. Doch er hat mir gar nicht zugehört. Und dann wollte er mir auch noch vorschreiben, wie ich mein Haar tragen soll – als ob ich das nicht selbst am besten wüsste! Ich bin noch nie einem Menschen begegnet, der dermaßen von sich überzeugt ist."

Ich erzähle nur Unsinn, dachte Isabel. Doch vor lauter Nervosität redete sie weiter.

„Was soll man auch von einem Fotografen erwarten, der sich selbst als Künstler betrachtet! Er glaubt, er sei Gottes Geschenk an die Frauen. Und er trägt einen Ohrring in Form eines Gespensterkopfes. Ich weiß wirklich nicht, was wir machen sollen. Wahrscheinlich ist es zu spät, um einen geeigneten Fotografen zu finden", sagte sie und seufzte tief. „Der Kerl heißt übrigens Rafe Saint Vincent. Bestimmt ist es ein Künstlername. Du meine Güte, ist das nicht lächerlich?"

Isabel merkte, dass Luke sie nicht nur äußerst verwundert anblickte. Auch er wirkte ganz anders als sonst. Sie schwieg und sah ihn an. Normalerweise achtete er sehr auf ein gepflegtes Äußeres. „Du siehst aus, als hättest du in deiner Kleidung geschlafen, Luke", stellte sie fest. „Rasiert hast du dich auch nicht. Und warum bist du überhaupt schon hier? Ich dachte, du wolltest das ganze Wochenende in der Hütte am Lake Macquarie verbringen." Isabel hatte gehofft, Luke würde so Gelegenheit haben, über vieles nachzudenken, und langsam anfangen, seine Trauer zu bewältigen. Der arme Kerl hatte wirklich Furchtbares durchgemacht, seit seine Eltern vor einigen Wochen bei einem Unfall ums Leben gekommen waren. Doch er hatte alles mit viel Kraft und Mut ertragen.

„Die Hütte war nicht mehr da", erwiderte Luke. „Sie ist schon vor einigen Jahren abgerissen worden. Mein Vater hat an derselben Stelle ein kleines Wochenendhaus gebaut. Dort habe ich gestern übernachtet."

„Aber …" Isabel runzelte verwundert die Stirn. Das erklärte zumindest, warum er ein wenig verstört wirkte. „Wie bist du denn hineingekommen? Du hast doch wohl nicht das Türschloss aufgebrochen?", fragte sie in der Hoffnung, ihn mit einem kleinen Scherz aufzumuntern.

Doch Luke verzog keine Miene. „Nein. Eine junge Frau war dort, die in dem Haus das Wochenende verbrachte. Sie hat mich hineingelassen."

„Und sie hat dich da *übernachten* lassen, ohne dich überhaupt zu kennen?"

Luke seufzte. „Das ist eine lange Geschichte, Isabel. Lass uns hineingehen und in Ruhe darüber sprechen."

Erschrocken sah sie ihn an. „Du machst mir Angst, Luke!"

Als er sie beim Arm nehmen und zum Haus führen wollte, machte Isabel sich los und blickte ihn voller Panik an. „Du ... du willst die Hochzeit absagen, stimmt's?" Angstvoll wartete sie auf seine Antwort.

„Ja, das stimmt", sagte er schließlich.

3. KAPITEL

Isabel barg das Gesicht in den Händen und schluchzte. „Oh nein, Luke, bitte tu mir das nicht an!" „Es tut mir so leid, Isabel", sagte er. „Aber *warum?*" rief sie verzweifelt und wütend. „*Warum?*"

„Ich habe mich verliebt."

Ungläubig sah Isabel ihn an. „Verliebt? Innerhalb eines Tages?"

„Ich kann es selbst kaum glauben. Aber es ist wahr. Ich bin hergekommen, um es dir zu erzählen und die Hochzeit abzusagen."

„Aber du weißt doch, dass Liebe keine Garantie für eine glückliche Beziehung ist. Woher willst du wissen, dass diese junge Frau, in die du dich angeblich verliebt hast, dich nicht unglücklich machen wird?", fragte sie ein wenig verächtlich. „Du kannst doch in so kurzer Zeit gar nicht ihren Charakter kennen gelernt haben. Vielleicht spielt sie dir etwas vor und hat es in Wirklichkeit nur auf dein Geld abgesehen. Oder sie ist eine Kriminelle."

„Ich kann dich beruhigen", sagte er. „Celia ist ein wundervoller Mensch."

Isabel schüttelte den Kopf. Innerhalb eines einzigen Tages! dachte sie verzweifelt und konnte es nicht fassen. Wie konnte er sich nach so kurzer Zeit sicher sein?

„Ich hätte nie gedacht, dass du so naiv bist", sagte sie verletzt und aufgebracht.

„Das bin ich nicht. Deswegen will ich auch nichts überstürzen. Aber sicher siehst du ein, dass ich dich nicht mehr heiraten kann – so, wie ich für Celia empfinde."

Doch Isabel war nicht in der Verfassung, Verständnis für Lukes Handeln aufzubringen. Am liebsten hätte sie geschrien und ihren Tränen freien Lauf gelassen. Noch vor kurzem hatte sie geglaubt, all ihre Träume würden wahr werden. Doch jetzt war nichts mehr davon übrig. „Ja und nein. Ich würde dich noch immer heiraten." Sie seufzte. „Ich halte nun einmal nicht viel von diesem romantischen

Blödsinn. Meiner Meinung nach wird die Bedeutung von Liebe völlig überbewertet." Und ich dachte, du wärst derselben Meinung, fügte sie in Gedanken hinzu.

„Vielleicht glaubst du das nur, weil du noch nie richtig verliebt warst."

Isabel lachte ironisch. „Im Gegenteil, ich bin geradezu eine Expertin auf diesem Gebiet. Aber du wirst es sicher auch noch begreifen, Luke Freeman. Und wenn es so weit ist, sag mir Bescheid. Lass uns ins Haus gehen. Ich brauche etwas zu trinken. Aber keinen Tee oder Kaffee, sondern etwas Kräftiges – am besten einen Whiskey."

Luke runzelte die Stirn. „Ich dachte, so etwas trinkst du gar nicht."

Isabel ging ihm voran ins Haus. Sie nahm den Whiskey aus dem Schrank und goss sich etwas ein. „Oh doch, wenn der Anlass es erfordert." Sie leerte das Glas in einem Zug. Als die brennende Flüssigkeit ihr durch die Kehle rann, hätte Isabel sich am liebsten geschüttelt. Stattdessen fuhr sie sich mit der Zunge über die Lippen. „Das habe ich gebraucht", sagte sie zufrieden. „Möchtest du auch einen?"

Luke schüttelte den Kopf. Er wirkte wie vom Donner gerührt. Offenbar entspricht mein Verhalten nicht dem Bild, das er sich von mir gemacht hat, dachte Isabel ironisch. Sie goss sich ein zweites Mal Whiskey ein, nahm auf einem Sessel Platz und zog die Füße unter sich. Sie schob sich das lange blonde Haar aus dem Gesicht und führte das Glas erneut an die Lippen. Bis jetzt war es ihr nie schwergefallen, die Rolle der gelassenen, vernünftigen Verlobten zu spielen, die sich durch nichts aus der Ruhe bringen ließ. Andererseits hatte Luke auch noch nie etwas getan, was sie gekränkt oder verärgert hatte. Isabel bemerkte, dass er sie noch immer verwundert ansah. *Was hat er denn erwartet?* dachte sie aufgebracht. *Dass es ihr nichts ausmachen würde, wenn er die Hochzeit in letzter Minute absagte?*

Als Isabel daran denken musste, dass auch sie in Gedanken untreu gewesen war, beruhigte sie sich und brachte etwas mehr Verständnis für sein Verhalten auf. Vielleicht hatten Vernunftehen früher einmal funktioniert. Doch in der heutigen Zeit, in der an jeder Ecke die Versuchung lauerte, konnte so etwas nicht auf Dauer gut gehen.

Trotz dieser Einsicht glaubte Isabel nicht, dass Lukes Gründe, die Hochzeit abzusagen, wirklich mit Liebe zu tun hatten. Wohl eher mit Lust, dachte sie ironisch.

„Ist sie schön, diese Celia?", fragte sie trocken.

„Ja." Luke nahm ihr gegenüber Platz.

„Was ist sie von Beruf?"

„Sie arbeitet als Physiotherapeutin."

Also war die unbekannte Celia nicht nur schön, sondern auch hoch qualifiziert. Ihre, Isabels, Schulnoten waren für ein Studium nicht gut genug gewesen. Sie war zwar nicht dumm, hatte sich aber zur Sorge ihrer Eltern damals wesentlich mehr für Jungen interessiert als für die Schule. Isabel hatte nur eine kurze Ausbildung in Bürowirtschaft gemacht und seitdem immer gute Stellen gehabt, was sicher auch an ihrem Aussehen lag. Im Laufe der Zeit hatte sie viel dazugelernt, besonders im Bereich der Datenverarbeitung. Doch eigentlich hatte ihr nie viel daran gelegen, Karriere zu machen. Isabel sehnte sich danach, Kinder zu bekommen und eine Familie zu gründen. Es schmerzte sie, dass Celia ihr – wenn auch unabsichtlich – den Mann weggenommen hatte, mit dem diese beiden Träume endlich in Erfüllung gegangen wären.

Isabel versuchte, sich wieder auf das Gespräch zu konzentrieren. „Und warum war sie im Wochenendhaus deines Vaters? Hatte sie es gemietet?"

„Nein. Sie ... sie ist die Tochter seiner Geliebten." Luke war entschlossen, Isabel die ganze Wahrzeit zu sagen. Sie hatte es verdient.

„*Was?*" Ungläubig sah sie ihn an. „Das ist unmöglich! *Dein* Vater hatte eine Geliebte? Ich kann es nicht glauben. Er war einer der Gründe, warum ich dich heiraten wollte. Ich war sicher, dass du ein ebenso guter Ehemann und Vater sein würdest wie er."

„Wie gesagt", erwiderte Luke ironisch, „es ist eine lange Geschichte."

„Und offenbar eine sehr interessante." Isabel trank noch einen Schluck Whiskey. „Erzähl sie mir – in allen Einzelheiten."

„Hoffentlich wirst du nicht zu geschockt sein."

„Ich?" Isabel lachte. „Du meine Güte! Ich glaube nicht, dass irgendeine Geschichte über Sex *mich* noch schocken kann."

Nachdenklich sah Luke sie an. „Offenbar habe ich dich nie wirklich gekannt."

„Ich dich auch nicht."

Sie blickten einander in die Augen und lächelten.

„Du wirst sicher jemand anders kennen lernen, Isabel", sagte Luke überzeugt.

„Wahrscheinlich schon. Aber ich glaube nicht, dass ich noch einmal jemanden wie dich treffen werde. Du bist einzigartig. Celia ist wirklich zu beneiden. Ich wünsche euch beiden alles Gute." Eigentlich glaubte sie nicht, dass die beiden glücklich werden würden. Doch wer konnte das schon wissen? Vielleicht hatte Luke mehr Glück mit den Frauen, in die er sich verliebte – vorausgesetzt, es war tatsächlich Liebe, was er für Celia empfand.

„Danke, Isabel. Das ist sehr großzügig von dir. Aber Celia und ich haben nicht vor, überstürzt zu heiraten. Da fällt mir etwas ein: Natürlich werde ich deinen Eltern alle Ausgaben erstatten, die sie für die Vorbereitung unserer Hochzeit hatten. Ich lasse ihnen so bald wie möglich einen Scheck zukommen. Und auch für dich werde ich sorgen."

Isabel schüttelte den Kopf und zog sich den Verlobungsring mit dem Diamanten vom Finger. „Das ist nicht nötig, Luke. Ich wollte dich nicht heiraten, weil du reich bist. Nur dass du zuverlässig bist und ein gesichertes Einkommen hast, war wichtig für mich – und für unsere Kinder." Sie wollte ihm den Ring reichen, doch Luke wehrte ab.

„Der Ring war ein Geschenk, Isabel. Du kannst ihn behalten oder verkaufen, ganz wie du möchtest."

Plötzlich musste Isabel all ihre Kraft aufbringen, um nicht in Tränen auszubrechen. Luke war wirklich ein großartiger Mensch – und er wäre sicher ein toller Vater gewesen. Sie zuckte betont gelassen die Schultern und setzte sich das Schmuckstück auf den Ringfinger der rechten Hand. „Wenn du darauf bestehst ... aber ich werde ihn nicht verkaufen, sondern tragen. Er ist wirklich wunderschön. Zum Glück habe ich gestern keine Eheringe gefunden, die mir gefielen."

Isabel konnte es nicht fassen, dass Luke noch vor weniger als vierundzwanzig Stunden sehr glücklich mit ihr gewesen war. Sie seufzte. „Am besten gebe ich dir gleich deine Kreditkarte wieder, bevor ich es vergesse."

Isabel wollte aufstehen, doch Luke hielt sie zurück.

„Das kann warten. Zuerst sollten wir meine finanziellen Verpflichtungen dir gegenüber besprechen."

„Du schuldest mir gar nichts, Luke."

„Das sehe ich anders. Immerhin hast du deine Arbeit aufgegeben, um meine Frau zu werden. Außerdem hättest du nach der Hochzeit finanziell für immer ausgesorgt gehabt. Und diese Sicherheit möchte ich dir gern für dein ganzes Leben ermöglichen."

Sie wollte widersprechen, doch Luke ließ sich nicht beirren. Er erklärte, dass er ihr sein Haus in Turramurra schenken wollte. Außerdem würde sein Anwalt ein Portfolio mit erstklassigen Aktien und anderen Wertpapieren zusammenstellen, so dass sie ein gesichertes Einkommen haben würde. Erst jetzt wurde Isabel klar, wie reich Lionel Freeman gewesen sein musste – und wie reich Luke nach dem Tod seines Vaters war.

Erst wollte sie ablehnen. Doch es kam ihr nicht richtig vor, aus gekränktem Stolz ein so großzügiges Angebot auszuschlagen. Zumindest muss ich dann nicht mehr bei meinen Eltern wohnen, dachte sie. Ihre Mutter würde aus allen Wolken fallen, wenn sie von der geplatzten Hochzeit erfuhr.

„Na gut, ich bin einverstanden", stimmte sie zu und lächelte wehmütig. „Allerdings hätte ich dich lieber als Ehemann gehabt und nicht als großzügigen Gönner."

Luke seufzte. „Ich weiß. Du kannst dir gar nicht vorstellen, wie leid mir alles tut. Um nichts in der Welt wollte ich dich verletzen. Du bist eine großartige Frau, Isabel. Aber in dem Moment, als ich Celia sah, war es um mich geschehen."

Unwillkürlich dachte Isabel daran, wie sie Rafe Saint Vincent zum ersten Mal gesehen hatte. Wenn er es darauf angelegt gehabt hätte, wäre es auch um mich geschehen gewesen, dachte sie. Zum Glück war es nicht so gekommen.

„Sie muss wirklich etwas Besonderes sein."

„Oh ja, das ist sie."

Und bestimmt wunderschön, mit einem verführerischen Körper, fügte Isabel in Gedanken hinzu. Und Augen, die einen mit ihrem Blick gefangen hielten – so wie Rafes Augen. Isabel wusste, dass sie ihm gefallen hatte, auch wenn sie es sich nicht gern eingestand. Schon als sie sich das erste Mal ansahen, hatte sie es deutlich gefühlt. Für solche Dinge hatte sie ein ausgezeichnetes Gespür.

Ich könnte zurückfahren, nachdem Luke weg ist. Ich könnte ihm erzählen, dass die Hochzeit abgesagt ist, und dann ...

Nein, ermahnte Isabel sich energisch. Sie würde sich nie wieder mit so einem Mann einlassen. Mit aller Macht verdrängte sie diese Fantasien und wandte sich an Luke.

„Und jetzt erzähl mir endlich alles. Und mach dir keine Gedanken: Ich werde weder schockiert noch brennend eifersüchtig sein."

4. KAPITEL

Rafe bemerkte fast sofort, dass Isabel ihr Handy vergessen hatte. Er nahm es vom Couchtisch und lief ihr nach. Dann blieb er stehen und wartete ab, ob sie es vielleicht von selbst bemerken würde. Doch offenbar tat sie das nicht. Rafe stand im Flur und hörte ihren Wagen wegfahren. Es war verrückt, doch er wünschte, er würde sie noch vor der Hochzeit wiedersehen. Isabel gehörte seinem Eindruck nach nicht zu den Frauen, die sich ohne Ehering auf einen Mann einließen. Und nun musste sie noch einmal zurückkommen.

Ob sie noch Jungfrau war? Rafe dachte daran, wie sie zusammengezuckt war, als er ihr Haar berührt hatte. Und schließlich hatte sie sein Haus geradezu fluchtartig verlassen – aus Angst, er könnte noch weitergehen?

Und genau danach hatte er sich auch gesehnt. Es hatte ihn unglaublich erregt, in Isabels Nähe zu sein und sie zu berühren. Als sie hinausstürmte, schlug ihre Handtasche gegen ihn an einer äußerst empfindlichen Stelle. Rafe zuckte zusammen und war sehr froh darüber, dass Isabel sich nicht umwandte. Sonst hätte sie es vielleicht wirklich mit der Angst zu tun bekommen. Das war ein weiterer Grund, warum Rafe ihr nicht nach draußen gefolgt war. Schließlich wollte er sich nicht lächerlich machen. Hoffentlich habe ich mich wieder unter Kontrolle, wenn sie zurückkommt, um ihr Handy zu holen, dachte er.

Und was dann? fragte Rafe sich unwillkürlich. Wozu sollte das führen? Er war schließlich kein Masochist. Selbst wenn er jemand wäre, der ohne Skrupel die Verlobte eines anderen Mannes verführen würde, hätte er sicher mit Isabel einige Schwierigkeiten. Sie wirkt so unterkühlt, dass ich vermutlich Entfroster brauchen würde, um sie aufzutauen, dachte Rafe.

Er nahm das metallicblaue Handy und legte es auf einen kleinen Tisch neben der Eingangstür, damit das nächste Wiedersehen mit

Miss Hunt so kurz wie möglich ausfallen konnte. Dann ging er nach oben, um zu frühstücken. Nach dem Essen ging Rafe in die Dunkelkammer, um die Fotos zu entwickeln, die er am Vorabend gemacht hatte: bei der Präsentation der Orsini-Sommerkollektion und der anschließenden Party, die sich bis in die Morgenstunden hingezogen hatte. Er wusste, dass gleich am Montagmorgen die Modemagazine anrufen und nach den Bildern fragen würden.

Zwei Stunden später war er noch immer in der Dunkelkammer beschäftigt, doch er konnte sich nicht auf die Arbeit konzentrieren. Die ganze Zeit musste er an Isabel Hunt denken. Und sie war nicht zurückgekommen. Rafe musste sich eingestehen, dass sie ihn faszinierte. Er fand sie nicht nur erotisch, sondern auch ihre Persönlichkeit interessierte ihn. Schließlich merkte er, dass er den Gedanken an sie nicht verdrängen konnte. Rafe verließ die Dunkelkammer, suchte die Karte mit ihrer Telefonnummer heraus und rief an.

Er wollte schon auflegen, als nach schier endlosem Klingeln schließlich doch jemand abnahm.

„Hallo?"

Es war eine Frauenstimme. Doch Rafe wusste nicht, ob es Isabel war. Sie hörte sich merkwürdig an. „Isabel?"

„Ja. Mit wem habe ich die Ehre?"

Rafe traute seinen Ohren nicht. Isabel war betrunken!

„Hier spricht Rafe. Rafe Saint Vincent. Der Fotograf."

Sie antwortete nicht, doch er hörte sie atmen.

„Sie haben Ihr Handy bei mir liegen lassen."

Isabel sagte noch immer nichts.

„Ich dachte mir, Sie würden vielleicht befürchten, es verloren zu haben."

Sie lachte.

„Isabel", sagte Rafe besorgt, „haben Sie Alkohol getrunken?"

„Hm … das könnte man wohl sagen. Haben Sie etwas dagegen?"

Einen Moment lang war Rafe sprachlos. Es kam ihm vor, als wäre sie nicht mehr die Frau, die er vor wenigen Stunden kennen gelernt hatte. „Sie sagten doch, Sie würden keinen Alkohol trinken."

Wieder lachte sie. „Das war gelogen."

Rafe war überrascht, dann machte er sich Sorgen. „Ist etwas nicht in Ordnung, Isabel? Was ist passiert?"

„Da Sie es sowieso irgendwann erfahren müssen, kann ich es Ihnen auch gleich sagen: Die Hochzeit ist geplatzt."

Er konnte es nicht glauben. Die Art, wie Isabel es sagte, überraschte ihn fast so sehr wie die Nachricht selbst. „Aber warum?"

„Luke hat mich verlassen. Wegen einer anderen Frau."

Obwohl ihm diese Neuigkeit einerseits gefiel, verspürte Rafe vor allem Mitgefühl. Er wusste genau, wie weh so etwas tun konnte. Diese Erfahrung wünschte er nicht einmal seinem schlimmsten Feind.

„Das tut mir leid, Isabel", sagte er aufrichtig. „Sie müssen sich furchtbar fühlen."

„Ja, es ging mir wirklich nicht besonders gut, bis ich den dritten Whiskey getrunken hatte. Jetzt fühle ich mich aber schon wesentlich besser."

Rafe musste lächeln. Auch er hatte sich betrunken, als Liz ihn verlassen hatte. „Man sollte nie allein trinken", ermahnte er sie.

„Ich bin ja nicht betrunken", sagte Isabel mit leicht schleppender Stimme. „Nur so angeheitert, dass der Schmerz ein bisschen betäubt ist. Wollen Sie mir etwa Gesellschaft leisten, Darling?"

Wieder musste er lächeln. Offenbar begann Isabels kühle Fassade nach drei Whiskeys schon sehr schnell zu schmelzen.

„Ich glaube, Sie haben für heute genug getrunken."

„Das geht Sie gar nichts an. Hat Ihnen schon mal jemand gesagt, dass Sie furchtbar rechthaberisch sind?"

„Ja, meine Mutter", gestand Rafe. „An dem Tag, als ich von zu Hause auszog, hat sie vor lauter Freude ein großes Fest gegeben."

„Das kann ich mir vorstellen."

„Trotzdem hat sie mich sehr gern."

„Das kann man sicher nicht von vielen anderen Menschen sagen, vermute ich."

Rafe gefiel ihr ironischer Humor. „Hat Ihnen schon einmal jemand gesagt, was für eine arrogante Frau Sie sind?"

Isabel lachte. In angetrunkenem Zustand gefiel sie ihm sehr gut. Von ihrer kühlen, distanzierten Art war nichts mehr zu spüren. Rafe wünschte, er könnte jetzt bei ihr sein. Doch vielleicht war es besser so. Er wollte nicht mit Isabel ins Bett gehen, wenn sie betrunken war oder sich nur nach einer schweren Enttäuschung trösten wollte. Sie sollte ihn um seiner selbst willen begehren.

„Ich nehme an, Sie brauchen meine Dienste jetzt nicht mehr."

„Sie meinen als Fotograf?"

Isabels provokante Frage brachte Rafe einen kurzen Moment aus der Fassung. Vielleicht hatte er ihr doch nicht so sehr missfallen, wie er geglaubt hatte?

„Um ehrlich zu sein, ich würde Sie noch immer sehr gern fotografieren", sagte er wahrheitsgemäß.

„Tatsächlich? Und warum?"

„Zum einen, weil Sie außerordentlich schön sind und ich eine Schwäche für attraktive Frauen habe. Und zum anderen, weil ich Sie gern wiedersehen möchte. Irgendwann würde ich Sie gern zum Abendessen einladen."

„Sie meinen eine richtige Verabredung?"

„Genau."

„Sie verschwenden wohl nicht gern unnötig Zeit, stimmt's? Ich bin vor etwas mehr als zwei Stunden von meinem Verlobten verlassen worden. Und Sie wissen es erst seit zwei Minuten! Was wäre, wenn ich Ihnen jetzt sagte, dass ich wegen der geplatzten Hochzeit so traurig bin, dass ich in nächster Zeit keine Verabredungen treffen möchte?"

„Dann würde ich das natürlich akzeptieren. Aber ich würde Sie nächste Woche wieder fragen – und übernächste noch einmal."

„Ich hätte mir ja denken können, dass Sie zu den ganz Hartnäckigen gehören", seufzte Isabel.

„Hartnäckigkeit ist doch kein Verbrechen."

„Das kommt darauf an. Warum haben Sie eigentlich keine Freundin? Oder haben Sie vielleicht doch eine? Lügen Sie mich nicht an. Ich hasse es, belogen zu werden." Wieder klang ihre Stimme leicht schleppend.

„Nein, zurzeit habe ich keine Freundin."

„Was ist denn mit Ihrer letzten passiert?"

„Sie hat eine Stelle im Ausland angenommen, und ich wollte nicht mitgehen."

„Warum nicht?"

„Weil ich meine Karriere hier in Australien nicht aufgeben möchte."

„Ich verstehe. Das hat bei Ihnen wohl oberste Priorität?"

„Was meinen Sie damit?"

„Ich meine damit: nein, danke, Rafe. Diesen Fehler habe ich schon zu oft begangen."

„Ich verstehe nicht ganz. Was für einen Fehler?"

„Mich mit Männern einzulassen, die nur das eine von mir wollten. Das ist bei Ihnen doch der Fall, stimmt's?"

„Das würde ich nicht sagen", erwiderte Rafe wahrheitsgemäß. Es gefiel ihm auch, sich mit Isabel zu unterhalten. „Allerdings muss ich zugeben, dass Heiraten und Kinderkriegen nicht zu meinen sehnlichsten Wünschen gehören."

„Aber zu meinen. Und ich möchte sie mir so bald wie möglich erfüllen. Trotzdem weiß ich Ihre Ehrlichkeit zu schätzen. Damit unterscheiden Sie sich positiv von den meisten anderen Männern, mit denen ich bisher zu tun hatte."

Überrascht zog er die Augenbrauen hoch. Das klang, als hätte es in Isabels Leben bereits zahlreiche Männer gegeben. Und er hätte fast geglaubt, sie wäre noch Jungfrau! Der erste Eindruck kann eben täuschen, dachte Rafe.

„Hat Ihr Verlobter Sie denn belogen?"

„Luke? Nein. Er war immer ehrlich zu mir."

„Aber ganz offensichtlich hat er Sie doch hintergangen", entgegnete Rafe.

„Nein, das stimmt nicht. Es ... es ist sehr kompliziert."

„Versuchen Sie es mir zu erklären."

Isabel beschrieb die Umstände, unter denen Luke Celia begegnet war, und erzählte, was passiert war.

„Luke hat mich also nicht hintergangen", schloss sie. „Er hat Celia gestern erst kennen gelernt."

„Aber er hat Ihnen auch nicht gesagt, warum er zum Lake Macquarie gefahren ist."

„Ich kann seine Gründe verstehen. Als er von seinem Anwalt erfuhr, sein Vater habe das Haus einer fremden Frau überlassen wollen, war Luke ziemlich durcheinander."

„Sie bemühen sich wirklich sehr, sein Verhalten zu entschuldigen", stellte Rafe fest. „Immerhin hat er Sie betrogen – und sehr verletzt."

„Aber doch nicht mit Absicht. Ich bereue schon, Ihnen das alles überhaupt erzählt zu haben. Es geht Sie schließlich gar nichts an. Danke, dass Sie angerufen und mich ein bisschen aufgemuntert haben, aber dabei sollten wir es auch belassen. Wären Sie bitte so nett, mir mein Handy zu schicken?"

„Ich könnte es Ihnen auch einfach vorbeibringen."

„Das möchte ich lieber nicht."

„Sie haben Angst vor mir", stellte Rafe erstaunt fest.

„Seien Sie doch nicht albern!"

Offenbar wurde Isabel langsam wieder nüchtern. Sie klang schon fast wieder so kühl und schnippisch wie am Vormittag.

„Ich möchte Ihnen noch eine letzte Frage stellen."

„Und welche?"

„Haben Sie Luke geliebt?"

„Was denken Sie denn?", erwiderte Isabel kühl. „Schließlich wollten wir heiraten."

„Für jemanden, der von anderen Menschen Ehrlichkeit erwartet, ist das eine sehr ausweichende Antwort."

Sie seufzte. „Also gut. Ich respektiere Luke und habe ihn sehr gern. Aber ich liebe ihn nicht. Sind Sie jetzt zufrieden?"

„Noch nicht ganz", sagte Rafe. „Hat er Sie denn geliebt?"

„Nein."

„Du meine Güte! Was für eine Ehe sollte daraus denn werden?"

„Eine, die auf Dauer funktionieren würde."

„Natürlich!" Er lachte ironisch. „Sie hat ja nicht mal die Verlobungszeit überdauert. Was hatten Sie denn erwartet, Isabel? Männer erwarten Leidenschaft – und Sex."

„Und Sie glauben, Sex hätte er nicht von mir bekommen?"

„Offenbar nicht die Art, die ihm seine neue Frau bieten kann."

„Sie haben ja keine Ahnung. Ich bereue wirklich, überhaupt mit Ihnen gesprochen zu haben. Sie verstehen einfach nicht, was Luke und mich verbunden hat. Wie sollten Sie auch? Sie gehören zu den Männern, in deren Leben sich alles nur um sie selbst dreht. Frauen sind für Sie nur eine nette Abwechslung zu Ihrer Karriere. Eine richtige Beziehung wollen Sie gar nicht, und Kinder erscheinen Ihnen sowieso nur als lästig", sagte Isabel aufgebracht.

„Luke ist ganz anders", fuhr sie fort. „Genau wie ich wünschte er sich eine Familie und eine dauerhafte Beziehung. Wir waren zwar nicht ineinander verliebt, aber wir waren gute Freunde und passten ausgezeichnet zusammen – eine gute Basis für eine sehr glückliche Ehe. Ich glaube nicht, dass er diese ‚neue Frau', wie Sie sie nennen, wirklich liebt, schließlich hat er sie gestern erst kennen gelernt. Vermutlich hatte er mit ihr die Art von Sex, die einen so verrückt macht, dass man nicht mehr klar denken kann."

Wieder zog Rafe überrascht die Augenbrauen hoch. Das klang so, als hätte Isabel so etwas selbst schon erlebt. Miss Hunt, Sie werden immer interessanter, dachte er amüsiert.

„Solche rein körperlichen Beziehungen halten nie lange", fügte sie bitter hinzu.

Ja, ganz offensichtlich sprach Isabel aus eigener Erfahrung. Rafes Gefühle schwankten zwischen Faszination und Eifersucht.

„Hoffen Sie etwa darauf, dass Luke schon bald genug von seiner neuen Flamme hat und ihm klar wird, dass er einen schweren Fehler begangen hat?", mutmaßte er.

„Nein, eigentlich tu ich das nicht", erwiderte Isabel. „Aber ich werde auch nicht so dumm sein, ständig dieselben Fehler zu begehen. Also vielen Dank noch einmal für die Aufmunterung, Rafe. Suchen Sie sich aber lieber ein anderes Modell zum Fotografieren und zum Ausgehen."

„Bitte, Isabel …"

„Nein", sagte sie mit Nachdruck. „Offenbar fällt es Ihnen schwer, eine Absage zu akzeptieren, aber Sie werden sich daran gewöhnen müssen, denn es bleibt bei einem Nein." Sie verabschiedete sich kurz und legte dann einfach auf.

Fluchend warf Rafe den Hörer auf die Gabel. Ich habe alles vermasselt, dachte er. Aber vielleicht war es besser so. Schließlich wünschte sich Isabel einen Ehemann. Und er, Rafe, hatte nicht vor zu heiraten. Aber in einer Sache täuschte sie sich: Er war nicht nur am Sex mit ihr interessiert.

Ach, hör doch auf, sagte eine innere Stimme sofort. *Es ist immer nur der Sex, der dich interessiert. Alles andere gehört für dich doch nur zum Vorspiel: das Flirten, die Fotos, die Einladungen zum Essen. Das zielt nur darauf ab, eine hübsche Frau ins Bett zu kriegen und dort zu behalten, bis sie anfängt, dir langweilig zu werden – und irgendwann passiert das immer. Gib es ruhig zu, du bist ganz schön oberflächlich geworden, seit Liz dich verlassen und dir das Herz gebrochen hat. Isabel hat gut daran getan, sich nicht mit dir einzulassen. Für jemanden wie sie wäre das nur verschwendete Zeit.* Rafe seufzte und beschloss, wieder an die Arbeit zu gehen. Bilder erschaffen ist das Einzige, was ich kann, dachte er resigniert. Zu etwas Wirklichem, Lebendigem war er offenbar nicht in der Lage.

Rafe ging nach unten. Im Flur sah er Isabels Handy liegen. Wie konnte es nur sein, dass allein dieser Anblick ihn erregte? Ob er es ihr doch zurückbringen sollte? Nein, sie hatte gesagt, dass sie es nicht wollte, und das musste er akzeptieren. Rafe beschloss, das Handy gleich am Montag mit der Post zu schicken.

Als er die Dunkelkammer betrat, fühlte er sich deprimiert und ausgebrannt. Hoffentlich konnte er sich mit der Arbeit ein wenig ablenken. Sie war immer seine Rettung gewesen, sogar in den dunkelsten Zeiten seines Lebens. Doch sosehr Rafe sich auch bemühte, dieses Mal gelang es ihm nicht, sich darauf zu konzentrieren.

5. KAPITEL

Isabel stöhnte verzweifelt. Ich habe alles falsch gemacht, dachte sie. Warum hatte sie nicht aufgepasst und so viel von sich erzählt? Sie wusste doch, dass Alkohol bei ihr immer diese Wirkung hatte. Gegen Ende des Gesprächs hatte sie sich zum Glück wieder mehr unter Kontrolle gehabt und der Versuchung widerstanden. Denn beinahe hätte Isabel sich auf Rafes Vorschlag eingelassen: auf die Fotosession, die Einladung zum Abendessen – und den Sex, der mit Sicherheit darauf gefolgt wäre. Beim Gedanken daran schloss sie die Augen.

Erschrocken öffnete Isabel sie wieder, als das Handy ihr einfiel. Es war noch immer bei Rafe. Ob er es ihr wohl mit der Post schicken würde, nachdem sie seine Einladung abgelehnt hatte? Schließlich war ihr Urteil über seinen Charakter nicht gerade schmeichelhaft gewesen. Doch Rafe hatte nicht widersprochen. Er konnte zwar sehr nett sein, aber vielleicht tat er es nur aus Berechnung.

Wenn er wirklich nett ist, schickt er mir das Handy, dachte Isabel. Andernfalls würde sie einfach angeben, es verloren zu haben, und sich ein neues besorgen. Sie brauchte nicht mehr auf jeden Penny zu achten, denn schließlich war sie jetzt eine wohlhabende Frau – oder würde es bald sein. Luke würde sein Versprechen sicher halten.

Isabel dachte an ihn, während sie in die Küche ihrer Mutter ging. Ob er seine Entscheidung für Celia irgendwann bereuen und rückgängig machen würde? Oder suchte sie, Isabel, nur verzweifelt nach einem Grund, ihren Eltern vorerst nicht von der geplatzten Hochzeit zu erzählen? Allein der Gedanke an die Enttäuschung ihrer Mutter ließ Isabel einen Schauder über den Rücken laufen. Am liebsten hätte sie sofort ihre Sachen gepackt und wäre in das Haus geflüchtet, das Luke ihr geschenkt hatte. Doch sie hatte zu viel Alkohol getrunken, um Auto zu fahren. Also blieb ihr nichts anderes übrig, als sich mit der Reaktion ihrer Eltern auseinanderzusetzen.

Es wurde sogar noch schlimmer, als Isabel befürchtet hatte. Zum

Glück fand ihr Vater relativ schnell seine Fassung wieder, als sie ihm sagte, Luke würde für sämtliche Unkosten der Hochzeitsvorbereitung aufkommen. Ihre Mutter jedoch ließ sich nicht so schnell beruhigen. Und als Isabel Lukes Idee vorbrachte, ihre Eltern könnten nach Dream Island fahren, war Dorothy Hunt entsetzt.

„Wie kannst du nur so etwas vorschlagen?", rief sie außer sich. „Glaubst du etwa, ich könnte die Reise genießen, die du eigentlich in deinen Flitterwochen machen solltest? Kein Wunder, dass Luke dich verlassen hat – so unsensibel, wie du bist! Sicher hat er gemerkt, dass du nur auf sein Geld aus warst, und hat sich lieber eine warmherzige und liebevolle Frau gesucht."

Angesichts dieser harten Worte war Isabel wie vor den Kopf geschlagen. „Du glaubst also wirklich, ich wollte Luke nur heiraten, weil er reich ist?"

Ihre Mutter errötete, hielt jedoch Isabels Blick stand. „Nun, zumindest bezweifle ich, dass du ihn geliebt hast. Ich weiß, wie du dich verhältst, wenn du verliebt bist. Und bei Luke war das eindeutig nicht der Fall. Du hast die Ehe mit ihm ziemlich berechnend geplant. Ich habe nur deshalb nichts gesagt, weil ich glaubte, Luke würde sicher ein guter Ehemann und Vater sein. Außerdem habe ich gehofft, du würdest dich eines Tages doch noch in ihn verlieben. Aber wenn du meine Meinung hören willst, hast du ein falsches Spiel mit ihm getrieben, Isabel. Und du hast bekommen, was du verdienst."

„Dot, jetzt ist es genug", griff Mr. Hunt ein. „Es ist nun einmal passiert. Und wer weiß, vielleicht ist es besser so. Eines Tages wird unsere Kleine sicher jemandem begegnen, den sie respektieren *und* lieben kann."

Isabel warf ihrem Vater einen dankbaren Blick zu. Sie war den Tränen nahe. Dass ihre Mutter so wenig Mitgefühl und Verständnis aufbrachte, verletzte sie zutiefst.

„Ich ... ich muss Rachel anrufen", sagte sie stockend. Keine Sekunde länger würde sie es in der Gegenwart ihrer Mutter aushalten. Rachel wird mich verstehen, dachte Isabel.

„Was ist mit den vielen Terminen und Bestellungen für die Hochzeit?", rief Dorothy Hunt ihr hinterher. „Wer wird überall anrufen, um abzusagen?"

„Das mache ich schon, Mum."

„Von *unserem* Telefon aus?"

Isabel schloss einen Moment erschöpft die Augen und musste wieder an das Handy denken, das noch immer in Rafe Saint Vincents Atelier lag. Telefone schienen ihr heute nur Unglück zu bringen. „Morgen ziehe ich in das Haus, das Luke mir überlassen hat. Von dort aus kann ich auch die Anrufe machen."

„Du ... du willst ausziehen?", fragte ihre Mutter. Plötzlich klang sie sehr kleinlaut und unglücklich.

Isabel seufzte. „Ja. Es ist sicher besser so."

„Aber das musst du wirklich nicht", sagte Dorothy Hunt mit zittriger Stimme. „Eigentlich ist mir die Telefonrechnung ganz egal."

Isabel wurde klar, dass ihre Mutter aus Traurigkeit und Enttäuschung so heftig reagiert hatte. Sie hatte sich immer sehnlichst gewünscht, ihre jüngste Tochter würde heiraten. Doch nun schien es, als würde dieser Traum nicht in Erfüllung gehen. Und eigentlich hatte sie Recht. Sie, Isabel, hatte ihre Zukunft mit Luke wirklich sehr berechnend geplant. Diesen Fehler würde sie nicht noch einmal begehen. Aber was soll ich sonst machen? fragte sie sich verzweifelt. Auf keinen Fall wollte sie sich noch einmal in den Falschen verlieben.

„Sei nicht traurig, Mum." Sie ging zu ihrer Mutter und schloss sie in die Arme. „Es wird sicher alles gut werden."

Ihre Mutter brach in Tränen aus. Isabel musste all ihre Kraft sammeln, um nicht ebenfalls zu weinen. Hilfe suchend blickte sie ihren Vater an. Er nickte. „Ruf Rachel an", sagte er leise. „Ich kümmere mich um sie."

Rachel war Isabels beste Freundin. Sie hätte bei der Hochzeit die Brautjungfer sein und ein weinrotes Kleid tragen sollen.

„Hast du ein paar Minuten Zeit?", fragte Isabel, als Rachel den Hörer abnahm. „Oder ist es gerade ungünstig?"

Rachel kümmerte sich seit vier Jahren Tag und Nacht um ihre an Alzheimer erkrankte Pflegemutter. Sie hing sehr an Lettie, doch die Arbeit war aufreibend und deprimierend. Rachel war oft am Rande der Erschöpfung und hatte kaum Freizeit. Um für ihre Pflegemutter zu sorgen, hatte sie eine erstklassige Stelle als Chefsekretärin beim australischen Fernsehen aufgegeben – und war außerdem von ihrem Ehemann verlassen worden. Auch Rachel hatte die Erfahrung gemacht, dass Männer nicht gut darin waren, Opfer zu bringen.

Jetzt verdiente Rachel ihren Lebensunterhalt damit, zu Hause Kleider zu ändern. Das Einzige, was sie in ihrer kärglichen Freizeit tat, war fernsehen und lesen. Einmal im Monat ging Isabel mit ihr aus. Gerade am Vorabend hatte sie Rachel zum Abendessen ins „Star City Casino" und dann ins Theater eingeladen und wie immer alles bezahlt. Der Gedanke, Rachel jetzt öfter etwas Spaß gönnen zu können, freute Isabel.

„Nein, wir können uns ein bisschen unterhalten", sagte Rachel. „Lettie schläft jetzt zum Glück. Heute war es wirklich besonders anstrengend mit ihr. Sie hat mich nicht einmal erkannt – zumindest hat sie so getan. Das ist oft so, wenn wir beide am Vorabend ausgegangen sind. Es gefällt ihr nicht, wenn sich jemand anders um sie kümmert."

„Du Arme! Und jetzt habe ich auch noch mehr schlechte Nachrichten für dich."

„Was ist denn passiert?"

„Die Hochzeit ist geplatzt."

„Dieser Schuft", sagte Rachel sofort zu Isabels Überraschung.

„Woher weißt du, dass *Luke* sie abgesagt hat?"

„Weil ich dich kenne, Isabel. Du hättest die Ehe mit Luke niemals aufgegeben. Also, was ist der Grund? Eine andere Frau?"

„Ja. Wie kommst du darauf?"

„Das war ja nicht schwer zu erraten. Männer sind doch sowieso alle gleich."

„Mum gibt mir die Schuld daran. Sie sagt, dass Luke sich eine andere gesucht habe, weil ich ihn nicht geliebt hätte."

„Hast du ihr denn etwa erzählt, dass ihr nicht aus Liebe heiraten wolltet?"

„Nein, darauf ist sie von selbst gekommen."

„Ach so. Andererseits gab es ja auch einige Anzeichen. Luke ist nicht der Typ Mann, in den du dich normalerweise verliebst. Er ist auf zu klassische Art attraktiv und viel zu anständig."

„Tja, aber offenbar war er nicht ganz so anständig, wie ich gedacht hatte. Jedenfalls nicht, nachdem er die verführerische Celia kennen gelernt hatte."

„Und wer ist diese Celia? Wo und wann hat er sie getroffen?"

„Er hat sie erst gestern zum ersten Mal gesehen. Sie ist die Tochter der Geliebten seines Vaters."

„Wie bitte?", rief Rachel ungläubig. „Das kann doch nicht wahr sein!"

Isabel erzählte ihr alle Einzelheiten. Sie musste zugeben, es war eine faszinierende Geschichte: Ein junger Mann fand heraus, dass sein Vater, der für ihn immer ein Held gewesen war, seine Frau zwanzig Jahre lang betrogen hatte. Und schließlich landete der junge Mann, der verlobt war und in wenigen Wochen heiraten sollte, mit der Tochter der Geliebten seines Vaters im Bett – eine Stunde nachdem er sie kennen gelernt hatte.

Isabel konnte noch immer nicht glauben, dass Luke Celia wirklich liebte. Aber offenbar war er selbst davon überzeugt, nachdem er die Nacht mit ihr verbracht hatte. Nach ihrem Gespräch hatte er sich gleich wieder auf den Weg gemacht, um so schnell wie möglich in das Liebesnest am Lake Macquarie zurückzukehren. Das alles klingt wie eine Seifenoper, dachte Isabel.

Rachel hatte fasziniert zugehört. „Deiner Mutter hast du das alles nicht erzählt, stimmt's?"

„Ja. Ich habe nur gesagt, dass er sich in eine andere Frau verliebt und deshalb die Hochzeit abgesagt hat."

„Immerhin war er so anständig, ehrlich zu sein. Viele Männer versuchen heutzutage alles, um weder auf die Ehefrau noch auf die Geliebte zu verzichten – so wie Lukes Vater es mit Celias Mutter zwanzig Jahre lang gemacht hat."

„Das stimmt", räumte Isabel ein. „Ich frage mich, ob Luke nicht eines Tages merkt, dass ihn nicht Liebe mit Celia verbindet, sondern nur Lust."

„Vielleicht. Würdest du ihn denn zurücknehmen, wenn er seine Meinung änderte?"

„Ohne zu zögern."

„Dann sollte ich das Brautjungferkleid wohl noch nicht umnähen und ein Abendkleid daraus machen."

„Nein, vielleicht wäre das voreilig."

„Und du solltest auch noch etwas warten, bevor du dem Partyservice für den Hochzeitsempfang, der Konditorei und dem Fotografen absagst."

Isabel wünschte, Rachel hätte nicht ausgerechnet den Fotografen erwähnt. Sie wollte nicht an Rafe erinnert werden.

„Oh nein, ich glaube, Lettie hat gerade nach mir gerufen", sagte Rachel. „Erstaunlich, dass sie sich immer sofort an meinen Namen erinnert, wenn ich mit jemandem telefoniere. Ich muss leider Schluss machen, Isabel. Es tut mir furchtbar leid, was passiert ist, aber ..."

„Sag jetzt bitte nicht, es werde schon alles gut werden", warnte Isabel sie.

„Also gut." Rachel lachte. „Aber bitte halte mich auf dem Laufenden."

„Natürlich." Nachdem Isabel aufgelegt hatte, fiel ihr ein, dass sie ganz vergessen hatte, Rachel von dem Haus und den Aktien zu erzählen. Sie beschloss, das beim nächsten Telefonat nachzuholen.

Isabel begann, ihre Sachen zu packen. Als sie gerade die Schubladen der Kommode ausräumte, kam ihre Mutter ins Zimmer. Sie wirkte unglücklich und schuldbewusst.

„Es tut mir furchtbar leid, was ich vorhin gesagt habe, Isabel.

Dein Vater meinte auch, man sollte mir am besten die Zunge abschneiden."

„Ist schon in Ordnung, Mum. Mir ist klar, dass du es nicht so gemeint hast. Du warst eben sehr enttäuscht."

„Und es stimmt auch gar nicht. Mir ist natürlich klar, dass du Luke nicht nur heiraten wolltest, weil er reich ist. Du mochtest ihn sehr, stimmt's?"

„Ja, das ist wahr."

„Glaubst du ... glaubst du, er hätte sich vielleicht nicht in diese andere Frau verliebt, wenn du vor der Hochzeit mit ihm geschlafen hättest?"

Ungläubig blickte Isabel ihre Mutter an. Du meine Güte, in welchem Jahrhundert lebte sie denn? „Mum", sagte sie mit Nachdruck, „ich *habe* doch mit ihm geschlafen. Und zwar ziemlich oft."

„Oh!", machte ihre Mutter erstaunt.

„Und es hat ihm sehr gefallen. Dass er sich für eine andere Frau entschieden hat, liegt nicht am Sex, sondern an der Leidenschaft."

„Leidenschaft?"

„Dieses überwältigende Gefühl, das man hat, wenn man eine bestimmte Person nur ansieht – dieser starke Wunsch, mit dem anderen zusammen zu sein."

„Und sofort mit ihm ins Bett zu gehen – meinst du das?", fragte ihre Mutter vorsichtig.

„Genau. Diese Leidenschaft haben Luke und ich nie füreinander empfunden."

„Aber bei deinem Vater und mir war es ganz am Anfang so", flüsterte Mrs. Hunt.

Isabel lächelte sie an. „Das ist schön, Mum. So sollte es auch sein."

„Vielleicht hat dein Dad Recht", fügte ihre Mutter nachdenklich hinzu. „Du wirst dich bestimmt eines Tages in jemanden verlieben, der deine Gefühle erwidert."

„Das hoffe ich auch, Mum." Isabel wollte den Traum ihrer Mutter nicht zerstören. Sie hatte sich immer gewünscht, ihre Tochter würde heiraten. Und auch sie, Isabel, hatte sich das früher gewünscht. Doch damit war es vorbei.

„Willst du wirklich ausziehen?" Dorothy Hunt schien den Tränen nahe zu sein.

Isabel blickte sie an. „Mum, ich bin dreißig Jahre alt. Ich bin erwachsen und möchte mein eigenes Leben führen. Bei euch wollte ich ohnehin nur vorübergehend bis zur Hochzeit wohnen, weil es praktischer war."

„Aber ich … ich fand es schön, dich hier zu haben."

Das kommt ein bisschen spät, dachte Isabel.

„Und du hast immer so gut für uns gekocht", fuhr ihre Mutter fort. „Das wird deinem Dad und mir sehr fehlen."

Isabel seufzte und schloss ihre Mutter in die Arme. „Ich komme euch bestimmt öfter besuchen, um für euch zu kochen."

„Bitte versprich es mir. Ich möchte nicht, dass wir uns fremd werden."

„Ich verspreche es."

Ihre Mutter lächelte. „Hast du deiner alten Mum verziehen?"

Isabel erwiderte das Lächeln. „Natürlich. Hast du mir denn auch verziehen, dass ich dir noch keine Enkelkinder geschenkt habe?"

„Kinder sind nicht alles, Isabel."

„Das sagt ausgerechnet eine Frau, die selbst fünf hat!", stellte Isabel trocken fest.

„Ich weiß, wovon ich spreche", beharrte ihre Mutter. „Du musst einfach den richtigen Mann finden. Dann kommen die Kinder von ganz allein."

„Das versuche ich doch schon so lange."

„Vielleicht solltest du dich nicht so bemühen. Du bist eine schöne junge Frau, Isabel. Lass einfach dem Schicksal seinen Lauf."

Isabel hätte ihr am liebsten gesagt, dass das Schicksal sie immer in die Arme der falschen Männer führte: Männer, die ihr niemals Kinder schenken würden. Doch dafür war es zu spät. Sie hatte ihrer Mutter nie die bittere Wahrheit über ihre Exfreunde erzählt und würde auch jetzt nicht damit anfangen. Sonst stehe ich in ihren Augen noch schlechter da, dachte Isabel.

Sie wechselte das Thema. „Bist du wirklich sicher, dass du nicht doch nach Dream Island fahren möchtest?"

„Ganz sicher. Für so eine Reise bin ich viel zu alt", erwiderte ihre Mutter. „Ich weiß ja, dass du eigentlich die Flitterwochen mit Luke dort verbringen wolltest. Aber warum fährst du nicht mit einer Freundin, zum Beispiel mit Rachel?"

Sofort dachte Isabel an Rafe. Er würde sich die Gelegenheit auf einen kostenlosen Traumurlaub nicht entgehen lassen. Es war ein verlockender Gedanke. Doch Isabel war nicht sicher, ob sie sich traute, Rafe zu fragen. Könnte sie mit ihm Urlaub machen, ohne Gefühle für ihn zu entwickeln?

Vielleicht schon. Die Beziehung mit Luke hatte sie gestärkt und selbstsicherer gemacht. Isabel hatte für das gekämpft, was sie sich wünschte, und dabei auf ihren Verstand vertraut statt auf ihr Herz. Außerdem hatte sie mit einem Mann geschlafen, in den sie nicht verliebt war – und es hatte ihr gefallen. Im Gegensatz zu früher gehörten Sex und Liebe für sie jetzt nicht mehr unbedingt zusammen.

Rafe gehörte zwar zu dem Typ Mann, in den sie sich normalerweise Hals über Kopf verliebte. Doch das hieß noch lange nicht, dass es in seinem Fall passieren musste. Immerhin wusste Isabel schon, dass er weder heiraten noch Kinder haben wollte. Ihr war also klar, dass sie keine gemeinsame Zukunft mit ihm haben würde.

Meinem Selbstwertgefühl würde es sicher guttun, dachte Isabel, und meinem Körper auch. Sie würde die nächsten zwei Wochen damit verbringen, alle Termine und Bestellungen für die Hochzeit abzusagen und die Gäste auszuladen. Danach würde sie etwas Aufmunterung sicher nötig haben. Und was konnte besser für sie sein, als sich auf einer wunderschönen tropischen Insel in den Armen eines gut aussehenden Mannes zu erholen, der sie offensichtlich ebenso attraktiv fand wie sie ihn?

„Isabel?"

Mit aller Macht verdrängte sie den verführerischen Gedanken. „Ja, Mum?"

„Was hältst du von meinem Vorschlag, mit Rachel nach Dream Island zu fahren? Es ist ja leider zu spät, um von der Reise zurückzutreten und das Geld erstattet zu bekommen."

„Ich überlege es mir, Mum." Isabel beschloss, wenigstens eine Nacht darüber zu schlafen. Es war ein anstrengender Tag gewesen – und sie hatte entschieden zu viel getrunken. Der gebuchte Flug nach Dream Island ging erst in zwei Wochen. Wenn sie am nächsten Morgen noch immer von dieser Idee überzeugt wäre ...

Isabel war erschrocken über ihre eigene Kühnheit. Sie hatte zwar auch mit Luke geschlafen, doch ihn hatte sie schließlich heiraten wollen. Eine rein sexuelle Affäre mit Rafe Saint Vincent zu erwägen war jedoch etwas ganz anderes.

6. KAPITEL

Rafe konnte nicht einschlafen. Das war sehr ungewöhnlich für ihn. Normalerweise sank er in tiefen Schlummer, sobald er sich ins Bett legte. Doch nun warf er sich unruhig hin und her. Schließlich stand er auf und schenkte sich einen Drink ein. Dadurch wurde er leider daran erinnert, was der Grund für seine Schlaflosigkeit war.

Ob Isabel nach dem Telefongespräch mit ihm noch mehr getrunken hatte? Lief sie vielleicht im Nachthemd umher und konnte auch nicht schlafen? Rafe legte sich wieder ins Bett und überlegte, was für ein Nachthemd sie wohl tragen würde: lang oder kurz? Züchtig oder verführerisch?

In einem langen Nachthemd aus cremefarbenem Satin würde sie unglaublich sexy aussehen – und geradezu atemberaubend in schwarzer Spitze, dachte Rafe. Er stöhnte verzweifelt. Die Vorstellung erregte ihn so sehr, dass er noch Stunden wach bleiben würde. Dabei brauchte er doch ganz dringend Schlaf. Er hatte sein Arbeitspensum für den vergangenen Tag nicht mehr geschafft und würde morgen besonders konzentriert arbeiten müssen. Das bedeutete, dass er auf den Sonntagsbrunch mit seiner Mutter in Darling Harbour ebenso verzichten musste wie auf die Vormittags-Kochsendungen im Fernsehen.

Rafe stand erneut auf und ging ins Badezimmer, um heiß zu duschen. Er hatte festgestellt, dass ihm das fast siedende Wasser half, sich zu entspannen und neue Energie zu sammeln. Nach zwanzig Minuten unter dem heißen Strahl trocknete Rafe sich die von der Hitze stark gerötete Haut mit einem flauschigen Badetuch ab und legte sich dann wieder ins Bett. Eine Stunde später war er immer noch hellwach.

Leise fluchend stand er wieder auf, zog den Morgenmantel aus schwarzer Seide an, machte sich einen starken Kaffee und ging in die Dunkelkammer, wo er einige Stunden wie besessen arbeitete.

Es wurde bereits hell, als er fertig war. Rafe ging ins Schlafzimmer, schaltete sein Handy ab, ließ die elektrischen Jalousien herunter und fiel erschöpft ins Bett.

Rafe konnte sich nicht daran erinnern, ob er erotische Träume gehabt hatte. Doch als er von einem Klingeln an der Tür hochgeschreckt wurde und an sich hinunterblickte, legte sein Zustand diese Vermutung nahe. Zum Glück trug er noch immer den seidenen Morgenmantel.

Rafe stand auf. Er beschloss, sich nicht umzuziehen. Stattdessen wollte er denjenigen, der seinen Schlaf gestört hatte, abwimmeln und den Rest des Tages im Bett verbringen. Doch als er die Tür öffnete, stand Isabel vor ihm.

Sie sah aus, als wäre sie bei der Queen zum Nachmittagstee eingeladen: Sie trug einen cremefarbenen Leinenanzug mit blauer Seidenbluse und Perlenkette. Die Lippen waren rosa geschminkt, ihre wunderschönen Haare wieder zu einem strengen Knoten zusammengefasst. Neben ihr kam Rafe sich noch zerzauster und ungepflegter vor. Ich habe einfach kein Glück, was diese Frau betrifft, dachte er resigniert.

„Ich nehme an, Sie wollen Ihr Handy abholen", sagte er nicht gerade freundlich.

Isabel ließ den Blick über ihn gleiten und wirkte genauso missbilligend wie bei ihrem ersten Treffen. „Es tut mir leid, dass ich Sie geweckt habe", erwiderte sie ironisch. „Damit hatte ich um zwei Uhr nachmittags nicht gerechnet."

Rafe beschloss, ihr auf keinen Fall die Wahrheit zu sagen: dass er ihretwegen nicht hatte schlafen können und die ganze Nacht gearbeitet hatte.

„Tja, auch so ein Partymensch wie ich muss dann und wann schlafen. Gestern war Samstag, und ich bin erst ins Bett gegangen, als es hell wurde."

„Allein?"

Er verschränkte die Arme vor der Brust. „Das ist eine sehr persönliche Frage. Ich dachte, Sie wären nur wegen des Handys hergekommen?"

„Das haben *Sie* gesagt."

Überrascht sah Rafe sie an. Sollte das etwa bedeuten …?

„Darf ich vielleicht hineinkommen?", fragte Isabel mit ihrer kühlen, aber sanften Stimme, die ihm einen Schauer über den Rücken jagte.

„Selbstverständlich." Er machte eine einladende Handbewegung.

„Ich muss mich ein wenig frisch machen", sagte Isabel unumwunden. „Ich bin direkt vom Krankenhaus in Gosford hierher gefahren."

Rafe runzelte die Stirn, während er die Tür schloss. „Was wollten Sie denn dort?" Und was wollen Sie *hier*? fügte er insgeheim hinzu. Der Stadtteil Paddington, in dem er lebte, lag nicht auf dem Weg von Gosford nach Burwood, wo Isabel wohnte. Unwillkürlich begann er, sich Hoffnungen zu machen.

„Luke hatte auf dem Weg zum Lake Macquarie einen Autounfall", erklärte Isabel.

„Und wie geht es ihm?"

„Zum Glück hat er nur einige Prellungen und Blutergüsse. Allerdings war er wegen einer Gehirnerschütterung eine Weile nicht bei Bewusstsein. Die Polizei hat meine Adresse in seinem Auto gefunden und mich benachrichtigt. Ich bin gleich nach Gosford gefahren, um zu sehen, wie es ihm geht."

„Er hat in letzter Zeit ziemliches Pech mit Autounfällen, stimmt's?", fragte Rafe mitfühlend. „Erst seine Eltern, und jetzt das! Weiß seine neue Freundin schon davon?"

„Ja. Ich habe sie dort getroffen, zusammen mit ihrer Mutter."

„Und wie ist ihre Mutter?"

„Würden Sie mir bitte zuerst das Badezimmer zeigen, Rafe?"

„Oh, ja, natürlich. Hier entlang." Er führte sie nach oben. Dort befand sich ein großes, luxuriös ausgestattetes Badezimmer, das vor kurzem renoviert worden war. Rafe hatte sein Haus nach und nach renovieren lassen, seit er vor einigen Jahren eingezogen war. Er hatte eine stattliche Summe dafür bezahlt, obwohl es sehr heruntergekommen gewesen war. Wie in allen großen Städten bezahlte man auch in Sydney Unsummen für eine gute Lage.

Nachdem Rafe Isabel in das Bad geführt hatte, ging er ins Schlafzimmer. Er ließ den Blick vor dem begehbaren Kleiderschrank hin und her schweifen und überlegte, was er anziehen sollte. Es war weder ein besonders warmer noch ein besonders kühler Tag – typisches Frühlingswetter in Sydney. Schließlich entschied er sich für seine schwarzen Lieblingsjeans und ein weißes T-Shirt. Trotz seiner nackten Füße und des Dreitagebarts fühlte er sich angezogen schon wesentlich besser.

Isabel erschien bereits nach wenigen Minuten wieder. Offenbar gehörte sie nicht zu den Frauen, die vor jedem Spiegel eingehend ihr Äußeres betrachteten.

„Nettes Badezimmer", stellte sie fest.

Rafe hatte schon vermutet, dass es ihr gefallen würde. Der Raum war ganz in Weiß gehalten, mit Armaturen und Accessoires in Silber und Glas. Das Design war klassisch schön – genau wie sie.

„Dieses Zimmer wird Ihnen vermutlich weniger gefallen", vermutete er und führte sie ins Wohnzimmer, bei dessen Einrichtung ihm Gemütlichkeit wichtiger gewesen war als Stil: große, weiche Sessel, schlichte Beistelltische, unzählige Bücherregale und ein alter Kamin aus Marmor, den er nie benutzte. In einer Ecke stand eine Stereoanlage, in der anderen ein Fernseher mit Videorekorder.

„Die Türen gefallen mir." Isabel wies auf die großen weiß gerahmten Flügeltüren, die auf einen Balkon führten. Sie nahm in seinem Lieblingssessel Platz, der mit weinrotem Samt bezogen war.

„Leider erfüllen sie vor allem einen dekorativen Zweck", erwiderte Rafe. „Wegen des Verkehrslärms mache ich sie so gut wie nie auf."

„Wie schade!"

Er zuckte die Schultern. „Man kann nun einmal nicht alles haben."

„Nein", stimmte Isabel ein wenig bitter zu, „da haben Sie Recht."

Rafe nahm ihr gegenüber in einem cremefarbenen Ledersessel Platz und grübelte über den Grund ihres Besuchs nach.

„Für eine Frau über vierzig sah die Mutter wirklich sehr gut aus", sagte Isabel plötzlich unvermittelt. „Und ihre Tochter ist ... sagen wir, ich glaube jetzt nicht mehr, dass Luke vielleicht seine Meinung noch einmal ändert und mich doch heiratet."

„Hatten Sie denn darauf gehofft?"

„Ja", gab sie zu und seufzte. „Ich weiß natürlich, dass es albern ist. Aber auf der Rückfahrt nach Sydney ist mir klar geworden, dass ich nicht darauf warten sollte, bis mir ein Mann begegnet, der mir das gibt, was ich vom Leben erwarte. Stattdessen werde ich selbst dafür sorgen, dass ich es bekomme – auch wenn ich dabei vielleicht einen Kompromiss eingehen muss."

„Das klingt sehr vernünftig", sagte Rafe, obwohl er nicht die leiseste Ahnung hatte, wovon sie sprach. „Was haben Sie denn jetzt vor? Und was hat das alles mit mir zu tun?"

Isabel lächelte. Es war nur ein kleines, etwas wehmütiges Lächeln, doch Rafe war hingerissen. Er würde alles tun, was sie verlangte – wenn er nur eine Nacht mit ihr verbringen durfte.

„Es ist so, Rafe", antwortete sie. „Ich wünsche mir schon sehr lange ein Baby."

Das traf ihn wie ein Schlag. Darauf wirst du dich auf gar keinen Fall einlassen, ermahnte Rafe sich insgeheim. Selbst wenn es bedeutete, dass er auf Isabel verzichten musste.

„Natürlich würde ich vorher am liebsten einen Ehemann finden", fuhr Isabel fort und zuckte die schmalen Schultern. „Oder zumindest einen Lebensgefährten."

„Natürlich", stimmte Rafe ihr zu.

„Aber da das offenbar in der nächsten Zeit nicht passieren wird, habe ich mich für eine künstliche Befruchtung entschieden. Es gibt eine Samenbank, bei der die Spender zwar anonym bleiben, die jedoch ausführliche Informationen zur Verfügung stellt."

Rafe war erleichtert, aber auch verwirrt. Warum erzählte sie ihm das alles?

„Dank Luke bin ich unabhängig und brauche keinen Partner, der mich finanziell unterstützt. Ich kann es mir also leisten, das Kind allein aufzuziehen. Falls ich wieder arbeiten möchte, gebe ich es einfach in eine Kinderkrippe oder stelle eine Tagesmutter ein. Das ist zwar nicht ideal, aber es würde funktionieren."

„Warum erzählen Sie mir das?", fragte Rafe vorsichtig und sah sie neugierig an.

„Ich will Ihnen nur meine Pläne verdeutlichen, damit Sie die Gründe für den Vorschlag verstehen, den ich Ihnen gleich machen werde."

„Was für einen Vorschlag?"

„Ich möchte, dass Sie mit mir die Reise nach Dream Island machen, die Luke und ich für die Flitterwochen gebucht haben."

Ungläubig sah Rafe sie an. „Wie bitte?"

„Sie haben ganz richtig verstanden", erwiderte sie kühl.

Er konnte es nicht fassen. Wäre er nicht misstrauisch gewesen, hätte er vermutlich vor Freude gejubelt. Plante Isabel vielleicht insgeheim, von ihm schwanger zu werden? Aber warum hätte sie ihm dann überhaupt von ihrem Kinderwunsch erzählen sollen?

Er räusperte sich. „Warum?"

„Jedenfalls nicht, weil die Reise schon bezahlt ist", erwiderte sie ungeduldig. „Ich möchte, dass Sie mitkommen, weil ich Sie in meiner Nähe haben will."

War es möglich, dass sie nur auf Sex mit ihm aus war? Rafe wurde schwindelig. Alles, was er sich ausgemalt hatte, würde wahr werden!

„In welcher Eigenschaft soll ich Sie begleiten?", erkundigte er sich. „Ich habe keine Lust, Ihren Ehemann zu spielen, damit Sie Ihren Stolz retten können."

„Seien Sie nicht albern. Das wäre ja beleidigend. Sie werden als ... als mein Liebhaber mitkommen."

Rafe bemerkte Isabels Zögern und blickte ihr in die Augen. Was ging wohl in ihr vor? „Vielleicht bin ich etwas schwer von Begriff, aber ich verstehe nicht ganz. Soll ich nur so tun, als wäre ich Ihr Liebhaber, oder werden wir tatsächlich das Bett teilen?"

Isabel errötete. Es sah genauso bezaubernd aus wie beim ersten Mal. Sie atmete tief ein, als müsste sie all ihren Mut sammeln für das, was sie zu sagen hatte. Fasziniert beobachtete Rafe sie.

Isabel hatte nicht erwartet, dass ihr Vorhaben so schwierig werden würde. Als sie während der Autofahrt den Entschluss gefasst hatte, Rafe nach Dream Island einzuladen, hatte sie sich alles ganz unkompliziert vorgestellt: Sie würde ihn fragen, und er würde einfach zustimmen. Stattdessen wollte er alles ganz genau wissen. Jetzt war sie gezwungen, offen auszusprechen, dass sie ihn begehrte. Das kann ich nicht, dachte Isabel. Sie schämte sich viel zu sehr. Aber warum eigentlich? fragte eine innere Stimme energisch. Luke hatte sich auch nicht geschämt, das zu nehmen, was er wollte. Zumindest hatte sie, Isabel, Rafe nicht gleich beim ersten Treffen verführt. Und niemandem würde das Herz gebrochen werden, wenn sie zusammen Urlaub machten.

Nicht, dass Luke ihr das Herz gebrochen hätte. Doch er hatte ihre Träume zerstört. Ich werde nicht um den heißen Brei herumreden, und auf gar keinen Fall werde ich mich schämen! dachte Isabel entschlossen. Sie räusperte sich.

„Nur weil ich mich entschieden habe, allein ein Baby zu bekommen, heißt das noch lange nicht, dass ich immer allein sein möchte. Ich habe gern Sex, sehr gern sogar – und zwar leider am liebsten mit Männern wie Ihnen."

„Moment mal", sagte Rafe misstrauisch. „Das klingt nicht gerade schmeichelhaft."

Isabel merkte, dass sie sich nicht sehr geschickt ausgedrückt hatte. „Ich wollte Sie nicht beleidigen. Es ist einfach eine Tatsache, dass ich mich meistens zu Männern hingezogen fühle, die keine feste Beziehung wollen. Das war der Hauptgrund für meine geplante Vernunftehe mit Luke. Aber nach meinem Entschluss, allein ein Baby zu bekommen, muss ich mir über die Absichten der Männer keine Gedanken mehr machen, sondern kann einfach entspannt Sex mit Ihnen haben. Ist das ein Problem? Ich dachte, Sie wollten dasselbe."

Rafe runzelte die Stirn. Eigentlich hatte er bisher auch gedacht, dass er genau das wollte.

„Ja", stimmte er zögernd zu. „Aber es ist mir auch wichtig, dass meine Freundinnen eine gute Meinung von mir haben und nicht denken, ich würde sie nur ausnutzen."

„Ich will ja auch gar nicht Ihre Freundin sein, Rafe. Ich habe nicht vor, Sie nach dem Urlaub jemals wiederzusehen."

Jetzt fühlte er sich wirklich vor den Kopf gestoßen. „Und warum nicht?"

Isabel hatte nicht vor, ihm in diesem Punkt die Wahrheit zu sagen: dass sie Angst davor hatte, was passieren würde, wenn sie zu viel Zeit mit ihm verbrachte. Zwei romantische, leidenschaftliche Wochen mit Rafe auf Dream Island zu verbringen, damit würde sie zurechtkommen. Doch auf keinen Fall wollte sie ihn nach dem Urlaub ständig um sich haben. Isabel befürchtete, sich sonst nach mehr zu sehnen, als er zu geben bereit war.

Doch vorerst wollte sie wirklich nur Sex mit ihm haben, sonst nichts. Und als er verschlafen im Morgenmantel die Tür geöffnet hatte, war ihr klar geworden, wie stark dieser Wunsch war.

„Ich habe gute Gründe dafür, Rafe", sagte sie betont gelassen. „Entweder Sie gehen auf mein Angebot ein oder nicht. Dann werde ich jemand anders bitten, mich zu begleiten."

Diese Vorstellung gefiel Rafe gar nicht. „Das ist nicht nötig", versicherte er. „Ich komme sehr gern mit."

„Ohne weitere Fragen und zu meinen Bedingungen?"

„Ich möchte nur noch ein paar grundlegende Dinge wissen. Außerdem schlage ich vor, dass wir uns von jetzt an duzen", sagte Rafe.

Als er merkte, dass Isabel diese Vorstellung missfiel, fügte er hinzu: „Immerhin fahren wir zusammen in den Urlaub."

Sie nickte widerstrebend. „Also gut."

„Wie lange werden wir weg sein?"

„Zwei Wochen."

Fantastisch, dachte Rafe. Vierzehn Tage und vierzehn Nächte. „Und wir fahren nach Dream Island, stimmt's?"

„Genau. Waren Sie ... warst du denn schon einmal dort?", fragte Isabel.

„Nein, aber ich habe viel davon gehört." Die Insel lag weit draußen im Meer vor der Küste des Bundesstaates Queensland und war erst vor kurzem als Urlaubsziel entdeckt worden. Besonders bei verliebten Paaren und frisch Verheirateten war sie sehr beliebt, da es dort viele romantische Hotels gab. Vielleicht werden wir sogar einen kleinen Strand nur für uns haben, dachte Rafe begeistert. Dann wären Isabel und er allein für sich und könnten den ganzen Tag essen, schlafen, schwimmen und sich lieben. Eine großartige Vorstellung!

„Wann fliegen wir los?"

„In genau zwei Wochen, um zehn Uhr morgens. Ich hole dich um acht ab. Bitte sei pünktlich fertig." Isabel stand auf.

„Einen Moment mal." Rafe sprang auf. „Willst du etwa schon gehen?"

„Es gibt keinen Grund, warum ich noch länger bleiben sollte", erwiderte sie unumwunden. „Du hast zugesagt, und es gibt nichts Wichtiges mehr zu besprechen."

„Wie sieht es mit der Verhütung aus?"

Isabel betrachtete ihn kühl. „Ich gehe davon aus, dass du dich darum kümmern wirst."

„Du nimmst also nicht die Pille?"

„Nein, und außerdem würde ich trotzdem verlangen, dass du Kondome benutzt."

Rafe wusste, dass es albern war, doch er fühlte sich ein wenig gekränkt. Isabels Forderung war doch nur vernünftig.

„Also gut", sagte er. „Trotzdem musst du doch nicht sofort wieder gehen. Ich weiß ja, dass du mich nach dem Urlaub nicht mehr wiedersehen möchtest, aber wir könnten doch vorher ein bisschen Zeit miteinander verbringen, um uns besser kennen zu lernen."

„Es tut mir leid, aber das möchte ich nicht."

„Aber warum denn nicht?"

„Wir beide wissen, was man heutzutage unter ,sich kennen lernen' versteht", erwiderte Isabel unumwunden. „Und ich möchte ganz einfach nicht vor dem Urlaub mit dir ins Bett gehen."

„Warum nicht, wenn ich fragen darf?"

Isabel lächelte geheimnisvoll. „Vielleicht will ich einfach nicht, dass du enttäuscht bist und dir das Ganze anders überlegst."

Nie im Leben, dachte Rafe. Er würde schon begeistert sein, wenn sie nur vor ihm im Bett läge. Aber da sie so offen zugab, dass Sex ihr Spaß machte, ging er davon aus, dass Isabel im Bett eine ganze Menge mehr tun würde, als einfach nur dazuliegen. Was und wie viel, das konnte er sich noch in Ruhe ausmalen.

„Willst *du* dich denn nicht vergewissern, dass ich keine Enttäuschung bin?", fragte Rafe und lächelte.

Isabel lachte. „Das ist nicht nötig. Ich habe genug gesehen, als du mir im Morgenmantel die Tür geöffnet hast. Jetzt gib mir bitte mein Handy, Rafe. Ich muss nach Hause."

7. KAPITEL

Rafe lief nervös in seiner Wohnung umher, während er ungeduldig auf Isabels Ankunft wartete. Sie hatte ihm gesagt, dass sie ihn um Punkt acht abholen würde. Doch es war bereits zehn nach acht, und sie war noch nicht da. Vielleicht würde sie auch gar nicht kommen. Gerade als ihm dieser unangenehme Gedanke durch den Kopf ging, hörte Rafe ein Auto die Auffahrt herauffahren. Er blickte durchs Fenster und stellte erleichtert fest, dass es Isabel war.

Schnell nahm er sein Gepäck, eilte die Treppe hinunter, bevor sie ihm zuhupen konnte. Als Rafe bei ihrem Wagen ankam, war sie trotzdem bereits aus dem kleinen Cabrio ausgestiegen und wartete auf ihn. Sie trug eine rosa Fahrradhose, ein rosa-weiß geblümtes Oberteil und sexy weiße Sandaletten. Die Lippen hatte sie sich leuchtend rosa geschminkt. Das glänzende Haar fiel ihr auf die Schultern. Ihr Parfüm duftete nach frischen Blumen. Sie sah einfach atemberaubend aus.

„Entschuldige bitte, dass ich mich verspätetet habe", sagte sie und betrachtete ihn von oben bis unten, diesmal allerdings ganz und gar nicht geringschätzig. „Ich hatte unterwegs die Befürchtung, dass du etwas sehr Wichtiges vergessen haben könntest, also habe ich noch schnell bei einer Apotheke angehalten."

Er lächelte schalkhaft. „Das wäre nicht nötig gewesen. Die Kondome habe ich ganz zuerst eingepackt. Ich nehme an, dass wir jetzt genügend von den Dingern dabeihaben werden. Vielleicht aber auch nicht, falls du vorhaben solltest, die ganze Zeit so umwerfend auszusehen wie heute Morgen. Dein Outfit gefällt mir, und dein Haar sicht wirklich toll aus. Aber ganz besonders macht mich dein Parfüm an."

Isabel versuchte, sich von den Komplimenten nicht den Kopf verdrehen zu lassen. Es war typisch für Männer wie Rafe, dass sie ganz bewusst den Charme für ihre Zwecke einsetzten. Doch im Moment störte es sie nicht. Schließlich hatte sie die feste Absicht herauszufinden, was er zu bieten hatte. Der Schock und der Schmerz über die geplatzte Hochzeit sowie die Mitteilung von Luke, er und Celia hätten sich offiziell verlobt, waren schwer zu verkraften gewesen. Deshalb hatte Isabel im Augenblick das starke Bedürfnis, bewundert und begehrt zu werden. Und genau das war es, was sich in Rafes schönen Augen gerade widerspiegelte.

„Das Auto ist ganz neu", erzählte sie offenherzig. „Genauso wie die Kleidung. Ich habe mir einfach mal etwas gegönnt."

Das war das einzig Gute in der letzten Zeit gewesen. Luke hatte sein Versprechen gehalten und unterstützte sie finanziell. Isabel wollte ihm nicht unrecht tun und musste zugeben, dass er sich in dieser Angelegenheit wirklich Mühe gegeben hatte. Schuldgefühle, kein Zweifel, dachte sie.

Doch nun war sie die stolze Eigentümerin eines Portfolios erstklassiger Aktien und Wertpapiere, dazu die rechtmäßige Besitzerin des Hauses in Turramurra. Außerdem stand ihr eine hübsche Summe Bargeld zur Verfügung. Isabel hatte einen Teil davon ausgegeben, als sie sich für diesen Urlaub neue, gewagtere Outfits zugelegt hatte. Die doch etwas konservative Kleidung für die Flitterwochen mit Luke hatte sie Rachel überlassen. Ihre Freundin war zwar dankbar gewesen, wusste jedoch nicht recht, ob sie diese Sachen jemals tragen würde.

„Du solltest dir häufiger mal etwas gönnen. Mir gefällt deine weniger förmliche Seite", sagte Rafe.

„Und ich habe die weniger förmliche Seite an dir immer schon gemocht", erwiderte Isabel.

Rafe trug eine braune Cargohose, dazu ein buntes Hawaiihemd und braune Sandalen an den nackten Füßen. Er hatte sich nicht rasiert, war aber frisch geduscht. Der silberne Ohrring in Form eines Gespenstes glänzte in der Sonne.

Rafe lächelte und strich sich mit der Hand über das stoppelige Kinn. „Tatsächlich. Dann magst du es also lieber rau?"

„Auf so eine Frage antwortet eine Dame nicht", sagte Isabel gespielt missbilligend.

„Und kein Gentleman würde je so eine Frage stellen", erwiderte Rafe und lächelte jungenhaft. „Zum Glück für dich bin ich kein Gentleman."

„Ich bin mir sicher, dass du auch eine sanfte Seite hast. Aber jetzt haben wir genug geredet. Verstau dein Gepäck irgendwo im Auto, und lass uns losfahren. Sonst verpassen wir noch unser Flugzeug."

„Keine Sorge. An einem Sonntagmorgen werden wir keine Probleme haben, rechtzeitig zum Flughafen zu kommen. Außerdem startet unsere Maschine erst um zehn Uhr, stimmt's?" Rafe verstaute seinen Koffer neben ihre beiden.

„Ja, das ist richtig", sagte Isabel und schlug die Heckklappe zu.

„Na, dann haben wir ja noch Zeit hierfür."

Er zog sie an sich. Einen Moment lang wollte Isabel protestieren. Doch warum sollte sie so tun, als wollte sie es nicht? Genau das fand sie doch an Rafe so aufregend und faszinierend. Luke dagegen hätte so etwas nie getan. Er war immer höflich gewesen, nie fordernd. Schließlich war er ein Gentleman. Celia gegenüber hatte er sich allerdings nicht wie einer verhalten. Fast sofort nachdem er sie kennen gelernt hatte, war er mit ihr ins Bett gegangen. Zwischen ihnen war wohl einfach ein Funke übergesprungen.

Als Rafes Lippen ihre berührten, spürte Isabel jedoch, dass die Chemie zwischen ihm und ihr ähnlich explosiv war. Es war genau so, wie sie es sich ersehnt hatte. Rafe küsste sie fordernd und ließ die Zunge in ihren Mund gleiten. Sie presste sich an ihn und stöhnte leise.

Ihre Reaktion erregte Rafe: die Art, wie sie sich an ihn schmiegte, ihr Stöhnen. Die Frau in seinen Armen war keinesfalls eine Eisprinzessin, sondern leidenschaftlich und heißblütig. Als er den Mund von ihrem löste, protestierte sie leise.

Er gab ihr noch einen kurzen Kuss und richtete sich auf. „Ich habe das Gefühl, dass uns ein fantastischer Urlaub bevorsteht, meine

Süße", sagte er rau. „Aber vielleicht hast du Recht, und wir sollten jetzt lieber losfahren, sonst verpassen wir unser Flugzeug am Ende doch noch."

Isabel hoffte, dass sie jetzt nicht errötete. Sie war in Gegenwart dieses Mannes schon zu häufig rot geworden. Es passte einfach nicht zu einer Frau, die beschlossen hatte, ihr Leben in jeder Hinsicht selbst in die Hand zu nehmen. Auf jeden Fall machte es Rafe keine Schwierigkeiten, sie zu erregen. Gut so. Denn genau das würde in den nächsten zwei Wochen seine Aufgabe sein.

Aber was passiert danach? fragte Isabel sich, während sie Rafe einen vielsagenden Blick zuwarf und sich wieder hinter das Lenkrad setzte. Vielleicht würde sie seine Telefonnummer in ihrem schwarzen Büchlein notieren und sich dann und wann mit ihm treffen, um ihre sinnlichen Gelüste zu befriedigen. Es hing natürlich jetzt davon ab, wie gut er in den entscheidenden Dingen war. Doch falls die Kusstechnik irgendwelche Rückschlüsse auf seine anderen Fähigkeiten zuließ, konnte sie sich auf großartigen Sex freuen.

Rafe wusste nicht recht, wie er das seltsame Lächeln deuten sollte, das über Isabels rosa Lippen gehuscht war. Überhaupt war er unsicher, was er wirklich von Miss Isabel Hunt halten sollte. Doch darüber wollte er sich jetzt nicht den Kopf zerbrechen. Er hatte in letzter Zeit genug schlaflose Nächte gehabt. Aber die kommenden zwei Wochen würden ihn dafür sicher entschädigen, auch was seine Schlaflosigkeit betraf. Nach Sex schlief er normalerweise ausgezeichnet.

„Was hast du deiner Mutter erzählt, mit wem du diese Reise machst?", fragte er, sobald sie losgefahren waren.

Isabel warf ihm einen fragenden Blick zu. „Warum glaubst du, dass ich ihr überhaupt etwas erzählt habe?"

„Ich habe selbst eine Mutter. Ich weiß, wie es läuft. Sie möchten alles immer haargenau wissen. Manchmal geht es auch nicht ohne kleine Notlügen, um sie glücklich zu machen. Ich erzähle meiner Mutter seit Jahren, der einzige Grund dafür, dass ich noch nicht verheiratet bin, wäre, dass ich noch nicht die richtige Frau getroffen hätte."

„Und das funktioniert?"

„Ich muss zugeben, dass die Ausrede allmählich ihre Glaubwürdigkeit verliert. Spätestens wenn ich vierzig bin, wird sie eine Kontaktanzeige für mich in die Zeitung setzen. Mit dem Text: ‚Attraktiver Junggeselle sucht ebenso attraktive Frau mit Kinderwunsch. Spätere Heirat nicht ausgeschlossen. Gute Köchin bevorzugt.'"

„Wenn sie das macht, werde ich auf die Anzeige antworten. Ich kann gut kochen und liebe Kinder."

„Sehr witzig. Nun sag schon. Wer fährt offiziell mit dir nach Dream Island?"

„Rachel."

„Wer ist Rachel?"

„Meine beste Freundin. Sie sollte damals meine Brautjungfer sein und das weinrote Kleid tragen."

„Und deine Mutter hat dir geglaubt, dass du eine Frau mit nach Dream Island nimmst?"

„Ja."

„Alle Achtung. Das hätte meine Mutter mir nie abgenommen."

„Dass du eine Frau mit nach Dream Island nimmst?"

„Du bist heute wirklich witzig!"

Sie musste lächeln. „Nicht nur das."

„Was denn noch?"

„Aufgeregt natürlich. Und wie ist es bei dir, Rafe? Bist du auch aufgeregt?"

Er blickte sie an. Worauf hatte er sich da eingelassen? Was immer es war, es sprach direkt den Teil seines Körpers an, den er in den zurückliegenden vierzehn endlosen Tagen und Nächten vergeblich zu kontrollieren versucht hatte.

„Das ist stark untertrieben", gab er zu.

Sie wandte ihm plötzlich das Gesicht zu, und ihre Blicke trafen sich für einen Moment. Rafe musste sich eingestehen, dass er noch nie so durcheinander gewesen war. Er konnte es kaum erwarten, auf Dream Island anzukommen. Doch er musste sich noch gedulden. Zuerst warteten sie zwei Stunden auf dem Flugplatz, weil das Flugzeug nach Cairns sich verspätet hatte. Beim Zwischenstopp in Cairns mussten sie dann auf den Helikopter warten, der sie direkt nach Dream Island bringen sollte.

Es war beinahe fünf Uhr am Nachmittag, als sie endlich auf dem Heliport landeten. Dann dauerte es ungefähr noch eine Stunde, bis sie von einem Luxusmotorboot zu ihrem Ferienbungalow gebracht werden konnten. Begeistert stellte Rafe fest, dass tatsächlich ein privater Strand dazugehörte.

Er half Isabel aus dem Boot und betrachtete den Bungalow aufmerksam. Das weitläufige sechseckige Gebäude lag auf einem üppig begrünten Hügel. Von der dazugehörigen Terrasse blickte man aufs Meer. Rafe stellte fest, dass eine Hängematte zwischen zwei Palmen aufgespannt war. Er warf im Vorbeigehen einen Blick darauf und fragte sich, wie es wohl sein würde, in einer Hängematte Sex zu haben.

Der junge Mann, der sie mit dem Boot hergebracht hatte, hieß Tom. Er führte sie über das Anwesen und erklärte ihnen alle Einzelheiten. Alles war luxuriös ausgestattet, vor allem das riesige Badezimmer. Man hatte nicht an Kosten gespart, weder bei den weiß gebeizten Möbeln aus Bambusrohr noch bei der mit tropischen Blättern bedruckten Leinenwäsche in Zitrusfarben.

„Keine Klimaanlage", stellte Tom bedauernd fest. Offensichtlich funktionierte sie auf Grund der tropischen Feuchtigkeit nicht. Aber das Haus hatte eine hohe Decke, und es gab mehrere Ventilatoren. Rafe war sich nicht sicher, ob es im Hochsommer im Bungalow sehr angenehm wäre. Doch zu dieser Jahreszeit waren die Wetterverhältnisse äußerst angenehm. Vom Meer her wehte eine leichte, kühle Brise durch die geöffneten Türen und Fenster.

Über dem Bett hing ein großes Moskitonetz, das auf jeden Fall benutzt werden sollte. Falls die Gäste vorhatten, den Abend im

Freien zu verbringen, sollten sie sich mit dem bereitstehenden Insektenmittel einsprühen und die draußen überall aufgestellten Windlichter anzünden, deren Zitronenduft Insekten vertrieb.

„Wir nahmen an, dass Sie nach der anstrengenden Reise zu müde sein würden, um zum Essen ins Restaurant ins Hauptgebäude zu kommen. Deshalb hat unser Geschäftsführer den Küchenchef angewiesen, Ihnen ein ausgesuchtes Abendessen in diesem Picknickkorb zusammenzustellen." Tom wies mit dem Kinn auf einen riesigen Korb. „Der Kühlschrank und die Speiseschränke sind mit weiteren Lebensmitteln und Wein gut gefüllt. Die Hausbar dort drüben ist so reichlich bestückt, dass es kaum einen Drink geben dürfte, den Sie nicht finden. Wie Sie sicherlich wissen, ist dies alles im Preis inbegriffen. Also üben Sie sich nicht in falscher Bescheidenheit. Sie können selbstverständlich auch jeden Tag in einem unserer zahlreichen Restaurants speisen oder sich etwas ins Haus kommen lassen. Rufen Sie einfach unseren Service an. Zigaretten sind selbstverständlich ebenfalls kostenlos, falls Sie rauchen."

„Wir rauchen nicht", antwortete Isabel für sie beide und blickte dann fragend zu Rafe hinüber. „Oder rauchst du?", fragte sie leise. Er schüttelte den Kopf.

„Gut, dann werde ich jetzt wieder gehen", sagte Tom und räusperte sich. „Auf dem Couchtisch liegen Faltblätter, die Ihnen über unser komplettes Angebot Auskunft geben. Ihnen steht ein kleines Motorboot zur Verfügung, das am Steg vertäut ist. Bevor ich mich verabschiede, werde ich Ihnen noch erklären, wie man das Boot fährt. Sie müssen nämlich wissen, dass man zu Fuß hier nicht weit kommt, außer auf den Berggipfel der Insel. Der Weg hinauf ist zwar etwas steil, doch ich kann Ihnen versprechen, dass es sich lohnt, vor allem bei Sonnenaufgang. Ich denke, das wäre so weit alles. Sollten Sie aber noch irgendwelche Fragen haben, brauchen Sie nur in der Rezeption anzurufen. Falls Sie nichts dagegen haben, Sir, werde ich Ihnen jetzt noch zeigen, wie man das Boot startet und es steuert. Bitte folgen Sie mir."

Isabel sah den beiden hinterher und begab sich dann ins Schlafzimmer, um das Bett zu begutachten. Sie setzte sich auf die Bettkante. Die Matratze war recht hart. Das Bett von Luke war auch immer sehr hart gewesen. Luke … Er hatte sie gestern angerufen und ihr erzählt, dass er und Celia demnächst heiraten würden. Zur Hochzeitsreise wollte er sie mit auf eine Weltreise nehmen. Für ein ganzes Jahr. Danach wollten sie ein Baby bekommen.

Isabel war nicht neidisch wegen der Weltreise. Sie war selbst viel gereist. Nach der Schulzeit war sie an all den Orten gewesen, die für sie exotisch und romantisch geklungen hatten: Paris, Rom, Hawaii. Doch sie beneidete Celia um das Baby. Und um Luke als Vater. Er würde sicher ein großartiger Vater sein.

Mit einem Mal waren Isabels Vorfreude und Aufregung wie weggeblasen. Tränen liefen ihr über die Wangen. Ungeduldig strich sie sich mit dem Handrücken über das Gesicht. Hätte sie Luke doch an jenem Freitag nur nicht zum Lake Macquarie fahren lassen! Wenn ich nicht immer so verdammt vernünftig und verständnisvoll gewesen wäre, würde er jetzt bei mir sein, dachte sie verzweifelt. Sie wären verheiratet und würden in diesem Bett ein Baby zeugen. Zumindest würden sie es versuchen. Doch nun war sie mit Rafe hier!

Isabel ließ sich aufs Bett sinken und barg das Gesicht in den Kissen. Rafe war etwas ratlos, als er sie beim Zurückkommen weinend auf dem Bett vorfand. Er hasste es, Frauen weinen zu sehen. Noch lange nachdem sein Vater umgekommen war, hatte seine Mutter ständig weinen müssen. Es hatte ihn damals furchtbar traurig gemacht, sie jede Nacht in ihrem Bett schluchzen zu hören.

„He", sagte er sanft und strich ihr über den Arm. Schluchzend wandte Isabel ihm den Rücken zu und rollte sich auf der grün gemusterten Patchworkdecke zusammen. „Geh weg!" Sie weinte hemmungslos. „Bitte geh einfach weg."

Rafe wusste nicht, was er tun sollte. Was konnte nur mit Isabel los sein? Sie hatte ihm doch erzählt, dass sie in ihren Exverlobten nicht verliebt gewesen wäre. Hatte sie etwa gelogen? Würde sie womöglich lieber mit Luke als mit ihm, Rafe, in diesem Bett liegen?

Rafe überlegte, ob er sie allein lassen sollte, entschied sich aber dagegen. Isabel brauchte ihn jetzt, und sei es nur der Gesellschaft wegen. Er legte sich zu ihr aufs Bett und schloss von hinten die Arme um sie. „Alles wird gut, Darling", versuchte er sie zu beruhigen und drückte sie fest an sich. „Ich weiß genau, wie es dir geht. Du hast all den Schmerz während der letzten Wochen unterdrückt. Und jetzt, da du hier auf Dream Island bist, wohin Luke dich eigentlich begleiten sollte, bricht es aus dir heraus. Es war ganz schön hart für dich, wegen dieser Celia sitzen gelassen zu werden. Und ich weiß, was das bedeutet. Es ist die Hölle. Also weine ruhig, lass alles raus. Ich habe damals dasselbe gemacht."

Rafes Streicheln und seine beruhigenden Worte schienen ihre Wirkung nicht zu verfehlen. Das Schluchzen ebbte langsam ab. Schließlich drehte Isabel sich zu ihm um. „Das hast du gemacht?", fragte sie leise.

„Und ob. Ich weiß, das ist kein sehr männliches Verhalten, aber ich habe ein oder zwei Tage geheult wie ein Schlosshund. Eigentlich war ich eine ganze Woche lang mit den Nerven völlig am Ende. Es war richtig peinlich. Außerdem habe ich viel zu viel getrunken. Geholfen hat es nicht. Im Gegenteil, ich wurde noch rührseliger."

„Warum hat sie dich verlassen?"

„Aus verschiedenen Gründen: Karriere, Geld, Einfluss. Aber du kannst mir glauben, bestimmt nicht, weil der andere Typ im Bett besser war als ich", sagte Rafe und lächelte vielsagend. Isabel musste lachen.

Rafe nutzte die Gelegenheit und küsste sie. Nicht so leidenschaftlich und fordernd wie am Vormittag in Sydney, sondern behutsam und zärtlich. Er wollte ihr mit seinen Küssen beweisen, dass auch er eine sanfte Seite hatte. Allmählich wich Isabels anfängliche Zurückhaltung, bis sie sich schließlich an ihn schmiegte und leise stöhnte. Erst da fing Rafe an, sie und sich langsam auszuziehen. Er nahm sich viel Zeit, streichelte sie sanft und sagte ihr, wie schön und begehrenswert sie sei. Es fiel ihm schwer, sich zurückzuhalten und sich nicht von seinem Verlangen überwältigen zu lassen. Als er ihre perfekt geformten Brüste berührte und an den Brustspitzen saugte, wurde ihm beinahe schwindelig. Doch er riss sich zusammen, bis sie beide völlig nackt waren und Isabel ihn, vor Erregung zitternd, erwartungsvoll anblickte.

Rafe nahm all seine Kraft zusammen, um sich von ihr loszureißen und ein Kondom zu holen. Er war sehr schnell wieder zurück. Mit Kondomen hatte er in den letzten Jahren viele Erfahrungen gesammelt. Aber er konnte sich nicht erinnern, jemals so erregt gewesen zu sein, nicht einmal mit Liz. Etwas Ähnliches hatte Rafe noch nie zuvor empfunden. Vielleicht lag es daran, dass er Isabel schon so lange begehrte. Sein Verlangen war jedenfalls kaum noch zu ertragen. Doch zum Glück schien Isabel ebenso zu empfinden.

Als er zum Bett zurückkam, blickte sie ihn ängstlich an. Doch wovor hatte sie Angst?

„Was ist los mit dir?" Rafe setzte sich aufs Bett und zog sie in die Arme. „Worüber machst du dir Sorgen?"

„Über nichts", sagte sie und schüttelte den Kopf. „Gar nichts."

„Bist du immer noch traurig wegen Luke?"

„Nein!"

„Liegt es an mir? Hast du Angst, ich könnte dir vielleicht wehtun?"

Erstaunt über sein Einfühlungsvermögen sah sie ihn an.

„Darling", flüsterte er. „Ich würde dir niemals wehtun. Ich will dich glücklich machen. Ich will dich lächeln sehen. Ich will dich lachen hören, so wie vorhin", sagte er und ließ die Finger an der Innenseite ihrer Schenkel hochgleiten. Isabel stöhnte auf. Wie bereit sie war! Es würde fantastisch sein, in sie einzudringen. Rafe konnte nicht länger warten. Hoffentlich würde seine Nervosität sich etwas legen, sobald er mit ihr eins war.

Als ob sie seine Gedanken hatte lesen können, öffnete Isabel die

Beine und zog die Knie an. Sie wollte jetzt mit ihm eins sein. Mit leicht zittrigen Fingern zog Rafe sich das Kondom über und drang endlich in sie ein. Als er anfing, sich langsam zu bewegen, legte Isabel die Beine fest um ihn. Ihre Fersen drückten sich ihm in den Rücken. Er spürte, wie sie ihn fest umschloss. Als sie sich vor- und zurückzubewegen begann, stockte Rafes Atem. Das Begehren brachte ihn fast um den Verstand. Mit kraftvollen Stößen trieb er sie beide zum Gipfel der Lust. Gemeinsam erreichten sie den Höhepunkt. Rafe schrie auf vor Lust. Dann ließ er sich erschöpft auf sie sinken. Er war wie benommen. Noch nie hatte er etwas Derartiges empfunden.

„Du hattest Recht", flüsterte Isabel und küsste ihn auf den Hals. Sie strich ihm über den Rücken, die Schultern und die breite, muskulöse Brust. „Du hast mir nicht wehgetan." Fragend sah Rafe sie an. „Er sah so groß aus", sagte sie, noch außer Atem. „Ich hatte noch nie Sex mit einem Mann, der so ... so groß war."

Rafe war verwirrt. Er hatte sich nie als überdurchschnittlich groß gesehen. Das, was Isabel gesehen hatte, musste wohl in ihrer Fantasie passiert sein. Trotzdem fühlte Rafe sich insgeheim geschmeichelt.

„Ich meinte eigentlich, dass ich Angst hatte, deine Gefühle zu verletzen", sagte er.

Isabel schüttelte heftig den Kopf. „Nein, das würde ich niemals zulassen."

Jetzt fühlte Rafe sich doch gekränkt. Das war unsinnig, denn Isabel hatte nur genau das ausgesprochen, worum es in dem pikanten Angebot ging, das sie ihm gemacht hatte. Und er war einverstanden gewesen. In den kommenden zwei Wochen würde es um nichts anderes gehen als um Sex. Eigentlich hatte er immer geglaubt, so etwas sei der Traum eines jeden Mannes. Aber inzwischen war er sich da nicht mehr ganz so sicher. Doch dann meldete sich eine kühl berechnende innere Stimme und rief ihn zur Vernunft: *Das ist die Gelegenheit deines Lebens. Spiel ihr doch einfach den sexbesessenen Liebhaber vor, für den sie dich hält!*

Das Problem daran war nur, dass Rafe in Wirklichkeit nicht sexbesessen war. Doch Isabels Angebot hatte einfach zu verführerisch geklungen. Er hoffte, mit ihr seine geheimsten Fantasien ausleben können. Ein moderner Casanova mit einem Schuss Marquis de Sade. Rafe musste bei dieser Vorstellung unwillkürlich lächeln. Die Hängematte im Garten bot sicher einige Möglichkeiten …

„Warum lächelst du so?", wollte Isabel wissen.

„Wie denn?"

„Wie ein Kind, das sich über seine Geschenke freut."

„Vielleicht tue ich das gerade. Du bist für mich ein Geschenk: die absolute Nummer eins im Bett."

Isabel schien nicht gerade glücklich über dieses Kompliment zu sein. Sie musste aber doch wissen, dass sie gut im Bett war. Isabel war eine faszinierende Frau voller Widersprüche: einerseits distanziert und damenhaft, andererseits glühte ein unbändiges Verlangen unter der kühlen Oberfläche. Um keinen Preis wollte Rafe dieses Feuer wieder ausgehen lassen oder zulassen, dass sie zurück in die Rolle der Unnahbaren verfiel. Vielleicht war Isabel der Meinung, sie hätte sich ihn als privates Spielzeug mitgenommen. Doch die Wirklichkeit sah anders aus: *Sie* war das Spielzeug, mit dem er seine geheimen Fantasien ausleben wollte.

„Ich habe Hunger", sagte Rafe. „Wie sieht's mit dir aus?"

„Ja, ein bisschen. Aber ich würde gern vorher noch duschen."

„Ich auch. Andererseits: Warum sollen wir uns mit der Dusche zufriedengeben, wenn wir unseren eigenen Whirlpool im Haus haben? Ich finde, wir schlagen zwei Fliegen mit einer Klappe und nehmen den Picknickkorb mit rüber."

„Aber …"

„Kein Aber, Darling. Lass den alten Rafe nur machen. Ich garantiere dir, du wirst dich bestimmt so gut amüsieren wie noch nie."

8. KAPITEL

Rafe hatte Recht, dachte Isabel zwei Tage später. Sie hatte tatsächlich so viel Spaß gehabt wie noch nie zuvor in ihrem Leben. Rafe war genau das, was sie momentan brauchte. Er hatte natürlich nur Sex im Sinn und ließ sie kaum eine Sekunde alleine. Aber Isabel wollte sich nicht beschweren. Wenn sie ehrlich war, begehrte sie ihn genauso sehr wie er sie. Rafe war unglaublich nett und witzig und hatte genau die richtige Dosis Verruchtheit beim Liebesspiel – etwas, das sie sehr erregend fand.

„Was hältst du davon?", fragte Isabel, als sie ihm ihren neuen roten Bikini vorführte. Rafe saß noch immer in der Morgensonne bei einem sehr ausgiebigen Frühstück. Er trug nur Shorts. Isabel betrachtete seinen nackten, muskulösen Oberkörper und stellte wieder einmal fest, wie männlich Rafe aussah.

Er hob den Blick und sah sie an. Isabel hatte den roten Bikini bisher noch nicht getragen. Er war fast schon skandalös knapp. Alle Outfits, die sie sich von Lukes Geld gekauft hatte, waren auf irgendeine Weise gewagt. Die Gründe dafür waren Aufbegehren und Trotz gewesen. Und natürlich hatte sie beim Einkaufen immer Rafe im Hinterkopf gehabt. Der weiße Badeanzug, den sie gestern getragen hatte, wurde im Wasser komplett durchsichtig. So war das gemeinsame Schwimmen zu einem abrupten Ende gekommen ...

„Dreh dich um", befahl Rafe.

Isabel tat, was er sagte. Sie wusste, was der Anblick ihres mehr oder weniger nackten Pos bei ihm auslösen würde. Doch das war auch ihre Absicht. Seit dem Morgen fühlte sie sich so unruhig wie eine Katze auf einem heißen Blechdach. Vor einigen Stunden hatte Rafe sich von hinten an sie herangeschlichen, als sie gerade den Frühstückstisch gedeckt hatte. Er flüsterte ihr erregende Dinge ins Ohr und befahl ihr stillzuhalten. Dann hob Rafe ihren Sarong und drang ohne jedes Vorspiel in sie ein. Isabel spürte seine schnellen, kraftvollen Stöße. Sie hielt eine mit Saft gefüllte Kanne mit beiden Händen fest, die sie gerade auf den Tisch hatte stellen wollen, als Rafe sie überrascht hatte. Schon nach kurzer Zeit kam er zum Höhepunkt. Isabel dagegen war viel zu angespannt gewesen. Doch das Ganze hatte sie unglaublich erregt. Auch eine Stunde später war ihr Verlangen noch nicht abgeklungen. Deshalb hatte sie den verführerischen roten Bikini angezogen. Schließlich hatte Isabel Rafe nicht mit nach Dream Island genommen, um längere Zeit unbefriedigt zu sein. Als er nichts sagte, drehte sie sich um und blickte ihn herausfordernd an.

„Also, was hältst du von dem Bikini?"

„Komm mal zu mir", sagte er, anstatt zu antworten, und trank den letzten Schluck Orangensaft. Ein Schauer lief Isabel über den Rücken, als sie zu Rafe ging. Was würde er wohl mit ihr machen? Als er ihr nun sein leeres Glas überreichte, blickte sie ihn verständnislos an.

„Was soll das?", fragte sie verwundert.

„Ich bin fertig mit dem Frühstück und dachte, dass du vielleicht den Tisch abdecken wolltest."

„Da irrst du dich aber", entgegnete sie empört.

„Wenn das so ist, was möchtest du dann machen? Oder sollte ich besser fragen: Möchtest du, dass *ich* etwas mit dir mache? Wenn du mir das in allen Einzelheiten erzählst, dann werde ich es genau so für dich tun. Alles, was du willst. Absolut alles."

Isabel schluckte. Ihr Herz begann, heftig zu schlagen. „Wirklich?"

„Ja."

„Ich ... ich weiß gar nicht genau, was ich will ..."

Er nahm ihr das Glas aus der Hand und zog sie zu sich auf den Schoß. „Doch, das tust du", sagte er, streifte ihr das Bikinioberteil ab und begann, ihre Brustspitzen zu liebkosen. „Du weißt sehr wohl, was du willst."

„Ich ..." Isabel konnte nicht mehr klar denken, als er sie berührte. Ihre Brustspitzen wurden fest und hochempfindlich.

„Erzähl es mir", flüsterte er ihr ins Ohr. „Sag es."

Sie zitterte. „Nein." Ihr versagte beinahe die Stimme. „Nein, ich kann nicht."

„Warum nicht?"

„Es ist ... es ist mir peinlich."

„Dann werde ich dir erzählen, was du willst. Du möchtest, dass ich dir zuerst einen Höhepunkt verschaffe – mit der Zunge. Du willst, dass ich dieses Mal warte. Ich soll vor Verlangen nach dir die Wände hochgehen. So wie bei unserem ersten Mal. Und dann willst du mir mit deinem süßen Mund den Verstand rauben." Er nahm die rechte Hand von ihrer Brust, führte sie zu ihrem Mund und öffnete ihn leicht. Unwillkürlich begann sie, an seinem Finger zu saugen. „Ja, genau so", sagte er rau und bewegte den Finger vor und zurück. „Das würdest du gern tun, stimmt's, Isabel?"

Sie erschauerte.

„Und dann", flüsterte er heiser, „soll ich dich lieben, als wäre es unsere letzte gemeinsame Nacht. Du willst, dass ich dir den Atem nehme. Du möchtest nur die Hitze des Augenblickes spüren – und danach wundervolle absolute Entspannung."

Rafe verstummte. Die Luft um sie her war plötzlich wie aufgeladen. Nur noch sein schneller Atem und das Rauschen der Brandung am Strand waren zu hören. Isabels Herz schlug heftig. Plötzlich hörte sie, wie Rafes Stuhl zurückgeschoben wurde. Und schon war er bei ihr und nahm sie auf die Arme. Doch er trug sie nicht ins Schlafzimmer, sondern den schmalen Weg hinunter zum Strand. Sie erschrak, als er sie auf dem Weg dorthin in die Hängematte legte und dann weiter zum Strand rannte, um sich in die Fluten zu stürzen. Isabel bemühte sich, nicht aus der heftig schaukelnden Hängematte zu fallen.

Als Rafe nach kurzer Zeit zurückkam, lächelnd und mit nassem Haar, warf sie ihm einen finsteren Blick zu. „Das hast du mit Absicht gemacht", sagte sie empört, noch immer bemüht, nicht das Gleichgewicht zu verlieren. „Erst machst du mich heiß, und dann lässt du mich einfach hier sitzen."

„Mir blieb nichts anders übrig. Ich hatte keine Ahnung, dass allein das Reden über Sex mich so in Fahrt bringen würde. Ich musste mich etwas abkühlen. Aber jetzt bin ich bereit, meinen Worten Taten folgen zu lassen. Wo wollen wir beginnen, Darling? Gleich hier in der Hängematte?"

„Sei nicht albern. Das verdammte Ding kann man ja kaum zum Stillstand bekommen. Und außerdem hast du gar keine Kondome dabei."

„Ich hatte eigentlich auch nicht vor, hier mit dir hier zu schlafen. Wie du dich vielleicht erinnerst, kommt dieser Teil erst sehr viel später in meinem kleinen Drehbuch vor. Wenn es so weit ist, werde ich dich wieder zum Haus tragen."

Wieder musste Isabel schlucken. „Du meinst, du wirst es genau so machen, wie du es geschildert hast?"

„Jede kleine Einzelheit. Und du ebenso."

Sie errötete heftig.

„Es wird dir gefallen, das verspreche ich", sagte Rafe rau, während er ihr das Bikinihöschen vom Körper streifte.

Es gefiel ihr tatsächlich – und zwar viel zu sehr. Doch Rafe hatte sich getäuscht mit seiner Vermutung, was danach passieren würde. Er selbst war nach dem Sex vielleicht absolut entspannt gewesen und gleich eingeschlafen. Isabel jedoch war hellwach. Ihre Gedanken drehten sich im Kreis. Denn sie wusste jetzt, sie würde Rafe nach den vierzehn Tagen auf Dream Island nicht aufgeben können. Das war die Wahrheit, der sie ins Gesicht sehen musste. Sie würde Rafe sehr viel länger bei sich haben wollen. Aber warum? Lag es daran, dass er sie so oft zum Lachen brachte? War es der großartige, süchtig machende Sex mit ihm? Vielleicht gab es noch einen anderen Grund. Etwas Gefährliches, das sie sich bisher nicht hatte eingestehen wollen: Sie hatte sich in ihn verliebt …

Sie drehte sich auf die Seite und betrachtete Rafe, wie er nackt auf dem zitronengelben Laken lag: die Arme weit ausgestreckt, das seidige braune Haar ein wenig zerzaust. Sie beugte sich zu ihm hinüber und schob ihm eine Locke aus dem Gesicht. Als würde Rafe es merken, fing er an, leichter zu atmen. Er stieß einen tiefen, zufriedenen Seufzer aus und lächelte im Schlaf. Isabel musste ebenfalls lächeln. Vielleicht wollte sie ihn auch nur bei sich behalten, weil sie ihn als Menschen mochte. Außerdem schien er *sie* ja auch zu mögen. Jemanden zu mögen ist eine sehr gute Basis, dachte Isabel. Sie würde damit gut leben können.

Schließlich gelang es ihr endlich, die sorgenvollen Gedanken zu verdrängen. Sie schmiegte sich eng an Rafe und war bald ebenfalls eingeschlafen.

9. KAPITEL

"Heute lassen wir uns kein Abendessen vorbeibringen", sagte Rafe. "Ich finde, wir wollten uns anziehen und ein bisschen rausgehen. Ein Ortswechsel würde uns beiden sicher guttun."

Isabel hob den Kopf und lächelte ihn an. "Einverstanden, Darling. Aber es muss doch nicht unbedingt jetzt sofort sein, oder?"

Rafe sah ihr in die tiefblauen Augen und wünschte, er hätte die Kraft, um zu sagen: *Doch, hör bitte auf. Hör auf, mich so verrückt zu machen. Ich bin jetzt schon süchtig nach deinem Körper – und nach dir.*

Es war Mittwoch, und sie lagen nach einem Mittagsschlaf im Bett. In der vergangenen Nacht hatten sie nur sehr wenig geschlafen und waren noch vor Morgengrauen im Meer schwimmen gegangen, nackt. Es war ja niemand da, der hätte sehen können, was sie im Wasser taten – und danach im Sand und in der Hängematte …

Rafe schluckte, als er daran dachte, was in der Hängematte passiert war. Er hatte Isabels Hände oberhalb ihres Kopfes mit dem Seidensarong an die Hängematte gefesselt. Noch nie zuvor hatte er so etwas getan. Und Isabel ebenso wenig. Es verschlug Rafe vor Begehren den Atem, als sie so ausgestreckt vor ihm im hellen Mondlicht lag. Und Isabel selbst hatte er noch nie so erregt gesehen. Sie hatte unzählige Höhepunkte. Schließlich bat sie ihn erschöpft aufzuhören. Doch dazu war er erst nach längerer Zeit in der Lage gewesen.

Und jetzt konnte er Isabel nicht stoppen, als sie ihn noch einmal tief in den Mund nahm. Es fühlte sich unglaublich gut an. Rafe stöhnte auf vor Lust. Er fühlte, dass er bald zum Höhepunkt gelangen würde.

Isabel hielt inne. "Ist etwas nicht in Ordnung, Darling?", fragte sie.

Rafe lächelte gequält. "Du kannst ganz schön grausam sein."

"Jetzt weißt du wenigstens, wie ich mich letzte Nacht gefühlt habe", erwiderte Isabel. „Zum Glück gefällt den Moskitos mein Parfüm nicht, sonst wäre ich am ganzen Körper zerstochen worden."

Rafe musste an die zahlreichen Liebesmale denken. „Dafür habe *ich* einige Spuren auf deinem Körper hinterlassen."

„Du Mistkerl."

„Tu doch nicht so. Ich weiß ganz genau, dass es dir gefallen hat."

„Und *dir* gefällt das hier. Also, warum genießt du es nicht einfach?"

Rafe hielt den Atem an, als sie ihn wieder in den Mund nahm.

„Nein." Er stöhnte leise auf. „Nicht so."

Überrascht sah sie ihn an. „Nicht?"

Rafe schüttelte den Kopf. Schnell nahm er ein Kondom und streifte es sich über. Dann zog er Isabel auf sich und ließ sich in sie hineingleiten. Mit beiden Händen hielt er ihren Po fest, während er in einem schnellen, kraftvollen Rhythmus zustieß. Als sie gemeinsam zum Höhepunkt gelangten, schrie er seine Lust heraus.

„Oh, Rafe!" Isabel ließ sich auf seine starke Brust sinken. Rafe zog sie an sich und hielt sie fest. Dann dachte er plötzlich: Mir wird das alles zu viel.

„Ich muss ins Bad", sagte er unvermittelt.

„Nein, lass mich jetzt bitte nicht allein." Isabel schmiegte sich an ihn.

„Tut mir leid, es muss sein." Schnell stand Rafe auf. Er ging ins Badezimmer, schloss die Tür und lehnte sich dagegen. Einen Moment lang stand er so da und atmete tief ein. Er wollte ein wenig in Ruhe nachdenken. Als Rafe in Gedanken den Blick an sich hinabgleiten ließ, erschrak er.

„Oh nein", stöhnte er verzweifelt.

Noch nie war ihm ein Kondom geplatzt – bis jetzt. Ihm zog sich der Magen zusammen. Das Kondom war völlig zerfetzt. Unwillkürlich fragte er sich, wie groß die Wahrscheinlichkeit war, dass Isabel von ihm schwanger geworden war.

Rafe begann, fieberhaft zu überlegen. Ihm fiel ein, wie Isabel ihm an jenem Sonntag vor über zwei Wochen gesagt, dass ihre Periode bald beginnen würde. Wenn ihr Zyklus dem der meisten Frauen entsprach, musste sie jetzt gerade in der fruchtbaren Phase sein.

Fassungslos setzte Rafe sich auf den Badewannenrand. Vielleicht bin ich gerade Vater geworden, dachte er. In seinem Kopf drehte sich alles. *Isabel wird mich umbringen, wenn ich es ihr erzähle!*

Dann sag es ihr eben nicht, schlug eine innere Stimme vor. Es würde nur alles verderben. Außerdem konnte er sowieso nichts mehr ändern. Und vielleicht war ja auch gar nichts passiert. Selbst wenn es tatsächlich der richtige Zeitpunkt war. Viele Paare versuchten jahrelang, ein Baby zu bekommen. Und obwohl sie den richtigen Zeitpunkt immer genau abpassten, klappte es oft nicht.

Aber wenn Isabel doch schwanger war?

Darüber kannst du nachdenken, wenn du die Gewissheit hast.

Rafe stand auf, stellte sich unter die Dusche und drehte das Wasser auf. Während er sich mit Duschgel einrieb, dachte er weiter nach. Ein Baby. Sein Baby. Seins und Isabels.

Isabel lag im Bett und hörte dem Wasserrauschen zu. Sie hätte auch gern geduscht. Aber sie wollte nicht zu Rafe ins Badezimmer – nicht nachdem sie sich eben so an ihn geklammert hatte wie ein verliebter Teenager. Das war wieder typisch, dachte Isabel verzweifelt. Sie schämte sich für ihr Verhalten.

Rafe hatte Recht. Es war höchste Zeit, dass sie etwas anderes unternahmen, als Sex zu haben. Sie war nämlich drauf und dran, wieder denselben Fehler zu begehen.

Isabel seufzte. Wenn Rafe doch nur nicht so ein fantastischer Liebhaber wäre. Er wusste genau, wie er ihr Verlangen wecken konnte. Sie hatte geglaubt, sie würde den Ton angeben, wenn sie zusammen im Bett waren. So war es bei Luke manchmal gewesen. Doch innerhalb kürzester Zeit hatte Rafe die Kontrolle übernommen, und sie hatte sich ihm willenlos unterworfen, fast wie eine Sexsklavin.

Beim Gedanken daran, dass sie sich von Rafe hatte an die Hängematte fesseln lassen, errötete Isabel heftig. Doch es war unglaublich erregend und spannend gewesen. Und eigentlich hatte sie keine Sekunde lang Angst gehabt. Es war nur ein erotisches Spiel – genau wie der gemeinsame Urlaub auf Dream Island. Das wusste Isabel genauso gut wie Rafe. Warum also vergaß sie es immer wieder?

Von jetzt an behalte ich es in Erinnerung, schwor Isabel sich insgeheim. Sie würde sich in Zukunft an die Regeln halten. Und was ihre alberne Hoffnung anging, Rafe nach dem Urlaub dann und wann wiederzusehen – das würde sie sich ein für alle Mal aus dem Kopf schlagen. Aus Erfahrung wusste sie, dass sie dann Gefahr liefe, sich in Rafe zu verlieben. Und das war ihr schon zu oft passiert. Diesmal werde ich aus meinen Fehlern lernen, dachte sie entschlossen.

Als Rafe aus dem Badezimmer kam, hatte Isabel sich wieder gefangen. Mit einem leuchtend orangefarbenen Handtuch rieb er sich das braune Haar trocken. Ein knallgrünes hatte er sich locker um die Hüften geschlungen.

Sehnsüchtig ließ Isabel den Blick über ihn gleiten. Rafe sah einfach fantastisch aus. Die sonnengebräunte Haut machte ihn noch attraktiver. Isabel fand den muskulösen Oberkörper, die breiten Schultern und die schmalen Hüften einfach unwiderstehlich – ebenso wie den kleinen, festen Po. Dieser war zwar gerade nicht zu sehen, doch sie konnte sich noch sehr gut an ihn erinnern.

„Zeit zum Aufstehen, Darling", sagte Rafe und strich sich durchs Haar. „Es ist schon fünf Uhr. Um sechs sollten wir uns spätestens auf den Weg machen."

„Einverstanden. Ich habe nur darauf gewartet, dass du fertig bist", erwiderte Isabel und setzte sich auf. Dann zögerte sie. In ihrer Nähe gab es nichts, was sie hätte anziehen können. Isabel war den ganzen Tag nackt gewesen. Das Letzte, was sie getragen hatte, war der Seidensarong – und der war noch immer an der Hängematte festgebunden. Alle anderen Kleidungsstücke befanden sich im Schrank, und bis dahin war es weiter als bis zum Badezimmer.

Es kam Isabel albern vor, sich vor Rafe zu schämen. Schließlich hatte er sie schon nackt gesehen und am ganzen Körper berührt. Sie nahm all ihren Mut zusammen, stand auf und ging zur Tür.

In der Dusche seifte sie sich energisch ein, als wollte sie jede Erinnerung an das Verlangen wegwaschen, das Rafe in ihr auslöste. Ich sollte mich in seiner Gegenwart künftig lieber etwas zurückhalten, dachte sie. Doch sofort fiel ihr ein, dass sie ausschließlich erotische, verführerische Outfits mit nach Dream Island gebracht hatte, die sowohl Rafe als auch sie selbst erregten.

Isabel überlegte, welches wohl am wenigsten aufreizend wirkte. Wie wäre es mit dem kurzen schwarzen Kleid? Nein, es war eindeutig *zu* kurz und außerdem hauteng. Noch dazu war es rückenfrei, so dass sie keinen BH darunter tragen könnte. Auch das Petticoatkleid aus blauer Seide schied aus. Unter dem dünnen Stoff würden sich leider ihre ständig vor Erregung festen Brustspitzen allzu deutlich abzeichnen.

Also musste Isabel wohl oder übel den Hosenanzug in Gold und Smaragdgrün anziehen. Zumindest würde sie darunter eine Art BH tragen können. Aber dafür bot das Outfit andere Fallstricke, denn es erinnerte Isabel an ihren Jugendtraum, wie eine Haremsdame auszusehen. Die Hose war sehr weit und aus transparentem smaragdgrünen Stoff, mit Goldfäden durchwirkt. Die Hose wurde bis zu den Oberschenkeln von einer Jacke überdeckt. Als BH gehörte eine trägerlose Korsage dazu, die mit grünen und goldenen Perlen bestickt war und sogar aus der kleinsten Oberweite ein ansprechendes Dekolletee zauberte. Isabels Brüste waren nicht auffallend groß, aber auch alles andere als klein, so dass der Effekt atemberaubend war.

Als sie fertig anzogen und geschminkt war, betrachtete Isabel sich in dem mannshohen Spiegel im begehbaren Kleiderschrank. Sie sah so sexy aus wie nie zuvor. Das Haar trug sie aufgesteckt, jedoch nicht zu dem üblichen strengen Knoten. Es war am Hinterkopf locker zusammengefasst, und einige blonde Strähnen fielen ihr ins Gesicht. Die langen grün-goldenen Ohrringe würden beim Gehen vor- und zurückschwingen – vorausgesetzt, sie würde überhaupt laufen können in den goldenen Sandaletten mit den unglaublich hohen Absätzen, die sie zusammen mit dem Kostüm gekauft hatte.

„Beeil dich ein bisschen, Darling", rief Rafe. „Es ist schon sechs Uhr."

Mit klopfendem Herzen zog Isabel sich die Seidenjacke über, sprühte etwas Parfüm auf und ging hinaus.

Rafe saß auf der Terrasse und genoss die schöne Aussicht auf den Strand, während langsam die Dämmerung hereinbrach. Als er Isabel sah, stockte ihm der Atem. Fasziniert sah Rafe sie an. Isabel wirkte wie eine orientalische Haremsdame – exotisch, atemberaubend schön und sehr, sehr sexy. Er schob den Stuhl zurück und stand auf.

„Mit diesem Outfit könntest du sogar einen Schwulen verführen", sagte er rau.

Isabel lachte ein wenig schuldbewusst. „Ich fürchte, ich habe wirklich nur provokante Kleider dabei."

„Ich verstehe", erwiderte Rafe trocken. Isabel hatte ihn nur mit nach Dream Island genommen, um Sex mit ihm zu haben. Und bisher hatte er auch nichts dagegen einzuwenden gehabt. Doch mit dem kleinen Missgeschick am Nachmittag hatte sich plötzlich alles geändert. Nun sah er in Isabel nicht nur eine faszinierende Partnerin für seine Liebesspiele, sondern auch die Frau, die möglicherweise von ihm schwanger war.

Nicht, dass er sie nicht mehr begehrte. Das wäre unmöglich. Doch nun meldete sich sein schlechtes Gewissen. Ob er ihr sagen sollte, was passiert war? Noch war es nicht zu spät, die „Pille danach" zu nehmen. Rafe hatte in einer der überall ausliegenden Infobroschüren gelesen, dass es auf der Insel auch einen Arzt und eine Apotheke gab.

Doch aus irgendeinem Grund gefiel ihm die Vorstellung gar nicht, dass Isabel sich seines Babys entledigte. Das war äußerst merkwürdig, denn schließlich hatte er sich nie gewünscht, Vater zu werden, und tat es noch immer nicht. Doch Isabel wünschte sich ein

Kind. Warum also nicht eins von ihm? Das war doch viel besser, als sich künstlich befruchten zu lassen – eine Idee, die Rafe ganz und gar nicht gutheißen konnte.

„Rafe, warum siehst du mich so an und runzelst dabei die Stirn? Worüber, um alles in der Welt, denkst du nach?"

„Worüber ich nachdenke?" Rafe nahm sie beim Arm und führte sie den schmalen Weg hinunter zum Bootssteg. „Ich finde, dass es keine gute Idee ist, allein ein Baby zu bekommen und aufzuziehen. Meine Mutter hat mich auch allein großgezogen. Es war sehr schwer für sie, obwohl sie die ersten acht Jahre ja noch meinen Vater zur Unterstützung hatte."

„Ich kann mir gut vorstellen, dass man in *deinem* Fall viel Kraft und eine Engelsgeduld braucht", erwiderte Isabel. „Aber mein Baby wird nicht deine unheilvollen Gene besitzen, Rafe. Ich werde diese Aufgabe also hoffentlich ohne größere Probleme allein bewältigen können."

„Tatsächlich?" Rafe konnte sich ein Lächeln nicht verkneifen.

„Allerdings", sagte sie heftig.

„Aber wenn du dich wirklich künstlich befruchten lässt, wie du es dir vorgenommen hast, dann weißt du doch gar nichts über den Spender und darüber, was für Eigenschaften das Kind von ihm erben wird. Da wären doch sogar meine Gene noch die bessere Wahl."

„Nur der Name und die Adresse werden geheim gehalten", entgegnete Isabel ungeduldig. „Ich werde selbstverständlich ausführliche Informationen über die infrage kommenden Spender erhalten. Eine Beschreibung der körperlichen Eigenschaften und Merkmale, des Gesundheitszustandes, der Bildung und Intelligenz sowie der Interessen und Hobbys. Dann werde ich mir den am besten geeigneten Kandidaten aussuchen."

„Faszinierend. Wie ich sehe, fällt dir das Laufen mit diesen hohen Absätzen ein bisschen schwer. Lass mich dich tragen." Obwohl Isabel protestierte, hob er sie einfach hoch und trug sie über den Sand zum Anlegeplatz.

„Du bist ja so leicht wie eine Feder. Ich habe das Gefühl, du hast abgenommen, seit wir auf Dream Island sind – zu viel bewegt und zu wenig gegessen", neckte er sie.

Isabel schnitt ein Gesicht.

„Und wenn du bald schwanger wirst, solltest du besonders gut auf deine Gesundheit achten", fügte Rafe in belehrendem Ton hinzu. „Drei Mahlzeiten am Tag, und keine Diäten oder ähnlichen Blödsinn."

„Zu Befehl, Dr. Saint Vincent."

„Ich bin nur vernünftig", erwiderte Rafe gelassen. „Aber vielleicht hast du das ja auch nicht ernst gemeint und willst gar kein Kind."

„Selbstverständlich ist es mir ernst damit", entgegnete Isabel. „Bitte setz mich jetzt ab. Wir sind schon lange auf dem Anleger."

Rafe blickte auf sie hinunter. Erst jetzt fiel ihm auf, wie angespannt Isabel war. Er war nicht auf die Idee gekommen, dass es sie erregen könnte, wenn er sie in den Armen trug. Das war zwar sehr schmeichelhaft, doch er hatte im Moment nicht vor, die Situation für sich auszunutzen. Langsam ließ er sie auf den Anleger hinab.

„Nach welchen Gesichtspunkten wirst du denn den Vater deines Kindes aussuchen, Isabel?"

„Nein."

„Nein? Was meinst du damit?"

„Ich meine, dass ich nicht mit dir darüber reden werde, Rafe", erwiderte sie energisch und ging ihm voran zum Boot. „Ich wünschte, ich hätte dir gar nicht erst von meinen Plänen erzählt. Das alles geht dich überhaupt nichts an."

Schnell ging Rafe ihr nach. „Sei doch nicht so. Wenn wir nachher beim Essen mehrere Stunden lang zusammen an einem Tisch sitzen, müssen wir uns schließlich über irgendetwas unterhalten. Außerdem interessiert es mich eben."

Sie wandte sich um und blickte ihm in die Augen. „Warum?"

„Warum nicht?"

Einen Moment wirkte Isabel enttäuscht, dann zuckte sie die Schultern. „Also gut, eigentlich kann ich es dir auch erzählen. Du wirst ja doch keine Ruhe geben, bis du es weißt." Sie seufzte. „Aber es kann nicht immer nur nach deinem Willen gehen. Wenn ich dir so persönliche Fragen beantworte, musst du dasselbe aber auch für mich tun."

„Einverstanden." Rafe hatte nichts zu verbergen. Außerdem war er gespannt, was Isabel ihn wohl fragen würde. Ob sie es doch nicht nur auf Sex mit ihm abgesehen hatte? Vielleicht wollte Isabel mehr – ob sie es sich nun eingestand oder nicht.

Die Vorstellung, eine dauerhafte Beziehung mit dieser schönen, faszinierenden Frau zu führen, gefiel ihm sehr. Rafe hatte sich nie damit anfreunden können, Isabel nach den zwei Wochen auf Dream Island nie wiederzusehen. Doch bisher hatte er den Gedanken immer verdrängt, weil sie dies nun einmal zur Bedingung gemacht hatte und er sie so sehr begehrte.

Doch jetzt hatte sich alles geändert. Wenn Isabel tatsächlich ein Kind von ihm erwartete, kam es einfach nicht infrage, dass sie nach dem Urlaub getrennte Wege gingen. Unwillkürlich ließ Rafe den Blick über Isabels Körper gleiten, von den vollen Brüsten bis zum jetzt noch sehr flachen Bauch. Rafe malte sich aus, wie sanft gerundet Isabels Körper in einigen Monaten aussehen würde.

Der Magen zog sich Isabel zusammen, als sie Rafes Blick bemerkte. Er hat wieder nur Sex im Kopf, dachte sie. Es war eindeutig. Sie hatte gespürt, wie er den Blick über ihr Dekolletee gleiten ließ, als würde er sie in Gedanken ausziehen. Isabel spürte, wie er ein unbändiges Verlangen in ihr weckte – wie eben, als er sie zum Anleger getragen hatte.

„Hör sofort auf damit", sagte sie empört.

Er blickte ihr in die Augen. „Womit soll ich aufhören?"

„Du weißt ganz genau, was ich meine, du schamloser Kerl. Und jetzt hilf mir in das verdammte Boot."

Das kleine Motorboot schwankte heftig, als Isabel den Fuß hineinsetzte. Beinahe wäre sie ins Wasser gefallen. „Vielleicht sollten wir lieber Tom bitten, uns zum Restaurant zu fahren." Angstvoll hielt sie sich am Bootsrand fest.

„Setz dich einfach in die Mitte der Bank, Isabel", versuchte Rafe sie zu beruhigen. „Dann wird dir nichts passieren."

Sie befolgte seinen Rat, und das Boot hörte auf zu schwanken. Rafe startete den Motor und steuerte das Boot geschickt Richtung Hauptstrand. Sein selbstsicheres Auftreten erinnerte Isabel daran, dass Männer wie er für viele Dinge im Alltagsleben gut waren – und nicht nur darin, Frauen mit atemberaubendem Sex zu verwöhnen. Vielleicht könnte sie ihn dann und wann anrufen, damit er vorbeikäme und eine Sicherung auswechselte oder den Rasen mähte. Schließlich war sie, Isabel, jetzt Besitzerin eines Hauses und würde künftig solche Dinge zu erledigen haben.

Sie erreichten den Hauptstrand. Rafe stieg aus dem Boot und vertäute es am Anleger. Während er ihr den Rücken zuwandte, ließ Isabel den Blick über seine schwarzen Jeans gleiten. Sie liebte seinen kleinen, knackigen Po.

Rafe drehte sich zu ihr um. „Hör sofort auf damit", sagte er und lächelte jungenhaft.

„Womit soll ich aufhören?", fragte Isabel betont gelassen, doch sie errötete heftig.

„Du weißt ganz genau, was ich meine, du schamlose junge Frau."

„Ich habe keine Ahnung, wovon du redest", erwiderte sie schnippisch. „Und jetzt hilf mir bitte aus dem Boot. Ich möchte nicht ins Wasser fallen."

„Eine kleine Abkühlung würde dir vielleicht ganz guttun."

Isabel blickte ihn kühl an und sagte: „Ich dachte, du magst es, wenn ich heiß und feucht bin – nicht kalt und feucht."

Unwillkürlich musste Rafe lächeln, während er beobachtete, wie sie den Steg entlangging. Isabel faszinierte ihn immer wieder aufs Neue. Keine Frau, die er je kennen gelernt hatte, war so sexy und schlagfertig wie sie. Aber er war sich jetzt sicher, dass Isabel ihn auch mochte, auch wenn ihr diese Tatsache vermutlich gar nicht gefiel. Sie konnte natürlich nicht wissen, dass ihr das Schicksal vielleicht einen Streich gespielt hatte und er möglicherweise bereits viel mehr war als nur ihr Liebhaber für zwei Wochen – nämlich der Vater ihres Kindes.

Das muss ich auch noch herausfinden, dachte Rafe. Er wollte erfahren, wie groß die Chancen waren, dass Isabel von ihm schwanger geworden war.

„Wie heißt das Restaurant, in dem wir essen werden?", fragte Isabel, als er sie eingeholt hatte.

Rafe nahm sie beim Arm. „‚Hibiskus'. Hier entlang." Er führte sie über den Holzbohlenweg, der den Anleger mit den Hauptgebäuden der Ferienanlage verband. Alle waren von großen tropischen Gärten umgeben. Außer dem Rezeptionsgebäude gab es inmitten eines Palmengartens ein Fünfsternehotel mit zwei erstklassigen Restaurants, einem Bistro, einigen Bars, einem Kasino und einem riesigen Swimmingpool. Eines der Restaurants war das „Hibiskus", benannt nach den wunderschönen Blumen, die überall auf der Insel wuchsen.

„Ich habe einen Tisch bestellt, während du geduscht hast", erklärte Rafe. „Die Frau, mit der ich gesprochen habe, sagte mir, es sei das romantischste Restaurant auf der ganzen Insel. Wahrscheinlich dachte sie, dass wir beide in den Flitterwochen hier sind."

„Und vermutlich hast du dir nicht die Mühe gemacht, diesen Irrtum aufzuklären", sagte Isabel ironisch.

„Natürlich nicht – warum sollte ich? So konnte ich wenigstens sichergehen, dass wir einen besonders guten Tisch bekommen. Weil es so ein schöner warmer Abend ist, wollte sie uns einen Platz mit Blick über den Pool auf der Terrasse reservieren."

„Schwindler", sagte Isabel.

„Ich bin eben besonders charmant."

„Du bist arrogant und egoistisch."

„So magst du mich doch, oder?"

„Nur im Bett."

„Man verbringt ein Drittel seines gesamten Lebens im Bett. Es sei denn, man tut so, als wäre man in den Flitterwochen. Dann verbringt man fast die gesamte Zeit im Bett."

Gegen ihren Willen musste Isabel lachen. Rafe war einer der witzigsten Männer, denen sie je begegnet war. Es war praktisch unmöglich, seinem Charme zu widerstehen. Und er hatte genau die Art von trockenem Humor, die ihr so gut gefiel.

„Es gefällt mir, wenn du lachst", sagte Rafe. „Dann bist du noch schöner als sonst."

„Du solltest mir lieber nicht zu oft schmeicheln, Rafe. Sonst gewöhne ich mich womöglich noch daran."

„Und was wäre daran so schlimm?"

„Nichts. Es wäre nur nicht klug."

„Warum?"

Isabel seufzte. „Ich habe es dir schon einmal gesagt, Rafe. Ich möchte mich nicht wieder mit einem Mann einlassen, für den eine Beziehung sich ausschließlich im Schlafzimmer abspielt."

„Du glaubst also, dass ich nur an Sex mit dir interessiert sei?"

„Stimmt es denn nicht?"

„Das kommt darauf an."

„Worauf?", fragte Isabel.

Darauf, ob du ein Kind von mir erwartest ...

„Darauf, wie gut du kochen kannst", sagte Rafe.

Erstaunt zog Isabel die Augenbrauen hoch. „Du willst mir doch nicht weismachen, dass Liebe bei dir durch den Magen geht?"

„Ich lege durchaus Wert auf gutes Essen. Hier entlang gehts zum ‚Hibiskus'." Rafe folgte einem Schild durch den farbenprächtigen Garten. „Ich hoffe, es gibt auch eine gute Weinkarte. Da wir ja nicht extra bezahlen müssen, würde ich gern zu jedem Gang einen anderen Wein bestellen."

„Ich steige auf keinen Fall wieder mit dir in diese Nussschale, wenn du betrunken bist", warnte Isabel ihn.

„Ich auch nicht. Wenn ich das Gefühl habe, nicht mehr steuern zu können, lassen wir uns von einem Angestellten zurückbringen", versprach Rafe.

„Einverstanden." Isabel nickte. „Und bitte verführ mich nicht dazu, mit dem Alkohol zu übertreiben. Ich habe meinen letzten Rausch noch allzu gut in Erinnerung."

„Aber da hast du ja auch starke Drinks getrunken. Ein paar Gläser Wein werden dir sicher nicht schaden."

„Das sagst du jetzt so. Wahrscheinlich willst du nur, dass ich mich betrinke, damit du nachher mit mir machen kannst, was du möchtest."

Rafe lachte. „Darling, dafür brauche ich dich nicht betrunken zu machen."

Isabel zuckte ein wenig zusammen. „Diese Bemerkung habe ich ja geradezu herausgefordert, stimmt's?"

Rafe drückte ihr sanft den Arm. „Mach dir nichts draus. Ich mag dich so, wie du bist."

Das bezweifele ich nicht, dachte Isabel ironisch. Die meisten Männer hatten eine Schwäche für Flittchen. Bei dem Gedanken zog sich ihr der Magen zusammen. Möglicherweise benahm sie sich in Rafes Augen wirklich wie ein Flittchen. Vielleicht aber auch nicht. Schließlich war er nicht so engstirnig und maß nicht mit zweierlei Maß wie viele andere Männer, die Frauen ein schlechtes Gewissen wegen ihrer Sexualität einreden wollten.

Ihre, Isabels, Mutter würde jedoch nicht begeistert über das Verhalten ihrer Tochter sein. Isabel seufzte. Warum musste sie ausgerechnet jetzt daran denken? Ihre Mutter hatte völlig veraltete Vorstellungen von vielen Dingen. Sie begriff einfach nicht, dass die Welt sich geändert hatte. Man konnte sich nicht mehr darauf verlassen, dass Ehen hielten – und auf Männer konnte man sich erst recht nicht verlassen!

„Du bist ja so schweigsam", sagte Rafe ein wenig besorgt.

„Ich denke nur nach."

„Nachdenken ist manchmal gar nicht gut."
„Was empfiehlst du mir stattdessen?"
„Sich zu unterhalten tut gut. Und manchmal auch Wein trinken. Heute Abend solltest du beides tun."
„Du willst mir ja nur alle meine Geheimnisse entlocken."
„Hast du denn welche?"
„Haben wir das nicht alle?"
„Ich nicht – in mir kann man doch lesen wie in einem offenen Buch."
„Tatsächlich? Ein Mann, der einen Gespensterohrring und einen Dreitagebart trägt, muss doch irgendetwas zu verbergen haben."
„Nein", widersprach Rafe ruhig. „Bei mir weiß man immer, woran man ist. Du täuschst dich, wenn du mich für einen Möchtegern-Bohemien mit Allüren hältst. Das Gespenst hat früher meinem Vater gehört. Ich trage es immer, um mich an ihn zu erinnern, wenn ich in den Spiegel sehe. Und ich rasiere mich nicht jeden Tag, weil ich sonst Ausschlag bekomme. Was mein Outfit angeht – ich trage immer Dinge, in denen ich mich wohl fühle, in möglichst unempfindlichen Farben. Ich bin, wer ich bin, Isabel. Und ich bin zufrieden mit mir. Kannst du das auch von dir behaupten?" Er blieb stehen. „Ah, wir sind da. Hier ist das ‚Hibiskus'."

10. KAPITEL

Das „Hibiskus" war wirklich so beeindruckend schön, wie man Rafe und Isabel gesagt hatte. Da die Wände des Restaurants auf drei Seiten aus Glas bestanden, blickte man von sämtlichen Tischen aus auf den riesigen tiefblauen Swimmingpool. Da es ein angenehm warmer Abend war, freuten sie sich, dass man sie zu einem Platz auf der Terrasse führte.

Die Tischplatte bestand aus Glas. Darauf lagen mit Hibiskusblüten bedruckte Sets und edles Silberbesteck. Es gab unterschiedliche Kristallgläser für die verschiedenen Weinsorten. Die Speisekarte war in Silber geprägt.

Der junge, gut aussehende Ober reichte Rafe die Weinkarte und zündete dann die Kerze an, die sich in einer Vertiefung in der Mitte des Tisches befand. Während Rafe einen Champagner von der kleinen, aber exquisiten Weinkarte aussuchte, sah Isabel sich schweigend die Speisekarte an. Auch nachdem der Ober gegangen war, hob sie nicht den Blick und sagte kein Wort. Rafe bereute schon seine Bemerkung darüber, dass sie sich vielleicht selbst nicht mochte, denn Isabel wirkte seitdem sehr niedergeschlagen. Doch wenn sie ihm gegenüber kein Blatt vor den Mund nahm, durfte sie selbst auch nicht so empfindlich sein. Trotzdem gefiel es Rafe nicht, dass sie traurig war. Was sollte er nur tun?

„Hast du etwas gefunden, worauf du Appetit hast?", fragte er betont gelassen und warf ebenfalls einen Blick auf seine Speisekarte. Es gab jeweils drei verschiedene Gerichte für jeden Gang.

„Eigentlich habe ich gar keinen Hunger", erwiderte Isabel leise und hielt den Blick noch immer gesenkt.

Rafe legte die Speisekarte auf den Tisch. „Isabel, es tut mir leid, wenn ich dich gekränkt habe. Das war nicht meine Absicht."

Endlich sah sie ihn an. „Du brauchst dich nicht zu entschuldigen. Du hast ja Recht. Ich bin nicht zufrieden mit mir und meinem Leben. Das war schon immer so."

„Aber warum denn? Das Einzige, was mir an dir nicht gefallen hat, war die Art, wie du dir die Haare hochgesteckt hast. Es hat nicht zu dem gepasst, was du wirklich bist."

„Und was bin ich in Wirklichkeit? Eine Schlampe?"

Einen Moment lang war Rafe wie vor den Kopf gestoßen. Dann wurde er wütend. „Sag nie wieder so etwas über dich! Du bist eine sinnliche Frau, die gern Sex hat. Dafür brauchst du dich wirklich nicht zu schämen!"

„Wenn du meinst", sagte sie unglücklich.

„Du solltest stolz auf dich sein", fuhr Rafe energisch fort. „Die meisten Frauen wären zusammengebrochen, wenn sie dasselbe durchgemacht hätten wie du. Aber du hast dich nicht unterkriegen lassen. Ich bin zwar nicht mit deiner Entscheidung einverstanden, allein ein Baby aufzuziehen, aber ich bewundere deinen Mut."

Sprachlos sah Isabel ihn an. Offenbar mochte Rafe sie wirklich – und nicht nur, weil sie gut im Bett war.

„Du darfst dich selbst nicht so herabsetzen, Isabel. Du bist eine der faszinierendsten Frauen, die ich kenne. Also Schluss mit diesem Blödsinn! Such dir etwas Schönes zu essen aus, oder ich werde die Geduld verlieren und heute Nacht nicht mit dir Scheich und Haremsdame spielen."

Isabel lachte, und ihre Augen glänzten. „Es war wirklich eine sehr gute Idee, dich mit auf die Reise nach Dream Island zu nehmen. Du bist so ..."

„Vernünftig?", vervollständigte Rafe den Satz.

Sie lächelte. „Ich dachte mehr an etwas wie ‚erfrischend'."

„Das hat mir noch nie jemand gesagt."

„Ich meine es durchaus als Kompliment."

„Vielen Dank."

Isabel neigte den Kopf zur Seite und sah ihn an. „Du bist wirklich sehr nett, Rafe Saint Vincent. Außerdem hast du einen guten Geschmack, was Kleidung angeht. Dieses schwarz-weiße Hemd finde ich toll. Darf ich es mir mal ausleihen?"

„Du kannst dir alles ausleihen, was du möchtest. In deinen Sachen würde ich wohl nicht besonders gut aussehen."

Sie lächelten sich an, als der Ober den Champagner brachte. Der junge Mann füllte ihre Gläser und fragte, ob sie sich bereits für etwas entschieden hätten. Isabel bat Rafe, für sie etwas auszusuchen. Sämtliche Gerichte auf der Speisekarte klangen köstlich, und sie konnte sich einfach nicht entscheiden.

Rafe lächelte schalkhaft und bestellte ein thailändisches Nudelgericht mit Rindfleisch als Vorspeise, gegrillten Barramundi mit Salat als Hauptgericht und zum Dessert Mango-Käsekuchen.

„Wir werden zu den einzelnen Gängen verschiedene Weine bestellen. Können wir auch halbe Flaschen bekommen?", fragte er den Ober.

„Nein, Sir, ich bedauere. Sie können aber Gläser bestellen."

„Tatsächlich? Und was geschieht mit dem restlichen Wein aus der Flasche?"

Der Ober lächelte geheimnisvoll. „Er wird jedenfalls nicht weggegossen, das kann ich Ihnen versichern."

„Das glaube ich ohne weiteres", sagte Rafe, nachdem der junge Mann sich entfernt hatte. „Ich würde ja zu gern wissen, was in der Küche abends vorgeht, wenn das Restaurant geschlossen hat."

„Tja, in jedem Beruf gibt es bestimmte Privilegien", stellte Isabel fest.

„Und worin bestehen die Privilegien, wenn man als Empfangssekretärin in einem großen Architekturbüro arbeitet?"

Isabel runzelte die Stirn. „Woher weißt du, was ich früher beruflich gemacht habe?"

„Ich habe es von Les gehört, als ich ihm erzählte, dass die Hochzeit geplatzt ist. Wir haben uns eine ganze Weile über dich unterhalten. Er findet dich ganz entzückend und wollte wissen, was ich von dir halte."

„Und was hast du geantwortet?"

„Ich habe mich sehr anerkennend geäußert, war aber natürlich absolut diskret und habe keine Silbe über unseren kleinen Ausflug nach Dream Island gesagt. Das hielt ich für ratsam, da er ja offenbar deine Familie kennt."

„Das ist ja mal etwas ganz Neues", sagte Isabel. „Rafe Saint Vincent – das Muster an Diskretion."

„Ich habe viele verborgene Talente."

„Einige sind nicht ganz so verborgen", erwiderte sie vielsagend.

„Du bist ein böses Mädchen", schalt er sie schalkhaft. „Aber jetzt zurück zu meiner Frage: Was hat dir an deiner Arbeit gefallen – abgesehen davon, dass du dort millionenschwere junge Männer kennen gelernt hast?"

„Eigentlich nicht viel. Und dass ich Luke dort getroffen habe, zählt nicht – schließlich haben wir uns getrennt. Was dir an *deiner* Arbeit gefällt, brauche ich gar nicht erst zu fragen. Die Fotos in deinem Wohnzimmer sprechen für sich."

Rafe runzelte die Stirn. „Was meinst du?"

„Diese Bilder tragen den unsichtbaren Titel ‚Vorspiel'."

„Du glaubst, ich hätte mit all diesen Frauen geschlafen?"

„Hast du das etwa nicht?", fragte Isabel und trank einen Schluck Champagner.

„Natürlich nicht. Mindestens eine oder zwei habe ich nicht herumgekriegt."

Isabel verschluckte sich und fing an zu husten.

„Aber es lag daran, dass sie lesbisch waren."

„Hör auf!" Isabel presste sich lachend die Serviette auf den Mund.

„Soll ich dich auch mal so fotografieren?", fragte Rafe sanft.

Sie schluckte. „Du meinst nackt?"

„Nein, natürlich nicht. Du hast doch meine Fotos gesehen. Die Frauen, die ich fotografiere, sind nie ganz nackt. Du kannst zum Beispiel Ohrringe tragen, oder diese Schuhe." Er lächelte zweideutig und blickte durch die Glasplatte des Tisches auf ihre Füße, die in den hochhackigen Sandaletten steckten.

„Du willst mich doch nur aufziehen."

„Stimmt. Ich habe meine Kamera nämlich gar nicht mitgebracht – leider."

Zum Glück, dachte Isabel insgeheim. Denn ganz sicher hätte sie es zugelassen, dass Rafe sie nackt fotografierte. Seit sie auf Dream Island angekommen waren, kannte sie sich selbst nicht wieder.

Sie hob ihr Glas und trank noch einen Schluck Champagner. „Weshalb missfällt dir eigentlich meine Entscheidung, allein ein Kind aufzuziehen?", fragte sie.

Rafe lächelte. „Du möchtest also das Thema wechseln? Vielleicht ist das keine schlechte Idee." Allein der Gedanke daran, Isabel mit nichts als ihren Ohrringen und Schuhen zu fotografieren, erregte ihn unglaublich.

Er trank ein paar Schlucke Champagner und überlegte, wie er die Frage beantworten konnte, ohne neugierig oder taktlos zu wirken. Hätte Isabel das Thema nicht selbst angesprochen, hätte er es früher oder später getan. Rafe beschloss, ihr nicht zu sagen, was er von ihrem Plan hielt, sich künstlich befruchten zu lassen. Isabel war ohnehin entschlossen, das zu tun. Sie würden sich also nur streiten. Doch er musste unbedingt wissen, wie hoch die Wahrscheinlichkeit war, dass Isabel heute von ihm schwanger geworden war.

„Ich glaube, es war eine etwas voreilige Entscheidung, weil du Luke noch nachgetrauert hast. Du bist eine junge Frau, Isabel. Du hast noch zehn Jahre Zeit, um dir einen geeigneten Vater für dein Baby zu suchen. Ich finde, du solltest nichts überstürzen. Warte lieber ab, bis der Richtige vorbeikommt."

„Ich habe es dir doch schon einmal erklärt", sagte Isabel ungeduldig. „Ich habe auf beide Arten versucht, den richtigen Mann zu finden – mit meinem Herzen und mit meinem Verstand. Es hat nicht funktioniert. Nein", fügte sie energisch hinzu, „ich kann nicht länger warten. Mir bleibt nicht so viel Zeit, wie du denkst. Theoretisch können Frauen bis zu den Wechseljahren Kinder bekommen. Aber die Wahrscheinlichkeit, ein gesundes Baby ohne Komplikationen zur Welt zu bringen, sinkt bei über dreißigjährigen Frauen rapide. Meine biologische Uhr tickt, Rafe. Ich muss *jetzt* handeln, bevor es zu spät ist."

Rafe versuchte, sich nichts anmerken lassen. Wenn Isabel wüsste, dass *er* am Nachmittag bereits gehandelt hatte ...

„Ich verstehe", sagte er leise und senkte einen Moment den Blick. „Dann hattest du mit Luke also geplant, nach der Hochzeit so bald wie möglich schwanger zu werden?"

Isabel seufzte wehmütig. „Ja."

„Während der Flitterwochen auf Dream Island?"

„Genau. Ich hatte mir bis auf die Stunde genau ausgerechnet, wann der günstigste Zeitpunkt sein würde."

„Kann man überhaupt so genau sagen, wann der Eisprung stattfindet?"

„Ja, wenn man einen so regelmäßigen Zyklus hat wie ich. Außerdem hatte ich vorher drei Monate lang täglich meine Temperatur gemessen."

„Und?", fragte Rafe betont gelassen. „Wann wäre der große Augenblick gewesen?"

Isabel überlegte. „Ich glaube, morgen", sagte sie. „Bei mir passiert nämlich alles donnerstags: der Eisprung und der Beginn meiner Periode. Meine Kolleginnen waren immer ganz neidisch, weil ich nie davon überrascht wurde. Ich bin an diesem Tag einfach nach der Frühstückspause zur Toilette gegangen, weil ich wusste, dass mittags der Fluch anfangen würde."

„Der Fluch?"

„So nennen wir Frauen es, wenn wir die Periode kriegen. Du glaubst doch wohl nicht etwa, dass es angenehm ist?" Sie runzelte die Stirn. „Lass uns lieber über ein netteres Thema sprechen."

„Einverstanden", sagte Rafe gelassen, doch in seinem Kopf drehte sich alles. Donnerstag. Er war sicher, dass Spermien einen ganzen Tag lang überleben konnten. Doch Isabel hatte kurz nach dem Sex geduscht. Die Chancen standen also nicht besonders gut.

Moment mal, ermahnte Rafe sich selbst. *Eigentlich solltest du erleichtert darüber sein!* Schließlich wollte er keine Kinder. Oder etwa doch? Rafe blickte Isabel an. Plötzlich wurde ihm klar, dass er sich geirrt hatte. Er wünschte sich sehr wohl Kinder – mit Isabel.

Diese Erkenntnis verschlug ihm fast den Atem. Schnell wandte er den Blick von ihr ab und zum Swimmingpool. Seine Augen wurden groß. Das konnte doch nicht wahr sein!

„Rafe, ist etwas nicht in Ordnung?", fragte Isabel besorgt. „Du siehst aus, als hättest du ein Gespenst gesehen."

Rafe blickte sie an. Beinahe hätte er gelacht.

„Das habe ich tatsächlich. Siehst du die Blondine, die da mit ihrem älteren Begleiter im Pool herumturtelt?"

„Die mit der riesigen Oberweite?"

„Genau. Als ich sie das letzte Mal gesehen habe, waren ihre Brüste noch deutlich kleiner. Vermutlich hat sie sich operieren lassen. Jedenfalls ist das Liz, die Frau, die mich vor einigen Jahren verlassen hat. Ich habe dir von ihr erzählt."

„Wirklich?" Neugierig betrachtete Isabel die Blondine. Die junge Frau stieg aus dem Wasser und setzte sich auf den Beckenrand. Als sie die Arme hob, um sich das Haar aus dem Gesicht zu streichen, wirkten ihre Brüste so groß wie Melonen. Der grauhaarige Mann, mit dem sie im Wasser geturtelt hatte, stieg die in den Rand eingelassene Leiter hoch und trocknete sich mit einem Handtuch ab. Er war mindestens sechzig und somit deutlich älter als Liz, die etwa Ende zwanzig sein musste.

„Komm schon, Süße." Der Mann lächelte vielsagend. „Es wird Zeit, dass du dir meine Gunst verdienst."

„Ich bin sofort da, Darling", flötete die junge Frau, die ihm den Rücken zuwandte. Doch ihr Gesichtsausdruck war nicht gerade glücklich.

„Ist das der Mann, dessentwegen sie dich verlassen hat?", fragte Isabel. Es gelang ihr nicht, ihre Abscheu zu verbergen.

„Nein. Ich habe keine Ahnung, wer das ist. Aber vermutlich ist er reich. Der Mann, mit dem Liz durchgebrannt ist, war auch Fotograf, ein Kollege von mir. Damals war er sehr erfolgreich. Allerdings habe ich Gerüchte gehört, wonach er auch mit der Produktion schmutziger Videos zu tun hatte. Ich habe mich manchmal gefragt, was wohl aus Liz geworden sein mochte, nachdem sie aus der Modewelt verschwunden war. Aber als ich ihre riesigen Brüste gesehen habe, wurde es mir klar. Das passiert leider mit vielen Models, besonders mit denjenigen, die zu gierig nach Geld und Erfolg sind. Es ist sehr schade, denn sie hätte es wirklich zu etwas bringen können. Stattdessen ist *so etwas* aus ihr geworden." Er wies mit dem Kinn auf Liz, die ihrem älteren Liebhaber nacheilte, wobei ihre Brüste geradezu grotesk auf und ab schwangen.

„Es klingt ja beinahe so, als hättest du Mitleid mir ihr", stellte Isabel erstaunt fest.

„Das stimmt." Rafe schien selbst überrascht zu sein. „Dass ich sie hier noch einmal getroffen habe, lässt mich alles in einem anderen Licht sehen. Und ich kann jetzt endlich mit der Vergangenheit abschließen."

„Du hast sie sehr geliebt, stimmt's?", fragte Isabel und sah ihn mitfühlend an.

„Ja, das habe ich wirklich. Im Nachhinein weiß ich, dass sie es nicht wert war. Aber wie man so schön sagt: Liebe macht blind."

„Allerdings. Ich weiß, was du meinst. Ich bin schon auf so viele Versager und Lügner hereingefallen, dass ich irgendwann aufgehört habe, sie zu zählen. Gegen den letzten von ihnen, den ich vor Luke kennen lernte, waren die anderen allerdings geradezu Heilige. Aber das wusste ich natürlich noch nicht, als ich ihm begegnet bin."

„Und wo hast du ihn getroffen?"

„Ich habe einige Zeit in verschiedenen Orten in ganz Australien gearbeitet. Damals war ich als Verkäuferin in einer trendigen Boutique an der Gold Coast angestellt und habe italienische Schuhe verkauft. Eines Tages kam ein Kunde in den Laden, der sehr kultiviert und gebildet wirkte. Er hat gleich sechs Paar Schuhe gekauft, um möglichst viel Zeit mit mir zu verbringen, wie er sagte. Natürlich hat mich das sehr beeindruckt."

„Ist es nicht ein bisschen naiv, auf so etwas hereinzufallen?"

„Natürlich ist es das. Aber ich bin einfach naiv, wenn ich mich verliebe."

„Bei mir war das aber nicht der Fall."

„In dich habe ich mich ja auch nicht verliebt. Ich finde dich nur attraktiv, das ist alles."

Großartig, dachte Rafe ironisch. Doch er wusste, dass er diese Antwort selbst provoziert hatte.

„Und was ist dann passiert?"

„Was glaubst du denn? Hal hat mich noch am selben Abend zum Essen eingeladen. Danach hat er mich mit zu sich nach Hause genommen – und dann ins Bett."

Rafe beschloss, nicht weiterzufragen. Er war schon jetzt unglaublich eifersüchtig auf Hal, dem es gelungen war, Isabel gleich am ersten Abend zu verführen. Mich hat sie nur verächtlich angesehen, dachte er. Aber natürlich war sie damals noch mit Luke verlobt gewesen – und nach den Erfahrungen mit Hal sicher besonders vorsichtig.

„Wie ist das Ganze ausgegangen? Hat er dich verlassen?", fragte er.

„Nein. Ich glaube sogar, dass Hal mich auf seine ganz eigene Art wirklich geliebt hat. Nein, es ist etwas Schwerwiegendes vorgefallen. Danach konnte ich mir nicht mehr einreden, dass Hal der ideale Mann für mich sei."

„Hast du etwa herausgefunden, dass er verheiratet war?"

Sie lachte. „Ach, wenn es nur das gewesen wäre ..."

„Jetzt bin ich aber wirklich neugierig. Was ist passiert?"

„Er ist für fünfzehn Jahre ins Gefängnis gekommen, weil er Drogenhandel im großen Stil betrieben hat."

„Du meine Güte! Und du hast nichts davon geahnt?"

„Überhaupt nichts. Hal selbst nahm keine Drogen, und natürlich hat er das alles vor mir geheim gehalten. Sogar als er häufiger geschäftlich nach Bangkok reiste, wurde ich nicht misstrauisch. Er hatte mir erzählt, er würde Schmuck importieren." Sie lächelte traurig. „Auf Grund meiner reichhaltigen Erfahrungen hätte mir eigentlich klar sein müssen, dass Hal zu perfekt war. Aber wie du schon gesagt hast: Liebe macht blind. Damals dachte ich, all meine Träume wären wahr geworden. Hal war ein attraktiver, erfolgreicher, faszinierender Mann. Auch materiell konnte er mir alles bieten, was das Herz begehrte. Ein riesiges Haus am Meer, eine Limousine, eine eigene Jacht. Hal hat mir ständig Liebeserklärungen gemacht und wirklich den Kopf verdreht. Ich rechnete damit, dass er mir einen Heiratsantrag machen würde. Kurz gesagt, ich schwebte im siebten Himmel, bis ich eines Tages dieses Bild von seiner Verhaftung auf der Titelseite einer Zeitung sah."

„Es war sicher eine schwere Zeit für dich", sagte Rafe mitfühlend.

„Das ist stark untertrieben. Ich war todunglücklich."

„Musstest du vor Gericht gegen ihn aussagen?"

„Zum Glück nicht. Und glücklicherweise ist das Ganze in einem anderen Bundesstaat passiert. Ich hatte meinen Eltern noch nicht von Hal erzählt. Das wollte ich nach der Verlobung tun. Es sollte eine schöne Überraschung für sie werden, nach all den Enttäuschungen, die ich vorher mit Männern erlebt hatte."

„Dann war es wahrscheinlich wirklich besser, dass er rechtzeitig überführt wurde", sagte Rafe.

„Vermutlich." Isabel zuckte die Schultern. „Aber damals habe ich es natürlich anders gesehen."

„Das verstehe ich. Mir ist ja auch erst im Nachhinein klar geworden, dass ich ohne Liz besser dran war – genauso wie du ohne Luke, auch wenn du mir darin nicht zustimmen kannst. Er hat dich nicht geliebt."

„Auf Liebe kann ich wirklich gut verzichten."

Rafe sah sie eindringlich an. „Das sehe ich anders. Mir bedeutet Liebe noch immer etwas."

„Ich verstehe nicht, warum. Wer verliebt ist, handelt oft dumm und irrational."

„Da könntest du allerdings Recht haben." In den nächsten zwei Tagen werde ich mehr dumme, irrationale Dinge tun als je zuvor, dachte Rafe zufrieden.

„Wann kommt denn endlich das Essen?", fragte Isabel nun ungeduldig.

„Es wird sicher jeden Moment gebracht. Bis dahin können wir noch etwas Champagner trinken." Er füllte ihr Glas auf. „Er ist ausgezeichnet, stimmt's?"

„Ja. Aber wenn ich nicht bald etwas esse, wird er mir in den Kopf steigen. Von Champagner bekomme ich immer sehr schnell einen Schwips."

„Das macht doch nichts. Du wirst deswegen nachher sicher nichts tun, was du nicht sowieso tun würdest." Rafe lächelte schalkhaft.

Isabel blickte ihn an. „Du bist aber ganz schön übermütig heute, Darling."

Allerdings, dachte Rafe. Und das musste er auch sein. Aber er konnte natürlich nicht bei jedem Kondom, das sie in den kommenden zwei Tagen verwenden würden, die Spitze abschneiden. Das würde Isabel sicher auffallen. Alles, was er riskieren konnte, waren einige winzige, fast unsichtbare Löcher. Außer vielleicht in dieser Nacht ...

. Plötzlich hatte Rafe eine Idee. Isabel würde sicher nicht mehr viel bemerken, wenn sie richtig betrunken wäre. Vielleicht würde es sogar möglich sein, gar nicht zu verhüten – je nachdem, in welcher Position sie miteinander schlafen würden. Der Gedanke faszinierte und erschreckte ihn zugleich. Es war tatsächlich dumm und irrational, so etwas zu tun. Rafe wusste, dass Isabel ihn nicht heiraten würde. Bestenfalls würde er der Vater ihres Kindes sein und es vielleicht dann und wann besuchen dürfen.

Egal, dachte er entschlossen, ich werde es trotzdem tun.

11. KAPITEL

Isabel wachte auf und stöhnte. Helles Sonnenlicht flutete durch die offen stehenden Glastüren des Bungalows herein. Rafe war also vermutlich schon aufgestanden, um wie jeden Morgen zu schwimmen.

Dieser Mann hat eine eiserne Kondition, dachte Isabel, während sie das Moskitonetz zur Seite zog und versuchte, sich aufzusetzen. Das ganze Zimmer schien sich zu drehen. In ihrem Kopf hämmerte es, als würde jemand darin Schlagzeug spielen. Leise stöhnend ließ Isabel sich zurück in die Kissen sinken und drehte sich vorsichtig auf die Seite. Zu ihrer Erleichterung hörte das Zimmer auf, sich zu drehen.

Ihr Blick fiel auf ein großes Glas Wasser und eine Packung Kopfschmerztabletten auf dem Nachttisch. Wie mitfühlend, dachte Isabel, wagte jedoch noch nicht, sich zu bewegen. Stattdessen schloss sie die Augen und versuchte zu schlafen, doch sie war hellwach. Isabel versuchte, sich an den vergangenen Abend zu erinnern. Sie hatten sich nicht von jemand anders nach Hause fahren lassen, da Rafe nüchtern genug gewesen war, um das Boot selbst zu steuern. Sie selbst war viel zu beschwipst gewesen, um sich deswegen Gedanken zu machen.

„Beschwipst" ist wohl nicht gerade das richtige Wort, dachte sie reumütig. *Ich war jenseits von Gut und Böse.* Rafe allerdings nicht, obwohl er genauso viel Wein getrunken hatte wie sie. Oder etwa nicht? Isabel überlegte. Er hatte zwischen den einzelnen Gängen viel erzählt, während sie Wein getrunken und ihm zugehört hatte. Nicht nur das, insgeheim hatte sie ihn angehimmelt wie ein verliebter Teenager. Immer wieder hatte sie festgestellt, wie atemberaubend er war – und wie dumm Liz gewesen sein musste, weil sie sich von ihm getrennt hatte.

Schließlich kam Isabel zu dem Schluss, dass Rafe bei weitem nicht so viel Wein getrunken hatte wie sie. Außerdem wäre er dann nicht mehr in der Lage gewesen, sie später im Bett so wundervoll zu verwöhnen. Allerdings konnte Isabel sich an manches, was am Vorabend passiert war, nur noch verschwommen erinnern. Doch sie wusste noch genau, wie Rafe sie ausgezogen und gestreichelt hatte. Seine Hände hatten sich sehr sanft und zärtlich angefühlt, ebenso wie seine Küsse. Er hatte sie am ganzen Körper mit dem Mund liebkost, und sie hatte unzählige Höhepunkte gehabt.

Isabel hatte nicht gewusst, dass ein Höhepunkt so intensiv und atemberaubend sein konnte. Danach fühlte sie sich vollkommen entspannt und überglücklich. Schließlich drehte Rafe sie auf die Seite und drang von hinten in sie ein. Es fühlte sich unbeschreiblich gut an. Noch nie hatte Isabel sich in den Armen eines Mannes so geborgen gefühlt. Sie kam nicht noch einmal zum Höhepunkt. Doch Rafe hatte einen gehabt und vor Lust laut aufgeschrien.

An das, was danach gekommen war, konnte Isabel sich nicht mehr erinnern. Vermutlich war sie also in Rafes Armen eingeschlafen. Und am Morgen war sie mit trockenem Mund und höllischen Kopfschmerzen aufgewacht, während Rafe vermutlich in bester Laune zum Strand gegangen war.

Ein Schatten fiel auf ihr Gesicht. Isabel öffnete vorsichtig die Augen. Rafe war ins Zimmer gekommen. Offenbar war er wirklich am Strand gewesen, denn er trug eine Badehose. Isabel war sehr dankbar dafür, ihn jetzt nicht nackt vor sich zu sehen.

„Wie geht es dir?" Er kam zu ihr und setzte sich aufs Fußende des Bettes.

„Ich habe furchtbare Kopfschmerzen. Vielen Dank für das Wasser und die Tabletten."

„Es war mir ein Vergnügen – genauso wie die vergangene Nacht." Er lächelte zweideutig.

„Sei nicht so großspurig. Ich war sturzbetrunken."

„Allerdings. Übrigens bist du sehr kooperativ, wenn du zu viel getrunken hast."

„Dazu kann ich nichts sagen. Ich habe nur eine sehr ungenaue Erinnerung an das, was letzte Nacht passiert ist."

„Soll das heißen, du weißt nichts mehr davon?"

Irgendwie klang Rafes Stimme merkwürdig. Isabel fragte sich, ob er erfreut oder gekränkt war. „Das habe ich nicht gesagt. Manches in meiner Erinnerung ist sehr verschwommen."

„Das wundert mich nicht."

„Aber irgendwie war es anders."

Vor Schreck zog sich Rafe der Magen zusammen. „Was meinst du damit?", fragte er und versuchte, nicht in Panik zu geraten. „Was genau war anders?"

Sie zuckte die Schultern. „Du warst sanfter als sonst. Zärtlicher."

Er lächelte erleichtert. „Na ja, dieses Mal stand ich ja auch nicht unter so einem Druck, weil du im Gegensatz zu sonst keine Befehle gegeben hast."

„Befehle? Was meinst du damit?", fragte Isabel überrascht.

„Darling, du kannst ziemlich ungeduldig sein, was Sex angeht. Ständig gibst du mir Anweisungen: ‚Schneller, Rafe.' ‚Tiefer!' ‚Fester!' ‚Noch einmal!' ‚Aufhören!' ‚Nicht aufhören!' Die Liste ist schier endlos."

„Das ist nicht wahr!", widersprach Isabel empört.

„Vielleicht habe ich ein bisschen übertrieben", gab Rafe zu. „Aber zumindest war es nett, dass ich zur Abwechslung mal genau das tun konnte, was ich wollte. Es hat mir wirklich Spaß gemacht." Und wie, dachte er insgeheim.

Jegliche Skrupel wegen seiner Entscheidung, nicht zu verhüten, waren vergessen gewesen, sobald Rafe seinen Plan in die Tat umgesetzt hatte. Die Vorstellung, dass aus dem Liebesspiel mit Isabel möglicherweise ein Kind hervorgehen würde, rief unfassbar starke Gefühle in ihm hervor. Als er sich in sie ergoss, fühlte er sich unendlich glücklich. Während Isabel in seinen Armen eingeschlafen war, war Rafe zum ersten Mal klar geworden, was es wirklich bedeuten konnte, einen anderen Menschen zu lieben. Seine Gefühle für Isabel waren absolut überwältigend.

Mir hätte gar nichts Besseres passieren können, als Liz gestern wiederzusehen, dachte Rafe. Wie dumm er gewesen war, ein Leben in Einsamkeit zu führen – aus Angst, noch einmal verletzt zu werden. Es war nur natürlich, dass man sich nach einer derartigen Enttäuschung eine Weile in einen Schutzpanzer zurückzog. Doch er war mehrere Jahre lang auf Abstand zu Frauen gegangen – vom Sex einmal abgesehen. Während dieser ganzen Zeit hatte er sich und all seinen Freunden eingeredet, er wolle nicht heiraten oder eine Familie gründen. Doch in Wirklichkeit war er einfach feige gewesen und hatte nicht riskieren wollen, dass sein männlicher Stolz noch einmal verletzt würde. Ich hatte einfach Angst davor, noch einmal verlassen zu werden, gestand Rafe sich ein.

Damit war es jetzt vorbei. Er würde darum kämpfen, seinen Traum zu verwirklichen. Und er war fest entschlossen, Isabel zu heiraten und ein Kind mit ihr zu bekommen. Oder besser noch: mehrere Kinder. Er selbst war als Einzelkind aufgewachsen und hatte sich immer Geschwister gewünscht. Doch noch konnte er Isabel das alles nicht erzählen. Er konnte ihr noch nicht einmal sagen, wie sehr er sie liebte. Dazu war Isabel noch nicht bereit. Aber irgendwann würde sie es sein. So lange musste er warten, und er wusste, dass er die Geduld haben würde.

Er hoffte inständig, dass sein Plan in der vergangenen Nacht nicht fehlgeschlagen war. Für den Fall, dass es doch so sein sollte, hatte er vorsichtshalber schon einige Kondome präpariert und mit einem winzigen Loch versehen. Ich werde nicht aufgeben und es immer wieder versuchen, dachte Rafe entschlossen. Er bedauerte, dass Isabel einen Kater hatte und er sie nicht auf der Stelle noch einmal lieben konnte.

„Ich kann Leute nicht ausstehen, die ausgeruht und fit sind, während es mir furchtbar geht", sagte Isabel missmutig.

„Du solltest vielleicht ein paar Runden schwimmen", schlug Rafe vor. „Das Wasser ist sehr erfrischend."

Sie stöhnte und hielt sich den Kopf. „Ich glaube nicht, dass ich dazu in der Lage bin. Aber wärst du vielleicht so nett, mir einen Kaffee zu bringen?"

Sofort sprang Rafe auf. „Natürlich. Bin schon auf dem Weg." Er verschwand in Richtung Küche.

Nicht nur ausgeruht, sondern auch noch bester Laune, dachte Isabel missmutig, während sie ihn fröhlich pfeifen hörte. Doch sie musste sich eingestehen, dass sie Rafe unterschätzt hatte. Nach wie vor war sie überzeugt, dass er ein Frauenheld war und vom Heiraten und Kinderkriegen nicht viel hielt. Doch er war kein bisschen arrogant oder egoistisch. Im Gegenteil, Isabel war überrascht, wie einfühlsam und rücksichtsvoll er sich bisher verhalten hatte. Diese Liz scheint ihn ganz schön verletzt zu haben, dachte sie. Was für ein gemeines, selbstsüchtiges Miststück!

Auch den Tod seines Vaters hatte Rafe nur sehr schwer verkraftet. Isabel war sehr gerührt von dem gewesen, was er ihr am Vorabend erzählt hatte. Sein Vater war Handelsvertreter einer großen Weinkellerei gewesen und durch ganz New South Wales gereist, um den Wein an Hotels und Restaurants zu verkaufen. Als Rafe acht Jahre alt war, hatte sein Vater einen Autounfall. Ein Känguru lief ihm vors Auto. Der Wagen kam von der Straße ab und prallte gegen einen Baum. Rafes Vater war sofort tot. Zu allem Unglück war er beruflich nicht sonderlich erfolgreich gewesen, so dass seine Witwe und der kleine Rafe in ärmlichen Verhältnissen leben mussten.

Doch offenbar war er ein toller Vater gewesen. Rafe hatte ihn geradezu bewundert. Als er Isabel von seinem Vater erzählte, versagte ihm mehrfach die Stimme. Die einzigen Gegenstände, die sein Vater ihm hinterlassen hatte, waren eine Kamera und ein Paar Manschettenknöpfe in Form von Gespenstern. Ebenso wie der Sohn war der Vater ein begeisterter Fan von Gespenstergeschichten gewesen und hatte Rafe von jeder Geschäftsreise ein solches Buch mitgebracht, das sie dann abends gemeinsam gelesen hatten.

Isabel kamen beinahe die Tränen, als Rafe ihr erzählte, wie bei einem Umzug einer der Manschettenknöpfe verloren gegangen war.

Er hatte sich aus dem anderen Knopf einen Ohrring machen lassen, den er niemals ablegte – aus Angst, ihn ebenfalls zu verlieren. Offenbar hatte er seinen Vater über alles geliebt. Wie schade, dass er selbst keine Kinder haben möchte, dachte sie wehmütig. Er wäre sicher ein großartiger Vater.

Isabel seufzte. Sie war eine unverbesserliche Romantikerin. Als Nächstes würde sie noch darauf hoffen, dass Rafe ihr eröffnete, er liebe sie von ganzem Herzen, habe seine Meinung über das Heiraten und Kinderkriegen geändert und wolle sie heiraten. Eher unwahrscheinlich, dachte sie.

„Hier ist dein Kaffee, Darling. Also hör auf mit dem Seufzen und trink. Du meine Güte, du hast ja noch nicht einmal die Kopfschmerztabletten genommen und das Wasser getrunken. Wie soll es dir denn dann besser gehen? Du bist wahrscheinlich völlig dehydriert. Nein, dann gibt es erst einmal keinen Kaffee für dich. Und in Zukunft übertreibst du nicht mehr so mit dem Wein", ermahnte Rafe sie. „Das ist wirklich nicht gut für dich."

Isabel verdrehte die Augen. „Und ich hatte schon geglaubt, du würdest doch nicht zu den Männern gehören, die andere herumkommandieren. Da habe ich mich wohl geirrt. Außerdem willst du doch nur, dass es mir besser geht, damit du genau das noch einmal mit mir machen kannst, was wir letzte Nacht getan haben."

Er lächelte und sah unverschämt erotisch aus. „Da könntest du Recht haben."

Isabel warf ihm einen finsteren Blick zu. Dann nahm sie zwei Tabletten und trank das Wasser.

„Möchtest du jetzt duschen oder im Meer schwimmen gehen?", fragte Rafe und ließ den Blick über ihren Körper gleiten. Die Bettdecke war verrutscht und gab den Blick auf Isabels Brüste frei. Sie spürte, wie ihre Erregung wuchs und die Brustspitzen fest wurden.

„Ich werde ein Bad im Whirlpool nehmen", sagte Isabel. „Und zwar allein."

„Ich könnte dir doch den Rücken schrubben", bot Rafe an.

„Nein, vielen Dank."

„Spielverderberin."

„Und nach dem Frühstück möchte ich irgendetwas tun, was mich nicht anstrengt. Wir könnten zum Beispiel Karten spielen."

„Karten?", fragte Rafe wenig begeistert. Er hasste Kartenspiele. Seine Mutter liebte Euchre and Cribbage und hatte ihn früher oft gezwungen, mit ihr zu spielen.

„Im Wohnzimmer sind auch noch jede Menge andere Spiele", sagte Isabel, die seine ablehnende Haltung bemerkt hatte.

Rafe sah sie an und überlegte. Ihm stand der Sinn einzig und allein nach erotischen Spielchen. Er konnte es sich nicht erlauben, während dieser entscheidenden vierundzwanzig Stunden Zeit zu verschwenden. Womöglich fand bei Isabel der Eisprung genau in diesem Moment statt! Plötzlich kam ihm eine Idee.

„Einverstanden", sagte er. „Aber damit es etwas spannender wird, spielen wir um einen Einsatz."

Isabel runzelte die Stirn. „Willst du etwa um Geld spielen?"

„Natürlich nicht. Das macht doch keinen Spaß."

„Woran hattest du dann gedacht?"

„Ich stelle es mir so vor: Wenn ich gewinne, musst du alles tun, was ich sage – und umgekehrt."

„Du meinst im Bett?"

„Nicht unbedingt. Ich könnte zum Beispiel auch verlangen, dass du mit mir schwimmen gehst, für mich kochst oder mich massierst", erklärte Rafe.

Sicher, dachte Isabel. „Ich bin nicht bereit, *alles* zu tun. Es muss Grenzen geben."

„Also gut, dann eben nichts allzu Unanständiges. Nichts, was dem anderen nicht gefallen würde."

Damit war der Spielraum noch immer groß genug. „Ich ... ich will nicht, dass du mich noch mal an die Hängematte fesselst." Am helllichten Tage würde sie vor Scham im Boden versinken.

„Na gut. Woran soll ich dich dann fesseln?"

„Rafe!"

„War ja nur ein Scherz", sagte er beschwichtigend. Er wollte sie gar nicht fesseln. Er wollte nur, dass sie von ihm schwanger wurde.

Isabel spürte, wie eine Woge des Begehrens sie durchflutete. Warum nur gelang es Rafe immer so leicht, sie zu erregen?

„Ich werde jetzt baden und frühstücken", sagte sie betont gelassen. Auf keinen Fall sollte er ihre Ungeduld bemerken. „In der Zwischenzeit kannst du dir ein Spiel aussuchen." Hoffentlich würde er eins wählen, das er gut beherrschte. Schließlich wollte sie, dass er gewann.

Er wählte ein nicht besonders spannendes Brettspiel mit dem Namen „Nimms leicht" aus. Um elf Uhr saßen sie auf der Terrasse und begannen. Unglücklicherweise war bei diesem Spiel Glück wesentlich entscheidender als Taktik, so dass man manchmal gewann, auch ohne es zu wollen. Weil es nur sehr kurz war, wurde in der Anleitung dazu geraten, drei Spiele zu machen und dann die Punkte zusammenzuzählen, um den Sieger zu ermitteln. Obwohl Isabel sich nur schlecht konzentrieren konnte, gewann sie die erste Runde mit einem Punkt Vorsprung.

„Oh!", sagte sie überrascht und versuchte, sich ihre Enttäuschung nicht anmerken zu lassen.

Erwartungsvoll blickte Rafe sie an. „Also? Welches grausame Schicksal erwartet mich, oh Herrin?"

„Du hast gesagt, es dürfte nichts Unanständiges sein. Lass mich also überlegen."

„Nichts *zu* Unanständiges", korrigierte er sie.

„Und es muss nicht unbedingt etwas mit Sex zu tun haben." Bestimmt würde Rafe die nächste Runde gewinnen, und sie würde tun müssen, was er von ihr verlangte. Das wird sicher mehr Spaß machen, dachte Isabel und freute sich insgeheim schon darauf. Sie musste eben noch ein wenig Geduld haben. „Ich möchte ein Schinken-Tomaten-Sandwich, mit Käse überbacken, und dazu ein großes Glas eisgekühlten Orangensaft."

„Wie bitte?", fragte Rafe enttäuscht. „Du hast doch gerade vor einer halben Stunde erst gefrühstückt."

„Es tut mir leid, aber ich habe noch immer ein bisschen Hunger", erwiderte sie betont fröhlich.

Er warf ihr einen missmutigen Blick zu. Isabel verschränkte die Arme vor der Brust. „Willst du dich etwa nicht an unsere Abmachung halten?", fragte sie kühl.

Rafe stand auf, murmelte etwas Unverständliches und ging in die Küche. Fünf Minuten später kam er mit dem Sandwich und dem Orangensaft zurück. Der Kühlschrank und die Vorratskammer des Bungalows waren gut bestückt. Besonders an den Zutaten für schnelle Snacks mangelte es nicht, denn dies waren die Mahlzeiten, die Frischvermählte und neu verliebte Paare bevorzugten.

Isabel aß das Sandwich sehr langsam und tat so, als würde sie jeden Bissen genießen. In Wirklichkeit war sie ganz und gar nicht hungrig. Doch der Orangensaft tat ihr gut, denn sie war vermutlich noch immer ein wenig dehydriert. Zum Glück waren die furchtbaren Kopfschmerzen inzwischen abgeklungen.

Schließlich schob sie Teller und Glas beiseite. „Vielen Dank, Rafe", sagte sie betont gelassen. „Das habe ich gebraucht. Sollen wir weiterspielen?"

„Auf jeden Fall."

Diesmal gewann Rafe. „Jetzt darf ich mir wohl etwas wünschen", sagte er zufrieden und blickte Isabel vielsagend an.

Ihr wurde heiß.

„Zieh den Sarong aus", befahl er.

Als er danach nichts weiter sagte, blickte sie ihn überrascht an. „Das ist alles? Ich soll nur den Sarong ausziehen?"

„Ja. Ist das ein Problem?"

Sie schluckte. Es war viel weniger, als sie erwartet hatte. Und doch ... Schlagartig wurde ihr klar, dass sie während der gesamten nächsten Spielrunde nackt vor ihm sitzen würde. Die Vorstellung erregte sie unglaublich. Isabel verspürte ein leichtes Schwindelgefühl, als sie aufstand und den Knoten zu lösen begann, der den Sarong zusammenhielt. Rafe sah sie an. Ihre Blicke trafen sich. Doch in dem Moment, als Isabel den Stoff zu Boden gleiten lassen wollte, klingelte das Telefon.

„Ignorier es einfach", sagte Rafe schnell. „Bestimmt ist das nur jemand von der Rezeption, der fragen will, ob wir einen Picknickkorb gebracht bekommen möchten."

Isabel versuchte, nicht auf das Läuten zu achten. Doch es gelang ihr nicht.

„Ich kann nicht", sagte sie schließlich, knotete den Sarong wieder zu, eilte ins Haus und nahm den Hörer ab.

„Hallo?", sagte sie atemlos.

„Isabel?"

„Rachel!"

„Ich ... es tut mir so leid, dass ich dich stören muss", schluchzte Rachel verzweifelt.

„Was ist denn passiert?"

„Lettie ist ... sie ist nicht mehr da, Isabel."

„Du meinst, sie ist gestorben?"

„Sie hat vor einigen Tagen nachts das Haus verlassen, während ich schlief. Dabei hat sie sich stark unterkühlt, weil sie keine Kleidung trug. Lettie hat sich oft einfach ausgezogen. Als die Polizei sie schließlich in einem Park fand, zitterte sie vor Kälte am ganzen Leib. Natürlich bekam sie eine Lungenentzündung und musste ins Krankenhaus. Die Ärzte haben ihr massenweise Antibiotika gegeben und gesagt, sie würde sich bestimmt erholen. Aber letzte Nacht hatte sie einen Herzanfall und ... sie konnten nichts mehr für sie tun."

„Oh Rachel, wie schrecklich! Das tut mir furchtbar leid."

„Ich habe immer geglaubt, ich wäre erleichtert, wenn sie sterben würde", sagte Rachel mit zittriger Stimme. „Du kannst dir nicht vorstellen, wie schwer es in den letzten Jahren mit ihr war. Die Tage und Nächte zogen sich schier endlos dahin. Alles erschien mir so sinnlos, und die ganze Zeit wusste ich, dass sie nie wieder gesund werden würde. Alles würde immer nur noch schlimmer werden", fuhr sie verzweifelt fort. „Aber jetzt, nach ihrem Tod, bin ich unglücklicher als je zuvor. Ich ertrage es nicht, ihr leeres Bett anzusehen. Und ich kann nicht aufhören zu weinen. Deswegen musste ich dich anrufen, Isabel. Ich musste einfach deine Stimme hören und mit dir sprechen – damit ich weiß, dass es irgendwo einen Menschen auf der Welt gibt, der mich lieb hat." Erneut brach Rachel in Tränen aus.

„Ganz ruhig, Rachel. Ich rufe sofort Mum und Dad an. Sie sollen dich zu sich nach Hause holen. Und ich werde so bald wie möglich zurück nach Sydney kommen."

„Aber ... aber das geht doch nicht", sagte Rachel und versuchte sich zusammenzureißen. „Dann wird deine Mutter doch Bescheid wissen."

„Was meinst du damit?"

„Sie wird erfahren, dass du nicht mit mir nach Dream Island geflogen bist, wie du behauptet hast, sondern mit einem Mann."

„Aber das ist doch jetzt völlig egal", sagte Isabel energisch. „Dann hat Mum eben eine Weile keine gute Meinung von mir. Sie wird darüber hinwegkommen. Aber jetzt bleib bitte ganz ruhig und mach keine Dummheiten, Rachel."

„Zum Beispiel?", schniefte ihre Freundin.

„Zu viel von Letties Sherry trinken. Oder den Gärtner verführen."

„Ich habe gar keinen Gärtner", sagte Rachel traurig. „Aber wenn ich einen hätte, würde ich mit ihm schlafen – ganz egal, wie er aussieht. Ich bin so einsam, Isabel."

„Das wird sich gleich ändern, Rachel. Du musst nur ein bisschen Geduld haben. Ich rufe jetzt sofort Mum an, damit sie dich abholt."

„In Ordnung."

„Du bist doch zu Hause, stimmt's?"

„Was ... ? Ja, ich ... ich bin zu Hause."

Rachel schien ganz durcheinander zu sein. Isabel zog sich das

Herz zusammen vor Mitgefühl. „Gut, dann rühr dich nicht von der Stelle, bis Mum sich bei dir meldet."

„Wohin sollte ich denn auch gehen?"

„Das weiß ich nicht. Vielleicht zum Einkaufen oder ins Krankenhaus?"

„Ich glaube nicht, dass ich je wieder einen Fuß in dieses furchtbare Krankenhaus setzen werde." Wieder brach Rachel in Schluchzen aus.

„Bitte weine nicht", bat Isabel, der ebenfalls die Tränen kamen.

„Entschuldige bitte", schluchzte Rachel.

Isabel schluckte. „Du brauchst dich nicht zu entschuldigen. Schließlich sind wir Freundinnen. Ich werde versuchen, noch heute einen Rückflug zu bekommen. Spätestens morgen bin ich da. Bis dahin tu bitte einfach das, was Mum dir sagt. Vermutlich wird sie dich zwingen, literweise süßen Tee zu trinken und jede Menge selbst gebackene Lamingtons zu essen. Aber ich finde, es kann dir nicht schaden, ein bisschen aufgepäppelt zu werden. Ist dir eigentlich klar, dass deine tollen Brüste fast ganz verschwunden sind, seit du so dünn geworden bist? Während unserer Schulzeit war ich furchtbar neidisch auf deine Oberweite, das kann ich dir sagen! Aber du wirst sie zurückbekommen. Und auch sonst wird es dir bald wieder besser gehen. Ich verspreche es."

„Ich bin so froh, dass ich dich angerufen habe." Rachel schien ein wenig getröstet zu sein.

„Ich wäre sehr gekränkt gewesen, wenn du es nicht getan hättest. Jetzt muss ich aber auflegen. Wir sehen uns bald. Pass auf dich auf." Isabel legte auf und seufzte. Rachel hatte Recht: Ihre, Isabels, Mutter würde nicht gerade erfreut sein über die kleine Lügengeschichte. Aber im Moment musste sie sich über andere Dinge den Kopf zerbrechen. Sie atmete tief ein, hob das Kinn und wollte den Hörer wieder abnehmen, um bei der Rezeption anzurufen.

„Ich nehme an, die Flitterwochen sind vorbei?"

Isabel erschrak. Rafe stand im Türrahmen und blickte sie an.

„Wie viel von dem Gespräch hast du mitbekommen?"
„Alles."
„Dann weißt du ja, dass ich nach Hause fliegen muss. Wenn du möchtest, kannst du natürlich die restliche Zeit allein hierbleiben."

Rafe blickte sie an, als hätte sie den Verstand verloren. „Warum sollte ich das tun? Ohne dich würde es mir keinen Spaß machen, Isabel. Nein, ich komme mit zurück nach Sydney. Aber du könntest den Bungalow über die Rezeption einem der Paare anbieten, deren Urlaub heute endet. Bestimmt wird jemand das Angebot annehmen."

„Ja, das ist eine sehr gute Idee."

„Tja, manchmal tauge ich auch zu anderen Dingen außer Sex."

Seine Stimme klang ein wenig bitter. Überrascht sah Isabel ihn an. Was ging nur in ihm vor? Glaubte er etwa, sie wäre glücklich darüber, dass sie abreisen musste?

„Es tut mir leid, Rafe. Ich würde auch lieber mit dir hierbleiben, anstatt nach Hause zu fliegen, um eine unglückliche Freundin zu trösten. Aber es ist nun einmal so. Rachel braucht mich, und zwar *jetzt*. Ich kann sie unmöglich enttäuschen."

„Das finde ich bewundernswert", sagte Rafe. „Menschen, die für ihre Freunde da sind, beeindrucken mich. Was mir nicht gefällt, ist etwas anderes: Du bist gar nicht auf die Idee gekommen, dass ich vielleicht während der nächsten sicher nicht einfachen Tage auch für *dich* da sein werde. Du wolltest mich wegschicken wie einen Gigolo, dessen Dienste du nicht mehr benötigst. Ich hatte geglaubt, unsere Beziehung hätte sich ein wenig weiterentwickelt. Ich dachte, du würdest mich wirklich mögen."

„Ich ... das tue ich doch auch", erwiderte Isabel ein wenig unsicher. „Was wir hier gemeinsam erlebt haben, war einfach ... fantastisch. Aber mit dem wirklichen Leben hat es nichts zu tun. Deshalb finde ich, unsere Wege sollten sich in Sydney wieder trennen."

„Tatsächlich? Da bin ich anderer Meinung."

Sprachlos sah Isabel ihn an.

„Auch ich fand unsere gemeinsame Zeit fantastisch. Doch ich glaube, alles kann noch besser werden, wenn wir zurück in Sydney sind. Außerdem könnten wir gute Freunde werden."

„Aber ..."

„Keine Widersprüche. Du magst mich. Ich mag dich – und zwar sehr. Außerdem haben wir im Bett sehr viel Spaß zusammen. Und du bist keine Frau, die wie eine Nonne leben würde. Dafür hast du viel zu viel Spaß an Sex. Sei ehrlich: Wo würdest du einen Mann finden, der dein Freund und dein Liebhaber sein möchte? Einen Mann, der ganz genau weiß, wie er dich erregen kann." Er blickte sie an. „Jemanden wie mich findest du so schnell nicht noch einmal."

Rafe hatte natürlich Recht. Er war einfach perfekt. Zu perfekt, dachte Isabel wehmütig. Sie würde sich Hals über Kopf in ihn verlieben. Bis jetzt war das zum Glück noch nicht passiert. Noch hatte sie die Möglichkeit, sich aus dem Staub zu machen.

Doch plötzlich fiel ihr ein, was Rachel am Telefon gesagt hatte: wie einsam sie war. Isabel wurde klar, dass sie nicht immer stark genug sein würde, der Versuchung zu widerstehen. Eines Nachts, wenn sie ganz allein in dem großen Haus in Turramurra wäre, würde sie Rafe anrufen und ihn bitten, zu ihr kommen.

Warum nimmst du sein Angebot nicht jetzt gleich an? fragte eine innere Stimme. Und was ist, wenn ich mich in ihn verliebe? dachte Isabel angstvoll. Darüber kannst du dir Sorgen machen, wenn es so weit ist, sagte die Stimme.

„Dann willst du also tagsüber mein Freund und nachts mein Liebhaber sein?", fragte sie.

„Nein. Ich möchte die ganze Zeit dein Freund *und* dein Liebhaber sein. Warum sollten wir nur nachts Sex miteinander haben?" Er lächelte vielsagend.

Isabel erschauerte. Sie wusste, dass sie diesem Mann nicht auf Dauer widerstehen konnte. Das brauchte sie gar nicht erst zu versuchen. Doch der Stolz verbot ihr strikt, die Kontrolle über das Geschehen gänzlich aufzugeben.

„Du hast natürlich Recht, Rafe", sagte sie betont gelassen. „Wir passen wirklich gut zusammen – besser, als ich je gedacht hätte. Du bist genau der Mann, den ich in meinem Leben brauche. Aber wenn wir unsere Beziehung weiterführen, hast du trotzdem noch lange nicht das Recht, mir zu sagen, wie ich mein Leben führen soll. Ich weiß, dass dir meine Entscheidung missfällt, allein ein Kind aufzuziehen. Aber ich habe es immer noch vor. Nichts und niemand wird mich davon abbringen."

12. KAPITEL

Auf dem Rückflug nach Sydney war Rafe schweigsam und nachdenklich. Er überlegte, welche Schritte er als Nächstes unternehmen sollte. Zuerst war er wütend gewesen, dass ihr Urlaub unterbrochen wurde. Doch schließlich war alles gar nicht so schlecht für ihn ausgegangen. Isabel hatte sogar zugestimmt, sich weiterhin mit ihm zu treffen. Und was ihre Bemerkung anging, niemand würde sie davon abhalten, allein ein Kind zu bekommen und aufzuziehen – in dieser Sache war Rafe in gewissem Sinne ihr Verbündeter, auch wenn sie es nicht wusste. Er hoffte, sie würde schwanger werden, bevor sie Zeit und Gelegenheit haben sollte, sich künstlich befruchten zu lassen.

Aus dem Cockpit kam die Durchsage, dass der Anflug auf Sydney begonnen hatte.

„Ich werde dich bei dir zu Hause absetzen", sagte Isabel.

„Gut. Wie sieht es mit morgen aus?"

„Was meinst du damit?"

„Wirst du mich morgen brauchen?"

Überrascht sah sie ihn an. „Ich dachte, du wolltest nicht, dass ich dich wie einen Gigolo behandle. Aber diese Frage hätte auch von einem Gigolo stammen können."

„Ich meinte, ob du mich als Freund brauchst, Isabel", erwiderte Rafe. Es würde noch lange dauern, bis sie ihm endlich vertraute. Dieser Hal hatte eine ganze Menge kaputtgemacht und Isabels Vertrauen in Männer gründlich erschüttert.

„Entschuldige bitte. Ich bin es einfach nicht gewohnt, dass ein Mann nur mein Freund sein möchte."

„Mit Luke warst du doch zuerst auch nur gut befreundet."

„Ja, aber Luke war wirklich eine Ausnahme."

„Luke, der Unfehlbare", sagte Rafe spöttisch.

„Nicht ganz, wie sich herausgestellt hat."

„Also, was ist jetzt mit morgen?", fragte er noch einmal.

Isabel seufzte. „Morgen werde ich mich wohl um Rachel kümmern müssen."

Rafe musste ihre Entscheidung akzeptieren – auch wenn es bedeutete, dass es mit dem Kind erst im nächsten Monat klappen würde, falls Isabel noch nicht schwanger war. Doch eigentlich fand er es bewundernswert, wie Isabel einfach ihren Urlaub abgebrochen hatte, um ihre Freundin zu trösten. Es gab nicht viele Menschen, die so etwas taten. Rafe wünschte, auch er wäre ein guter Freund. Doch ihm war bewusst, dass er nach der Trennung von Liz ziemlich egoistisch geworden war.

„Was ist dann mit übermorgen?", fragte er.

„An dem Tag findet die Beerdigung statt."

„Gut, dann werde ich mit dir hingehen."

„Nein."

„Doch, Isabel. Ich will nicht, dass du mich geheim hältst. Deine Mutter weiß bereits, dass du mit einem Mann nach Dream Island geflogen bist. Das hast du ihr selbst am Telefon erzählt. Ich habe auch gehört, dass sie dir deswegen Vorwürfe gemacht hat. Das hat mir gar nicht gefallen. Am liebsten hätte ich dir den Hörer weggenommen und deiner Mutter die Wahrheit gesagt."

„Die … die Wahrheit?"

„Ja. Nach allem, was ich mitbekommen habe, hält sie dich für ein Flittchen. Und da täuscht sie sich gewaltig. Du bist eine tolle Frau, und ich habe das Riesenglück, mit dir eine Beziehung führen zu dürfen. Außerdem bist du eine großartige Freundin – und bestimmt auch die beste Tochter der Welt. Das sollte jemand deiner Mutter einmal sagen. Und vielleicht werde ich dieser Jemand sein."

„Das ist wirklich lieb von dir, Rafe, aber du würdest nur deine Zeit verschwenden. Meine Mutter lebt noch in den Fünfzigerjahren und kann nicht verstehen, dass Menschen meiner Generation einfach anders denken und handeln. Mum kommt nicht mit der Tatsache zurecht, dass ich mit dir in den Urlaub gefahren bin, obwohl ich dich kaum kannte. Sie ist nicht nur schockiert, sondern schämt sich auch für mich."

„Dann sollte sie nicht mit zweierlei Maß messen", sagte Rafe verärgert. „Ich wette, sie war keinesfalls schockiert über das Verhalten deines Exverlobten. Immerhin ist er mit dieser Celia ins Bett gegangen, als er sie erst eine Stunde lang kannte. Vermutlich fand sie das völlig in Ordnung."

„Nein, das glaube ich nicht", versuchte Isabel ihn zu beschwichtigen. „Es fällt ihr grundsätzlich schwer, sich mit den Gepflogenheiten der modernen Zeit anzufreunden. Immerhin ist sie schon siebzig Jahre alt."

„Und du bist dreißig Jahre alt, Isabel", sagte Rafe ruhig, aber energisch. „Du bist erwachsen. Wenn du dein Leben nach deinen eigenen Vorstellungen führen möchtest, solltest du das auch vor deiner Mutter tun."

„Das sagt sich so leicht", verteidigte Isabel sich. „Du selbst hältst dich aber auch nicht daran. Schließlich erzählst du deiner Mutter Lügen und behauptest, du würdest irgendwann heiraten – obwohl du das gar nicht vorhast."

„Von jetzt an werde ich ihr gegenüber ehrlich sein." Gar kein Problem, dachte Rafe insgeheim. Denn jetzt würde er tatsächlich heiraten – und zwar Isabel.

„Tatsächlich?", fragte sie ironisch. „Wie schade, dass ich es nicht miterleben werde."

Oh doch, das wirst du, weil du die Braut bist. Auch wenn du es jetzt noch nicht weißt.

„Wie auch immer, ich komme auf jeden Fall mit zur Beerdigung, Isabel. Keine Widerrede."

Isabel warf ihm einen verärgerten Blick zu. Dieser Mann ließ sich einfach nichts sagen! „Also gut", stimmte sie zu. „Aber sag nicht, ich hätte dich nicht gewarnt."

Um fünf Uhr nachmittags am Tag der Beerdigung wünschte Rafe sehnlichst, er hätte nicht auf seinem Wunsch beharrt. Der Gottesdienst war vorbei, und alle Gäste wurden im Haus von Isabels Eltern, Mr. und Mrs. Hunt, bewirtet.

Rafe suchte nach einem Ort, wo er sich vor Mrs. Hunts fast feindseligen Blicken verstecken konnte. Nicht nur ihn, sondern auch seinen Ohrring hatte sie bereits mehrfach äußerst missbilligend gemustert. Zum Glück hatte er sich wenigstens rasiert und einen klassischen dunklen Anzug angezogen – den einzigen, den er besaß.

Rafe ignorierte die eisigen Blicke der Gastgeberin, während er sich am Büfett im Speisezimmer den Teller füllte. Da Isabel noch immer in ein Gespräch mit Rachel vertieft war, ging er auf die Terrasse an der Vorderseite des Hauses, um unbeobachtet essen zu können.

Doch das Schicksal schien es nicht gut mit ihm zu meinen. Kaum hatte er sich gesetzt, als auch schon Mrs. Hunt auf die Terrasse marschiert kam und sich drohend vor ihm aufbaute. Rafe hob den Blick vom Teller und sah sie an. Er bemühte sich, gelassen zu wirken. Doch sein Herz schlug heftig.

Mrs. Hunt war eine Ehrfurcht einflößende Erscheinung. Als junge Frau war sie sicher einmal sehr hübsch gewesen. Doch jetzt wirkte sie mit dem grauen dauergewellten Haar und dem geblümten Faltenkleid wie ein Überbleibsel aus einer längst vergangenen Zeit.

„Mr. Saint Vincent ..." begann sie und hielt dann inne. Die Pause war Teil der Strategie, mit der sie ihn offenbar verunsichern wollte.

Und Rafe wurde dadurch wirklich noch nervöser. Doch um keinen Preis der Welt wollte er sich das anmerken lassen.

„Ja, Mrs. Hunt?", erwiderte er betont gelassen, nahm sich ein Sandwich vom Teller und biss hinein.

„Dürfte ich Sie um eine kurze private Unterredung bitten?"

Er blickte sich um und zuckte die Schultern. „Wir scheinen hier ungestört zu sein, also haben Sie keine Hemmungen."

Mrs. Hunt sah ihn verächtlich an. „Das scheint in Ihrer Generation ja eine sehr beliebte Einstellung zu sein – keine Hemmungen zu haben und sich einfach das zu nehmen, was man möchte", sagte sie.

„Ich finde es wesentlich besser, als so heuchlerisch und verklemmt zu sein wie viele Menschen *Ihrer* Generation."

Isabels Mutter errötete. „Wie können Sie es wagen?", rief sie empört.

„Wie können *Sie* es wagen, Mrs. Hunt?", erwiderte Rafe kühl. „Schließlich bin ich Ihr Gast. Sind Sie immer so unhöflich gegenüber Ihren Besuchern?"

„Jemanden, der meine Tochter skrupellos ausnutzt, brauche ich wohl kaum höflich zu behandeln", entgegnete Mrs. Hunt hitzig.

„Das denken Sie also von mir?"

„Ich denke es nicht nur, ich weiß es. Normalerweise würde meine Tochter niemals mit jemandem wegfahren, den sie gerade erst kennen gelernt hat. Sie wussten, dass Isabel die Trennung von Luke noch nicht verkraftet hatte, aber das scheint Sie ja nicht abgehalten zu haben."

Rafe beschloss, ein für alle Mal reinen Tisch mit Isabels Mutter zu machen. Schließlich hatte er nichts zu verlieren. Er stellte seinen Teller ab und stand auf. „Nein, es hat mich nicht abgehalten, Mrs. Hunt", sagte er ruhig. „Und ich kann Ihnen auch sagen, warum. Ich habe mich in Ihre Tochter verliebt, als ich sie zum ersten Mal gesehen habe. Ich liebe sie über alles und möchte sie heiraten."

Ungläubig blickte Mrs. Hunt ihn an. Ihr schien es die Sprache verschlagen zu haben.

„Natürlich habe ich Isabel das alles noch nicht gesagt", fuhr Rafe fort. „Es wird noch einige Zeit dauern, bis sie für die Ehe bereit ist. Momentan hat sie keinerlei Vertrauen zu Männern und würde mir ganz einfach nicht glauben. Genau wie Sie glaubt Isabel, ich wäre nur auf Sex aus. Aber das stimmt nicht."

„Wollen Sie damit sagen, dass ... dass Sie nicht mit ihr geschlafen haben?"

Rafe musste lächeln. „Nein, das ist ein Missverständnis. Ihre Tochter ist wunderschön, und ich bin ein Mann, kein Eunuch. Aber Isabel hat viel mehr zu bieten als nur Sex. Sie ist etwas ganz Besonderes, eine großartige, mutige und sehr stolze Frau. Schade, dass nicht einmal ihre eigene Mutter das erkannt hat."

„Aber es ist mir durchaus bewusst! Isabel ist ein wundervoller Mensch."

„Mir scheint, das haben Sie ihr nicht allzu oft gesagt – wenn überhaupt. Nach allem, was ich mitbekommen habe, denkt Isabel, sie wäre in Ihren Augen ein Flittchen."

„So etwas denke ich ganz und gar nicht! Wie kommt sie nur darauf?", rief Mrs. Hunt empört aus.

„Isabel hat sicher ihre Gründe. Sie sollten Ihrer Tochter sagen, was Sie von ihr denken. Es könnte sein, dass Sie Isabel sonst verlieren. Schließlich ist sie jetzt finanziell unabhängig und hat sicher keine Lust, sich ständig von Ihnen kritisieren und Vorwürfe machen zu lassen."

„Aber ich ... oh nein, hätte ich doch nur meinen Mund gehalten ..." Mrs. Hunt sah so niedergeschlagen aus, dass Rafe unwillkürlich Mitleid mit ihr bekam.

Vielleicht war er etwas zu hart mit ihr ins Gericht gegangen. Aber irgendjemand musste doch endlich einmal Isabels Partei ergreifen und sich für sie einsetzen. Denn offenbar hatte das bisher niemand getan. Schon gar nicht dieser verdammte Luke, dachte Rafe.

„Sie müssen Isabel zeigen, dass sie vorbehaltlos geliebt wird", fuhr er etwas sanfter fort. „Also nicht nur dann, wenn Ihre Tochter das tut, was Sie für richtig halten. Denn auch Sie können sich täuschen. Und bitte erzählen Sie ihr nichts von dem, was ich Ihnen anvertraut habe."

„Und Sie lieben meine Tochter wirklich?"

„Mehr, als ich je eine Frau geliebt habe", sagte Rafe aufrichtig. „Ich werde Isabel heiraten, Mrs. Hunt. Ich möchte nur den richtigen Zeitpunkt abwarten, um ihr einen Antrag zu machen."

Mrs. Hunt lächelte überglücklich. „Das sind wirklich wundervolle Neuigkeiten. Ich habe mir solche Sorgen gemacht. Denn Isabel hat immer davon geträumt zu heiraten und …" Plötzlich unterbrach sie sich und sah Rafe erschrocken an.

„Sie … Sie wissen aber, dass Isabel sich ein Baby wünscht?", fragte sie ängstlich. „Ich hoffe, das ist kein Problem für Sie?"

Rafe lächelte. „Nein, ganz und gar nicht, Mrs. Hunt. Ganz im Gegenteil: Ich hoffe, das wird die Lösung für alles sein."

„Die Lösung?" Mrs. Hunt sah ihn einen Moment lang verständnislos an. Dann lächelte sie, und ihre grauen Augen glänzten. „Ach so", sagte sie und nickte. „Ich verstehe."

„Ich hoffe, Isabel wird Ihre ganze Unterstützung bekommen, wenn mein Plan erfolgreich ist."

„Sie können sich ganz auf mich verlassen, Rafe."

„Vielen Dank, Mrs. Hunt."

„Bitte nennen Sie mich doch Dot."

„Also gut." Er lächelte schalkhaft. „Drücken Sie mir bitte die Daumen, Dot."

„Ich glaube nicht, dass so etwas nötig sein wird, Sie scharfer Kerl!"

„Dot, ich bin schockiert!"

„Ich bin nicht zu alt, um zu erkennen, was Isabel in Ihnen sieht. Allerdings finde ich, Sie sollten ihr vielleicht doch schon sagen, dass Sie sie lieben."

„Vertrauen Sie mir, Dot. Ich weiß, was ich tue."

„Also gut. Ich muss zugeben, Sie haben mich wirklich angenehm überrascht. Aber jetzt gehe ich besser wieder hinein, damit Isabel uns hier nicht zusammen erwischt und Fragen stellt. Sie glaubt nämlich, ich würde Sie nicht mögen."

„Wie kommt sie nur auf so eine Idee?", fragte Rafe lächelnd.

Dot lächelte ein wenig schuldbewusst. Sie war sympathischer und gutmütiger, als er gedacht hatte. „Sie sind ein ganz schön vorlauter junger Mann."

„So jung nun auch wieder nicht", erwiderte Rafe. „Schließlich bin ich schon über dreißig."

Mrs. Hunt lachte. „Für mich ist das jung", sagte sie und stand auf, um ins Haus zu gehen.

Kurze Zeit später kam Isabel auf die Terrasse gestürmt. „Ich habe dich überall gesucht. Mum sagte mir, du wärst hier draußen. Was, um alles in der Welt, hast du zu ihr gesagt?"

„Eigentlich nicht viel. Warum fragst du?" Rafe bemühte sich, gelassen zu wirken. In Wirklichkeit war er jedoch furchtbar nervös. Je länger er Isabel kannte, umso mehr liebte er sie – und umso inständiger hoffte er, sein Plan würde funktionieren.

„Sie hat mir lächelnd erzählt, wie sympathisch sie dich findet. Ich kann es nicht fassen! Zuerst hat sie dich mit ihren Blicken fast getötet, und plötzlich mag sie dich! Es muss doch einen Grund dafür geben, dass sie ihre Meinung so geändert hat."

„Ich habe ihr nur gesagt, dass sie eine wundervolle Tochter hat, die ich heiraten werde."

Isabel blickte ihn ungläubig an. Dann brach sie in Lachen aus. „Das glaube ich nicht!"

„Das solltest du aber. Es ist nämlich die Wahrheit."

„Rafe, du bist wirklich durchtrieben! Erst erzählst du deiner eigenen Mutter Lügenmärchen über deine Heiratsabsichten, und jetzt meiner." Sie schüttelte lächelnd den Kopf. „Aber offenbar scheint es zu funktionieren."

Am liebsten hätte Rafe ihr auf der Stelle gesagt, dass er keineswegs gelogen hatte, sondern sie tatsächlich heiraten wollte. Er wünschte sehnlichst, er könnte ihr sagen, wie sehr er sie liebte. Doch ihm war bewusst, dass es dafür einfach noch zu früh war. Er würde sich noch eine Weile gedulden müssen.

„Wie geht es Rachel?", fragte er, um vom Thema abzulenken.

„Relativ gut. Hast du die Frau gesehen, mit der wir uns unterhalten haben?"

„Meinst du die große Untersetzte, die so aussieht wie ein Kriegsschiff?"

„Genau. Sie heißt Alice McCarthy. Rachel ändert oft neue Kleider für sie. So hat sie sich während der letzten Jahre ihren Lebensunterhalt verdient. Das hatte ich dir schon erzählt, stimmt's?"

„Ja, ich erinnere mich."

„Rachel ist auch eine ausgezeichnete Schneiderin", fuhr Isabel fort. „Aber Änderungsarbeiten gehen schneller und werden einfach besser bezahlt. Wie dem auch sei, Alice hat einen Sohn. Er heißt Justin."

„Oh nein", sagte Rafe. „Schon wieder so eine Mutter, die sich als Heiratsvermittlerin betätigt. Die arme Rachel! Sie trauert um ihre Pflegemutter, und der alte Drachen hat nichts Besseres zu tun, als ihr diesen Justin anzudrehen."

„Hör auf mit dem Quatsch, Rafe. Du hast das alles missverstanden. Außerdem ist Alice sehr nett. Justin ist gar nicht auf der Suche nach einer Frau, sondern nach einer Sekretärin. Und ich finde, dass Rachel jetzt dringend Ablenkung braucht, um nicht ganz in ihrer Trauer zu versinken. Ich möchte nicht, dass sie sich noch einsamer und unglücklicher fühlt, als sie es ohnehin schon tut. Eine neue Arbeit wäre genau das Richtige für sie. Natürlich muss sie erst zum Vorstellungsgespräch. Aber Alice wird alles dafür tun, damit Justin Rachel die Stelle gibt – zumindest für eine Probezeit."

„Das ist ja wirklich nett von ihr. Aber ist Rachel denn überhaupt für diese Arbeit qualifiziert? Hat sie schon einmal als Sekretärin gearbeitet?"

„Ob sie schon als Sekretärin gearbeitet hat?" Isabel zog die Augenbrauen hoch. „Rachel hat es sogar bis in die Endrunde des landesweiten Wettbewerbs ‚Die beste Sekretärin Australiens' geschafft. Das ist natürlich einige Jahre her, und sie traut sich nicht mehr allzu viel zu. Aber ich bin sicher, sie kann sich schnell wieder einarbeiten, wenn ihre Freunde sie unterstützen und ermutigen."

„Hm. Erzähl mir doch etwas über diesen Justin. Was macht er beruflich?"

„Er ist leitender Angestellter eines sehr erfolgreichen, im Stadtzentrum angesiedelten Unternehmens – einer dieser Firmen, die in allen möglichen Bereichen mitmischen: Versicherungen, Immobilien ..."

„Was ist mit seiner letzten Sekretärin passiert? Er hat doch sicher eine gehabt."

„Die Frau hat vergangenen Monat plötzlich gekündigt. Sie war für ein paar Wochen nach England geflogen, weil ihre Nichte sie zur Hochzeit eingeladen hatte. Dort wurde ihr plötzlich klar, wie sehr sie ihre Heimat vermisst. Als sie wieder in Australien war, hat sie nur ihre Sachen gepackt, ihre Arbeitsstelle gekündigt und ist zurück nach England gegangen. Justin bekam über eine Zeitarbeitsfirma eine andere Sekretärin vermittelt, mit der er aber nicht zufrieden ist. Er findet sie zu .... attraktiv. Außerdem versucht sie ständig, mit ihm zu flirten, so dass er sich nicht auf die Arbeit konzentrieren kann."

„Er tut mir wirklich leid", sagte Rafe ironisch. „Aber vermutlich gefällt das Ganze seiner Frau nicht besonders, stimmt's?"

„Er ist geschieden."

„Tatsächlich? Worin besteht dann das Problem?"

Isabel seufzte. Ich hätte es mir denken können, dachte sie. Für einen Mann wie Rafe stellte so etwas natürlich kein Problem, sondern eine willkommene Gelegenheit dar. Er würde die Sekretärin vermutlich in jeder Mittagspause auf seinem Schreibtisch vernaschen.

„Es ist nie eine gute Idee, eine Liebesaffäre mit einem Kollegen anzufangen", versuchte sie zu erklären. „Du kannst dir das vielleicht nicht vorstellen, weil du nie in einem Büro mit anderen zusammengearbeitet hast. Außerdem bist du keine Frau. Wenn eine weibliche Angestellte mit einem Kollegen eine Affäre anfängt, zieht sie normalerweise den Kürzeren – besonders dann, wenn es sich bei dem Kollegen um ihren Chef handelt."

Verständnislos sah Rafe sie an. „Wenn ich richtig verstanden habe, ist Justin also geschieden, und es gefällt ihm nicht, dass seine Sekretärin auf ihn abfährt. Ich frage mich immer noch, was der Grund sein könnte. Hat er den Verstand verloren? Ist er mit jemand anders zusammen? Schwul? Oder einfach nur vom Leben enttäuscht und resigniert?"

„Vielleicht ist er einfach ein Mensch, der Arbeit und Vergnügen lieber voneinander trennt – im Gegensatz zu bestimmten anderen Männern." Sie warf ihm einen vielsagenden Blick zu.

Rafe ließ sich nicht überzeugen. „Der Typ muss ein Idiot sein", schloss er. „Aber immerhin glaube ich, dass Rachel ihm gefallen wird. Man kann sie ja kaum als besonders attraktiv bezeichnen. Und flirten wird sie sicher auch selten." Ja, Isabels beste Freundin wirkte eher schüchtern und zurückhaltend. Trotzdem machte sie auf Rafe einen sehr netten und sympathischen Eindruck.

„Da hast du Recht. Früher war sie ganz anders: sehr extrovertiert und auffallend hübsch."

Es fiel Rafe schwer, sich das vorzustellen. Die Rachel, die er heute kennen gelernt hatte, war alles andere als hübsch. Trotz des verhärmten Gesichtsausdruck und des mageren Körpers ließ sich jedoch erahnen, dass sie früher einmal sehr gut ausgesehen hatte. Ihre Augen waren wunderschön. Doch natürlich hatten die vier vergangenen Jahre, in deren Verlauf sie ihre an Alzheimer erkrankte Pflegemutter versorgt hatte, Spuren hinterlassen. Isabel hatte Rafe erzählt, dass Rachel erst einunddreißig Jahre alt war. Sie wirkte jedoch fast zehn Jahre älter.

„Sie braucht jetzt einfach besonders viel Liebe und Unterstützung", sagte Isabel.

„Und sie sollte sich einmal gründlich mit ihrem Äußeren befassen", fügte Rafe hinzu. „Eine andere Haarfarbe wäre genau das Richtige. Außerdem eine neue Garderobe und etwas Make-up."

„Hast du mir nicht zugehört? Justin will keine schicke, glamouröse Sekretärin. Er möchte eine Angestellte, die vernünftig aussieht und die er nicht attraktiv findet."

„Das hatte ich ganz vergessen. Dann sollte Rachel sich aber lieber eine Brille zulegen. Sie hat nämlich sehr hübsche Augen."

„Ja, das finde ich auch", stimmte Isabel ihm zu.

„Und vielleicht sollte sie ein paar Pfund zunehmen. Dieses fast magersüchtige Aussehen finden heutzutage viele Männer sehr anziehend."

„Machst du dich über mich lustig?"

„Nein, ganz und gar nicht. Ich meine es ernst", versicherte Rafe. „Außerdem könntest du Rachel raten, beim Vorstellungsgespräch etwas Schwarzes zu tragen. Sie sieht nämlich ganz furchtbar darin aus. Im Gegensatz zu dir", flüsterte er ihr ins Ohr. „Du siehst immer unglaublich sexy aus, egal, was du anhast."

„Hör auf." Isabel erschauerte, als Rafe ihr sanft ins Ohr pustete. Es kam ihr vor, als wäre es eine Ewigkeit her, dass sie das letzte Mal miteinander geschlafen hatten. Sie sehnte sich danach, in Rafes Armen zu liegen. Ihr Verlangen brachte sie fast um den Verstand.

„Bitte komm heute Abend mit zu mir", flüsterte Rafe.

„Ich ... ich kann nicht", antwortete sie wehmütig. „Ich nehme Rachel für ein paar Tage mit zu mir nach Turramurra, damit sie möglichst selten allein ist."

„Wann sehen wir uns dann?"

„Das kann ich dir noch nicht sagen. Ich rufe dich an."

Rafe wollte Isabel nicht drängen. Doch er brauchte sie und sehnte sich so sehr nach ihr. Und dieses Gefühl hatte nichts mit seinem Wunsch zu tun, dass sie von ihm schwanger wurde. Eine Frau zu lieben ist die Hölle, dachte er. Besonders wenn sie die Gefühle nicht erwiderte – noch nicht. Denn davon war Rafe überzeugt. Der Gedanke machte ihn unendlich traurig. Sein selbstbewusstes Auftreten gegenüber Mrs. Hunt war nur gespielt gewesen. Was wäre, wenn Isabel sich niemals in ihn verliebte? Wenn sie niemals von ihm schwanger wurde? Dann hätte er gar nichts.

Sie muss einfach schwanger werden, dachte Rafe entschlossen. Er durfte sie also auf keinen Fall abschrecken und musste ihr Verlangen wach halten. Plötzlich kam ihm eine Idee.

„Kannst du mir nicht wenigstens eine oder zwei Stunden gewähren?", fragte er. „Ich komme dich abholen, wenn Rachel schlafen gegangen ist. Wir könnten etwas trinken gehen. Und danach suchen wir uns einen wenig befahrenen Parkplatz, um im Auto zu knutschen."

Überrascht sah Isabel ihn an. „Auf einem *Parkplatz?* So etwas habe ich nicht mehr gemacht, seit ich ein Teenager war."

Er lächelte jungenhaft. „Ich auch nicht."

„Die Sitze deines Autos sind nicht besonders gut geeignet", wandte sie ein.

„Aber die Rückbank ist äußerst bequem."

Isabel blickte ihn an. Ihr Herz schlug zum Zerspringen.

„Also, was hältst du davon?", fragte Rafe.

Was sollte sie ihm antworten? Genau das, was sie immer sagte: „Vergiss nicht, an die Verhütung zu denken."

13. KAPITEL

Als Rafe in Isabels Straße in Turramurra einbog, warf er schnell einen Blick auf die Uhr. Es war kurz nach sieben. Er hatte fast eine Stunde dafür gebraucht, um im Feierabendverkehr vom Flughafen nach Turramurra zu fahren. Normalerweise hätte Rafe niemals freiwillig ein Flugzeug genommen, das genau zur Hauptverkehrszeit in Mascot landete. Doch in seinen Augen handelte es sich um einen Notfall.

Seit der Beerdigung waren zwei Wochen vergangen. Und er hatte Isabel seit fast einer Woche nicht mehr gesehen, da er wegen eines Shootings für eine Modezeitschrift nach Melbourne hatte fliegen müssen. Doch natürlich rief er sie jeden Abend an.

Am Abend des Tages, als Rachel die Stelle bei Justin McCarthy bekommen hatte, war Isabel sehr aufgekratzt. Sie erzählte eine Stunde lang immer wieder, wie alles gelaufen war. Doch es machte ihm nichts aus. Er freute sich, dass Isabel so fröhlich war. Am folgenden Abend war sie noch aufgedrehter. Sie hatte gemeinsam mit Rachel unzählige konservative, äußerst vernünftig aussehende Outfits für die neue Arbeit gekauft. Rafe musste sich eine genaue Beschreibung jedes einzelnen Kleidungsstücks anhören.

Am dritten Abend erzählte Isabel davon, wie sie Rachel half, Letties Haus zu entrümpeln. Rachel wollte es verkaufen und sich eine zentrumsnähere Wohnung kaufen. Isabel wollte ihr bei der Suche helfen. Schließlich arbeitete sie nicht und hatte viel freie Zeit.

Bei dem Gespräch am folgenden Abend war sie auffallend schweigsam. Rafe fragte nach dem Grund. Doch Isabel antwortete nur sehr ausweichend und behauptete, sie sei lediglich müde. Er glaubte, die wirkliche Ursache zu kennen: Sie hatte ihre Periode nicht bekommen, die sonst immer so pünktlich war, dass sie die Uhr danach stellen konnte. Nur mit Mühe konnte Rafe die wilde Freude darüber unterdrücken, dass er seinen Plan erfolgreich hatte umsetzen können. Kurz bevor er vom Tullamarine-Flughafen abflog, rief er Isabel noch einmal an. Weil er sich so sehr nach ihr sehnte, hatte er versucht, einen früheren Flug zu bekommen, was ihm auch gelungen war.

Isabel wirkte sehr geistesabwesend. Als Rafe ihr vorschlug, sie sofort nach der Landung zu besuchen, lehnte sie ab. Kurz angebunden sagte sie, ihre Eltern würden in Kürze zum Essen kommen, und er sollte sich am Wochenende bei ihr melden. Doch auf Rafe wirkte es lediglich wie eine Ausrede, weil sie ihn nicht sehen wollte. Er beschloss, trotzdem zu Isabel nach Turramurra zu fahren.

Auf dem Weg kam Rafe am Haus ihrer Eltern vorbei. Weil dort Licht brannte, war ihm klar, dass seine Vermutung richtig gewesen war. Isabel hatte ihm nicht die Wahrheit gesagt. Er begann, sich Sorgen zu machen. Was ging nur in ihr vor? War ihr plötzlich klar geworden, dass sie sich doch kein Kind wünschte? Oder wollte sie nur kein Baby von *ihm*?

Inständig hoffte Rafe, dass es einen anderen Grund gab. Vielleicht war Isabel nur erschrocken darüber, dass ihre Periode ausgeblieben war. Oder sie machte sich seinetwegen Gedanken und hatte beschlossen, ihm nichts von der Schwangerschaft zu erzählen. Natürlich musste Isabel davon ausgehen, dass es sich um einen „Unfall" und keinesfalls um eine geplante Schwangerschaft handelte. Und wie sollte sie überhaupt auf die Idee kommen, er würde sich darüber freuen? Wie hatte er nur so dumm sein können, daran nicht zu denken! Womöglich hatte Isabel vor, sich von ihm zu trennen und das Baby allein aufzuziehen. Schließlich hatte sie das schon seit langem so geplant.

Plötzlich ging ihm eine andere furchtbare Frage durch den Kopf. Ob Isabel darüber nachdachte, sein Kind abzutreiben? Energisch verdrängte Rafe den Gedanken. Nein, das würde sie niemals tun. Selbst wenn ihre Periode sich verzögert hatte, konnte sie noch nicht sicher sein, dass sie schwanger war. Bei jeder Frau konnte es dann und wann eine kurze Verspätung geben.

In ihrem Fall ist es nicht so, dachte Rafe. Er war überzeugt, dass

Isabel ein Kind von ihm erwartete. Deshalb hatte sie sich so merkwürdig benommen. Es war an der Zeit, ihr die Wahrheit zu sagen. Der Magen zog sich ihm zusammen, als er den Wagen vor ihrem Haus parkte und ausstieg. Noch nie zuvor in seinem Leben war Rafe so nervös gewesen. Er war viel aufgeregter als bei einer Ausstellung oder Beurteilung seiner Fotos. Denn jetzt würde er selbst beurteilt werden. Wieder überkamen ihn Zweifel. Was wäre, wenn Isabel der Meinung wäre, er würde sich nicht als Vater eignen? Rafe wusste keine Antwort auf diese Frage. Er würde einfach einen Schritt nach dem nächsten machen müssen.

Unruhig lief Isabel im Wohnzimmer hin und her. Sie war so nervös, dass sie sich auf nichts konzentrieren konnte. Schließlich ging sie in die Küche und begann, Kaffee zu kochen, nur um sich abzulenken.
Ich kann unmöglich schwanger sein, dachte sie zum unzähligsten Mal, während sie darauf wartete, dass das Wasser zu kochen begann. Rafe hatte es mit der Verhütung doch immer sehr genau genommen. Kondome sind aber nicht hundertprozentig sicher, meldete sich eine innere Stimme zu Wort. Es gab kein absolut sicheres Verhütungsmittel außer konsequenter Enthaltsamkeit. Und enthaltsam waren sie und Rafe in den Tagen auf Dream Island nun wirklich nicht gewesen. Noch nie hatte sie innerhalb so kurzer Zeit so häufig Sex gehabt – geschweige denn derart intensiven, atemberaubenden Sex. Er war so wild und leidenschaftlich gewesen, dass dabei ein Kondom schon einmal ein kleines Loch bekommen konnte.
Und mehr als ein winziges Loch war nicht nötig. Isabel erinnerte sich an eine Fernsehdokumentation zu diesem Thema. Ein einziger Tropfen Sperma enthielt mehrere Millionen Samenzellen – genug, um unzählige Frauen zu befruchten, wenn es zum richtigen Zeitpunkt geschah. Und in ihrem Fall war das Timing nahezu perfekt gewesen. Die beste Zeit wäre von Donnerstag bis Sonntag gewesen. Doch da sie spät am Mittwochabend Sex gehabt hatten, war es durchaus möglich, dass es trotzdem passiert war. In der Dokumentation

hatte es geheißen, Spermien könnten mehr als achtundvierzig Stunden überleben. In ihrem Fall handelte es sich um weniger als einen halben Tag. Oh nein, dachte Isabel verzweifelt.

Plötzlich klingelte es an der Haustür. Isabel erschrak so sehr, dass sie den Kaffee verschüttete. Rachel konnte es nicht sein. Mit ihr hatte sie gerade telefoniert. Rachel hatte versucht, sie zu beruhigen. Sie hatte gesagt, es gebe sicher keinen Grund zur Sorge, aber Isabel solle trotzdem einen Schwangerschaftstest machen, um ihre Nerven nicht unnötig zu strapazieren. Doch Isabel war absolut sicher, dass sie schon wusste, was für ein Ergebnis bei dem Test herauskommen würde: Sie erwartete ein Kind von Rafe.

Als es zum zweiten Mal an der Tür klingelte, hatte Isabel sich noch immer nicht von der Stelle gerührt. In ihrem Kopf drehte sich alles.

Mum und Dad können es auch nicht sein, dachte sie. An diesem Abend fand die monatliche Tombola im Bowlingclub statt. Um nichts in der Welt würden ihre Eltern sich diese entgehen lassen – es sei denn, die Geburt ihres, Isabels, Kindes würde unmittelbar bevorstehen. Aber bis dahin dauert es ja noch ein bisschen, dachte Isabel ironisch. Auch von den Nachbarn würde niemand um diese Zeit klingeln, um sich zum Beispiel Zucker auszuleihen. So etwas taten Stadtbewohner in der Regel selten.

Nein, Isabel war sicher, dass Rafe vor ihrer Haustür stand. Er hatte sehr erstaunt geklungen, als sie sein Angebot abgelehnt hatte, sie gleich nach der Landung besuchen zu kommen. Aber sie war momentan ganz einfach nicht in der Verfassung, ihm gegenüberzutreten.

Als Isabel am Vortag zur Mittagszeit ihre Periode nicht bekommen hatte, war sie in Panik geraten. Am Nachmittag war sie einem Nervenzusammenbruch nahe gewesen. Sie wusste genau, was passieren würde: Rafe wollte keine Kinder. Er würde ihr Vorwürfe machen, falls sie sich entschließen sollte, das Kind ohne ihn zu bekommen und allein aufzuziehen. Vielleicht würde er sogar versuchen, sie zu einem Schwangerschaftsabbruch zu überreden. Aber das wird nicht passieren, dachte Isabel entschlossen. Sie würde sich nicht von dem Baby trennen, sondern von Rafe.

Statt eines Klingelns war jetzt lautes Klopfen zu hören. Dann hörte sie Rafe rufen: „Ich weiß, dass du da bist, Isabel. Also mach bitte die Tür auf! Ich gehe nicht weg, bevor ich mit dir gesprochen habe."

Isabel nahm all ihre Kraft zusammen. Das ist *die* Gelegenheit, redete sie sich ein, während sie zur Haustür ging. *Rafe weiß schon, dass du ihn vorhin angelogen hast. Er wird dich nach dem Grund fragen. Jetzt ist der beste Zeitpunkt, ihm zu sagen, dass du ihn nicht mehr sehen willst, dass du diese Beziehung mit ihm nicht fortführen möchtest – trotz des großartigen Sex.*

Sobald die Tür aufging, war Rafe klar, dass es Ärger geben würde. Isabel hatte einen sehr merkwürdigen Gesichtsausdruck. Sie wirkte kühl und entschlossen. Fast wie an dem Tag, als sie sich kennen gelernt hatten.

„Komm rein", sagte sie kurz angebunden. „Bitte entschuldige mein Outfit. Ich hatte nicht mit Besuch gerechnet."

Isabel trug einen schlichten schwarzen Trainingsanzug und weiße Sportschuhe. Sie war ungeschminkt, und das lange blonde Haar fiel ihr offen auf die Schultern. Rafe fand sie schöner als jemals zuvor.

„Ich war gerade dabei, mir Kaffee zu machen." Sie wandte sich um und ging durch den mit cremefarbenen Kacheln ausgelegten Flur zum Wohnzimmer. „Möchtest du auch einen?"

Rafe beschloss, sich nicht mit Höflichkeitsfloskeln aufzuhalten, sondern sofort zur Sache zu kommen. „Nein", erwiderte er, schloss die Haustür hinter sich und folgte Isabel in das geschmackvoll eingerichtete Wohnzimmer. „Ich bin nicht zum Kaffeetrinken hergekommen."

Isabel beobachtete, wie er zu einem der cremefarbenen Ledersessel ging. Er hatte eine sehr erotische Art, sich zu bewegen. Eigentlich war fast alles, was er tat, sexy. Rafe setzte sich und sah sie mit seinen dunklen Augen an. Als er den Blick über sie gleiten ließ, wurde ihr heiß. Isabel musste daran denken, dass sie keinen BH trug. Verärgert bemerkte sie, wie ihre Brustspitzen fest wurden. Der Ärger gab ihr die Kraft, das zu tun, was sie wohl tun musste.

„Wenn du hergekommen bist, weil du Sex mit mir haben möchtest, muss ich dich enttäuschen, Rafe", sagte sie betont gelassen und verschränkte die Arme vor der Brust. „Wir werden uns nicht mehr treffen, um miteinander zu schlafen. Wir werden uns überhaupt nicht mehr treffen."

Ohne darauf einzugehen, sagte Rafe: „Du hast deine Periode nicht bekommen, stimmt's?"

Sprachlos sah Isabel ihn an und ließ die Arme sinken.

Rafe atmete tief ein. Ich hatte also Recht, dachte er. Sie war schwanger. Plötzlich hatte er keine Angst mehr, sondern war erfüllt von Stolz und unbändiger Freude. Isabel wusste es noch nicht, doch er würde ein großartiger Vater werden – und ein liebevoller Ehemann, wenn sie es zulassen würde.

„Ich kann deine Reaktion gut verstehen", sagte er sanft. „Aber du brauchst dir keine Sorgen zu machen. Falls du tatsächlich schwanger bist, möchte ich dir sagen, dass ich dich und das Kind nach besten Kräften unterstützen werde."

Isabel sagte noch immer nichts.

„Du bist doch schwanger, stimmt's?", fragte Rafe.

Sie blinzelte und schüttelte verwirrt den Kopf. „Ich verstehe das alles nicht." Hilflos hob sie die Hände und schob sich das Haar aus dem Gesicht. „Wie kommst du überhaupt darauf, dass ich schwanger sein könnte?"

Rafe räusperte sich. „Ich muss dir etwas gestehen. Während des Urlaubs auf Dream Island ist ein kleiner Unfall mit einem Kondom passiert."

Erschrocken sah sie ihn an. „Das hatte ich befürchtet. Aber warum hast du mir nichts davon gesagt?"

„Ich wollte nicht, dass du dir Sorgen machst. Das Einzige, was du hättest tun können, wäre die ‚Pille danach' zu nehmen. Und ich bin davon ausgegangen, dass du das nicht gewollt hättest. Oder habe ich mich da getäuscht?"

Isabel war zu verstört, um zu antworten. An ihrem Gesichtsausdruck konnte er erkennen, dass sie diese Möglichkeit nicht einmal in Betracht gezogen hätte.

„Dann lag ich ja richtig."

Isabel ließ sich auf das Ledersofa sinken, das neben seinem Sessel stand. „Wann ... wann ist das passiert?", fragte sie stockend.

„Am Mittwoch."

Sie runzelte die Stirn. „Nach dem Abendessen im Restaurant?"

„Nein, davor."

„Dann wolltest du mit deinen vielen Fragen also herausfinden, wie hoch die Wahrscheinlichkeit war, dass ich an dem Tag schwanger wurde?"

„Ja", gab Rafe zu.

„Du musst dir ja wirklich Sorgen gemacht haben."

„Nein, eigentlich nicht."

„Aber du hast mir doch selbst gesagt, dass du keine Kinder haben möchtest", sagte Isabel verständnislos.

„Merkwürdigerweise fing die Vorstellung an, mir zu gefallen, nachdem es eine reelle Möglichkeit geworden war."

„Die Vorstellung fing an, dir zu gefallen?", wiederholte Isabel aufgebracht. „Ein Baby ist kein Modeaccessoire, sondern bedeutet eine lebenslange Verantwortung, Rafe."

„Meinst du, das wäre mir nicht bewusst?", fragte Rafe verärgert. „Ich hatte mehr Zeit als du, um mich mit dem Gedanken anzufreunden, dass ich womöglich der Vater deines Kindes sein werde. Und mir gefällt diese Vorstellung immer mehr. Wenn du es genau wissen willst", fügte er hinzu, „ich habe sogar selbst dem Schicksal ein wenig nachgeholfen, damit die Wahrscheinlichkeit sich erhöhte, dass du von mir schwanger wurdest."

Sofort nachdem Rafe die Worte ausgesprochen hatte, wurde ihm klar, dass er einen Fehler begangen hatte. Es war ohnehin schon schwer für Isabel, mit der Tatsache fertig zu werden, dass sie womöglich schwanger war. Er hätte ihr lieber nicht alles auf einmal beichten sollen. Er hatte ihr nur klarmachen wollen, wie sehr er sich über ein gemeinsames Kind freuen würde. Doch sein Geständnis konnte womöglich die gegenteilige Wirkung haben. Auf Dream Island war ihm sein Vorgehen als äußerst romantisch erschienen, aber plötzlich überkamen ihn Zweifel.

Isabel sah ihn fassungslos an. „Was hast du getan?", wollte sie wissen.

Rafes schuldbewusste Miene sprach Bände.

„Rafe, du hast doch nicht etwa …?"

„Also, ich …"

„Du hast mit mir geschlafen, ohne zu verhüten! Und vorher hast du mich betrunken gemacht, damit ich nichts davon merke." Fassungslos sah Isabel ihn an. „Dazu hattest du kein Recht! Wie konntest du so etwas ohne meine Einwilligung tun?" Sie sprang auf, stützte die Hände in die Hüften und sah ihn wütend an. Ihre Augen schienen Funken zu sprühen.

Isabels Wut brachte Rafe zur Besinnung. „Ich habe es getan, weil ich dich über alles liebe", entgegnete er und sprang ebenfalls auf. „Und wenn es nötig wäre, würde ich es wieder tun. Ich hatte schon eine ganze Packung Kondome präpariert, um ganz sicherzugehen."

Isabel erwiderte nichts.

„Ich konnte den Gedanken nicht ertragen, dass die Frau, die ich liebe, sich künstlich mit dem Samen irgendeines Fremden befruchten lässt. Ich wollte, dass du von *mir* schwanger wurdest, und ich war bereit, alles dafür zu tun. Ich liebe dich, Isabel", sagte er sanft und umfasste ihre Schultern. „Und ich glaube, du liebst mich auch. Aber du hast Angst, mir zu vertrauen." Eindringlich blickte Rafe sie an und fuhr fort: „Du brauchst keine Angst zu haben. Ich bin nicht wie diese Lügner, mit denen du dich früher eingelassen hast. Ich war vielleicht feige und dumm, weil ich Angst davor hatte, noch einmal verletzt zu werden. Aber das ist jetzt vorbei. Als ich Liz wiedergesehen habe, wurde mir klar, dass ich mich ändern muss, wenn ich nicht so enden will wie sie. Ich will kein leeres Leben führen, sondern einem anderen Menschen meine ganze Liebe schenken. An diesem Abend habe ich dich nur angesehen, und mir wurde klar, was ich wollte: dich heiraten und eine Familie mit dir gründen. Ich liebe dich, Isabel. Bitte sag mir, dass du mich auch liebst."

Gequält sah Isabel ihn an. Auf ihrem Gesicht spiegelte sich Angst, aber auch verzweifelte Hoffnung wider.

„Liebe ist mehr als Sex, Rafe."

„Das weiß ich."

„Wirklich? Ich bin ja nicht einmal sicher, ob ich selbst den Unterschied kenne", sagte Isabel verzweifelt. „Ich habe schon so oft geglaubt, ich hätte mich verliebt – und alles, was dabei herauskam, waren ein gebrochenes Herz und zerstörte Träume."

„Ich kann verstehen, dass du Angst hast", sagte Rafe sanft. „Ich hatte auch Angst davor, einen Menschen zu lieben. Aber ein Leben ohne Liebe ist nicht lebenswert. Sogar dieser Idiot Luke hat das schließlich festgestellt. Sag mir doch einfach, ob du *glaubst,* du würdest mich lieben."

Isabel stöhnte gequält auf.

„Also gut." Rafe lächelte beruhigend. „Du brauchst es nicht zu sagen. Ich werde es für uns beide tun. Wir lieben einander, und zwar von Anfang an. Das ist die Wahrheit. Ich werde dich nicht fragen, ob du meine Frau werden möchtest – noch nicht. Alles, worum ich dich bitte, ist, dass ich weiterhin an deinem Leben teilnehmen darf, und an dem unseres Babys."

Isabel war so durcheinander, dass sie keinen klaren Gedanken fassen konnte. Das alles ging ihr viel zu schnell. „Ich ... ich weiß ja noch gar nicht, ob ich überhaupt ein Baby bekomme", sagte sie stockend. „Jedenfalls nicht mit Sicherheit."

„Dann sollten wir es so schnell wie möglich herausfinden. Lass uns zu einem Arzt fahren."

„Das ist nicht nötig. Wir brauchen nur eine Apotheke zu finden. Heute Abend haben sie bis neun Uhr geöffnet."

„Worauf warten wir dann noch?"

Rafe spürte förmlich, wie die Anspannung wuchs, während sie zu einem Einkaufszentrum fuhren, dort in der Apotheke einen Schwangerschaftstest kauften und wieder nach Hause zurückkehrten. Gemeinsam lasen sie die Gebrauchsanweisung. Dann ging Isabel ins Badezimmer, um den Test zu machen.

In wenigen Minuten würde sie zurückkommen und bestätigen, was er, Rafe, insgeheim schon lange wusste: dass sie ein Kind von ihm erwartete. Doch als Isabel nach zehn Minuten noch immer nicht aufgetaucht war, ging er zur Treppe und rief: „Isabel? Warum dauert es denn so lange?"

Schließlich erschien Isabel oben am Treppenabsatz. Sie sah sehr blass aus.

Rafes Herz zog sich zusammen vor Mitgefühl. „Darling, beruhige dich wieder. Du hast dir doch immer ein Kind gewünscht!"

„Ich bekomme kein Kind", sagte Isabel mit tränenerstickter Stimme. „Der Test war negativ." Sie begann zu weinen.

14. KAPITEL

„Rafe", schluchzte Isabel, während ihr Tränen über das Gesicht liefen. Rafe verdrängte seine eigene Enttäuschung, eilte die Treppe hinauf und schloss Isabel in die Arme. „Ganz ruhig, Darling", versuchte er sie zu trösten und zog sie noch enger an sich. „Dann versuchen wir es eben nächsten Monat wieder mit einem Baby. Wir werden nicht aufgeben, bis du schwanger wirst."

Doch Isabel schien untröstlich zu sein. Sie wurde von Schluchzern geschüttelt und weinte, als könnte sie nie wieder aufhören. Rafe vermutete, dass nicht nur das negative Testergebnis der Grund war, sondern dass all der Schmerz und die Enttäuschungen, die Isabel bisher in ihrem Leben hatte verkraften müssen, über sie hereinbrachen.

Als sie schließlich in seinen Armen praktisch zusammensank, hob er sie hoch und trug sie zum Bett. Er zog ihr die Schuhe aus und deckte sie vorsichtig zu.

„Lass mich nicht allein", bat sie ihn schluchzend.

„Natürlich nicht", versprach Rafe. „Ich hole dir nur etwas Warmes zu trinken."

„Nein, ich brauche nichts", sagte sie. „Ich möchte nur, dass du bei mir bleibst und mich in den Armen hältst. Bei dir fühle ich mich so geborgen."

Rafe seufzte insgeheim. Es würde ihm schwerfallen, Isabel nur zu umarmen, ohne weiterzugehen. Doch er konnte ihr diese Bitte nicht abschlagen. Isabel brauchte ihn – nicht als Geliebten, sondern als Freund. Er zog sich die Schuhe aus und legte sich zu ihr ins Bett. Eine Weile lagen sie so da. Doch sehr lange waren sie beide nicht damit zufrieden. Es war Isabel, die damit anfing, ihn zu berühren und auszuziehen.

Als sie sich schließlich liebten, war es ganz anders als je zuvor: sanft, zärtlich und sehr liebevoll. Rafe liebkoste Isabels Brüste, und sie ließ die Hände über seinen Rücken gleiten. Als ihre Sehnsucht zu stark wurde, verschmolzen sie förmlich miteinander. Rafe lag oben, und Isabel blickte verträumt zu ihm auf. Als sie nach langer Zeit gemeinsam den Höhepunkt erreichten, war es intensiver und überwältigender als je zuvor. Und danach waren beide erfüllt von einem tiefen Gefühl des Glücks und des Friedens.

„Ich liebe dich wirklich", flüsterte Isabel, als sie danach in Rafes Armen lag.

Rafe strich ihr sanft übers Haar. „Gut."

„Und ich werde dich heiraten", fügte sie hinzu, „wenn du das noch immer möchtest."

„Noch besser."

„Aber ich möchte schon vor der Hochzeit noch einmal versuchen, ein Kind zu zeugen. Könnten wir es nicht gleich nächsten Monat noch einmal probieren – so, wie du gesagt hast?"

„Ich tue alles, was du willst, Darling."

Als sie ihn umarmte, fühlte Rafe, wie ihm Tränen in die Augen traten. So überwältigt war er von seinen Gefühlen und der Liebe, die er für Isabel empfand. Noch lange nachdem sie eingeschlafen war, lag er in der Dunkelheit wach und dachte nach.

„Ich möchte, dass du morgen mit mir und meiner Mutter zusammen zu Mittag isst", sagte Rafe am folgenden Morgen nach dem Frühstück.

Isabel strich sich eine Strähne aus dem Gesicht und sah ihn an. „Meinst du, sie wird mich mögen?"

„Natürlich. Sie ist sicher ganz begeistert von dir."

„Wirklich? Was Mütter angeht, habe ich immer so meine Zweifel. Schließlich hat sie dich viele Jahre lang mit niemandem teilen müssen. Bestimmt bist du ihr besonderer Liebling."

Rafe musste lachen. Seine Mutter hatte ihn immer für ein ausgesprochen schwieriges Kind gehalten. Noch schlimmer war er als Teenager gewesen: besessen von dem Traum, ein berühmter Fotograf zu werden und niemals arm zu sein. Denn nach dem Tod seines Vaters war es Rafe und seiner Mutter viele Jahre finanziell nicht gut gegangen. Mit sechzehn hatte er sich von seinem eigenen Geld, das er sich durch zahlreiche Jobs hart verdient hatte, in der Garage eine Dunkelkammer eingerichtet. Von da an hatte seine Mutter ihr Auto auf der Straße parken müssen.

Als er schließlich von zu Hause ausgezogen war, hatte sie sich gefreut. Rafe hatte manchmal den Verdacht, dass seine Mutter ihn nur deshalb so sehr zum Heiraten drängte, weil sie Angst hatte, er würde sonst eines Tages wieder bei ihr einziehen wollen.

„In dieser Hinsicht ist meine Mutter wirklich anders, Isabel", sagte er. „Das kannst du mir glauben. Sie führt ein sehr ausgefülltes Leben, hat viele Hobbys und einen großen Freundeskreis. Mum möchte nur, dass ich heirate, damit sie sich keine Sorgen mehr um mich zu machen braucht. Aber natürlich würde sie sich sehr über Enkelkinder freuen. Dabei fällt mir ein, du spürst noch nichts davon, dass deine Periode kommt, stimmt's?"

„Nein, ich kann es mir auch nicht erklären."

„Meinst du, das Testergebnis könnte vielleicht falsch gewesen sein?"

Isabel blickte ihn an. Vor Nervosität zog sich ihr der Magen zusammen. An diese Möglichkeit hatte sie gar nicht gedacht. „Ich ... ich glaube schon, dass ich alles nach den Anweisungen gemacht habe."

„Ja, aber deine Periode hat sich doch auch erst um sehr wenige Tage verspätet. Wie lange muss man denn schwanger sein, damit das Testergebnis zuverlässig ist?"

„Zwei Wochen."

„Gestern können es doch höchstens zwei Wochen und ein Tag gewesen sein. Das ist wirklich ein Grenzfall, Isabel. Vielleicht sollten wir in ein paar Tagen noch einen Test machen."

Die Vorstellung behagte Isabel gar nicht. Sie würde sich nur wieder Hoffnungen machen und dann enttäuscht werden. Als Rafe am Vorabend zu ihr gekommen war und ihr all diese unerwarteten Dinge gesagt hatte, war sie völlig durcheinander gewesen, hin- und hergerissen zwischen Freude und Verzweiflung.

Isabel hatte noch nie in ihrem Leben so sehr geweint, nicht einmal, als Hal sich als Drogenhändler entpuppt hatte. Doch es war unendlich tröstend und beruhigend, in Rafes Armen zu weinen. Und als sie einander liebten, wusste Isabel, dass sie auch ohne Schwangerschaft glücklich sein könnte. Rafe in ihrer Nähe zu haben und zu wissen, dass er sie liebte, genügte ihr. Irgendwann würden sie schon ein Baby bekommen. Es war dumm von ihr gewesen, über das negative Testergebnis so enttäuscht zu sein. Sie wollte sich nicht noch einmal mit einem Test quälen, sondern es lieber im kommenden Monat wieder versuchen.

„Nein", sagte Isabel. „Das möchte ich nicht. Bestimmt wird meine Periode jeden Moment anfangen – vorausgesetzt, ich kann an etwas anderes denken und mich ein bisschen entspannen. Vermutlich ist das der Grund: zu viel Stress."

„Da könntest du Recht haben. Ich werde dafür sorgen, dass du dich von jetzt an entspannt und glücklich fühlst", versprach Rafe.

„Das hört sich sehr gut an. Was genau hast du vor?"

„Heute werden wir zusammen Verlobungsringe aussuchen, damit Mum morgen Mittag weiß, dass es mir ernst ist mit dem Heiraten. Allerdings wird es mir nicht gerade leichtfallen, das Prachtstück zu übertreffen, das Luke dir vermutlich geschenkt hat."

Isabel runzelte die Stirn. „Bist du etwa eifersüchtig auf Luke?"

„Also ..." Rafe lächelte verlegen.

„Dafür gibt es wirklich keinen Grund. Ich habe ihn schließlich nicht geliebt."

„Nein, aber es gibt so viele Dinge, die dich ständig an ihn erinnern. Zum Beispiel den Ring. Und dieses Haus. Es macht mir nichts aus, dass du Geld von ihm bekommen hast. Aber dass du in dem Haus lebst, gefällt mir gar nicht."

„Es war nie Lukes Zuhause", versuchte Isabel ihn zu beschwichtigen. „Es gibt hier auch keine persönlichen Dinge von ihm, denn er hat es fertig eingerichtet gekauft. Und lange gelebt hat er hier auch nicht. Ich würde gern bei dir einziehen, aber dein Apartment ist für eine Fa-

milie wirklich nicht besonders gut geeignet. Was hältst du davon, wenn wir beide Häuser verkaufen und gemeinsam ein neues aussuchen?"
„Einverstanden." Rafe lächelte zufrieden. „Und jetzt sollten wir endlich in die Stadt fahren, um die Ringe zu kaufen."

„Kannst du dir das wirklich leisten?", fragte Isabel ängstlich. Sie standen in einem Juweliergeschäft, wo sie gerade einen wunderschönen, aber sehr teuren mit Diamanten und Smaragden besetzten Ring ausgesucht und gekauft hatten.
„Natürlich. Ich spreche einfach mit meiner Bank und frage, ob ich eine zweite Hypothek aufnehmen kann."
Erschrocken blickte Isabel ihn an. „Dann tauschen wir ihn um, und ich suche mir einen weniger teuren aus."
Rafe lächelte und gab ihr einen Kuss. „Das war doch nur Spaß. Natürlich kann ich es mir leisten, Isabel. Ich bin zwar kein Multimillionär, aber eine Familie kann ich problemlos ernähren. Schließlich bin ich ein sehr erfolgreicher Fotograf. Und auch für Geldanlagen habe ich ein gutes Gespür. Das zu hören wird deinen Vater sicher freuen, wenn ich heute Abend bei ihm um deine Hand anhalte."
„Wenn du *was* tust?"
„Du hast doch selbst gesagt, dass deine Eltern einer anderen Generation angehören und ein wenig in der Vergangenheit leben. Und ich lege Wert darauf, ein gutes Verhältnis zu deinem Vater und deiner Mutter zu haben."
„Meine Mutter wird dich schon allein dafür lieben, dass du mich heiratest", stellte Isabel trocken fest.
Rafe lächelte erneut. „Das Gefühl hatte ich auch, als ich ihr nach der Beerdigung von meinen Hochzeitsplänen erzählte."
„Damals dachte ich, du würdest es nicht ernst meinen, sondern wolltest Mum nur um den kleinen Finger wickeln. Ich konnte ja nicht ahnen, was du für Absichten hattest." Isabel erwiderte sein Lächeln. „Du bist wirklich ganz schön durchtrieben, Rafe Saint Vincent. Aber ich liebe dich trotzdem."

„Das solltest du auch. Immerhin habe ich gerade eine Unsumme für deinen Verlobungsring ausgegeben."

„Keine Angst." Isabel gab ihm einen Kuss auf die Wange. „Wenn dir jemals das Geld ausgehen sollte – ich habe mehr als genug davon."

„Wenn ich es mir recht überlege, habe ich *doch* etwas dagegen, dass du so viel Geld von Luke bekommst. Männer brauchen das Gefühl, für ihre Familie sorgen zu müssen. Sie wollen nicht nur ihres Körpers wegen gebraucht werden."

Isabel musste lachen. Erstaunt blickte Rafe sie an. „Was ist denn so lustig?"

„*Du* bist lustig", erwiderte sie. „Plötzlich benimmst du dich wie ein Macho. Noch vor einigen Wochen hattest du gar nichts dagegen, dass ich dich dafür bezahlt habe, mit deinem Körper tun zu dürfen, was immer ich wollte."

„Das ist nicht wahr!", rief Rafe empört.

„Doch, das ist es. Du hast für den Urlaub auf Dream Island keinen einzigen Cent bezahlt."

„Natürlich habe ich das!"

„Und wofür?"

„Ich habe die Kondome gekauft."

„Nur die Hälfte."

„Ich hatte drei Dutzend besorgt. Das hätte normalerweise locker gereicht. Woher sollte ich denn wissen, dass ich mit einer Frau in den Urlaub fahren würde, die von Sex geradezu besessen ist?"

Plötzlich bemerkten sie, dass sämtliche Kunden und Angestellten im Juweliergeschäft innehielten und ihnen zuhörten. Isabel errötete und verließ fluchtartig den Laden. Rafe folgte ihr lachend.

„Wie peinlich!", rief sie verlegen, während sie zum Auto gingen. „Was haben die Leute nur von uns gedacht?"

„Wahrscheinlich glauben sie, dass du steinreich bist und ich dein Gigolo bin."

Rafe gefiel es, wenn Isabel verlegen war. Sie schien dann eine ganz andere Frau zu sein als die, mit der er so gern Sex hatte. Hinter verschlossenen Türen ließ Isabel ihrer Leidenschaft freien Lauf, während sie in der Öffentlichkeit leicht in Verlegenheit zu bringen war. Rafe hatte das Gefühl, sie wäre ein Vamp und eine Jungfrau – in einer Person. Es war eine verführerische Mischung, die er sein Leben lang genießen wollte.

„Lass uns so schnell wie möglich verschwinden, bevor jemand aus dem Juwelierladen kommt." Isabel nahm Rafe am Arm und zog ihn mit sich. Auf dem Weg zum Parkplatz kamen sie an einer Apotheke vorbei. Isabel blieb stehen.

„Ich glaube, ich werde noch einen Schwangerschaftstest kaufen."
„Du hattest dich doch dagegen entschieden", erinnerte Rafe sie.
„Ja, ich weiß, aber … ich habe es mir anders überlegt."
„Und warum?"
„Ich hatte gerade so ein komisches Gefühl in den Brüsten."
„Tatsächlich? Was meinst du damit?"
„Die Spitzen fühlten sich plötzlich ganz fest an."
Rafe lächelte. „Dies muss nicht unbedingt bedeuten, dass du schwanger bist, Darling", sagte er amüsiert. „Du warst sehr verlegen, als wir im Juwelierladen waren. Und verlegen zu sein macht dich an."

„Das ist nicht wahr!" Isabel war empört.

„Doch, das ist es. Aber ich möchte jetzt nicht mit dir darüber streiten. Lass uns einfach noch einen Test kaufen und dann nach Hause fahren – zu mir." Allein der Gedanke daran, dass Isabel erregt war, weckte ein starkes Verlangen in ihm. Rafe konnte es kaum erwarten, wieder mit ihr allein zu sein. Er nahm sich vor, sie nach dem Sex zu fotografieren. Sie sah dann immer wunderschön aus: verträumt und absolut entspannt. Ihren glücklichen Gesichtsausdruck hatte er schon so oft festhalten wollen. Nicht Isabels nackter Körper sollte auf dem Bild zu sehen sein, sondern nur ihr Gesicht.

Doch sobald sie zu Hause waren, rannte Isabel ins Badezimmer, um den Test zu machen. Stirnrunzelnd holte Rafe seine Lieblingskamera aus der Dunkelkammer. Wahrscheinlich ist das völlig überflüssig, dachte er. Isabel würde wieder unglücklich und verzweifelt sein, nachdem sie den zweiten Test gemacht hätte. Rafe wünschte, er hätte es ihr nie vorgeschlagen.

Wieder war sie eine sehr lange Zeit im Badezimmer. Schließlich begann Rafe, sich Sorgen zu machen, und klopfte an die Tür.

„Isabel", sagte er sanft, „bitte komm heraus. Lass uns das nicht noch einmal durchmachen."

Die Tür öffnete sich, und Isabel stand vor ihm. Sie weinte, doch diesmal war es kein verzweifeltes Schluchzen. Tränen liefen ihr übers Gesicht.

„Ich hätte nicht zulassen dürfen, dass du noch einen Test kaufst", stellte Rafe schuldbewusst fest. Es tat ihm weh, sie so verzweifelt zu sehen. „Isabel, bitte, du brauchst doch nicht so traurig zu sein."

Zu seiner Überraschung lächelte Isabel plötzlich. Ihre Augen glänzten. „Ich bin nicht traurig, Darling", erwiderte sie. „Ich weine vor Freude. Der Test war positiv, Rafe. Wir bekommen ein Kind!"

Später fragte Rafe sich manchmal, was er in diesem Moment gefühlt hatte. Genau konnte er sich nicht erinnern. Doch ganz sicher war es einer der schönsten Momente seines Lebens – genauso schön wie der Tag, an dem er und Isabel einen Monat später heirateten. Er ließ es sogar zu, dass Les bei der Hochzeit unzählige Fotos machte und beide Mütter ihn, Rafe, fast ununterbrochen umarmten und küssten.

Und bis an sein Lebensende würde er sich an den Tag erinnern, an dem sein erster Sohn das Licht der Welt erblickte. Überglücklich sah Isabel das Baby an und legte es sich an die Brust. Dann sah sie ihn an und sagte leise: „Ich möchte, dass wir ihn Michael nennen, Rafe. Nach deinem Vater."

Ja, dieser Moment würde ihm für immer im Gedächtnis bleiben. Vielleicht, weil er dabei vor Glück geweint hatte.

– ENDE –

Miranda Lee

Traumhafte Tage in Sydney
Roman

Aus dem Amerikanischen von
Bettina Röhricht

PROLOG

Sie ist einfach perfekt, war Justins erster Gedanke, als Rachel Witherspoon zum Vorstellungsgespräch kam. In ihrem absolut unerotischen schwarzen Kostüm sah sie sehr unscheinbar aus. Das mattbraune Haar war am Hinterkopf zu einem strengen Knoten zusammengefasst. Wie Justin erleichtert feststellte, benutzte Miss Witherspoon weder Make-up noch Parfüm. Sie war das absolute Gegenteil der blonden Sexbombe, die während des vergangenen Monats täglich zu ihm ins Büro gekommen war und so getan hatte, als wäre sie seine Sekretärin.

Nein, das war nicht fair. Sie war keinesfalls unfähig gewesen. Justin hatte sich an eine Zeitarbeitsagentur gewandt, nachdem seine frühere Assistentin sehr kurzfristig gekündigt hatte. Diese Agentur beschäftigte keine unqualifizierten Arbeitskräfte. Doch die Sexbombe, die man ihm vermittelt hatte, machte ihm schon nach wenigen Tagen klar, dass sich ihre Dienste nicht unbedingt auf die Arbeit als seine Assistentin beschränken mussten. Jedes Mittel war ihr recht, um ihm dies deutlich zu machen: verführerische Kleider, viel sagende Blicke und zweideutige Bemerkungen. Als sie am vergangenen Montag mit einem unglaublich tiefen Ausschnitt zur Arbeit erschienen war, der besser zu einem Callgirl gepasst hätte, hatte er die Geduld verloren.

Er musste sie nicht entlassen, da er sie nur als Zeitarbeitskraft engagiert hatte. Er sagte ihr lediglich, dass er ab Montag der folgenden Woche eine neue Assistentin dauerhaft eingestellt habe und sie nicht mehr zu kommen brauche. Das war natürlich gelogen. Doch in diesem Fall ging es nicht ohne Notlüge, sonst hätte er am Ende noch den Verstand verloren. Nicht, dass er die Blondine sexuell attraktiv fand. Doch bei jedem ihrer Annäherungsversuche war er an Mandy erinnert worden und daran, was sie mit ihrem Chef getan hatte – und wahrscheinlich noch immer tat. Vermutlich reiste sie nach wie vor ständig mit ihm um die ganze Welt und stellte ihm ihre

Dienste als Assistentin zur Verfügung – auf jede erdenkliche Art und Weise.

Justin ballte die Hand zur Faust, als er daran dachte. Vor anderthalb Jahren hatte seine Frau ihn verlassen, um die Geliebte ihres Chefs zu werden. Anderthalb Jahre – und noch immer war der Schmerz nicht vergangen: über ihre Untreue und die verletzenden Dinge, die sie gesagt hatte. Justin hatte seit der Trennung von Mandy mit niemandem geschlafen. Allein der Gedanke, einer anderen Frau körperlich nahe zu sein, erschien ihm unerträglich.

Doch natürlich wussten das seine Freunde und Kollegen nicht. Nur seine Mutter ahnte, was in ihm vorging. Sie wusste, wie schwer ihn Mandys Verhalten verletzt hatte. Immer wieder sagte sie ihm, er würde sicher eine andere tolle Frau kennen lernen, über die er Mandy vergessen könnte.

Deshalb war er zuerst sehr misstrauisch gewesen, als seine Mutter ihn in der vergangenen Woche angerufen und ihm mitgeteilt hatte, sie habe die perfekte Assistentin für ihn gefunden. Erst nachdem sie versichert hatte, Rachel Witherspoon sei alles andere als eine Sexbombe, hatte er sich zu einem Vorstellungsgespräch bereit erklärt.

Und jetzt saß sie vor ihm. Justin fiel auf, wie dünn Miss Witherspoon war und wie erschöpft sie aussah. Doch sie hatte außergewöhnlich hübsche Augen, wie er feststellte. Nur wirkten diese sehr traurig. Laut ihrem Lebenslauf war Miss Witherspoon erst einunddreißig Jahre alt, doch sie sah eher aus, als wäre sie vierzig.

Nach allem, was sie in den vergangenen Jahren durchgemacht hatte, war das nicht erstaunlich. Justin wurde von Mitgefühl ergriffen und beschloss spontan, ihr die Stelle auf jeden Fall zu geben. Er wusste bereits, dass sie hoch qualifiziert war. Und jemand, der so intelligent war wie sie, würde sich bestimmt ganz schnell wieder einarbeiten.

„Also, Rachel", sagte er in sachlichem Tonfall, als sie ihm gegenüber Platz genommen hatte, „meine Mutter hat mir schon viel von

Ihnen erzählt. Und Ihr Lebenslauf ist wirklich beeindruckend", fügte er hinzu. „Wie ich sehe, sind Sie beim landesweiten Wettbewerb ‚Die beste Sekretärin Australiens' bis in die Endrunde gekommen. Ihr damaliger Chef hatte einen sehr hohen Posten beim australischen Fernsehen inne. Erzählen Sie mir doch ein bisschen mehr von Ihrer damaligen Arbeit …"

1. KAPITEL

„Ist es nicht genau wie früher?", fragte Rachel, als sie ins Bett schlüpfte und sich die schöne Patchworkdecke bis zum Kinn hochzog. „Ja, das stimmt." Isabel legte sich in das andere Einzelbett. Erinnerungen an ihre Kindheit und Jugend gingen ihr durch den Kopf. Sie und Rachel waren auf demselben Internat gewesen. Seit dem ersten Schultag dort waren sie beste Freundinnen. Rachels Eltern kamen bei einem furchtbaren Zugunglück ums Leben, als Rachel vierzehn Jahre alt war. Von da an lebte sie bei Lettie, der besten Freundin ihrer Mutter. Lettie wohnte im selben Vorort von Sydney wie Isabels Eltern, so dass die beiden Mädchen sich nun auch während der Schulferien sehen konnten. Rachel und Isabel waren unzertrennlich geworden und hatten nachts oft stundenlang wach gelegen und miteinander geredet.

Rachel lächelte Isabel an. „Es kommt mir vor, als wäre ich wieder fünfzehn."

Aber du siehst nicht aus wie fünfzehn, dachte Isabel und seufzte. Rachel war einunddreißig Jahre alt, wirkte aber viel älter. Das war wirklich schade, denn früher war sie bildhübsch gewesen: glänzendes kastanienbraunes Haar, wunderschöne Augen und eine Figur, um die Isabel sie immer beneidet hatte.

Rachel hatte ihre Pflegemutter Lettie, die an Alzheimer erkrankt und schließlich gestorben war, vier Jahre lang gepflegt. Diese schwere Zeit hatte natürlich Spuren hinterlassen. Insgeheim hatte Isabel gehofft, dass Rachel nach Letties Tod, und nachdem sie eine neue Stelle bekommen hatte, langsam wieder in Schwung käme. Doch das war bisher noch nicht passiert. Aber seit Letties Tod waren ja auch erst wenige Wochen vergangen.

Immerhin hatte Rachel wieder etwas zugenommen, das war zumindest ein Anfang. Und wenn sie lächelte, konnte man erahnen, wie bildhübsch sie früher einmal gewesen war. Rachel sollte statt des ursprünglich vorgesehenen weinroten Kleides ein türkisfarbenes tragen. Hoffentlich wird sie morgen bei der Hochzeit häufig lächeln, dachte Isabel. Sonst würde Rachel sich erschrecken, wenn sie später die Fotos von sich sah. Isabel wusste, dass sie selbst dagegen so hübsch war wie nie zuvor. Die Liebe zu ihrem zukünftigen Mann und die Schwangerschaft standen ihr ausgezeichnet. Sie schien vor Glück zu strahlen. Isabel war sehr froh über die Vorkehrungen, die sie getroffen hatte, damit ihre Brautjungfer sich neben ihr nicht allzu unscheinbar fühlen würde.

„Versprich mir, dass du dich morgen meinem Friseur nicht widersetzen wirst", sagte sie zu Rachel. „Zu deinem türkisfarbenen Brautjungfernkleid passt rötliches Haar nun einmal viel besser als braunes. Und auf keinen Fall darfst du das Haar so streng zurücknehmen, wie du es jetzt trägst. Außerdem habe ich eine Kosmetikerin engagiert, die uns schminken wird. Ich gehe davon aus, dass du auch ihr nicht widersprechen wirst."

„Natürlich nicht. Schließlich ist es dein großer Tag. Aber meine Haare sollen nur getönt werden, damit ich die Farbe wieder auswaschen kann. Ich möchte nicht am Montag mit roten Haaren bei der Arbeit erscheinen."

„Warum denn nicht?"

„Einer der Gründe, warum Justin mich als seine Assistentin angestellt hat, war, dass ich nicht so aufgedonnert bin wie meine Vorgängerin. Alice hat dir doch sicher erzählt, wie diese Frau immer versucht hat, mit ihm zu flirten."

Isabel verdrehte die Augen. „Nur, weil du dir die Haare rot tönst, bist du doch noch nicht aufgedonnert."

„Ich will aber kein Risiko eingehen, Isabel. Ich möchte diese Stelle auf keinen Fall verlieren."

„Als ich davon hörte, dass Justin McCarthy keine Sexbombe als Assistentin wollte, habe ich ihn zuerst für sehr vernünftig gehalten. Affären mit Kollegen gehen meist nicht gut aus, schon gar nicht für die Frau. Aber inzwischen stimme ich Rafe zu. Er meint, ein geschiedener Mann, der seine attraktive Assistentin entlässt, weil sie ihm Avancen macht, hat entweder Angst vor Frauen – oder er ist schwul."

„Er hat meine Vorgängerin nicht entlassen", verteidigte Rachel ihren Chef. „Sie war ihm nur vorübergehend durch eine Zeitarbeitsfirma vermittelt worden. Und Justin hat sicher auch keine Angst vor Frauen. Er ist wirklich sehr nett zu mir."

„Du hast mir doch erzählt, er sei sehr anspruchsvoll und schwierig", erinnerte Isabel sie.

Rachel seufzte. „Das war nur an einem Tag, als ich aus Versehen eine wichtige Datei gelöscht habe und er sechs Stunden benötigte, um sie wiederherzustellen. Normalerweise ist er sehr gelassen und ausgeglichen."

„Dann bleibt also nur noch die Möglichkeit, dass er schwul ist. Könnte das sein? Hat ihn seine Frau vielleicht deshalb verlassen?"

„Ich weiß es nicht. Und, ehrlich gesagt, ich finde, das Privatleben meines Chefs geht mich auch nichts an."

„Aber du hast doch gesagt, er sehe sehr gut aus und sei erst Mitte dreißig. Fühlst du dich denn gar nicht zu ihm hingezogen?"

„Nein." Rachel schüttelte energisch den Kopf.

Isabel betrachtete sie prüfend. „Das glaube ich dir nicht. Vor einiger Zeit hast du noch gesagt, du fühltest dich so einsam, dass du mit jedem schlafen würdest, der dir über den Weg läuft. Und jetzt arbeitest du mit einem äußerst attraktiven jungen Mann zusammen und willst mir weismachen, du würdest nicht darüber nachdenken, wie es wäre, mit ihm ins Bett zu gehen? Ich verstehe ja, dass du nach Letties Tod sehr traurig bist – aber du lebst. Du hattest immer einen Freund, bis Eric dich verlassen hat. Es ist verständlich, dass du keine Männer mehr magst, nach allem, was dieser Schuft dir angetan hat. Aber ..."

„Das stimmt nicht ganz. *Einige* Männer mag ich immer noch", unterbrach Rachel sie. „Zum Beispiel Rafe", fügte sie hinzu und lächelte schalkhaft.

„Alle Frauen mögen Rafe", stellte Isabel ironisch fest. „Sogar meine Mutter. Aber da der heiß begehrte Rafe mich morgen heiraten wird, kannst du ihn nicht haben – nicht einmal leihweise. Du wirst dir also einen anderen Mann suchen müssen, um deine Gelüste zu befriedigen."

„Wie kommst du darauf, dass ich so etwas überhaupt habe?"

„Etwa nicht?" Ungläubig sah Isabel ihre Freundin an. Immerhin hatte Rachel vier Jahre lang praktisch wie eine Nonne gelebt.

Doch je länger Isabel darüber nachdachte, umso weniger überraschte es sie. Hätte Rachel tatsächlich Lust auf ein Abenteuer, würde sie sich trotz ihres merkwürdigen Chefs dann und wann ein wenig hübsch machen. Schließlich gab es jede Menge anderer Stellen in Sydney – und attraktive Männer jeden Alters.

„Ich bin mir gar nicht sicher, ob ich Sex je wirklich gebraucht habe", fuhr Rachel nachdenklich fort. „Er gehörte einfach mit dazu, wenn ich verliebt war, und war für mich immer eher ein emotionales als ein körperliches Bedürfnis."

„Aber du hast mir auch erzählt, dass es dir Spaß gemacht hat."

„Aber mir ging es nicht in erster Linie um Sex. Vielmehr um das Gefühl, geliebt zu werden."

Isabel lächelte. „Rachel, man kann auch großartigen Sex mit jemandem haben, in den man nicht verliebt ist."

„Du vielleicht. Dass ich nach Letties Tod sagte, ich sei bereit, mit jedem Mann zu schlafen, der mir über den Weg läuft, lag nur an meiner Einsamkeit. Ich würde nie mit irgendeinem Fremden Sex haben wollen. Wenn ich nicht in einen Mann verliebt bin, kann ich nicht mit ihm schlafen. Und seit der Enttäuschung mit Eric zweifele ich daran, dass ich mich je wieder verlieben werde. Er hat mich furchtbar verletzt und enttäuscht."

„Eines Tages wird dir bestimmt ein Mann begegnen, der dich so liebt, wie du es verdienst."

„Das glaubst du nur, weil du mit Rafe so ein Glück gehabt hast. Noch vor gar nicht so langer Zeit hattest du keine allzu gute Meinung von Männern", erinnerte Rachel sie.

„Das stimmt." Isabel nickte. Früher hatte sie sich zu oft in die falschen Männer verliebt und war schwer enttäuscht worden. Deshalb konnte Isabel Rachels Gefühle gut verstehen. Eric hatte sie einfach fallen lassen, als Rachel ihre Arbeit aufgegeben hatte, um Lettie zu pflegen. Und auch Lettie war nach Ausbruch der Krankheit von ihrem Mann verlassen worden. Kein Wunder also, dass Rachel kein großes Vertrauen zu Männern hatte.

„Ich bin mit meinem Leben ganz zufrieden – auch ohne Männer", sagte Rachel. „Die Arbeit macht mir viel Spaß. Es ist interessant und abwechslungsreich, für einen Anlageberater zu arbeiten. Du brauchst dir wirklich keine Sorgen um mich zu machen."

Isabel seufzte. Genau das sagte Rachel immer. Sie war sehr tapfer. Als Lettie gestorben war, hatten die beiden Freundinnen gehofft, dass Rachel trotz der Hypotheken zumindest einen kleinen finanziellen Nutzen aus dem Haus ihrer Pflegemutter ziehen könnte. Lettie hatte Rachel in ihrem Testament als alleinige Erbin eingesetzt, nachdem ihr Mann sie verlassen hatte. Nach Letties Tod wollte Rachel das Haus verkaufen und sich eine kleine Wohnung im Stadtzentrum suchen. Doch wie sich herausstellte, gehörte Letties Haus rechtlich leider noch immer ihrem Mann.

Rachel erklärte dem zuständigen Anwalt, dass sie selbst während der vergangenen viereinhalb Jahre für die Hypothek aufgekommen sei – von dem Geld, das sie sich mit Änderungsarbeiten verdient habe. Doch der Anwalt sagte nur, dass Letties Mann in den vorangegangenen fünfzehn Jahren die Hypothekenraten bezahlt und keinesfalls die Absicht habe, ihr auch nur einen Cent zu überlassen.

Rachel erfuhr auch, dass Letties Exmann das Testament anfechten wollte. Der Anwalt teilte ihr mit, ihre Chancen würden nicht gut stehen. Deshalb hatte Rachel sich gegen einen Rechtsstreit entschieden. Und so waren ihr nur ein paar persönliche Gegenstände, ihre Kleider und eine Nähmaschine aus zweiter Hand geblieben.

Derzeit wohnte sie mit Isabel in deren Haus im Stadtteil Turramurra, das Rachel während der Flitterwochen ihrer Freundin hüten würde. Nach der Rückkehr wollte Isabel bei Rafe einziehen und hatte Rachel angeboten, dauerhaft gegen eine geringe Miete dort wohnen zu bleiben. Doch Rachel wollte sich lieber eine eigene kleine Wohnung nahe dem Stadtzentrum suchen. Insgeheim schüttelte Isabel über diese Entscheidung den Kopf. Aber Rachel war nun einmal sehr stolz.

Isabel hoffte, Rachel würde eines Tages den richtigen Mann treffen: einen einfühlsamen, charakterstarken Menschen, der ihr all seine Liebe schenken würde. Denn das war es, was Rachel brauchte: einen Mann, der sie liebte – leidenschaftlich, ehrlich und von ganzem Herzen. So, wie Rafe mich liebt, dachte Isabel verträumt. Sie hatte so ein Glück ...

Die arme Rachel, dachte sie dann wehmütig. Ihre beste Freundin tat ihr furchtbar leid.

2. KAPITEL

Am nächsten Morgen hastete Rachel durch die Straßen des Geschäftsviertels. Sie hatte eine etwas spätere Bahn genommen als normalerweise, weil sie an diesem Morgen länger gebraucht hatte, um sich zurechtzumachen.

Plötzlich schien ihr die Sonne ins Gesicht und direkt in die Augen. Trotzdem verlangsamte Rachel ihr Tempo nicht. Es würde wieder ein sehr warmer Tag werden – zu warm für ein schwarzes Kostüm mit langärmeliger Jacke. Der Frühling hatte in diesem Jahr in Sydney spät angefangen, doch jetzt schien er mit voller Wucht hereinzubrechen. Der wolkenlose Himmel war strahlend blau.

Rachel seufzte. Sie würde nicht darum herumkommen, sich neue Outfits für die Arbeit zu kaufen. Warum, um alles in der Welt, hatte sie nur ausschließlich schwarze Kostüme gekauft? Leider würden die Einkäufe warten müssen, bis Isabel in drei Wochen aus den Flitterwochen zurückkam. Rachel konnte sich nämlich nicht erinnern, wo die Geschäfte lagen, in die ihre Freundin sie das letzte Mal geführt hatte und wo genau es die richtigen Sachen gab: vernünftige, dezente Kleidung.

Bis dahin würde sie also weiterhin Schwarz tragen müssen – und lange Ärmel. Rachel betrachtete flüchtig ihr Spiegelbild in einem Schaufenster und unterdrückte ein Stöhnen. Ihr Haar war noch immer rot, obwohl sie es am Vorabend und am Morgen mehrmals gewaschen hatte. Sie wünschte, sie hätte sich am Vortag eine Brauntönung gekauft. Wenn Isabel nicht schon in die Flitterwochen abgereist wäre, hätte sie ihr eine gehörige Standpauke gehalten. Denn offenbar hatte der Friseur eine dauerhaftere Farbe benutzt, als sie verlangt hatte. Zugegeben, sie hatte am Samstag sehr hübsch ausgesehen. Sie war überrascht gewesen, wie sehr das schicke Kleid, eine aufwendige Frisur und ein erfahrener Kosmetiker sie verändert hatten. Doch zu ihrem normalen Aussehen – ungeschminkt und schlicht gekleidet – wollten die roten Haare einfach nicht passen.

Rachel hatte sich das Haar heute besonders streng zurückgesteckt und hoffte, das Rot würde dadurch weniger auffallen. Um keinen Preis sollte Justin denken, sie versuche, seine Aufmerksamkeit zu erregen. Denn sie wollte das gute Verhältnis zu Justin nicht gefährden, das von gegenseitigem Respekt geprägt war. Erst in der vergangenen Woche hatte er ihr gesagt, wie froh er sei, dass sie nicht stark parfümiert und mit tiefem Ausschnitt zur Arbeit komme.

Außer Atem erreichte Rachel das hohe Gebäude, in dem sich die Geschäftsräume des Versicherungsunternehmens befanden. Als sie von der Stelle gehört hatte, war sie davon ausgegangen, dass Justin bei AWI fest angestellt sei. Doch in Wirklichkeit war er ein selbstständiger Finanzberater, den das Unternehmen für zwei Jahre unter Vertrag genommen hatte. Nach dieser Zeit wollte er eine eigene Beratungsfirma gründen, am liebsten außerhalb des Stadtzentrums und in einem Gebäude mit Blick auf die Strände im Norden, wie er Rachel erzählt hatte.

Während seiner Vertragszeit bei AWI hatte ihm das Unternehmen große Büroräume im fünfzehnten Stock ihres Firmengebäudes zur Verfügung gestellt. Von da aus hatte man eine fantastische Aussicht auf das Stadtzentrum und den Hafen. Doch das war nicht der einzige Vorteil der Büroräume. Sie waren unglaublich weitläufig. Rachel hatte den gesamten Empfangsbereich für sich, zu dem ein kleines Badezimmer, eine Teeküche sowie ein riesiger halbrunder Schreibtisch gehörten, an dem mindestens drei Sekretärinnen gleichzeitig hätten arbeiten können.

Justins Büro war mindestens genauso groß. Ein Konferenzraum und ein Aufenthaltszimmer schlossen sich an. Auch eine gut ausgestattete Bar gehörte dazu und das eleganteste Badezimmer, das Rachel je gesehen hatte. Es war ganz aus schwarzem Marmor, mit vergoldeten Armaturen. Wie Justin ihr beim Vorstellungsgespräch erzählt hatte, waren die Räume von seinem Vorgänger, den man entlassen hatte, renoviert und umgestaltet worden. Der Mann hatte sich so verhalten, als würde ihm das Unternehmen gehören. Keine Kosten waren gescheut worden: flauschiger sandfarbener Teppich, modernes Mobiliar aus glänzendem Buchenholz, italienische cremefarbene Ledersofas und Originale impressionistischer Künstler an den Wänden. Dass man Justin diese luxuriösen Räume zur Verfügung gestellt hatte, zeigte, wie sehr ihn das Unternehmen schätzte.

Auch Rachel schätzte ihren Chef sehr. Seine Arbeitseinstellung und die Tatsache, dass er kein bisschen arrogant war, gefielen ihr. Sie wünschte, sie könnte weiter für ihn arbeiten, wenn sein Vertrag mit AWI auslaufen würde. Justin hatte bereits eine entsprechende Anmerkung gemacht. Er schien ebenso zufrieden mit der Zusammenarbeit zu sein wie sie.

Während Rachel mit dem Fahrstuhl in den fünfzehnten Stock hinauffuhr, warf keiner der Angestellten ihr einen Blick zu, denn keiner von ihnen kannte sie. Justin arbeitete allein. Nur dann und wann kam ein Disponent vorbei, um sich mit ihm zu beraten. Meistens nahmen sie jedoch per Telefon oder E-Mail zu ihm Kontakt auf.

Seit sie für Justin arbeitete, hatte noch kein einziges Treffen im Konferenzraum stattgefunden. Einige Male hatte er sich kurz auf einem der Sofas im Aufenthaltsraum ausgeruht, doch nie Gäste dort empfangen. Er nahm zwar an den monatlichen Treffen mit den fest angestellten Disponenten teil, ging aber nie zu den Abendessen und Feiern, die das Unternehmen veranstaltete, und hielt sich auch sonst aus internen Angelegenheiten heraus.

Mit anderen Worten, ihr Chef war ein ziemlicher Einzelgänger. Ihr war das gerade recht. Denn seit sie so viel Zeit allein zu Hause verbracht hatte, war sie ein wenig kontaktscheu. Im Büro fühlte sie sich sicher, und es gefiel ihr, dass sie bei der Arbeit nur selten mit Fremden in Berührung kam. Früher war es ihr nicht schwergefallen, mit den unterschiedlichsten Leuten Small Talk zu betreiben. Sie war sehr extrovertiert und kontaktfreudig gewesen. Doch dann hatte sie ihr Selbstbewusstsein verloren und war schüchtern geworden. Nur in Gesellschaft ihrer engsten Freunde, wie Isabel und Rafe, konnte sie entspannt und fröhlich sein.

Isabel sagte immer wieder, sie, Rachel, werde bald wieder so sein wie früher. Doch das bezweifelte sie. Die Erfahrungen der vergangenen Jahre hatten sie sehr verändert. Sie war jetzt sehr introvertiert, ernst und ... geradezu unscheinbar. Das war eine der größten Veränderungen: Sie hatte ihr attraktives Äußeres verloren. Und allein durch eine rote Haartönung ließ sich das nicht rückgängig machen – sie kam sich damit nur lächerlich vor.

Als die Fahrstuhltüren aufgingen, eilte sie den Flur entlang. Hoffentlich würde sie noch vor Justin im Büro sein. Er trainierte jeden Morgen im Fitnessstudio des Unternehmens. Dann und wann vergaß er, auf die Zeit zu achten, und verspätete sich. Offenbar auch heute, denn die Tür des Büros war noch abgeschlossen. Rachel seufzte erleichtert. Wenn Justin käme, würde sie betont gelassen am Computer sitzen und arbeiten.

Genau das tat sie, als er eine Viertelstunde später hereinkam. Ihr Herz klopfte heftig – aber nicht, weil sie sich zu ihm hingezogen fühlte, sondern vor Nervosität. Was würde er wohl sagen, wenn er ihr rotes Haar bemerkte?

Ihr Chef sah so attraktiv aus wie immer. Er trug einen klassischen dunkelblauen Nadelstreifenanzug, ein weißes Hemd und einen dazu passenden Schlips. Das Haar war noch ein wenig feucht vom Duschen. Unter einem Arm trug er Tageszeitungen, im anderen seine schwarze Aktentasche. Er runzelte die Stirn, was aber offenbar nichts mit ihr zu tun hatte. Dann zog er die dichten dunklen Brauen eng zusammen und schien konzentriert über etwas nachzudenken.

„Morgen, Rachel", sagte er und warf ihr einen flüchtigen Blick zu, während er an ihr vorbeieilte. „Bitte warten Sie noch zehn Minuten mit dem Kaffee", fügte er über die Schulter gewandt hinzu, bevor er in seinem Büro verschwand. „Ich muss vorher noch etwas erledigen."

Als er, ohne ihre Antwort abzuwarten, die Tür hinter sich zuschlug, war Rachel zum ersten Mal ein wenig gekränkt.

„Ich wünsche Ihnen auch einen guten Morgen", sagte sie kühl und betrachtete die geschlossene Tür. So viel also zu ihrer Frage, was Justin von ihrem roten Haar halten mochte. Vermutlich wäre es ihm nicht einmal aufgefallen, wenn ich splitternackt am Schreibtisch gesessen hätte oder oben ohne auf dem Tisch getanzt hätte, dachte sie. Sie hatte zwar wieder ein wenig zugenommen, doch ihre wunderschönen vollen Brüste waren in den vergangenen Jahren so viel kleiner geworden, dass sie statt Körbchengröße D jetzt B trug. Darüber hatte sie am Samstag mit Isabel gesprochen, als sie sich für die Hochzeit umgezogen hatten.

„Deine Brüste sind immer noch größer als meine", hatte Isabel festgestellt und Rachel eingehend betrachtet. „Du bist zwar ziemlich dünn, aber die Proportionen stimmen. Eigentlich finde ich, du siehst überraschend gut aus."

Rachel hatte nur ironisch gelacht, und das tat sie jetzt wieder. Warum, um alles in der Welt, dachte sie darüber nach, wie sie unbekleidet aussah? Als würde das irgendjemanden interessieren! Niemand würde sie je nackt sehen. An diesen albernen Überlegungen ist nur Isabel schuld, dachte Rachel vorwurfsvoll. Sie hat mich auf Justin angesprochen – und auf Sex.

Sex! Du meine Güte, über dieses Thema brauchte sie gar nicht erst nachzudenken. Warum also tat sie es?

Rachel versuchte, sich mit der Arbeit abzulenken. Dann gab sie auf und beschloss, Justin den Kaffee zu bringen. Die zehn Minuten mussten inzwischen vorbei sein. Je eher er ihr rotes Haar bemerken und sie ihm die Hintergründe erklären würde, desto eher könnte sie sich wieder konzentriert ihrer Arbeit widmen.

„Herein", rief Justin kurz angebunden, als sie genau zehn Minuten nach seiner Ankunft an die Tür klopfte.

Rachel trat ein. Er saß mit dem Rücken zu ihr an einer Längsseite des U-förmigen Schreibtischs und arbeitete am Computer. Justin wandte sich nicht um, während er auf dem Bürodrehstuhl an den verschiedenen PCs vorbeirollte und aufmerksam die Bildschirme betrachtete. Er hatte sich das Jackett ausgezogen und die Ärmel aufgekrempelt. Ohne es zu sehen, wusste Rachel, dass sein Schlips gelockert war.

Während sie auf ihn zuging, schob Justin sich vor den Computer, der ganz am rechten Rand stand.

„Stellen Sie den Kaffee einfach hierhin." Ohne aufzublicken, wies er mit der Hand neben den Bildschirm.

Rachel schnitt ein Gesicht, stellte den Becher ab und wollte wieder gehen. Doch dann hielt sie inne.

„Justin …"

„Hm?" Noch immer sah er sie nicht an.

Sie seufzte. „Justin, ich muss mit Ihnen sprechen", sagte sie dann energisch.

„Worüber?"

„Ich möchte Ihnen erklären, warum meine Haare so rot sind."

„Was?" Endlich wandte Justin sich um und blickte sie an. Er runzelte die Stirn und neigte den Kopf leicht zur Seite. „Hm … die Farbe ist ein wenig zu leuchtend für Sie, stimmt's?"

„Für die Hochzeit am Samstag war sie genau richtig", verteidigte sie sich.

„Was für eine Hochzeit?" Mit seinen blauen Augen blickte er sie fragend an.

„Ich war Brautjungfer bei der Hochzeit meiner besten Freundin. Sie hat darauf bestanden, dass ich mir anlässlich dieses großen Tages die Haare rot tönen lasse. Eigentlich sollte sich die Farbe leicht auswaschen lassen, aber wie Sie sehen, ist das nicht der Fall. Ich wollte Ihnen nur noch einmal versichern, dass ich mein Haar noch heute Abend wieder braun färben werde."

Gleichgültig zuckte Justin die Schultern. „Wozu wollen Sie sich die Mühe machen? Irgendwann wird es sich schon auswaschen lassen oder herauswachsen."

Es würde zwei Jahre dauern, bis die Färbung herausgewachsen wäre. Offenbar glaubte Justin, sie hätte so wenig Stolz, dass es ihr nichts ausmachte, zwei Jahre lang mit halb rotem, halb braunem Haar herumzulaufen.

„Es sieht furchtbar aus, und das wissen Sie genau", sagte Rachel heftig, wandte sich um und ging zur Tür. Sie konnte förmlich spüren, wie Justin ihr verständnislos nachsah. Noch nie hatte sie in diesem Ton mit ihm gesprochen. Doch als sie sich umwandte, merkte sie, dass Justin keinesfalls in ihre Richtung, sondern auf einen Computerbildschirm blickte. Offenbar hatte er die roten Haare und ihren kleinen Temperamentsausbruch schon vergessen.

Als sie sich wieder an die Arbeit machen wollte, merkte sie, wie aufgebracht sie noch immer war. Warum nur war sie so wütend auf Justin? Eigentlich müsste ich doch froh darüber sein, dass ihm meine roten Haare egal sind, dachte sie. Sie war verwirrt. Denn einen Moment lang hatte sie tatsächlich den Wunsch verspürt, ihm den Kaffee ins Gesicht zu schütten. Vielleicht war es also besser, wenn Justin den ganzen Vormittag über nicht aus seinem Büro kam oder noch einmal Kaffee verlangte. Offenbar war er in eine äußerst wichtige Angelegenheit vertieft, die seine gesamte Aufmerksamkeit erforderte.

Rachel arbeitete erst seit einem Monat für Justin. Doch ihr war schon nach kurzer Zeit klar geworden, dass ihr Chef nicht nur ein Finanzgenie war, sondern sich auch sehr gut mit Computern auskannte. Er hatte verschiedene Programme geschrieben, mit denen sich Entwicklungen auf dem Aktienmarkt verfolgen und voraussagen ließen. Neben Sekretariatsarbeiten verbrachte sie auch jeden Tag einige Stunden damit, Daten herunterzuladen und in Dateien für diese Programme einzugeben. Sie mussten ständig auf den neuesten Stand gebracht werden. Mit dieser etwas eintönigen Aufgabe war sie gerade beschäftigt, als mittags die Tür aufging und Justins Mutter eintrat.

Alice McCarthy war Witwe und Anfang sechzig. Sie hatte zwei Söhne und war Rachels beste Kundin gewesen, als diese sich während der vergangenen vier Jahre ihren Unterhalt mit Änderungsarbeiten verdient hatte. Mrs. McCarthy hatte breite Schultern und eine enorme Oberweite, aber erstaunlich schmale Hüften, so dass es ihr sehr schwerfiel, passende Kleider zu finden. Doch sie kaufte ihre Garderobe lieber in Geschäften ein, als sich etwas anfertigen zu lassen. Und sie hatte genug Geld, um dieser Leidenschaft ausgiebig zu frönen. Mr. McCarthy war ein erfolgreicher Börsenmakler gewesen und – laut Alice – ein ziemlicher Geizkragen, während sie eher zum anderen Extrem tendierte. Deshalb war es ihr sehr wichtig, eine gute Schneiderin zu haben, die ihr die zahlreichen Outfits abändern konnte.

Bis vor kurzem hatte Rachel diese Arbeiten übernommen. Alice hatte von ihr erfahren, weil Rachel überall in ihrer Nachbarschaft Werbezettel verteilt hatte. Alice McCarthy lebte nur wenige Straßen von Letties ehemaligem Haus entfernt. Trotz des Altersunterschieds von dreißig Jahren verstand sie sich mit Justins Mutter ausgezeichnet. Alice' Fröhlichkeit war ansteckend und ließ sie zumindest vorübergehend ihr trostloses Leben vergessen. Als ihre Pflegemutter starb und sie sich eine Stelle suchen wollte, hatte Alice ihr netterweise den Job bei Justin vermittelt – obwohl das für sie bedeutete, dass sie sich eine neue Schneiderin suchen musste. Zum Glück konnte eine Verkäuferin in einem ihrer Lieblingsgeschäfte einen ausgezeichneten und preiswerten Änderungsdienst empfehlen, den zwei sehr nette vietnamesische Frauen betrieben.

Seit Rachel für Justin arbeitete, hatte Alice sie schon mehrmals im Büro angerufen und sich erkundigt, wie es ihr gefalle. Doch persönlich vorbeigekommen war sie bisher nie.

„Alice!", rief Rachel erfreut. „Das ist aber eine nette Überraschung. Sie sehen toll aus – Blau steht Ihnen wirklich gut."

Alice, die Komplimenten nie abgeneigt war, strahlte. „Hören Sie auf mit der Schmeichelei. An meiner Figur sieht nichts wirklich gut aus. Aber immerhin gebe ich mir Mühe. Aber Sie sehen viel besser aus als noch vor einiger Zeit. Haben Sie ein wenig zugenommen? Und eine neue Haarfarbe haben Sie auch."

Unwillkürlich strich Rachel sich durchs Haar. „Nur vorübergehend. Heute Abend färbe ich mir die Haare wieder braun. Der Rotton war nur für Isabels Hochzeit letzten Samstag. Erinnern Sie sich noch an meine Freundin? Isabel war auch auf Letties Beerdigung."

„Natürlich erinnere ich mich. Eine blonde, sehr hübsche junge Frau."

„Genau. Sie wollte, dass ich mir die Haare rot töne. Aber natürlich war ich zur Hochzeit ganz anders frisiert. Die Haare waren gelockt, und ich habe sie offen getragen. Außerdem war ich stärker geschminkt als ein Supermodel."

„Sie haben sicher ganz reizend ausgesehen."

„Nein, das kann man nicht sagen. Es war dem Anlass angemessen, aber rote Haare stehen mir nicht."

„Es könnte sehr gut aussehen, wenn Sie sich ein wenig schminken würden, Rachel. Nur gegen Ihre blasse Haut wirkt die Farbe so grell. Auch das schwarze Kostüm bildet einen zu starken Kontrast. Wenn Sie stattdessen Blau tragen würden", fügte Alice hinzu, „etwa in dem Ton, den ich heute anhabe, und einen Hauch Make-up, dann wäre es geradezu perfekt."

Rachel war nicht in der Stimmung, sich schon wieder erzählen zu lassen, was sie an ihrem Äußeren verändern sollte. Das hatte Isabel am Wochenende schon zur Genüge getan. Außerdem war sie noch immer gekränkt darüber, weil Justin sie am Morgen praktisch ignoriert hatte. Damit würde er sicher aufhören, wenn sie anfinge, sich aufzudonnern.

„Alice", sagte sie geduldig, „Sie haben mir doch selbst von meiner koketten, übertrieben zurechtgemachten Vorgängerin erzählt – und dass Justin froh war, sie loszuwerden. Ich habe diese Stelle unter anderem wegen meines Äußeren bekommen. Es *gefällt* ihm, dass ich natürlich aussehe und mich nicht schminke."

Alice verdrehte die Augen. Sie konnte sich nicht vorstellen, dass Frauen, die sich nicht zurechtmachten, irgendjemandem gefielen – auch wenn manche Männer das behaupteten. Man brauchte sie doch nur zu beobachten, wenn eine besonders aufgedonnerte Frau ein Restaurant betrat oder auf einer Party erschien. Justin befand sich nur gerade in einer etwas merkwürdigen Phase. Und daran ist allein dieses Biest Mandy schuld, dachte Alice. Für ihren Geschmack dauerte die „Phase" schon viel zu lange. Auf Dauer konnte das nicht gut für die körperliche und seelische Gesundheit ihres Sohnes sein.

„Der Junge weiß nicht mehr, was gut für ihn ist", sagte sie ein wenig ungeduldig. „Seine Exfrau, dieses Miststück, hat ihm ganz schön übel mitgespielt. Sollte sie mir noch einmal über den Weg laufen, dann werde ich …"

Alice' Drohung wurde unterbrochen, als sich die Tür zum Büro plötzlich öffnete und Justin hereinkam.

„Mom! Ich dachte mir doch, dass ich diese Stimme kenne. Was machst du denn hier? Und worüber habt ihr gesprochen? Du hast Rachel doch wohl keine Klatschgeschichten über mich erzählt?"

Alice errötete, doch sie überspielte geschickt ihre Verlegenheit. „Ich erzähle nie Klatschgeschichten", verteidigte sie sich, „sondern nur die Wahrheit."

Justin lachte. „Wenn das so ist, dann sag mir doch, warum du hergekommen bist. Und bitte: die Wahrheit und nichts als die Wahrheit."

Alice zuckte die Schultern. „Ich habe einen Einkaufsbummel gemacht, aber nichts gefunden, was mir gefiel. Da kam mir die Idee, dich spontan zum Mittagessen einzuladen – und natürlich auch Rachel, wenn sie möchte."

„Leider habe ich keine Zeit", sagte Rachel sofort. „Ich muss dringend etwas einkaufen." Und zwar eine braune Haartönung, fügte sie in Gedanken hinzu.

„Und ich kann auch nicht", antwortete Justin. „Auf den Aktienmärkten hat es eine unerwartete Baissebewegung gegeben. Ich muss vor Handelsschluss noch einen wichtigen Bericht fertig schreiben. Deshalb fällt meine Mittagspause aus. Ich wollte Rachel bitten, mir ein paar Sandwiches zu holen."

„Die arme Rachel." Alice wirkte empört. „Ich dachte, die Zeiten, in denen Sekretärinnen solch erniedrigende Handlangerdienste verrichten mussten, wären endgültig vorbei. Vermutlich lässt du dir auch den Kaffee bringen, stimmt's? Und was noch? Holt sie auch deine Anzüge aus der Reinigung ab?", fragte sie vorwurfsvoll.

Überrascht sah Justin sie an. „Ja, Rachel hat schon ein- oder zweimal für mich etwas aus der Reinigung abgeholt." Besorgt sah er Rachel an. „Macht es Ihnen etwas aus, diese Dinge für mich zu erledigen? Sie haben sich nie darüber beschwert."

Rachel seufzte. Natürlich machte es ihr nichts aus. Wenn sie diese Aufgaben für erniedrigend halten würde wie Alice – wie hätte sie es dann wohl ertragen, jahrelang täglich uringetränkte Bettlaken auszuwechseln?

„Nein, ich habe nichts dagegen. Wirklich nicht, Alice", wiederholte sie ruhig, als sie Alice' skeptischen Blick bemerkte.

Alice seufzte. „Natürlich nicht. Justin, pass nur auf, dass du Rachels Gutmütigkeit nicht ausnutzt", warnte sie ihren Sohn.

Warum hält sie nicht einfach den Mund?, dachte Rachel. Justin sah sie an. An seinem Gesichtsausdruck merkte sie, dass er dasselbe dachte wie sie. Sie lächelte verschwörerisch, und er zwinkerte ihr unauffällig zu.

„Ich würde Rachel niemals ausnutzen", versicherte er seiner Mutter. „Ich schätze sie sehr und möchte nicht riskieren, die beste Assistentin zu verlieren, die ein Mann sich nur wünschen kann."

Rachel errötete leicht bei diesem Kompliment. Erst viel später sollte ihr die Ironie dieser Worte bewusst werden.

3. KAPITEL

Am Freitagmorgen ging Rachel zur Arbeit und beschloss, nun doch schon am Wochenende einen Einkaufsbummel zu machen und nicht auf Isabel zu warten. Dann hätte sie wenigstens etwas zu tun. Wegen der Hochzeit war das vergangene Wochenende erträglich gewesen. Doch vor dem bevorstehenden graute ihr schon jetzt. Isabel war verreist, und sie würde allein in dem leeren Haus sein.

Ich kann mich doch nicht das ganze Wochenende mit Hausarbeit beschäftigen, dachte sie verzweifelt. Die Räume waren sowieso ständig tadellos sauber und aufgeräumt. Natürlich könnte sie lesen oder fernsehen. Doch diese Aussicht erschien ihr nicht besonders verlockend. Sie hatte Lust, ein bisschen rauszukommen.

Rachel bedauerte, dass zu Isabels Haus kein Garten gehörte. Leider gab es nur eine gepflasterte Terrasse mit Blumentöpfen. Sie liebte Gartenarbeit, weil sie gern ihre Hände benutzte. Deshalb hatte sie schon als Teenager Nähen gelernt. Doch das war etwas, was sie nie wieder tun würde. Sie hatte die Nähmaschine nach Letties Tod im hintersten Winkel ihres Schranks verstaut. Sie konnte den Anblick nicht ertragen. Er rief viel zu viele schmerzliche Erinnerungen in ihr wach.

Manchmal wünschte sie, Justin würde sie bitten, am Wochenende Überstunden zu machen. Sie wusste, dass er samstags oft ins Büro ging. Doch er hatte sie noch nie darauf angesprochen.

Bevor sie das Bürogebäude betrat, blickte Rachel zum Himmel hinauf. Die Wolkendecke war noch dichter als am Vortag. Bestimmt regnet es bald, dachte sie. Vielleicht sollte sie doch lieber mit dem Einkaufsbummel warten, bis Isabel wieder da wäre.

Justin war schon da, als Rachel ins Büro kam. Zu ihrer Überraschung hatte er bereits die Kaffeemaschine angestellt und goss sich gerade einen Becher Kaffee ein. Justin trug einen der Anzüge, die ihr am besten gefielen: aus feinem hellgrauen Stoff, gegen den sich das dunkle Haar und die blauen Augen besonders abhoben – besonders wenn er wie an diesem Tag ein weißes Hemd und eine blaue Krawatte dazu trug.

„Guten Morgen", sagte er lächelnd. „Soll ich Ihnen auch einen Becher Kaffee eingießen?"

„Ja, bitte." Rachels Stimmung besserte sich augenblicklich, wie immer, wenn sie zur Arbeit kam. Sie verstaute den Regenschirm und die schwarze Tasche unter dem Küchentresen und holte die Milch aus dem Kühlschrank.

„Wie ist das Wetter?", fragte Justin und trank einen Schluck.

„Ziemlich bedeckt. Es wird sicher bald regnen."

„Hm", machte Justin nachdenklich.

„Warum fragen Sie?", erkundigte sie sich. „Haben Sie am Wochenende etwas vor, wobei Ihnen schlechtes Wetter einen Strich durch die Rechnung machen könnte?"

„Nein." Justin stellte seinen Becher ab. „Ich werde gar nicht in Sydney sein. Ich fliege heute Nachmittag an die Gold Coast und werde das ganze Wochenende dort bleiben – in einem luxuriösen Fünfsternehotel."

„Da wird man ja ganz neidisch." Rachel seufzte.

„Und Sie werden mitkommen", fügte Justin hinzu.

Sprachlos blickte sie Justin an.

Er lachte. „Keine Angst: Ich wollte Ihnen kein unanständiges Angebot machen – es handelt sich um eine Geschäftsreise."

Rachel presste die Lippen zusammen. Natürlich – wie hatte sie auch nur eine Sekunde etwas anderes glauben können? Wie dumm von mir, dachte sie beschämt.

„Worum genau geht es?", fragte sie betont gelassen und trank einen Schluck Kaffee.

„Ich wurde mal wieder als Finanzspezialist um Rat gebeten. Sunshine Gardens, eine große Hotelkette, bietet potenziellen Käufern an, sich unentgeltlich aus erster Hand von den Vorzügen der Hotels zu überzeugen. Sie erstatten sogar die Kosten für den Flug.

Wir werden das ganze Wochenende tun und lassen können, was wir wollen – bis auf morgen Abend. Dann lädt uns die Hotelleitung zu einem festlichen Dinner ein. Danach gibt es einen Videovortrag, um uns davon zu überzeugen, was für eine großartige Investition die ‚Sunshine Gardens'-Hotels darstellen. Eigentlich sollte Guy Walters hinfliegen. Aber er ist verhindert und hat mich gebeten, ihn zu vertreten."

Rachel runzelte die Stirn. „Wer ist Guy Walters? Ich glaube nicht, dass ich ihn kenne."

„Sie sind ihm sicher schon begegnet. Er ist groß und untersetzt, so um die vierzig, hat schon eine Glatze und leitet die Immobilienabteilung."

Rachel schüttelte den Kopf. „Nein, an jemanden, der so aussieht, würde ich mich bestimmt erinnern."

Justin nickte. „Sie haben Recht. Guy war noch nicht hier bei mir im Büro, seit Sie für mich arbeiten. Ich trainiere jeden Morgen mit ihm im Fitnesscenter. Aber heute war er nicht da, als ich kam. Eine halbe Stunde nach mir kam Guy hereingestürmt und sagte mir, dass er sofort nach Melbourne fliegen müsse, weil sein Vater krank geworden sei. Er erzählte mir von der geplanten Geschäftsreise und bat mich, diese Aufgabe für ihn zu übernehmen. Offenbar ist der Vorstandsvorsitzende von AWI daran interessiert, das Hotel zu kaufen, und erwartet, Montag früh einen ausführlichen Bericht auf seinem Schreibtisch vorzufinden. Guy sagte, ein Zyniker wie ich würde sich nicht vom schönen Schein blenden lassen und stattdessen nach den Schwachstellen suchen. Er möchte auch eine weibliche Sicht der Dinge hören. Guy glaubt, dass Frauen vieles auffällt, was Männer nicht bemerken."

„Wen wollte er denn mitnehmen? Seine Sekretärin oder eine Kollegin?"

„Nein, eigentlich sollte seine Frau ihn begleiten. Als ich ihm sagte, ich hätte keine Partnerin, meinte er nur, für einen Lebemann wie mich sei es sicher kein Problem, eine weibliche Begleitung zu finden. Guy tut immer so, als hätte ich ein ganzes Adressbuch voll mit Telefonnummern attraktiver Frauen, die einer Einladung zur Wochenendreise ohne Zögern zustimmen würden."

Rachel setzte den Becher ab und sah ihn neugierig an. „Und? Ist das nicht der Fall?"

„Du meine Güte, natürlich nicht." Justin wirkte entsetzt. „Das ist wirklich nicht mein Stil."

Rachel wusste nicht, was sie davon halten sollte. Vielleicht war Justin Frauen gegenüber einfach sehr misstrauisch. Oder er hatte einfach ein wenig altmodische Moralvorstellungen. Den Gedanken, dass er kein Interesse an Sex haben könnte, verwarf sie sofort. Das konnte sie sich bei einem Mann in seinem Alter einfach nicht vorstellen. Es widersprach sämtlichen Erfahrungen, die sie und ihre Freundinnen im Laufe der Jahre gesammelt hatten.

„Ich habe Guy gesagt, dass ich meine hoch geschätzte und äußerst intelligente Assistentin mitnehmen würde", fuhr Justin fort. „Natürlich nur, wenn Sie Zeit haben. Also, wie sieht es aus?"

„Ich habe Zeit, aber ..."

„Aber was?"

„Was ist mit den Hotelzimmern? Wenn Guy vorhatte, mit seiner Frau zu fahren ..."

„Daran habe ich schon gedacht. Machen Sie sich keine Sorgen. Das Hotel hat für AWI ein Apartment mit zwei Schlafzimmern reserviert. Sie brauchen auch wirklich nicht Ihre ganze Zeit mit mir zu verbringen, sondern können tun und lassen, was Sie möchten. Zu dem Abendessen am Samstag sollten Sie mich allerdings begleiten."

„Wie muss ich mich für diesen Anlass anziehen?"

„Laut Guy wird Abendgarderobe erwartet – weiß der Himmel, warum. Vermutlich hat sich das der PR-Beauftragte des Hotels aus gedacht. Besitzen Sie etwas Passendes? Falls nicht, wird AWI sicher gern die Kosten für ein Abendkleid übernehmen. In der Nähe des Hotels gibt es sicher zahlreiche Boutiquen. Es liegt ja in einem sehr beliebten Urlaubsgebiet."

„Ich habe ein geeignetes Kleid." Rachel dachte an das, was sie als Brautjungfer getragen hatte. Isabel hatte extra etwas ausgesucht, das man auch nach der Hochzeit noch tragen konnte. Für das Abendessen im „Sunshine Gardens"-Hotel wäre es ideal. Auch wenn es Justin nicht gefallen würde, wenn sie sich für die Arbeit übertrieben zurechtmachte, erwartete er doch bestimmt, dass sie bei dem Essen nicht farblos und unscheinbar wirkte. Rachel stellte sich vor, wie überrascht Justin wäre, wenn sie das Haar offen tragen und sich dezent schminken würde – und ihr Herz schlug gleich schneller.

„Großartig. Und denken Sie daran, dass es dort um diese Jahreszeit wesentlich wärmer ist als hier in Sydney", sagte Justin. „Sie sollten sich also etwas Leichtes, Legeres zum Anziehen mitnehmen." Er ließ den Blick über das schlichte, streng wirkende Kostüm gleiten.

Rachel bemerkte seinen Gesichtsausdruck. „Keine Sorge, Justin", erwiderte sie trocken. „Ich habe noch andere Sachen im Kleiderschrank." Dank Isabel, fügte sie in Gedanken hinzu.

Nachdem sie von ihrem ehemaligen Verlobten verlassen worden war, hatte Isabel ihr die gesamte Garderobe geschenkt, die sie sich extra für die Flitterwochen angeschafft hatte. Damals hatte sie nicht gewusst, wann sie diese Sachen oder das Brautjungfernkleid je tragen sollte. Plötzlich hatte sich alles geändert. Das Schicksal ging manchmal sehr verschlungene Wege.

„Wann geht der Flug?", fragte sie.

„Um vier Uhr. Wir haben also nicht mehr allzu viel Zeit. Leider muss ich vorher noch einige wichtige Dinge erledigen, zum Beispiel die Marktentwicklungen der letzten Nacht analysieren. Und Sie müssen noch einige der Dateien aktualisieren. Hm … Sie wohnen in Turramurra, stimmt's?"

„Im Moment, ja."

Justin runzelte die Stirn. „Was meinen Sie damit?"

„Das Haus gehört meiner Freundin. Ich wohne vorübergehend bei ihr, seit meine Pflegemutter gestorben ist. Sicher erinnern Sie sich daran, ich habe es Ihnen beim Vorstellungsgespräch erzählt."

Justin schlug sich leicht mit der Hand gegen die Stirn und lächelte entschuldigend. „Natürlich, wie dumm von mir. Sie sagten damals, Sie wollten das Haus Ihrer Pflegemutter verkaufen und sich eine näher am Zentrum gelegene Wohnung suchen. Bitte entschuldigen Sie, ich hatte es nur kurz vergessen. Haben Sie denn inzwischen schon einen Käufer gefunden?"

Rachel seufzte. „Leider hat das alles nicht so geklappt, wie ich es mir vorgestellt hatte. Lettie hat mir in ihrem Testament alles hinterlassen, was sie besaß. Doch das Haus gehörte gar nicht ihr, sondern war noch auf den Namen ihres Mannes im Grundbuch eingetragen. Ich hätte mit der Angelegenheit vor Gericht gehen können. Aber weil der Anwalt mir sagte, meine Chancen würden nicht gut stehen, habe ich mich dagegen entschieden."

„Er hatte Recht. Das Ganze tut mir wirklich leid, Rachel. Es ist nicht fair, dass Sie gar nichts erben, nachdem Sie sich so aufopfernd um Ihre Pflegemutter gekümmert haben. Aber das Leben ist nun einmal nicht fair, stimmt's?", fragte Justin ein wenig bitter. Er schien aus eigener Erfahrung zu sprechen. „Und was werden Sie jetzt tun, um eine Wohnung zu finden?"

„Im Moment passe ich auf Isabels Haus auf, bis sie aus den Flitterwochen zurückkommt. Das wird erst in zwei Wochen sein. Danach möchte ich mir eine Mietwohnung näher am Stadtzentrum suchen."

„Die Mieten sind dort ziemlich hoch", warnte Justin sie. „Sogar für sehr heruntergekommene Wohnungen."

„Ich weiß." Rachel seufzte. „Ich sehe mir schon seit einiger Zeit die Anzeigen in der Zeitung an. Mehr als ein Einzimmerapartment werde ich mir nicht leisten können. Oder ich muss mir eine Wohnung mit jemandem teilen." Das konnte aber nur eine Notlösung sein. Die Vorstellung, mit einer ganz fremden Person zusammenzuziehen, behagte ihr gar nicht.

„Ich kann mir nicht vorstellen, dass Sie sich in einer Wohngemeinschaft wohl fühlen würden", stellte Justin fest. Rachel war erstaunt, wie viel Einfühlungsvermögen er besaß. „Können Sie denn nicht im Haus Ihrer Freundin wohnen bleiben? Sie wird doch ohnehin mit ihrem Mann zusammenziehen."

„Sie hat es mir sogar gegen eine sehr niedrige Miete angeboten."

„Dann überwinden Sie Ihren Stolz, und nehmen Sie das Angebot an", sagte Justin pragmatisch. „Also, wie lange werden Sie benötigen, um nach Hause zu fahren, zu packen und zum Flughafen zu kommen? Selbstverständlich übernehme ich die Kosten für die Taxifahrten."

„Ich fürchte, in weniger als zwei Stunden schaffe ich es nicht – und auch das nur unter der Voraussetzung, dass ich in keinen Stau gerate. Schließlich ist heute Freitag."

„Da haben Sie Recht. Das heißt also, dass Sie spätestens um ein Uhr das Büro verlassen müssen. Guy hat mir die Flugtickets schon gegeben. Am besten nehmen Sie Ihres mit, und wir treffen uns dann direkt am Flughafen. Einverstanden?"

„Ja, in Ordnung."

Justin lächelte ihr zu. „Ich wusste doch, dass ich mich auf Sie verlassen kann. Jede andere Frau hätte einen hysterischen Anfall bekommen und wäre nicht in der Lage, so schnell für eine Reise zu packen und sich umzuziehen."

Rachel lächelte wehmütig. „Ich bin nicht sicher, ob ich das als Kompliment oder als Kritik verstehen soll."

„Als Kompliment. Und jetzt lassen Sie uns an die Arbeit gehen. Ich möchte, dass mein Schreibtisch ordentlich aufgeräumt ist, wenn ich heute Nachmittag ins Flugzeug steige. Ich weiß nicht, wie es Ihnen geht, aber ich freue mich schon darauf, von hier wegzukommen – allein wegen des furchtbaren Wetters. Vor allem sehne ich mich nach Sonne und Meer. Dabei fällt mir etwas ein: Vergessen Sie nicht, einen Badeanzug einzupacken, auch wenn Sie nicht im Meer baden wollen. Im Hotel soll es auch einen großen Swimmingpool geben."

Er stellte den leeren Kaffeebecher ab und ging in sein Arbeitszimmer. Rachel blickte ihm nach. Bei dem Gedanken an den leuchtend gelben Bikini, den Isabel ihr überlassen hatte, zog sich ihr der Magen zusammen.

„An die Arbeit, Rachel", schimpfte Justin schalkhaft, bevor er die Tür hinter sich schloss.

Rachel setzte sich an den Schreibtisch und schaltete den Computer ein. In Gedanken war sie aber noch bei dem gelben Bikini. Er war zwar nicht gerade aufreizend oder besonders knapp, aber immerhin ein Bikini – noch dazu in einer sehr auffallenden Farbe. Deshalb passte er überhaupt nicht zu dem Bild der unscheinbaren, zurückhaltenden Frau, für die Justin sie hielt. Sie glaubte zwar nicht, dass er sich je zu ihr hingezogen fühlen könnte. Trotzdem entschied sie sich dagegen, den Bikini mitzunehmen, denn sie wollte um keinen Preis riskieren, dass sich an dem guten Arbeitsverhältnis zwischen ihr und Justin etwas änderte.

Rachel beschloss außerdem, zu dem geplanten Dinner das Haar doch nicht offen zu tragen und sich beim Make-up auf ein wenig Lippenstift zu beschränken. Etwas anderes besaß sie ohnehin nicht. Und es wäre doch albern, sich für einen einzigen Abend Dinge anzuschaffen, die sie danach nie wieder verwenden würde. Wozu? Nur, um ihren weiblichen Stolz zu befriedigen. Denn um ihren Stolz ging es dabei, nicht um Justin. Ihm war es ganz offensichtlich egal, wie sie aussah.

Nachdem sie diese Entscheidungen getroffen hatte, war sie erleichtert und widmete sich wieder konzentriert ihrer Arbeit. Um Punkt ein Uhr verließ sie das Büro und fuhr mit dem Taxi nach Turramurra. Zum Glück ging es sehr schnell. Auch das Packen dauerte nicht lange. Isabels ehemalige Flitterwochen-Garderobe befand sich noch in dem kleinen Koffer, in dem sie, Rachel, alles erhalten hatte. Sie musste nur noch ihren Kulturbeutel und das Brautjungfernkleid einpacken. Außerdem nahm sie noch ein Paar weiße Sandaletten aus dem Kleiderschrank ihrer Freundin mit. Sie wusste, dass Isabel nichts dagegen haben würde.

Rachel hatte nicht genug Zeit, sich in Ruhe umzuziehen. Also streifte sie sich nur ein weißes T-Shirt über, so dass sie die schwarze Kostümjacke bei der Landung in Coolangatta ablegen konnte. Um zehn nach zwei saß sie schon wieder im Taxi und fuhr zum Flughafen nach Mascot. Diesmal ging es nur sehr langsam voran, da es in Strömen regnete. Rachel hatte das Gefühl, das Taxi würde den Pacific Highway geradezu entlangschleichen. Am Autobahnkreuz in Roseville gab es auf Grund eines Unfalls Stau. Bis Chatswood ging die Fahrt nur im Schritttempo weiter, danach konnten sie dank des neuen Highways zum Glück wieder schneller fahren. Trotzdem war es bereits fünf nach drei, als Rachel am Terminal in Mascot aus dem Taxi stieg. Nachdem sie die Sicherheitskontrolle passiert hatte, zeigte die Uhr bereits fünf nach halb vier – nur noch zehn Minuten bis zum Boarding.

Rachel hastete durch die Abflughalle zum Gate. Hoffentlich machte Justin sich nicht schon Sorgen! Sie wusste, dass er bereits da war, denn beim Einchecken war ihr der Platz neben ihm zugewiesen worden, sicher auf seine Anweisung hin.

Endlich erreichte sie Gate elf. Justin saß im Wartebereich und las eine Tageszeitung. Er wirkte ganz und gar nicht besorgt, sondern äußerst entspannt, auch wenn er dann und wann aufblickte. Als er sie sah, faltete er die Zeitung zusammen und wies auf den Platz neben sich.

„Sie haben es also geschafft", sagte er lächelnd, als sie sich neben ihn setzte.

„Ja, aber es war ziemlich knapp. Auf dem Weg zurück in die Stadt herrschte starker Verkehr. Ich habe mir wirklich gewünscht, ein Handy zu haben, dann hätte ich Sie einfach von unterwegs aus angerufen."

„Machen Sie sich deswegen keine Gedanken mehr", beruhigte Justin sie. „Jetzt sind Sie ja hier."

„Ja, das stimmt." Rachel war noch immer etwas außer Atem, aber auch erleichtert. Jetzt, da sie sich wegen ihrer Kleidung keine

Gedanken mehr machen musste, freute sie sich sehr auf das bevorstehende Wochenende. Es war schon einige Jahre her, dass sie zum letzten Mal verreist war. Und jetzt würde sie mit einem äußerst attraktiven Mann an die Gold Coast fliegen. Natürlich war er nur ihr Chef, und ihre Beziehung war in keiner Hinsicht romantisch. Aber das wusste ja niemand von den anderen Passagieren. Vielleicht würden manche sie also ansehen und vermuten, sie wären ein Paar und wollten zusammen ein Liebeswochenende verbringen.

Das ist eher unwahrscheinlich, du alberne Gans, rief eine innere Stimme sie zur Vernunft. *Sieh ihn dir doch an. Er sieht einfach verdammt gut aus – ein großer dunkelhaariger Traummann. Und dann sieh dich an: farblos und unscheinbar. Vor ein paar Jahren hätten die Dinge vielleicht noch anders gelegen. Aber jetzt bist du nur noch ein Schatten deiner selbst – eine leblose Hülle.*

Plötzlich wurde Rachel von Trostlosigkeit übermannt und ließ sich gegen die Rückenlehne des Sitzes sinken.

„Die Reise wird Ihnen bestimmt guttun, Rachel", sagte Justin plötzlich.

Sie versuchte, die schwermütigen Gedanken zu verdrängen. „Tatsächlich?", fragte sie. „Warum glauben Sie das?"

„Sie wirken seit dem letzten Wochenende ein wenig niedergeschlagen. Ich vermute, Sie vermissen Ihre Freundin, stimmt's? Und sicher macht es auch nicht sonderlich viel Spaß, für einen langweiligen Kerl wie mich zu arbeiten."

Überrascht sah Rachel ihn an. „Sie sind ganz und gar nicht langweilig. Mir gefällt mein Job sehr, und ich arbeite gern für Sie."

Justin lächelte. „Ich arbeite auch sehr gern mit Ihnen zusammen. Sie sind wirklich eine sympathische Frau. Deshalb macht mir das auch zu schaffen, was meine Mutter gestern gesagt hat. Bitte seien Sie ehrlich, Rachel. Macht es Ihnen etwas aus, mir Kaffee zu kochen und kleine Botengänge für mich zu erledigen?"

„Nein, wirklich nicht, Justin. Ich empfinde es sogar als angenehme Abwechslung, dann und wann etwas Bewegung zu bekommen, statt immer nur am Computer zu sitzen und Dateien zu aktualisieren."

Er runzelte die Stirn. „Damit verbringen Sie einen erheblichen Teil Ihrer Arbeitszeit, stimmt's? Für jemanden, der so intelligent ist wie Sie, muss das manchmal wirklich langweilig sein. Vielleicht sollte ich Sie mehr in meine Arbeit einbeziehen und Ihnen die Programme erklären, die ich geschrieben habe, damit Sie selbst damit arbeiten und Daten auswerten können. Was halten Sie davon?"

„Oh ... ich ... das wäre großartig, Justin. Meinen Sie wirklich, dass ich das könnte?", fragte Rachel. Die Vorstellung begeisterte sie, andererseits traute sie sich nicht viel zu.

„Natürlich. Und wenn ich dann meine eigene Firma gründe, werden Sie nur noch als meine Assistentin arbeiten. Dann stelle ich eine weitere Kraft ein, die sich um den Empfang und die Dateneingabe kümmern kann."

„Justin, ich ... ich weiß gar nicht, was ich sagen soll."

„Sagen Sie doch einfach: ‚Einverstanden'."

Rachel lächelte strahlend. „Einverstanden."

„Das ist noch etwas, was mir an Ihnen gefällt: Sie streiten sich nicht mit mir. Aha, da kam gerade die Durchsage: Das Boarding fängt an. Kommen Sie, ich würde gern als Erster an Bord sein. Dann kann ich in Ruhe meine Zeitung lesen und Sie das Buch, das Sie in Ihrer Tasche haben." Er stand auf.

„Woher wissen Sie, dass ich ein Buch dabeihabe?", fragte Rachel überrascht, als sie nach der Bordkartenkontrolle das Flugzeug bestiegen.

„Rachel, ein bisschen Beobachtungsgabe dürfen Sie mir schon zutrauen", erwiderte er trocken. „Während der Arbeit sitzen Sie zwar fast die ganze Zeit vor dem Computerbildschirm, aber ich müsste schon ein totaler Idiot sein, wenn mir nicht wenigstens einige Ihrer Angewohnheiten aufgefallen wären. Sie verbringen doch jede Mittagspause mit Lesen. Und ich wette, dasselbe tun Sie auch, wenn Sie im Zug sitzen, um ins Büro oder nach Hause zu fahren, stimmt's?"

„Ja."

„Was für Bücher lesen Sie denn?"

„Alles Mögliche: Krimis, Liebesromane, Biografien …"

„Während meines Studiums habe ich auch mit Begeisterung Krimis verschlungen", sagte Justin. Er schien sich gern an diese Zeit zu erinnern. „Aber jetzt lese ich leider nur noch Zeitungen und Fachzeitschriften über Wirtschaftsthemen."

„Das ist wirklich schade. Lesen macht solchen Spaß – und es hilft, vor der Realität oder dem Alltag zu flüchten."

„Da haben Sie Recht. Vielleicht sollte ich das mal ausprobieren, anstatt jeden Tag ins Fitnesscenter zu gehen", sagte er wie zu sich selbst.

Obwohl Justin sehr leise gesprochen hatte, war Rachel die Bemerkung nicht entgangen. Wovor will er wohl flüchten? grübelte sie. Vielleicht vor den Erinnerungen an seine Ehe? Laut Alice war Justins Frau ein gemeines Stück gewesen. Aber warum hätte er sie dann heiraten sollen? Auf sie machte Justin nicht gerade einen naiven Eindruck.

Beziehungen sind etwas furchtbar Kompliziertes, dachte Rachel, während sie Justin durch den Gang zwischen den Sitzreihen folgte und von den Stewardessen begrüßt wurde. Und selten wusste jemand außer den beiden Partnern, was in einer Ehe wirklich vor sich ging. Natürlich gab Alice ihrer Schwiegertochter die Schuld daran, dass die Beziehung gescheitert war – aber konnte Justins Mutter wirklich beurteilen, was zwischen den beiden passiert war?

Justin blieb neben einer Sitzreihe stehen und wandte sich um. „Sie können sich ans Fenster setzen", sagte er. „Mir macht es nichts aus, am Gang zu sitzen. Dort habe ich mehr Platz für meine Beine."

„Vielen Dank." Rachel freute sich, denn sie sah gern während des Flugs aus dem Fenster. Sobald sie saß, nahm sie ihr Buch aus der schwarzen Umhängetasche. „Hoffentlich regnet es an der Gold Coast nicht", sagte sie und sah hinaus auf den verregneten Himmel.

Justin hob den Blick von der Zeitung. „Laut Wetterbericht scheint dort die Sonne, und es wird bis zu siebenundzwanzig Grad warm. So soll es auch das ganze Wochenende über bleiben."

„Das klingt großartig." Rachel seufzte zufrieden.

Sie vertiefte sich in die Familiensaga, als Justin seine Aufmerksamkeit wieder der Zeitung zuwandte. Sie hatte das Buch vor einigen Tagen zu lesen angefangen und war noch nicht sehr gefesselt. Doch da ihr die Autorin sonst immer gefallen hatte, würde das sicher noch kommen. Bald war sie so vertieft in die Fantasiewelt des Buches, dass sie den Mann nicht bemerkte, der das Flugzeug kurz nach ihr betrat – und seine Begleiterin ebenso wenig. Sie hätte das Paar sonst sofort erkannt.

Auch am Flughafen in Coolangatta sah sie die beiden in der Menschenmenge nicht, weil sie sich angeregt mit Justin unterhielt, während sie beide an der Gepäckausgabe warteten. Und im Foyer des „Sunshine Gardens"-Hotel bemerkte Rachel das Paar ebenfalls nicht, weil sie und Justin bereits mit dem Fahrstuhl zu ihrem Apartment fuhren, als der Mann und die Frau eintrafen.

Vielleicht hätte Rachel die beiden erst beim Dinner am folgenden Tag gesehen, was zu einer noch größeren Katastrophe geführt hätte. Doch es kam anders. Sie stellte fest, dass sich die Tür des Apartments mit der Keycard, die sie an der Rezeption erhalten hatte, nicht öffnen ließ.

„Offenbar ist sie kaputt", meinte Justin. Seine Karte funktionierte einwandfrei. „Ich werde gleich bei der Rezeption anrufen und eine Ersatzkarte bringen lassen."

„Ich gehe lieber selbst runter und hole sie", erwiderte Rachel. „Sie haben ja selbst gesehen, wie viel die Angestellten dort zu tun haben."

„Rachel, manchmal sind Sie wirklich zu nett und rücksichtsvoll."

„Nein, eigentlich nicht. Es ist meistens nur einfacher, Dinge selbst zu erledigen – statt lange darauf zu warten, dass jemand anders dies endlich tut."

„Das ist wahr. Deshalb habe ich auch mein Gepäck selbst heraufgetragen. In dieser Hinsicht bin ich Ihnen sehr ähnlich: Ich warte nicht gern. Wenn ich etwas möchte, will ich, dass es *sofort* passiert. Dann laufen Sie also noch einmal los. Ich werde Ihren Koffer hineinbringen und dann Kaffee machen. Oder möchten Sie lieber einen Drink?"

„Erst mal hätte ich gern einen Kaffee. Aber Sie brauchen ihn nicht zu machen."

„Ich weiß. Ich möchte mich aber gern bei Ihnen revanchieren."

„Justin, manchmal sind Sie wirklich zu nett und rücksichtsvoll", sagte Rachel lächelnd, während sie hinausging. Justin lachte.

Sie hatte keine böse Vorahnung, als sie mit dem Fahrstuhl nach unten fuhr. Warum auch? Die Fahrstuhltüren öffneten sich. Sie betrat das Foyer und ging über den mit Terrakottakacheln bedeckten Boden zur Rezeption. Das Foyer erinnerte sie an ein Hotel, in dem sie mit Eric einmal Urlaub gemacht hatte: hohe Wände, kühle, dezente Farben und Glasfassaden, durch die man einen wunderschönen Blick auf die üppig begrünten Gartenanlagen mit den vielen Bassins und Brunnen hatte. Eric ...

Eric war mit Abstand der egoistischste Mann, dem sie je begegnet war. Wenn sie damals gewusst hätte, wie oberflächlich er war, hätte sie sich bestimmt nicht in ihn verliebt – geschweige denn, seinen Heiratsantrag angenommen. Aber jetzt wollte sie nicht mehr an Eric denken – überhaupt nie mehr.

Doch als sie sich der Rezeption näherte, sah sie dort einen Mann, der sie, obwohl er nur von hinten zu sehen war, stark an ihn erinnerte. Er hatte dasselbe blonde Haar wie Eric, war ebenso elegant und hatte eine ähnliche Körperhaltung. Die attraktive Brünette neben ihm kam ihr ebenfalls bekannt vor. Die beiden checkten gerade ein und unterhielten sich dabei angeregt.

Und plötzlich drehten sie sich um.

4. KAPITEL

Justin sah sich beeindruckt um. Das Apartment war sehr großzügig geschnitten und hatte sogar einen eigenen Eingangsbereich. Die Atmosphäre war äußerst elegant und dennoch anheimelnd. Er stellte die beiden Koffer neben der Garderobe ab, einem geräumigen, aber eleganten Möbelstück mit Rauchglaseinsatz und einem mit Schnitzereien verzierten Korpus aus Eichenholz. Justin warf einen Blick in den Spiegel. Sein Haar musste wieder einmal geschnitten werden und war ein wenig zerzaust. Das konnte leicht passieren, wenn man eine zugige Rollbahn überquerte, wie sie es in Coolangatta getan hatten, wo es keine überdachte Zuführung zum Flughafengebäude gab.

Justin strich sich das Haar mit den Händen glatt und trat ein wenig näher an den Spiegel heran. Er hatte dunkle Ringe unter den Augen. Es würde mir guttun, einmal acht Stunden am Stück zu schlafen, dachte er, als er seine Keycard in den Schlitz neben der Tür zu seinem Schlafzimmer einführte. Das Licht und die Klimaanlage gingen automatisch an. Justin stellte seinen Koffer ab und ging in den Wohnzimmerbereich. Dort legte er Krawatte und Jackett ab, hängte beides über die Lehne eines Stuhls und sah sich dann den Rest des Apartments an.

Alles, was er sah, gefiel ihm, sogar die Farbtöne der Tapeten und Polstermöbel. Normalerweise gehörten die Zitrusfarben Gelb und Orange nicht gerade zu seinen Lieblingsfarben. Doch durch das helle Holz und den cremefarbenen Teppich, der den gesamten Boden bedeckte, entstand ein reizvoller Kontrast. Die Küche war ganz in Pinienholz gehalten. Arbeitsflächen und Armaturen waren weiß, ebenso wie die Badezimmereinrichtung. Er hatte langsam genug von dem schwarzen Marmor des protzigen Badezimmers in seinem Büro bei AWI.

Erst wollte er Rachel das größere der beiden Schlafzimmer überlassen. Doch da er wusste, dass sie es nicht annehmen würde, überlegte er es sich anders und brachte ihr Gepäck in den nur wenig kleineren Raum. Von beiden Zimmern aus hatte man Zugang zum Balkon, der sich über die ganze Breite des Apartments erstreckte. Die Aussicht, die man von dort aus hatte, musste einfach unbeschreiblich sein – schon vom Wohnzimmer aus war sie beeindruckend. Justin beschloss, das gleich zu erkunden, öffnete die Balkontür und ging hinaus.

Seine Erwartungen wurden nicht enttäuscht. Er ließ den Blick von Tweed Heads zu seiner Rechten bis nach Surfer's Paradise im Norden gleiten, wo sich die Skyline undeutlich gegen den Himmel abzeichnete. Auch jetzt, nachdem die Sonne untergegangen war und der Himmel sich von einem tiefen Blau zu einem rauchigen Grau verfärbte, sah der weite Ozean wunderschön aus. Morgens, wenn die Sonne aufging und direkt ins Apartment scheinen würde, könnte es vielleicht etwas zu hell werden. Aber am Nachmittag wäre es sicher wunderschön, in einem der Liegestühle auf dem Balkon zu sitzen und ein Glas Weißwein zu trinken.

Justin fragte sich, ob Rachel wohl Weißwein mochte. Sobald sie zurückkam, würde er sie fragen und sich dann vom Zimmerservice eine oder zwei Flaschen bringen lassen. Danach lade ich sie in das beste Restaurant zum Abendessen ein, beschloss er. In Hotels wie diesem gab es immer mindestens ein erstklassiges Restaurant. Und Rachel verdiente es, ein wenig verwöhnt zu werden – nach allem, was sie durchgemacht hatte.

Justin genoss noch einen Moment lang die erfrischende salzige Meeresbrise, dann ging er hinein, um Kaffee zu machen. Rachel war nun schon eine ganze Weile fort. Vermutlich war an der Rezeption noch immer viel los. Er würde sie fragen, was genau passiert war. Denn Guy würde sich bestimmt nach dem Hotelservice erkundigen. Als neuer Besitzer wollte man schließlich nicht gleich alle Angestellten entlassen und durch andere ersetzen – das wäre viel zu teuer und zeitaufwendig.

Justin füllte den Wasserkocher und nahm zwei weiße Becher aus dem Schrank. Dann öffnete er die Kaffeepackung. Zufrieden stellte er fest, dass es sich um guten Markenkaffee handelte. Er hasste es, wenn Hotels ihre Gäste mit minderwertigen Produkten abspeisten. Er beschloss, Rachel später nach dem Shampoo und der Spülung zu fragen, die im Badezimmer bereitstanden. Er selbst konnte nie beurteilen, ob es sich um hochwertige Produkte handelte. Doch sie als Frau würde es sicher wissen.

Als das Wasser kochte, brühte Justin den Kaffee auf. Da klopfte es an der Tür. Er öffnete und sagte: „Lassen Sie mich raten: Es gibt keine weitere Ersatzkarte."

Mit aschfahlem Gesicht und weit aufgerissenen Augen stand Rachel vor ihm, die Hände ineinander verkrampft. Offenbar hatte sie einen Schock erlitten.

„Rachel!", rief Justin besorgt. „Was ist passiert?"

„Ich … ich …" Sie verstummte und schluckte trocken, sichtlich um Fassung ringend.

„Kommen Sie rein." Justin nahm sie am Arm und zog sie sanft ins Apartment. Sie schien den Tränen nahe zu sein. Er schob die Tür mit dem Fuß zu und führte Rachel ins Wohnzimmer. Dort drückte er sie sanft aufs Sofa und nahm ihr gegenüber Platz.

„Rachel", sagte er sanft und sah sie über den Couchtisch hinweg an. „Bitte erzählen Sie mir, was passiert ist."

Sie lachte kurz auf. Es klang ein wenig hysterisch. „Was passiert ist?", wiederholte sie. „Die beiden haben mich nicht erkannt. *Er* hat mich nicht erkannt – können Sie sich das vorstellen?"

„Wen meinen Sie mit *er*?"

„Eric."

„Und wer ist Eric?"

„Mein … Verlobter", erwiderte sie stockend. „Zumindest war er das, bis ich ihm sagte, ich würde meine Arbeit aufgeben, um Lettie zu pflegen." Sie schüttelte den Kopf, als könnte sie es selbst nicht fassen. „Ich habe immer geglaubt, ich würde wissen, warum er sich von mir getrennt hat", fuhr sie mit zittriger Stimme fort. „Ich dachte, er würde mich nicht mehr genug lieben, um meine Entscheidung zu unterstützen. Aber offenbar habe ich ihm damit nur einen willkommenen Vorwand geliefert, um die Verlobung mit mir zu lösen. Der Gedanke, dass es schon vorher eine andere Frau in seinem Leben gegeben haben könnte, ist mir nie gekommen."

„Und wie kommen Sie darauf, dass es so war?"

„Weil ich das Miststück gerade gesehen habe", sagte Rachel unerwartet heftig. „Sie hat an der Rezeption mit ihm eingecheckt."

„Und wer ist sie?", fragte Justin vorsichtig.

„Charlotte – die Immobilienmaklerin, über die er die schöne Wohnung gekauft hat, in die wir nach der Hochzeit einziehen wollten", erwiderte Rachel bitter.

„Sind die beiden denn jetzt verheiratet?"

„Nein, soweit ich weiß, nicht. Aber nach allem, was ich von ihrem Gespräch mitbekommen habe, leben sie zusammen. Oder sie verbringen ein ‚bezahltes Spaßwochenende' miteinander, wie Eric es immer bezeichnet hat."

„Ich verstehe." Justin überlegte, wie er Rachel trösten konnte. Doch er wusste, dass es beinahe unmöglich war. „Aber dass Eric schon ein Verhältnis mit dieser Frau hatte, bevor er Sie verlassen hat, ist doch nur eine Vermutung von Ihnen, oder?"

„Nein. Ich weiß es. Damals hatte ich schon einen Verdacht, aber ich habe den Gedanken immer verdrängt und mir eingeredet, ich würde mir die viel sagenden Blicke nur einbilden, die sie einander zuwarfen – und die Ausreden, die Eric erfand, um sich mit ihr in dem Haus zu treffen, während ich bei der Arbeit war. Eric ist ein sehr erfolgreicher Anwalt und kann im Prinzip seine Arbeitszeiten so legen, wie es ihm passt."

„Gut. Dann ist er also nicht nur ein Idiot, sondern auch ein Schuft. Aber das ist doch jetzt nicht mehr wichtig. Ich kann mir nicht vorstellen, dass Sie noch immer in ihn verliebt sind ... wie lange ist es her?"

„Ungefähr vier Jahre."

„Na also! Wenn es jetzt ein Jahr her wäre oder anderthalb", so wie bei ihm und Mandy, „dann würde ich verstehen, warum Sie so gekränkt sind."

„Man hört doch nicht einfach auf, jemanden zu lieben, nur weil es vernünftiger ist. Und selbst wenn ich Eric nicht mehr liebe, tut es mir weh, ihn mit einer anderen Frau zusammen zu sehen. Aber was mich am meisten gekränkt hat, ist, dass die beiden mich nicht wiedererkannt haben!" Sie unterdrückte ein Schluchzen.

Justin wurde von Mitgefühl ergriffen. Es war nicht nur die Erinnerung an die schmerzhafte Enttäuschung, die Rachel so verletzt hatte. Er konnte ihren Schmerz darüber, wegen ihres Äußeren nicht wiedererkannt worden zu sein, gut nachempfinden. „Vielleicht hat Eric Sie nicht richtig angesehen", versuchte er sie zu trösten. „Oder er war mit den Gedanken ganz woanders."

„Nein, so war es leider nicht. Eric ist mit mir zusammengestoßen und hätte mich beinahe umgeworfen. Dann hat er mich an den Schultern festgehalten und mich einige Sekunden direkt angesehen. Trotzdem hat er mich nicht erkannt. Und sie mich auch nicht. Ihr kann ich allerdings keinen Vorwurf machen. Wir hatten uns vorher nur ein paarmal gesehen, und ich habe mich seitdem wirklich verändert. Aber Eric hätte mich erkennen müssen. Immerhin waren wir einmal ein Liebespaar!"

„Haben Sie ihn denn nicht angesprochen?"

„Nein." Rachel schüttelte heftig den Kopf. „Ich bin in die Damentoilette gerannt und dort geblieben, bis die beiden auf ihr Zimmer gegangen waren. Deshalb war ich auch so lange weg."

Vermutlich hat sie dort geweint und immer wieder in den Spiegel gesehen, um sich zu fragen, warum Eric sie nicht erkannt hatte, dachte Justin.

„Hat er vielleicht nur so getan, als wüsste er nicht, wer Sie sind?"

„Nein. Ich konnte an seinem Gesichtsausdruck erkennen, dass er wirklich nichts mit mir anfangen konnte."

„Haben Sie sich denn in den letzten vier Jahren wirklich so stark verändert, Rachel?"

Sie ließ die Schultern hängen und blickte ihn unglücklich an. „Offensichtlich."

„Und was wollen Sie jetzt tun?", fragte Justin. Auch er fühlte sich nicht gerade glücklich, denn er hatte sich auf ein angenehmes, entspannendes Wochenende gefreut.

„Was genau meinen Sie?", fragte Rachel leise.

„Nun, wahrscheinlich wird dieses nette Pärchen morgen Abend auch an dem festlichen Abendessen teilnehmen."

Entsetzt sah sie ihn an.

„Sie müssen nicht mitkommen", versicherte Justin ihr schnell.

„Wirklich nicht? Ich ... ich möchte Sie nicht im Stich lassen, aber ich glaube nicht, dass ich es fertigbringen würde. Wenn ich mich ein bisschen zurechtmache, könnte Eric mich am Ende doch wiedererkennen. Vielleicht aber auch nicht ... in jedem Fall wäre ich furchtbar angespannt und sicher keine besonders angenehme Gesellschaft für Sie."

„Ist schon gut, Rachel. Ich kann auch allein hingehen", beruhigte er sie.

Sie sah ihn an, und einmal mehr bemerkte er, wie wunderschön ihre braunen Augen waren. Was für ein Idiot musste dieser Eric sein, wenn er sie nicht wiedererkannt hatte! Schließlich waren er und Rachel ein Liebespaar gewesen. Und die Augen eines Menschen änderten sich nie. Er würde jedenfalls Mandys tiefblaue Augen niemals vergessen können.

Er seufzte und verdrängte die Erinnerung an seine Exfrau. „Ich hole uns jetzt einen Kaffee", sagte er und stand auf.

„Sie sind so nett." Rachel brach in Tränen aus und barg das Gesicht in den Händen.

Justin setzte sich neben ihr aufs Sofa, legte die Arme um sie und zog sie an sich.

„Kein normaler Mensch könnte Ihnen gegenüber anders als nett sein, Rachel." Er streichelte ihr sanft den Rücken. „Dieser Eric muss ein richtiger Schuft sein. Seien Sie froh, dass Sie ihn los sind."

„Ja", schluchzte Rachel. „Trotzdem tut es mir weh, ihn mit dieser anderen Frau zu sehen."

„Das kann ich gut verstehen." Wie würde er wohl reagieren, wenn er Mandy und diesem Widerling über den Weg liefe, der sie ihm weggenommen hatte? Vermutlich hätte er dann Lust, die beiden umzubringen.

„Vielleicht ist es gut für Sie, Eric wieder gesehen zu haben", begann er zögernd. „Es könnte Ihnen die Kraft geben, ihn ein für alle Mal zu vergessen und sich auf Ihr neues Leben zu konzentrieren. Schließlich gefällt es Ihnen doch ganz gut, stimmt's? Sie haben eine gute Stelle und einen Chef, mit dem Sie gern zusammenarbeiten – zumindest haben Sie das behauptet", fügte er hinzu. „Und in absehbarer Zeit werden Sie eine noch viel interessantere und besser bezahlte Arbeit haben, so dass Sie sich eine hübsche Wohnung leisten können. Was wünschen Sie sich dann noch mehr?"

„Dass ich immer noch schön wäre", flüsterte Rachel unglücklich, das Gesicht an seiner Brust.

Justin hob ihr Kinn leicht an und blickte ihr in die Augen. „Sie *sind* noch immer schön, Rachel", sagte er sanft. „Da, wo es zählt."

Rachel lächelte traurig. „Ich hoffe, Sie haben Verständnis dafür, dass mich dieses Kompliment nicht gerade umwirft. Aber leider musste ich feststellen, dass die Bedeutung von innerer Schönheit oft überschätzt wird, gerade wenn es um Männer geht."

„Nicht alle Männer sind so oberflächlich wie Ihr Exverlobter." Er war sich ganz sicher, Frauen nicht nur nach Äußerlichkeiten zu beurteilen.

„Tatsächlich? Darf ich Ihnen eine persönliche Frage stellen?"

„Natürlich."

„War Ihre Exfrau schön?"

Justin schluckte. Mandy war nicht nur schön gewesen, sondern atemberaubend: Sie hatte ein bildhübsches Gesicht, große blaue Augen, langes blondes Haar und eine fantastische Figur. Und sie hatte genau gewusst, wie sie ihr Äußeres perfekt ins rechte Licht rücken konnte: vom golden glänzenden Haar bis zu den rosa lackierten Zehennägeln.

Rachel dagegen war alles andere als atemberaubend. Doch hässlich war sie ganz und gar nicht, nicht einmal unscheinbar. Zum ersten Mal sah er sie genauer an. Sie hatte nicht nur schöne Augen, sondern auch sehr regelmäßige Gesichtszüge und einen interessanten Mund mit einer vollen, sinnlichen Unterlippe.

Doch leider wirkte sie immer so farblos wie ein verblasstes Foto. Die furchtbaren schwarzen Kostüme verstärkten diesen Eindruck noch, ebenso wie die klobigen, unförmigen Schuhe. Und über ihr Haar ließ sich absolut nichts Positives sagen – nur dass es ungefärbt besser aussah als leuchtend rot.

„Schon gut, Sie brauchen nicht darauf zu antworten", sagte Rachel nach einer Weile und seufzte. „Ich fühle mich furchtbar, und bestimmt sehe ich auch so aus. Am besten dusche ich jetzt und ziehe mich um. Welches ist mein Schlafzimmer?"

„Möchten Sie denn keinen Kaffee?"

„Nein, vielen Dank, im Moment nicht."

Ich auch nicht, dachte Justin unwillkürlich. Er brauchte einen Drink und etwas zu essen. Seit dem Frühstück hatte er außer einem kleinen Snack im Flugzeug nichts mehr zu sich genommen. Und Rachel auch nicht. Kein Wunder, dass sie so dünn war.

So dünn nun auch wieder nicht, dachte er und musste daran denken, wie sie sich an ihn geschmiegt hatte. Offenbar verbargen sich unter der schwarzen Kostümjacke zwei wohl gerundete Brüste. Oder sie trug einen Push-up-BH.

„Duschen und umziehen klingt gut", stimmte Justin ihr zu. Auf keinen Fall wollte er das ganze Wochenende im Anzug herumlaufen. Schlimm genug, dass er am kommenden Abend einen Smoking tragen musste. „Ihr Zimmer geht rechts vom Eingangsbereich ab. Das Badezimmer schließt direkt daran an. Das Gepäck habe ich Ihnen ans Bett gestellt. Ich werde auch duschen, aber zuerst bestelle ich uns etwas zu essen. Ins Restaurant werden wir ja nach dem Vorfall mit Eric nicht mehr gehen. Sicher legen Sie keinen Wert darauf, ihm und seiner Gespielin zu begegnen." Als sie etwas erwidern wollte, fügte er schnell hinzu: „Sie brauchen wirklich nicht noch einmal zu sagen, wie nett ich bin. Ich kann mir nur vorstellen, wie Sie sich fühlen, und Sie gut verstehen."

„Also gut." Rachel rang sich ein Lächeln ab. Dann stand sie auf und ging in ihr Zimmer.

Justin nahm die ledergebundene Mappe vom Tisch, in der alle Dienstleistungen verzeichnet waren, die das Hotel anbot. Auch eine Speisekarte war dabei. Er ließ den Blick darübergleiten und entschied sich für eine kalte Meeresfrüchte-Platte, einige Salatvariationen und für Erdbeeren mit Sahne zum Nachtisch. Dazu bestellte er eine Flasche vom besten Weißwein. Die meisten Frauen mochten Weißwein, außerdem musste Rachel dringend aufgemuntert werden. Und ich auch, fügte er in Gedanken hinzu. Das war immer so, wenn er an Mandy gedacht hatte.

Eine halbe Stunde später brachte der Zimmerservice das Essen. Justin hatte bereits geduscht und sich umgezogen. Er war barfuß und trug ein dunkelrotes Poloshirt zu einer beigefarbenen Shorts. Nachdem er dem Kellner ein großzügiges Trinkgeld gegeben und das Essen im Kühlschrank verstaut hatte, öffnete er den Chablis und stellte den Wein in den Kühler.

Die Weingläser waren sehr geschmackvoll, wenn auch nicht gerade aus dem teuersten Kristall. Justin stellte zwei in den Kühlschrank, um sie zu temperieren. Er fragte sich, ob Rachel nicht bald fertig sein würde. Das Rauschen der Dusche hatte schon vor einiger Zeit aufgehört.

„Rachel, sind Sie fertig?", rief er.

„Noch nicht", hörte er sie aus dem Schlafzimmer antworten. „Ich ... ich habe ein kleines Problem."

„Was ist denn passiert?"

„Ich … ich habe meinen Slip in der Dusche gewaschen und dann bemerkt, dass ich nur einen eingepackt habe …"

Justin musste sich sehr beherrschen, um nicht in lautes Lachen auszubrechen. Dass so etwas ausgerechnet der vernünftigen Rachel passierte. „Das ist doch nicht weiter schlimm. Ziehen Sie sich einfach einen Bademantel über. Bis morgen ist die Wäsche getrocknet, und dann können Sie sich außerdem noch einen Ersatz kaufen."

„Also …"

„Sagen Sie bitte nicht, Sie hätten auch keinen Morgenmantel eingepackt."

„Doch, das habe ich, aber er ist …"

„Was ist denn damit nicht in Ordnung?"

„Nichts. Wahrscheinlich mache ich mir ganz umsonst Gedanken", erwiderte sie leise.

„Dann ziehen Sie ihn an, und kommen Sie ins Wohnzimmer. Der Wein steht schon bereit."

„In Ordnung … ich komme gleich."

„Ich werde auf dem Balkon auf Sie warten. Aber beeilen Sie sich, ich trinke nicht gern allein."

Justin setzte sich in einen der Liegestühle und trank einen Schluck Wein. So schlecht ist mein Leben gar nicht, dachte er gerade, als die Glastür aufging und Rachel auf den Balkon trat. Justin wandte sich um. Um ein Haar hätte er sich am Wein verschluckt. Rachels Morgenmantel war nicht unscheinbar oder schäbig, wie er erwartet hatte. Er bestand aus smaragdgrünem Satin und schmiegte sich auf eine Weise an ihren Körper, die man nur als sexy bezeichnen konnte. Der Mantel reichte ihr zwar bis zu den Füßen und hatte halblange Ärmel. Doch ihre überraschend wohlgeformte Figur zeichnete sich deutlich unter dem Stoff ab.

Justin ließ den Blick über ihre Brüste gleiten und stellte fest, dass sie keinen Push-up-BH getragen hatte. Die schmale Taille und die sehr weiblichen Hüften machten sie sehr feminin, beinahe sexy. Er war überrascht, was sich unter den schrecklichen schwarzen Kostümen verborgen hatte, in denen sie immer bei der Arbeit erschienen war. Ihr Haar war noch ein wenig feucht vom Duschen und fiel ihr in sanften Locken auf die Schultern. Dadurch wirkte sie gleich einige Jahre jünger. Ihr Teint war durch das warme Wasser leicht rosa angehaucht, so dass Justin sich gut vorstellen konnte, wie sie mit etwas Make-up aussehen würde.

Auch jetzt würde Rachel vielleicht noch keinen Schönheitswettbewerb gewinnen – aber sie sah viel attraktiver aus als sonst. In dem richtigen Kleid würde sie bildhübsch aussehen, dachte Justin. Sie hatte wirklich eine fantastische Figur.

Plötzlich hatte er eine Idee, wie sich Rachels verletzter Stolz retten ließ. Ohne Eric zu kennen, hasste er diesen Mann für das, was er dieser warmherzigen Frau angetan hatte. Es war schlimm genug gewesen, sie einfach fallen zu lassen – aber sie nicht einmal wiederzuerkennen, war der Gipfel.

Was ihr Äußeres anging, war Rachel natürlich mit schuld daran. Wie er jetzt wusste, konnte sie wesentlich hübscher aussehen, als sie es normalerweise tat. Wenn sie sich auf seinen Vorschlag einließ, würde Eric sie am nächsten Abend garantiert wiedererkennen. Und Rachel bräuchte nicht mehr auf die Damentoilette zu flüchten, um vor Enttäuschung zu weinen. Sie würde stolz und mit erhobenem Kopf ihrem jämmerlichen Exverlobten zeigen, dass er einen großen Fehler begangen hatte.

Genauso, wie Mandy einen Fehler begangen hat, dachte er unwillkürlich und runzelte die Stirn. *Will ich wirklich Rachel rächen, oder hat das Ganze eigentlich mit mir zu tun?* Verdammt. Warum konnte er Mandy nicht endlich vergessen?

5. KAPITEL

Rachel sah, wie Justin plötzlich die Stirn runzelte, und wurde unsicher. „Ich ... vielleicht sollte ich mir lieber etwas anderes anziehen", sagte sie stockend. „Dieser Morgenmantel ist unpassend, stimmt's?"

„Nein, ganz und gar nicht." Zu ihrer Überraschung lachte Justin. „Sie sehen wirklich gut aus. Du meine Güte, Rachel, Sie sind doch züchtiger gekleidet als die meisten jungen Frauen, die man hier auf den Straßen sieht. Setzen Sie sich, und trinken Sie etwas Wein." Er nahm die Flasche aus dem Kühler und schenkte ihr ein Glas ein.

„Ich hoffe, Sie mögen Chablis", sagte er, stellte das Glas auf den Balkontisch und schob es zu ihr. Rachel hatte sich auf einen der weißen Stühle gesetzt.

„Ja, sehr gern." Sie war erleichtert, dass sie jetzt saß und nicht mehr so stark Justins verwunderten Blicken ausgeliefert war. Allein der kurze Weg auf den Balkon war ihr endlos erschienen. Wie konnte ich nur vergessen, Unterwäsche zum Wechseln einzupacken? dachte sie beschämt.

Rachel nahm das Glas in die zittrigen Hände und versuchte, sich zu beruhigen. Dann trank sie einen Schluck. „Hm." Sie seufzte zufrieden. „Der Wein schmeckt wirklich ausgezeichnet."

„Das sollte er auch." Justin lächelte. „Er hat ein kleines Vermögen gekostet. Aber machen Sie sich keine Gedanken deswegen", fügte er schnell hinzu, als er ihren erschrockenen Gesichtsausdruck bemerkte. „Laut Guy geht das alles auf Kosten des Hauses – und das werde ich ausnutzen. Dabei fällt mir etwas ein. Warten Sie, ich bin gleich wieder da."

Er stand auf und ging ins Wohnzimmer. Verwundert sah Rachel ihm nach. Es war ein ungewohnter Anblick: ihr Chef in einem roten Poloshirt, einer Shorts und barfuß. Justin war immer sonnengebräunt. Ob er ins Solarium ging? Oder schwamm er vielleicht oft in einem Swimmingpool unter freiem Himmel? Sie wusste, dass er in einem luxuriösen Apartmentkomplex in der Nähe des Hafens in Kirribilli lebte. Dort gab es sicher einen Swimmingpool.

„Ich habe es mir doch gleich gedacht", sagte Justin, als er mit einer ledergebundenen Mappe auf den Balkon zurückkam. „In Hotels wie diesen gibt es normalerweise immer einen Schönheitssalon. Nachdem ich Sie mit offenem Haar und in diesem wunderschönen grünen Morgenmantel gesehen habe, wurde mir bewusst, dass Sie Ihr Licht bisher unter den Scheffel gestellt haben, Rachel. Ich weiß nicht, ob Ihnen schon einmal jemand gesagt hat, dass Schwarz Ihnen nicht steht – ebenso wenig wie die strenge Frisur, mit der Sie immer zur Arbeit kommen. Sie haben eine verdammt gute Figur, die in Ihren Kostümen überhaupt nicht zur Geltung kommt. Mit einer anderen Frisur, etwas Make-up und dem richtigen Outfit könnten Sie nicht nur gut aussehen, sondern geradezu fantastisch."

„Aber ... ich dachte, Sie wollten nicht, dass ich attraktiv aussehe, besonders im Büro."

„Wie bitte?", fragte er überrascht.

„Ihre Mutter hat mir alles über Ihre frühere Assistentin erzählt."

Justin schnitt ein Gesicht. „Oh nein." Er runzelte die Stirn. „Sie haben sich also absichtlich so unscheinbar zurechtgemacht, um die Stelle zu bekommen?"

Eigentlich nicht, dachte Rachel. Sie hatte sich *gar nicht* zurechtgemacht. Sie *war* unscheinbar. Aber um keinen Preis würde sie Justin das eingestehen.

„Also ..." Sie wusste nicht recht, was sie sagen sollte.

„Rachel, Rachel, das hätten Sie wirklich nicht zu tun brauchen. Sie hätten die Stelle sowieso bekommen. Sie sind ganz anders als Ihre Vorgängerin. Es war nicht nur die Art, wie sie sich angezogen hat. Sie hat sich auch aufgeführt wie ein Vamp. Das hat mich total verrückt gemacht."

„Dann würde es Ihnen also nichts ausmachen, wenn ich mich ein wenig zurechtmache?"

„Warum sollte ich etwas dagegen haben?"

„Ich dachte, wenn ich mit einer neuen Frisur oder einem neuen Outfit zur Arbeit käme, würden Sie vielleicht denken, dass ich ... also ... dass ich es auf Sie abgesehen hätte und ..." Sie verstummte verlegen.

Justin lachte. „Wie können Sie nur so etwas Dummes denken, Rachel! Ich möchte, dass Sie morgen in den Schönheitssalon gehen und sich das komplette Programm gönnen: Gesichtsbehandlung, Pediküre, Maniküre, Haarentfernung, Frisieren und Make-up."

„Ist das nicht etwas übertrieben?"

„Nein, durchaus nicht. Ganz im Gegenteil: Es ist absolut notwendig."

„Vielen Dank", erwiderte Rachel kühl.

„Rachel, jetzt ist wirklich nicht der richtige Moment, um überempfindlich zu reagieren. Ich kann ja verstehen, dass Sie sich nicht um Ihr Äußeres gekümmert haben, als Sie Ihre Pflegemutter zu Hause versorgt haben. Aber ich möchte wetten, dass es eine Zeit gab, in der Sie sich gern mit Frisuren, Make-up und Kleidern beschäftigt haben."

„Ja, ich hatte schon immer den Verdacht, dass ich nicht nur wegen meiner beruflichen Fähigkeiten bis in die Endrunde des Wettbewerbs ‚Die beste Sekretärin Australiens' gekommen bin", sagte Rachel trocken.

„Das glaube ich gern. Sie haben bestimmt eine Menge Blicke auf sich gezogen."

„Nun ja, ich war ... attraktiv."

„Und Sie haben nie Schwarz getragen."

„Selten."

„Was für eine Frisur hatten Sie?"

„Ich habe mein Haar fast immer offen getragen", gab Rachel zu. „Und ich hatte rötliche Strähnen."

„Kein Wunder, dass Bekannte von damals Sie nicht mehr wiedererkennen. Aber morgen Abend wird das Ekel Eric garantiert wissen, wer Sie sind."

„Das Ekel Eric?"

„Ja. Gefällt Ihnen der Spitzname, den ich ihm verpasst habe?"

„Ja", sagte Rachel begeistert. „Großartig."

„Dann sind Sie also einverstanden? Sie kommen doch mit mir zum Abendessen?"

Rachel wusste, sie würde all ihre Kraft zusammennehmen müssen, um Eric und seiner Freundin gegenüberzutreten. Ja, dachte sie mit klopfendem Herzen, aber entschlossen, ich werde es tun.

Sie blickte Justin an und nickte.

Er lächelte strahlend. „Großartig! Lassen Sie uns darauf anstoßen." Er stieß leicht mit dem Glas an ihrs. „Auf den Denkzettel, den wir dem Ekel Eric verpassen werden", sagte er.

Vor Nervosität zog sich Rachel der Magen zusammen. „Denkzettel?"

„Allerdings. Ihr Exverlobter hat es verdient. Und ich freue mich schon darauf."

Ungeduldig lief Justin im Wohnzimmer hin und her und wartete darauf, dass Rachel endlich erschien. Um fünf Uhr war sie aus dem Schönheitssalon wiedergekommen, als er gerade im Badezimmer gewesen war und sich rasiert hatte. Inzwischen war es fast sieben Uhr. Justin hatte bereits seinen Smoking angezogen. Er und Rachel hatten ausgemacht, zu dem Cocktailempfang vor dem Abendessen zu gehen.

Als Rachel um sieben Uhr noch immer nicht aufgetaucht war, klopfte er energisch an ihre Zimmertür.

„Genug herausgeputzt, Rachel. Es ist schon sieben Uhr."

„Ich komme", antwortete sie. Ihre Stimme klang ein wenig nervös.

Als die Tür aufging, machte Justin große Augen. „Du meine Güte, Rachel! Sie sehen fantastisch aus!"

Das war noch untertrieben. Wo war nur seine unscheinbare Assistentin geblieben? Statt ihrer stand eine junge Frau vor ihm, die atemberaubend schön und unglaublich sexy aussah. Justin blickte sie an und konnte nicht fassen, wie verändert Rachel war.

Es konnte nicht nur an ihrem Haar liegen, das allerdings völlig anders aussah – und sehr rot, wie er feststellte. Es war durchgestuft, fiel ihr von einem Seitenscheitel aus in weichen Wellen auf die Schultern und umrahmte ihr Gesicht und die schönen Augen, die noch größer wirkten als sonst. Lag das an dem raffinierten Augen-Make-up? Was auch immer es war, er konnte kaum den Blick von ihren Augen abwenden.

Und sie sah ihn an, unsicher und zögernd. Offenbar war ihr noch immer nicht bewusst, wie wunderschön sie war.

„Finden Sie wirklich?", fragte Rachel leise. „Sehe ich nicht … ein wenig lächerlich aus?"

„Lächerlich?", wiederholte Justin ungläubig. „Wie kommen Sie denn darauf?"

„Zum Beispiel wegen der Haarfarbe. Das Rot ist so auffällig." Vorsichtig schob sie sich eine Strähne aus dem Gesicht. Ihre Fingernägel waren ebenfalls rot.

„Der Farbton steht Ihnen ausgezeichnet", versicherte Justin.

„Oh …" Sie errötete – und sah ganz entzückend aus. „Aber finden Sie nicht, dass die Kosmetikerin etwas zu viel Make-up aufgetragen hat?"

„Nein, ganz und gar nicht. Das ist doch jetzt modern. Übrigens, das ist das verführerischste Brautjungfernkleid, das ich je gesehen habe." Justin ließ den Blick über sie gleiten.

Das körperbetonte Kleid war aus türkisfarbener Seide. Es hatte Spaghettiträger und hob Rachels Brüste und ihre schmale Taille hervor. Der Rock reichte ihr bis kurz unters Knie und hatte einen schrägen Saum, von dem kurze, perlenbesetzte Schnüre hingen. Rachels Beine waren nackt, doch ihre Haut glänzte leicht, als würde sie edle Seidenstrümpfe tragen. Die hochhackigen türkisfarbenen Sandaletten passten genau zum Kleid. Sie waren vorne offen, so dass man die rot lackierten Zehennägel sehen konnte. Ein leichter Duft nach Jasmin umwehte Rachel. Vermutlich war es ein Öl, das ihr am ganzen Körper einmassiert worden war. Auch die Haut ihrer Arme schimmerte seidig.

Die Angestellten des Schönheitssalons haben wirklich einen Orden verdient für ihr Werk, dachte Justin. Innerhalb kürzester Zeit hatten sie ein wahres Wunder vollbracht. Doch das würde er Rachel nicht sagen. Denn obwohl sie so großartig aussah, war ihr Selbstbewusstsein noch immer leicht angeschlagen. Ihr Selbstwertgefühl musste dringend gesteigert werden.

„Sie sehen einfach großartig aus, Rachel. Das Ekel Eric wird vor Eifersucht an die Decke gehen, wenn Sie zum Dinner an meiner Seite auftauchen."

„Ich glaube eher, dass Erics Freundin vor Eifersucht an die Decke gehen wird", entgegnete Rachel und ließ den Blick langsam über ihn gleiten.

Justin war überrascht. Insgeheim freute er sich, dass sie ihn attraktiv fand. Das würde sein Vorhaben erleichtern. „Ja, wir können uns beide sehen lassen, stimmt's? Also los, dann mal schnell ans Werk, sorgen wir ein bisschen für Aufruhr. Müssen Sie Ihre Handtasche noch holen?"

„Nein, ich nehme keine mit."

„Das ist auch nicht nötig. Wenn Sie Ihr Make-up auffrischen möchten, können Sie ja jederzeit in unser Apartment gehen. Ich habe die Keycard bei mir."

„Ja, vielleicht werde ich das später tun. Beim Essen geht der Lippenstift leicht ab. Allerdings sagte die Kosmetikerin, das würde bei dieser Marke nicht passieren. Angeblich wird sie deshalb mit Vorliebe von Schauspielerinnen verwendet, die Erotikfilme drehen."

Lachend führte Justin Rachel zur Tür. „Gut zu wissen. Wenn Sie also während des Essens unter dem Tisch verschwinden, kann ich sicher sein, dass Sie beim Auftauchen noch genauso makellos aussehen."

Leicht schockiert blickte sie ihn an.

„Kommen Sie, Rachel. Lassen Sie sich auf das Spielchen ein: Ich bin heute Abend nicht nur Ihr Chef, sondern auch Ihr Liebhaber."

„Mein *was?*" fragte sie ungläubig.

„Ich dachte, Ihnen wäre klar, was ich vorhabe", erwiderte Justin ein wenig überrascht. „Das gehört zu meinem Plan. Wenn wir nicht so tun, als wären wir ein Liebespaar – wie sollen wir dann das Ekel Eric eifersüchtig machen? Er soll schließlich glauben, dass Sie ihn kein bisschen vermisst haben. Nachdem er Sie so feige im Stich gelassen hat, haben Sie Lettie bis zu ihrem Tod gepflegt. Und jetzt führen Sie ein spannenderes, erfüllteres Leben, als Sie es mit ihm als Ehemann je gehabt hätten. Sie sehen hübscher aus als je zuvor. Und Sie haben eine neue Stelle bei einem erfolgreichen, gut aussehenden Chef, der geradezu verrückt nach Ihnen ist."

„Aber ich ... ich würde nie für so einen Chef arbeiten wollen!"

„Nein, aber viele Männer träumen davon, so ein Chef zu sein – und manche Frauen träumen davon, einen solchen Chef zu haben. Glauben Sie mir. Ich kann mir gut vorstellen, dass auch das Ekel Eric so denkt."

„Sie sollten besser aufhören, ihn so zu nennen. Sonst muss ich den ganzen Abend lachen", warnte Rachel ihn.

„Umso besser. Lachen Sie ruhig."

„Aber das ist so untypisch für mich."

„Manchmal ist es das sicher. Heute dürfen Sie sich dagegen verhalten, wie Sie möchten. Das gehört zu dem Plan, Ihrem Exverlobten zu zeigen, dass er Sie nie wirklich gekannt hat – und wie sehr er Sie begehrt!"

„Ich ... ich denke nicht ..."

„Nein, Rachel. *Nachdenken* sollten Sie heute Abend auf gar keinen Fall. Das tut Ihnen gar nicht gut. Vertrauen Sie mir einfach, Schätzchen, dann wird alles klappen. Das verspreche ich Ihnen."

Er nahm sie beim Ellbogen und spürte dabei ihr Zögern. Sie blickte ihn erstaunt an.

„Sie haben mich gerade ‚Schätzchen' genannt."

„Ich kann Sie schließlich nicht den ganzen Abend ‚Rachel' nennen", erwiderte Justin. „Also gut, dann überlege ich mir etwas anderes. Wie wäre es mit ‚Liebling'? Ja, das klingt viel besser. Außerdem sollten wir uns besser duzen, um als Liebespaar zu überzeugen. Also, Cinderella, Liebling", sagte er lächelnd, „lass uns zum Ball gehen."

6. KAPITEL

Rachel stand schweigend neben Justin, als sie mit dem Fahrstuhl nach unten fuhren. Vor Nervosität zog sich ihr der Magen zusammen. Wie sollte sie es nur schaffen, Eric etwas vorzuspielen? Sie glaubte nicht, dazu in der Lage zu sein. Äußerlich sehe ich zwar gut aus, dachte sie, aber sonst bin ich immer noch die Frau, die gestern in Eric gerannt und dann aufgelöst auf die Damentoilette geflüchtet ist. Bei der Vorstellung, Eric und seiner neuen Freundin gegenüberzutreten, lief ihr ein Schauder über den Rücken.

„Ich ... ich glaube, ich bringe es nicht fertig, Justin", flüsterte sie angstvoll, als der Fahrstuhl auf dem Weg nach unten anhielt.

„Aber sicher wirst du das." Justin nickte ihr aufmunternd zu.

Die Fahrstuhltüren öffneten sich, und vor ihnen standen die zwei Personen, die Rachel so in Panik versetzt hatten. Sie erstarrte.

„Ich nehme an, das ist das Ekel Eric", sagte Justin leise.

„Ja." Diesmal war Rachel gar nicht nach Lachen zu Mute. Der Spitzname schien auch nicht mehr zu ihm zu passen. Eric sah in seinem Smoking atemberaubend gut aus. Auch Charlotte sah wunderschön aus. Sie war groß, dunkelhaarig und sehr schlank. Mit dem perfekt frisierten braunen Haar und in dem eleganten schwarzen Abendkleid wirkte sie elegant und sexy.

„Komm jetzt, Charlotte", sagte Eric ungeduldig und stellte einen Fuß zwischen die Fahrstuhltüren, während er die anderen Fahrgäste keines Blickes würdigte.

Charlotte hatte in einem Spiegel im Flur prüfend ihre Frisur und ihr Make-up betrachtet. Sie wandte sich zu Eric um. „Reg dich nicht auf. Diese Veranstaltungen fangen doch nie pünktlich an."

Als sie an Eric vorbei in den Fahrstuhl ging, blickte er über die Schulter und bemerkte Rachel. Man sah ihm an, dass er sie auf Anhieb erkannte.

„Du meine Güte!", rief er. „Das ist ja Rachel! Du erinnerst dich doch sicher noch an Rachel, Charlotte? Rachel Witherspoon?"

Später sollte Rachel sich fragen, woher sie all den Mut und die Gelassenheit genommen hatte. Vielleicht hatte es mit Charlotte zu tun, die sie überrascht von Kopf bis Fuß musterte.

„Ja, ich erinnere mich", sagte sie. „Was für eine Überraschung, Sie hier zu sehen, Rachel." Dann wandte sie sich Justin zu und betrachtete ihn aus ihren dunklen, schräg stehenden Augen. Frauen wie Charlotte gaben sich nie lange mit einer anderen Frau ab, wenn attraktive Männer in der Nähe waren.

Eric dagegen hatte sie, Rachel, die ganze Zeit so fassungslos angesehen, als wäre sie eine Außerirdische.

„Dasselbe dachte ich auch gerade", sagte sie betont gelassen. „Ich vermute, Ihr beiden seid ein Paar? Dies ist übrigens mein Chef, Justin McCarthy", fuhr sie fort, ohne auf eine Antwort zu warten. „Justin, das sind Freunde von mir: Eric Farmer und Charlotte … Bitte verzeihen Sie, ich kann mich nicht mehr an Ihren Nachnamen erinnern, Charlotte."

„Raper."

„Ach ja, Raper." Was für ein furchtbarer Name. „Macht Ihr eine Geschäftsreise, oder seid Ihr zum Vergnügen hier?"

„Zum Vergnügen", antwortete Eric.

Gleichzeitig sagte Charlotte: „Aus geschäftlichen Gründen."

Als sie ihm einen wütenden Blick zuwarf, korrigierte er sich: „Beides." Aber besonders glücklich wirkte er nicht.

Rachel musste lächeln. Sie hätte nicht gedacht, dass Eric sich so leicht aus der Fassung bringen ließ. Justin hatte Recht gehabt: Es tat gut, sich an ihrem Exverlobten zu rächen. Doch die Vorstellung, so zu tun, als wäre sie Justins Geliebte, behagte ihr noch immer nicht.

„Und du?", fragte Eric. „Bist du auf Geschäftsreise hier oder zum Vergnügen?" Rachel bemerkte, dass er insgeheim Justin prüfend betrachtete. Bei diesem Vergleich schnitt er selbst nicht allzu gut ab, auch wenn er auf den ersten Blick sehr attraktiv wirkte. Bei genauerem Hinsehen fiel Rachel auf, dass er leichte Hängebacken bekommen hatte und sein Haar deutlich dünner geworden war. Auch sein Bauch war nicht mehr so flach wie vor einigen Jahren.

Er war insgesamt ein wenig aus der Form geraten. Schließlich war er auch schon fast vierzig Jahre alt, während Justin erst Anfang dreißig war. Justin war nicht nur größer als Eric, sondern auch durchtrainierter und viel attraktiver, wie Rachel überrascht feststellte.

„Wir sind aus rein geschäftlichen Gründen hier, stimmt's, Justin?" Rachel berührte ihn leicht am Arm und blickte ihm in die Augen. Hoffentlich würde er ihr nicht widersprechen.

„Oh ja, natürlich." Justin legte die Hand auf ihre und drückte sie leicht. Er lächelte vielsagend. „Rachel ist meine neue Assistentin. Ich bin wirklich froh, dass ich sie habe. Sie arbeitet erst seit etwa fünf Wochen für mich, aber ich wüsste schon nicht mehr, was ich ohne sie anfangen sollte."

Oh nein, dachte Rachel verzweifelt. So, wie Justin es sagte, entstand der Eindruck, als wäre ihre Beziehung weit mehr als rein geschäftlich.

„Ach ja?" Eric zog die Augenbrauen hoch und ließ den Blick über ihr Dekolletee gleiten. Rachel errötete. Es war nur zu offensichtlich, was er gerade dachte.

„Eric", sagte Charlotte äußerst kühl, „würdest du bitte deinen Hintern hierherbewegen, damit die Türen sich schließen können?"

Eric warf ihr einen wütenden Blick zu und betrat den Fahrstuhl.

„Kennen Sie und Rachel sich schon lange?", fragte Justin gelassen.

„Wir waren vor ein paar Jahren verlobt", erwiderte Eric nicht gerade freundlich. „Aber damals hat es nicht funktioniert mit uns beiden, stimmt's, Rach?"

Insgeheim zuckte Rachel zusammen, als sie ihn den alten Kosenamen sagen hörte. Doch um keinen Preis wollte sie es sich anmerken lassen. Betont gelassen erwiderte sie: „Ich fand nicht, dass es schlecht lief." Lächelnd zuckte sie die Schultern. „Wir haben beide getan, was wir für richtig hielten. Aber das alles ist ja schon lange her. Ich sehe keinen Sinn darin, sich über die Vergangenheit Gedanken zu machen."

Als wäre das ein Signal gewesen, schlossen sich die Türen, und der Fahrstuhl fuhr nach unten.

„Sie haben sich wirklich etwas entgehen lassen", stellte Justin fest. „Aber für mich ist das natürlich nur von Vorteil."

„Ich dachte, Rachel wäre nur Ihre Assistentin", sagte Eric bissig.

„Ja, das ist sie. Aber eine wirklich gute Assistentin ist heutzutage Gold wert. Und Rachel ist einfach um Klassen besser als ihre Vorgängerin. Sie ist nicht nur bildhübsch, sondern auch äußerst intelligent und liebenswert. Tja, wenn Sie beide sich nicht getrennt hätten, wäre Rachel heute mit Ihnen verheiratet. Aber zum Glück ist das nicht passiert, und sie arbeitet jetzt für mich. Ah, wir sind schon im Foyer."

Rachel bemühte sich, nicht zusammenzuzucken, als Justin ihr den Arm um die Taille legte und sie aus dem Fahrstuhl führte. Sie stellte fest, dass Eric und Charlotte sich nicht berührten. Sie hielten einander nicht einmal an der Hand. Stattdessen wirkten beide sehr verärgert.

Einerseits war Rachel ein wenig schockiert über das, was Justin getan hatte. Doch gleichzeitig verspürte sie eine seltsame Freude – und Befriedigung darüber, sich an Eric gerächt zu haben. Jetzt wusste sie, was Justin mit „für Aufruhr sorgen" gemeint hatte.

„Sie gehen sicher auch zum festlichen Dinner und zu der Präsentation, die das Hotelmanagement für heute organisiert hat?", fragte Justin.

„Ja, das werden wir. Charlotte ist Immobilienmaklerin und im Auftrag eines äußerst wohlhabenden Kunden hier."

„Ich kann für mich selbst sprechen, Eric", fuhr Charlotte ihn an. „Mein Kunde ist nicht nur wohlhabend, sondern Multimillionär. Wenn er sich dafür entscheidet, dieses Hotel zu kaufen, wird Ihr

Kunde nicht die geringste Chance haben, es zu erstehen. Wenn mein Kunde etwas will, dann bekommt er es auch. Für wen arbeiten *Sie* überhaupt? Und was genau tun Sie?"

Justin lächelte geheimnisvoll. „Ich bin Anlageberater. Aber sicher können Sie nachvollziehen, dass ich nichts über meinen Kunden verraten kann. Vertraulichkeit ist in meiner Branche oberstes Gebot. Es ist wie beim Pokern: Man darf nie alle Karten auf den Tisch legen, bevor das Spiel vorbei ist."

„Mein Kunde hat es nicht nötig, zu bluffen", erklärte Charlotte selbstzufrieden. „Wenn er etwas möchte, stellt er einfach sicher, dass er das höchste Angebot macht. Mit Geld lässt sich jedes Hindernis überwinden."

„Tatsächlich? Aber wenn Ihr Kunde seine Investitionsentscheidungen immer auf diese Weise trifft, kann es sein, dass er irgendwann nur ein Kartenhaus hat anstatt einer soliden Vermögensanlage. Möglicherweise bricht es eines Tages über ihm zusammen."

„Das geht mich nichts an." Charlotte zuckte gleichgültig die Schultern. „Schließlich ist er nur mein Kunde. Solange ich meine Kommission erhalte, ist mir alles andere egal."

Justin lächelte ironisch. „Sie scheinen die geborene Immobilienmaklerin zu sein."

Sein kritischer Ton schien Charlotte entgangen zu sein. „Die Arbeit in dieser Branche ist eben ein hartes Geschäft."

„Offensichtlich kommen Sie ausgezeichnet damit zurecht."

„Ja. Aber wenn Sie mich besser kennen lernen, werden Sie sehen, dass ich gar nicht so hart bin." Charlotte lächelte ihn vielsagend an.

Rachel stockte der Atem. In ihrem und Erics Beisein versuchte diese Frau doch tatsächlich, mit Justin zu flirten. Aber warum überrascht mich das eigentlich? dachte Rachel resigniert. So war es doch schon gewesen, als sie und Eric noch verlobt gewesen waren.

Zu ihrer Überraschung spürte sie, wie sie wütend wurde. Charlotte hatte ihr damals Eric weggenommen. Doch um nichts auf der Welt würde sie zulassen, dass mit Justin dasselbe passierte. Er war nicht nur ihr Chef, sondern auch ein liebenswerter Mensch – und viel zu schade für Charlottes Spielchen.

„Es tut mir wirklich leid, das Gespräch zu unterbrechen", sagte Rachel lächelnd, „aber wir müssen uns langsam verabschieden, Justin. Das Dinner beginnt um acht Uhr. Du hast Mr. Wong zugesagt, dich um Viertel nach sieben mit ihm in der großen Cocktailbar zu treffen. Und jetzt ist es schon später."

„Du hast Recht. Verstehen Sie, was ich vorhin meinte?", fragte Justin lächelnd. „Was würde ich nur ohne Rachel tun? Sicher werden wir uns nachher beim Essen sehen. Wir könnten uns ja gemeinsam an einen Tisch setzen. Vielleicht sind Sie so nett, uns zwei Plätze freizuhalten? Vorher muss ich unbedingt noch mit Mr. Wong sprechen. Und fragen Sie mich bitte nicht, wer er ist, Darling!" Er lächelte Charlotte verschwörerisch zu. „Auch das ist nämlich ein Geschäftsgeheimnis."

„Wer, um alles in der Welt, ist Mr. Wong?", fragte er Rachel leise, nachdem Eric Charlotte mit wütendem Gesichtsausdruck am Arm genommen und weggeführt hatte.

„Ich weiß es nicht", gab Rachel verlegen zu. „Ich habe ihn soeben erfunden."

„Aber warum das denn? Wir sollten doch so viel Zeit wie möglich mit Eric und Charlotte verbringen, wenn wir unser Ziel erreichen wollen."

„Sie hat mit dir geflirtet", sagte Rachel empört.

„Aber das ist doch gut. Hoffentlich macht es Eric eifersüchtig und unsicher."

„Ich hatte Angst, es könnte dir vielleicht gefallen."

„Das hat es auch – aber nicht so, wie du vermutest. Mit so einem kaltblütigen Miststück würde ich mich niemals einlassen. Du meine Güte, Rachel – du kennst mich wirklich schlecht, wenn du so etwas von mir denkst!"

„Ich kenne dich ja auch wirklich nicht gut", verteidigte Rachel sich. „Ich hätte nie gedacht, dass du so durchtrieben sein kannst,

Justin McCarthy. Bis heute dachte ich immer, dass du …. also …" Sie verstummte.

„Dass ich sehr seriös bin?", fragte Justin trocken. „Oder vielleicht langweilig?"

„Nein, ganz und gar nicht langweilig. Ich hätte nur nie gedacht, dass du so etwas tun würdest: den beiden vorspielen, wir wären ein Liebespaar – obwohl du es ja nie direkt gesagt hast. Das war ziemlich berechnend von dir."

„Man muss die Leute mit ihren eigenen Waffen schlagen. Menschen wie Eric und Charlotte versuchen vorsätzlich, andere zu manipulieren. Außerdem sind sie egoistisch und bösartig. Es ist ihnen gleichgültig, wenn sie anderen wehtun oder sie hintergehen. Sie denken nur an sich selbst. Ich war sicher nicht der erste Mann, mit dem Charlotte geflirtet hat. Sie ist Eric bestimmt nicht treu – und er ihr ebenso wenig."

„Aber nicht alle Menschen sind so, Justin", entgegnete Rachel. Sie wollte seinem selbstzerstörerischen Zynismus nicht noch Auftrieb geben. Isabel hatte lange Zeit eine ähnliche Einstellung gehabt – bis sie Rafe begegnet war. Und Rachel gefiel ihre Freundin jetzt viel besser.

„Das stimmt", bestätigte Justin. Sein Gesichtsausdruck wurde sanft. „Es gibt auch nette, ehrliche Menschen. Aber die beiden, in die wir uns verliebt hatten, waren es eben nicht. Eric hat sich dir gegenüber wie ein Schuft verhalten. Und dafür hat er einen Denkzettel verdient."

Rachel blickte ihrem Chef in die blauen Augen und fragte sich, ob es ihm wirklich nur um Eric ging. Vermutlich dachte er ebenso an seine Exfrau. Sie musste ihm furchtbar wehgetan haben. Rachel hätte ihn gern gefragt, was genau damals passiert sei. Doch sie spürte, dass es nicht der richtige Zeitpunkt dafür war. Seine Wunden waren noch zu frisch. Und vielleicht hatte er seine Exfrau zu sehr geliebt, um jemals darüber hinwegzukommen.

Rachel war froh über die Erkenntnis, dass sie Eric nicht mehr liebte. Es war ihr an diesem Abend ein für alle Mal klar geworden. Er war erfolgreich und sah gut aus, doch über seinen Charakter ließ sich nichts Positives sagen. Sie hatte nichts dagegen, ihn Charlotte zu überlassen. Die beiden passen gut zusammen, dachte sie.

„Versprichst du mir, während des Essens nicht mit Charlotte zu flirten?", fragte Rachel.

Justin lachte. „Also gut, ich verspreche es. Aber du brauchst dir um mich wirklich keine Gedanken zu machen, Rachel. Ich weiß mich schon vor Vamps zu schützen. Und wie ist es für dich, deinen Exverlobten wiederzusehen? Klopft dir immer noch das Herz, wenn du seine blonden Locken betrachtest?"

Rachel musste ebenfalls lachen, doch gleichzeitig lief ihr ein Schauder über den Rücken. „Du meine Güte, nein. Ganz und gar nicht."

„Aber er findet dich noch immer scharf."

Sie errötete. „Sei doch nicht albern."

Justin runzelte die Stirn. „Wieso ist die Vermutung albern, dass ein Mann dich begehren könnte – besonders wenn du so fantastisch aussiehst wie heute?"

„Also ... ich ... mit jemandem wie Charlotte kann ich mich noch immer nicht vergleichen. Sie ist wirklich sexy."

„Für mich hat sie die erotische Ausstrahlung eines Stinktiers."

Überrascht blickte Rachel ihn an. „Wirklich?"

„Ja. Aber wenn es dir lieber ist, werde ich mich beim Flirten während des restlichen Abends ganz auf dich konzentrieren, damit das Ekel Eric vor Wut mit den Zähnen knirscht." Justin blickte auf die Uhr. „Zwanzig vor acht. Lass uns in die Bar gehen, von der du gesprochen hast. Dann können wir vor dem Essen noch einen Aperitif trinken."

Rachel biss sich auf die Lippe. „Ehrlich gesagt, die Bar habe ich auch erfunden. Ich weiß gar nicht, ob es so etwas hier überhaupt gibt."

Wieder musste Justin lachen. „Und du wirfst mir vor, berechnend zu sein? Das trifft wohl eher auf dich zu. Dann fragen wir eben an der Rezeption, wo es hier Bars gibt."

Das Hotel verfügte über insgesamt drei Bars: eine in einem erstklassigen Restaurant in einem Zwischengeschoss, eine im ersten Stock in einer Disco und eine im obersten Stock. Dort gab es auch eine Tanzfläche mit ruhiger Musik, und man hatte eine großartige Aussicht, wie der Rezeptionist versprach. Diese Bar war nicht für das allgemeine Publikum gedacht, sondern den Gästen des „Sunshine Gardens"-Hotels vorbehalten.

Sie fuhren mit dem Fahrstuhl nach oben und saßen zehn Minuten später auf der Dachterrasse, tranken Margaritas und genossen den fantastischen Ausblick. Die meisten Gebäude an der Küste waren beleuchtet. Die Lichter zogen sich am Strand entlang, so weit das Auge reichte. Die Luft war sehr mild, so dass Rachel trotz der nackten Arme und Schultern nicht fror.

„Wie schön", seufzte sie glücklich. „Aber für einen zweiten Drink reicht die Zeit nicht mehr." Die Vorstellung, zu dem festlichen Dinner zu gehen, gefiel ihr gar nicht.

„Wie wäre es, wenn wir das Essen samt der Präsentation ausfallen lassen und stattdessen hier etwas Leichtes zu uns nehmen?", fragte Justin plötzlich.

Sein Vorschlag überraschte sie. „Musst du denn nicht daran teilnehmen?", fragte sie.

„Nicht unbedingt. Die Präsentation wird gefilmt. Potenzielle Käufer, die nicht anwesend sind, können ein Video davon kaufen. Ich werde mir morgen früh auch eins besorgen und es mir zu Hause ansehen – obwohl ich mir nicht vorstellen kann, dass es viel Informatives enthalten wird."

„Aber was ist mit Eric und Charlotte?"

„Du hast doch selbst gesagt, dass Eric dich nicht mehr interessiert."

„Das stimmt."

„Ich finde, dann haben wir unser Ziel erreicht", fuhr Justin fort.

„Wir haben dem Ekel Eric gezeigt, dass du gut ohne ihn auskommst – und dass er eine großartige, sehr attraktive Frau für ein Miststück wie Charlotte aufgegeben hat. Ehrlich gesagt, ich glaube sogar, es könnte die Wirkung unseres kleinen Spielchens noch verstärken, wenn wir nicht beim Essen auftauchen. Eric wird sich den Kopf darüber zerbrechen, ob wir wieder in unser Apartment gegangen sind, um uns dort zu vergnügen. Und die arme Charlotte wird sich fragen, ob der geheimnisvolle Mr. Wong vielleicht ein wahnsinnig reicher Unternehmer aus Singapur ist, der das Angebot ihres Kunden überbieten kann. Ich finde, unser kleiner Rachefeldzug ist schon jetzt ein voller Erfolg."

„Aber ..."

„Du sagst entschieden zu oft ,aber', Rachel. In diesem Fall gibt es wirklich keinen Anlass dafür. Ich bekomme garantiert keine Probleme, wenn ich heute Abend nicht zu dem Essen und der Präsentation gehe. Ich habe mich ein bisschen in der Stadt erkundigt und weiß jetzt schon, dass ich AWI nicht empfehlen werde, das Hotel zu kaufen. Aus zuverlässigen Quellen habe ich erfahren, dass ,Sunshine Gardens' nur zur Hauptsaison gut besucht ist – und selbst dann schneidet es deutlich schlechter ab als andere Hotels in der Umgebung. Außerdem weiß ich, dass trotz der luxuriösen Ausstattung das Hotelmanagement nicht gerade zu den fähigsten gehört und die Fluktuation bei den Angestellten sehr hoch ist."

„Was für Quellen sind das?"

„Menschen, die hier in Coolangatta leben und arbeiten: Ladenbesitzer, Zulieferer, Taxifahrer. Sie haben keinen Grund, mich anzulügen, während den Besitzern des ,Sunshine Gardens' sicher daran gelegen ist, die Wahrheit zu beschönigen."

„Ich verstehe."

„Also, sollen wir das Essen mit dem Hotelmanagement ausfallen lassen und einfach hierbleiben?"

„Ja, bitte." Rachel seufzte erleichtert.

Justin lächelte. Auch ihm schien die Entscheidung zu gefallen.

„Lass uns zum Essen eine Flasche Wein bestellen", schlug er vor und nahm die Speisekarte in die Hand. „Und danach könnten wir ein bisschen tanzen. Dein Kleid scheint dafür wie geschaffen."

Rachel gab es einen Stich ins Herz. Sie hatte seit Jahren nicht mehr getanzt. Das letzte Mal war mit Eric gewesen: in der Woche bevor er sie verließ – und einen Tag bevor sie von Letties Krankheit erfuhr. Sie waren bei einer Weihnachtsfeier. Sie, Rachel, hatte etwas zu viel Glühwein getrunken und war ein wenig beschwipst. Eric flüsterte ihr lauter Dinge ins Ohr, die sie erschauern ließen. Beim Tanzen zog er sie eng an sich, und sie sehnte sich danach, dass er seinen Worten Taten folgen ließ. Als das Verlangen kaum noch zu ertragen gewesen war, hatte er sie ins Badezimmer geführt, an die Wand gedrückt und an Ort und Stelle geliebt.

Zumindest hatte sie das damals geglaubt. Doch jetzt wusste sie, dass Eric nur Sex mit ihr gehabt hatte. Geliebt hatte er sie nie wirklich.

„Ich ... ich habe schon seit Jahren nicht mehr getanzt", sagte sie jetzt mit leicht bebender Stimme. Obwohl ihr klar war, dass sie Eric nicht mehr liebte, war ihr Selbstbewusstsein seinetwegen doch noch sehr angeschlagen.

„Auch nicht bei der Hochzeit deiner Freundin?", fragte Justin überrascht.

„Nein."

„Aber warum denn nicht? Dich hat doch bestimmt jemand aufgefordert?"

„Ja, das schon."

„Und warum hast du dann nicht mit ihm getanzt?"

„Weil ich ... ich wollte einfach nicht." In Wirklichkeit hatte Rachel sich zu unsicher gefühlt, um mit einem Mann zu tanzen. Sie hatte zugesehen, wie das Brautpaar den Tanz eröffnet hatte. Der Anblick war so schmerzhaft für sie gewesen, dass sie ins Badezimmer geflüchtet war, um sich auszuweinen.

Justin runzelte die Stirn. „Hatte es etwa mit Eric zu tun?"

Rachel lächelte traurig. „Woher weißt du das?"

„Du hast ihm vorhin gesagt, dass dein Leben ohne ihn weitergegangen sei. Und mir hast du eben erzählt, dass er dir nichts mehr bedeute. Also wirst du heute Abend mit mir tanzen. Keine Widerrede!"

„Ja, Chef", erwiderte Rachel, amüsiert über sein gespielt herrisches Verhalten.

„Das ist eine sehr gute Antwort", stellte Justin fest. „Wiederhol sie zur Übung noch einmal."

„Ja, Chef."

„Noch einmal."

Rachel musste lachen. „Ja, Chef."

Er lächelte jungenhaft. „Ausgezeichnet! Ich wusste ja, dass du schnell lernst."

7. KAPITEL

Justin sah Rachel an. Sie hatte das Essen offensichtlich genossen – obwohl es nur ein leichter Imbiss gewesen war – und sehr viel Wein getrunken. Jetzt lehnte sie sich entspannt zurück und betrachtete den Sternenhimmel. Justin hatte Kaffee bestellt, doch es würde sicher eine Weile dauern, bis er gebracht wurde. Einrichtung und Ambiente der Bar waren beeindruckend, aber die Bedienung war ausgesprochen langsam. Ganz offensichtlich gab es zu wenige Servicekräfte, besonders für einen Samstagabend. Vermutlich versuchte die Hotelleitung, so die Kosten zu senken und die Gewinnspanne zu erhöhen.

Zeit zum Tanzen, dachte Justin. Die Musik war melodisch, langsam und hatte einen eingängigen Rhythmus. Er stand auf, ging um den Tisch herum und streckte Rachel die Hand hin. „Darf ich bitten, Miss Witherspoon?", sagte er mit scherzhaft altertümlicher Galanterie.

Rachel lächelte ihn an. Sie hatte wirklich ein wunderschönes Lächeln. Schade, dass man es so selten zu sehen bekam. Aber vielleicht würde sich das ja nach diesem Wochenende ändern.

„Vielen Dank, Mr. McCarthy. Es ist mir eine Ehre." Sie stand auf und schwankte bedenklich auf ihren hochhackigen Schuhen. Justin hielt sie am Arm fest und zog sie an sich.

„Oh", sagte sie erschrocken und blickte ihm in die Augen.

„Leider muss ich die Befürchtung äußern, dass Sie dem Weine zu stark zugesprochen haben, Miss Witherspoon", schalt er sie sanft. „Zum Glück befinden Sie sich in Gesellschaft eines Gentlemans, der sich Ihrer annimmt."

„Ja, zum Glück", stimmte Rachel ihm zu. Ihr Blick hielt seinen gefangen, und sie schmiegte sich an Justin.

Plötzlich merkte er, wie erregt er war. Er konnte es nicht fassen – und Rachel ebenso wenig, nach ihrem Gesichtsausdruck zu urteilen. Doch sie versuchte nicht, sich loszumachen, sondern blickte ihn weiter mit ihren wunderschönen Augen an, den Mund leicht geöffnet. Offenbar schien es sie nicht zu stören, dass er erregt war. Er ließ eine Hand auf ihren Rücken, die andere auf ihren Po gleiten. Rachel legte Justin die Arme um den Nacken und schmiegte sich noch enger an ihn.

„Rachel", sagte er leise warnend.

„Ja, Chef?", fragte sie. Ihre Stimme klang sanft und heiser, ihre Augen blickten verträumt.

„Du bist beschwipst."

„Ja, Chef."

„Vielleicht war das mit dem Tanzen doch keine so gute Idee."

„Sei still und beweg deine Füße, Chef."

Rachels ungewohnt selbstbewusste Art überraschte Justin, doch er tat, was sie gesagt hatte. Er hatte Recht gehabt: Tanzen war keine gute Idee. Die sanfte Musik mit dem sinnlichen Rhythmus und der Duft, der von der Frau in seinen Armen ausging, verstärkten seine Erregung. Rachel ließ ihm die Finger sanft über den Nacken gleiten und blickte ihm verträumt in die Augen. Als die Musik verstummte, hatte Justin vor Verlangen fast den Verstand verloren. Durch den dünnen Stoff seiner Hose war deutlich zu erkennen, wie erregt er war. Zum Glück hatte er ein Jackett an.

„Ich muss kurz raus", sagte Justin, nachdem er Rachel zum Tisch zurückgeführt hatte. Zu seiner Erleichterung war der Kaffee inzwischen gebracht worden – eine ganze Kanne. Hoffentlich würde Rachel nach zwei Tassen wieder nüchtern sein und nicht mehr versuchen, ihn zu verführen.

Meiner sonst so zurückhaltenden Assistentin wird das Ganze morgen sicher sehr peinlich sein, dachte Justin, als er zum Herrenwaschraum ging. Alkohol führte sogar bei den vernünftigsten Frauen manchmal dazu, dass sie sich unmöglich benahmen. Und nach allem, was an diesem Tag passiert war, durfte es nicht verwundern, dass sich Rachel in ihrem beschwipsten Zustand in einen ganz anderen Menschen verwandelt zu haben schien.

Natürlich war er selbst nicht ganz unschuldig daran. Ihm war nicht klar gewesen, was er mit seiner Aufforderung auslösen würde, in den Schönheitssalon zu gehen. Dass sie hinterher so anders aussehen würde, hatte er nicht erwartet. Eine Frau, die so schön war wie Rachel an diesem Abend, musste einfach zum Flirten aufgelegt sein.

Aber welche Erklärung gab es dafür, dass er so heftig darauf reagierte? Da er sich bisher nie zu Rachel hingezogen gefühlt hatte, musste es daran liegen, dass er so lange nicht mehr mit einer Frau geschlafen hatte. Vielleicht war es an der Zeit, sich eine Frau zu suchen, mit der er unverbindlichen Sex haben konnte. Auf keinen Fall wollte er eine feste Beziehung oder sonstige Verpflichtungen eingehen – oder gesagt bekommen, dass jemand ihn liebte.

Nein, auf gar keinen Fall. Sex war alles, was er brauchte – aber das sehr dringend, wie er seufzend feststellte, als er eine Toilettenkabine betrat. Er wartete eine Weile, doch als er sich anschließend die Hände wusch, war die Erregung noch immer nicht abgeklungen. Sein Blick fiel auf einen Automaten mit Kondomen. Ohne lange zu überlegen, warf er ein paar Geldmünzen ein und zog zwei Kondome aus dem Automaten, die er sich in die Hosentasche steckte. Vielleicht würde er zurückkommen, wenn Rachel eingeschlafen war. Justin hatte eine attraktive rothaarige Frau gesehen, die allein an der Bar saß und ihm viel sagende Blicke zugeworfen hatte. Vielleicht würde er ihre eindeutige Einladung annehmen. Denn in seinem derzeitigen Zustand würde es schwierig sein, einzuschlafen.

Nicht nur schwierig, sondern völlig unmöglich, dachte Justin resigniert.

Nachdem Justin gegangen war, wurde Rachel von ihrem schlechten Gewissen geplagt. Was, um alles in der Welt, tat sie hier nur? Sie flirtete mit ihrem Chef und tanzte eng an ihn geschmiegt mit ihm wie eine Nymphomanin.

Sie konnte Justin keine Vorwürfe machen, weil er erregt war. Er war schließlich nur ein Mann und hatte vermutlich seit einiger Zeit keinen Sex mehr gehabt. Dass er sich auf die Herrentoilette geflüchtet hatte, war ihr unbeschreiblich peinlich. Rachel war verlegen und hatte ein schlechtes Gewissen. Am liebsten wäre sie sofort in ihr Zimmer gelaufen. Doch da Justin die einzige Keycard hatte, blieb ihr nichts anderes übrig, als auf seine Rückkehr zu warten. Sie nahm sich vor, ihn für ihr unmögliches Verhalten um Verzeihung zu bitten. Sie würde erklären, dass sie zu viel Wein getrunken und sich deshalb so anders benommen habe, als es normalerweise ihre Art sei – zumindest in der letzten Zeit. Die Rachel, die Justin kannte, hatte sich nie so verhalten. Eigentlich war sie erstaunt, dass sie es sich überhaupt getraut hatte. Um sich verführerisch zu benehmen, brauchte man Mut und Selbstvertrauen – oder man musste selbst sehr erregt sein.

Der letzte Gedanke beunruhigte Rachel zutiefst. Als sie bemerkt hatte, wie erregt Justin war, hatte sie ein heftiges Verlangen verspürt und sich gewünscht, seinen nackten Körper an ihrem zu spüren. Früher hatte sie immer geglaubt, nur Männer begehren zu können, in die sie verliebt sei. Doch offenbar hatte sie sich geändert. Vielleicht war das für Frauen ab einem gewissen Alter normal. Oder sie war so lange einsam gewesen, dass ihr jeder Mann recht war. Diese Vorstellung gefiel ihr gar nicht.

Sie erschauerte, doch nicht vor Kälte. Ängstlich blickte sie durch die großen Flachglasfenster ins Innere der dezent beleuchteten Bar und wartete darauf, dass Justin zurückkommen würde. Um an etwas anderes zu denken, goss Rachel sich Kaffee ein und trank ihn schnell aus. Danach fühlte sie sich nüchterner, was jedoch nur dazu führte, dass sie sich noch mehr Vorwürfe wegen ihres Verhaltens machte. Als sie sich gerade eine zweite Tasse Kaffee einschenkte, tauchte Justin wieder auf. Mit gerunzelter Stirn blickte er sie an.

„Ich sollte dich jetzt besser ins Apartment bringen. Du brauchst Schlaf, keinen Kaffee."

„So betrunken bin ich nun auch wieder nicht", erwiderte Rachel kühl. Zu spät fiel ihr ein, dass sie ihren beschwipsten Zustand eigentlich als Entschuldigung für ihr Verhalten hatte verwenden wollen.

„Das habe ich auch nicht behauptet. Aber es war ein langer und emotional sehr aufreibender Tag für dich, Rachel. Also sei brav, und streite nicht mit mir."

Rachel hatte zum ersten Mal wirklich Lust, sich mit Justin zu streiten. Sein leicht herablassender Tonfall ärgerte sie. Sie dachte gar nicht mehr daran, sich zu entschuldigen. Schließlich war auch Justin nicht ganz unschuldig an dem, was passiert war. Wenn er nicht darauf bestanden hätte, dass sie in den Schönheitssalon ging, wäre sie nie selbstbewusst genug gewesen, um all diese Dinge zu tun. Und schließlich hatte er sie zum Tanzen aufgefordert.

Rachel sträubte sich dagegen, sich für ihr Verhalten zu schämen. Es war schließlich schon so lange her, dass ein Mann sie in den Armen gehalten hatte. Kein Wunder, dass es ihr zu Kopf gestiegen war. Schließlich bin ich doch auch nur ein Mensch, dachte sie ein wenig trotzig.

Und bald bist du auch noch arbeitslos, wenn du so weitermachst, fügte eine innere Stimme warnend hinzu. Am Ende siegte die Vernunft über die rebellischen Gedanken. Rachel stellte die Tasse ab und stand vorsichtig auf. Diesmal fühlte sie sich wesentlich sicherer auf den Beinen.

„Ich dachte immer, Cinderella müsste erst um Mitternacht zu Hause sein." Sie warf einen Blick auf die Uhr. „Und jetzt ist es erst halb elf. Aber wenn du sagst, dass ich jetzt ins Bett muss, dann wird das natürlich stimmen. Schließlich bist du der Chef."

Justin wünschte, sie hätte sich anders ausgedrückt. Denn unwillkürlich gingen ihm lauter erotische Bilder durch den Kopf, wie er diese Cinderella ins Bett brachte – und in keinem davon war er ein besonders sanftmütiger Prinz, sondern wild und verwegen. Er wollte Rachel am Arm nehmen, überlegte es sich dann aber anders und beschloss, sie vorsichtshalber lieber nicht mehr zu berühren.

„Dann lass uns gehen", sagte er kurz angebunden und ließ ihr den Vortritt. Doch Rachels Anblick, wie sie in dem verführerischen Kleid ihm voranging, erregte ihn noch mehr. Sicher wäre sie entsetzt gewesen, wenn sie gewusst hätte, wie begehrlich Justin den Blick von hinten über sie gleiten ließ.

Als sie an der Bar vorbeigingen, bemerkte Justin die rothaarige Frau nicht einmal mehr. Seine ganze Aufmerksamkeit war auf Rachel gerichtet: auf die Bewegungen ihrer Hüften, auf das leise Klingen der Perlenschnüre am Rocksaum, wenn sie aneinanderschlugen, auf die wohlgeformten Waden, die schmalen Fesseln und die zierlichen Füße, die in verführerischen Sandaletten steckten.

Normalerweise achtete Justin nicht allzu sehr auf die Füße einer Frau. Doch jetzt stellte er sich unwillkürlich vor, Rachel würde vor ihm hergehen und nichts tragen außer türkisfarbenen hochhackigen Sandaletten. Bei dieser Vorstellung zog sich ihm der Magen zusammen. Sein Verlangen steigerte sich fast bis ins Unerträgliche. Er fühlte sich wie ein Vulkan, der kurz vor dem Ausbruch stand.

Während sie mit dem Fahrstuhl nach unten fuhren, herrschte angespanntes Schweigen. Um seine Erregung zu verbergen, hielt Justin sich die Hände unauffällig vor den Hosenschlitz und versuchte, gelassen auszusehen. Doch insgeheim musste er all seine Kraft aufbieten, um sich zu beherrschen.

Rachel wird sich nicht wehren, wenn du versuchst, sie zu verführen, sagte eine innere Stimme. *Im Gegenteil, sie erwartet es. Sicher hat sie mit keinem Mann mehr geschlafen, seit Eric sie verlassen hat. Und bestimmt hat sie seitdem auch noch nie so sexy ausgesehen wie jetzt. Rachel wünscht sich, dass du sie begehrst. Deshalb hat sie dir so über den Nacken gestrichen, deshalb war sie enttäuscht, als du eben ihren Traum von einer märchenhaften Cinderella-Nacht zerstört hast. Du wirst sie überglücklich machen, wenn du mit ihr schläfst. Davon träumt sie. Du solltest ihr diesen Wunsch erfüllen, die Nacht mit einem Mann zu verbringen, der sie schön und begehrenswert findet.*

Und das fand Justin tatsächlich. Welchem Mann würde es anders ergehen? Rachel sah einfach atemberaubend aus.

Aber wie wird das alles morgen weitergehen?, meldete sich eine andere Stimme zu Wort. *Und nächste Woche, wenn ihr wieder zusammenarbeiten müsst?*

Justin stöhnte unterdrückt. Nein, er konnte unmöglich mit Rachel schlafen. Es wäre gewissenlos und falsch. Sie war zwar nicht betrunken, aber eindeutig beschwipst. Und nach allem, was sie an diesem Tag erlebt hatte, war sie äußerst verletzlich. Sie brauchte Verständnis und Mitgefühl, keine Leidenschaft.

„Du bist böse auf mich, stimmt's?", fragte Rachel leise, als sie das Apartment erreichten. Sie hatten seit Verlassen der Bar kein Wort miteinander gesprochen.

Justin seufzte. „Nein, Rachel, das bin ich nicht."

„Du verhältst dich aber so."

„Es tut mir leid, wenn es so wirkt. Eigentlich bin ich eher wütend auf mich selbst."

Überrascht sah sie ihn an. „Aber warum denn? *Ich* habe mich doch schlecht benommen."

„Das sehe ich nicht so. Wenn du meine Gedanken lesen könntest, wärst du anderer Meinung."

Sie sah ihm in die Augen. Justin erwiderte ihren Blick, während sein Gewissen mit dem schier übermächtigen Verlangen kämpfte, das von seinem Körper Besitz ergriffen hatte. Er rief sich in Erinnerung, wie Rachel früher ausgesehen hatte, und versuchte, wie sonst nur rein freundschaftliche Gefühle für sie zu empfinden. Doch es war aussichtslos. Statt des unscheinbaren Wesens stand eine unglaublich begehrenswerte Frau vor ihm. Justin konnte nur noch daran denken, wie es sich angefühlt hatte, sie in den Armen zu halten. Er sehnte sich danach, sie mit in sein Bett zu nehmen.

„Das ist noch gefährlicher, als mit dir zu tanzen", sagte er rau und umfasste ihr Gesicht. „Aber ich habe nicht die Kraft, zu widerstehen. Bitte sag nicht Nein zu mir, Rachel. Nicht heute Nacht."

Erschrocken wurde Rachel klar, dass Justin sie küssen würde. Nein, nicht einfach nur küssen – er würde sie lieben. Vor Schreck hätte sie beinahe „Nein!", gerufen. Doch schon presste Justin die Lippen auf ihre und küsste sie so fordernd und leidenschaftlich, dass ihr der Atem stockte. Er ließ die Finger durch ihr Haar gleiten und zerzauste es. Noch nie war Rachel so geküsst worden. Sie stöhnte leise.

„Nein", stieß sie atemlos hervor, als er schließlich den Kopf hob und den Mund von ihrem löste. Sie hatte gemeint, er solle nicht aufhören, sie zu küssen. Doch natürlich verstand Justin es falsch.

„Ich habe dir doch gesagt, dass ich heute Nacht kein Nein hören will", sagte er rau. Dann hob er sie schwungvoll auf die Arme und trug sie in sein Schlafzimmer. Dort küsste er sie wieder, während er sie auszog. Als sie nackt war, legte er sie aufs Bett und liebkoste sie mit dem Mund – am ganzen Körper.

Und Rachel sagte nicht ein einziges Mal Nein. Sie sagte gar nichts, denn das Begehren machte sie sprachlos. Aber sie erreichte den Höhepunkt nicht. Offenbar wusste Justin genau, wie er sie erregen konnte, ohne zu weit zu gehen. Immer wieder kam sie unerträglich nahe an den Gipfel der Lust. Ihr Körper spannte sich an, um endlich erlöst zu werden. Doch immer hielt Justin dann inne. Sie stöhnte und wand sich vor Verzweiflung. Manchmal lächelte er dann, als würde ihre lustvolle Qual ihm Vergnügen bereiten.

Als er schließlich aufstand, um sich auszuziehen, hätte Rachel bereits alles getan, was er von ihr verlangte. Doch Justin verlangte nichts. Stattdessen streifte er sich eins der Kondome über und nahm sie – schnell und wild.

„Oh", stöhnte Rachel. Sie kam schon nach wenigen Sekunden. So schnell hatte sie es noch nie zuvor erlebt. Auch Justin gelangte schon nach wenigen kraftvollen Stößen zum Höhepunkt. Er warf den Kopf zurück und schrie seine Lust heraus, bevor er sich erschöpft und schwer atmend auf sie sinken ließ.

Rachel war verwirrt und überwältigt zugleich. Sie hatte gerade den großartigsten Höhepunkt ihres Lebens gehabt. Doch sie fühlte sich nicht im Mindesten befriedigt – ganz im Gegenteil, sie sehnte sich nach mehr.

„Sag jetzt nichts", befahl Justin. Dann zog er sich aus ihr zurück, stand auf und nahm sie auf seine starken Arme. „Das würde nur alles verderben."

Sein Badezimmer war ebenso geräumig wie ihres. Die Duschkabine war so groß, dass zwei Personen leicht darin Platz fanden. Justin trug Rachel in einem seiner kräftigen Arme, während er mit der anderen Hand das Wasser anstellte und die Temperatur regulierte. Dann setzte er sie ab, um das Kondom zu entfernen.

Rachel stand unter dem warmen Wasserstrahl und beobachtete Justin. Er hatte wirklich einen fantastischen Körper. Als er sich ausgezogen hatte, war sie zu erregt gewesen, um ihn genau wahrzunehmen. Jetzt ließ sie den Blick genüsslich über seinen sehr maskulinen Körper gleiten: über die breiten Schultern, die schmalen Hüften und den knackigen Po, über die muskulösen Arme und Beine. Justin war am ganzen Körper sonnengebräunt – bis auf den kleinen Teil, der offenbar von einer äußerst knappen Badehose bedeckt gewesen war. Er war sehr gut gebaut. Bestimmt hat seine Frau ihn nicht verlassen, weil sie ihn unattraktiv fand, dachte Rachel. Und auch nicht, weil sie mit seinen Qualitäten als Liebhaber unzufrieden war. Justin wusste ganz genau, wie er eine Frau um den Verstand bringen konnte. Dagegen war das, was Eric unter einem Vorspiel verstand, einfach jämmerlich.

Der Gedanke an Justins Frau und an Eric rief Rachel etwas in Erinnerung: Das, was sie und Justin hier taten, hatte nichts mit Liebe oder einer Beziehung zu tun, sondern nur mit Verlangen, Sex – und dem Wunsch, gebraucht zu werden.

Zumindest galt das für sie. Dass Justin sie begehrte – und wenn es auch nur für eine Nacht war –, hatte ihr weibliches Selbstwertgefühl mehr gesteigert, als alle Schönheitssalons auf der ganzen Welt es vermocht hätten. Durch ihn fühlte sie sich endlich wieder als

Frau. Rachel wusste, nach dieser Nacht konnte sie nicht mehr die adrette, aber unscheinbare Assistentin sein. Auch wenn sie kündigen müsste – alles würde sich von nun an ändern, und sie würde wieder leben wie vor einigen Jahren. Auf keinen Fall werde ich mein Licht weiterhin so unter den Scheffel stellen, schwor Rachel sich. Sie hatte genug von den trostlosen schwarzen Kostümen und den altjüngferlichen Frisuren. Sie würde auch keine Angst mehr vor anderen Menschen haben, schon gar nicht vor Männern. Dieses traurige Kapitel ihres Lebens sollte nun endgültig abgeschlossen sein.

„Du denkst schon wieder nach", sagte Justin, als er zu ihr in die Dusche kam und das heiße Wasser aufdrehte.

„Und du redest schon wieder", erwiderte Rachel und strich sich das nasse Haar aus dem Gesicht.

„*Ich* darf das auch. Schließlich bin ich der Chef. Heb die Arme hoch, und lass die Hände ineinander verschränkt", befahl er rau. „Nimm die Ellbogen etwas weiter nach hinten."

Rachel war überrascht. Doch sie tat, was er verlangte. Und sie spürte, wie sehr sie das alles erregte. Nach Justins Gesichtsausdruck zu urteilen, ging es ihm genauso. Er ließ den Blick begehrlich über sie gleiten. Rachel fühlte sich entblößt und schutzlos. Das heiße Wasser prasselte ihr auf den Kopf und lief ihr übers Gesicht, den Hals entlang und dann zwischen ihren Brüsten hinunter. Schwer atmend spürte Rachel, wie es über ihren flachen Bauch rann und dann weiter zu ihren Schenkeln strömte.

„Du siehst wunderschön aus", sagte Justin rau. „Mach die Augen zu. Beweg dich nicht, und sprich auch nicht."

Rachel gehorchte und schloss die Augen. Sie war viel zu erregt, um sich Justins Befehlen zu widersetzen. Noch nie hatte sie mit einem Mann solche erotischen Spiele gemacht. Die prickelnde Spannung nahm ihr den Atem. Rachel stellte sich vor, wie sie wohl aussah, mit den nach hinten gezogenen Ellbogen und den nach vorne gestreckten Brüsten, deren Spitzen vor Erregung fest waren. Ob Justin sie, Rachel, ansah und insgeheim verachtete, weil sie ihm so willenlos gehorchte? Oder machte es ihm Spaß, dass sie sich ihm hingab wie eine Sexsklavin?

Schockiert stellte sie fest, dass es ihr egal war – solange Justin sie ansehen, berühren und noch einmal befriedigen würde. Als sie seine Hände auf der Haut spürte, war ihr Verlangen nach einem weiteren Höhepunkt schon übermächtig. Sie sehnte sich danach, ihn wieder in sich zu spüren.

Rachel stöhnte leise auf, als etwas über ihre Brustspitzen strich. Es war nicht Justins Hand, sondern ein Stück Seife, mit dem er sie liebkoste. Rachels Knospen wurden noch fester. Ihr ganzer Körper spannte sich an. Dann spürte sie, wie die Seife an ihrem flachen Bauch hinunterglitt. Und ihr stockte der Atem.

Nein, nicht dahin, wollte sie sagen. Doch bevor sie es aussprechen konnte, spürte sie die Seife schon zwischen den Beinen. Justin ließ sie immer wieder vor und zurück gleiten. Rachel versuchte, das Unvermeidliche zu verhindern. Doch ebenso wenig hätte sie einen Skispringer mitten im Sprung aufhalten können. Ihre Beine begannen zu zittern. Schließlich gab sie den Widerstand auf, denn sie wusste, ihr Verlangen war zu groß.

Als sie zum Höhepunkt gelangte, war es wie eine Explosion. Die Knie gaben unter ihr nach, und sie wäre auf dem Boden der Dusche zusammengesunken, wenn Justin nicht das Wasser ausgestellt und sie hochgehoben hätte. Ohne auf ihren erschrockenen Gesichtsausdruck zu achten, trug er sie ins Schlafzimmer, legte sie mit dem Gesicht nach unten aufs Bett und schob ihr ein Kissen unter die Hüften.

War sie zu erschöpft und atemlos, um ihn davon abzuhalten? Oder war es genau das, was sie sich insgeheim wünschte – dass Justin sie so nahm? Er sollte sie auf jede erdenkliche Art lieben, so dass sie immer und immer wieder zum Höhepunkt gelangte. Er sollte ihr zeigen, dass sie genauso unwiderstehlich erotisch war wie andere Frauen – wie Charlotte zum Beispiel.

Als Justin sie nicht sofort berührte, wandte Rachel ungeduldig den Kopf und sah, wie er sich ein Kondom überstreifte. Am liebsten hätte sie ihm gesagt, dass es nicht nötig sei. Denn sie nahm seit einigen Jahren die Pille – nicht zur Empfängnisverhütung, sondern weil sie sonst unter Hormonstörungen gelitten hätte.

Doch sie sagte nichts, noch nicht. Erst viel später erzählte sie es ihm – als sie merkte, dass er keine Kondome mehr hatte und all ihre Hemmungen vergessen waren.

8. KAPITEL

Ungläubig blickte Justin die schlafende Frau in seinem Bett an. War das wirklich seine anständige, unscheinbare Assistentin, die nackt neben ihm lag und so unglaublich sexy aussah? Und war wirklich er es gewesen, der sie die ganze Nacht so hemmungslos geliebt hatte? Die Antwort auf beide Fragen lautete Ja.

Justin stöhnte und strich sich durchs Haar. Was, um alles in der Welt, war nur in ihn gefahren? Du meine Güte, er hatte tatsächlich mit Rachel geschlafen! Dabei verachtete er normalerweise Männer, die ihre Sekretärinnen verführten. Und jetzt hatte er es selbst getan. Er musste sich eingestehen, dass er seine Position als ihr Arbeitgeber ausgenutzt hatte – und auch die Situation: Rachel war betrunken gewesen und emotional angeschlagen. Er dachte daran, was er in der Dusche von ihr verlangt hatte, und ihm wurde leicht schwindelig. Rachel hatte all seine Forderungen erfüllt, was nur allzu deutlich zeigte, dass sie nicht ganz bei sich gewesen war. Schließlich hatte sie ihm sogar gesagt, dass sie die Pille nehme! Normalerweise gab eine Frau das nicht so schnell zu – es sei denn, sie war außer sich vor Verlangen.

Und offenbar war Rachel es gewesen. Justin hätte nie gedacht, dass sie so aus sich herausgehen oder er sie dazu bringen könnte. Aber vermutlich wäre es jedem Mann gelungen. Unbewusst hatte er es gemerkt. Nein, verbesserte er sich, es war ihm absolut *bewusst* gewesen, noch bevor er den ersten Schritt getan hatte. Trotzdem hatte er es getan, ihre unerwartete Sinnlichkeit und Unersättlichkeit genossen – und sie dazu gebracht, ihn immer wieder mit dem Mund zu liebkosen, bis er wieder bereit war, sie erneut zu nehmen.

Allein der Gedanke daran erregte Justin. Er stöhnte auf, wandte den Blick von Rachel ab und ging ins Badezimmer. Dort stellte er sich unter die Dusche und drehte das kalte Wasser auf, um sein Verlangen zu unterdrücken.

Ich muss sie entlassen, dachte er, während er unter dem eisigen Strahl stand. Wie sollte er jetzt noch mit Rachel zusammenarbeiten? *Ich würde die ganze Zeit ein schlechtes Gewissen haben – oder schlimmere Gedanken.*

Die Vorstellung, jeden Mittag kalt duschen zu müssen, erschien ihm unerträglich. Abgesehen davon, dass er ständig von der Arbeit abgelenkt wäre, würde ihn das Ganze daran erinnern, was Mandy jeden Tag mit ihrem Chef trieb – mit diesem Schuft. Aber wenn er, Justin, Rachel entlassen würde, wäre er genauso ein Schuft wie Mandys Chef.

„Verdammt", sagte er und hieb mit der Faust gegen die Wand.

Rachel schreckte aus dem Schlaf hoch und wusste erst nicht, wo sie war. Wände, Bett und das ganze Zimmer erschienen ihr fremd. Dann fiel ihr alles wieder ein.

„Oh nein", flüsterte sie.

Sie hörte im Badezimmer das Wasser rauschen und war erleichtert. So konnte sie aufstehen, ihre Kleidung nehmen und schnell in ihr Zimmer flüchten und musste Justin nicht nackt gegenübertreten.

Rachel eilte hinaus. Sie nahm eine ausgiebige Dusche und wünschte, sie könnte auch die Erinnerung an das, was in der vergangenen Nacht passiert war, wegspülen. Doch es war ihr unmöglich, alles zu vergessen: Ihre Brustspitzen waren überempfindlich, ihre Lippen leicht geschwollen, und sie würde eine ganze Weile nicht ohne ein leicht unangenehmes Gefühl gehen können.

In der vergangenen Nacht hatte sie sich nicht für das geschämt, was sie getan hatte. Es war wie eine Befreiung aus ihrem freudlosen Dasein gewesen. Doch jetzt, am helllichten Tage, wurde Rachel klar, dass die Liebesnacht mit ihrem Chef im Hinblick auf ihre berufliche Zukunft kein kluger Zug gewesen war. Auch Justin würde im Nachhinein weder über sein noch über ihr Verhalten sehr glücklich sein.

Eine halbe Stunde später saß Rachel auf dem Bett und wünschte, sie könnte im Erdboden versinken. Als es plötzlich an der Tür klopfte, schrak sie zusammen.

„Rachel", hörte sie Justin in sehr geschäftsmäßigem Tonfall sagen, „bist du schon angezogen?"

„Nein, noch nicht richtig", erwiderte sie. Es war eine Notlüge, denn eigentlich hatte sie sich gerade ein Outfit aus Isabels ehemaliger Flitterwochengarderobe angezogen: eine weiße Caprihose und ein dazu passendes weißes Oberteil mit gelbem Blumenmuster. Zum Glück hatte Rachel sich am Vortag auch Dessous gekauft. Im Augenblick hatte sie noch ein Handtuch um ihr Haar geschlungen und sich noch nicht geschminkt.

Obwohl sie es bereute, mit Justin ins Bett gegangen zu sein, hatte sie nicht vor, wieder so unscheinbar herumzulaufen wie früher. Davon zumindest hatte sie der Aufenthalt im Schönheitssalon gründlich kuriert.

„Wir müssen miteinander reden", fuhr Justin fort. „Und wir sollten etwas essen. Es ist bereits nach elf Uhr. Das Frühstücksbüfett ist schon lange geschlossen."

„Ich ... ich habe keinen Hunger", sagte Rachel unglücklich.

„Du solltest aber trotzdem etwas essen. Auf dem Rückflug wird es nur einen kleinen Imbiss geben. Ich bestelle jetzt ein paar Sandwiches, während du dich anziehst. Ich schlage vor, wir treffen uns in einer halben Stunde draußen auf der Terrasse. Einverstanden?"

„Ja", stimmte Rachel zu. Insgeheim war sie erleichtert darüber, wie höflich und gelassen Justin klang. Vielleicht würde er sie doch nicht entlassen?

Justin hatte gehofft, Rachel würde in einem ihrer unattraktiven schwarzen Kostüme erscheinen. Doch leider war das nicht der Fall. Sie sah einfach zum Anbeißen aus. Sie trug eine enge weiße Hose und ein knappes Oberteil, das ihre Brüste betonte. Für eine Frau, die er noch vor kurzem für sehr mager gehalten hatte, war Rachel doch erstaunlich kurvig.

Und auch sonst hatte sie ihn in mancher Hinsicht erstaunt, wie ihm jetzt wieder einfiel, als er ihren glänzend rosa geschminkten Mund betrachtete. Er verdrängte den Gedanken und winkte sie zu sich an den Tisch. Dann kam er ohne Umschweife zur Sache.

„Ich möchte mich für mein inakzeptables Verhalten gestern Nacht entschuldigen", begann er, noch bevor sie etwas sagen konnte. „Obwohl ich wenig zu meiner Verteidigung vorbringen kann – außer vielleicht, dass ich anderthalb Jahre wie ein Mönch gelebt und gestern eine halbe Flasche Wein getrunken habe. Und dann natürlich dein Aussehen gestern Abend …" Ganz zu schweigen davon, wie du heute Morgen aussiehst, fügte er in Gedanken hinzu und ließ den Blick über Rachel gleiten.

Das Haar fiel ihr in weichen, seidig glänzenden Wellen auf die Schultern. Sie trug weiße Sandaletten, in denen ihre leuchtend rot lackierten Zehennägel hervorlugten. Ein Duft nach grünen Äpfeln umwehte Rachel. Diese Note hatte ihm schon immer sehr gut gefallen.

„Ich muss mich auch entschuldigen." Sie wirkte erleichtert. „Ich habe beim Tanzen versucht, dich zu verführen. Und ich habe auch während der ganzen Zeit nie Nein gesagt. Offenbar war ich beschwipster, als mir bewusst war."

Einerseits war Justin froh, dass Rachel so reagierte. Es ging ihm gleich viel besser. Aber andererseits: Hatte sie damit nicht indirekt gesagt, dass sie nur mit ihm ins Bett gegangen war, weil sie zu viel getrunken hatte? Vielleicht sollte ich sie daran erinnern, wie viele Höhepunkte sie letzte Nacht hatte, dachte er. Und daran, wie oft sie ihn gebeten hatte, nicht aufzuhören. Zu diesem Zeitpunkt war sie schon lange wieder nüchtern gewesen. Sie war nicht von zu viel Wein berauscht gewesen, sondern von Leidenschaft.

Du wolltest mich, Darling, hätte Justin am liebsten gesagt. Aber natürlich tat er es nicht.

„Gut", erwiderte er stattdessen. „Wir sind beide schuld an dem, was passiert ist. Dann sollten wir einander verzeihen, das Geschehene vergessen und einfach so weitermachen wie bisher."

Rachel richtete sich überrascht auf und runzelte die Stirn. „Kannst du das denn – einfach vergessen, was letzte Nacht passiert ist?"

Nicht, wenn du mir gegenübersitzt und so verdammt sexy aussiehst.

Justin zuckte betont gelassen die Schultern. „Warum denn nicht? Schließlich hat es uns beiden nichts bedeutet. Du hast dich nach einem Mann gesehnt und ich mich nach einer Frau. Wir waren einfach beide zur falschen Zeit am falschen Ort. Ganz offensichtlich sollte jeder von uns häufiger ausgehen", fügte er hinzu und lächelte ironisch.

„Dann ... dann wirst du mich also nicht entlassen?", fragte Rachel.

„Natürlich nicht. Daran habe ich keine Sekunde lang gedacht." Das war vermutlich nur die erste einer ganzen Reihe von Lügen, die er ihr von jetzt an erzählen würde.

„Ich ... ich hatte es schon befürchtet. Isabel sagt, dass eine Affäre mit dem Chef immer damit endet, dass die Frau entlassen wird."

Nicht immer, dachte Justin. Nicht im Falle seiner wunderschönen blonden Exfrau. Sie war jetzt schon zwei Jahre lang nicht nur die Assistentin, sondern auch die Geliebte ihres Chefs. Und noch immer fielen sie ständig übereinander her: auf dem Schreibtisch, im Privatflugzeug und auf seiner Yacht.

„Aber wir haben ja auch keine Affäre", erinnerte er Rachel. „Wir haben den Fehler begangen, zusammen ins Bett zu gehen. Ein einziges Mal. Und diesen Fehler werden wir nicht noch einmal machen."

„Was? Nein, natürlich nicht", bestätigte Rachel energisch. Doch ihre Augen drückten etwas anderes aus.

Justin wurde klar, dass auch sie ihn noch begehrte. Verdammt, dachte er. Mit seinem eigenen Verlangen konnte er umgehen. Aber was würde passieren, wenn Rachel versuchte, ihn zu verführen?

„Über eine Sache möchte ich noch mit dir sprechen", sagte er. „Dein Aussehen ..."

„Was ist damit?"

Justin wusste nicht recht, wie er sich ausdrücken sollte. Doch es war der einzige Weg, möglichen Gefahren aus dem Weg zu gehen.

„Ich ... nun, ich frage mich, ob du dich in Zukunft anders kleiden wirst. Ich meine ... ich bin auch nur ein Mensch, Rachel. Und ich möchte nicht, dass du in Outfits zur Arbeit kommst, die mich ... ablenken könnten."

Rachel schloss kurz die Augen. Dann hob sie das Kinn und sagte entschlossen: „Es tut mir leid, aber ich werde mich auf keinen Fall wieder so anziehen wie früher. Lieber kündige ich."

„Eine Kündigung kommt überhaupt nicht infrage", protestierte Justin sofort. Seine Reaktion überraschte ihn, denn schließlich hatte er noch vor kurzem mit dem Gedanken gespielt, Rachel zu entlassen. Jetzt aber war ihm klar, dass er sich geirrt hatte. Er wollte, dass sie auch weiterhin für ihn arbeitete. Er wollte ...

Er unterdrückte ein Seufzen. „Du kannst tragen, was du möchtest", sagte er. „Natürlich gibt es Grenzen", fügte er vorsichtshalber hinzu.

„Ich habe noch nie aufreizende Sachen zur Arbeit angezogen, Justin. Ich möchte nur einfach nicht mehr diese furchtbaren schwarzen Kostüme tragen. Allerdings muss ich morgen noch einmal eines anziehen. Ich habe nichts anderes für die Arbeit und werde morgen in der Mittagspause losgehen, um mir etwas Passendes zu kaufen."

„Nichts allzu Buntes, hoffe ich." Justin wollte um jeden Preis verhindern, dass sie sein Verlangen aufs Neue weckte. „Und dein Haar?"

„Was ist damit? Ist es dir vielleicht auch zu bunt?"

Nein, es sieht nur so verdammt sexy aus, wenn du es offen trägst, dachte er.

„Könntest du es vielleicht in Zukunft wieder hochstecken?", schlug er vor. „Das ist doch sehr praktisch für die Arbeit im Büro."

Rachel seufzte. „Also gut, dann stecke ich es eben wieder hoch."

„Und bitte schmink dich nicht zu stark."

„Das habe ich noch nie getan. Im Moment habe ich zum Beispiel nur Lippenstift aufgetragen."

„Wirklich?"

Justin hätte schwören können, dass es mehr war. Rachels Haut wirkte so zart und rein, ihre Wangen leuchteten. Und was ihre Augen anging – er hatte sie schon immer wunderschön gefunden. Doch diese unglaublich langen Wimpern waren ihm nie zuvor aufgefallen.

„Keine Angst, Justin." Rachel klang ein wenig ungeduldig. „Ich werde mich schon nicht zurechtmachen wie eine Schlampe. Und ich verspreche, immer Dessous zu tragen."

Unwillkürlich stellte Justin sich vor, wie Rachel im Büro arbeitete – mit nichts unter ihrer Kleidung. Ihm wurde ganz anders. Wie lange würde es wohl dauern, bis er aufhören würde, sich sexuelle Fantasien mit Rachel auszumalen? Eine Woche? Einen Monat? Oder vielleicht ein ganzes Jahr?

Verdammt, warum hatte er am Vorabend nur seinem Begehren nachgegeben? Er wünschte, er hätte nie die Idee gehabt, Rachel in den Schönheitssalon zu schicken. Er wollte die „alte" Rachel zurückhaben. Sie hatte nie sein Verlangen geweckt oder Gewissensbisse bei ihm verursacht, sondern eine beruhigende Wirkung auf ihn ausgeübt. Die „neue" Rachel dagegen wirkte alles andere als beruhigend. Am liebsten hätte er ihr gesagt: ‚Lassen wir das Gerede, gehen wir lieber zurück ins Bett. Und du brauchst dir auch nicht die Mühe zu machen, Dessous anzuziehen. Ich will, dass du unter deiner Kleidung nackt bist. Vor allem darfst du keinen BH tragen – ich will immer so schnell wie möglich an deine wundervollen Brüste kommen. Ich möchte einfach deinen Rock heben können, dich über meinen Schreibtisch legen und dich dort nehmen. Ich will ...'

Plötzlich kam ihm ein unangenehmer Gedanke: Was er mit Rachel gern tun würde, war genau das, was Mandys Chef seit zwei Jahren mit seiner Exfrau trieb! Das brachte ihn schlagartig zur Besinnung. Er nahm sich vor, in Zukunft immer an Mandy zu denken, sollte sein Verlangen zu stark werden. Schade, dass mir das nicht schon gestern Abend eingefallen ist, dachte er.

Rachel hatte an seinem Gesichtsausdruck gemerkt, dass sie mit ihrem Scherz über die Dessous fehlgeschlagen war: Justin wirkte kühl und missbilligend. Du meine Güte, dachte sie. Der heißblütige Liebhaber, der in der vergangenen Nacht so unglaubliche Dinge von ihr verlangt hatte, benahm sich plötzlich richtig prüde. War das die Möglichkeit? Vielleicht war Justin betrunkener gewesen, als er gewirkt hatte.

Auf jeden Fall schien er es heftig zu bereuen, mit ihr geschlafen zu haben. Sonst würde er sich nicht so bemühen, ihre Beziehung auf das rein Berufliche zu beschränken, und sie nicht bitten, sich wieder so anzuziehen wie früher.

Von wegen, dachte Rachel aufgebracht. *Wenn ich mich möglichst unscheinbar zurechtmachen soll, was ist denn dann mit deinem Aussehen? Wie wäre es, wenn du zwanzig Kilogramm zunimmst und dir eine Papiertüte über den Kopf ziehst? Und fang bitte auch an, langweilige, spießige Sachen zu tragen statt dieser eleganten Anzüge oder des schicken Outfits, das du jetzt gerade anhast. Schließlich könnte ich mich auch von dir abgelenkt fühlen, nicht nur umgekehrt du dich von mir!*

Seit Rachel Justin an diesem Morgen wiedergesehen hatte, schlug ihr Herz heftig. Sie musste all ihre Kraft aufbringen, um nicht ständig den Blick über ihn gleiten zu lassen. Ich sollte dankbar sein, dass er keine Shorts trägt, redete Rachel sich ein.

Dennoch musste sie die ganze Zeit daran denken, was sich unter seiner Kleidung verbarg. Vom täglichen Training im Fitnesscenter war sein Körper durch und durch gestählt und sehr muskulös. Rachel hatte in der vergangenen Nacht nicht die Finger von ihm lassen können. Und jetzt verspürte sie schon wieder das überwältigende Verlangen, ihn zu berühren.

Schnell verdrängte sie den Gedanken und stand auf. „Ich werde uns Kaffee kochen", sagte sie und sah die beiden großen Teller mit

Sandwiches an, die auf dem Tisch standen. Noch immer hatte sie keinen Hunger. Vielleicht würde sie mit dem Kaffee leichter etwas hinunterbekommen.

„Du brauchst mich nicht zu bedienen", erwiderte Justin kurz angebunden und stand ebenfalls auf. „Ich helfe dir."

Das war keine gute Idee. Beim Kaffeekochen herrschte zwischen ihnen angespanntes Schweigen. Als Justin im Vorbeigehen leicht Rachels Arm streifte, zuckte sie heftig zusammen, als hätte sie sich verbrannt. Er warf ihr einen finsteren Blick zu.

Rachel hoffte, ihre Nervosität in seiner Gegenwart würde mit der Zeit vergehen, ebenso wie ihr Verlangen. Noch war die Erinnerung an die vergangene Nacht sehr frisch. Hoffentlich würde sich alles normalisieren, wenn sie das Hotel verlassen hätten und der Arbeitsalltag wieder beginnen würde. Vielleicht war dieser Ort auch der Grund gewesen, warum sie beide die Kontrolle verloren hatten. Ein romantischer Schauplatz wirkte sich ja oft so aus, zumindest bei Frauen.

Mit zittriger Hand hob Rachel ihre Tasse hoch. Etwas Kaffee tropfte auf die Untertasse. Justin warf ihr einen ungeduldigen Blick zu, was sie sehr ärgerte.

„Ja, ich bin heute Morgen ein bisschen ungeschickt", sagte sie kühl. „Man kann eben nicht immer vollkommen sein."

„Ganz offensichtlich nicht, wie man letzte Nacht deutlich gemerkt hat", erwiderte Justin ebenso kühl. Er trug seine Tasse hinaus auf die Terrasse, ohne einen einzigen Tropfen Kaffee zu verschütten.

Wütend folgte Rachel ihm. Was für ein Mistkerl, dachte sie. Und sie hatte ihn immer für freundlich gehalten! Dabei war er offenbar ein Mann wie jeder andere. Wie kam er dazu, ihr die Schuld für das zu geben, was in der Nacht passiert war? Schließlich hatte er sie zuerst geküsst! Justin hatte die Büchse der Pandora geöffnet. Und jetzt wollte er sie, Rachel, lieber wieder hineinstecken und den Deckel zuschlagen.

Nicht mit mir, dachte sie entschlossen. Denn endlich hatte sie sich befreit – von Eric, von ihrer Vergangenheit – und konnte das sein, was sie sein wollte: eine Frau, die keinesfalls zu schüchtern war, ihre Meinung zu äußern, aus Angst um ihren Job. Schließlich gab es noch genug Assistenzstellen – und andere Männer, die ihr gefallen würden. Rachel brauchte Justin McCarthy nicht: weder als Arbeitgeber noch als Liebhaber!

Obwohl sie so aufgebracht war, beschloss Rachel, sich in Justins Gegenwart zu beherrschen. Aber sollte er sie am nächsten Tag wegen irgendetwas unter Druck setzen, würde sie sich sofort eine neue Stelle suchen.

Denn eins war sicher: Es gab kein Zurück mehr in ihr altes Leben. Die Würfel waren gefallen.

9. KAPITEL

Als Justin am nächsten Morgen zur Arbeit kam, traute er seinen Augen nicht: Rachel trug eins der Kostüme, die er immer besonders unattraktiv gefunden hatte – und sah daran wahnsinnig sexy aus.

Die streng geschnittene Jacke schien sich enger als vorher um ihren Körper zu schmiegen und betonte die schmale Taille und die vollen Brüste. Hatte Rachel sie vielleicht enger genäht? Auf jeden Fall hatte sie den Rock gekürzt, wie er feststellte, als sie ihm den morgendlichen Kaffee brachte. Der Saum endete nun deutlich *über* den Knien. Außerdem trug sie schwarze Nylonstrümpfe. Keine blickdichten, unattraktiven, sondern die seidig glänzende Sorte, die Männerfantasien beflügelte.

Insgeheim überlegte Justin, ob Rachel wohl Strumpfhalter trug. Um den Gedanken zu verdrängen, ließ er den Blick zu ihrem Gesicht gleiten. Rachel hatte das Haar hochgesteckt, wie er es von ihr gewünscht hatte. Doch es war nicht streng am Hinterkopf zusammengenommen wie früher, sondern locker mit einer schwarzen Spange befestigt. Einige Haarsträhnen hatten sich bereits gelöst, umrahmten ihr Gesicht und lenkten seinen Blick auf ihren verführerischen Mund – den Mund, der ihm Samstagnacht ein so prickelndes Vergnügen bereitet hatte.

Justin gab sich einen Ruck und senkte den Blick auf die Papiere, in die er vertieft gewesen war. „Danke, Rachel. Stell den Kaffee einfach hierhin", sagte er kurz angebunden.

Rachel blieb vor ihm stehen, ohne etwas zu sagen. Schließlich blickte er auf. „Ja? Was ist denn noch?", fragte er ein wenig ungeduldig.

„Könnte ich heute vielleicht eine längere Mittagspause machen als normalerweise?", bat sie. „Ich muss mir etwas zum Anziehen kaufen. Dafür werde ich nachher länger arbeiten."

„Natürlich", stimmte Justin zu. „Du kannst so lange wegbleiben, wie du möchtest. Würdest du mich jetzt bitte allein lassen, ich muss den Bericht für Guy schreiben."

„Habe ich da gerade meinen Namen gehört?" Guy Walters kam ins Büro.

Justin war froh über die Unterbrechung. „Sie sind früher zurückgekommen, als ich erwartet hatte", sagte er. „Wie geht es Ihrem Vater?"

„Viel besser. Er hatte eine dieser tückischen Viruserkrankungen. Aber gestern war er schon auf dem Weg der Besserung. Also, was halten Sie vom ‚Sunshine Gardens'-Hotel?"

„Bitte setzen Sie sich, dann werde ich Ihnen ausführlich berichten. Rachel, würdest du bitte die Tür hinter dir schließen?"

Guy blickte Rachel nach, während sie hinausging, und pfiff anerkennend.

„Das ist also Ihre neue Assistentin." Er lächelte anzüglich. „Sie Glückspilz. Ich liebe es, wenn hübsche Frauen Schwarz tragen. Am liebsten ist es mir natürlich, sie tragen gar nichts."

„Unsere Beziehung ist rein geschäftlich", sagte Justin kühl und mit undurchdringlicher Miene.

Guy lächelte erneut. „Wenn Sie meinen. Aber Sie haben natürlich Recht: Affären mit Angestellten sollten hinter verschlossenen Bürotüren stattfinden ... und natürlich in Hotelzimmern. Ist das Wochenende zu Ihrer Zufriedenheit verlaufen?" Er grinste vielsagend.

Justin ignorierte Guys Anspielungen und berichtete kurz, was er über das Hotel als Wertanlage dachte. Natürlich verschwieg er, dass Rachel und er nicht zur Präsentation gegangen waren. Er hatte sich am Vorabend das Video aufmerksam angesehen und seine Meinung nicht geändert, obwohl man sich alle Mühe gegeben hatte, das Hotel im besten Licht darzustellen.

„Ich habe auch von einer Immobilienmaklerin interessante Insiderinformationen erhalten", sagte er abschließend. „Ihr Klient will das Hotel zu jedem Preis erwerben. Und ich habe es noch nie für eine gute Idee gehalten, gegen so einen Konkurrenten anzutreten."

„Hm", machte Guy nachdenklich. „Haben Sie zufällig eine Ahnung, wer dieser Kunde sein könnte?"

„Nein. Ich weiß nur, dass er unglaublich reich sein muss – und sehr von sich überzeugt."

„Man erzählt sich, dass Carl Toombs im großen Stil in Immobilien investieren will."

Justin musste all seine Kraft aufbringen, um sich nichts anmerken zu lassen. Niemand bei AWI kannte die genauen Umstände seiner Scheidung: dass seine Exfrau die Geliebte von Carl Toombs war. Nur er selbst, Mandy und seine Mutter wussten dies und so sollte es bleiben.

„Die Beschreibung der Maklerin würde genau auf ihn passen", stimmte er betont gelassen zu. „Sie sagte, ihr Klient bekomme immer das, was er wolle, die Höhe der erforderlichen Summe spiele für ihn keine Rolle."

Und das stimmte auch. Carl Toombs hatte ohne Skrupel eine verheiratete Frau erobert, die ihren Ehemann damals noch von ganzem Herzen geliebt hatte – davon war Justin nach wie vor überzeugt. Und dann hatte Toombs sie in seinen Bann gezogen: mit seinem Geld, mit seiner Ausstrahlung und seiner angeblich beeindruckenden sexuellen Potenz.

Justin verabscheute ihn abgrundtief, ebenso wie unzählige andere Menschen in Australien. Vor allem diejenigen, die in seine abenteuerlichen Projekte investiert hatten. Bei einigen war es erfolgreich verlaufen, aber viele hatten ihr gesamtes Vermögen eingebüßt. Doch irgendwie schaffte Toombs es immer, unbeschadet davonzukommen und sein eigenes Vermögen zu retten. Er hatte erstklassige Anwälte, Steuerberater und Buchhalter und verfügte über sehr gute Beziehungen in der Politik. Carl Toombs hatte eine erwachsene Tochter aus erster Ehe und zwei Söhne mit seiner zweiten Frau. Er war Anfang fünfzig, sah jedoch wesentlich jünger aus, denn er beschäftigte einen persönlichen Ernährungsberater, einen Fitnesstrainer und einen Schönheitschirurgen.

Als Mandy angefangen hatte, für ihn zu arbeiten, hatten sie und Justin sich über Carl Toombs lustig gemacht, weil er so eitel war. Doch am Ende hatte Mandys neuer Chef zuletzt gelacht ...

Dieser Schuft, dachte Justin bitter. Der Gedanke machte ihn wütend. „Ich hoffe nur, Toombs kauft das Hotel und macht einen Riesenverlust damit", sagte er aufgebracht. „Und diesmal sollte es zur Abwechslung sein eigenes Geld sein, das verloren geht."

Überrascht sah Guy ihn an. „Das klingt ja so, als hätten Sie schon mal in eins seiner windigen Geschäfte investiert und dabei einiges verloren!"

Justin lächelte grimmig. Er hatte etwas viel Wertvolleres verloren, als man mit Geld bezahlen konnte. „Sagen wir einmal so: Carl Toombs würde mir sicher nicht gern allein nachts auf einem einsamen Waldweg begegnen."

Guy lachte. „Und was haben Sie aus Ihren Erfahrungen mit Toombs gelernt?"

„Dass man nie jemanden unterschätzen sollte, der mehr Geld hat als man selbst."

Guy nickte. „Gut. Ich soll dem Vorstandsvorsitzenden also nicht empfehlen, das ‚Sunshine Gardens'-Hotel zu kaufen."

„Nicht, wenn Sie Ihren Arbeitsplatz behalten möchten."

Wieder lachte Guy und stand dann auf. „Arbeiten Sie nicht zu viel."

„Das meinen Sie doch nicht ernst, oder?"

„Nein, eigentlich nicht. Schließlich hat sich unser Gewinn deutlich erhöht, seit Sie für AWI arbeiten. Manchmal kann ich nachts sogar schlafen."

„Raus mit Ihnen. Und bitte sagen Sie Rachel, sie soll mir noch einen Kaffee bringen. Dieser hier ist kalt geworden."

„In Ordnung. Vielleicht sehe ich ihr sogar dabei zu. Sie hat einen unglaublich erotischen Gang und einen ziemlich heißen Po. Aber vermutlich wissen Sie das selbst, McCarthy", fügte er hinzu. „Ist bestimmt nicht leicht, die Finger von der Süßen zu lassen."

Justin stöhnte. „Du meine Güte, Guy! Bitte reden Sie etwas leiser, sonst hört Rachel Sie am Ende noch. Haben Sie noch nie etwas von sexueller Belästigung am Arbeitsplatz gehört?"

Guy blieb an der Tür stehen und zuckte die Schultern. „Ich kann mich ja irren, aber vorhin hatte ich das deutliche Gefühl, in den Augen Ihrer entzückenden Assistentin gelesen zu haben, dass sie gegen ein wenig sexuelle Belästigung von Ihnen gar nichts einzuwenden hätte …"

„Machen Sie keine blöden Witze."

„Tue ich auch nicht. Ich habe neulich eine Marketing-Weiterbildung gemacht und dabei auch einiges über Körpersprache gelernt. Justin, diese Frau steht auf Sie. Ich schwöre es. Aber wenn Sie nun einmal nicht an ihr interessiert sind … Dann muss das arme Mädchen sich eben einen anderen großen gut aussehenden Mann suchen, der sie ein bisschen verwöhnt. Schade, dass ich nicht infrage komme." Er lächelte vielsagend. „Schon gut, ich gehe ja … und Ihren Kaffee werde ich auch nicht vergessen."

Das tat er wirklich nicht – leider. Als Rachel mit dem Kaffee auf ihn zukam, ertappte Justin sich dabei, wie er sie in Gedanken schon wieder auszog. Oh nein, dachte er. So hatte am Wochenende alles angefangen, als sie in der Bar vor ihm hergegangen war und er sich vorgestellt hatte, wie sie wohl nackt aussehen mochte. Doch nun *wusste* er es, und das machte die ganze Situation noch schwieriger. Denn die Wirklichkeit übertraf all seine Fantasien bei weitem. Rachel war eine äußerst erotische, sehr weibliche Frau. Und laut Guy könnte sie ganz ihm gehören.

Ob das stimmte? Begehrte sie ihn wirklich – als Mann und nicht nur, um sich über das Ekel Eric hinwegzutrösten? Hoffte sie vielleicht, er wollte die Affäre mit ihr fortsetzen? Die Vorstellung erregte ihn und machte ihn nervös zugleich. Er liebte Rachel nicht und würde es auch niemals tun. Er war gar nicht mehr fähig, jemanden zu lieben oder eine ernsthafte Beziehung zu führen. Alles, was er von einer Frau brauchte und wollte, war das, was er von Rachel am Wochenende bekommen hatte: Sex ohne irgendwelche Verpflichtungen.

Rachel stellte den Kaffee auf den Schreibtisch und blickte Justin fragend an. „Möchtest du sonst noch etwas?"

Wollte er? Was würde sie wohl tun, wenn er sie bitten würde, die Tür abzuschließen? Justin schüttelte sich insgeheim vor Selbstverachtung. Das könnte er niemals tun. Er *durfte* es nicht tun.

„Rachel ..."

„Ja?"

„Nichts", sagte er schnell. „Du kannst wieder an die Arbeit gehen. Und heute Nachmittag gebe ich dir frei, damit du einen Stadtbummel machen kannst."

„Den ganzen Nachmittag?", fragte sie überrascht.

„Ja, warum denn nicht? Nach dem Wochenende hast du es dir verdient."

Justin hatte damit gemeint, dass sie am Wochenende ja zahlreiche Überstunden gemacht hatte. Doch als er Rachels Gesichtsausdruck sah, wurde ihm bewusst, wie man seine Worte auch sonst noch auslegen konnte.

„Du meinst als Belohnung für geleistete Dienste?", fragte sie äußerst kühl.

„Natürlich nicht. Und wenn du ständig dieses Thema ansprichst, weiß ich wirklich nicht, ob wir noch zusammenarbeiten können."

Sofort wirkte Rachel sehr angespannt. Ihr Blick schien ihn zu durchbohren.

„Ich verstehe", sagte sie kühl. „Dann weiß ich ja, woran ich bin. Du wirst noch vor der Mittagspause mein Kündigungsschreiben auf dem Schreibtisch liegen haben. Und vielen Dank für das Angebot, den ganzen Nachmittag frei zu bekommen. Ich nehme es gern an." Sie wandte sich um, stürmte ohne ein weiteres Wort aus dem Büro und schlug die Tür hinter sich zu.

Justin stöhnte auf und ließ sich zurücksinken. Jetzt habe ich es wirklich getan, dachte er. Noch nie hatte er sich so schlecht gefühlt. Er ließ den Kopf in die Hände sinken und fluchte unterdrückt.

Rachel war zu aufgebracht, um sich wieder an den Schreibtisch zu setzen und weiterzuarbeiten. Sie lief in die Küche und goss sich Kaffee ein, nur um sich abzulenken. Eigentlich wollte sie gar keinen Kaffee. Sie ließ den Becher auf dem Küchentresen stehen und versuchte, ihre Fassung wiederzuerlangen.

Isabel hatte Recht mit ihren Äußerungen über Affären bei der Arbeit, dachte Rachel. Es war immer das Gleiche: Der Chef schlief mit seiner Angestellten – die schließlich entlassen wurde.

Am liebsten wäre sie in Justins Büro gestürmt und hätte ihm gehörig die Meinung gesagt. Doch sie war zu stolz – und zu vernünftig. Da sie in den vergangenen Jahren keine Stelle gehabt hatte, war sie darauf angewiesen, ein gutes Arbeitszeugnis zu bekommen. Nicht, dass Justin es wagen würde, ihr das zu verweigern. Im Gegenteil, sie hatte die Macht, ihn in Schwierigkeiten zu bringen, wenn sie wollte. Doch sie hatte nicht vor, das zu tun. Sie würde einfach kündigen, und Justin McCarthy konnte ihretwegen zur Hölle fahren. Sie beschloss, ihre Kündigung sofort zu schreiben, das Büro zu verlassen und ihr gesamtes Geld für eine neue Garderobe auszugeben. Sie eilte in ihr Büro und setzte das Schreiben auf.

Justin saß vor seinen Computerbildschirmen und gab vor zu arbeiten, als Rachel mit geröteten Wangen hereingestürmt kam.

„Hier ist meine Kündigung", sagte sie und warf ihm das Blatt auf den Schreibtisch. „Ich erwarte, dass du mir ein ausgezeichnetes Arbeitszeugnis ausstellst. Und übrigens, ich nehme mir ab sofort frei – für den Rest des Tages."

„Rachel, bitte ..."

„Was?"

„Bitte kündige nicht", sagte Justin leise.

„Zu spät", fuhr sie ihn an. „Tu doch nicht so, als wäre es dir nicht recht. In Wirklichkeit hast du es dir doch gewünscht, seit du mich gestern Morgen nach dem Aufwachen in deinem Bett vorgefunden hast."

Das konnte er nicht leugnen.

„Ich frage mich, ob du mit meiner Vorgängerin dasselbe gemacht hast. Oder besorgst du es nur den unscheinbaren Assistentinnen?"

„Rachel, ich wollte nicht ..."

„Das hast du aber", unterbrach sie ihn heftig. „Du hast es mir besorgt. Doch ich werde darüber hinwegkommen, das schwöre ich dir, Justin McCarthy. Ich lasse mich nicht unterkriegen."

Justin blickte Rachel nach, wie sie mit stolz erhobenem Kopf das Büro verließ. Nie hatte er sie begehrenswerter gefunden. Aber er rief sie nicht zurück, denn sie hatte Recht. Er hatte es ihr „besorgt", wie sie sich ausdrückte. Und am liebsten hätte er es sofort wieder getan. Es war also besser, dass Rachel ging – bevor er sie verletzen würde. Er würde weiter als enthaltsamer Junggeselle leben und Ablenkung in der Arbeit suchen.

Tränen traten Rachel in die Augen, während sie mit dem Fahrstuhl nach unten fuhr. Sie war nicht mehr wütend, sondern traurig und verzweifelt – viel mehr, als sie es sich hätte träumen lassen. Denn sie mochte Justin wirklich, und sie hatte sehr gern für ihn gearbeitet.

Und der Sex mit ihm hat dir auch gefallen, fügte eine innere Stimme hinzu. *Deshalb geht es dir jetzt so schlecht. Deine ganzen albernen Anstrengungen, heute Morgen besonders weiblich auszusehen, waren reine Zeitverschwendung. Du hattest dir geschworen, die Nähmaschine nie wieder anzufassen. Und was hast du letzte Nacht getan? Stundenlang dieses Kostüm umgenäht.*

Doch Justin hatte sie kaum eines Blickes gewürdigt. Er will dich nicht mehr, fügte die Stimme hinzu. *Und vermutlich hat er dich nie wirklich gewollt. Wie hast du das nur glauben können? Du hast dir etwas vorgemacht. Du warst einfach in der Nähe, als er Sex brauchte. Das hat er gestern selbst gesagt. Und jetzt ist es ihm unangenehm, dich zu sehen – weil du ihn an etwas erinnerst, was er lieber vergessen möchte.*

Als sich die Fahrstuhltüren im Erdgeschoss öffneten, war Rachel kurz davor, in Tränen auszubrechen. Sie flüchtete auf die Damentoilette und blieb dort, bis sie sich beruhigt hatte und die Tränen versiegt waren. Doch die Lust auf einen Einkaufsbummel war ihr vergangen. Es war nicht mehr wichtig, wie sie in Justins Gegenwart aussah. Sie schwang sich die schwarze Umhängetasche über die Schulter und beschloss, nach Hause zu fahren.

„Rachel, warte!", hörte sie eine Männerstimme hinter sich rufen.

Ihr Herz begann heftig zu schlagen. Langsam drehte sie sich um. Doch es war nicht Justin, der auf sie zueilte.

Es war Eric.

10. KAPITEL

„Eric!", rief Rachel überrascht. „Was ... was machst du denn hier?" „Ich habe dich gesucht. Ich habe mich über deinen Chef erkundigt und herausgefunden, dass er in diesem Gebäude arbeitet." Er lächelte.

Früher hatte Rachel sein Lächeln atemberaubend gefunden. Inzwischen fand sie nichts mehr an Eric atemberaubend, obwohl er sein Äußeres immer noch sehr pflegte. Der elegante schwarze Anzug hatte sicher ein kleines Vermögen gekostet. Und bestimmt hatte Eric eine halbe Stunde benötigt, um die Frisur so perfekt hinzuföhnen. Vermutlich ist es äußerst schmerzlich für ihn, dass sein Haaransatz immer weiter zurückgeht, dachte Rachel ein wenig schadenfroh.

„Warum hast du denn nach mir gesucht?", fragte sie nicht gerade freundlich.

„Ich mache mir Sorgen um dich."

Nicht einmal ein Heiratsantrag hätte sie mehr überrascht als diese Antwort. „Du meine Güte, warum denn?"

„Könnten wir uns vielleicht irgendwo in Ruhe unterhalten? Dort drüben in der Cafeteria?"

Rachel zuckte gleichgültig die Schultern. „Also gut", stimmte sie zu.

Erst als der Kaffee gebracht wurde, begann Eric zu reden. „Ihr seid Samstagabend nicht zu der Präsentation gekommen", stellte er fest.

Insgeheim zuckte Rachel zusammen, ließ sich jedoch nichts anmerken. „Es war nicht mehr nötig, nachdem Justin mit seinem Kunden gesprochen hatte."

„Mr. Wong hat sich also dagegen entschieden, in die ‚Sunshine Gardens'-Hotels zu investieren?"

„Du glaubst doch wohl nicht im Ernst, dass ich mit dir über die Geschäfte meines Chefs spreche, Eric. Wenn du hergekommen bist, um mir im Auftrag deiner Freundin vertrauliche Informationen zu entlocken, dann verschwendest du deine Zeit", erwiderte Rachel kühl.

„Nein, deswegen bin ich nicht hergekommen", versicherte Eric schnell, als sie aufstand. „Ich wollte dich warnen – vor deinem Chef."

Rachel ließ sich wieder auf den Stuhl sinken und sah ihn überrascht an. „Du willst mich vor Justin warnen?"

„Rachel, ich weiß, dass ich dich verletzt habe. Und die Art, wie du mich ansiehst ... vermutlich hasst du mich. Das kann ich verstehen. Aber *ich* hasse dich nicht. Ich habe einen schweren Fehler begangen, als ich mich von dir getrennt habe. Du bist wirklich ein ganz besonderer Mensch und verdienst einen besseren Mann als jemanden wie Justin McCarthy."

Unwillkürlich wollte Rachel abstreiten, dass sie und Justin ein Verhältnis hatten. Doch nach dem, wie sie sich am Samstag in Erics und Charlottes Gegenwart verhalten hatten, wäre das kaum möglich gewesen. Außerdem ging es Eric gar nichts an, wenn sie mit ihrem Chef ins Bett ging.

„Ich weiß wirklich nicht, wovon du redest", erwiderte sie. „Justin ist ein großartiger Chef, und auch sonst ist er in jeder Hinsicht wundervoll. Ich wüsste nicht, wovor du mich warnen solltest."

Eric lachte. „Das muss ich ihm lassen: Er scheint wirklich ein guter Schauspieler zu sein. Aber er ist nicht in dich verliebt, Rachel. Er benutzt dich nur."

„Wie nett von dir, mir das zu sagen." Rachel musste all ihre Kraft aufbringen, um nicht die Beherrschung zu verlieren. „Welches Recht hast du, so etwas zu behaupten? Oder glaubst du nur, dass kein Mann eine so lächerliche, unscheinbare Frau wie mich lieben könnte?"

„Du bist weder lächerlich noch unscheinbar, Rachel. Du bist sogar noch genauso schön wie immer. Aber du verliebst dich immer in ganz miese Kerle."

„Ich bin nicht in meinen Chef verliebt", stritt sie energisch ab.

Doch als Eric sie prüfend ansah, fühlte Rachel, wie sie rot wurde.

„Ich hoffe, das stimmt", erwiderte er. „Denn Justin McCarthy ist verbittert und zynisch. Das wäre ich auch, wenn meine Frau mir so übel mitgespielt hätte."

Rachel spürte, wie ihr Mund trocken wurde. „Was ... was hat sie ihm denn angetan?", fragte sie stockend.

„Ich habe mir schon gedacht, dass du es nicht weißt. So etwas erzählt man nicht gern weiter. Charlotte hat nicht gleich geschaltet, als du ihr Justin am Samstagabend vorgestellt hast. Aber später am Abend hat sie noch einmal darüber nachgedacht und ein paar sehr diskrete Nachforschungen angestellt.

Die Exfrau deines Chefs", fuhr er fort, „ist seit einigen Jahren Carl Toombs' Assistentin. Sie haben ein *sehr* enges Arbeitsverhältnis. Er bezahlt ihr die Miete, und sie begleitet ihn auf jede Reise. Ihre Beziehung wird geheim gehalten. Aber sie hat ihren Mann wegen Carl Toombs verlassen.

Toombs ist Charlottes Kunde – derjenige, der das ‚Sunshine Gardens'-Hotel kaufen möchte. In den vergangenen Wochen hatte sie deshalb häufiger mit seiner wunderschönen blonden Assistentin zu tun. Und Mandy hat sich Charlotte nach einem gemeinsamen Mittagessen und einigen Gläsern Wein anvertraut. Offenbar hat sie noch immer ein schlechtes Gewissen. Sie hat Charlotte erzählt, wie verzweifelt ihr Mann war, als sie ihn verlassen hat. Offenbar hat Mandy ihm einige Gemeinheiten an den Kopf geworfen, damit er sie hassen und möglichst bald vergessen sollte. Sie sagte, sie würde niemals seinen Gesichtsausdruck vergessen, nachdem sie ihm gestanden hatte, dass sie schon seit einiger Zeit mit Carl Toombs ins Bett ging. Offenbar liebte sie ihren Mann, konnte aber Toombs' Avancen einfach nicht widerstehen. Mandy erzählte Charlotte, dass Toombs sie wollte und nichts ihn davon hätte abhalten können, sie zu erobern. Doch sie hat immer noch ein schlechtes Gewissen, weil sie ihrem Mann das Herz gebrochen hat."

Rachel schwieg. Was Eric ihr erzählt hatte, hatte sie sprachlos gemacht.

„Nach allem, was ich gehört habe, ist er ziemlich verbittert", fuhr er fort. „Und bestimmt glaubst du, er wäre in dich verliebt. Du bist keine Frau, die nur zum Spaß mit einem Mann ins Bett geht. Aber McCarthy liebt dich nicht, Rachel."

„Wie kommst du denn darauf, Eric? Erstens bin ich nicht in Justin verliebt. Und zweitens habe ich auch keine Sekunde lang geglaubt, dass er in mich verliebt sei."

Eric runzelte die Stirn. „Aber ... was für eine Beziehung habt ihr dann?"

„Ich finde nicht, dass es dich etwas angeht."

„Rachel, ich will doch nur dein Bestes! Du bist mir eben wichtig."

Sie lachte ironisch. „Tatsächlich? Wolltest du dich nicht mit mir treffen, weil Charlotte dich zu langweilen beginnt und du wieder das möchtest, was du früher als selbstverständlich betrachtet hast?"

„So habe ich dich nie gesehen, Rachel. Ich habe dich auf meine Art geliebt. Ich konnte mir nur keine Ehe mit einer Frau vorstellen, die sich Tag und Nacht um ihre Pflegemutter kümmert. Dafür bin ich wohl zu egoistisch", gab Eric zu. „Ich brauche eine Frau, in deren Leben ich das Wichtigste bin."

„Dann hast du mit Charlotte aber eine merkwürdige Wahl getroffen", stellte Rachel fest. „Das Wichtigste in ihrem Leben ist ihre Karriere."

„Ich weiß. Deshalb habe ich sie auch nicht geheiratet. Ich wollte dich als Ehefrau, Rachel. Und das möchte ich noch immer ..."

„Bitte erspar mir das Gerede, Eric. Vielen Dank für den Kaffee." Sie stand auf, ohne einen einzigen Schluck getrunken zu haben. „Und danke für die interessanten Informationen. Dir ist es vermutlich nicht bewusst, aber du hast mir damit einen großen Gefallen getan. Mir ist jetzt einiges klar geworden."

Das war die Wahrheit, obwohl Rachel noch immer nicht genau

wusste, was Justin dachte und fühlte. Sie verließ die Cafeteria, ohne sich nach Eric umzublicken. In Gedanken war sie bei Justin. Alice hat also nicht übertrieben, dachte sie. Justins Exfrau musste wirklich ein kaltblütiges Miststück sein – oder charakterschwach und sehr materialistisch eingestellt. Justin war ohne sie besser dran. Das Problem war nur, er sah es vermutlich anders. Denn offensichtlich hatte er Mandy sehr geliebt. Und vielleicht tat er das noch immer.

Die Zeit heilt alle Wunden, dachte Rachel. Das hatte sie am eigenen Leib erfahren. Sie war am Boden zerstört gewesen, als Eric sich von ihr getrennt hatte. Und heute hatte es sie völlig kalt gelassen, dass er sie noch immer heiraten wollte. Er bedeutete ihr nichts mehr – im Gegenteil, sie war froh, ihn los zu sein.

Doch Justins Einstellung zu seiner Exfrau war vermutlich eine andere. Seiner wunderschönen blonden Exfrau, wie Eric gesagt hatte. Natürlich musste sie schön sein. Männer wie Carl Toombs nahmen sich keine hässlichen Geliebten. Sie suchten sich bildhübsche Frauen mit perfekter Figur, einer Schwäche für Reichtum und einer Vorliebe für das Verbotene.

Rachel konnte nur zu gut verstehen, dass Justin eine Abneigung gegen Sex im Büro hatte. Aber es war Zeit, die Vergangenheit hinter sich zu lassen und nach vorne zu blicken – so, wie sie selbst es getan hatte.

Andererseits hatte sie auch vier Jahre Zeit gehabt, sich von dem Schicksalsschlag zu erholen. Justin hatte ihn erst vor zwei Jahren erlebt. Seine Exfrau hatte ihm furchtbare Dinge an den Kopf geworfen. Was genau hat sie wohl gesagt? grübelte Rachel, während sie mit dem Fahrstuhl wieder in den fünfzehnten Stock hinauffuhr. Sie konnte sich nicht vorstellen, dass Mandy mit seinen Qualitäten als Liebhaber nicht zufrieden gewesen war. Denn er war um Klassen besser als jeder Freund, den sie selbst je gehabt hatte – Eric eingeschlossen. War Justin ihr vielleicht nicht mächtig oder nicht reich genug gewesen?

Rachel wusste, sie würde sich nicht trauen, ihn danach zu fragen. Doch etwas anderes traute sie sich: in sein Büro zu gehen und ihre Kündigung zurückzunehmen. Sie wollte bleiben – und versuchen, das zu wiederholen, was am Samstag passiert war. Sie konnte an nichts anderes mehr denken. Sicher fiel es auch Justin schwer, es zu vergessen. Denn vermutlich war sie die erste Frau, mit der er seit der Trennung von Mandy geschlafen hatte.

Sie verließ den Fahrstuhl und eilte in ihr Büro. Als sie vor der Tür stand, die sie vor weniger als einer Stunde zugeschlagen hatte, verließ sie der Mut. Vermutlich saß Justin noch immer vor den Computerbildschirmen und war in seine Arbeit vertieft. Es war noch nicht Zeit fürs Mittagessen, und nach Hause würde er auch nicht gehen. Denn sein Leben war beherrscht von seiner Arbeit, einem angeschlagenen Selbstwertgefühl und einem gebrochenen Herzen.

So war es bisher gewesen. Jetzt aber hatte er sie, Rachel, ihre Freundschaft und Gesellschaft. Und auch ihren Körper – wenn er das noch wollte. Ihre Hand zitterte leicht, als sie zaghaft an die Tür klopfte. Verärgert über ihre eigene Unsicherheit, öffnete sie entschlossen die Tür und trat ein.

„Oh nein", sagte sie und ließ den Blick durch Justins leeres Arbeitszimmer gleiten. Da hörte sie ein Geräusch aus einem der anschließenden Räume. Bevor der Mut sie erneut verließ, ging sie hinüber und öffnete die Tür.

Justin ließ fast den Eiswürfelbehälter fallen. Er hatte nicht erwartet, Rachel an diesem Tag noch einmal zu sehen. Nachdem sie gegangen war, hatte er vergeblich versucht, sich wieder auf seine Arbeit zu konzentrieren. Schließlich hatte er beschlossen, sich zur Beruhigung einen Drink zu genehmigen.

„Was, um alles in der Welt, tust du da?", rief Rachel.

„Das siehst du doch", erwiderte er ungeduldig. „Ich nehme mir Eiswürfel für meinen Whiskey."

„Aber du trinkst doch sonst tagsüber keinen Alkohol!"

„Da täuschst du dich", erwiderte Justin trocken. „Ich tue es sogar oft – wenn auch nur am Wochenende." Um das Eis aus der Form zu lösen, schlug er mit dem Behälter auf den Küchentresen. Die Würfel flogen in alle Richtungen.

Rachel begann sie aufzusammeln.

„Hör auf damit!", rief er aufgebracht. Auf keinen Fall wollte er sehen, wie Rachel sich vor seinen Augen bückte.

Sie ignorierte ihn und sammelte weiter die Eiswürfel ein, so dass Justin Gelegenheit hatte, ihr verführerisches Hinterteil zu betrachten. „Du solltest nicht allein trinken", sagte sie und stand auf.

„Was geht dich das an? Schließlich bist du nicht meine Babysitterin. Nicht einmal meine Assistentin bist du mehr!"

„Doch, das bin ich – wenn du es willst. Ich bin gekommen, um meine Kündigung zurückzuziehen. Ich möchte weiter für dich arbeiten."

Justin lachte ironisch. „Glaubst du, ich freue mich darüber? Und wenn ich jetzt sage, dass ich nicht mehr mit dir zusammenarbeiten möchte und deine Kündigung mir äußerst gelegen kam?"

„Dann würde ich dir nicht glauben."

Er trank einen großen Schluck Whiskey. „Was soll ich denn sagen, damit du mir glaubst?"

„Egal, was du sagst, *das* jedenfalls glaube ich dir nicht." Rachel sah ihn kämpferisch an. Unwillkürlich blickte Justin auf ihren Mund und wünschte …

Er trank noch einen Schluck Whiskey und beschloss, Rachel so weit zu bringen, dass sie bei ihrer Kündigung blieb.

„Und was wäre, wenn ich dir sagte, dass ich dich jedes Mal in Gedanken ausziehe, sobald ich dich ansehe? Dass ich mir vorstelle, wie du ohne Slip und BH im Büro erscheinst, seitdem du im Spaß darüber gesprochen hast? Dass ich es am liebsten gleich wieder getan hätte, nachdem du mir vorgeworfen hast, ich hätte es dir ‚besorgt'?"

Sprachlos blickte Rachel ihn an.

Justin trank noch einen Schluck Whiskey. „Und das ist noch lange nicht alles", fuhr er fort. „Nachdem Guy gegangen war und du mir den Kaffee gebracht hast, hätte ich dich am liebsten an Ort und Stelle genommen – von hinten", fügte er hinzu.

Mit weit aufgerissenen Augen sah Rachel ihn an. Sie wirkte wie erstarrt.

Doch leider wirkten sich Justins Worte auch auf seinen Körper aus. Oder lag es nur daran, dass Rachel so dicht vor ihm stand?

„Also: Was dann?", fragte er, während sein Verlangen wuchs.

„Ich ... ich weiß es nicht", sagte Rachel zu seiner Überraschung.

„Was meinst du damit?"

„Ich weiß es wirklich nicht. Vorhin war ich wütend auf dich. Warum fragst du mich nicht jetzt?"

Du meine Güte. Justin wurde beinah schwindelig. Rachel meinte es ernst. War sie etwa deswegen zurückgekommen – weil sie wollte, dass er sie noch einmal verführte? Er hatte diesen Verdacht schon gehabt, als sie morgens ins Büro gekommen war und so verführerisch ausgesehen hatte. Er leerte das Glas und stellte es mit einem Knall auf dem Küchentresen ab. Jetzt wusste er, dass er der Versuchung nicht widerstehen konnte.

„Würdest du bitte die Tür abschließen, Rachel?", fragte er rau. „Nicht die zwischen meinem Arbeitszimmer und deinem Büro – sondern die Außentür."

Sie tat es. In Justins Kopf drehte sich alles. „Und jetzt komm her zu mir", befahl er, als sie zurückkam. Rachel sah nervös aus – und wunderschön.

„Ich will das schon so lange tun ..." Er löste ihre Spange, und das weiche Haar fiel ihr auf die Schultern. Justin wusste, er überschritt nicht nur eine unsichtbare Grenze, sondern führte sie beide in eine Welt, aus der es kein Zurück mehr gab – eine von der Lust beherrschten Welt, in der Liebe keine Rolle spielte. Rachel ahnte nichts von seinen dunklen Gedanken und dem brennenden Verlangen, das ihn seit Samstag erfüllte und ihn fast um den Verstand brachte. Vermutlich glaubte sie, er würde sie lieben.

Doch so stark sein Begehren auch sein mochte, belügen wollte er sie nicht. Er wollte mit dem Feuer der Leidenschaft spielen, nicht mit Gefühlen.

„Dir ist doch klar, dass ich dich nicht liebe?", fragte er, während er die Knöpfe ihrer Kostümjacke öffnete.

„Ja", erwiderte sie zu seiner Überraschung. Doch ihre Stimme klang zittrig, und ihr Blick war wie verschleiert.

„Ich werde mich niemals in dich verlieben", fuhr er fort, während er die Hände unter ihre Jacke gleiten ließ und ihre Brüste liebkoste. Er spürte, dass Rachel erregt war – genau wie er.

„Ich ... das erwarte ich auch nicht", stieß sie atemlos hervor.

„Du brauchst nichts zu tun, was du nicht möchtest", fügte Justin schnell hinzu – bevor er alle seine Skrupel vergessen würde.

„Aber ich möchte, dass du ..."

„Dass ich was?", sagte er rau, streifte ihr die Jacke von den Schultern und ließ sie auf den Boden fallen.

„A...alles tust, was du willst", flüsterte sie.

Offenbar war sie viel zu erregt, um zu wissen, was sie sagte. Und auch ihm ging es nicht anders.

Einen Moment lang war er nahe daran, sich zurückzuziehen und sie vor dem zu bewahren, was unweigerlich passieren würde. Doch genau in diesem Moment öffnete Rachel den zarten BH, ließ ihn achtlos zu Boden fallen und gab den Blick auf ihre wundervollen Brüste frei. Dann tat sie etwas, was Justin fast um den Verstand brachte: Sie rieb sich mit den Handflächen über die vor Erregung festen Brustspitzen.

Justin wusste, dass es kein Zurück mehr gab. Es war schon längst um ihn geschehen – und auch um Rachel, wie er bemerkte, als er ihr tief in die Augen blickte.

11. KAPITEL

Das Telefon klingelte, als Rachel abends um sieben nach Hause kam. Sie eilte zum Apparat, in der Hoffnung, Justin könnte der Anrufer sein. „Ja?", fragte sie atemlos, nachdem sie den Hörer abgenommen hatte.

„Rach! Ich wollte schon auflegen."

„Isabel!" Natürlich war es nicht Justin. Wie hatte sie nur so dumm sein können, das anzunehmen? „Hast du in den Flitterwochen nichts Besseres zu tun, als mich anzurufen?"

„Sei nicht albern, Rach. Wir können schließlich nicht ununterbrochen Sex haben." Isabel lachte.

Rachel war eher nach Weinen zu Mute.

„Obwohl wir es natürlich versuchen", plapperte Isabel weiter. „Ich glaube, Rafe ist ein wenig erschöpft. Der arme Kerl macht gerade ein Nickerchen. Da habe ich die Gelegenheit genutzt, zu Hause anzurufen. Mit Mom und Dad habe ich auch schon telefoniert. Also mach mir bitte keine Vorwürfe."

„Das tu ich auch nicht, Isabel – nicht mehr. Es ist eher andersrum."

„Da könntest du Recht haben. Also, wie läuft es denn bei der Arbeit?"

„Gut", erwiderte Rachel betont gelassen.

„Verstehst du dich immer noch mit deinem griesgrämigen Chef?"

„Justin ist nicht griesgrämig, nur ziemlich ernst."

Und wie, dachte Rachel erschauernd. Sie versuchte, nicht daran zu denken, was an diesem Tag passiert war.

„Dann ist er wahrscheinlich doch nicht schwul", mutmaßte Isabel. „Schwule Männer sind nie ernst."

„Nein, Justin ist ganz sicher nicht schwul", bestätigte Rachel mit Nachdruck.

„Tatsächlich? Woher weißt du das? Sprichst du aus Erfahrung?", fragte Isabel argwöhnisch.

Rachel wusste, sie konnte ihrer Freundin unmöglich erzählen, was geschehen war. Isabel würde schockiert sein. Rachel beschloss, dass eine sarkastische Bemerkung angebrachter wäre als ein heftiges Abstreiten.

„Natürlich. Hatte ich das noch gar nicht erwähnt? Er kann kaum die Finger von mir lassen. Wir haben es schon überall getrieben: auf dem Schreibtisch, auf der Herrentoilette und in der Teeküche. Im Stehen. Im Sitzen. Auf dem Kopf stehend haben wir es noch nicht ausprobiert. Aber irgendwann …"

„Schon gut", unterbrach Isabel sie seufzend. „Ich habe verstanden."

Nein, hast du nicht, dachte Rachel. Ein Schauer lief ihr über den Rücken. *Ich habe dir die Wahrheit gesagt.* „Aber lass uns lieber über dich sprechen", lenkte sie vom Thema ab. „Verrätst du mir jetzt, wo ihr die Flitterwochen verbringt?"

„Natürlich. In Hongkong. Es ist einfach großartig hier. Jede Menge tolle Kleidergeschäfte. Ich habe mich schon vollständig neu eingekleidet. Du kennst ja Rafe. Er mag es gern, wenn ich mich sexy anziehe. Und meine Kleider zu Hause sind alle ein bisschen konservativ."

Rachel fand Isabels Kleider ganz und gar nicht konservativ, sondern klassisch-elegant.

„Du kannst sie haben, wenn du möchtest", bot Isabel ihr an.

„Was? Alle?"

„Alles, was ich zu Hause gelassen habe – aber nur unter der Bedingung, dass du die Sachen wirklich anziehst, und zwar auch zur Arbeit. Es wird Zeit, dass du diese furchtbaren schwarzen Kostüme aussortierst. Bestimmt hat dein Chef nichts dagegen. Meine Outfits sind ja nicht provokant. Du kannst auch die Schuhe haben. Wir haben die gleiche Größe."

„Bist du dir sicher, Isabel?", fragte Rachel, ganz überwältigt von der Großzügigkeit ihrer Freundin.

„Natürlich. Du kannst alles haben, was sich in dem Haus befindet, auch die Handtaschen, den Schmuck und die Kosmetiksachen. Ich brauche das alles nicht mehr. Alles, was ich mag, habe ich mitgenommen, auch meinen echten Schmuck. Nur den Modeschmuck, der zu den Outfits gehört, habe ich dagelassen. Nimm dir, was du möchtest – ich würde mich wirklich darüber freuen. Es wäre doch wirklich Verschwendung, wenn du die Sachen nicht tragen würdest. Ich habe jetzt einen ganz neuen Stil. Ich kann es kaum abwarten, dir alles zu zeigen!"

„Wann kommt ihr denn wieder?"

„Nächsten Samstag. Wenn wir bei Rafe sind, rufe ich dich an. Du könntest zum Abendessen vorbeikommen. Wir lassen uns einfach Essen liefern. Einverstanden?"

„Ja." Es war ausgeschlossen, dass sie an einem Samstag etwas mit Justin unternehmen würde. Das war eine der zahlreichen Bedingungen, die er ihr an diesem Nachmittag voller hemmungsloser Leidenschaft gestellt hatte. Justin hatte nicht vor, eine richtige Beziehung mit ihr zu führen. Und er fand es nicht fair, wenn sie sich in dieser Hinsicht falsche Hoffnungen machte. Es ging bei ihnen nur um die Befriedigung sexueller Bedürfnisse. Gemeinsam ausgehen oder ein Treffen zu Hause kam nicht infrage. Sie würden nur im Büro Sex haben, und erst nach fünf Uhr.

Rachel hatte sich bereit erklärt, nach der Arbeit im Büro zu bleiben. Sie war damit einverstanden gewesen, dass Justin sie nicht zum Essen oder zu sich nach Hause einlud oder sich am Wochenende mit ihr treffen würde.

Im Nachhinein wurde ihr klar, dass sie jeder Forderung von Justin zugestimmt hätte. Doch tief in ihrem Herzen wusste sie, dass sie sich auf sehr dünnem Eis bewegte. Ihr war nicht klar gewesen, wie sehr er verletzt worden war und wie düster es in ihm aussah. Doch Rachels Sehnsucht nach Sex mit Justin – endlosem, hemmungslosem Sex wie am Nachmittag – war zu stark. Sie würde alles tun, um die sexuelle Beziehung mit ihm fortzusetzen.

„Ich muss aufhören, Rachel. Mein Herr und Meister ist gerade aufgewacht. Also: Tu bitte nichts, was ich nicht auch tun würde", ermahnte Isabel sie fröhlich.

„Keine Angst", sagte Rachel zu sich selbst, nachdem sie aufgelegt hatte. „Alles, was du mit Rafe machst, tue ich mit Justin – und noch viel mehr."

Sie musste daran denken, wie sie mit gespreizten Beinen auf Justins Schoß gesessen hatte, den Rücken an seine Brust gepresst. Ihre nackten Körper verschmolzen miteinander. Justin tat so, als wollte er ihr ein Computerprogramm erklären, während er ihre Brüste liebkoste. Wenn er wirklich glaubte, sie würde dabei etwas lernen, täuschte er sich. Rachel hatte nur gelernt, dass sie sehr schnell süchtig nach Sex mit ihm werden könnte.

Wenn Isabel Rafes Körper großartig findet, sollte sie sich Justins einmal ansehen, dachte Rachel. Sie erschauerte beim Gedanken daran, wie gut er sich überall angefühlt hatte. Sie konnte nicht genug davon bekommen, ihn zu berühren – und all das zu tun, was er verlangte.

Es gab keinen Zentimeter an seinem wundervollen Körper, den sie an diesem Nachmittag nicht mit ihrem Mund und ihren Händen liebkost hatte. Und wenn sie daran dachte, wie sie sich in Justins Armen gefühlt hatte, schämte sie sich nicht. Die Erinnerung daran erregte sie, und ihr wurde heiß. Auf keinen Fall würde sie freiwillig auf den Sex mit ihm verzichten. Deshalb war es ausgeschlossen, zu kündigen und sich eine neue Stelle zu suchen. Sie wollte sich Justin hingeben, von ihm begehrt und liebkost werden, solange er sie wollte.

Aber er wird dich niemals heiraten, rief sie sich in Erinnerung. Es gab ihr einen Stich ins Herz. Trotzdem eilte sie zu Isabels riesigem Kleiderschrank, um sich etwas zum Anziehen für den nächsten Tag herauszusuchen. Es sollte elegant und trotzdem sexy sein.

Rachel zog einen Hosenanzug aus zartblauer Seide heraus, hängte ihn dann aber wieder zurück. Sie wollte lieber einen Rock, entweder kurz und eng oder lang und aus weichem, fließendem Stoff. Es musste ein Kleidungsstück sein, dessen bloßer Anblick Justin erregte.

Sie wollte, dass er um fünf Uhr vor Verlangen beinahe den Verstand verlor. Er sollte sich so nach ihr sehnen wie sie sich nach ihm.

Schließlich entschied sie sich für ein Kostüm aus cremefarbenem Leinen, zu dem eine goldfarbene Korsage gehörte. Rachel suchte dazu passende Schuhe und eine Handtasche heraus. Im Schmuckkasten auf der Frisierkommode fand sie ein Set aus Perlenkette und Ohrsteckern. Die Perlen waren nicht echt, sahen aber sehr elegant aus. Sie beschloss, ihr Haar am nächsten Tag strenger zurückzustecken, um Hals und Ohren zu betonen. Zum Ausgleich würde sie sich etwas stärker schminken, besonders Augen und Mund. Sie wusste, dass sie sehr schöne Augen hatte. Und Justin schien von ihrem Mund geradezu fasziniert zu sein.

Außerdem wollte sie eins von Isabels teuren französischen Parfüms benutzen. Rachel hatte mehrere Flakons im Badezimmer stehen sehen. Sie würde jeden Tag einen anderen Duft ausprobieren, um herauszufinden, welcher Justin am besten gefiel, und dann davon selbst ein Fläschchen kaufen.

Rachel zog sich bis auf die Unterwäsche aus und probierte das Kostüm an. Zu ihrer Überraschung stellte sie fest, dass es fast perfekt passte, obwohl ihre Taille und ihre Hüften wesentlich schmaler waren als Isabels. Die Korsage spannte ein wenig. Rachel zog den BH aus und probierte sie erneut an. Jetzt passte das Oberteil wie angegossen.

Sie betrachtete sich im mannshohen Spiegel, der außen an der Schranktür befestigt war. Ihre Brustspitzen, die sich am Satin rieben, waren fest geworden und zeichneten sich unter dem Stoff ab. Rachel hielt den Atem an, als sie ihre provokante Silhouette im Spiegel betrachtete. Es war deutlich zu erkennen, dass sie keine Unterwäsche trug. Würde sie den Mut haben, so bei der Arbeit zu erscheinen? Und würde sie sich trauen, ihre Kostümjacke auszuziehen?

Ja, dachte sie, während eine Woge des Begehrens sie durchflutete. Nach dem heutigen Tag würde sie sich alles trauen.

12. KAPITEL

Zum hundertsten Mal an diesem Nachmittag blickte Justin auf die Uhr. Es war fast fünf. Bald würde er aufhören zu arbeiten und endlich das tun, was er schon den ganzen Tag tun wollte: mit Rachel schlafen. Bei diesem Gedanken wurde sein Verlangen schier übermächtig.

Doch dann musste er an etwas weniger Schönes denken: Es war Freitag. Er würde Rachel also zwei Tage lang nicht sehen. Das ganze Wochenende über würde er nicht die prickelnde Vorfreude darauf verspüren können, ihr am späten Nachmittag die Kleidung abzustreifen und Rachel in die Arme zu schließen.

Das vergangene Wochenende war ihm endlos erschienen, und das kommende würde sicher noch schlimmer werden. Er beschloss, Rachel an diesem Nachmittag länger im Büro zu behalten als sonst. Sicher hätte sie nichts dagegen. Sie hatte ebenso viel Spaß am Sex wie er, was sein Gewissen ein wenig beruhigte. Er war entschlossen, alles sofort zu beenden, wenn er das Gefühl hätte, Rachel würde auf irgendeine Weise verletzt.

Aber wärst du dazu überhaupt in der Lage? fragte eine innere Stimme. Schon jetzt fiel es ihm schwer, nur zwei Tage auf Rachel zu verzichten. Darüber, wie es wäre, nie wieder Sex mit ihr zu haben, wollte er gar nicht nachdenken.

Wieder blickte Justin auf die Uhr. Es war fünf. Sein Herz schlug heftig. Es war so weit.

Rachel fuhr zusammen und blickte von ihrem Computer auf, als Justin um Punkt fünf die Tür aufstieß. Sie hatte versucht, sich auf die Arbeit zu konzentrieren. Doch in Wirklichkeit sehnte sie sich jeden Tag nur nach diesem Augenblick. Für diesen Moment zog sie sich an – und aus. Jeden Nachmittag um halb fünf schloss sie die Außentür ab und ging in den Waschraum, um sich vorzubereiten. Und so saß sie seit einer halben Stunde ohne Slip und BH da.

Schon lange trug sie keine Strumpfhosen mehr, sondern halterlose Strümpfe. Auch auf einen BH verzichtete sie seit einiger Zeit. Sie genoss es, den seidigen Stoff auf der bloßen Haut zu spüren – und das erregende Gefühl, keine Unterwäsche zu tragen.

Als ihr Blick und Justins sich trafen, hatte sie das Gefühl, die Welt um sie her würde versinken.

„Komm her, Rachel", befahl Justin ungeduldig.

Wie benommen stand sie auf und ging in sein Büro. Vor Nervosität zog sich ihr der Magen zusammen, und ihr Herz klopfte zum Zerspringen.

Mit einem Ruck zog Justin ihr den Rock hoch und hob sie auf seinen Schreibtisch. Rachel hielt den Atem an. Sofort war er zwischen ihren Beinen und zog sich den Reißverschluss auf. Auch ohne Vorspiel war sie bereit und empfänglich für ihn. Justin umfasste ihre Hüften, zog sie bis an den Rand des Tisches und drang tief in sie ein. Er stöhnte vor Lust laut auf, schloss die Augen und begann kraftvoll zuzustoßen. Rachel lehnte sich zurück und hielt sich mit den Händen an der hinteren Tischkante fest. Trotzdem rutschte sie mit dem nackten Po auf der polierten Fläche vor und zurück.

Plötzlich wollte sie aus irgendeinem Grund, dass Justin aufhörte – vielleicht, weil er sie nicht einmal geküsst hatte.

Doch ihr Körper wollte etwas anderes. Er schien seinen eigenen Willen zu haben. Das Verlangen war so stark, dass es die warnende und vernünftige innere Stimme zum Schweigen brachte. Rachels Herz und Körper schienen voneinander getrennt zu sein, während ihr Begehren wuchs und sie sich dem Gipfel der Lust näherte.

Ihr ganzer Körper spannte sich bis ins Innerste heftig an. Justin spürte es und stöhnte auf. Als sie gemeinsam den Höhepunkt erreichten, zerrissen ihre Lustschreie die Stille. Justin erschauerte und warf den Kopf zurück. Rachel hatte die Tischkante so fest umgriffen, dass ihre Knöchel weiß hervortraten.

Doch wie immer verebbten die lustvollen Schauer, und diesmal kehrte Rachel sehr unsanft in die Wirklichkeit zurück. Sie musste sich endlich eingestehen, was sie und Justin hier taten. Früher hätte sie geschworen, sich niemals auf so etwas einzulassen. Warum also hatte sie es getan?

Der Grund war offensichtlich – und sie hätte es schon längst begreifen können, wenn sie nur gewollt hätte.

Plötzlich begann sie zu weinen.

13. KAPITEL

„Ich dachte, du wolltest niemals mit mir essen gehen?", sagte Rachel überrascht und ein wenig hoffnungsvoll zugleich.

Dass sie nach dem Liebesspiel auf seinem Schreibtisch in Tränen ausgebrochen war, hatte Justin zur Besinnung gebracht. Er war weder dumm noch gewissenlos. Natürlich war ihm klar, dass eine sensible Frau wie sie nicht über längere Zeit eine rein sexuelle Beziehung führen konnte, ohne dass ihr Gewissen sich regte – und ohne dass sie Gefühle entwickelte. Sie behauptete zwar, sie würde mit der Situation zurechtkommen und häufig nach dem Höhepunkt weinen. Aber es war noch nie zuvor passiert. Unter Tränen sagte sie, er solle sich nicht um ihr albernes Benehmen kümmern. Doch so tief war Justin nicht gesunken. Also versuchte er sie zu trösten, so gut er konnte. Dann schlug er vor, gemeinsam etwas zu essen. Aber nichts vom Lieferservice, sondern ein richtiges Abendessen mit einer guten Flasche Wein.

Rachel wirkte zwar überrascht, widersprach aber nicht. Also hatte er einen Tisch in einem nahe gelegenen Restaurant reservieren lassen, während sie die Unterwäsche aus der obersten Schublade ihres Schreibtisches genommen und sich wieder angezogen hatte.

Fünf Minuten später saßen sie einander an einem von Kerzen erleuchteten Tisch gegenüber, und Rachel äußerte ihre Verwunderung darüber, dass Justin gegen die von ihm selbst aufgestellten Regeln verstoßen hatte.

Er blickte sie an. Im sanften Schein der Kerzen sah sie wunderschön aus. Das schlichte malvenfarbene Kleid war klassisch-elegant und stand ihr ausgezeichnet – wie alles, was sie zur Arbeit anzog.

„Ja, das habe ich gesagt", bestätigte er ruhig. „Aber die Dinge haben sich geändert. Es ist Zeit, dass wir darüber reden, Rachel."

Er glaubte, panische Angst in ihren Augen zu sehen – weil sie befürchtete, er wolle nicht mehr mit ihr schlafen? Oder hatte sie Angst, weil er die Regeln geändert hatte? Vielleicht hatte sie doch nicht gelogen und kam wirklich mit der Situation gut zurecht. Möglicherweise gefiel es ihr so – und sie war so süchtig nach seinem Körper, wie er es nach ihrem war.

Dieser Gedanke behagte Justin gar nicht. Er wollte nicht, dass Rachel nur sexuelle Lust für ihn empfand. Er wollte ... Verdammt, was wollte er eigentlich?

Er will alles beenden, dachte Rachel voller Angst. Wie sollte sie es nur ertragen? Eigentlich sollte *sie* es tun: sagen, dass die Situation sich geändert habe – und dass sie so nicht weitermachen könne. Doch sie schwieg und wartete ab, was er ihr zu sagen hatte.

„Wir können so nicht weitermachen, Rachel", begann Justin.

Sie hatte das Gefühl, in ein tiefes schwarzes Loch zu fallen. Trotz ihrer Verzweiflung bemühte sie sich, ruhig zu bleiben. „Warum nicht?"

Er seufzte. „Es war wirklich fantastisch mit dir – du hast sämtliche Wünsche erfüllt, die ein Mann nur haben kann. Aber ich befürchte, die Situation könnte etwas ... kompliziert werden."

„Was meinst du damit? Ich habe doch alles so getan, wie du es verlangt hast."

Überrascht sah er sie an. „Ja, in der Tat. Entschuldige bitte, ich bestelle uns eben eine Flasche Wein."

Wie benommen saß Rachel da und nahm Justins Gespräch mit dem Ober kaum wahr. In ihrem Kopf drehte sich alles. Was sollte sie nur tun, wenn Justin die Beziehung beenden würde?

„Rachel ..."

„Was?" Sie riss sich aus ihren Gedanken.

„Der Ober ist weggegangen."

„Oh ..."

„Es ist so, Rachel, ich möchte nicht weitermachen wie bisher."

Sie nickte traurig. „Ja, das ... das habe ich mir schon gedacht." Ihre Stimme klang ausdruckslos.

„Ich würde alles gern auf etwas ... normale Art angehen."

Mit weit aufgerissenen Augen sah sie ihn an.

„Ich habe zwar gesagt, dass ich keine richtige Beziehung mit dir führen möchte, und damals meinte ich es auch so. Bis zu einem gewissen Grad hat sich daran auch nichts geändert. Von Liebe oder Heiraten kann nach wie vor keine Rede sein, darüber solltest du dir klar sein. Aber ich möchte, dass du auch in Zukunft zu meinem Leben gehörst, Rachel – und nicht nur, um mit dir zu schlafen. Ich würde gern mit dir ausgehen und vielleicht mit zu dir nach Hause gehen. Am Wochenende bin ich immer so furchtbar einsam. Das letzte war einfach ... unerträglich."

„Bei mir war es ähnlich", erwiderte Rachel. Justins Worte machten sie überglücklich.

„Wenn du also möchtest, würde ich gern ausprobieren, eine Art ... Beziehung mit dir zu führen."

Sie musste sich zusammennehmen, um nicht in Tränen auszubrechen. „Das ... das würde ich sehr gern", sagte sie stockend und rang sich ein Lächeln ab.

Justin erwiderte das Lächeln. „Allerdings kann ich nicht versprechen, dass ich nie wieder im Büro über dich herfallen werde."

„Ich habe nichts dagegen."

Er lachte. „Das solltest du nicht sagen."

„Was schlägst du stattdessen vor?"

„Wie wäre es mit ‚Nein'?"

„Das hörst du aber gar nicht gern."

„Es ist nicht gerade mein Lieblingswort", gab er zu. „Jedenfalls nicht, wenn du es sagst. Aber es ist wirklich nicht richtig, Sex auf meinem Schreibtisch zu machen. Ich kann mich kaum noch auf die Arbeit konzentrieren."

„Du Armer."

„Das klingt nicht gerade, als hättest du Mitleid mit mir", stellte er fest.

„Habe ich auch nicht."

„Ich habe tatsächlich Schuldgefühle!"

„Aber offenbar nicht genug, um aufzuhören", meinte Rachel.
„Nein ... bei weitem nicht genug."
Als der Wein gebracht wurde, hatte Rachel einen kurzen Moment Zeit, ihre Freude im Stillen zu genießen. Justin legte ihr zwar nicht die Welt zu Füßen, doch in der Beziehung, die er vorschlug, war sie nicht länger die Sexsklavin, deren Rolle sie bisher gespielt hatte.
„Der Wein schmeckt großartig", lobte sie.
„Ja, die Weine aus dem Hunter Valley sind unübertroffen", bestätigte Justin.
„Kann ich ... kann ich Isabel von uns erzählen?", fragte Rachel vorsichtig. „Sie kommt morgen aus den Flitterwochen zurück und ich treffe sie dann sofort."
„Wenn du möchtest. Aber du solltest ihr lieber nichts darüber sagen, was wir in den letzten zwei Wochen gemacht haben."
„Du meine Güte, das hatte ich auch nicht vor!", rief sie. Dabei wäre Isabel wahrscheinlich nicht einmal schockiert, sondern nur wütend – auf Justin, weil er ihre beste Freundin so behandelt hatte. Zumindest könnte sie, Rachel, nun sagen, dass sie Justins *Freundin* war. Vielleicht könnten sie sogar einmal zusammen mit Isabel und Rafe ausgehen.
Justin neigte den Kopf zur Seite und blickte sie aufmerksam an. „Deine Tränen heute ... hast du mir wirklich die Wahrheit darüber gesagt?"
Rachel schluckte und sah ihm in die Augen. „Warum hätte ich dich anlügen sollen?"
„Ich hatte schon Angst, du würdest glauben, du hättest dich in mich verliebt."
„Nein, ganz und gar nicht", stritt sie ab, ohne mit der Wimper zu zucken. Und das war nicht einmal gelogen, denn sicher war sie sich noch nicht. „Ich ... ich gebe zu, es hat mich ein wenig gekränkt, dass du mich vorhin gar nicht geküsst hast. Du hast nur ... du weißt schon."

Justin schnitt ein Gesicht. „Ja, du hast Recht. Das war nicht richtig von mir. Aber ich bin nicht allein daran schuld. Das Parfüm, das du heute trägst, sollte verboten werden. Ich konnte mich einfach nicht mehr beherrschen."

Rachel beschloss insgeheim, gleich am nächsten Tag einen großen Flakon dieses Parfüms zu kaufen. Wenn sie schon Justins Liebe nicht bekommen konnte, wollte sie sich zumindest seiner Leidenschaft sicher sein.

„Und was machen wir nach dem Essen?", fragte sie atemlos.

„Ich würde dich gern mit zu mir nach Hause nehmen."

Sie war sprachlos.

„Natürlich nur, wenn du möchtest", fügte Justin hinzu.

„Sehr gern."

„Ich lebe in einem möblierten Apartment in Kirribilli", fuhr er fort. „Ich hielt es nicht für sinnvoll, die Wohnung zu kaufen, weil ich in naher Zukunft ja meine eigene Firma außerhalb der City gründen will. Dann werde ich ein mehrstöckiges Gebäude erwerben und über dem Büro wohnen. Es gefällt mir nicht, Zeit für den Weg zur Arbeit und nach Hause zu verschwenden. Obwohl Kirribilli ja nicht sehr weit weg von hier ist."

„Wie sieht denn dein Apartment in Kirribilli aus?"

„Sehr modern und elegant – aber nicht gerade heimelig. Ein paar Farbtupfer wären nicht schlecht. Die ganze Einrichtung ist in kühlen Farbtönen gehalten."

„Wahrscheinlich so ähnlich wie in dem Haus, in dem ich lebe: Alles ist cremefarben, einfach alles. Ich mag aber warme, intensive Töne und gemütliche Räume voller persönlicher Gegenstände lieber. Deshalb möchte ich auch unbedingt irgendwann ein eigenes Apartment haben, und sei es noch so klein. Ich würde es genauso einrichten, wie ich es gern habe: mit vielen schönen Bildern und jeder Menge Krimskrams."

„Das klingt nach dem Haus meiner Mutter. Sie ist eine begeisterte Sammlerin. Du musst unbedingt einmal mitkommen und dir ihre Teekannensammlung ansehen. Mom hat zwei ganze Geschirrschränke voll davon."

Überrascht sah Rachel ihn an. „Soll das heißen, du willst Alice von uns erzählen?"

„Gibt es einen Grund, warum ich unsere Freundschaft geheim halten sollte?"

„Nein, vermutlich nicht. Aber du weißt ja, wie Mütter sind. Womöglich wird sie sofort denken, dass wir eines Tages heiraten und Kinder bekommen."

„Sie kennt mich gut genug, um zu wissen, dass es niemals passieren wird", erwiderte Justin ein wenig scharf. „Und jetzt solltest du dir überlegen, was du essen möchtest. Der Ober ist schon auf dem Weg hierher."

Rachel war froh, den Blick auf die Speisekarte senken zu können. So würde Justin ihren unglücklichen Gesichtsausdruck nicht wahrnehmen. Seine Bemerkung, dass eine Hochzeit mit ihr nicht infrage komme, hatte ihr wehgetan. Sosehr sie sich auch einzureden versuchte, glücklich über die Beziehung zu sein, die Justin ihr angeboten hatte – tief im Herzen sehnte sie sich nach einem Ehemann und einer eigenen Familie.

Isabel würde mir eine Standpauke halten, dachte sie. *Warum, um alles in der Welt, vergeudest du deine Zeit mit einem Mann, der dich niemals heiraten oder dir Kinder schenken wird? Du bist jetzt einunddreißig Jahre alt. Bald wirst du zweiunddreißig sein. Also gib ihm so schnell wie möglich den Laufpass – und such dir eine neue Stelle.*

Aber das war leichter gesagt als getan. Verliebte taten nun einmal dumme Dinge. Und wer liebte, gab die Hoffnung niemals auf. Ihre Vernunft sagte ihr, dass sie tatsächlich ihre Zeit vergeudete. Doch noch immer redete sie sich ein, Justin würde vielleicht eines Tages seine Exfrau vergessen und sich in sie, Rachel, verlieben. Wenn sie für ihn da wäre, würde er vielleicht irgendwann bemerken, dass sie ihn liebte und niemals verlassen würde – eine Frau, die ihm das

Leben schön machen und Kinder schenken würde, wenn er es nur wollte.

Er wäre bestimmt ein großartiger Vater, dachte Rachel. Und sie selbst ... es würde sie überglücklich machen, Mutter zu sein.

Justin blickte von seiner Speisekarte auf. „Also, was möchtest du?", fragte er.

Es gab Rachel einen Stich ins Herz. Dich, dachte sie. *Nur dich.*

14. KAPITEL

Am nächsten Morgen, als Rachel aufwachte, schien die Sonne zum Fenster herein, und es duftete nach frisch gebrühtem Kaffee. Justin lag nicht mehr neben ihr im Bett, doch sie hörte ihn vergnügt vor sich hin pfeifen. Er klang glücklich und zufrieden, so, wie sie sich fühlte – zumindest den Umständen entsprechend.

Sie hatte befürchtet, Justin hätte die Regeln nur geändert, damit er auch am Wochenende die erotischen Spielchen mit ihr treiben könnte, die bisher im Büro stattgefunden hatten. Aber die vergangene Nacht hatte ihre Befürchtungen zerstreut. Sie waren nach dem Essen zu ihm gefahren. Und als sie sich liebten, war er sehr sanft und liebevoll mit ihr umgegangen. Danach hatte er sie noch zärtlich liebkost. Und beinahe hätte sie wieder geweint. Doch sie hatte sich zusammengerissen, um Justin nicht zu beunruhigen und zu verwirren.

„Du meine Güte, Frühstück im Bett!", rief sie, als Justin in einem dunkelblauen Morgenmantel hereinkam, ein beladenes Tablett in den Händen.

Rachel setzte sich auf, strich sich das Haar aus dem Gesicht und zog sich die Bettdecke über den nackten Körper. Justin stellte ihr das Tablett vorsichtig auf den Schoß. Es gab frisch gepressten Orangensaft, Rührei auf Toast, gebratene Tomaten und Frühstücksspeck. „Hm, das sieht ja fantastisch aus." Rachel seufzte zufrieden. „Normalerweise gibt es bei mir morgens nur Kaffee und Toast. Und was wirst du essen?"

„Ich habe schon gefrühstückt." Justin setzte sich auf die Bettkante und lehnte sich zurück, dort, wo ihre Beine unter der Decke lagen.

Er sieht einfach fantastisch aus, dachte Rachel, trotz der zerzausten Haare und der dunklen Stoppeln auf dem Kinn. Die blauen Augen glänzten, und Justin hatte keine dunklen Ringe darunter wie sonst so oft. Offenbar hatte er genauso gut geschlafen wie sie.

„Ich wette, du hattest nicht so ein üppiges Frühstück wie ich", neckte sie ihn scherzhaft.

„Doch, das hatte ich. Und jetzt werde ich es genießen, *dir* beim Frühstücken zuzusehen. Du kannst schon ein paar Pfund mehr gut vertragen."

„Findest du mich zu dünn?", fragte sie, plötzlich verunsichert.

„Natürlich nicht. Aber du hast so gut wie keine Reserven."

„Wenn ich zunehme, werden mir meine schönen Sachen nicht mehr passen. Und meine Brüste werden größer. Das passiert immer zuerst, wenn ich an Gewicht zulege."

„Es schadet doch nichts, wenn sie ein wenig größer werden. Obwohl sie natürlich jetzt schon fantastisch sind. Leider geht zusätzliches Gewicht bei mir nicht dahin, wo es soll", sagte er bedauernd. „Es lagert sich immer um meine Körpermitte herum ab."

„Aber du hast doch nicht ein Gramm Fett zu viel!"

„Vor anderthalb Jahren war das noch ganz anders. Damals war ich untrainiert und hatte einen richtigen kleinen Bierbauch."

„Das kann ich mir gar nicht vorstellen. Du hast den fantastischsten Körper, den ich je gesehen habe. Und an einer ganz bestimmten Stelle brauchst du auch nicht einen Zentimeter mehr – ich bin absolut zufrieden damit. Außerdem weißt du ja: Auf die Größe kommt es nicht an, sondern darauf, was man damit macht. Und daran habe ich wirklich nichts auszusetzen."

„Das habe ich bemerkt. Du tust meinem Ego sehr gut, Rachel."

Im Gegensatz zu deiner Exfrau, dachte sie. Dass Justin vor anderthalb Jahren leichtes Übergewicht gehabt hatte, ließ vermuten, Mandy hätte sich über sein Aussehen und möglicherweise auch über seine Qualitäten als Liebhaber beschwert. Rachel erinnerte sich daran, wie er sich einmal als langweilig bezeichnet hatte. Möglicherweise hatte seine Exfrau sein Selbstwertgefühl auf allen Ebenen untergraben, um ihr eigenes abstoßendes Verhalten zu entschuldigen.

Wahrscheinlich war es so gewesen. Schuldbewusste Menschen

versuchten oft, ihr Handeln auf diese Art zu rechtfertigen. Sie konnte nachvollziehen, dass solche Kritik tief verletzte. Aber Justin musste doch einsehen, dass die Frau ihn nie wirklich geliebt haben konnte. Wenn man jemanden liebte, waren ein paar Pfund Körpergewicht mehr oder weniger nicht von Bedeutung, genauso wenig wie die Tatsache, ob man jede Kamasutra-Stellung beherrschte.

Am liebsten hätte sie Justin gefragt, was Mandy bei ihrer Trennung zu ihm gesagt habe. Aber sie wusste, es war nicht der richtige Zeitpunkt. Vielleicht würde Justin es ihr irgendwann erzählen.

Sie wickelte die Decke fester um sich und begann zu frühstücken. Justin sah ihr lächelnd zu. „Es schmeckt dir, stimmt's?"

Rachel nickte. „Wenn das alles nur halb so gut schmeckt, wie es duftet, muss es einfach himmlisch sein."

„Dasselbe habe ich gestern den ganzen Tag über dich gedacht", stellte er fest.

„Ja, ich habe schon beschlossen, mir bald einen besonders großen Flakon von diesem Parfüm zu kaufen."

Justin stöhnte. „Du bist sadistisch."

„Das musst gerade du sagen! Jetzt weißt du wenigstens, wie ich mich jeden Tag fühle, wenn ich im Büro darauf warte, dass es endlich fünf Uhr wird. Nur ein Sadist kann sich so eine Regel ausdenken."

„Für mich war es sicher noch schwerer. Aber ich hoffe, wir haben uns beide etwas besser unter Kontrolle, wenn wir künftig jede Nacht zusammen verbringen."

„Jede Nacht?", fragte Rachel überrascht.

„Ist dir das zu viel?"

Nein, natürlich nicht, hätte sie am liebsten gesagt. Doch sie wollte es ihm nicht zu einfach machen. Männer verloren leicht den Respekt vor Frauen, die ihnen zu sehr entgegenkamen.

„Ich fürchte, ja. Wir Frauen brauchen auch Zeit für persönliche Dinge. Und wenn Isabel wieder da ist, möchte ich natürlich auch Zeit mit ihr verbringen. Sie ist schließlich meine beste Freundin.

Heute Abend zum Beispiel bin ich bei ihr zum Abendessen eingeladen. Rafe, ihr Mann, hat ein Haus in Paddington. Er ist Fotograf."

„Ich verstehe." Justin klang enttäuscht.

„Du kannst gern mitkommen", bot Rachel an.

Er lächelte strahlend. „Aber wird es Isabel nicht stören, wenn du so kurzfristig noch jemanden mitbringst?"

„Nein, bestimmt nicht. Außerdem will sie sich das Essen sowieso liefern lassen. Aber ich werde sie nachher zur Sicherheit fragen. Deshalb muss ich gleich nach Hause, um ihren Anruf abzuwarten und etwas anderes zum Anziehen zu holen."

Justin fuhr Rachel nach Hause. Er hatte einen dunkelblauen Wagen. Nicht schick, eher ein Familienauto mit genügend Platz für zwei Erwachsene und zwei Kinder, dachte Rachel. Sie wünschte, sie könnte aufhören, sich solche Gedanken über Justin zu machen. Aber es gelang ihr nicht.

Kurz nach ein Uhr kamen sie bei dem Haus in Turramurra an. Justin begleitete Rachel hinein, und sie landeten wieder im Bett – genau, wie sie vermutet hatte. Als Isabel kurz nach drei Uhr anrief, lagen sie noch immer im Bett.

„Hallo?"

„Rachel, bist du es?", fragte Isabel.

„Ja. Hör auf damit", flüsterte sie Justin zu. „Ich möchte mit Isabel sprechen."

„Läuft der Fernseher, oder redest du mit jemandem?"

„Ich ... ich habe mit jemandem gesprochen."

„Mit wem?" Isabel klang überrascht.

Rachel versetzte Justin einen sanften Tritt. Lachend stand er auf und ging ins Badezimmer.

„Das klang nach einem Mann", stellte Isabel fest.

„Stimmt."

„Meine Güte, Rafe! Rachel hat einen Freund!", rief Isabel ihrem Mann zu. „Wo hast du ihn kennen gelernt? Wie sieht er aus? Warst du schon mit ihm im Bett?"

Rachel musste lächeln. Isabel kam wirklich sofort auf den Punkt. „Ich kenne ihn von der Arbeit. Er sieht fantastisch aus. Und im Bett waren wir auch schon zusammen."

„Das sind ja tolle Neuigkeiten! Wie alt ist er denn?"

„Anfang dreißig."

„Und er arbeitet vermutlich bei AWI."

„Ja."

„Wie sieht er aus?"

„Groß, dunkelhaarig, sehr attraktiv."

„Und wie ist er im Bett?"

„Zwischen ihm und Eric liegen Welten."

„Ist er Single oder geschieden?"

„Geschieden."

„Schade ... na ja, man kann nicht alles haben. Wie heißt der Casanova denn?", fragte Isabel.

Das würde nicht einfach werden. „Er ... er heißt Justin McCarthy."

Am anderen Ende der Leitung herrschte Schweigen. Erleichtert hörte Rachel, wie Justin im Badezimmer die Dusche anstellte. Sie würde also noch eine Weile allein sein – hoffentlich lang genug, um in Ruhe mit Isabel zu sprechen.

„Justin McCarthy", wiederholte Isabel vorwurfsvoll. „Was hast du dir denn bloß dabei gedacht, Rachel? Du schläfst also mit deinem Chef – der offensichtlich nicht schwul, aber vom Leben enttäuscht ist."

„Ja."

„Aber warum? Wie? Wann?"

Rachel versuchte, Isabel zu erklären, in welcher Situation sie und Justin das erste Mal miteinander geschlafen hatten. Dann erzählte sie, wie sich die Beziehung seither entwickelt hatte – ohne dass es so klang, als würde Justin sie nur benutzen.

Isabel seufzte. „Ich kann dir jetzt schon sagen, dass du wieder furchtbar verletzt wirst."

„Vielleicht, vielleicht auch nicht. Wie auch immer, es ist *meine* Entscheidung."

„Das stimmt leider."

„Justin ist wirklich sehr nett. Wenn du dich selbst davon überzeugen möchtest, könnte er heute Abend mit zum Essen kommen."

„Tolle Idee." Isabels Tonfall gefiel Rachel gar nicht.

„Bitte versprich mir, keine sarkastischen Bemerkungen zu machen", bat sie ihre Freundin.

„Wer, ich?"

„Ja, du. Tu nicht so unschuldig. Du kannst ganz schön bissig sein."

„Ich werde meine Zunge im Zaum halten", versprach Isabel. „Wo ist dein Darling denn jetzt?"

„Er duscht gerade."

„Gut. Ich habe dir nämlich noch etwas zu sagen."

Rachel verdrehte die Augen. Jetzt geht es los, dachte sie. „Und was?"

„Du brauchst gar nicht so ungeduldig zu sein. Irgendjemand muss ja darauf achten, dass es dir gut geht, und das bin nun einmal ich. Ich kenne dich schon lange Zeit und deshalb kenne ich dich gut, Rachel. Du glaubst bestimmt, du liebst diesen Mann. Aber das bezweifle ich. Wahrscheinlich willst du dich nur über Eric hinwegtrösten. Du warst lange Zeit sehr einsam. Einsamkeit kann dazu führen, dass man ziemliche Dummheiten macht. Und offenbar war auch dein Chef ziemlich einsam. Außerdem ist er schwer enttäuscht worden. Nicht viele Männer machen so etwas durch, ohne Schaden zu nehmen. Vielleicht ist das nur eine Art, sich zu rächen – indem er das tut, was Carl Toombs mit seiner Frau macht. Ist dir dieser Gedanke schon gekommen?"

„Ja. Aber so etwas würde nicht zu ihm passen. Dafür ist er zu anständig."

„Anständig! Wenn ich richtig zwischen den Zeilen gelesen habe, Rachel, hat er dich ausgiebig in seinem Büro vernascht. Ich habe deinen kleinen Scherz von neulich nicht vergessen. Nur dass es kein Witz war, sondern die Wahrheit, stimmt's?"

„In etwa. Aber seitdem hat sich alles geändert."

„Wirklich? Hat er nicht nur den Schauplatz geändert? Wahrscheinlich befürchtet Justin, dass du ihn sonst wegen sexueller Belästigung am Arbeitsplatz anzeigst. Er denkt eben voraus."

„Voraus an was?"

„An den Tag, an dem er das Interesse verliert und dir den Laufpass gibt."

„Nein, so ist er nicht."

Isabel stöhnte. „Du glaubst also wirklich, dass du ihn liebst."

„Ja, ich liebe ihn. Was ist daran so schlimm?"

„Du meine Güte, Rachel! Es könnte doch einfach nur Lust sein. Auch von deiner Seite aus."

„So wie bei dir und Rafe?"

„Das war etwas anderes", entgegnete Isabel sofort.

„Warte einfach ab, bis du Justin kennen gelernt hast. Danach kannst du mir sagen, ob du immer noch so denkst."

„Also gut, einverstanden."

15. KAPITEL

„Ich kann es immer noch nicht glauben", sagte Isabel zu Rafe, als sie nach dem Essen gemeinsam Kaffee kochten. „Was kannst du nicht glauben? Dass Rachel plötzlich so wunderschön aussieht und vor Glück geradezu strahlt? Oder dass ihr widerlicher Chef, über den du dich den ganzen Nachmittag aufgeregt hast, in Wirklichkeit ein toller Typ ist?"

„Beides. Ich weiß nicht, was ich davon halten soll. Wenn ich Justin McCarthys Vergangenheit nicht kennen würde, wäre ich überzeugt, dass er in Rachel verliebt ist – die Art, wie er sie manchmal ansieht ... Und was Rachel angeht, so habe ich die Hoffnung endgültig aufgegeben, dass sie nur Lust für ihn empfindet. Ganz offensichtlich ist sie geradezu verrückt nach ihm."

Rafe blickte die Frau an, nach der *er* verrückt war. „Warum machst du dir dann Sorgen?"

„Ich möchte einfach nicht, dass ihr noch einmal jemand so wehtut, Rafe. Rachel hat schon so viel Pech im Leben gehabt. Sie verdient es wirklich, glücklich zu sein."

„Ich weiß, Darling", versuchte Rafe sie zu trösten. „Aber sie ist erwachsen und muss selbst die Entscheidungen in ihrem Leben treffen. Die kannst du ihr nicht abnehmen. Und selbst wenn, was würdest du ihr raten? ‚Verlass ihn, bevor er dich verlässt'? Du hast doch selbst gesehen, wie positiv sie sich verändert hat. Was auch immer zwischen den beiden ist – schlecht kann es nicht sein."

„Nein, da hast du Recht. Zumindest hat es Rachels Aussehen gutgetan, sich in Justin McCarthy zu verlieben. Ich habe sie kaum wiedererkannt. Was wohl Alice über all das denkt?"

„Alice?" Rafe runzelte die Stirn.

„Justins Mutter. Sie hat Rachel die Stelle bei ihm vermittelt."

„Ach ja, ich erinnere mich. Vielleicht weiß sie ja noch gar nicht, dass die beiden sich auch am Wochenende sehen."

„Ich werde versuchen, es beim Kaffeetrinken rauszufinden."

„Isabel", sagte Rafe warnend. „Misch dich da nicht ein. Es ist *ihr* Leben."

„Das ist wieder typisch Mann. Dir ist es eben nicht so wichtig. Rachel ist ja auch nicht deine beste Freundin."

„Das stimmt. Aber vielleicht kann ich die Situation deshalb besser beurteilen. Lass uns jetzt den Gästen ihren Kaffee bringen und uns über unverfängliche Themen unterhalten." Rafe fiel etwas ein. „Ob es für Rachel infrage käme, vorsätzlich von Justin schwanger zu werden? Es ist unglaublich, welche Wirkung der Gedanke an ein süßes kleines Baby sogar auf Menschen mit ausgeprägter Bindungsangst haben kann."

Isabel zog die Brauen hoch. „Keine schlechte Idee. Ich werde es Rachel nachher unter vier Augen vorschlagen."

Rafe lächelte. „Jetzt lass uns endlich zu unseren Gästen gehen, bevor der Kaffee eiskalt ist."

Rachel wusste, dass Isabel in der Küche über sie und Justin sprach. Doch nichts in der Welt würde sie davon abhalten, ihre Beziehung mit Justin weiterzuführen. Je mehr Zeit sie mit ihm verbrachte, desto mehr liebte sie ihn. Es hatte nicht nur mit dem Sex zu tun, sondern mit Justins Persönlichkeit. Er war das genaue Gegenteil von Eric: liebenswürdig, rücksichtsvoll, zärtlich und witzig. Rachel war begeistert davon gewesen, wie angeregt und gewandt er sich während des Essens mit zwei Menschen unterhalten hatte, die er noch nie zuvor gesehen hatte. Rafe schien ihn sympathisch zu finden. Und Isabel sicher auch, wenn sie endlich ihre Vorurteile vergessen würde.

„Deine Freunde gefallen mir", sagte Justin, als sie am Tisch saßen und auf den Kaffee warteten. „Und das Haus auch", fügte er hinzu und ließ den Blick über die gemütliche Essecke gleiten, die vom geräumigen Wohnzimmer im ersten Stock abging.

„Wenn das Baby da ist, werden sie sich bestimmt ein größeres Haus kaufen."

„Sie erwarten ein Kind?"

„Ja. Hatte ich das nicht erzählt? Isabel war schon vor der Hochzeit schwanger. Aber das war nicht der Grund, warum sie geheiratet haben. Sie hatten es so geplant – Rafe hatte es so geplant. Eigentlich wollte Isabel gar nicht heiraten, sie wünschte sich nur ein Kind. Das Ganze ist etwas kompliziert."

„So klingt es auch." Justin lächelte.

„Ich werde noch einmal versuchen, es zu erklären. Vor einigen Monaten beschloss Isabel, sich künstlich befruchten zu lassen und das Kind allein aufzuziehen, denn sie hatte sich schon viel zu oft in den falschen Mann verliebt. Du kennst die Sorte: Sie eignen sich weder als Ehemann noch als Vater. Deshalb hatte sie sich eigentlich für eine Vernunftehe entschieden und mit einem sehr sympathischen Architekten verlobt, der dieselbe Einstellung hatte wie sie. Doch kurz vor der Hochzeit verliebte er sich Hals über Kopf in eine andere Frau und löste die Verlobung auf. Ungefähr zu diesem Zeitpunkt lernte Isabel Rafe kennen. Er sollte bei ihrer Hochzeit die Fotos machen. Gleich bei ihrem ersten Treffen war sie völlig verrückt nach ihm. Als sich herausstellte, dass er alleinstehend war, lud sie ihn ein, mit auf die bereits gebuchte und bezahlte Flitterwochenreise zu kommen – vorausgesetzt, ihre Beziehung würde sich auf Sex beschränken. Natürlich sagte Rafe zu."

Justin lachte. „Natürlich."

„Welcher Mann hätte da schon Nein sagen können?", fragte Rachel. „Isabel sieht schließlich fantastisch aus. Jedenfalls verliebte Rafe sich während des Urlaubs in sie. Die Vorstellung, dass sie ganz allein ein Kind aufziehen wollte, gefiel ihm gar nicht. Deshalb hat er vorsätzlich dafür gesorgt, dass Isabel von ihm schwanger wurde – in der Hoffnung, sie würde ihn heiraten."

„Ganz schön kühn."

„Wenn man jemanden liebt und sich etwas stark genug wünscht, wagt man sehr viel."

„Vermutlich hast du Recht." Justin schien plötzlich mit den Gedanken weit weg zu sein.

„Wolltest du Kinder haben, als du verheiratet warst?", fragte Rachel. Sofort wurde ihr klar, dass sie besser geschwiegen hätte.

„Was?" Justin sah sie eine Weile an, als hätte er ihre Frage nicht verstanden. „Ja, ich wollte Kinder. Und Mandy auch, bis sie …" Er unterbrach sich. „Könnten wir bitte über etwas anderes sprechen?"

Zum Glück brachten ihre Gastgeber in diesem Moment den Kaffee. Die feinfühlige Isabel bemerkte sofort die angespannte Atmosphäre und warf ihrer Freundin einen fragenden Blick zu. Rachel schüttelte fast unmerklich den Kopf.

„Ihr habt mir noch gar nicht gezeigt, was ihr alles in Hongkong gekauft habt", stellte sie fest und rang sich ein Lächeln ab.

„Das wollte ich gerade vorschlagen", erwiderte Rafe. „Warum nehmt ihr beiden euren Kaffee nicht mit ins Schlafzimmer und seht euch alles an? Dann können Justin und ich endlich über Männerthemen sprechen."

Isabel schnitt ein Gesicht, während sie die eleganten blau-weißen Becher mit dem dampfenden Kaffee verteilte. „In Ordnung. Es würde mir sowieso keinen Spaß machen, zwei arroganten, selbstherrlichen Machos zuzuhören. Komm, Rachel, lass uns gehen."

Die beiden Frauen lachten, bis die Schlafzimmertüren sich hinter ihnen geschlossen hatten.

Isabel kam gleich zur Sache. „Was ist passiert?", fragte sie. „Als wir in die Küche gegangen sind, wart ihr glücklich und zufrieden. Aber als wir zurückkamen, habt ihr furchtbar angespannt gewirkt."

Rachel seufzte. „Wir sprachen darüber, dass ihr ein Baby erwartet. Und dann habe ich Justin dummerweise gefragt, ob er auch Kinder haben wollte, als er verheiratet war."

„Was ist daran dumm?", fragte Isabel aufgebracht. „Das ist doch eine ganz normale Frage. Rachel, du solltest keine Angst davor haben, Justin etwas über seine Vergangenheit zu fragen – und auch nicht über eure Zukunft. Ich an deiner Stelle würde auch wissen wollen, was seine Absichten dir gegenüber sind."

Rachel musste lächeln. Isabel war wirklich eine gute Freundin. Doch manchmal war sie ihrer herrischen Mutter sehr ähnlich. Diese Vorstellung würde Isabel gar nicht behagen, dachte Rachel.

„Er möchte mich als Geliebte, als Freundin und als Assistentin", erwiderte sie ruhig. „Aber nicht als Ehefrau und auch nicht als Mutter seiner Kinder. Justin liebt mich nicht und möchte kein zweites Mal heiraten. Das hat er mir gleich gesagt. Er ist mir gegenüber von Anfang an ehrlich gewesen, Isabel. Ich habe nicht das Recht, ihn ins Kreuzverhör zu nehmen oder zu versuchen, die derzeitige Situation zu ändern."

„Rachel, das ist doch Blödsinn."

„Nein. Ich habe mich bewusst auf diese Affäre eingelassen. Ich wusste, was gespielt wird. Justin will meine Liebe nicht, nur meine Freundschaft, meine Gesellschaft und meinen Körper."

„Und damit kannst du leben?"

„Vorerst ja. Langfristig verfolge ich allerdings andere Ziele. Ich liebe Justin viel mehr, als ich Eric je geliebt habe. Und eines Tages werde ich ihn heiraten."

„Aha! Das klingt wieder mehr nach der Rachel, die ich von früher kenne. Was hast du vor? Willst du absichtlich schwanger werden?", fragte Isabel erfreut.

Rachel schüttelte energisch den Kopf. „Diese Strategie würde bei Justin niemals funktionieren. Er hat die Trennung von seiner Frau noch nicht ganz verkraftet. Ich hoffe aber, dass er das irgendwann tut – genauso wie ich bei Eric. Die Zeit heilt alle Wunden."

„Nein, das stimmt nicht", widersprach Isabel heftig. „Manche Menschen kommen nie über solche Enttäuschungen hinweg. Vielleicht bist du schon zu alt zum Kinderkriegen, wenn Justin seine Exfrau vergessen hat. Ich rate dir, geh das Risiko ein und werde schwanger – und sieh dann, was passiert."

„Nein, Isabel. Es hat bei dir und Rafe funktioniert, weil ihr schon ineinander verliebt wart. Justin liebt mich noch nicht. Er würde mich auch nicht heiraten. Und ich möchte kein Kind allein aufziehen. Wenn ich Kinder bekomme, dann sollen beide Eltern für sie da sein und sie lieben – und einander."

Isabel runzelte die Stirn und neigte den Kopf zur Seite. „Ganz ehrlich, wenn ich nichts über Justins Vergangenheit wüsste, würde ich schwören, dass er bis über beide Ohren in dich verliebt ist. Vielleicht weiß er es nur selbst noch nicht. Will Justin eigentlich seiner Mutter von euch erzählen, oder soll das Ganze euer kleines Geheimnis bleiben?"

„Eigentlich dachte ich, Justin wolle nicht, dass andere davon erfahren. Aber er hat Alice schon am Telefon davon erzählt, und morgen Mittag sind wir bei ihr zum Essen eingeladen."

„Das sind gute Neuigkeiten", sagte Isabel erfreut. Mittlerweile sah sie Rachels Beziehung zu Justin wesentlich optimistischer. „Dann gibt es also Grund zur Hoffnung!"

„Allerdings", bestätigte Rachel und lächelte ihre beste Freundin an. „Und jetzt haben wir genug über Justin geredet. Zeig mir endlich, was du alles in Hongkong gekauft hast!"

16. KAPITEL

„Worüber denkst du nach?", fragte Rachel verträumt. Nach dem Essen bei Isabel und Rafe hatten sie sich geliebt und lagen jetzt zusammen im Bett. Justin antwortete nicht. Denn wie hätte er ihr sagen können, was er dachte: dass sie, wenn sie nicht die Pille nehmen würde, vielleicht gerade ein Baby gezeugt hatten – und dass er wünschte, es wäre wirklich passiert? Er konnte es ja selbst kaum glauben.

Seit Rachel ihm erzählt hatte, wie Rafe absichtlich dafür gesorgt hatte, dass Isabel schwanger wurde, gingen ihm die merkwürdigsten Dinge durch den Kopf. Er war sich doch so sicher gewesen, Rachel nicht zu lieben. Wie sollte er auch, wenn er noch immer in Mandy verliebt war? Und doch wünschte er sich sehnlichst, ein Kind mit Rachel zu bekommen – und vielleicht sogar, dass sie seine Frau wurde.

Wieder kam ihm etwas ins Gedächtnis, was Rachel gesagt hatte: „Wenn man jemanden liebt und sich etwas stark genug wünscht, wagt man sehr viel." Wäre es sehr gewagt, Rachel zu gestehen, dass er sich in sie verliebt hatte und sie heiraten wollte?

„Justin?", sagte Rachel. Er schloss die Augen und tat so, als würde er schlafen. Nachdem sie eingeschlafen war, lag er noch eine ganze Weile wach und überlegte, wie er sie dazu bringen könnte, sich in ihn zu verlieben. Das gemeinsame Mittagessen bei seiner Mutter am nächsten Tag war der erste Schritt, seinen Plan in die Tat umzusetzen.

„Rachel, meine Liebe!", rief Alice, als sie die Haustür öffnete. „Sie sehen einfach großartig aus!"

Rachel lachte glücklich. „Ja, mein Aussehen hat sich seit unserem letzten Treffen etwas verändert. Keine langweiligen schwarzen Kostüme mehr." Sie trug einen eleganten Hosenanzug aus blauer Seide, der ihr ausgezeichnet stand.

Alice blickte ihren Sohn an. „Justin, du siehst zehn Jahre jünger aus. Was immer du mit Rachel in letzter Zeit gemacht hast, hör nicht auf damit."

„Also wirklich, Mom."

„Ach, jetzt sei doch nicht so prüde. Dein Vater war genauso, zumindest in der Öffentlichkeit. Gehen wir auf die Terrasse. Ich habe ein kleines Büfett vorbereitet und ein paar Flaschen tasmanischen Wein kalt gestellt." Sie gingen durch den langen Flur nach draußen.

„Du musst Rachel später unbedingt deine Teekannensammlung zeigen, Mom. Sie interessiert sich für solche Dinge", sagte Justin.

„Großartig. Dann werde ich sie zu Auktionen mitnehmen."

Sie gingen auf die sonnige Terrasse, die offenbar nachträglich an das Haus im Kolonialstil angebaut worden war. Das Gebäude hatte kleine Fenster, wodurch es drinnen ein wenig dunkel war, aber sehr gemütlich. Die Terrasse dagegen wirkte, als würde sie zu einer italienischen Villa gehören. Weinlaub rankte sich über ihren Köpfen, der Boden war mit Terrakottafliesen ausgelegt, die Geländer bestanden aus Zedernholz.

Alice hatte ein Büfett vorbereitet, das für ein ganzes Heer hungriger Esser ausgereicht hätte: Meeresfrüchte, Salate, gekühlter Weißwein. Elegante, gravierte Gläser standen bereit.

„Ich hole noch schnell das Kräuterbrot aus dem Ofen", sagte Alice. „Justin, bitte schenk schon einmal Wein ein." Sie ging ins Haus.

Begeistert ließ Rachel den Blick über den riesigen Garten mit der großen Rasenfläche und den vielen Beeten gleiten. „Du hast wirklich Glück, dass du in einem Haus mit Garten aufgewachsen bist", sagte sie. „Meine Eltern haben immer mitten in der Stadt gelebt. Ihre berufliche Karriere war ihnen sehr wichtig. Ich war ihnen oft im Weg. Deshalb haben sie mich wohl aufs Internat geschickt. Natürlich war es furchtbar für mich, als sie ums Leben kamen. Aber eigentlich habe ich erst bei Lettie die Liebe und Aufmerksamkeit bekommen, die Kinder von ihren Eltern erhalten sollten. Sie hat mich geliebt und war immer für mich da. Das habe ich bei meinen Eltern nie erlebt. Ich konnte Lettie unmöglich im Stich lassen, als sie krank wurde und mich brauchte."

Traurigkeit erfüllte Rachel beim Gedanken an Letties lange, grausame Krankheit. Justin schloss sie in die Arme. „Du bist ein wundervoller Mensch, Rachel", sagte er sanft. „Und ich bin sehr froh, dass ich dich gefunden habe." Er küsste sie zärtlich.

Täuschte sie sich, oder war es Liebe, die sein Kuss ausdrückte? Konnte ihr sehnlichster Wunsch wirklich so schnell in Erfüllung gegangen sein?

Als Alice sich neben ihnen räusperte, lösten sie sich voneinander. Doch Rachel war nicht verlegen, dafür fühlte sie sich viel zu glücklich. Auch Alice schien sich zu freuen. Ob sie dieselbe Hoffnung hegte wie sie?

Erst nach dem Essen ergab sich die Gelegenheit, das herauszufinden. Justin ging ins Fernsehzimmer, um sich die Schlussrunde eines Golfturniers anzusehen. Unter dem Vorwand, Rachel ihre Teekannensammlung zu zeigen, führte Alice sie in einen anderen Raum.

„Hat er Ihnen schon von Mandy erzählt?", fragte sie.

„Nein", erwiderte Rachel. „Er spricht gar nicht über sie oder seine Ehe."

„Genau wie sein Vater. Der hat auch nie über seine Gefühle gesprochen." Alice seufzte. „Rachel, lieben Sie meinen Sohn wirklich?"

„Ich liebe ihn von ganzem Herzen", sagte Rachel ruhig. „Aber ich traue mich noch nicht, es ihm zu sagen. Er hat mir gleich zu Beginn klargemacht, dass er meine Liebe nicht will – nur meine Gesellschaft."

Alice lachte ironisch. „So bezeichnet man also heutzutage Sex – Gesellschaft."

Rachel lächelte. „Ich traue mich auch nicht, ihn nach Mandy zu fragen. Jetzt weiß ich, dass sie ihn wegen Carl Toombs verlassen hat. Aber den Grund kenne ich nicht."

„Wenn er es Ihnen nicht erzählt hat, werde ich es tun", erklärte Alice energisch. „Dieses gemeine Miststück hat meinem Sohn gesagt, sie würde ihn verlassen, weil sie ihn körperlich nicht mehr attraktiv finde. Damals hat er den ganzen Tag geschuftet und in seiner Freizeit an seinen eigenen Projekten gearbeitet. Ihm blieb kaum eine andere Wahl, als sich von Fertigessen zu ernähren. Natürlich hat er da ein bisschen zugenommen. Aber er war keineswegs fett und unansehnlich, wie sie behauptete. Außerdem hat sie ihn als langweilig bezeichnet und sich über ihr gemeinsames Sexleben beschwert. Aber wie hätte er dafür Zeit haben sollen, wo er doch praktisch rund um die Uhr schuftete, um so reich zu werden, dass sie endlich zufrieden war? Ich sage Ihnen, Mandy wollte nur ihr Verhalten rechtfertigen. Es war einfach grausam, was sie ihm damals angetan hat."

„Der arme Justin", flüsterte Rachel erschüttert.

„Er war für lange Zeit am Boden zerstört und hat versucht, sich mit Sport und durch seine Arbeit abzulenken. Deshalb kann ich Ihnen gar nicht sagen, wie glücklich es mich macht, dass er jetzt eine so nette junge Frau wie Sie kennen gelernt hat. Sie lieben ihn doch wirklich, stimmt's?"

„Alice, ich bin geradezu verrückt nach ihm. Es war sehr dumm von Mandy, dass sie nicht zu schätzen wusste, was sie an ihm hatte."

„Das ist wirklich merkwürdig: Ich war nämlich fest davon überzeugt, dass sie Justin wirklich geliebt hat, als die beiden heirateten. Mandy wollte auch Kinder mit ihm bekommen. Als sie sich von ihm trennte, war ich beinah so geschockt wie Justin. Ich hatte sie ganz anders eingeschätzt. Doch natürlich gehört sie zu den Frauen, die fast alle Männer verrückt machen."

Rachel gab es einen Stich ins Herz. „Ist sie wirklich so schön?", fragte sie leise.

„Ja, sie ist bildhübsch und hat einen betörenden Charme. Kein Wunder, dass Carl Toombs versucht hat, sie zu erobern. Justin und ich hatten uns in ihr getäuscht. Mandy hat allerdings bei der Trennung keinen Cent von Justin angenommen – vermutlich hatte sie ein schlechtes Gewissen. Carl Toombs hat ja auch mehr als genug Geld. Aber wenn sie geglaubt hat, er würde sich ihretwegen von seiner Frau scheiden lassen und sie heiraten, hat sie sich getäuscht." Alice schwieg eine Weile. „Aber Justin wird *Sie* heiraten, Rachel."

Rachels Herz begann heftig zu schlagen. „Glauben Sie wirklich?"

„Natürlich. Er wäre ein Dummkopf, wenn er es nicht tun würde. Und mein Sohn ist nicht dumm. Warten Sie es ab. Sie haben ihm noch nicht gesagt, dass Sie ihn lieben, stimmt's?"

„Nein. Glauben Sie, ich sollte es tun?"

„Noch nicht. Man sollte Männer immer im Glauben lassen, dass sie zuerst auf die Idee gekommen seien, die Themen ‚Liebe' und ‚Heiraten' anzusprechen. Und jetzt sollten wir uns schleunigst wieder zum besagten Mann gesellen, bevor er anfängt, sich vernachlässigt zu fühlen."

Lachend gingen die beiden Frauen ins Fernsehzimmer – und wurden von Justin ungeduldig zum Schweigen gebracht, der in seine Sportsendung vertieft war. Alice und Rachel blickten einander vielsagend an. Dann gingen sie in die Küche, um Tee zu machen und sich darüber zu unterhalten, warum, um alles in der Welt, Frauen sich überhaupt in Männer verliebten ...

17. KAPITEL

Rachel bestand darauf, dass Justin wieder fuhr, nachdem er sie nach Hause gebracht hatte. „Ich muss noch Wäsche waschen und viele andere Dinge erledigen", erklärte sie und ließ sich nicht auf eine Diskussion ein.

Am nächsten Morgen war sie sehr froh, standhaft geblieben zu sein. Auf dem Weg zur Arbeit las sie die Zeitung. „Toombs in Finanzskandal verwickelt – überstürzte Flucht aus Australien", lautete die Schlagzeile auf der ersten Seite. Carl Toombs war pleitegegangen – und mit ihm zahlreiche Investoren und Gläubiger. In dem Artikel hieß es, nur Toombs' Firma sei pleite, sein Privatvermögen habe er jedoch retten können. Er habe größere Summen auf Bankkonten in der Schweiz transferiert, bevor er am Wochenende ohne seine Familie Australien verlassen habe.

In der Zeitung waren auch Fotos von der Frau und den Kindern vor Toombs' Villa. Seine Frau wusste nichts über die Geschäfte ihres Mannes und konnte auch nicht sagen, wo er sich aufhielt. Sie war genauso verzweifelt wie seine Angestellten und Geschäftspartner, die er alle im Stich gelassen hatte.

Ob das auch auf Mandy zutrifft? fragte Rachel sich nervös. Oder war sie gemeinsam mit Toombs von der Bildfläche verschwunden? Und wie würde Justin auf diese Neuigkeiten reagieren? Sicher redeten bereits alle bei AWI darüber. Doch sie traute sich noch immer nicht, ihn auf das Thema Mandy anzusprechen.

Oder sollte sie es doch wagen? Als Rachel im Büro ankam, grübelte sie noch immer darüber nach. Sie kochte Kaffee und ging in Justins Büro.

„Was denkst du über Carl Toombs' Pleite?", fragte sie beiläufig. „Ich habe heute Morgen in der Zeitung darüber gelesen."

Justin sah sie an. Er wirkte nicht unglücklich, nur etwas abwesend. Rachels Nervosität ließ ein wenig nach.

„Ich kann nicht behaupten, dass es mir leidtut", stellte er fest.

„Und auch wenn er immer noch sehr reich ist, wird sein Leben künftig nicht angenehm sein. Die Presse wird überall Jagd auf ihn machen."

„Mir tun die Leute leid, die für ihn arbeiten", sagte Rachel und sah ihn eindringlich an.

Sofort wurde Justins Miene undurchdringlich. „Leute, die sich mit jemandem wie Toombs einlassen, sind selbst schuld, wenn ihnen so etwas passiert."

Sie erschrak darüber, wie bitter seine Stimme klang. Offenbar hatte er die Trennung von Mandy noch immer nicht verkraftet. Rachel war froh, dass ihr Telefon klingelte. Sie ging hinaus, schloss die Tür hinter sich und nahm den Hörer ab.

Es war Alice, die im Fernsehen die Nachrichten über Carl Toombs verfolgt hatte.

„Mandy wurde mit keinem Wort erwähnt", stellte sie fest. „Sie hat sich ja auch immer sehr im Hintergrund gehalten. Wie geht es Justin?"

„Schwer zu sagen." Rachel seufzte. „Soll ich Sie zu ihm durchstellen?"

„Nein, lieber nicht. Eigentlich wollte ich Ihnen auch nur noch einmal sagen, wie großartig Sie gestern ausgesehen haben, Rachel."

„Vielen Dank", sagte Rachel erfreut. „Und ich möchte mich für das fantastische Essen bedanken."

In diesem Moment ging die Tür auf. Herein kam die attraktivste Frau, die Rachel je gesehen hatte. Sie wirkte wie ein Model aus einer Modezeitschrift: langes blondes Haar, große tiefblaue Augen, endlos lange Beine und eine atemberaubende Figur.

„Alice, ich ... ich muss Schluss machen", sagte Rachel stockend. „Es ist gerade jemand hereingekommen."

Nicht jemand, dachte sie, sondern eine ganz bestimmte Frau.

„Kann ich Ihnen helfen?", fragte Rachel kühl. Angst und Wut erfüllten sie. Kein Wunder, dass Justin seine Exfrau noch immer nicht vergessen hatte. Sie war wirklich wunderschön.

Allerdings war sie ein wenig zu stark geschminkt und sehr provokant, wenn auch teuer angezogen. Das hautenge camelfarbene Kostüm musste aus bestem Leder sein, denn es knitterte nicht. Der Goldschmuck schien echt zu sein, allerdings trug Mandy auch hiervon zu viel: mehrere Ketten, von denen eine in ihrem beeindruckenden Dekolletee verschwand, dazu lange Ohrringe, Armbänder und ein Fußkettchen, das den Blick auf die zum Kostüm passenden Schuhe mit den zehn Zentimeter hohen Absätzen lenkte. Mandy sah aus wie ein Luxus-Callgirl.

„Man hat mir gesagt, dies sei Justin McCarthys Büro", sagte sie mit einer tiefen, erotischen Stimme.

„Das ist richtig. Und Sie sind?"

„Mandy McCarthy, Justins Exfrau", erwiderte sie. „Sie müssen seine neue Assistentin sein." Sie ließ den Blick über Rachel gleiten.

„Ja." Rachel versuchte, ruhig zu bleiben.

„Ist Justin da?", fragte Mandy. Ohne eine Antwort abzuwarten, ging sie auf seine Bürotür zu.

Rachel sprang auf. „Sie können nicht einfach so hineingehen!"

„Oh doch, das kann ich." Mandy lächelte. „Bitte machen Sie keine Szene. Ich muss dringend mit Justin sprechen und habe nicht viel Zeit."

„Wenn Sie ihm wehtun, bringe ich Sie um", sagte Rachel.

Mandy lachte. „Das glaube ich Ihnen aufs Wort. Justin hat wirklich Glück." Sie öffnete die Tür und ging hinein.

Zitternd und aschfahl ließ Rachel sich auf ihren Stuhl sinken.

Justin war fassungslos, als Mandy plötzlich vor ihm stand.

„Was, um alles in der Welt …" Er sprang auf.

„Es tut mir leid, dich so zu überfallen, Justin", sagte Mandy und schloss die Tür hinter sich. „Deiner Freundin schien es auch nicht zu gefallen, aber es lässt sich nicht ändern. Du kannst ihr nachher ja sagen, dass ich keine Bedrohung für eure Beziehung bin."

„Unsere Beziehung?"

„Mach dir nicht die Mühe, es abzustreiten. Charlotte hat mir alles erzählt."

„Das hatte ich auch nicht vor", erwiderte Justin betont gelassen.

„Sie sieht wirklich sehr nett aus", stellte Mandy fest. „Viel netter als ich."

Er konnte den Blick nicht von ihr wenden. Wie sie sich bewegte, wie sie aussah – Mandy war nicht wiederzuerkennen. Sie sah aus wie ein Callgirl!

„Ich werde deine Zeit nicht zu lange in Anspruch nehmen", fuhr sie fort. „Ich muss gleich zum Flughafen, um zu Carl zu fliegen. Sicher hast du in der Zeitung darüber gelesen. Du hast bestimmt nichts dagegen, wenn ich mich setze. Diese Schuhe bringen mich fast um, aber Carl mag es, wenn ich sie trage – er findet sie erotisch." Sie ließ sich auf einen Stuhl sinken.

Auch Justin setzte sich. In seinem Kopf drehte sich alles. Fassungslos stellte er fest, dass er ganz anders auf das Wiedersehen mit Mandy reagierte, als er es sich immer ausgemalt hatte. Es tat ihm nicht im Geringsten weh, und er verspürte auch keinen Hass. Die Fremde, die ihm gegenübersaß, schien nichts mit der Frau zu tun zu haben, die er einmal so geliebt hatte. Sie war wunderschön gewesen – vom Aussehen und in ihrem Wesen. Doch jetzt war sie weder das eine noch das andere. Was sah Mandy nur in Carl Toombs, sie sich selbst so aufgegeben hatte?

„Warum, Mandy?", fragte er. „Das ist alles, was ich wissen möchte."

„Warum? Ganz einfach, ich liebe Carl."

„So einfach zu verstehen finde ich das nicht. Erst liebst du mich, und plötzlich liebst du Carl Toombs. Nach allem, was ich gehört habe, ist er ein ziemlicher Schuft."

„Er ist kein schlechter Mensch", verteidigte Mandy ihren Liebhaber. „Ich kenne ihn natürlich von einer anderen Seite als du. Zugegeben, er hält sich nicht immer an die Regeln. Aber er ist der aufregendste Mann, den ich kenne. Ich ... ich kann ohne ihn nicht mehr leben, Justin. Ich werde mit ihm gehen, wo er auch hingeht – und alles tun und sein, was er will."

Entsetzt sah Justin sie an. Mandy war wie besessen. Ihre Liebe zu Carl Toombs war selbstzerstörerisch und gefährlich. Die wundervolle Frau, die er einmal so geliebt hatte, gab es nicht mehr.

„Warum bist du hergekommen, Mandy?", fragte er.

„Ich wollte dich um Verzeihung bitten für das, was ich am Tag unserer Trennung zu dir gesagt habe. Ich habe nichts davon wirklich gemeint. Ich wollte nur, dass du mich ebenso sehr hasst, wie ich mich selbst gehasst habe. Du hast nichts falsch gemacht, und trotz allem hast du mir noch sehr viel bedeutet. Aber ich ... ich *musste* einfach mit Carl zusammen sein." Tränen traten ihr in die Augen. „Wie albern von mir, deswegen zu weinen. Ich bin nun einmal, was ich jetzt bin."

„Und was genau ist das?" Justin konnte noch immer nicht fassen, wie sehr sie sich verändert hatte.

Ihr Lachen jagte ihm einen Schauder über den Rücken. „Ich würde es dir gern zeigen, wenn ich genug Zeit hätte und deine Freundin da draußen mich nicht dafür umbringen würde."

„Wovon sprichst du?"

„Sie hat gedroht, mich umzubringen, falls ich dir wehtun sollte."

„Das hat Rachel gesagt? Hast du ihr erzählt, wer du bist?"

„Ja, aber sie wusste es schon – das konnte ich ihr ansehen. Ich hatte den Eindruck, dass sie schon eine ganze Menge über mich wusste."

Meine Mutter, dachte Justin plötzlich. Sie musste am Vortag mit Rachel darüber gesprochen haben. „Sie hat nie auch nur eine Andeutung darüber gemacht."

„Frauen vermeiden es, den Mann zu verärgern, den sie lieben."

Ungläubig blickte Justin sie an. Rachel liebte ihn? Inständig hoffte er, dass Mandy sich nicht täuschte.

„Du siehst fantastisch aus, Justin. Es war so dumm von mir, dich zu verlassen. Aber mein Schicksal ist besiegelt. Bitte vergiss nicht, dass ich dich einmal sehr geliebt habe." Sie stand auf. „Heirate Rachel und gründe eine Familie mit ihr, Justin." Wieder traten ihr Tränen in die Augen. „Ich muss jetzt los."

Justin sah ihr nach. Kurze Zeit nachdem sie gegangen war, stand Rachel an der Tür. Voller Angst blickte sie ihn an.

„Sie ist weg", beruhigte Justin sie.

„Wirklich? Für immer?"

Er stand auf. Plötzlich wurde ihm klar, warum Mandy gekommen war: um ihm die Freiheit zurückzugeben, wieder zu lieben.

„Ja", sagte er lächelnd. „Für immer."

Rachel weinte, als er sie in die Arme schloss. Überglücklich begriff Justin, dass sie ihn schon die ganze Zeit geliebt hatte. Er zog sie fest an sich.

„Wir werden heiraten, Rachel", flüsterte er ihr ins Ohr. „Wir werden zusammenarbeiten, ein Haus bauen und eine Familie gründen. Und noch etwas: Ich liebe dich, Rachel – mehr, als ich je zuvor eine Frau geliebt habe."

Zwei Monate später sank Carl Toombs' Yacht bei einem Sturm in der Nähe der Bahamas. Alle an Bord kamen ums Leben.

Zehn Monate später heirateten Justin und Rachel. Rafe und Isabel waren die Trauzeugen. Alice passte während der Trauung auf Isabels kleine Tochter auf und wurde daraufhin zur Babysitterin für alle künftig geborenen Kinder erklärt. Und jeder äußerte den Wunsch, sie möge nie ihr schönes Haus mit dem großen Garten verkaufen.

Das tat Alice auch nicht. Und über viele Jahre war ihr Haus erfüllt von Liebe und Lachen.

– ENDE –

3 Romane in einem Band

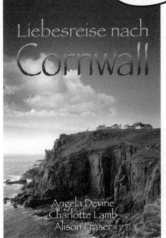

Band-Nr. 15007
8,95 € (D)
ISBN: 3-89941-367-0

Liebesreise nach Cornwall

Angela Devine
Der Kuss der Rose
Rose freut sich sehr auf das Haus, das sie in einem malerischen Fischerdorf in Cornwall geerbt hat. Doch wer ist der geheimnisvolle Fremde, dem sie immer wieder über den Weg läuft?

Charlotte Lamb
Das Cottage am Moor
Ein paar herrliche Wochen in dem einsamen, idyllisch gelegenen Cottage am Moor liegen vor Juliet, als unvermittelt ihr Ex-Mann auftaucht. Wie hat er sie gefunden – und was will er von ihr?

Alison Fraser
Felsen der Liebe
Ausgerechnet Guy Delacroix ist der andere Besitzer des majestätischen Anwesens „Heron's View", das Meg geerbt hat – der Mann, der ihre Liebe vor Jahren nie erwiderte.

2 Romane nur 6,95 €

Tess Gerritsen
Die Meisterdiebin/
Angst in deinen Augen

Band-Nr. 25191
6,95 € (D)
ISBN: 3-89941-284-2

Sandra Brown
Das verbotene Glück

Band-Nr. 25190
6,95 € (D)
ISBN: 3-89941-283-4

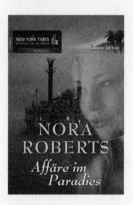

Nora Roberts
Affäre im Paradies

Band-Nr. 25189
6,95 € (D)
ISBN: 3-89941-282-6

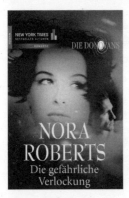

Nora Roberts
Die Donovans 1
Die gefährliche Verlockung
Band-Nr. 25170
6,95 € (D)
ISBN: 3-89941-228-1

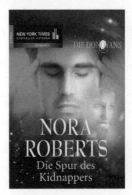

Nora Roberts
Die Donovans 2
Die Spur des Kidnappers
Band-Nr. 25177
6,95 € (D)
ISBN: 3-89941-235-4

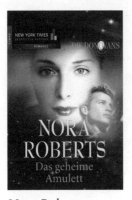

Nora Roberts
Die Donovans 3
Das geheime Amulett
Band-Nr. 25197
6,95 € (D)
ISBN: 3-89941-290-7

Nora Roberts
Die Donovans 4
Der verzauberte Fremde
Band-Nr. 25205
6,95 € (D)
ISBN: 3-89941-298-2

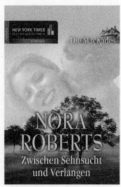

Nora Roberts
Die MacKades 1
Zwischen Sehnsucht
und Verlangen
Band-Nr. 25171
6,95 € (D)
ISBN: 3-89941-229-X

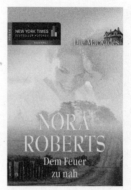

Nora Roberts
Die MacKades 2
Dem Feuer zu nah
Band-Nr. 25178
6,95 € (D)
ISBN: 3-89941-236-2

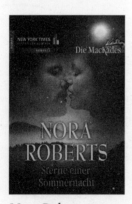

Nora Roberts
Die MacKades 3
Sterne einer
Sommernacht
Band-Nr. 25196
6,95 € (D)
ISBN: 3-89941-289-3

Vorschau
Dieser Roman erscheint
im Dezember 2006

Nora Roberts
Die MacKades 4
Hochzeit im Herbst
Band-Nr. 25204
6,95 € (D)
ISBN: 3-89941-297-4